Obras do autor publicadas pela Editora Record

1356
Azincourt
O condenado
Stonehenge
O forte
Tolos e mortais

Trilogia *As Crônicas de Artur*

O rei do inverno
O inimigo de Deus
Excalibur

Trilogia *A Busca do Graal*

O arqueiro
O andarilho
O herege

Série *As Aventuras de um Soldado nas Guerras Napoleônicas*

O tigre de Sharpe (Índia, 1799)
O triunfo de Sharpe (Índia, setembro de 1803)
A fortaleza de Sharpe (Índia, dezembro de 1803)
Sharpe em Trafalgar (Espanha, 1805)
A presa de Sharpe (Dinamarca, 1807)
Os fuzileiros de Sharpe (Espanha, janeiro de 1809)
A devastação de Sharpe (Portugal, maio de 1809)
A águia de Sharpe (Espanha, julho de 1809)
O ouro de Sharpe (Portugal, agosto de 1810)
A fuga de Sharpe (Portugal, setembro de 1810)
A fúria de Sharpe (Espanha, março de 1811)
A batalha de Sharpe (Espanha, maio de 1811)
A companhia de Sharpe (janeiro a abril de 1812)

Série *Crônicas Saxônicas*

O último reino
O cavaleiro da morte
Os senhores do norte
A canção da espada
Terra em chamas
Morte dos reis
O guerreiro pagão
O trono vazio
Guerreiros da tempestade
O portador do fogo
A guerra do lobo
A espada dos reis
O senhor da guerra

Série *As Crônicas de Starbuck*

Rebelde
Traidor
Inimigo

Bernard Cornwell

O Arqueiro

Tradução de
LUIZ CARLOS DO NASCIMENTO SILVA

34ª edição

EDITORA RECORD
RIO DE JANEIRO • SÃO PAULO
2023

CIP-BRASIL. CATALOGAÇÃO NA FONTE
SINDICATO NACIONAL DOS EDITORES DE LIVROS, RJ.

C834a
34ª ed.

Cornwell, Bernard
   O arqueiro / Bernard Cornwell; tradução de Luiz Carlos do Nascimento Silva. – 34ª ed. – Rio de Janeiro: Record, 2023.
   (A busca do Graal; v. 1)

   Tradução de: Harlequin
   ISBN 978-85-01-06170-6

   1. Romance inglês. I. Silva, Luiz Carlos do Nascimento. II. Título. III. Série.

02-2219

CDD: 823
CDU: 820-3

Título original inglês
Harlequin

Copyright © Bernard Cornwell 2000

Capa e projeto gráfico de miolo: Porto+Martinez

Todos os direitos reservados. Proibida a reprodução, no todo ou em parte, através de quaisquer meios.

Direitos exclusivos de publicação em língua portuguesa para o Brasil adquiridos pela
EDITORA RECORD LTDA.
Rua Argentina, 171 – Rio de Janeiro, RJ – 20921-380 – Tel.: (21) 2585-2000, que se reserva a propriedade literária desta tradução.

Impresso no Brasil

ISBN 978-85-01-06170-6

Seja um leitor preferencial Record
Cadastre-se no site www.record.com.br
e receba informações sobre nossos
lançamentos e nossas promoções.

Atendimento e venda direta ao leitor
sac@record.com.br

O ARQUEIRO
é dedicado a
Richard e Julie Rutherford-Moore

Sumário

Prólogo 11

PRIMEIRA PARTE   BRETANHA 37

SEGUNDA PARTE   NORMANDIA 225

TERCEIRA PARTE   CRÉCY 343

Nota Histórica   441

"... muitas batalhas mortais foram travadas, pessoas assassinadas, igrejas roubadas, almas destruídas, jovens e virgens defloradas, esposas e viúvas respeitáveis desonradas; cidades, mansões e prédios incendiados, e assaltos, crueldades e emboscadas cometidos nas estradas. A Justiça falhou por causa dessas coisas. A fé cristã feneceu e o comércio pereceu, e tantas maldades e coisas horrendas seguiram-se a essas guerras, que não podem ser mencionadas, contadas ou anotadas."

JOÃO II, REI DA FRANÇA, 1360

Arlequim, provavelmente derivado do francês arcaico *hellequin:* um soldado dos cavaleiros do demônio.

Prólogo

O TESOURO DE HOOKTON foi roubado na manhã do domingo de Páscoa de 1342.

Era um objeto sagrado, uma relíquia suspensa nos caibros da igreja, e era extraordinário que um objeto assim tão valioso tivesse sido guardado numa aldeia obscura como aquela. Algumas pessoas diziam que ele não devia estar ali, que deveria ser cultuado numa catedral ou em alguma abadia importante, enquanto outras, muitas outras, diziam que ele não era autêntico. Só os tolos negavam que as relíquias eram falsas. Homens loquazes percorriam as estradas secundárias da Inglaterra vendendo ossos amarelados que diziam pertencer aos dedos das mãos ou dos pés ou às costelas dos abençoados santos, e ocasionalmente os ossos eram humanos, embora na maioria das vezes fossem de porcos ou mesmo de corças, mas ainda assim o povo comprava e rezava para os ossos.

— É bem possível alguém rezar para São Guinefort — dizia o padre Ralph, e depois resfolegava numa gargalhada de zombaria. — Eles estão rezando para ossos de um pernil, ossos de pernil! O bendito porco!

Foi o padre Ralph quem trouxe o tesouro para Hookton e ele sequer queria ouvir falar em levá-lo para uma catedral ou abadia, e assim, durante oito anos, o objeto ficou pendurado na igreja, acumulando poeira e criando teias de aranha que adquiriam um brilho prateado quando o sol se inclinava pela janela alta na torre ocidental. Pardais empoleiravam-se no tesouro e havia manhãs em que se viam morcegos pendurados em sua haste. O tesouro raramente era limpo, e praticamente nunca descia, embora de vez em quando o padre Ralph mandasse que se trouxessem escadas e que o tesouro fosse retirado das correntes, e ele rezasse sobre ele e o acariciasse. Ele nunca se jactava daquilo. Outras igrejas ou mosteiros com um tesouro tão valioso teriam-no usado para atrair peregrinos, mas o padre Ralph mandava os visitantes de volta.

— Não é nada — dizia ele se um estranho perguntasse pela relíquia —, uma bugiganga. Nada.

E zangava-se quando os visitantes insistiam.

— Não é nada, nada, nada!

Padre Ralph era um homem amedrontador mesmo quando não estava zangado, e em seus acessos de raiva era um demônio desgrenhado, seu gênio explosivo protegia o tesouro, embora ele mesmo acreditasse que a ignorância era a melhor proteção para a relíquia, porque se as pessoas não soubessem de sua existência, Deus iria protegê-la. E Ele a protegeu, mesmo, por algum tempo.

O fato de Hookton ser pouco conhecida era a melhor proteção que o tesouro poderia ter. A pequena aldeia ficava na costa sul da Inglaterra onde o Lipp, um curso d'água que era quase um rio, corria para o mar atravessando uma praia de cascalho. Meia dúzia de barcos pesqueiros trabalhava a partir da aldeia, protegidos à noite pelo próprio Hook, uma língua de cascalho que circundava o último ponto em que o Lipp chegava ao mar, embora na famosa tempestade de 1322 o mar tivesse rugido sobre o Hook, deixando em pedaços os barcos na parte alta da praia. A aldeia nunca se recuperou por completo daquela tragédia. Dezenove barcos tinham partido do Hook antes da tempestade, e vinte anos mais tarde só seis pequenas embarcações enfrentavam as ondas fora da traiçoeira barra formada pelo Lipp. Os demais aldeões trabalhavam nas salinas, ou criavam ovelhas e gado bovino nas montanhas por trás do amontoado de cabanas de telhado de sapé que se agrupavam em torno da pequena igreja de pedra na qual o tesouro pendia das vigas escurecidas. Aquilo era Hookton, um lugar de barcos, peixe, sal e gado, com colinas verdes atrás, ignorância em seu interior e o mar imenso a sua frente.

Hookton, como todo lugar na cristandade, guardava vigília na véspera do domingo de Páscoa, e em 1342 aquele solene dever foi cumprido por cinco homens que ficaram observando enquanto o padre Ralph consagrava os Sacramentos da Páscoa e colocava o pão e o vinho sobre o altar revestido de branco. As hóstias vinham em uma simples tigela de barro coberta por um pedaço de pano alvejado, enquanto o vinho estava em um cálice de prata que pertencia ao padre Ralph. O cálice de prata era parte de seu mistério. Padre Ralph era muito alto, piedoso e instruído demais para ser um padre de aldeia. Diziam os rumores que ele poderia ter sido bispo, mas que o diabo o perseguira com pesadelos e era certo que nos anos que antecederam sua ida para Hookton ele ficou trancado na cela de um mosteiro porque estava possuído por demônios. Então, em 1334, os demônios o tinham abandonado e ele fora enviado para Hookton, onde deixava os aldeões horrorizados ao pregar para as gaivotas ou caminhar pela praia lamentando os pecados que cometera e batendo no peito com pedras de pontas afiadas. Uivava como um cão quando suas fraquezas lhe pesavam demais na consciência, mas também encontrava uma espécie de paz na aldeia remota. Construiu uma grande casa de madeira, que partilhava com uma governanta, e fez amizade com Sir Giles Marriott, senhor de Hookton e morador de uma casa de pedra que ficava quilômetros ao norte.

Sir Giles, é claro, era um cavalheiro e, ao que parecia, o padre Ralph também, apesar dos cabelos desgrenhados e do tom irado na voz. Colecionava livros que, depois do tesouro que ele levara para a igreja, eram as maiores maravilhas de Hookton. Às vezes, quando deixava a porta de casa aberta, as pessoas ficavam estarrecidas com a visão de 17 volumes encadernados em couro e empilhados sobre uma mesa. A maioria era em latim, mas uns poucos eram em francês, a língua do país em que nasceu o padre Ralph. Não o francês da França, mas o francês normando, a língua dos governantes da Inglaterra, e os aldeões imaginavam que o padre deles devia ser de família nobre, embora ninguém ousasse perguntar isso a ele. Todos tinham muito medo dele, mas padre Ralph cumpria com o seu dever para com eles; batizava-os, levava-os para a igreja, casava-os, ouvia-os em confissão, absolvia-os, ralhava com eles e os enterrava, mas não compartilhava seu tempo com eles. Caminhava sozinho, fisionomia fechada, cabelos revoltos e olhos brilhando, mas os aldeões ainda tinham orgulho dele. A maioria das igrejas do interior sofria com padres ignorantes, de cara inchada, que raramente eram mais instruídos que seus paroquianos, mas Hookton tinha no padre Ralph um homem instruído, inteligente demais para ser sociável, talvez um santo, talvez de berço nobre, que confessava ser um pecador, provavelmente louco, mas indubitavelmente um padre de verdade.

O padre Ralph abençoou os sacramentos e depois avisou aos cinco homens que Lúcifer rondava a noite da véspera da Páscoa e que o diabo nada queria com mais fervor do que roubar os Santos Sacramentos do altar, e por isso os cinco homens deveriam vigiar atentamente o vinho e o pão e, por um curto espaço de tempo depois que o padre se retirara, eles, obedientes, ficaram de joelhos, olhando para o cálice, que tinha um emblema armorial gravado em seu flanco de prata. O emblema mostrava um animal mítico, um *yale*, segurando um Graal, e era aquele nobre objeto que sugeria aos aldeões que o padre Ralph era realmente um homem de berço nobre que decaíra por ter sido possuído por demônios. O cálice de prata parecia tremular à luz de duas velas imensamente altas que ficariam acesas durante toda a longa noite. A maioria das aldeias não tinha recursos para velas de Páscoa adequadas, mas o padre Ralph comprava duas dos monges de Shaftesbury todos os anos, e os aldeões entravam em silêncio na igreja para olhar para elas. Mas naquela noite, depois que o dia escureceu, só os cinco homens viram as altas chamas que não oscilavam.

Então John, um pescador, peidou.

— Acho que esse vai manter o velho diabo longe daqui — disse ele, e os outros quatro soltaram uma gargalhada.

Depois, todos abandonaram os degraus do santuário e sentaram-se com as costas apoiadas na parede da nave. A mulher de John tinha preparado uma cesta de pão, queijo e peixe defumado, enquanto Edward, que era dono de uma salina na praia, levara cerveja.

Nas igrejas maiores da cristandade, eram cavaleiros que mantinham aquela vigília anual. Ficavam ajoelhados em armaduras completas, as vestes que as cobriam bordadas com leões saltitantes, falcões curvados, cabeças de machados e águias de asas abertas, e os elmos montados com penachos, mas não havia cavaleiros em Hookton e apenas o mais jovem dos homens, que se chamava Thomas e estava sentado ligeiramente afastado dos outros quatro, tinha uma arma. Era uma velha espada, de fio cego e um pouco enferrujada.

— Você acha que essa espada velha vai espantar o diabo, Thomas? — perguntou-lhe John.

— Meu pai disse que eu devia trazê-la — disse Thomas.

— Para que seu pai precisa de uma espada?

— Você sabe que ele não joga nada fora — disse Thomas, erguendo a velha arma. Era pesada, mas ele a ergueu com facilidade; aos 18 anos, Thomas era alto e imensamente forte. Era benquisto em Hookton porque, apesar de ser filho do homem mais rico da aldeia, era um rapaz trabalhador. Nada lhe dava mais prazer do que passar um dia no mar puxando redes que deixavam suas mãos em carne viva e sangrando. Ele sabia manejar um barco, tinha força para remar bem quando não havia vento; sabia preparar armadilhas, atirar com arco, cavar um túmulo, castrar um bezerro, colocar telhado de sapé ou cortar feno o dia todo. Era um rapaz do interior, grande, ossudo, de cabelos pretos, mas Deus lhe dera um pai que queria que Thomas se elevasse acima das coisas comuns. Queria que o rapaz fosse padre, motivo pelo qual Thomas acabara de terminar o primeiro ano em Oxford.

— O que é que você faz em Oxford, Thomas? — perguntou Edward.

— Tudo o que não deveria fazer — disse Thomas. Ele afastou os cabelos pretos do rosto, ossudo como o do pai. Tinha olhos muito azuis, um queixo comprido, olhos ligeiramente encovados e um sorriso fácil. As moças da aldeia o achavam bonito.

— Em Oxford tem garotas? — perguntou John com ar zombeteiro.

— Mais do que o suficiente — disse Thomas.

— Não conte isso ao seu pai — disse Edward. — Senão, ele vai chicoteá-lo de novo. Seu pai é bom com o chicote.

— Não há ninguém melhor do que ele — concordou Thomas.

— Ele só quer o melhor para você — disse John. — Não se pode culpar um homem por isso.

15
PRÓLOGO

Thomas culpava o pai, sim. Ele sempre culpou o pai. Brigara com o pai durante anos, e nada provocava tanto a raiva entre os dois quanto a obsessão de Thomas com os arcos. O pai de sua mãe era fabricante de arcos no Weald, e Thomas morara com o avô até quase os dez anos de idade. Depois, seu pai o levou para Hookton, onde ele conhece o caçador de Sir Giles Marriott, outro homem perito na arte do arco, e o caçador se tornou seu novo tutor. Thomas fez seu primeiro arco aos onze anos de idade, mas quando o pai encontrou a arma feita em madeira de olmo, quebrou-a contra os joelhos e usou os pedaços para dar uma coça no filho.

— Você não é um homem comum — gritou o pai, batendo com as ripas nas costas, na cabeça e nas pernas de Thomas, mas nem as palavras nem a surra deram resultado. E como normalmente o pai de Thomas estava preocupado com outras coisas, Thomas tinha bastante tempo para dar curso a sua obsessão.

Aos 15 anos era um fabricante de arcos tão bom quanto o avô, sabendo por instinto como dar forma a uma ripa de teixo para que o bojo viesse do cerne denso, enquanto a frente era feita de alburno, mais flexível. Quando o arco era curvado, o cerne sempre tentava voltar à posição original, reta, e o alburno era o músculo que tornava isso possível. Para o raciocínio rápido de Thomas havia algo de elegante, simples e belo num bom arco. Suave e forte, um bom arco era como o ventre liso de uma garota, e naquela noite, fazendo a vigília da Páscoa na igreja de Hookton, Thomas lembrou-se de Jane, que servia na pequena cervejaria da aldeia.

John, Edward e os outros dois homens estavam falando de coisas da aldeia: o preço das ovelhas na feira de Dorchester, a velha raposa em Lipp Hill que comera todo um bando de gansos numa só noite e o anjo que tinha sido visto sobre os telhados em Lyme.

— Eu acho que eles andam bebendo demais — disse Edward.

— Eu vejo anjos quando bebo — disse John.

— Deve ser a Jane — disse Edward. — Ela parece um anjo.

— Ela não se porta como anjo — disse John. — A moça está grávida — e os quatro se voltaram para Thomas, que olhava, com ar de inocente, para o tesouro que pendia das vigas. Na verdade, Thomas tinha medo de que a criança fosse mesmo dele e estava aterrorizado com o que seu pai iria dizer quando descobrisse, mas naquela noite fingiu ignorar a gravidez de Jane. Limitou-se a olhar para o tesouro, meio oculto por uma rede de pesca pendurada para secar, enquanto os quatro homens mais velhos foram adormecendo aos poucos. Uma corrente de ar frio estremeceu as chamas gêmeas das velas. Um cão uivou em algum ponto da aldeia, e Thomas ouvia o bater incessante do coração do mar quando as ondas martelavam o cascalho e depois recuavam, faziam uma pausa e batiam de novo. Ouvia os quatro homens roncando e rezou para que seu pai nunca descobrisse a respeito de Jane, embora não fosse provável que isso acontecesse, porque ela estava pressionando Thomas para se casar com ela e ele não sabia o que fazer. Talvez, pensava ele, ele devesse simplesmente fugir, pegar Jane e o arco e correr, mas não tinha certeza e por isso se limitava a olhar a relíquia no teto da igreja e rezava para o santo, pedindo ajuda.

O tesouro era uma lança. Era um objeto grande, com uma haste grossa como o antebraço de um homem, medindo duas vezes a altura de um homem. Provavelmente era de freixo, embora fosse tão velha que ninguém podia dizer ao certo, e a idade tinha envergado, embora não muito, a haste escurecida. A ponta não era uma lâmina de ferro ou aço, mas uma cunha de prata que perdera o brilho e terminava numa ponta de punhal. A haste não engrossava para proteger a mão que a empunhasse, mas era lisa como um arpão ou aguilhão; na verdade, a relíquia parecia muito um aguilhão de tamanho exagerado, mas nenhum fazendeiro colocaria num aguilhão uma ponta de prata. Aquilo era uma arma, uma lança.

Mas não era uma lança velha qualquer. Era exatamente a lança que São Jorge usara para matar o dragão. Era a lança da Inglaterra, porque São Jorge era o santo da Inglaterra e isso a tornava uma peça muito valiosa, ainda que estivesse pendurada no teto cheio das teias de aranha da igreja de Hookton. Muita gente dizia que ela não podia ter sido a lança de São Jorge, mas Thomas acreditava nisso e gostava de imaginar a poeira levantada pelas patas do cavalo de São Jorge, e o bafo do dragão saindo numa chama infernal enquanto o cavalo empinava e o santo recuava a lança. A luz do sol, brilhante como a asa de um anjo, devia estar faiscando em torno do elmo de São Jorge, e Thomas imaginava o rugido do dragão, o agitar de sua cauda coberta de escamas, o cavalo relinchando de terror, e via o santo de pé, apoiado nos estribos, antes de mergulhar a ponta de prata da lança na pele encouraçada do dragão. A lança foi direto ao coração, e os uivos do dragão devem ter alcançado o céu enquanto ele tremia, sangrava e morria. Depois a poeira deve ter assentado e o sangue do dragão coagulado sobre a areia do deserto, e São Jorge provavelmente arrancou a lança e de algum modo ela acabara em poder do padre Ralph. Mas como? O padre não dizia. Mas lá estava ela, pendurada, uma grande lança escura, pesada o bastante para esmagar as escamas do dragão.

Por isso, naquela noite Thomas rezou para São Jorge enquanto Jane, a beldade de cabelos negros cuja barriga ia se arredondando com o filho por nascer, dormia no bar da cervejaria e o padre Ralph gritava em seu pesadelo com medo dos demônios que se acercavam no escuro e as raposas uivavam no alto do morro, enquanto as intermináveis ondas agarravam e chupavam o cascalho no Hook. Era a noite da véspera da Páscoa.

Thomas acordou com o som dos frangos da aldeia e viu que as dispendiosas velas tinham queimado até quase chegarem aos castiçais de peltre. Uma luz cinzenta enchia a janela acima do altar revestido de branco. Um dia, prometera o padre Ralph à aldeia, aquela janela seria um esplendor de vitral mostrando São Jorge espetando o dragão com a lança de ponta de prata, mas por enquanto a esquadria de pedra emoldurava as placas de chifre transparente que deixavam o ar dentro da igreja com um amarelo do tom de urina.

Thomas se levantou, precisando urinar, e os primeiros gritos horríveis vieram da aldeia.

Porque a Páscoa chegara, Cristo ressuscitara e os franceses tinham desembarcado.

Os atacantes chegaram da Normandia em quatro barcos que navegaram aproveitando o vento oeste durante a noite. O líder, Sir Guillaume d'Evecque, o Sieur d'Evecque, era um guerreiro experiente que tinha combatido os ingleses na Gasconha e em Flandres e por duas vezes fizera ataques repentinos à costa sul da Inglaterra. Em ambas as ocasiões ele levara seus barcos a salvo para casa, com cargas de lã, prata, gado e mulheres. Morava numa bela casa de pedra na Île St. Jean, de Caen, onde era conhecido como o cavaleiro de terra e mar. Tinha trinta anos de idade, peito largo, a pele queimada pelo vento e cabelos louros, um homem alegre e estouvado que vivia à custa de pirataria no mar e de serviços de cavaleiro em terra, e agora tinha ido a Hookton.

Era um lugar insignificante, dificilmente capaz de proporcionar uma grande recompensa, mas Sir Guillaume fora contratado para o serviço e se fracassasse em Hookton, se não tirasse ao menos uma única moeda de baixo valor de um aldeão, ainda iria ter lucro, porque lhe haviam prometido mil libras por aquela expedição. O contrato estava assinado e selado, e prometia a Sir Guillaume as mil libras junto com qualquer outro butim que ele encontrasse em Hookton. Cem libras já haviam sido pagas, e o restante estava sob a guarda do padre Martin na Abbaye aux Hommes, em Caen, e tudo o que Sir Guillaume tinha que fazer para receber as outras novecentas era levar seus barcos a Hookton, tirar o que quisesse, mas deixar o que se achava na igreja para o homem que lhe oferecera um contrato tão generoso. Aquele homem estava, agora, ao lado de Sir Guillaume no barco que chefiava a expedição.

Era um jovem que ainda não completara trinta anos, alto e de cabelos pretos, que raramente falava e sorria ainda menos. Usava uma cota de malha cara que lhe caía até os joelhos, e por cima dela um sobretudo de linho preto sem escudo algum, embora Sir Gillaume imaginasse que o homem fosse de origem nobre, porque tinha a arrogância da classe e a confiança do privilégio. Era certo que ele não era um nobre normando, porque Sir Guillaume conhecia todos aqueles homens, e Sir Guillaume duvidava que o jovem fosse de Alençon ou de Maine, que ficavam perto, porque tinha cavalgado com aquelas forças com muita freqüência, mas o tom amarelado da pele do estranho sugeria que ele vinha de uma das províncias do Mediterrâneo, talvez de Languedoc ou de Dauphine, e todos daquela área eram loucos. Loucos como cães. Sir Guillaume sequer sabia o nome do homem.

— Algumas pessoas me chamam de o Arlequim — respondera o estranho quando Sir Guillaume perguntara.

— Arlequim? — Sir Guillaume repetira o nome, fazendo depois o sinal-da-cruz, porque um nome daqueles não era motivo de orgulho. — O senhor quer dizer como o *hellequin*?

— *Hellequin* na França — admitira o homem —, mas na Itália eles dizem Arlequim. Dá no mesmo. — O homem havia sorrido, e algo naquele sorriso sugerira que era melhor Sir Guillaume conter a curiosidade se quisesse receber as novecentas libras restantes.

O homem que se dizia chamar o Arlequim agora olhava fixo para a costa enevoada onde se podia vislumbrar uma torre baixa de igreja, um amontoado de telhados vagos e uma mancha de fumaça que saía das fogueiras das salinas.

— Aquela é Hookton? — perguntou ele.

— É o que ele diz — respondeu Sir Guillaume, sacudindo a cabeça em direção ao capitão do barco.

— Pois que Deus tenha piedade dela — disse o homem. Ele sacou a espada, muito embora os quatro barcos ainda estivessem a uns oitocentos metros da costa. Os besteiros genoveses, contratados para a viagem, fizeram o sinal-da-cruz e começaram a enrolar suas cordas enquanto Sir Guillaume mandava que sua bandeira fosse erguida no mastro. Era uma bandeira azul decorada com três falcões amarelos curvados com as asas abertas e as garras em forma de gancho, prontos para atacar a presa. Sir Guillaume sentia o cheiro das fogueiras das salinas e ouvia os frangos cacarejando em terra.

Os frangos ainda cacarejavam quando as proas de seus quatro navios se chocaram com o cascalho.

Sir Guillaume e o Arlequim foram os primeiros a desembarcar, mas atrás deles seguiram uns vinte besteiros genoveses, soldados profissionais que sabiam o que fazer. Seu líder os levou pela praia e através da aldeia para bloquear o vale que ficava do outro lado, onde iriam deter qualquer um dos aldeões que fugisse com seus pertences de valor. Os homens de Sir Guillaume que restaram iriam saquear as casas, enquanto os marinheiros ficavam na praia para proteger os navios.

Tinha sido uma noite longa, fria e angustiante no mar, mas agora vinha a recompensa. Quarenta soldados armados invadiram Hookton. Usavam elmos justos e vestiam camisas de malha sobre casacos com as costas de couro, levavam espadas, machados ou lanças, e tinham permissão para saquear. A maioria era de veteranos de outras incursões de Sir Guillaume e sabia exatamente o que fazer. Derrubar com pontapés as portas frágeis e começar a matar homens. Deixem que as mulheres gritem, mas matem os homens, porque eram os homens que iriam revidar com maior violência. Algumas mulheres correram, mas os besteiros genoveses lá estavam para detê-las. Uma vez mortos os homens, o saque poderia começar, e isso demorava, porque os camponeses de todas as partes escondiam o que fosse de valor e os esconderijos tinham de ser descobertos. O sapé dos telhados tinha de ser arrancado, poços explorados, pisos investigados, mas muita coisa não estava escondida. Havia presuntos esperando pela primeira refeição depois da Quaresma, prateleiras de peixe defumado ou seco, pilhas de redes, boas panelas para cozinhar, fusos, ovos, batedores para manteiga, barris de sal — tudo muito humilde, mas suficientemente valioso para levar de volta para a Normandia. Algumas casas produziam pequenas reservas de moedas, e uma casa, a do padre, era uma cova de tesouro em artigos folheados de prata, castiçais e jarras. Havia, até, algumas peças de tecido de lã na casa do padre, e uma grande cama esculpida, e um cavalo razoável no estábulo. Sir Guillaume olhou para os 17 livros e concluiu que de nada valiam e, por isso, depois de arrancar os fechos de bronze das capas de couro, ele os deixou para queimar quando as casas fossem incendiadas.

Teve que matar a governanta do padre. Lamentou aquela morte. Sir Guillaume não tinha escrúpulos quanto a matar mulheres, mas sua morte não trazia honraria alguma e por isso ele desestimulava esse tipo de matança, a menos que a mulher criasse problema, e a governanta do padre quis brigar. Avançou contra os soldados de Sir Guillaume com um espeto para assar carne, chamou-os de bastardos e vermes do diabo, e no fim Sir Guillaume abateu-a com sua espada porque ela não queria aceitar o destino que lhe fora reservado.

— Puta idiota — disse Sir Guillaume, passando por cima do corpo dela para dar uma olhada dentro do piso da lareira. Dois belos presuntos estavam sendo defumados na chaminé.

— Tirem eles daí — ordenou a seus homens, e os deixou revistando a casa enquanto se dirigia para a igreja.

O padre Ralph, acordado pelos gritos dos paroquianos, tinha vestido uma sotaina e corrido para a igreja. Os homens de Sir Guillaume o deixaram em paz por uma questão de respeito, mas uma vez dentro da pequena igreja o padre começara a agredir os invasores até que o Arlequim chegou e, com rispidez, mandou que os soldados o detivessem. Eles agarraram seus braços e o mantiveram seguro diante do altar com o frontal branco da Páscoa.

O Arlequim, espada na mão, curvou-se diante do padre Ralph.

— Senhor conde — disse ele.

O padre Ralph fechou os olhos, talvez em oração, embora parecesse mais em desespero. Tornou a abri-los e olhou para o rosto atraente do Arlequim.

— Você é o filho de meu irmão — disse ele, e não parecia aborrecido, em absoluto, apenas cheio de arrependimento.

— É verdade.

— Como vai seu pai?

— Morreu — disse o Arlequim —, tal como o pai dele e seu.

— Que Deus abençoe suas almas — disse o padre Ralph, piedoso.

— E quando você estiver morto, seu velho, eu serei o conde e nossa família tornará a se projetar.

O padre Ralph deu um meio sorriso, depois abanou a cabeça e ergueu os olhos para a lança.

— Ela de nada lhe servirá — disse ele — porque seu poder é reservado para homens virtuosos, e não vai funcionar para um lixo do diabo como você.

Em seguida o padre Ralph soltou um curioso som que parecia um miado quando o ar escapou-lhe e ele baixou os olhos para o ponto em que o sobrinho enfiara a espada em sua barriga. Esforçou-se para falar, mas nenhuma palavra saiu, e desabou quando os soldados o soltaram, ficando caído ao lado do altar, o sangue formando uma poça no seu colo.

O Arlequim limpou a espada no tecido do altar manchado de vinho e mandou que um dos homens de Sir Guillaume procurasse uma escada.

— Uma escada? — perguntou o soldado, confuso.

— Eles cobrem os telhados com sapé, não cobrem? Por isso, têm uma escada. Procure por ela.

O Arlequim embainhou a espada e depois ergueu os olhos para a lança de São Jorge.

— Eu lancei uma maldição sobre ela — disse o padre Ralph com voz fraca. Estava pálido, morrendo, mas parecia estranhamente calmo.

— Sua maldição, senhor, me preocupa tanto quanto o peido de uma criada de taberna.

O Arlequim jogou os castiçais de peltre para um soldado, depois apanhou as hóstias da tigela de barro e enfiou-as na boca. Ergueu a tigela, olhou para a superfície escurecida e concluiu que ela era um objeto sem valor, de modo que a deixou sobre o altar.

— Onde está o vinho? — perguntou ele ao padre Ralph.

O padre Ralph abanou a cabeça.

— *Calix meus inebrians* — disse ele, e o Arlequim limitou-se a rir. O padre Ralph fechou os olhos quando a dor apertou-lhe o ventre. — Oh, Deus — gemeu ele.

O Arlequim agachou-se ao lado do tio.

— Está doendo?

— Como se estivesse em fogo — disse o padre Ralph.

— Vai arder no inferno, meu senhor — disse o Arlequim e, vendo que o padre Ralph estava apertando a barriga ferida para estancar o fluxo de sangue, puxou as mãos do padre, afastando-as, e, de pé, deu-lhe um forte pontapé no estômago. O padre Ralph arfou de dor e encolheu o corpo. — Um presente de sua família — disse o Arlequim, girando sobre os calcanhares e se afastando enquanto uma escada era trazida para dentro da igreja.

A aldeia se enchia de gritos, porque a maioria das mulheres e crianças ainda vivia e seu sofrimento mal começara. Todas as mulheres mais jovens foram rapidamente estupradas pelos homens de Sir Guillaume e as mais bonitas, inclusive Jane da cervejaria, foram levadas para os navios que as transportariam para a Normandia para tornarem-se prostitutas ou esposas dos soldados de Sir Guillaume. Uma das mulheres gritou porque o seu filhinho ainda estava dentro da casa, mas os soldados não entenderam o que ela dizia e bateram nela para que se calasse, empurrando-a depois para as mãos dos marinheiros, que a deitaram no cascalho e levantaram-lhe as saias. Ela chorou, inconsolável, enquanto sua casa pegava fogo. Gansos, porcos, bodes, seis vacas e o bom cavalo do padre foram levados para os navios, enquanto as gaivotas giravam pelo ar, gritando.

O sol mal se levantara acima das colinas do leste, e a aldeia já rendera mais do que Sir Guillaume ousara esperar.

— Nós poderíamos penetrar na área — sugeriu o capitão dos besteiros genoveses.

— Já temos o que viemos buscar — interveio o Arlequim vestido de preto. Ele colocara a pesada lança de São Jorge sobre a relva do cemitério, e agora olhava para a velha arma como se estivesse tentando compreender seu poder.

— O que é isso? — perguntou o besteiro genovês.

— Nada que lhe seja útil.

Sir Guillaume sorriu.

— Dê um golpe com isso — disse ele — e ela vai se despedaçar como marfim.

O Arlequim deu de ombros. Encontrara o que queria, e a opinião de Sir Guillaume não lhe interessava.

— Avançar para o interior — tornou a sugerir o capitão genovês.

— Alguns quilômetros, talvez — disse Sir Guillaume. Ele sabia que os temíveis arqueiros ingleses acabariam indo para Hookton, mas provavelmente só depois do meio-dia, e ficou imaginando se não haveria uma outra aldeia perto dali que valesse a pena ser saqueada. Viu uma menina aterrorizada, talvez de onze anos, sendo carregada para a praia por um soldado.

— Quantos mortos? — perguntou ele.

— Nossos? — O capitão genovês parecia surpreso com a pergunta. — Nenhum.

— Nossos, não; deles.

— Trinta homens? Quarenta? Algumas mulheres?

— E não sofremos nem um arranhão! — exultou Sir Guillaume.

— É uma pena parar agora.

Ele olhou para o homem que o contratara, mas o homem de preto não parecia se importar com o que eles fizessem, enquanto o capitão genovês limitou-se a grunhir, o que surpreendeu Sir Guillaume, porque ele pensava que o homem estava ansioso para ampliar a incursão. Viu então que o grunhido do homem não era causado por qualquer falta de entusiasmo, mas por uma flecha de penas brancas que se enterrara em seu peito. A flecha penetrara a cota de malha e o casaco ferroado de couro nas costas como uma agulha grossa atravessando um tecido de linho, matando o besteiro quase instantaneamente.

Sir Guillaume jogou-se ao chão, e um segundo depois uma outra flecha passou por cima dele e com um barulho surdo cravou-se na turfa. O Arlequim apanhou a lança e correu em direção à praia, enquanto Sir Guillaume cambaleava até a proteção do alpendre da igreja.

— Bestas! — gritou ele. — Bestas!

Alguém estava reagindo ao ataque.

Thomas ouvira os gritos e, como os outros quatro homens na igreja, tinha ido até a porta para ver o que significavam, mas assim que chegaram ao alpendre um bando de homens armados, as cotas de malha e os elmos cinza-escuros no alvorecer, surgiram no cemitério.

Edward bateu a porta da igreja, baixou a tramela e benzeu-se.

— Meu Jesus — disse ele, perplexo, encolhendo-se quando um machado bateu na porta. — Me dê isso! — Ele tirou a espada de Thomas.

Thomas deixou que ele a pegasse. A porta da igreja tremia, agora, enquanto dois ou três machados atacavam a madeira velha. Os aldeões sempre imaginaram que Hookton era pequena demais para ser atacada, mas a porta da igreja estava ficando em pedaços diante dos olhos de Thomas e ele sabia que deviam ser os franceses. Ao longo de toda a costa contavam-se histórias de desembarques como aquele, e orações eram feitas para poupar o pessoal das incursões, mas o inimigo ali estava e a igreja ecoava o barulho de seus golpes de machado.

Thomas estava em pânico, mas não percebeu. Só sabia que tinha de fugir da igreja, e por isso correu e saltou para o altar. Esmagou o cálice de prata com o pé direito e chutou-o para longe do altar enquanto subia para o parapeito da grande janela do leste, onde bateu nos painéis amarelos, estilhaçando o chifre e fazendo-o cair no pátio da igreja. Viu homens de casacos vermelhos e verdes passando correndo pela cervejaria, mas nenhum deles olhou em sua direção quando ele saltou para o pátio e correu para a vala, onde rasgou a roupa enquanto rastejava para atravessar a cerca de espinhos do outro lado. Cruzou o caminho, pulou a cerca para o jardim da casa de seu pai e bateu na porta da cozinha, mas ninguém respondeu e um dardo de uma besta bateu na verga da porta a centímetros do seu rosto. Thomas se agachou e correu pelos pés de feijão até o estábulo, onde seu pai guardava um cavalo. Não havia tempo para salvar o animal, e por isso Thomas subiu para o depósito de feno, onde escondia seu arco e suas flechas. Uma mulher gritou perto dali. Cães uivavam. Os franceses gritavam enquanto derrubavam portas com os pés. Thomas pegou seu arco e o saco de flechas, arrancou o sapé das vigas, espremeu-se para passar pelo buraco e caiu no pomar do vizinho.

Correu, então, como se o diabo estivesse em seus calcanhares. Uma seta de besta bateu na relva quando ele chegou ao morro Lipp e dois dos besteiros genoveses começaram a persegui-lo, mas Thomas era jovem, alto, forte e ligeiro. Subiu o morro correndo, cortando um pasto que brilhava com prímulas silvestres e margaridas, saltou um obstáculo que bloqueava uma abertura numa cerca viva e virou para a direita, em direção à crista do morro. Foi até o bosque, no lado mais distante do morro, e ali deixou-se cair no chão para recuperar o fôlego em meio a um declive que oscilava com o vento que agitava uma nuvem de jacintos. Ficou ali deitado, ouvindo as ovelhas no campo perto dali. Esperou, sem ouvir nada de desfavorável. Os besteiros haviam desistido da perseguição.

Thomas ficou deitado nos jacintos por muito tempo, mas por fim rastejou cautelosamente de volta ao topo do morro, de onde podia ver um grupo de mulheres idosas e crianças espalhando-se no morro mais adiante. Aquela gente dera um jeito de escapar dos besteiros e sem dúvida iria fugir para o norte, para alertar Sir Charles Marriott, mas Thomas não se uniu a eles. Em vez disso, foi descendo para um matagal de aveleiras onde mercuriais vivazes floresciam e de onde ele podia ver sua aldeia morrendo.

Homens carregavam espólios para os quatro navios estranhos atracados no cascalho do Hook. O primeiro telhado de sapé estava sendo incendiado. Dois cães jaziam mortos na rua ao lado de uma mulher, completamente nua, que estava sendo mantida deitada enquanto franceses erguiam suas camisas de malha para servirem-se dela. Thomas lembrou-se de que há não muito tempo ela se casara com um pescador cuja primeira mulher tinha morrido de parto. Ela era muito recatada e feliz, mas agora, quando tentou rastejar para fora da estrada, um francês deu-lhe um pontapé na cabeça e curvou-se de tanto rir. Thomas viu Jane, a garota que ele temia ter engravidado, sendo arrastada em direção aos navios e se envergonhou da sensação de alívio por não ter de enfrentar seu pai com a novidade sobre ela. Mais choupanas estavam sendo incendiadas enquanto franceses atiravam palha em chamas para os telhados, e Thomas viu a fumaça espiralar e engrossar, abrindo caminho por entre os brotos de aveleira até um local em que as flores dos espinheiros eram espessas, brancas e boas para servir de esconderijo. Foi ali que ele retesou a corda do arco.

Era o melhor arco que ele já fizera. Fora cortado de uma aduela atirada na praia, vinda de um navio que naufragara no canal. Uma dúzia de aduelas tinha chegado à praia de cascalho de Hookton levada pelo vento sul, e o caçador de Sir Giles Marriott achava que deviam ser de teixo italiano, porque era a madeira mais bela que ele já vira. Thomas havia vendido onze das aduelas de textura fina em Dorchester, mas ficara com a melhor. Ele a esculpira, aquecera as pontas com vapor para lhes conferir uma ligeira curvatura contra o grão da madeira, e depois pintara o arco com uma mistura de fuligem e óleo de linhaça. Fervera a mistura na cozinha da casa de sua mãe nos dias em que o pai estava fora, e o pai de Thomas nunca descobriu o que ele tinha feito, embora às vezes reclamasse do cheiro e a mãe de Thomas dissesse que estivera fazendo uma poção para envenenar os ratos. O arco tinha sido pintado para impedir que ficasse inteiramente seco, o que deixaria a madeira quebradiça e a partiria sob a pressão da corda esticada. A tinta secara e ficara com uma cor de ouro escuro, tal como os arcos que o avô de Thomas fazia na região sul da Inglaterra, mas Thomas queria que ficasse mais escura, e por isso esfregara mais fuligem para penetrar na madeira e besuntara-a com cera de abelha, por quinze dias, até que o arco ficou tão preto quanto a haste da lança de São Jorge. Ele havia colocado nas duas pontas do arco dois pedaços de chifre entalhado para segurar uma corda de fios de cânhamo entrelaçados que tinham sido encharcados com cola de casco de animal, depois enrolou ainda mais cânhamo no ponto em que a flecha iria se apoiar. Tinha roubado moedas do pai para comprar pontas de flechas em Dorchester, depois fizera as hastes de freixos e penas de ganso, e naquela manhã de Páscoa estava com 23 daquelas boas flechas no saco.

  Thomas colocou a corda no arco, tirou uma flecha emplumada de branco e olhou para os três homens ao lado da igreja. Eles estavam bem longe, mas o arco preto era uma arma tão grande quanto qualquer outra já feita até então, e o poder em seu arco de teixo era impressionante. Um dos homens vestia uma cota de malha simples, outro um sobretudo preto liso, enquanto o terceiro tinha uma jaqueta vermelha e verde por cima da cota de malha, e Thomas concluiu que o homem vestido de maneira mais espalhafatosa devia ser o líder da incursão, e por isso devia morrer.

  A mão esquerda de Thomas tremeu ao armar o arco. Estava com a boca seca, amedrontado. Sabia que iria atirar a esmo, de modo que abaixou o braço e soltou a tensão da corda. Lembre-se, disse a si mesmo, lembre-se de tudo que já lhe foi ensinado. Um arqueiro não mira, ele mata. Está tudo na cabeça, nos braços, nos olhos, e matar um homem não é diferente de matar uma corça. Puxar e soltar, era só isso, e era por isso que tinha treinado por mais de dez anos, para que o ato de puxar e soltar se tornasse tão natural quanto respirar e tão fluente quanto a água que corria de uma nascente. Olhe e solte, não pense. Puxe a corda e deixe que Deus guie a flecha.

A fumaça se tornava mais espessa sobre Hookton. Thomas sentiu uma imensa raiva aumentar rapidamente e esticou a mão esquerda para a frente, puxando o arco para trás com a direita, e em momento algum tirou os olhos da jaqueta vermelha e verde. Puxou até a corda ficar ao lado do ouvido direito e então soltou.

Aquela foi a primeira vez em que Thomas de Hookton disparou uma flecha em direção a um homem e ele soube que ela atingiria o alvo assim que saltou da corda, porque o arco não tremeu. A flecha voou com precisão e ele a viu fazer a curva para baixo, afundar do morro e atingir a jaqueta verde e vermelha com violência e penetrando bem. Thomas disparou uma segunda flecha, mas o homem de cota de malha curvou-se e disparou para o alpendre da igreja enquanto o terceiro homem apanhava a lança e corria para a praia, onde ficou oculto pela fumaça.

Thomas tinha agora 21 flechas. Uma para cada um dos membros da Santíssima Trindade, pensou ele, e outra para cada ano de sua vida, e essa vida estava ameaçada, porque 12 besteiros corriam em direção ao morro. Ele disparou uma terceira flecha e voltou correndo em meio às aveleiras. Sentiu-se repentinamente exultante, cheio de uma sensação de poder e satisfação. Naquele instante em que a primeira flecha deslizara no céu, ele soubera que não queria mais do que aquilo da vida. Era um arqueiro. Por ele, Oxford podia ir para o inferno, porque Thomas descobrira o que lhe dava prazer. Gritou de satisfação ao subir o morro correndo. Setas disparadas por bestas rasgavam as folhas de aveleiras e ele percebeu que elas faziam um ruído surdo, quase um sussurro, enquanto voavam. E então passou pela crista do morro, onde correu para o oeste durante alguns metros antes de voltar para o topo. Fez uma pausa suficiente para disparar mais uma flecha, depois voltou-se e tornou a correr.

Thomas guiou os besteiros genoveses numa dança da morte — do morro a fileiras de cerca viva, por trilhas que ele conhecia desde criança — e eles, tolamente, o seguiam, porque o orgulho não os deixava admitir a derrota. Mas estavam derrotados, e dois morreram antes que um trompete soasse da praia, chamando os atacantes de volta para os navios. Os genoveses deram meia-volta, parando apenas para apanhar a arma, as sacolas, a malha e o casaco de um de seus mortos, mas Thomas matou mais um deles enquanto eles se curvavam sobre o corpo, e dessa vez os sobreviventes simplesmente fugiram.

Thomas desceu atrás deles para a aldeia coberta por um manto de fumaça. Passou correndo pela cervejaria, que estava um inferno, e dali para o cascalho, onde os quatro navios estavam sendo empurrados para o mar. Os marinheiros soltaram-se com longos remos, e se dirigiram para o mar. Rebocaram os três melhores barcos de Hookton e deixaram os outros queimando. A aldeia também ardia, o sapé espiralando pelo ar em centelhas, fumaça e fragmentos em chamas. Thomas disparou uma última flecha inútil da praia e a viu mergulhar no mar sem atingir os assaltantes em fuga. Girou sobre os calcanhares e voltou pela aldeia fedorenta, queimando, ensangüentada, em direção à igreja, o único prédio que os atacantes não tinham incendiado. Os quatro companheiros de sua vigília estavam mortos, mas o padre Ralph ainda vivia. Estava sentado, as costas apoiadas no altar. A parte inferior da batina estava escura de sangue fresco, e o rosto comprido era de uma brancura fora do comum.

Thomas ajoelhou-se ao lado do padre.

— Padre?

O padre Ralph abriu os olhos e viu o arco. Fez uma careta, se de dor ou desaprovação, Thomas não sabia.

— Você matou alguns deles? — perguntou o padre.

— Matei um bocado — disse Thomas.

O padre Ralph fez uma careta e tremeu. Thomas concluiu que o padre era um dos homens mais fortes que ele já conhecera, imperfeito, talvez, mas resistente como uma aduela de teixo, e agora estava morrendo e havia um queixume em sua voz.

— Thomas, você não quer ser padre, quer? — Ele fez a pergunta em francês, a língua que a mãe de Thomas falava.

— Não — respondeu Thomas na mesma língua.

— Você vai ser soldado — disse o padre —, tal como seu avô.

Fez uma pausa e gemeu quando um novo golpe de dor veio de seu ventre. Thomas queria ajudá-lo, mas na verdade nada havia a fazer. O Arlequim enfiara a espada no ventre do padre Ralph e só Deus poderia salvá-lo agora.

— Eu discutia com o meu pai — disse o moribundo — e ele me renegou. Deserdou-me e desde então eu tenho me recusado a reconhecê-lo. Mas você, Thomas, você se parece com ele. Muito. E você sempre discutiu comigo.

— Sim, padre — disse Thomas. Ele tomou a mão de seu pai e o padre não resistiu.

— Eu amava sua mãe — disse o padre Ralph — e esse foi o meu pecado, e você é o fruto desse pecado. Pensei que se você fosse padre poderia elevar-se acima do pecado. Ele nos inunda, Thomas, ele nos inunda. Está em toda parte. Eu vi o diabo, Thomas, vi com meus próprios olhos, e nós temos de lutar contra ele. Só a Igreja pode fazer isso. Só a Igreja. — As lágrimas desceram pelas encovadas faces com a barba por fazer. — Eles roubaram a lança — disse ele, triste.

— Eu sei.

— Meu bisavô a trouxe da Terra Santa — disse o padre Ralph — e eu a roubei de meu pai e o filho do meu irmão a roubou de nós, hoje. — Ele falava baixinho. — Ele vai fazer o mal com ela. Traga-a para casa, Thomas. Traga-a para casa.

— Vou trazer — prometeu-lhe Thomas. A fumaça começou a ficar espessa na igreja. Os atacantes não haviam posto fogo nela, mas o sapé era atingido pelas chamas que vinham dos fragmentos em chamas que enchiam o ar. — O senhor disse que o filho de seu irmão a roubou? — perguntou Thomas.

— Seu primo — sussurrou o padre Ralph, os olhos fechados. — O que estava vestido de preto. Ele veio e a roubou.

— Quem é ele? — perguntou Thomas.

— O mal — disse o padre Ralph. — O mal. — Gemeu e abanou a cabeça.

— Quem é ele? — insistiu Thomas.

— *Calix meus inebrians* — disse o padre Ralph numa voz um pouco acima de um sussurro. Thomas sabia que era uma frase de um salmo e significava "minha taça me deixa bêbado", e sabia que a mente de seu pai estava fraquejando, enquanto sua alma pairava perto de seu corpo moribundo.

— Me diga quem foi seu pai! — exigiu Thomas. O que ele queria perguntar era "quem sou eu?" Me diga quem é o senhor, pai. Mas os olhos do padre Ralph estavam fechados, embora ele ainda apertasse a mão de Thomas.

— Pai? — perguntou Thomas. A fumaça aumentou na igreja e saiu pela janela que Thomas havia quebrado para fugir. — Pai?

Mas seu pai nunca mais voltou a falar. Morreu, e Thomas, que tinha lutado contra ele a vida toda, chorou como uma criança. Algumas vezes sentiu vergonha do pai, mas naquela enfumaçada manhã da Páscoa teve consciência de que o amava. A maioria dos padres renegava os filhos, mas o padre Ralph nunca escondera Thomas. Ele havia deixado que o mundo pensasse o que quisesse e confessara livremente ser tanto homem quanto padre, e se pecara ao amar sua governanta, tratava-se de um pecado doce que ele jamais negava, embora fizesse atos de contrição e temesse ser punido no além por causa dele.

Thomas puxou o pai para longe do altar. Ele não queria que o corpo fosse queimado quando o teto desabasse. O cálice de prata que Thomas esmagara por acidente estava debaixo do manto ensopado de sangue do morto e Thomas colocou-o no bolso antes de arrastar o cadáver para fora, para o cemitério. Colocou seu pai ao lado do corpo do homem de casaco vermelho e verde e agachou-se ali, chorando, sabendo que havia falhado em sua primeira vigília de Páscoa. O diabo roubara os sacramentos, a lança de São Jorge desaparecera e Hookton estava morta.

Ao meio-dia, Sir Giles Marriott chegou à aldeia com uns vinte homens armados de arco e podeiras. Sir Giles vestia cota de malha e levava uma espada, mas não havia mais inimigo a ser combatido e Thomas era a única pessoa que restava na aldeia.

— Três falcões amarelos sobre um campo azul — disse Thomas a Sir Giles.

— Thomas? — perguntou Sir Giles, intrigado. Ele era o senhor da casa e estava velho, embora em sua juventude tivesse portado uma lança contra os escoceses e os franceses. Tinha sido um bom amigo do pai de Thomas, mas não entendia o rapaz, que ele achava ter sido criado selvagem como um lobo.

— Três falcões amarelos num campo azul — disse Thomas em tom vingativo —, são as armas do homem que fez isso.

Seriam as armas de seu primo? Ele não sabia. Seu pai deixara muitas perguntas sem resposta.

— Não sei de quem é esse brasão — disse Sir Giles —, mas vou rezar pela entranhas de Deus para que ele berre no inferno por esse ato.

Nada havia a fazer enquanto os incêndios não se apagassem naturalmente, e só então os corpos poderiam ser retirados das cinzas. Os mortos queimados estavam escurecidos e grotescamente encolhidos pelo calor, de modo que até mesmo os mais altos dos homens pareciam crianças. Os aldeões mortos foram levados para o cemitério para terem um enterro adequado, mas os corpos dos quatro besteiros foram arrastados até a praia e, lá, tiveram as roupas arrancadas, ficando nus.

— Você fez isso? — perguntou Sir Giles a Thomas.

— Fiz sim, senhor.

— Então eu lhe agradeço.

— Meus primeiros franceses mortos — disse Thomas, com raiva.

— Não — disse Sir Giles, e ergueu uma das túnicas do homem para mostrar a Thomas a insígnia de um cálice verde bordado na manga. — Eles são de Gênova — disse Sir Giles. — Os franceses os contratam como besteiros. Eu matei alguns, na minha época, mas lá, de onde eles vêm, há sempre mais. Você sabe que insígnia é essa?

— Um cálice?

Sir Giles abanou a cabeça.

— O Santo Graal. Eles acham que o têm na catedral deles. Me disseram que é um grande cálice verde, esculpido em uma esmeralda e trazido das cruzadas. Eu gostaria de vê-lo um dia.

— Neste caso, eu o trarei para o senhor — disse Thomas, com amargor —, assim como vou trazer de volta nossa lança.

Sir Giles olhou para o mar. Os navios dos atacantes tinham desaparecido havia muito, e nele só viu o sol e as ondas.

— Por que eles viriam aqui? — perguntou ele.

— Para pegar a lança.

— Duvido que fosse legítima — disse Sir Giles. Seu rosto agora estava vermelho, os cabelos brancos e o semblante pesado. — Aquilo era apenas uma velha lança, nada mais.

— É verdadeira — insistiu Thomas —, e foi por isso que eles vieram.

Sir Giles não discutiu.

— Seu pai — disse ele, em vez disso — teria querido que você terminasse os estudos.

— Meus estudos terminaram — disse Thomas, com clareza. — Estou indo para a França.

Sir Giles fez um gesto afirmativo com a cabeça. Reconhecia que o rapaz estava mais apto a ser um soldado do que padre.

— Você vai como arqueiro — perguntou ele, olhando para o grande arco no ombro de Thomas —, ou quer entrar para minha casa e ter o treinamento de um soldado? — Deu um meio sorriso. — Você nasceu em berço nobre, sabe?

— Eu sou um filho bastardo — insistiu Thomas.

— Seu pai era bem nascido.

— O senhor sabe de que família? — perguntou Thomas.

Sir Giles deu de ombros.

— Ele nunca me disse, e se eu insistia, dizia apenas que Deus era o pai dele e a mãe era a Igreja.

— E minha mãe — disse Thomas — era governanta de um padre e filha de um fabricante de arcos. Irei para a França como arqueiro.

— Há mais honra como soldado — observou Sir Giles, mas Thomas não queria honras. Queria vingança.

Sir Giles deixou que ele escolhesse o que queria dos inimigos mortos e Thomas apanhou uma cota de malha, um par de botas de cano longo, uma faca, uma espada, um cinto e um capacete. Eram objetos simples, mas úteis, e só a cota de malha precisava de remendo, porque ele enfiara uma flecha que penetrara nos elos. Sir Giles disse que devia dinheiro ao pai de Thomas, o que podia ou não ser verdade, e pagou-o a Thomas com o presente de um cavalo castrado, de quatro anos.

— Você vai precisar de um cavalo — disse ele — porque hoje em dia todos os arqueiros são montados. Vá para Dorchester — aconselhou ele a Thomas — e é bem provável que encontre alguém recrutando arqueiros.

Os cadáveres genoveses foram decapitados e os corpos deixados para apodrecer, enquanto as cabeças foram empaladas em estacas e fincadas ao longo da margem mais alta do cascalho do Hook. As gaivotas devoraram os olhos e bicaram a pele, descarnando as cabeças e revelando ossos que fitavam apaticamente o mar.

Mas Thomas não viu os crânios. Tinha atravessado a água, apanhado seu arco preto e se juntado às guerras.

Primeira Parte
BRETANHA

eRA INVERNO. Um frio vento matutino soprava do mar, trazendo um cheiro amargo de sal e uma chuva que inevitavelmente solaparia o poder das cordas dos arcos se não passasse.

— Isso — disse Jake — nada mais é do que uma perda danada de tempo.

Ninguém prestou atenção a ele.

— Eu podia ter ficado em Brest — resmungou Jake —, sentado junto a uma lareira. Bebendo cerveja.

Uma vez mais, ele foi ignorado.

— Nome engraçado para uma cidade — disse Sam depois de um longo tempo. — Brest.* Mas eu gosto dele. — Olhou para os arqueiros. — Será que veremos Blackbird novamente? — indagou.

— Talvez ela fure a sua língua com uma seta — rosnou Will Skeat — e faça um favor a todos nós.

Blackbird era uma mulher que lutava nos muros da cidade toda vez que o exército fazia um ataque. Era jovem, tinha cabelos pretos, usava uma capa preta e disparava uma besta. No primeiro assalto, quando os arqueiros de Will Skeat ficaram na vanguarda do ataque e perderam quatro homens, tinham chegado perto o bastante para ver Blackbird com nitidez e todos a acharam bonita, embora depois de uma campanha de inverno

---

*Brest é a pronúncia do inglês *breast*, que significa seio. (N. *do T.*)

de fracasso, frio, lama e fome, quase qualquer mulher pareceria bonita. Ainda assim, havia algo de especial em Blackbird.

— Não é ela que carrega a besta que ela usa — disse Sam, inabalável diante do mau humor de Skeat.

— É claro que não — disse Jake. — Ainda está por nascer uma mulher que possa armar uma besta.

— A Dozy Mary podia — disse outro homem. — Ela tem músculos de um touro castrado.

— E fecha os olhos quando atira — disse Sam, ainda falando de Blackbird. — Eu percebi.

— Isso é porque você não estava fazendo o que devia — disse Will Skeat com rispidez —, por isso, cale a boca, Sam.

Sam era o mais jovem dos homens de Skeat. Alegava ter 18 anos, apesar de não ter certeza disso, porque perdera a conta. Era filho de um vendedor de tecidos e roupas, tinha um rosto angelical, cabelos castanhos cacheados e um coração sombrio, da cor do pecado. Mas era um bom arqueiro; ninguém serviria a Will Skeat se não fosse bom.

— Está bem, rapazes — disse Skeat —, preparem-se.

Tinha visto a agitação no acampamento atrás deles. O inimigo iria percebê-lo em breve, os sinos da igreja tocariam o alarme e os muros da cidade se encheriam de defensores armados de bestas. As bestas lançariam setas nos atacantes e o trabalho de Skeat naquele dia era tentar tirar os besteiros de cima do muro com suas flechas. Grande chance, pensou ele com amargor. Os defensores iriam se agachar por trás das ameias e, com isso, negar aos homens dele uma oportunidade de mirar, e sem dúvida aquele assalto acabaria como os cinco outros, em fracasso.

Toda a campanha fora feita de fracassos. William Bohun, o conde de Northampton, que chefiava aquele pequeno exército inglês, lançara a campanha de inverno na esperança de capturar um baluarte ao norte da Bretanha, mas o assalto contra Carhaix fora um fracasso humilhante, os defensores de Guingamp riram dos ingleses e os muros de Lannion repeliram todos os ataques. Capturaram Tréguier, mas como aquela cidade não tinha muros, não foi uma proeza muito grande, e ali não havia lugar para construir uma fortaleza. Agora, no amargo fim de ano, sem nada melhor a fazer, o exército do conde chegara do lado de fora daquela pequena cidade, que mal era mais do que uma aldeia murada, mas até aquele lugar miserável desafiara o exército. O conde lançara um ataque atrás do outro, e todos tinham sido rechaçados. Os ingleses foram recebidos por uma tempestade de setas de bestas, as escadas empurradas para longe das defesas e os defensores exultaram a cada fracasso.

— Como é que se chama essa porcaria de lugar? — perguntou Skeat.

— La Roche-Derrien — respondeu um arqueiro alto.

— Tinha que ser você, Tom — disse Skeat —, porque você sabe tudo.

— É verdade, Will — disse Thomas, sério —, literalmente verdade. — Os outros arqueiros riram.

— Então, se você sabe tanto assim — disse Skeat —, me diga outra vez como é que se chama essa maldita cidade.

— La Roche-Derrien.

— Que nome mais maluco — disse Skeat.

Ele tinha cabelos grisalhos, o rosto fino e vivera quase trinta anos de combates. Era de Yorkshire e começara sua carreira de arqueiro lutando contra os escoceses. Sua sorte acompanhou sua capacidade, e por isso tirara espólios, sobrevivera a combates e ascendera até ficar rico o bastante para criar seu próprio bando de soldados. Agora chefiava setenta soldados e outros tantos arqueiros, que contratara para servir ao conde de Northampton, motivo pelo qual estava agachado atrás de uma cerca viva molhada a 150 metros dos muros de uma cidade cujo nome não conseguia memorizar. Seus soldados estavam no acampamento, por terem recebido um dia de descanso depois de chefiarem o último assalto fracassado. Will Skeat tinha horror ao fracasso.

— La Roche o quê? — perguntou ele a Thomas.

— Derrien.

— O que é que isso quer dizer?

— Isso, eu confesso que não sei.

— Meu Jesus Cristo — disse Skeat com ar de zombaria —, ele não sabe tudo.

— Mas é próximo de *derrière*, que significa traseiro — acrescentou Thomas. — O rochedo do traseiro é a melhor tradução que posso fazer.

Skeat abriu a boca para dizer alguma coisa, mas naquele momento o primeiro badalar dos sinos de igreja de La Roche-Derrien soou o alarma. Era o sino rachado, com um som muito áspero, e em questão de segundos as outras igrejas acrescentaram o seu dobrar, de modo que o vento úmido encheu-se de seu repique. O som foi saudado por um abafado ovacionar inglês enquanto as tropas de assalto vinham do acampamento e subiam pela estrada em direção à porta sul da cidade. Os homens que iam à frente levavam escadas, os demais portavam espadas e machados. O conde de Northampton chefiou o assalto, como fizera em todos os outros, notável em sua armadura meio coberta por uma veste mostrando sua insígnia de leões e estrelas.

— Vocês sabem o que fazer — gritou Skeat.

Os arqueiros se ergueram, puxaram a corda dos arcos e a soltaram. Não havia alvos no muro, porque os defensores estavam abaixados, mas o chocalhar das flechas com ponta de aço nas pedras os manteria agachados. As flechas de penas brancas chiavam ao voar. Dois outros bandos de arqueiros acrescentavam suas flechas, muitos deles disparando para o céu, para que seus mísseis caíssem na vertical no interior do muro, e para Skeat parecia impossível que alguém pudesse viver sob aquela chuva de aço e penas, e no entanto, assim que a coluna de ataque do conde chegou a menos de cem metros, as setas das bestas começaram a ser cuspidas dos muros.

Havia uma fenda perto da porta. Fora produzida por uma catapulta, a única máquina de cerco em estado razoavelmente bem conservado, e era uma fenda sofrível, porque apenas o terço superior do muro tinha sido desmantelado pelas pedras grandes e os habitantes da cidade introduziram madeira e trouxas de tecido no buraco, que ainda representava uma fraqueza no muro e os homens que levavam as escadas correram em sua direção, gritando, enquanto as setas das bestas caíam em cheio sobre eles. Homens tropeçavam, caíam, rastejavam e morriam, mas um número suficiente viveu para lançar duas escadas contra a fenda e os primeiros soldados começaram a subir. Os arqueiros disparavam com a rapidez que podiam, cobrindo o alto da brecha com flechas, mas surgiu um escudo lá, um escudo que foi imediatamente atingido por umas vinte flechas, e de trás do escudo um besteiro disparou direto contra uma das escadas, matando o homem que ia na frente. Outro escudo apareceu, outra besta foi disparada. Um caldeirão foi empurrado para o alto da brecha e depois virado, e uma cascata de líquido fumegante foi derramada, fazendo um homem gritar de agonia. Defensores atiravam pedras por cima da brecha e suas bestas estalavam ao serem disparadas.

— Mais perto! — gritou Skeat, e seus arqueiros investiram pela cerca viva e correram para uma distância de menos de cem metros do fosso da cidade, onde tornaram a retesar os longos arcos de guerra e dispararam suas flechas dentro das seteiras. Alguns defensores morriam, agora, porque tinham de se exibir para disparar as bestas contra o grande grupo de homens que se acotovelavam ao pé das quatro escadas encostadas na brecha ou nos muros. Soldados subiam, uma vara com ponta em forquilha empurrou uma das escadas para trás. Thomas torceu a mão esquerda para alterar a mira e soltou os dedos, disparando uma flecha contra o peito de um homem que empurrava a vara. O homem usava um escudo seguro por um companheiro, mas o escudo deslocou-se por um instante e a flecha de Thomas foi a primeira que passou pela pequena fresta, embora duas outras se seguissem antes que terminasse a última batida do coração moribundo. Outros homens conseguiram derrubar a escada.

— São Jorge! — gritaram os ingleses, mas o santo devia estar dormindo, porque não deu ajuda alguma aos atacantes.

Mais pedras foram atiradas dos baluartes, e em seguida uma grande massa de palha em chamas foi lançada contra o grupo compacto de atacantes. Um homem conseguiu chegar ao topo da brecha, mas foi imediatamente morto por um machado que rachou em dois o capacete e o crânio. Ele desabou nos degraus, bloqueando a subida, e o conde tentou empurrá-lo para fora do caminho, mas foi atingido na cabeça por uma das pedras e caiu aos pés da escada. Dois dos soldados carregaram o conde atordoado de volta ao acampamento, e sua partida tirou o ânimo dos atacantes. Já não gritavam mais. As flechas ainda voavam, e homens ainda tentavam escalar o muro, mas os defensores sentiram ter repelido aquele sexto ataque e as setas de suas bestas partiam implacáveis. Foi então que Thomas viu Blackbird no alto da torre que ficava sobre a porta. Ele apontou a extremidade de aço da flecha para o peito dela, ergueu o arco uma fração e agitou o arco com a mão, fazendo com que a flecha errasse o alvo. Bonita demais para matá-la, disse a si mesmo e sabia que era louco por pensar assim. Ela disparou sua seta e desapareceu. Meia dúzia de flechas tilintaram contra a torre sobre a qual ela estivera, mas Thomas concluiu que todos os seis arqueiros tinham deixado que ela atirasse antes de soltarem.

— Jesus chorou — disse Skeat. O ataque fracassara e os soldados estavam correndo, fugindo das setas disparadas pelas bestas. Uma escada ainda se apoiava contra a brecha com um homem morto preso aos degraus superiores. — Recuem — gritou Skeat. — Recuem.

Os arqueiros correram, perseguidos por setas de ponta quadrada disparadas pelas bestas, até conseguirem passar pela cerca viva e se jogar no fosso. Os defensores ovacionavam e dois homens, na torre da porta, desnudaram os traseiros, exibindo por um instante a bunda em direção aos ingleses derrotados.

— Filhos da puta — disse Skeat. — Ele não estava acostumado a fracassos. — Tem que haver uma porcaria de jeito de entrar — resmungou ele.

Thomas tirou a corda de seu arco e colocou-a sob o capacete.

— Eu lhe disse como entrar — disse ele a Skeat. — Ao amanhecer.

Skeat olhou para Thomas por um longo tempo.

— Nós tentamos, rapaz.

— Eu cheguei às estacas, Will. Juro que cheguei. Passei por elas.

— Pois me conte de novo — disse Skeat, e Thomas contou. Ele se agachou no fosso sob a zombaria dos defensores de La Roche-Derrien e disse a Will Skeat como abrir a cidade, e Skeat ouviu, porque o homem de Yorkshire aprendera a confiar em Thomas de Hookton.

Thomas já estava na Bretanha há três anos, e embora a Bretanha não fosse a França, o duque usurpador levava uma constante sucessão de franceses à morte e Thomas descobrira que tinha habilidade para matar.

Não era apenas o fato de ser um bom arqueiro — o exército estava cheio de homens que eram tão bons quanto ele e havia uns poucos que eram melhores — mas ele descobrira que podia pressentir o que o inimigo estava fazendo. Ele os observava, observava os olhos deles, via para onde estavam olhando, e na maioria das vezes previa o movimento de um inimigo e estava pronto a saudá-lo com uma flecha. Era como um jogo, mas um jogo cujas regras ele conhecia, e eles, não.

O fato de William Skeat confiar nele ajudava. Skeat relutara em recrutar Thomas quando da primeira vez em que se encontraram ao lado da prisão em Dorchester, onde Skeat testava vinte ladrões e assassinos para ver até onde ia a habilidade deles no disparo de uma flecha. Precisava de recrutas e o rei precisava de arqueiros, e por isso homens que teriam enfrentado a forca estavam sendo perdoados se servissem no exterior, e exatamente metade dos homens de Skeat eram desse tipo de criminosos. Thomas, pelo que Skeat imaginara, jamais se entrosaria com bandidos daquela espécie. Ele havia segurado a mão direita de Thomas, vira os calos nos dois dedos que puxavam o arco, que diziam que ele era um arqueiro, mas depois dera uma batidinha na palma da mão do rapaz, de pele fina.

— O que é que você tem feito? — perguntara Skeat.

— Meu pai queria que eu fosse padre.

— Padre, é? — zombara Skeat. — Ora, eu acho que você pode rezar por nós.

— Eu posso matar por vocês, também.

Skeat acabara deixando que Thomas se juntasse ao bando, pelo menos porque o rapaz levava seu próprio cavalo. A princípio, Skeat pensara que Thomas de Hookton era pouco mais do que mais um louco bárbaro em busca de aventura — um louco inteligente, sem dúvida —, mas Thomas aderira à vida de arqueiro na Bretanha com entusiasmo. A verdadeira atividade da guerra civil era saquear e, dia após dia, os homens de Skeat invadiam terras leais aos partidários do duque Charles e queimavam as fazendas, roubavam as safras e levavam os animais. Um senhor cujos camponeses não podem pagar renda é um senhor que não tem como contratar soldados, de modo que os soldados e os arqueiros montados de Skeat eram soltos na terra do inimigo como uma praga, e Thomas adorava aquela vida. Ele era jovem e sua tarefa não era só combater o inimigo, mas arruiná-lo. Ele queimava fazendas, envenenava poços, roubava grãos, quebrava arados, ateava fogo aos moinhos, tirava a casca das árvores nos pomares e vivia à custa de seu saque. Os homens de Skeat eram os senhores da Bretanha, um flagelo do inferno, e os aldeões de língua francesa a leste do ducado chamavam-nos de *hellequins*, que significava cavaleiros do diabo. De vez em quando, um bando guerreiro inimigo tentava emboscá-los e Thomas havia aprendido que o arqueiro inglês, com o seu longo arco de guerra, era o rei daquelas escaramuças. O inimigo odiava os arqueiros. Se capturavam um arqueiro inglês, eles o matavam. Um soldado podia ser feito prisioneiro, um senhor teria um resgate pedido por ele, mas um arqueiro era sempre assassinado. Torturado primeiro, e depois assassinado.

Thomas vicejava naquela vida e Skeat aprendera que o rapaz era inteligente, sem dúvida o suficiente para saber que não devia pegar no sono quando estivesse de sentinela e, por essa ofensa, Skeat o agredira até ele perder os sentidos. "Você estava bêbado!", acusara ele, e depois dera uma surra em Thomas, usando os punhos como se fossem martelos de ferreiro. Quebrara o nariz de Thomas, rachara uma costela e o xingara de bosta fedorenta de Satã, mas no fim de tudo Will Skeat vira que o rapaz ainda estava sorrindo, e seis meses depois o nomeara vintenar, o que significava que ele chefiaria vinte outros arqueiros.

Quase todos eram mais velhos do que Thomas, mas nenhum parecia se importar com a promoção dele, porque reconheciam que ele era diferente. A maioria dos arqueiros usava os cabelos curtos, mas os cabelos de Thomas eram extravagantemente longos e enrolados com cordas de arco, caindo numa longa trança preta até a cintura. Ele tinha o rosto barbeado e só se vestia de preto. Aquelas afetações poderiam torná-lo impopular, mas ele trabalhava arduamente, tinha um raciocínio rápido e era generoso. Mas ainda era estranho. Todos os arqueiros usavam talismãs, talvez um berloque de metal barato mostrando um santo ou uma santa, ou uma pata seca de lebre, mas Thomas usava uma pata dissecada de cachorro pendurada no pescoço, que ele alegava ser a mão de São Guinefort, e ninguém ousava duvidar dele, porque ele era o homem mais instruído do bando de Skeat. Falava francês como um nobre e latim como um padre, e os arqueiros de Skeat sentiam-se perversamente orgulhosos dele por causa daquelas habilidades. Agora, três anos depois de entrar para o bando de Will Skeat, Thomas era um de seus principais arqueiros. Às vezes, Skeat até pedia conselhos a ele; raramente os adotava, mas pedia, e Thomas ainda tinha a pata de cachorro, um nariz torto e um sorriso sem-vergonha.

E agora tinha uma idéia de como entrar em La Roche-Derrien.

Na tarde daquele dia, quando o soldado morto com o crânio rachado ainda estava preso à escada abandonada, Sir Simon Jekyll cavalgou em direção à cidade e lá trotou o cavalo de um lado a outro junto às pequenas setas de besta com penas pretas que marcavam o limite do alcance das armas dos defensores. Seu escudeiro, um rapaz simplório, desbocado, com olhos que refletiam dúvidas, observava a uma certa distância. O escudeiro segurava a lança de Sir Simon, e se qualquer guerreiro da cidade aceitasse o desafio implícito da zombeteira presença de Sir Simon, o escudeiro deveria dar ao seu senhor a lança e os dois cavaleiros lutariam na relva até que um ou o outro desistisse. E não seria Sir Simon, porque ele era um cavaleiro cuja competência não tinha par no exército do conde de Northampton.

E era também o mais pobre.

Seu corcel estava com dez anos, era duro de boca e enselado. A sela, que tinha arção e patilha altos de modo que mantinham o cavaleiro firme na posição, pertencera ao pai dele, enquanto sua cota, uma túnica de malha que o cobria do pescoço aos joelhos, pertencera a seu avô. A espada tinha mais de cem anos, era pesada e não conservava o gume. A lança empenara na chuvosa estação do inverno, enquanto o elmo, que estava pendurado no arção, era um velho pote com um forro de couro desgastado pelo uso. O escudo, com o seu brasão de um punho em malha agarrando um martelo de guerra, estava gasto e desbotado. As manoplas de malha, como o resto da armadura, estavam enferrujando, motivo pelo qual o cavaleiro tinha uma orelha grossa e avermelhada e trazia uma fisionomia que retratava medo, embora o verdadeiro motivo para a ferrugem não fosse que o escudeiro não tentasse limpar a malha, mas que Sir Simon não tinha recursos para comprar o vinagre e a areia fina usados para polir o aço. Ele era pobre.

Pobre, amargurado e ambicioso.

E bom.

Ninguém negava que ele era bom. Vencera o torneio de Tewkesbury e recebera um prêmio de 40 libras. Em Gloucester, sua vitória fora premiada com uma bela armadura. Em Chelmsford, foram 15 libras e uma bela sela, e em Canterbury ele quase matara um francês de tanto golpeá-lo antes de receber uma taça folheada em ouro cheia de moedas, e onde estavam todos aqueles troféus, agora? Nas mãos dos banqueiros, advogados e mercadores que tinham o direito de penhor sobre a propriedade em Berkshire que Sir Simon herdara dois anos antes, embora na verdade a herança não representasse nada, a não ser dívidas, e no instante em que seu pai fora enterrado os credores cercassem Sir Simon como cães de caça sitiando um cervo ferido.

— Case-se com a herdeira de uma fortuna — aconselhara sua mãe, e ela fizera desfilar uma dúzia de mulheres para serem inspecionadas pelo filho, mas Sir Simon estava decidido a que sua mulher fosse tão bonita quanto ele. E ele era bonito. Ele sabia disso. Olhava no espelho de sua mãe e admirava sua imagem refletida. Tinha espessos cabelos pretos, um rosto largo e uma barba curta. Em Chester, onde havia derrubado do cavalo três cavaleiros em três minutos, alguns homens o confundiram com o rei, que tinha a fama de lutar anonimamente em torneios, e Sir Simon não iria desperdiçar sua bela aparência real com uma mulher velha e enrugada só porque ela tinha dinheiro. Iria se casar com uma mulher que fosse digna dele, mas essa ambição não pagaria as dívidas do espólio e por isso Sir Simon, para se defender dos credores, procurara obter uma carta de proteção assinada pelo rei Eduardo III. A carta protegia Sir Simon de todos os processos legais enquanto ele servisse ao rei numa guerra no exterior, e quando Sir Simon atravessara o Canal, levando seis soldados, 12 arqueiros e um escudeiro desbocado de sua propriedade comprometida, deixara os credores impotentes na Inglaterra. Sir Simon também levara consigo a certeza de que em breve iria capturar algum nobre francês ou bretão cujo resgate seria suficiente para pagar tudo o que ele devia, mas até ali a campanha do inverno não tinha produzido um único prisioneiro de classe, e o espólio fora tão minguado, que o exército, agora, era obrigado a consumir a metade da ração. E quantos prisioneiros bem nascidos poderia ele esperar conseguir numa cidade miserável como La Roche-Derrien? Aquilo era uma fossa de merda.

Apesar disso, ele cavalgou de um lado para o outro abaixo dos muros da cidade, na esperança de que algum cavaleiro aceitasse o desafio e saísse pela porta sul, que até ali resistira aos ataques ingleses, mas em vez disso os defensores zombavam dele e o chamavam de covarde por ficar fora do raio de alcance de suas bestas, e os insultos espicaçaram tanto o orgulho de Sir Simon que ele cavalgou para mais perto dos muros, as patas de seu cavalo às vezes batendo em uma das setas caídas. Homens atiraram nele, mas as setas caíam muito longe, e foi a vez de Sir Simon zombar.

— Ele não passa de um louco — disse Jake, observando do acampamento inglês. Jake era um dos criminosos de Will Skeat, um assassino que tinha sido salvo da forca em Exeter. Era vesgo, mas apesar disso conseguia atirar com mais precisão do que a maioria. — O que é que ele está fazendo agora?

Sir Simon fizera o cavalo parar e estava de frente para a porta, de modo que os homens que estavam olhando pensaram que talvez um francês estivesse desafiando o cavaleiro inglês que escarnecera deles. Em vez disso, viram que um único besteiro estava em pé na torre da porta e fazia gestos para que Sir Simon avançasse, desafiando-o a chegar ao raio de alcance.

Só um louco aceitaria um desafio daqueles, e Sir Simon, obediente, aceitou. Ele estava com 25 anos de idade, era amargurado e valente, e sabia que uma demonstração de arrogância descuidada desanimaria a guarnição sitiada e estimularia os desanimados ingleses e, por isso, esporeou o cavalo bem para dentro do campo de morte, onde as setas francesas tinham aplacado o ânimo dos ataques ingleses. Nenhum besteiro disparou agora; havia apenas a figura solitária em pé na torre da porta, e Sir Simon, chegando a menos de cem metros, viu que se tratava de Blackbird.

Aquela era a primeira vez em que Sir Simon tinha visto a mulher que todos os arqueiros chamavam de Blackbird, e ele ficou perto bastante para perceber que ela era, mesmo, uma beleza de mulher. Ela estava ereta, era esguia e alta, protegida do vento do inverno por uma capa, mas com os longos cabelos pretos soltos como os de uma jovem. Ela dirigiu a ele uma reverência zombeteira e Sir Simon respondeu, curvando-se desajeitado na sela justa, e então a viu apanhar a besta e levá-la ao ombro.

E quando nós estivermos dentro da cidade, pensou Sir Simon, eu a farei pagar por isso. Você estará deitada de costas, Blackbird, e eu estarei por cima. Ele manteve seu cavalo bem quieto, um cavaleiro solitário no campo de morte francês, desafiando-a a mirar direito e sabendo que ela não iria fazê-lo. E depois que ela errasse, ele faria uma saudação zombeteira e os franceses considerariam aquilo um mau presságio.

Mas e se ela acertasse a mira?

Sir Simon ficou tentado a erguer o elmo desajeitado do arção da sela, mas resistiu ao impulso. Desafiara a Blackbird a fazer um papelão e não podia mostrar nervosismo diante de uma mulher e, por isso, esperou enquanto ela nivelava a besta. Os defensores da cidade a observavam, e sem dúvida estavam rezando. Ou talvez fazendo apostas.

Vamos, sua puta, disse ele de dentes cerrados. Fazia frio, mas o suor brotava de sua testa.

Ela fez uma pausa, afastou os cabelos pretos do rosto, apoiou a besta numa ameia e tornou a mirar. Sir Simon manteve a cabeça erguida e o olhar firme. É só uma mulher, disse ele a si mesmo. Talvez não pudesse acertar numa carroça a cinco metros. O cavalo tremeu e ele estendeu a mão para dar-lhe umas batidinhas no pescoço.

— Nós vamos embora daqui a pouco, menino — disse ele ao cavalo.

Blackbird, observada por uns vinte defensores, fechou os olhos e atirou.

Sir Simon viu a seta como uma pequena mancha preta contra o céu cinza e as pedras cinzentas das torres da igreja aparecendo acima dos muros de La Roche-Derrien.

Ele sabia que a seta não atingiria o alvo. Tinha certeza absoluta disso. Ela era uma mulher, ora bolas! E foi por isso que ele não se mexeu enquanto via a mancha vindo diretamente em sua direção. Não podia acreditar. Estava esperando que a seta se desviasse para a esquerda ou a direita, ou caísse no terreno endurecido pela geada, mas em vez disso vinha com precisão em direção ao peito dele e, no último instante, ele ergueu rápido o pesado escudo e abaixou a cabeça, sentindo um grande golpe surdo no braço esquerdo quando a seta atingiu o alvo e o atirou com força contra a patilha da sela. A seta atingiu o escudo com tanta força que penetrou nas placas de salgueiro e a ponta fez um corte profundo na manga de malha e no antebraço dele. Os franceses gritavam de alegria e Sir Simon, sabendo que outros besteiros poderiam tentar, agora, acabar o que Blackbird começara, apertou o joelho contra o flanco do cavalo e o animal, obediente, fez meia volta e respondeu às esporas.

— Eu estou vivo — disse ele em voz alta, como se aquilo fosse calar o júbilo francês. Maldita puta, pensou ele. Revidaria direitinho, até que ela gritasse, e conteve seu cavalo, sem querer dar a impressão de estar fugindo.

Uma hora mais tarde, depois que o escudeiro lhe enfaixara o antebraço cortado, Sir Simon convencera-se de que tinha obtido uma vitória. Fora ousado, tinha sobrevivido. Aquela foi uma demonstração de coragem, e ele escapara com vida, e por isso imaginava ser um herói e esperava ser recebido como tal enquanto caminhava em direção à tenda que abrigava o comandante do exército, o conde de Northampton. A tenda era feita de duas velas de navio, o pano amarelo, remendado e puído depois de anos de serviço no mar. Proporcionavam um abrigo terrível, mas era típico de William Bohun, conde de Northampton, que, embora fosse primo do rei e não houvesse homem mais rico do que ele na Inglaterra, desprezava a ostentação.

O conde, na verdade, parecia tão remendado e puído quanto as velas que formavam sua tenda. Era um homem baixo e atarracado, com uma cara, diziam os homens, que parecia o traseiro de um touro, mas o rosto refletia a alma do conde, franca, valente e direta. O exército gostava de William Bohun, conde de Northampton, porque ele era tão duro quanto os soldados. Agora, quando Sir Simon curvou-se para entrar na tenda, os encaracolados cabelos castanhos do conde estavam cobertos pela metade com um curativo, no ponto em que a pedra atirada do muro de La Roche-Derrien havia rachado seu elmo e enfiado uma borda de aço dentada em seu couro cabeludo. Ele saudou Sir Simon com amargor.

— Cansado da vida?

— A puta maluca fechou os olhos quando apertou o gatilho! — disse Sir Simon, ignorando o tom de voz do conde.

— Mas ainda assim ela mirou bem — disse o conde, irado —, e isso vai dar ânimo aos bastardos. Deus sabe que eles não precisam de estímulo.

— Eu estou vivo, senhor conde — disse Sir Simon, satisfeito. — Ela quis me matar. Não conseguiu. O urso vive e os cães continuam com fome.

Ele esperou que os companheiros do conde o congratulassem, mas eles evitaram seus olhares e ele interpretou o obstinado silêncio deles como ciúme.

Sir Simon era um maluco, pensou o conde, e estremeceu. O conde poderia não ter se importado tanto com o frio se o exército estivesse desfrutando um sucesso, mas fazia dois meses que os ingleses e seus aliados bretões vinham tropeçando de fracasso em fracasso, e os seis assaltos contra La Roche-Derrien deram a dimensão da profundidade da miséria. Por isso, agora o conde convocara um conselho de guerra para sugerir um último ataque, a ser desfechado na noite daquele mesmo dia. Todos os outros ataques foram realizados pela manhã, mas talvez uma escalada inesperada ao cair a luz invernal pegasse os defensores de surpresa. O problema era que, fossem quais fossem as pequenas vantagens que a surpresa podia trazer, tinham sido estragadas, porque o ato impensado de Sir Simon devia ter dado aos habitantes da cidade uma nova confiança e era pouca a confiança entre os capitães de guerra do conde que se reuniram sob as velas amareladas.

Quatro daqueles capitães eram cavaleiros que, como Sir Simon, lideravam seus homens na guerra, mas os outros eram soldados mercenários que tinham contratado seus homens para trabalharem para o conde. Três eram bretões que usavam o emblema branco de arminho do duque da Bretanha e chefiavam homens leais ao duque de Montfort, enquanto os outros eram capitães ingleses, todos homens do povo que ascenderam a duras penas na guerra. William Skeat estava lá, e ao lado dele Richard Totesham, que começara a sevir como soldado e agora chefiava 140 cavaleiros e noventa arqueiros a serviço do conde. Nenhum dos dois lutara um torneio sequer, e jamais seriam convidados para isso, e no entanto eram mais ricos do que Sir Simon, e isso era de doer o coração. Meus cães de guerra, era como o conde de Northampton chamava os capitães independentes, e o conde gostava deles, mas o conde tinha uma curiosa preferência por companhias vulgares. Ele podia ser primo do rei da Inglaterra, mas William Bohun bebia com prazer com homens como Skeat e Totesham, comia com eles, falava inglês com eles, caçava com eles e Sir Simon sentia-se excluído daquela amizade. Se algum homem daquele exército devia ter sido íntimo do conde, esse homem era Sir Simon, notável campeão de torneios, mas Northampton preferia rolar na sarjeta com homens como Skeat.

— Como está a chuva? — perguntou o conde.

— Recomeçou — respondeu Sir Simon, sacudindo a cabeça em direção ao teto da tenda, contra o qual a chuva tamborilava espasmodicamente.

— Vai passar — disse Skeat, inflexível. Ele raramente tratava o conde de "senhor", dirigindo-se a ele como um igual e, para perplexidade de Sir Simon, o conde parecia gostar.

— E está apenas cuspindo — disse o conde, dando uma espiada para fora da tenda e deixando entrar um redemoinho de ar úmido, frio. — As cordas dos arcos vão tanger com este tempo.

— As das bestas, também — interpôs Richard Totesham. — Sacanas — acrescentou ele. O que tornava o fracasso inglês tão irritante era que os defensores de La Roche-Derrien não eram soldados, mas moradores da cidade: pescadores e construtores de barcos, carpinteiros e pedreiros, e até mesmo Blackbird, uma mulher! — E a chuva pode parar — prosseguiu Totesham — mas o terreno vai ficar escorregadio. Vai ser ruim para apoiar os pés debaixo dos muros.

— Não vá esta noite — aconselhou Will Skeat. — Deixe meus rapazes irem pelo rio amanhã de manhã.

O conde esfregou o ferimento em seu couro cabeludo. Já fazia uma semana que ele atacara o muro sul de La Roche-Derrien, e ainda acreditava que seus homens poderiam capturar aquelas defesas, mas no entanto também sentia o pessimismo entre seus cães de guerra. Mais um rechaço com outros vinte ou trinta mortos deixaria seu exército desanimado e com a perspectiva de voltar para Finisterre sem ter conseguido coisa alguma.

— Repita — disse ele.

Skeat enxugou o nariz na manga de couro.

— Na maré baixa — disse ele — há uma maneira de contornar o muro norte. Um de meus rapazes esteve lá ontem à noite.

— Nós tentamos isso há três dias — objetou um dos cavaleiros.

— Vocês tentaram o lado a jusante — disse Skeat. — Eu quero ir rio acima.

— Aquele lado tem estacas, tal como o outro — disse o conde.

— Soltas — respondeu Skeat. Um dos capitães bretões traduziu o diálogo para os companheiros. — O meu rapaz arrancou uma estaca por inteiro — continuou Skeat — e acha que umas seis outras irão se soltar ou quebrar. Diz ele que são velhos troncos de carvalho, em vez de olmo, e estão todos podres.

— Qual é a profundidade da lama? — perguntou o conde.

— Vai até o joelho.

O muro de La Roche-Derrien envolvia o oeste, o sul e o leste da cidade, enquanto o lado norte era defendido pelo rio Jaudy, e onde o muro semicircular se encontrava com o rio os moradores da cidade tinham fincado grandes estacas na lama para bloquear o acesso quando o nível do rio ficava baixo. Skeat estava, agora, indicando que havia um caminho através daquelas estacas podres, mas, quando tentaram fazer a mesma coisa no lado leste da cidade, os homens do conde ficaram atolados na lama e os habitantes da cidade os tinham abatido com setas. Fora uma matança pior do que os rechaços em frente à porta sul.

— Mas ainda há um muro na margem do rio — assinalou o conde.

— É — admitiu Skeat —, mas os idiotas bastardos o dividiram em pedaços. Construíram vários molhes lá, e existe um bem perto das estacas soltas.

— Então seus homens terão de retirar as estacas e subir nos molhes, tudo isso sob os olhares de homens que estão em cima do muro? — perguntou o conde, cético.

— Eles podem fazer isso — disse Skeat com firmeza.

O conde ainda achava que sua melhor chance de sucesso era concentrar os arqueiros na porta sul e rezar para que as flechas deles mantivessem os defensores encolhidos enquanto seus soldados assaltavam a brecha, mas no entanto, admitia ele, era esse o plano que tinha fracassado naquele dia e na véspera. E ele sabia que só lhe restava um ou dois dias. Estava com menos de três mil homens, um terço estava doente, e se não conseguisse achar um abrigo, teria de marchar de volta para o oeste com o rabo entre as pernas. Ele precisava de uma cidade, qualquer cidade, até de La Roche-Derrien.

Will Skeat viu as preocupações no rosto largo do conde.

— O meu rapaz esteve a menos de 15 metros do molhe ontem à noite — assegurou ele. — Ele poderia ter entrado na cidade e aberto a porta.

— E por que não entrou? — Sir Simon não conseguiu resistir e perguntou. — Pelos ossos de Cristo! — continuou ele. — Quem dera eu tivesse entrado!

— O senhor não é arqueiro — disse Skeat, aborrecido, e depois fez o sinal-da-cruz. Em Guingamp, um dos arqueiros de Skeat fora capturado pelos defensores, que despiram o odiado arqueiro, deixando-o nu, e depois o cortaram em pedaços na defesa, onde os sitiadores puderam ver sua lenta morte. Os dois dedos usados no arco tinham sido cortados primeiro, depois a masculinidade, e o homem berrara como um porco sendo castrado enquanto sangrava até morrer nas ameias.

O conde fez um gesto para que um criado tornasse a encher as taças de vinho quente.

— Você chefiaria esse ataque, Will? — perguntou ele.

— Eu, não — disse Skeat. — Eu estou muito velho para vadear por lama pantanosa. Vou deixar que o rapaz que passou pelas estacas ontem à noite os chefie na entrada. Ele é um bom rapaz, mesmo. É um safado inteligente, mas estranho. Ia ser padre, só que me conheceu e tomou juízo.

O conde estava visivelmente tentado pela idéia. Brincou com o punho de sua espada e depois fez um gesto afirmativo com a cabeça.

— Eu acho que nós devíamos conhecer o seu safado inteligente. Ele está perto?

— Eu o deixei do lado de fora — disse Skeat, e girou sobre o banco em que estava sentado. — Tom, seu selvagem! Venha cá!

Thomas curvou-se para entrar na tenda do conde, onde os capitães reunidos viram um jovem alto, de pernas compridas, vestido totalmente de preto, com a exceção da cota de malha e da cruz vermelha costurada em sua túnica. Todos os soldados ingleses usavam aquela cruz de São Jorge, para que numa luta corpo-a-corpo soubessem quem era amigo e quem era inimigo. O rapaz curvou-se para o conde, que percebeu ter visto aquele arqueiro antes, o que nada tinha de surpreendente, porque Thomas era um homem que chamava a atenção. Usava os cabelos pretos presos num rabo-de-cavalo, amarrados com corda de arco, tinha um longo nariz ossudo arqueado, um queixo bem barbeado e olhos vigilantes, espertos, embora talvez o detalhe mais perceptível a seu respeito fosse que ele era asseado. Isso e, no ombro dele, o grande arco, um dos mais longos que o conde já vira, e não apenas longo, mas pintado de preto, enquanto montada na barriga externa do arco havia uma curiosa placa de prata que parecia trazer gravado um brasão. Ali havia vaidade, pensou o conde, vaidade e orgulho, e ele aprovava as duas coisas.

— Para um homem que esteve até os joelhos na lama do rio ontem à noite — disse o conde, com um sorriso — você está com uma limpeza de chamar atenção.

— Eu me lavei, senhor.

— Vai pegar um resfriado! — preveniu-o o conde. — Como se chama?

— Thomas de Hookton, senhor.

— Pois me diga o que descobriu ontem à noite, Thomas de Hookton.

Thomas contou a mesma história que Will Skeat contara. Que, depois do anoitecer, e quando o nível das águas do rio baixou, ele vadeara pela lama do Jaudy. Encontrara a grade de estacas em mau estado de conservação, apodrecendo e solta, e levantara uma delas, tirando-a do suporte, esgueirara-se pela abertura e avançara alguns passos em direção ao molhe mais próximo.

— Eu cheguei perto o bastante, senhor, para ouvir uma mulher cantando — disse ele. A mulher estava cantando uma canção que a mãe dele cantara para ele quando ele era pequeno, e ele ficara impressionado com a singularidade daquele fato.

O conde franziu o cenho quando Thomas acabou, não porque não concordasse com alguma coisa que o arqueiro tinha dito, mas porque o ferimento na cabeça que o deixara inconsciente durante uma hora estava latejando.

— O que você estava fazendo no rio ontem à noite? — perguntou ele, mais para dar a si mesmo mais tempo para pensar na idéia.

Thomas nada disse.

— A mulher de outro homem — Skeat acabou respondendo por Thomas —, era isso que ele estava fazendo, senhor, a mulher de outro homem.

Os homens ali reunidos riram, todos, exceto Sir Simon Jekyll, que olhou contrariado para o ruborizado Thomas. O safado era um simples arqueiro, e no entanto usava uma cota de malha melhor do que a que Sir Simon podia pagar! E tinha uma confiança que cheirava a descaramento. Sir Simon teve um estremecimento. Havia uma injustiça na vida que ele não compreendia. Arqueiros dos condados estavam capturando cavalos e armas e armaduras, enquanto ele, um campeão de torneios, não conseguira nada mais valioso do que um par de malditas botas. Ele teve um irresistível ímpeto de humilhar aquele alto e tranqüilo arqueiro.

— Um único sentinela atento, senhor — Sir Simon falou em francês normando com o conde, para que somente os poucos bem nascidos que se encontravam na tenda fossem entendê-lo —, e esse rapaz estará morto e nosso ataque se atolará na lama fluvial.

Thomas dirigiu a Sir Simon um olhar firme, insolente em sua falta de expressão, e respondeu em francês fluente.

— Nós deveríamos atacar no escuro — disse ele, e depois voltou-se de novo para o conde. — O nível das águas estará baixo pouco antes do amanhecer amanhã, senhor.

O conde olhou para ele, surpreso.

— Como foi que você aprendeu francês?

— Com o meu pai, senhor.

— Nós o conhecemos?

— Eu duvido, senhor.

O conde não levou o assunto adiante. Mordeu o lábio e esfregou o botão do punho da espada, um gesto que indicava estar raciocinando.

— Tudo bem que você entre — disse a Thomas, com um tom de resmungo, Richard Totesham, sentado num banco de ordenhar vaca ao lado de Will Skeat. Totesham chefiava o maior dos bandos independentes e tinha, por isso mesmo, uma autoridade maior que a dos demais capitães. — Mas o que é que você vai fazer quando estiver lá dentro?

Thomas fez um gesto afirmativo com a cabeça, como se tivesse esperado a pergunta.

— Duvido que possamos chegar até uma porta — disse ele —, mas se eu colocar uns vinte arqueiros dentro do muro ao lado do rio, eles poderão protegê-lo enquanto as escadas são colocadas.

— E eu tenho duas escadas — disse Skeat. — Elas vão servir.

O conde ainda esfregava o botão do punho da espada.

— Quando tentamos atacar pelo rio antes — disse ele — ficamos presos na lama. Ela vai ter a mesma profundidade no ponto em que vocês querem chegar.

— Sebes, senhor — disse Thomas. — Eu encontrei algumas numa fazenda. — Sebes eram seções de cerca feitas de salgueiro entrelaçado que podiam servir para um rápido cercado para ovelhas ou ser colocadas por cima da lama para permitir que se ande sobre ela.

— Eu disse aos senhores que ele era inteligente — disse Will Skeat, orgulhoso. — Você estudou em Oxford, não, Thomas?

— Quando eu era jovem demais para saber o que queria — disse Thomas secamente.

O conde soltou uma gargalhada. Ele gostava daquele rapaz e estava vendo por que Skeat tinha tanta fé nele.

— Amanhã de manhã, Thomas? — perguntou ele.

— É melhor do que ao crepúsculo de hoje, senhor. Eles ainda estarão animados ao anoitecer. — Thomas dirigiu um olhar inexpressivo a Sir Simon, dando a entender que a exibição de bravata estúpida por parte do cavaleiro deveria ter animado o espírito dos defensores.

— Pois então será amanhã de manhã — disse o conde. Ele se voltou para Totesham. — Mas mantenha seus rapazes concentrados na porta sul hoje. Eu quero que eles pensem que vamos tornar a atacar por ali. — Tornou a olhar para Thomas. — O que significa a insígnia no seu arco, rapaz?

— Só um objeto que eu achei, senhor — mentiu Thomas, entregando o arco ao conde, que havia estendido a mão. Na verdade, Thomas havia cortado o emblema do cálice esmagado que ele encontrara por baixo da batina de seu pai e depois prender o metal na parte da frente do arco, onde sua mão esquerda havia gasto a prata, deixando-a quase lisa.

O conde olhou para a placa.

— Um *yale*?

— Eu acho que é assim que o animal é chamado, senhor — disse Thomas, fingindo ignorância.

— Não é a insígnia de ninguém que eu conheça — disse o conde, e então tentou curvar o arco e ergueu o cenho, surpreso com a força do arco. Devolveu o arco preto a Thomas e dispensou-o. — Eu lhe desejo felicidades amanhã de manhã, Thomas de Hookton.

— Meu senhor — disse Thomas, e fez uma reverência.

— Eu irei com ele, com a sua permissão — disse Skeat, e o conde sacudiu a cabeça e ficou olhando os dois se retirarem.

— Se nós realmente entrarmos lá — disse ele aos demais capitães —, pelo amor de Deus, não deixem que seus homens clamem por violência. Mantenha curtas as rédeas deles. Eu pretendo ficar com essa cidade e não quero seus habitantes nos odiando. Matem quando tiverem que matar, mas eu não quero uma orgia de sangue. — Ele olhou para os rostos deles, que tinham uma expressão de ceticismo. — Vou colocar um dos senhores como chefe da guarnição aqui, e por isso façam com que a tarefa seja fácil. Mantenham os homens sob controle.

Os capitães resmungaram, sabendo como seria difícil evitar que seus homens fizessem um saque completo da cidade, mas antes que qualquer um deles pudesse reagir aos esperançosos desejos do conde, Sir Simon se levantou.

— Senhor? Um pedido?

O conde deu de ombros.

— Pode fazer.

— O senhor deixaria que eu e meus homens liderássemos o grupo que levará as escadas?

O conde pareceu surpreso diante do pedido.

— O senhor acha que Skeat não vai conseguir sozinho?

— Estou certo de que vai, senhor — disse Sir Simon, com humildade —, mas ainda assim eu solicito a honra.

É melhor Sir Simon Jekyll morto do que Will Skeat, pensou o conde. Fez um gesto afirmativo com a cabeça.

— Claro, claro.

Os capitães nada disseram. Que honra haveria em ser o primeiro a entrar num muro que outro homem tinha capturado? Não, o bastardo não queria honra, queria estar bem colocado para localizar o mais rico espólio da cidade, mas nenhum deles traduziu em palavras o seu pensamento. Eles eram capitães, mas Sir Simon era um cavaleiro, embora sem um tostão.

O exército do conde ameaçou um ataque pelo resto daquele curto dia de inverno, mas o ataque não aconteceu e os cidadãos de La Roche-Derrien tiveram a coragem de esperar que o pior de sua provação acabara, mas fizeram preparativos para o caso de os ingleses tentarem de novo no dia seguinte. Contaram as setas de bestas de que dispunham, empilharam mais pedras nas defesas e alimentaram as fogueiras que ferviam os caldeirões de água que eram despejados sobre os ingleses. Esquentem os patifes, tinham dito os padres da cidade, e os cidadãos gostaram da piada. Eles estavam ganhando, isso eles sabiam, e imaginavam que seu sofrimento deveria acabar em breve, porque não havia dúvida de que os ingleses ficariam sem comida. Tudo o que La Roche-Derrien tinha de fazer era resistir e depois receber o elogio e os agradecimentos do duque Charles.

A chuva fraca parou ao cair a noite. Os habitantes da cidade foram para a cama, mas deixaram as armas prontas. As sentinelas acenderam fogueiras de vigília por trás dos muros e olhavam para o escuro.

Era noite, era inverno, fazia frio e os sitiantes tinham uma última chance.

Blackbird fora batizada com o nome de Jeanette Marie Halevy, e aos 15 anos os pais a tinham levado para Guingamp, para o torneio anual das maçãs. O pai não era um aristocrata, e por isso a família não pôde sentar-se no recinto cercado sob a torre da igreja de St. Laurent, mas encontrou um recinto perto dali, e Louis Halevy providenciou para que a filha ficasse visível, ao colocar as cadeiras na carroça da fazenda que os tinha levado de La Roche-Derrien. O pai de Jeanette era um próspero capitão de navio e mercador de vinho, embora sua fortuna nos negócios não se refletisse na vida. Um dos filhos morrera quando um dedo cortado infeccionara, e o segundo filho morreu afogado numa viagem para Corunna. Jeanette, agora, era sua única filha.

Havia um interesse na visita a Guingamp. A nobreza da Bretanha, pelo menos aqueles que eram favoráveis a uma aliança com a França, reunia-se no torneio no qual, durante quatro dias, diante de uma multidão que comparecia tanto pela feira quanto pelos combates, ela exibia seu talento com espada e lança. Jeanette achava enfadonha grande parte de tudo aquilo, porque os preâmbulos de cada luta eram longos e muitas vezes nem se podia ouvi-los. Cavaleiros desfilavam sem parar, as extravagantes plumas balançando, mas depois de algum tempo havia um curto retumbar de patas, um choque de metal, uma ovação, e um cavaleiro era derrubado na grama. Era costume todo cavaleiro vitorioso espetar uma maçã com a sua lança e dá-la de presente para a mulher da multidão que o tivesse atraído, e foi por isso que o pai dela levara a carroça da fazenda para Guingamp. Depois de quatro dias, Jeanette estava com 18 maçãs e a inimizade de umas vinte jovens mais bem nascidas do que ela.

    Os pais a levaram de volta para La Roche-Derrien e esperaram. Tinham exposto sua mercadoria e agora os compradores podiam dirigir-se à luxuosa casa à margem do rio Jaudy. Pela frente, a casa parecia pequena, mas bastava atravessar o arco de entrada e o visitante se via num pátio amplo, que ia até um molhe de pedra onde os barcos menores de Monsieur Halevy podiam atracar quando o nível das águas chegava a seu ponto máximo. O pátio dividia um muro com a igreja de S. Renan e, por ter doado a torre à igreja, Monsieur Halevy tinha recebido permissão para fazer uma passagem em arco no muro, para que sua família não precisasse sair para a rua quando fosse à missa. A casa dizia a qualquer pretendente que aquela era uma família rica, e a presença do padre da paróquia à mesa de jantar dizia-lhe que se tratava de uma família devota. Jeanette não seria um brinquedo na mão de um aristocrata, seria uma esposa.

    Uma dúzia de homens dignou-se a visitar a casa dos Halevy, mas foi Henri Chenier, conde d'Armorique, que ganhou a maçã. Ele foi uma presa de primeira, porque era sobrinho de Charles de Blois, que por sua vez era sobrinho do rei Filipe da França, e era Charles que os franceses reconheciam como duque e soberano da Bretanha. O duque permitiu que Henri Chenier apresentasse a noiva, mas depois aconselhou o sobrinho a livrar-se dela. A moça era filha de um mercador, pouco mais do que um camponês, embora até mesmo o duque admitisse que ela era uma beldade. Os cabelos eram de um preto brilhante, o rosto não tinha sido maculado pela varíola, e ela possuía todos os dentes. Era graciosa, a ponto de um frade dominicano da corte do duque bater palmas e exclamar que Jeanette era a imagem viva de Nossa Senhora. O duque concordava que ela era bonita, mas e daí? Muitas mulheres eram bonitas. Qualquer taberna de Guingamp, disse ele, podia exibir uma prostituta que custava duas libras e faria a maioria das mulheres casadas parecerem porcas. A tarefa de uma esposa não era ser bonita, mas rica. "Faça da garota sua amante", aconselhou ele ao sobrinho, e praticamente mandou que Henri se casasse com uma herdeira da Picardia, mas a herdeira era uma mulher relapsa, com o rosto cheio de marcas de varíola, e o conde de Armórica ficara entorpecido com a beleza de Jeanette e, por isso, desafiou o tio.

Casou-se com a filha do comerciante na capela de seu castelo em Plabennec, que ficava em Finisterre, o fim do mundo. O duque admitiu que o sobrinho tinha ouvido um número exagerado de trovadores, mas o conde e sua nova esposa estavam felizes e um ano depois do casamento, quando Jeanette estava com 16 anos, nasceu o filho deles. Eles lhe deram o nome de Charles, em homenagem ao duque, mas se o duque se sentiu homenageado, não disse nada. Recusou-se a tornar a receber Jeanette e tratava o sobrinho com frieza.

Mais tarde, naquele ano, os ingleses chegaram com toda força para apoiar Jean Montfort, a quem eles reconheciam como o duque da Bretanha, e o rei da França enviou reforços para seu sobrinho Charles, a quem reconhecia como o verdadeiro duque, e assim a guerra civil começou de verdade. O conde de Armórica insistiu para que sua mulher e seu filho voltassem para a casa do pai dela em La Roche-Derrien, porque o castelo em Plabennec era pequeno, estava mal conservado e ficava muito perto das forças invasoras.

Naquele verão, o castelo caiu em mãos dos ingleses, tal como temia o marido de Jeanette, e no ano seguinte o rei da Inglaterra passou a estação de campanha na Bretanha, e seu exército fez recuar as forças de Charles, duque da Bretanha. Não houve uma grande batalha, mas uma série de sangrentas escaramuças, e numa delas, um embate desigual travado entre as fileiras de cerca viva de um vale íngreme, o marido de Jeanette foi ferido. Ele havia erguido o protetor do rosto de seu elmo para gritar palavras de estímulo a seus homens e uma flecha lhe atravessara a boca, entrando por um lado e saindo pelo outro. Os criados levaram o conde até a casa à margem do rio Jaudy, onde ele levou cinco dias para morrer; cinco dias de dor constante, durante os quais não conseguia comer e mal podia respirar, já que o ferimento inflamara e o sangue coagulara no esôfago. Tinha 28 anos, era um campeão em torneios, e no final chorava como uma criança. Morreu sufocado e Jeanette gritou de raiva e pela dor da frustração.

E então começou a fase de sofrimento de Jeanette. Estava viúva, *la veuve Chenier*, e mal se passaram seis meses da morte do marido e ela ficou órfã, quando o pai e a mãe morreram de disenteria. Tinha apenas 18 anos e seu filho, o conde de Armórica, dois, mas Jeanette herdara a riqueza do pai e decidiu usá-la para revidar o ataque aos odiados ingleses que mataram seu marido, e por isso começou a equipar dois navios que pudessem atacar embarcações inglesas.

Monsieur Belas, que tinha sido o advogado do pai dela, manifestou-se contrário a gastar dinheiro com os navios. A fortuna de Jeanette não duraria para sempre, disse o advogado, e nada sugava dinheiro como equipar navios de guerra que raramente ganhavam dinheiro, a menos que por um golpe de sorte. Era melhor, disse ele, usar os navios para o comércio.

— Os mercadores de Lannion estão tendo um belo lucro com o vinho espanhol — sugeriu ele. Ele estava resfriado, porque era inverno, e espirrou. — Um lucro muito bom — disse ele, ansioso. Ele falava em bretão, embora ele e Jeanette soubessem falar francês, se fosse necessário.

— Eu não quero vinho espanhol — disse Jeanette friamente —, mas almas inglesas.

— Nelas, não há lucro, senhora — disse Belas.

Ele achou estranho chamar Jeanette de "senhora". Ele a conhecia desde quando ela era criança, e ela sempre fora a pequena Jeanette para ele, mas ela se casara e se tornara uma viúva aristocrata e, além do mais, uma viúva geniosa.

— Não se pode vender almas inglesas — salientou Belas, delicado.

— Exceto para o diabo — disse Jeanette benzendo-se. — Mas eu não preciso de vinho espanhol, Belas. Nós temos as rendas.

— As rendas! — disse Belas, em tom zombeteiro.

Ele era alto, magro, cabelos ralos e inteligente. Servira bem, e por muito tempo, ao pai de Jeanette e estava ressentido com o fato de o mercador não ter deixado nada para ele no testamento. Tudo tinha ido para Jeanette, exceto uma pequena doação para os monges de Pontrieux, para que rezassem missas pela alma do falecido. Belas escondeu o ressentimento.

— Não vem coisa alguma de Plabennec — disse ele a Jeanette.

— Os ingleses estão lá, e por quanto tempo a senhora acha que as rendas virão das fazendas de seu pai? Os ingleses irão tomá-las dentro em pouco.

Um exército inglês tinha ocupado Tréguier, que não era protegida por muros e ficava a apenas uma hora a pé ao norte. Derrubaram a torre da catedral porque alguns besteiros tinham atirado contra eles lá do alto. Belas tinha a esperança de que os ingleses se retirassem em breve, porque era pleno inverno e os suprimentos deles deviam estar acabando, mas temia que devastassem o interior em torno de La Roche-Derrien antes de partir. E se devastassem, as fazendas de Jeanette perderiam o valor.

— Que renda se pode obter de uma fazenda incendiada? — perguntou ele.

— Não me importo! — vociferou ela. — Eu venderei tudo, se precisar, tudo! — Exceto a armadura e as armas do marido. Elas eram valiosas e um dia passariam para seu filho.

Belas suspirou diante da tolice dela, depois enrolou-se em sua capa preta e recostou-se perto do fogo baixo que estalava na lareira. Um vento frio vinha do mar perto dali, fazendo com que a chaminé soprasse fumaça.

— Madame, a senhora permite que eu lhe dê um conselho? Primeiro, a empresa. — Belas fez uma pausa para enxugar o nariz na comprida manga preta. — Ela vai mal, mas eu posso arranjar-lhe um bom homem para dirigi-la tal como seu pai fazia, e eu redigiria um contrato que garantisse que o homem lhe pagaria bem com parte dos lucros. Segundo, madame, a senhora deve pensar em casamento.

Ele fez uma pausa, como que esperando um protesto, mas Jeanette não disse nada. Belas suspirou. Ela era tão bonita! Havia uma meia dúzia de homens na cidade que se casariam com ela, mas o casamento com um aristocrata virara a cabeça dela e ela não iria aceitar nada, a não ser outro homem com um título.

— A senhora, madame — continuou o advogado, cauteloso —, é uma viúva que possui, no momento, uma fortuna considerável, mas eu tenho visto fortunas assim derreterem como neve em abril. Procure um homem que possa cuidar da senhora, de suas posses e de seu filho.

Jeanette voltou-se e o encarou.

— Eu me casei com o melhor homem da cristandade — disse ela —, e onde é que o senhor acha que vou encontrar outro igual a ele?

Homens como o conde de Armórica, pensou o advogado, eram encontrados em toda parte, o que era lamentável, porque o que eram eles a não ser uns brutos idiotas de armadura que acreditavam que a guerra era um esporte? Jeanette, pensou ele, deveria casar-se com um mercador prudente, talvez um viúvo que tivesse fortuna, mas Belas desconfiava que um conselho daqueles seria desperdiçado.

— Lembre-se do velho ditado, senhora — disse ele, irônico. — Coloque um gato para vigiar um rebanho de ovelhas, e os lobos comerão bem.

Jeanette teve um estremecimento de raiva ao ouvir aquelas palavras.

— O senhor está passando de seus limites, Monsieur Belas.

Ela falou com frieza, e depois dispensou-o, e no dia seguinte os ingleses chegaram a La Roche-Derrien e Jeanette tirou do local onde guardava seus bens valiosos a besta que pertencera a seu falecido marido e juntou-se aos defensores nos muros. Ao diabo com o conselho de Belas! Ela iria lutar como um homem e o duque Charles, que a desprezava, aprenderia a admirá-la, a apoiá-la e devolver as propriedades do falecido a seu filho.

E assim Jeanette se tornara Blackbird, os ingleses tinham morrido diante do muro e o conselho de Belas fora esquecido, e agora, reconhecia Jeanette, os defensores da cidade tinham confundido tanto os ingleses, que não havia dúvida de que o cerco seria levantado. Tudo ficaria bem, crença com a qual, pela primeira vez em uma semana, Blackbird dormiu bem.

THOMAS AGACHOU-SE perto do rio. Ele havia forçado a passagem por um grupo de amieiros para chegar à margem, onde ele tirou as botas e as calças estreitas. Era melhor andar de pernas a descoberto, reconheceu ele, para que as botas não ficassem presas na lama do rio. Estaria frio, um frio de congelar, mas ele não se lembrava de uma época em que tivesse se sentido mais feliz. Gostava daquela vida, e suas recordações de Hookton, Oxford e seu pai quase tinham desaparecido.

— Tirem as botas — disse ele aos vinte arqueiros que iriam acompanhá-lo — e pendurem os sacos de flechas no pescoço.

— Por quê? — interpelou-o alguém no escuro.

— Para que eles os enforquem — resmungou Thomas.

— É para que as flechas não se molhem — explicou outro homem, prestimoso.

Thomas amarrou o dele no pescoço. Arqueiros não levavam as aljavas que os caçadores usavam, porque as aljavas eram abertas na parte de cima e as flechas podiam cair quando o homem corresse, tropeçasse ou atravessasse com dificuldade uma cerca viva. As flechas de uma aljava ficavam molhadas quando chovia, e as penas molhadas desorientavam o vôo das flechas, de modo que os verdadeiros arqueiros usavam sacos de linho impermeabilizados com cera e fechados com cordões. Os sacos eram forrados com armações de vime que mantinham o linho esticado para que as penas não fossem esmagadas.

Will Skeat desceu pela margem onde uns 12 homens empilhavam barreiras. Ele tremia no vento frio que vinha da água. O céu, a leste, ainda estava escuro, mas um pouco de luz vinha das fogueiras que queimavam no interior de La Roche-Derrien.

— Eles estão bem e quietos lá dentro — disse Skeat, fazendo um movimento com a cabeça em direção à cidade.

— Reze para que estejam dormindo — disse Thomas.

— Na cama, também. Eu já me esqueci de como são as camas — disse Skeat, e depois afastou-se para o lado, para deixar outro homem passar em direção à margem do rio. Thomas ficou surpreso ao ver que era Sir Simon Jekyll, que desdenhara tanto dele na tenda do conde.

— Sir Simon — disse Will Skeat, mal se preocupando em esconder o desprezo — quer dar uma palavrinha com você.

Sir Simon franziu o nariz ao sentir o fedor da lama do rio. Grande parte dela, pelo que ele supunha, era o esgoto da cidade e ele ficou satisfeito por não estar vadeando de pés e pernas desnudos pela lama.

— Você está confiante de que vai passar pelas estacas? — perguntou ele a Thomas.

— Eu não iria, se pensasse de outra maneira — disse Thomas, sem se preocupar em mostrar respeito.

O tom de voz de Thomas fez Sir Simon empertigar-se, mas ele controlou o gênio.

— O conde — disse ele friamente — deu-me a honra de chefiar o ataque aos muros.

Ele parou de repente e Thomas aguardou, esperando mais, mas Sir Simon simplesmente olhou para ele com a irritação estampada no rosto.

— Então Thomas toma os muros — disse Skeat, por fim — para fazer com que haja segurança para as suas escadas?

— O que eu não quero — Sir Simon ignorou Skeat e dirigiu-se a Thomas — é que você leve seus homens à frente dos meus para dentro da cidade propriamente dita. Se nós virmos homens armados, é provável que os matemos, entendeu?

Thomas quase cuspiu de escárnio. Seus homens estariam armados de arcos e nenhum inimigo levava um arco longo como os ingleses, e assim praticamente não havia perigo de serem confundidos com os defensores da cidade, mas ele ficou calado. Limitou-se a um gesto afirmativo com a cabeça.

— Você e seus arqueiros podem juntar-se ao nosso ataque — prosseguiu Sir Simon —, mas você estará sob o meu comando.

Thomas tornou a fazer um gesto afirmativo com a cabeça e Sir Simon, irritado com a insolência implícita, girou sobre os calcanhares e afastou-se.

— Bastardo de bosta — disse Thomas.

— Ele só quer meter o nariz na vala antes do resto do nosso grupo — disse Skeat.

— Você está deixando o bastardo usar as nossas escadas? — perguntou Thomas.

— Se ele quer ser o primeiro a chegar lá em cima, que seja. As escadas são feitas de madeira verde, Tom, e se elas quebrarem, eu prefiro que seja ele caindo do que eu. Além disso, acho que nós estaremos em melhor situação seguindo você pelo rio, mas não vou dizer isso a Sir Simon.

Skeat sorriu, e depois soltou um palavrão ao ouvir um estrondo vindo da escuridão ao sul do rio.

— Esses ratos brancos dos diabos — disse ele, e desapareceu nas sombras.

Os ratos brancos eram os bretões leais ao duque John, homens que usavam o brasão dele, com um arminho branco, e uns sessenta besteiros bretões tinham sido acrescentados aos soldados de Skeat, com a finalidade de ribombar os muros com suas setas enquanto as escadas eram apoiadas nas defesas. Foram aqueles homens que assustaram a noite com seu barulho, e agora o barulho aumentava ainda mais. Algum idiota tropeçara no escuro e se chocara com um besteiro com um pavês, o grande escudo atrás do qual as bestas eram diligentemente recarregadas, e o besteiro reagira, e de repente os ratos brancos estavam envolvidos numa briga barulhenta, no escuro. Os defensores, é claro, ouviram o barulho e começaram a lançar fardos de palha em chamas por sobre as defesas e um sino de igreja começou a tocar, depois outro, e tudo isso muito antes que Thomas começasse a atravessar a lama.

Sir Simon Jekyll, assustado com os sinos e a palha em chamas, gritou que o ataque tinha de ser desfechado naquele momento.

— Avancem com as escadas! — berrou ele.

Defensores corriam para os muros de La Roche-Derrien e as primeiras setas disparadas pelas bestas eram cuspidas das defesas iluminadas pelos fardos incendiados.

— Segurem essas malditas escadas! — gritou Will Skeat para seus homens, e olhou para Thomas. — O que é que você acha?

— Eu acho que os bastardos estão distraídos — disse Thomas.

— Quer dizer que você vai?

— Eu não tenho nada melhor a fazer, Will.

— Malditos ratos brancos!

Thomas liderou seus homens na entrada da lama. As sebes foram de alguma valia, mas não tanto quanto ele esperara, de modo que eles ainda escorregavam e tiveram dificuldades em avançar para as grandes estacas, e Thomas concluiu que o barulho que faziam era suficiente para acordar o rei Artur e seus cavaleiros. Mas os defensores estavam fazendo um barulho ainda maior. Todos os sinos de igreja tocavam, uma trombeta berrava, homens gritavam, cachorros latiam, galos cantavam, e as bestas estalavam e batiam enquanto suas cordas eram puxadas e soltas.

Os muros erguiam-se à direita de Thomas. Ficou imaginando se Blackbird estaria lá em cima. Ele já a vira duas vezes e fora cativado pela ferocidade de sua expressão e pelos cabelos pretos agitados. Muitos outros arqueiros a tinham visto também, e todos eles homens, que podiam atravessar com uma flecha um bracelete a cem metros de distância, e no entanto a mulher ainda vivia. Impressionante, refletiu Thomas, o que um rosto bonito pode fazer.

Ele deixou a última sebe e, então, chegou às estacas de madeira, cada uma um tronco de árvore inteiro enfiado na lama. Seus homens juntaram-se a ele e pressionaram a madeira até que, apodrecida, rachou como palha. As estacas faziam um barulho tremendo ao cair, mas era abafado pelo alarido na cidade. Jake, o assassino vesgo saído da prisão de Exeter, colocou-se ao lado de Thomas. À direita deles, agora, havia um molhe de madeira com uma escada tosca em uma das extremidades. A alvorada estava chegando, e uma luz fraca, tênue e cinzenta infiltrava-se pelo leste para destacar a ponte que atravessava o Jaudy. Era uma bela ponte de pedra com um barbacã na ponta do outro lado, e Thomas temia que a guarnição daquela torre pudesse vê-los, mas ninguém gritou um alerta e nenhuma seta de besta atravessou o rio.

Thomas e Jake foram os primeiros a subir na escada do molhe, depois veio Sam, o mais moço dos arqueiros de Skeat. A parte relativa à atracação servia a um depósito de madeira e um cão começou a latir agitadamente por entre os troncos empilhados, mas Sam esgueirou-se pela escuridão com sua faca e o latido parou de repente.

— Cachorrinho bom — disse Sam ao voltar.

— Coloquem as cordas nos arcos — disse Thomas. Ele havia encaixado a corda de cânhamo em seu arco preto e agora desatou os cadarços do seu saco de flechas.

— Eu odeio cachorros — disse Sam. — Um deles mordeu minha mãe quando ela estava grávida de mim.

— É por isso que você é maluco — disse Jake.

— Calem a boca — ordenou Thomas.

Mais arqueiros estavam subindo para o molhe, que balançava assustadoramente, mas dava para ele ver que os muros que deviam capturar já estavam cheios de defensores. Flechas inglesas, as brancas penas de ganso brilhando à luz das chamas das fogueiras do defensores, adejaram por cima do muro e penetravam, com um golpe surdo, nos telhados de sapé da cidade.

— Talvez a gente devesse abrir a porta sul — sugeriu Thomas.

— Atravessar a cidade? — perguntou Jake, alarmado.

— É uma cidade pequena — disse Thomas.

— Você está louco — disse Jake, mas estava sorrindo e dizia aquilo a título de elogio.

— Seja como for, eu vou — disse Thomas.

Estaria escuro nas ruas e os longos arcos ficariam escondidos. Ele calculou que seria bem seguro.

Uma dezena de homens seguiu Thomas, enquanto os demais começaram a saquear os prédios mais próximos. Agora, um número cada vez maior de homens estava chegando através das estacas quebradas, já que Will Skeat os mandara seguir pela margem do rio, em vez de esperar que o muro fosse capturado. Os defensores tinham visto os homens na lama e estavam atirando da ponta do muro da cidade, mas os primeiros atacantes já estavam soltos nas ruas.

Thomas andou pela cidade deslocando-se de modo desajeitado. Estava escuro como breu nos becos e era difícil dizer para onde estava indo, embora ao subir o morro sobre o qual a cidade fora construída ele calculara que teria de acabar ultrapassando o topo e depois desceria para a porta sul. Homens passavam correndo por ele, mas ninguém via que ele e seus companheiros eram ingleses. Os sinos das igrejas eram ensurdecedores. Crianças choravam, cães latiam, gaivotas gritavam, e o barulho estava deixando Thomas aterrorizado. Aquilo era uma idéia maluca, pensou ele. Talvez Sir Simon já tivesse escalado os muros. Talvez ele, Thomas, estivesse perdendo seu tempo. No entanto, flechas de penas brancas ainda penetravam nos telhados da cidade, sugerindo que os muros não tinham sido tomados, e por isso ele se esforçou para seguir em frente. Por duas vezes, viu-se num beco sem saída, e da segunda vez, voltando para uma rua mais larga, quase esbarrou num padre que saíra da igreja para colocar uma tocha acesa num suporte de parede.

— Vão para as defesas! — disse o padre com firmeza, e então viu os longos arcos nas mãos dos homens e abriu a boca para dar o alarma.

Não teve tempo de gritar, porque o arco de Thomas chocou-se de ponta em sua barriga. Ele se curvou, arfando, e Jake rapidamente cortou-lhe a garganta. O padre gorgolejou enquanto caía nas pedras do pavimento e Jake franziu o cenho quando o barulho cessou.

— Eu irei para o inferno por causa disso — disse ele.

— Você irá para o inferno de qualquer maneira — disse Sam. — Nós todos iremos.

— Nós todos iremos para o céu — disse Thomas —, mas não se perdermos tempo.

De repente, ele se sentiu muito menos amedrontado, como se a morte do padre tivesse levado o seu medo. Uma flecha atingiu a torre da igreja e caiu no beco enquanto Thomas liderava seus homens e passava pela igreja. Viu-se na rua principal de La Roche-Derrien, que descia até onde uma fogueira de vigília ardia ao lado da porta sul. Thomas recuou para o beco ao lado da igreja, porque a rua estava lotada de homens, mas todos corriam para o lado ameaçado da cidade, e quando Thomas voltou a olhar, o morro estava vazio. Ele só viu duas sentinelas nas defesas acima do arco da porta. Falou com seus homens sobre as sentinelas.

— Eles vão morrer de medo — disse ele. — Nós matamos os bastardos e abrimos a porta.

— Pode haver outros — disse Sam. — Haverá uma casa da guarda.

— Neste caso, mate-os também — disse Thomas. — Agora, vamos lá!

Eles entraram na rua, correram alguns metros e armaram os arcos. As flechas voaram e os dois guardas que estavam sobre o arco caíram. Um homem saiu da casa da guarda, construída na torre da porta e olhou boquiaberto para os arqueiros, mas antes que alguns pudessem armar seus arcos, recuou para dentro e trancou a porta.

— Ela é nossa! — gritou Thomas, e liderou os homens numa corrida louca até o arco.

A casa da guarda continuou fechada, e assim não havia ninguém para impedir que os arqueiros erguessem a tranca e empurrassem as duas grandes portas, abrindo-as. Os homens do conde viram as portas abertas, viram os arqueiros ingleses delineados contra a fogueira de vigília e soltaram um grande urro na escuridão que disse a Thomas que uma torrente de soldados vingativos estava indo em direção a ele.

O que significava que a hora de La Roche-Derrien chorar poderia começar. Porque os ingleses tinham tomado a cidade.

Jeanette acordou com um sino de igreja tocando como se fosse o dia do juízo final, quando os mortos se erguiam dos túmulos e as portas do inferno se escancaravam para receber os pecadores. Seu primeiro instinto foi dirigir-se para a cama do filho, mas o pequeno Charles estava bem. Ela só conseguia ver os olhos dele no escuro, que praticamente não era reduzido pelas brasas brilhantes na lareira.

— Mamãe? — gritou ele, estendendo os braços para ela.

— Fique calado — disse ela, acalmando o menino, e depois correu para abrir os postigos. Uma leve luz cinzenta aparecia acima dos telhados do leste, e depois passos soaram na rua e ela inclinou-se na janela para ver homens saindo correndo de suas casas com espadas, bestas e lanças. Uma trombeta soava na direção do centro da cidade, e então mais sinos de igreja começaram a soar o alarma numa noite agonizante. O sino da igreja da Virgem estava rachado e emitia um barulho desagradável, semelhante ao de uma bigorna, que era ainda mais aterrorizante.

— Madame! — gritou uma criada enquanto entrava correndo no quarto.

— Os ingleses devem estar atacando. — Jeanette esforçou-se para falar com calma. Ela não vestia nada além de uma camisola de linho e de repente sentiu frio. Apanhou rápido uma capa, prendeu-a no pescoço e depois pegou o filho no colo. — Não vai lhe acontecer nada, Charles — tentou consolá-lo. — São só os ingleses que estão atacando de novo.

Só que ela não tinha certeza. Os sinos estavam tocando com muita agitação. Não era o dobrado compassado que em geral sinalizava um ataque, mas um clangor de pânico, como se os homens que puxavam as cordas estivessem tentando repelir um ataque por seu próprio esforço. Ela olhou pela janela outra vez e viu as flechas inglesas adejando por cima dos telhados. Dava para ouvi-las penetrando no sapé com um ruído surdo. As crianças da cidade achavam que era uma boa brincadeira apanhar as flechas inimigas e duas tinham se machucado ao escorregarem dos telhados. Jeanette pensou em se vestir, mas decidiu que primeiro deveria descobrir o que estava acontecendo, de modo que entregou Charles à criada e desceu as escadas correndo.

Uma das criadas na cozinha encontrou-a na porta dos fundos.

— O que está acontecendo, madame?

— Mais um ataque, só isso.

Ela tirou a tranca da porta que dava para o quintal e correu para a entrada particular para a igreja de Renan, no exato momento em que uma flecha atingiu a torre da igreja e caiu no quintal com um tinido. Jeanette puxou a porta da torre, abrindo-a, e seguiu às apalpadelas pela escada que seu pai tinha construído. Não fora simples piedade que inspirara Louis Halevy a construir a torre, mas também a oportunidade de olhar rio abaixo para ver se seus navios estavam se aproximando, e o alto parapeito de pedra proporcionava uma das melhores vistas de La Roche-Derrien. Jeanette ficou surda com o sino da igreja que oscilava na penumbra, cada batida socando-lhe os ouvidos como um golpe físico. Ela subiu para além do sino, empurrou a porta do alçapão que ficava no topo da escada e, com uma certa dificuldade, subiu para as placas de cobertura.

Os ingleses haviam chegado. Ela viu uma torrente de homens em torno da beira do muro que dava para o rio. Eles vadeavam pela lama e passavam por cima das estacas quebradas como um bando de ratos. Nossa Mãe de Cristo, pensou ela, Nossa Mãe de Cristo, mas eles estavam dentro da cidade! Ela desceu as escadas correndo.

— Eles chegaram! — gritou ela para o padre que puxava a corda do sino. — Eles estão na cidade!

— Destruição! Destruição! — gritavam os ingleses, a palavra que os estimulava a saquear.

Jeanette atravessou o quintal e subiu as escadas correndo. Tirou depressa as roupas do armário e voltou-se quando as vozes davam os sinais para o uso de violência embaixo de sua janela. Ela esqueceu as roupas e tornou a pegar Charles no colo.

— Mãe de Deus — rezou ela —, olhai por nós agora, olhai por nós. Doce Mãe de Deus, salvai-nos.

Ela chorou, sem saber o que fazer. Charles chorava porque ela o apertava demais e ela tentou tranqüilizá-lo. Gritos de regozijo soaram na rua e ela voltou correndo para a janela, vendo o que parecia um rio negro incrustado de aço correndo em direção ao centro da cidade. Ela caiu junto à janela, soluçando. Charles gritava. Mais duas criadas estavam no quarto, de algum modo achando que Jeanette poderia protegê-las, mas agora não havia proteção alguma. Os ingleses tinham chegado. Uma das criadas colocou a tranca na porta do quarto, mas de que adiantaria?

Jeanette pensou nas armas do marido escondidas e no fio aguçado da espada espanhola, e imaginou se teria a coragem de colocar a ponta contra seu seio e arriar o corpo contra a lâmina. Seria melhor morrer do que ser desonrada, pensou ela, mas então o que seria do seu filho? Chorou desesperada, e ouviu alguém batendo na grande porta que dava para o pátio. Um machado, pensou ela, e ficou ouvindo os golpes triturantes que pareciam sacudir a casa toda. Uma mulher gritou na cidade, depois outra, e as vozes inglesas berravam exaltadas. Um a um, os sinos das igrejas foram se calando, até que apenas o sino rachado martelava seu temor pelos telhados. O machado ainda mordia a porta. Jeanette ficou imaginando se eles iriam reconhecê-la. Ela exultara ao ficar em pé nas defesas, disparando a besta que pertencera ao marido contra os sitiantes, e seu ombro direito estava machucado por causa disso, mas sentira prazer na dor, acreditando que cada seta disparada tornava menos provável que os ingleses invadissem a cidade.

Ninguém pensara que eles poderiam fazê-lo. E fosse como fosse, por que sitiar La Roche-Derrien? A cidade nada tinha a oferecer. Como porto, era quase inútil, porque os navios maiores não podiam subir pelo rio, nem mesmo quando o nível das águas chegava as máximo. Os habitantes da cidade acreditavam que os ingleses estavam fazendo uma demonstração petulante e em pouco tempo iriam desistir e retirar-se furtivamente.

Mas agora eles estavam ali, e Jeanette gritou quando o som dos golpes de machado mudou. Eles tinham arrombado a porta, e sem dúvida tentavam erguer a tranca. Ela fechou os olhos, tremendo enquanto ouvia a porta raspar as pedras do pavimento. Estava aberta. Estava aberta. Oh, Mãe de Deus, rezou Jeanette, ficai conosco agora.

Os gritos vieram do andar de baixo. Pés bateram nos degraus. Vozes de homens berravam numa língua estranha.

Ficai conosco agora e na hora de nossa morte, porque os ingleses chegaram.

Sir Simon Jekyll estava contrariado. Estava preparado para subir pelas escadas se os arqueiros de Skeat conquistassem os muros, o que ele duvidava, mas se as defesas fossem capturadas, ele pretendia ser o primeiro a entrar na cidade. Ele previa matar alguns defensores em pânico e depois encontrar uma grande casa para saquear.

Mas nada aconteceu como ele imaginara. A cidade estava acordada, o muro controlado, e as escadas nunca avançaram, mas ainda assim os homens de Skeat tinham chegado lá dentro, simplesmente vadeando pela lama à margem do rio. Depois, uma ovação no lado sul da cidade indicava que a porta estava aberta, o que significava que todo o maldito exército estava entrando em La Roche-Derrien antes de Sir Simon. Ele soltou palavrões. Não iria sobrar nada!

— Senhor?

Um de seus soldados alertou Sir Simon, querendo uma decisão sobre como iriam chegar às mulheres e aos bens valiosos do outro lado dos muros, que estavam se esvaziando de defensores à medida que os homens corriam para proteger seus lares e suas famílias. Teria sido mais rápido, muito mais rápido, ter vadeado pela lama, mas Sir Simon não quis sujar suas botas novas, e por isso mandara que as escadas avançassem.

As escadas eram feitas de madeira verde e os degraus curvaram-se num grau alarmante enquanto Sir Simon subia, mas não havia defensores para enfrentá-lo e a escada agüentou. Com dificuldade, ele entrou numa seteira e sacou a espada. Meia dúzia de defensores jaziam espetados por flechas sobre a defesa. Dois ainda estavam vivos, e Sir Simon trespassou o que estava mais perto dele. O homem tinha sido tirado da cama e não usava cota de malha, nem mesmo um casaco de couro, e no entanto a velha espada teve dificuldade com o golpe mortal. Não fora projetada para perfurar, mas para cortar. As espadas novas, feitas com o melhor aço do sul da Europa, eram famosas pela capacidade de perfurar malha e couro, mas aquela lâmina antiga exigiu toda a força bruta de Sir Simon para penetrar uma caixa torácica. E que chance, imaginou ele com amargor, haveria de encontrar uma arma melhor naquela triste pretensão de cidade?

Havia uma escadaria de pedra que dava para uma rua repleta de arqueiros e soldados ingleses sujos de lama até as coxas. Eles estavam entrando à força nas casas. Um homem levava um ganso morto, outro levava uma peça de tecido. O saque começara e Sir Simon ainda estava nas defesas. Ele gritou com seus homens para que se apressassem, e quando um número suficiente deles se reuniu no topo do muro, liderou-os para a rua embaixo. Um arqueiro rolava um tonel, saído de uma porta de porão, outro arrastava uma moça pelo braço. Para onde ir? Esse era o problema de Sir Simon. Todas as casas mais próximas estavam sendo saqueadas, e os gritos de regozijo vindos do sul indicavam que o exército principal do conde caía sobre aquela parte da cidade. Alguns cidadãos, percebendo que tudo estava perdido, corriam diante dos arqueiros para atravessar a ponte e fugir para o interior.

Sir Simon decidiu atacar o leste. Os homens do conde estavam ao sul, os de Skeat estavam se mantendo perto do muro oeste, de modo que o setor leste oferecia a melhor esperança de saque. Ele forçou a passagem pelos arqueiros de Skeat sujos de lama e liderou seus homens em direção à ponte. Pessoas amedrontadas passavam por ele correndo, ignorando-o e esperando que ele os ignorasse. Ele atravessou a rua principal, que levava para a ponte, e viu uma estrada que corria ao longo das grandes casas que davam frente para o rio. Mercadores, pensou Sir Simon, mercadores gordos com gordos lucros, e então, à luz que aumentava, viu um arco que tinha ao alto um brasão. Uma casa de nobre.

— Quem tem um machado? — perguntou ele a seus homens.

Um dos soldados adiantou-se e Sir Simon indicou a pesada porta. A casa tinha janelas no andar térreo, mas elas estavam cobertas com pesadas barras de ferro, o que parecia um bom sinal. Sir Simon recuou para deixar seu comandado começar a trabalhar na porta.

O homem que usava o machado sabia o que fazer. Abriu um buraco onde supunha estar a barra usada como tranca, e depois de completar a abertura, enfiou a mão e suspendeu a barra, tirando-a dos suportes, para que Sir Simon e seus arqueiros pudessem empurrar as lâminas da porta e abri-las. Sir Simon deixou dois homens para vigiar a porta, ordenando-lhes que impedissem a entrada de qualquer outro saqueador na propriedade, e liderou os demais até o pátio. As primeiras coisas que viu foram dois barcos amarrados no molhe do rio. Não eram embarcações grandes, mas todos os cascos eram valiosos e ele mandou que quatro de seus arqueiros subissem a bordo.

— Digam a quem aparecer que eles são meus, entenderam? Meus!

Ele agora tinha uma opção: despensas, ou a casa? E um estábulo? Mandou que dois soldados procurassem o estábulo e montassem guarda junto aos cavalos que pudessem estar lá, e depois abriu a porta da casa a pontapés e liderou seus seis homens que restavam para a cozinha. Duas mulheres gritaram. Ele as ignorou; elas eram criadas velhas, feias, e ele estava atrás de bens mais preciosos. Uma porta ficava ao fundo da cozinha e ele a apontou para um dos arqueiros e, então, mantendo a espada à frente, passou por um pequeno saguão escuro e entrou num cômodo da frente. Uma tapeçaria mostrando Baco, o deus do vinho, estava pendurada em uma das paredes e Sir Simon lembrou-se de que às vezes objetos de valor eram escondidos atrás de forros de parede como aquele, de modo que golpeou-a com a espada e depois retirou-a dos ganchos, mas só havia uma parede de reboco por trás. Chutou as cadeiras e viu um baú que tinha um enorme cadeado escuro.

— Abram — ordenou ele a dois de seus arqueiros — e o que houver dentro dele é meu.

Depois, ignorando dois livros que de nada serviam a homem ou animal, ele voltou para o saguão e subiu correndo um lance de escada de madeira escura.

Sir Simon achou uma porta que dava para um quarto na frente da casa. Estava trancada e uma mulher gritou do outro lado quando ele tentou abrir a porta à força. Ele recuou e usou o salto da bota, esmagando a tranca do outro lado e fazendo com que a porta girasse sobre os gonzos. Então entrou no aposento, a velha espada brilhando à luz fraca do amanhecer, e viu uma mulher de cabelos pretos.

Sir Simon se achava um homem prático. O pai, muito sensatamente, não quisera que o filho perdesse tempo com educação, embora Sir Simon tivesse aprendido a ler e pudesse, em caso de emergência, escrever uma carta. Ele gostava de coisas úteis — cães de caça e armas, cavalos e armaduras — e desprezava o culto das boas maneiras, que estava em moda. Sua mãe gostava muito dos trovadores, e estava sempre ouvindo canções sobre cavaleiros tão delicados que Sir Simon achava que eles não teriam durado dois minutos num corpo-a-corpo de um torneio. As canções e os poemas celebravam o amor como se se tratasse de uma coisa rara que dava encanto a uma vida, mas Sir Simon não precisava de poetas para definir o amor, que para ele era derrubar uma jovem camponesa num restolhal ou atacar uma prostituta cheirando a cerveja numa taberna, mas quando viu a mulher de cabelos pretos ele compreendeu, de repente, o que os trovadores andavam celebrando.

Não importava que a mulher estivesse tremendo de medo, que os cabelos estivessem loucamente despenteados ou que o rosto estivesse marcado pelas lágrimas que escorriam. Sir Simon reconheceu a beleza e ela o atingiu como uma flecha. Tirou-lhe o fôlego. Com que então aquilo era amor! Era a percepção de que ele nunca poderia ser feliz enquanto aquela mulher não fosse dele — e isso era conveniente, porque ela era inimiga, a cidade estava sendo saqueada e Sir Simon, vestindo cota de malha e casaco de pele, achara-a primeiro.

— Fora daqui! — vociferou ele para as criadas que estavam no quarto. — Fora daqui!

As criadas fugiram em lágrimas e Sir Simon fechou a porta quebrada com um golpe da bota, e depois avançou para a mulher, que se agachara ao lado da cama do filho, com o menino nos braços.

— Quem é você? — perguntou Sir Simon em francês.

A mulher tentou parecer valente.

— Sou a condessa de Armórica — disse ela. — E o senhor?

Sir Simon ficou tentado a conceder a si mesmo um título para impressionar Jeanette, mas ele tinha um raciocínio muito lento e por isso ouviu a si mesmo dizer seu nome verdadeiro. Aos poucos, ele ficava cônscio de que o quarto revelava riqueza. Os reposteiros da cama eram grossos de tanto brocado, os castiçais eram de prata pesada, e as paredes de ambos os lados da lareira de pedra eram forradas de dispendiosos painéis de madeira belamente entalhada. Ele empurrou a cama menor contra a porta, imaginando que aquilo assegurasse uma certa privacidade, e depois foi aquecer-se junto ao fogo. Despejou mais carvão nas pequenas chamas e manteve suas geladas luvas junto ao calor.

— Esta casa é sua, madame?
— É.
— Não é do seu marido?
— Eu sou viúva — disse Jeanette.

Uma viúva rica! Sir Simon quase se benzeu de tanta gratidão. As viúvas que ele conhecera na Inglaterra eram bruxas cobertas de ruge, mas essa...! Essa era diferente. Essa era uma mulher digna de um campeão de torneios e parecia rica o bastante para salvá-lo da ignomínia de perder sua propriedade e sua condição de cavaleiro. Ela poderia, até, ter dinheiro suficiente para comprar um baronato. Talvez um condado?

Ele se afastou do fogo e sorriu para ela.

— São seus aqueles barcos no molhe?
— São, monsieur.
— Pelas regras da guerra, madame, eles agora são meus. Tudo aqui é meu.

Jeanette franziu o cenho ao ouvir aquilo.

— Que regras?
— A lei da espada, madame, mas eu acho que a senhora tem sorte. Eu lhe oferecerei minha proteção.

Jeanette sentou-se na beira da cama acortinada, agarrando Charles.

— As regras de cavalaria, meu senhor — disse ela —, garantem a minha proteção.

Ela se sobressaltou quando uma mulher gritou numa casa perto dali.

— Cavalaria? — perguntou Sir Simon. — Cavalaria? Eu a ouvi sendo mencionada em canções, madame, mas isso aqui é uma guerra. Nossa tarefa é punir os seguidores de Charles de Blois por se rebelarem contra o seu senhor legítimo. Castigo e cavalaria não combinam. — Ele a olhou de cenho franzido. — A senhora é Blackbird! — disse ele, reconhecendo-a de repente à luz do fogo revivido.

— Blackbird? — Jeanette não entendeu.

— A senhora lutou contra nós de cima dos muros! A senhora arranhou meu braço!

Pelo tom de voz, Sir Simon não parecia zangado, mas perplexo. Acreditava que ficaria furioso quando encontrasse Blackbird, mas a realidade dela era predominante demais para provocar raiva.

— A senhora fechou os olhos quando disparou a besta, e foi por isso que errou.

— Eu não errei! — disse Jeanette, indignada.

— Um arranhão — disse Sir Simon, mostrando-lhe o rasgo na manga de sua cota de malha. — Mas por que, madame, a senhora luta pelo falso duque?

— Meu marido — disse ela, inflexível — era sobrinho do duque Charles.

Meu bom Deus, pensou Sir Simon, meu bom Deus. Um prêmio, sem dúvida. Ele se curvou para ela.

— Então seu filho — disse ele, fazendo um gesto com a cabeça em direção a Charles, que olhava, aflito, dos braços da mãe — é o conde atual.

— É — confirmou Jeanette.

— Um belo menino.

Sir Simon esforçou-se para fazer o elogio. Na verdade, achava que Charles era um chato com cara de lua cheia cuja presença o impedia de dar vazão a uma ânsia natural de fazer Blackbird deitar-se de costas e, assim, mostrar a ela as realidades da guerra, mas ele estava intensamente cônscio de que aquela viúva era uma aristocrata, uma beldade, e parente de Charles de Blois, que era sobrinho do rei da França. Aquela mulher significava riqueza, e a necessidade de Sir Simon naquele momento era fazer com que ela entendesse que o que melhor atendia aos interesses dela era compartilhar das ambições dele.

— Um belo menino — continuou ele — que precisa de um pai.

Jeanette limitou-se a olhar fixo para ele. Sir Simon tinha um rosto inexpressivo. O rosto tinha um nariz bulboso, queixo firme, e não mostrava o menor sinal de inteligência ou espírito. Mas Sir Simon tinha confiança, o suficiente para ter-se persuadido de que ela iria casar-se com ele. Será que ele falava sério? Ela ficou boquiaberta, e então deu um grito assustado quando uma gritaria irritada estourou embaixo de sua janela. Alguns arqueiros tentavam passar pelos homens que vigiavam a porta. Sir Simon empurrou o postigo, abrindo a janela.

— Esta propriedade é minha — vociferou ele em inglês. — Vão procurar garotas para vocês.

Ele se voltou para Jeanette.

— Está vendo, madame, como eu a protejo?

— Então existe cavalheirismo na guerra?

— Existe oportunidade na guerra, madame. A senhora é rica, a senhora está viúva, a senhora precisa de um homem.

Ela o fitou com olhos perturbadoramente grandes, mal ousando acreditar na temeridade dele.

— Por quê? — perguntou ela, com simplicidade.

— Por quê? — Sir Simon ficou perplexo com a pergunta. Fez um gesto para a janela. — Ouça os gritos, mulher! O que é que a senhora pensa que acontece com as mulheres quando uma cidade cai?

— Mas o senhor disse que iria me proteger — assinalou ela.

— E vou.

Ele estava ficando perdido naquela conversa. A mulher, pensou ele, apesar de bonita, era de uma estupidez impressionante.

— Eu a protegerei — disse ele — e a senhora tomará conta de mim.

— Como?

Sir Simon suspirou.

— A senhora tem dinheiro?

Jeanette deu de ombros.

— Há um pouco lá embaixo, senhor, escondido na cozinha.

Sir Simon franziu o cenho, irritado. Será que ela achava que ele era tolo? Que ele morderia a isca e iria para o andar térreo, deixando-a para pular a janela?

— Eu sei de uma coisa a respeito do dinheiro, madame — disse ele — e é que nunca se deve escondê-lo num lugar em que os criados possam achá-lo. A gente o esconde nos aposentos privados. Num quarto de dormir.

Ele abriu um armário e despejou no chão as peças de linho, mas nada havia escondido ali, e depois, seguindo uma inspiração, começou a bater nos painéis de madeira. Ele ouvira dizer que era freqüente painéis daquele tipo disfarçarem um esconderijo, e foi recompensado quase instantaneamente por um som satisfatoriamente oco.

— Não, monsieur! — disse Jeanette.

Sir Simon ignorou-a, sacando a espada e atacando os painéis de tília que se despedaçaram e foram arrancados das hastes. Ele embainhou a espada e puxou com força, com as mãos enluvadas, a madeira estraçalhada.

— Não! — Jeanette soltou um grito de dor.

Sir Simon olhou fixamente. Havia dinheiro escondido atrás do forro, um barril cheio de moedas, mas a grande recompensa não era aquilo. A grande recompensa era uma armadura e um conjunto de armas com as quais Sir Simon apenas sonhara na vida. Uma armadura que brilhava, cada peça entalhada com sutis figuras e com inscrustações de ouro. Trabalho italiano? E a espada! Quando Sir Simon a tirou da bainha, foi como empunhar a própria Excalibur. A lâmina tinha um brilho azulado, que não era nem mesmo tão pesada quanto a dele mas dava a sensação de um milagroso equilíbrio. Uma lâmina dos famosos fabricantes de espadas de Poitiers, talvez, ou, ainda melhor, espanhóis?

— Elas pertenciam ao meu marido — apelou Jeanette a ele — e isso é tudo que eu tenho dele. Elas têm de passar para Charles.

Sir Simon ignorou-a. Correu o dedo enluvado pela incrustação de ouro no peito da armadura. Só aquela peça valia uma propriedade!

— Isso é tudo que ele tem do pai — suplicou Jeanette.

Sir Simon desafivelou o cinto de sua espada e deixou a velha arma cair ao chão, e depois prendeu a espada do conde de Armórica na cintura. Voltou-se e olhou fixo para Jeanette, maravilhando-se com o rosto liso, sem cicatrizes. Aqueles eram os espólios de guerra com que ele sonhara e começara a temer que nunca fosse encontrar: um barril de dinheiro, uma armadura digna de um rei, uma lâmina feita para um campeão e uma mulher que seria invejada por toda a Inglaterra.

— A armadura é minha — disse ele —, como a espada, também.

— Não, monsieur, por favor.

— O que é que a senhora vai fazer? Comprá-las de mim?

— Se for preciso — disse Jeanette, fazendo um gesto com a cabeça em direção ao barril.

— Aquilo também é meu, madame — disse Sir Simon e, para provar, caminhou até a porta, desobstruiu-a e gritou para que dois de seus arqueiros subissem até aquele andar. Fez um gesto para o barril e para a armadura.

— Levem-nos para baixo — disse ele — e mantenham-nos em segurança. E não pensem que eu não contei o dinheiro, porque contei. Andem!

Jeanette ficou olhando o roubo. Queria pedir clemência chorando, mas esforçou-se para ficar calma.

— Se o senhor roubar tudo o que eu tenho — disse ela para Sir Simon — como irei recomprar a armadura?

Sir Simon tornou a empurrar a cama do menino para junto da porta e depois brindou-a com um sorriso.

— Há uma coisa que você pode usar para comprar a armadura, minha cara — disse ele, sedutor. — Você tem o que todas as mulheres têm. Pode usá-lo.

Jeanette fechou os olhos durante algumas batidas do coração.

— Todos os cavalheiros da Inglaterra são como o senhor? — perguntou ela.

— Poucos são tão hábeis com as armas — disse Sir Simon, com orgulho.

Ele estava para contar a ela seus triunfos em torneios, certo de que ela ficaria impressionada, mas ela o interrompeu.

— O que eu queria saber — disse ela, com frieza — era se os cavaleiros da Inglaterra são todos ladrões, poltrões e brigões.

Sir Simon ficou realmente intrigado com aquele insulto. A mulher simplesmente não parecia dar valor à boa sorte, uma falha que ele só podia atribuir a uma estupidez inata.

— A senhora se esquece, madame — explicou ele —, de que os vencedores da guerra ficam com os prêmios.

— Eu sou o seu prêmio?

Ela era pior do que estúpida, refletiu Sir Simon, mas quem queria inteligência numa mulher?

— Madame — disse ele —, eu sou seu protetor. Se eu a deixar, se eu retirar a minha proteção, vai haver uma fila de homens na escada esperando para possuí-la. Entendeu agora?

— Eu acho — disse ela, com frieza — que o conde de Northampton vai me oferecer uma proteção melhor.

Santo Deus, pensou Sir Simon, como a safada era obtusa! Não adiantava tentar argumentar com ela, porque ela era tapada demais para compreender, e por isso ele tinha de forçar o ataque. Atravessou o quarto depressa, arrancou Charles dos braços dela e jogou o menino na cama menor. Jeanette deu um grito e tentou agredi-lo, mas Sir Simon agarrou-lhe o braço e esbofeteou-a com a mão enluvada e, quando ela ficou imóvel de dor e perplexidade, rasgou as cordas da capa de Jeanette e depois, com suas mãos grandes, rasgou a frente do vestido. Ela gritou e tentou cobrir a nudez com as mãos, mas Sir Simon abriu-lhe os braços à força e olhou, impressionado. Perfeita!

— Não! — Jeanette chorou.

Sir Simon empurrou-a com força de volta para a cama.

— Quer que seu filho herde a armadura de seu marido traiçoeiro? — perguntou ele. — Ou a espada dele? Então, madame, é melhor ser boa para com o novo dono delas.

Ele desafivelou a espada, deixou-a cair ao chão, e depois ergueu a cota de malha e mexeu, desajeitado, nos cadarços de seu calção.

— Não! — gritou Jeanette e tentou levantar-se da cama, mas Sir Simon agarrou-lhe o vestido e arrancou o linho, fazendo-o baixar até a cintura dela. O menino gritava e Sir Simon atrapalhava-se com as manoplas enferrujadas e Jeanette achou que o diabo havia entrado em sua casa. Tentou cobrir sua nudez, mas o inglês tornou a esbofeteá-la, e depois ergueu uma vez mais a cota de malha. Do lado de fora da janela, o sino rachado da igreja da Virgem finalmente se calou, porque os ingleses tinham chegado, Jeanette ganhara um pretendente, e a cidade chorava.

O primeiro pensamento de Thomas, depois de abrir a porta, não foi saquear, mas lavar, em algum lugar, as pernas para tirar a lama do rio, o que fez com um barril de cerveja na primeira taberna que encontrou. O dono da taberna era um homem grande e careca que estupidamente atacou os arqueiros ingleses com um porrete, e Jake o derrubou com o seu arco e depois cortou-lhe a barriga.

— Filho da puta idiota — disse Jake. — Eu não ia machucá-lo. Não muito.

As botas do morto couberam em Thomas, o que foi uma grata surpresa, porque muito poucas serviam, e tão logo eles acharam as moedas que o homem tinha escondido, saíram em busca de outras diversões. O conde de Northampton esporeava seu cavalo para cima e para baixo da rua principal, gritando para homens que tinham os olhos arregalados para que não pusessem fogo na cidade. Ele queria manter La Roche-Derrien como uma fortaleza, e como um monte de cinzas ela era de menor valia para ele.

Nem todos saquearam. Alguns dos homens mais velhos, até mesmo uns poucos dos mais jovens, ficaram contrariados com tudo aquilo e tentavam conter os excessos mais alucinados, mas estavam em imoderada inferioridade numérica diante de homens que não viam nada, a não ser oportunidade, na cidade caída. O padre Hobbe, um sacerdote inglês que gostava dos homens de Will Skeat, tentou persuadir Thomas e seu grupo a protegerem a igreja, mas eles tinham outros prazeres em mente.

— Não estrague sua alma, Tom — disse o padre Hobbe a título de lembrete de que Thomas, como todos os homens, tinha assistido à missa na véspera, mas Thomas achava que, de qualquer forma, sua alma seria estragada, então o melhor era isso acontecer mais cedo do que mais tarde.

Ele estava à procura de uma garota, na verdade qualquer garota, porque a maioria dos homens de Will tinha uma mulher no acampamento. Thomas estivera vivendo com uma doce e pequena bretã, mas ela pegara a febre logo antes do início da campanha de inverno, e o padre Hobbe rezara uma missa de corpo presente para ela. Thomas ficara olhando o corpo sem mortalha da jovem ser jogado numa cova rasa e pensara nos túmulos de Hookton e da promessa que fizera ao pai moribundo, mas depois pusera a promessa de lado. Ele era jovem e não tinha vontade alguma de carregar pesos na consciência.

La Roche-Derrien, agora, rendia-se sob a fúria inglesa. Homens arrancavam o sapé e a mobília despedaçada, na busca por dinheiro. Qualquer morador da cidade que tentasse proteger suas mulheres era morto, enquanto qualquer mulher que tentasse se proteger era agredida até se submeter. Algumas pessoas tinham fugido do saque atravessando a ponte, mas a guarnição do barbacã fugiu do ataque inevitável e agora os soldados do conde dominavam a pequena torre, e isso significava que La Roche-Derrien estava com o seu destino selado. Algumas mulheres se refugiaram nas igrejas, e as felizardas acharam protetores ali, mas a maioria não teve tanta sorte.

Finalmente, Thomas, Jake e Sam encontraram uma casa que não fora saqueada e pertencia a um curtidor, um sujeito fedorento com uma mulher feia e três filhos crianças. Sam, cuja cara de inocente fazia com que estranhos confiassem nele logo à primeira vista, manteve sua faca encostada na garganta do filho mais moço, e de repente o curtidor lembrou-se de onde tinha escondido o dinheiro. Thomas tinha observado Sam, temendo que ele fosse realmente cortar a garganta do menino, porque Sam, apesar das bochechas vermelhas e dos olhos alegres, era tão mau quanto qualquer outro membro do bando de Will Skeat. Jake não era muito melhor, embora Thomas considerasse os dois seus amigos.

— O homem é tão pobre quanto nós — disse Jake, impressionado, enquanto revirava as moedas do curtidor. Ele empurrou uma terceira pilha em direção a Thomas. — Você quer a mulher dele? — ofereceu, generoso.

— Deus me livre, não! Ela é vesga como você.
— É mesmo?

Thomas deixou Jake e Sam com suas brincadeiras e foi procurar uma taberna onde houvesse comida, bebida e calor. Ele reconheceu que qualquer garota que valesse a pena ser perseguida já tinha sido apanhada, e por isso tirou a corda do arco, passou decidido por um grupo de homens que arrancavam o conteúdo de uma carroça parada e encontrou uma estalagem onde uma viúva maternal protegera sensatamente sua propriedade e suas filhas ao receber bem os primeiros soldados, cobrindo-os de comida e bebida de graça, e depois ralhando com eles por sujarem o chão com os pés enlameados. Ela estava gritando com eles naquele momento, embora poucos compreendessem o que ela dizia, e um dos homens resmungou para Thomas que ela e as filhas deveriam ser deixadas em paz.

Thomas ergueu as mãos para mostrar que não queria fazer mal a ninguém, e depois apanhou um prato de pão, ovos e queijo.

— Agora, pague a ela — grunhiu um dos soldados e Thomas, obediente, colocou as poucas moedas do curtidor sobre o balcão.

— Ele é bonito — disse a viúva para as filhas, que soltaram risadinhas abafadas.

Thomas voltou-se e fingiu inspecionar as filhas.

— Elas são as garotas mais bonitas da Bretanha — disse ele à viúva, em francês —, porque saíram à senhora, madame.

Aquele cumprimento, embora comprovadamente insincero, provocou gargalhadas estridentes. Para além da taberna havia gritos e lágrimas, mas ali dentro estava quente e o ambiente era cordial. Thomas comeu com sofreguidão, porque estava faminto, e depois tentou esconder-se numa janela projetada para fora quando o padre Hobbe entrou, vindo da rua, apressado. Mas mesmo assim, o padre o viu.

— Eu ainda estou procurando homens para proteger as igrejas, Thomas.

— Eu vou me embebedar, padre — disse Thomas, feliz. — Vou ficar tão bêbado, que uma daquelas duas garotas vai parecer atraente. — Ele fez um gesto com a cabeça em direção às filhas da viúva.

O padre Hobbe inspecionou-as com ar crítico, e depois suspirou.

— Você vai se matar se beber tanto assim, Thomas.

Ele se sentou à mesa, fez um sinal para as garotas e apontou para o caneco de Thomas.

— Vou tomar uma dose com você — disse o padre.

— E as igrejas?

— Todo mundo vai estar bêbado em breve — disse o padre Hobbe — e o horror vai terminar. Sempre termina. Cerveja e vinho, Deus sabe, são grandes causas de pecado, mas fazem com que ele tenha vida curta. Pelos ossos de Deus, lá fora está frio. — Ele sorriu para Thomas. — Então? Como vai a sua alma negra, Thomas?

Thomas ficou olhando para o padre. Ele gostava do padre Hobbe, que era pequeno e magro, com uma massa de cabelos pretos revoltos em torno de um rosto alegre que levava as cicatrizes provocadas por uma catapora contraída na infância. Era de berço pobre, filho de um homem de Sussex que fabricava e consertava rodas e, como todo menino do interior, sabia manejar um arco como os melhores arqueiros. Às vezes, acompanhava os homens de Skeat em suas incursões no território do duque Charles, e juntava-se de bom grado aos arqueiros quando eles desmontavam para formar uma linha de batalha. As leis da Igreja proibiam que um padre manejasse uma arma de corte, mas o padre Hobbe sempre alegava que usava flechas rombudas, embora elas parecessem furar as malhas inimigas com a mesma eficiência de quaisquer outras. O padre Hobbe, em suma, era um homem bom cujo único defeito era um excessivo interesse pela alma de Thomas.

— Minha alma — disse Thomas — é solúvel em cerveja.

— Ora, aí está um bom termo — disse o padre Hobbe. — Solúvel, é? — Ele pegou o grande arco preto e cutucou a insígnia de prata com um dedo sujo. — Descobriu alguma coisa sobre isto?

— Não.

— Ou quem roubou a lança?

— Não.

— Você já não se importa mais?

Thomas recostou-se na cadeira e esticou as longas pernas.

— Eu estou fazendo um bom trabalho, padre. Nós estamos ganhando esta guerra, e nesta época, no ano que vem, quem sabe? Poderemos estar deixando o rei da França com o nariz sangrando.

O padre Hobbe fez com a cabeça um gesto de concordância, mas sua fisionomia indicava que as palavras de Thomas eram irrelevantes. Passou o dedo por uma poça de cerveja em cima da mesa.

— Você fez uma promessa ao seu pai, Thomas, e fez isso numa igreja. Não foi o que você me contou? Uma promessa solene, Thomas? De que você iria recuperar a lança? Deus escuta esses juramentos.

Thomas sorriu.

— Fora desta taberna, padre, há tanto estupro, assassinato e roubo acontecendo, que nem todas as penas do céu podem manter atualizada a lista de pecados. E o senhor se preocupa comigo?

— Me preocupo, sim, Thomas. Algumas almas são melhores do que outras. Eu tenho que cuidar de todas elas, mas se você tem um carneiro de raça no seu rebanho, fará bem em protegê-lo.

Thomas suspirou.

— Um dia, padre, eu vou encontrar o homem que roubou aquela maldita lança, e vou enfiá-la em seu traseiro até ela fazer cócegas no crânio dele. Um dia. Isso basta?

O padre Hobbe sorriu beatificamente.

— Basta, Thomas, mas no momento há uma pequena igreja que bem poderia ter mais um homem à porta. Ela está cheia de mulheres! Algumas são tão bonitas, que você ficará de coração partido só de olhar para elas. Depois, você pode se embebedar.

— As mulheres são bonitas, mesmo?

— O que é que você acha, Thomas? A maioria parece morcego e cheira a bode, mas ainda assim elas precisam de proteção.

E assim Thomas ajudou a proteger uma igreja e, depois, quando o exército estava tão bêbado que já não podia causar mais danos, ele voltou para a taberna da viúva, onde bebeu até perder os sentidos. Ele havia tomado uma cidade, servira bem ao seu senhor e estava contente.

THOMAS FOI ACORDADO por um pontapé. Uma pausa, depois um segundo pontapé e uma xícara de água fria no rosto.

— Jesus!

— Sou eu — disse Will Skeat. — O padre Hobbe disse que você estaria aqui.

— Oh, Jesus — tornou a dizer Thomas. A cabeça estava dolorida, a barriga azeda, e ele estava enjoado. Piscou levemente com a luz do dia, e depois olhou para Skeat com o cenho franzido. — É você.

— Deve ser ótimo ser tão inteligente assim — disse Skeat. Ele sorriu para Thomas, que estava nu na palha dos estábulos da taberna que compartilhava com uma das filhas da viúva. — Você devia estar bêbado como um lorde para enfiar sua espada nisso — acrescentou Skeat, olhando para a garota que puxava um cobertor para se cobrir.

— Eu estava bêbado — gemeu Thomas. — Ainda estou.

Levantou-se cambaleando e vestiu a camisa.

— O conde quer falar com você — disse Skeat, bem-humorado.

— Comigo? — Thomas pareceu ter ficado alarmado. — Por quê?

— Talvez ele queira que você se case com a filha dele — disse Skeat. — Nossa, Tom, olhe só em que estado você está!

Thomas calçou as botas e vestiu a cota de malha, e depois apanhou as calças na sacola e vestiu um blusão de tecido por cima da cota. O blusão levava o emblema do conde de Northampton, de três estrelas verdes e vermelhas sendo pisoteadas por um trio de leões. Thomas jogou água no rosto, e depois raspou a barba com uma faca afiada.

— Deixe crescer a barba, rapaz — disse Skeat. — Isso poupa trabalho.

— Por que o Billy quer falar comigo? — perguntou Thomas, usando o apelido do conde.

— Depois do que aconteceu na cidade ontem? — sugeriu Skeat, pensativo. — Ele acha que tem que enforcar alguém como exemplo, e por isso me perguntou se eu tinha alguns bastardos inúteis de quem eu quisesse me livrar, e eu pensei em você.

— A julgar pelo que eu estou sentindo — disse Thomas —, ele bem que poderia me enforcar. — Ele teve uma ânsia seca de vômito e bebeu um pouco de água.

Ele e Will Skeat voltaram para a cidade e encontraram o conde de Northampton instalado com toda a pompa. O prédio no qual seu estandarte estava pendurado devia ser uma sala de reuniões de corporações, embora talvez fosse menor do que a sala da guarda no castelo do conde, mas o conde estava sentado em uma das extremidades enquanto uma série de requerentes clamava por justiça. Eles estavam reclamando por terem sido roubados, o que de nada adiantava, levando-se em consideração que eles tinham se recusado a entregar a cidade, mas o conde ouvia, delicado. Então um advogado, um sujeito com nariz de doninha chamado Belas, curvou-se para o duque e declamou uma longa lamúria sobre o tratamento dado à condessa de Armórica. Thomas estivera deixando que as palavras passassem por ele, mas a insistência que havia na voz de Belas fez com que ele prestasse atenção.

— Se sua senhoria — disse Belas, sorrindo de modo malicioso para o duque — não interviesse, a condessa teria sido estuprada por Sir Simon Jekyll.

Sir Simon afastou-se para um lado da sala.

— Isso é mentira! — protestou ele em francês.

O conde suspirou.

— Então, por que seu calção estava nos tornozelos quando eu entrei na casa?

Sir Simon ficou vermelho quando os homens que estavam na sala caíram na gargalhada. Thomas teve que traduzir para Will Skeat, que fez um gesto afirmativo com a cabeça, porque já tinha ouvido a história.

— O bastardo estava para trepar numa viúva com título — explicou ele a Thomas — quando o conde chegou. Ele a ouviu gritar, entende? E ele tinha visto um brasão na casa. Os aristocratas cuidam uns dos outros.

O advogado, agora, apresentava uma longa lista de acusações contra Sir Simon. Parecia que ele estava declarando a viúva e seu filho pisioneiros que tinham de ser detidos para que fosse cobrado um resgate. Ele também roubara os dois navios da viúva, a armadura do marido dela, a espada e todo o dinheiro da condessa. Belas fez as reclamações com indignação, e depois curvou-se para o conde.

— O senhor tem uma reputação de homem justo — disse ele, obsequioso —, e eu coloco o destino da viúva em suas mãos.

O conde de Northampton pareceu surpreso ao ser informado de sua reputação por fazer justiça.

— O que o senhor deseja? — perguntou ele.

Belas envaideceu-se.

— A devolução dos artigos roubados, senhor, e a proteção do rei da Inglaterra para uma viúva e seu nobre filho.

O conde tamborilou os dedos no braço da cadeira, e depois olhou para Sir Simon de cenho franzido.

— Não se pode pedir resgate por uma criança de três anos de idade — disse ele.

— Ele é um conde! — protestou Sir Simon. — Um menino de classe!

O conde suspirou. Ele chegara à conclusão de que Sir Simon tinha uma mente tão simples quanto um touro castrado à procura de comida. Não conseguia entender ponto de vista algum que não o dele, e era determinado quando se tratava de procurar satisfazer seus apetites. Talvez fosse por isso que ele era um soldado tão respeitável, mas ainda era um tolo.

— Nós não mantemos crianças de três anos de idade para cobrar resgate — disse o conde com firmeza — e não mantemos mulheres prisioneiras, a menos que haja uma vantagem que seja mais importante do que a cortesia, e eu não vejo vantagem alguma aqui. — O conde voltou-se para os escrivães que estavam atrás de sua cadeira: — A quem a Armórica apoiava?

— Charles de Blois, senhor conde — respondeu um dos escrivães, um clérigo bretão alto.

— O feudo é rico?

— Muito pequeno, senhor — disse o escrivão, cujo nariz escorria, falando de memória. — Há uma propriedade em Finisterre que já está em nosso poder, algumas casas em Guingamp, creio eu, mas nada mais.

— Aí está — disse o conde, tornando a se voltar para Sir Simon. — Que vantagens iremos obter de um menino de três anos que não tem um tostão?

— Sem um tostão, não — protestou Sir Simon. — Eu peguei, lá, uma rica armadura.

— Que sem dúvida o pai do menino apanhou em combate!

— E a casa é rica. — Sir Simon estava ficando zangado. — Há navios, armazéns, estábulos.

— A casa — o escrivão parecia enfarado — pertencia ao sogro do conde. Creio que era um vendedor de vinhos.

De cenho franzido, com ar zombeteiro, o conde olhou para Sir Simon, que abanava a cabeça diante da obstinação do escrivão.

— O menino, senhor conde — respondeu Sir Simon com uma caprichada mesura muito próxima a um ato de insolência —, é parente de Charles de Blois.

— Mas por não ter dinheiro algum — disse o conde — eu duvido que desperte carinho. Seria mais um fardo, não acha o senhor? Além do mais, o que é que o senhor ia querer que eu fizesse? Obrigasse o menino a jurar vassalagem ao verdadeiro duque da Bretanha? O verdadeiro duque, Sir Simon, é uma criança de cinco anos que está em Londres. Seria uma farsa num berçário! Um menino de três anos curvando-se para um outro de cinco! As amas de leite deles estarão presentes? Depois do ato, será que iremos nos banquetear com leite e bolinhos? Ou quem sabe poderemos desfrutar de uma brincadeira de caça ao chinelo quando a cerimônia acabar?

— A condessa lutou contra nós, posicionada sobre os muros! — Sir Simon tentou um último protesto.

— Não me conteste! — gritou o conde, esmurrando o braço da cadeira. — O senhor se esquece de que eu sou o representante do rei e tenho os poderes dele.

O conde recostou-se na cadeira, tenso de raiva, e Sir Simon engoliu a sua raiva, mas não resistiu a resmungar que a condessa tinha usado uma besta contra os ingleses.

— Ela é Blackbird? — perguntou Thomas a Skeat.

— A condessa? É o que dizem.

— Ela é muito bonita.

— Depois do que eu vi o senhor atacando hoje de manhã — disse Skeat —, como é que consegue distinguir?

O conde lançou um olhar irritado para Skeat e Thomas, e voltou a olhar para Sir Simon.

— Se a condessa lutou contra nós do alto dos muros — disse ele —, admire seu espírito. Quanto aos outros assuntos... — Ele fez uma pausa e suspirou. Belas pareca estar na expectativa e Sir Simon, desconfiado. — Os dois navios — decretou o conde — são presas e serão vendidos na Inglaterra, ou colocados a serviço real e o senhor, Sir Simon, receberá como recompensa um terço do valor deles.

Aquela decisão estava de acordo com a lei. O rei receberia um terço, o conde outro terço, e a última parte caberia ao homem que tivesse capturado a presa.

— Quanto à espada e à armadura... — O conde fez outra pausa. Ele havia salvo Jeanette de um estupro e gostara dela, e tinha visto a angústia em sua expressão e dado ouvidos a sua apaixonada alegação de que não possuía nada que tivesse pertencido ao marido, exceto a preciosa armadura e a bela espada, mas coisas daquele tipo, pela sua própria natureza, constituíam o legítimo saque da guerra.

— A armadura, as armas e os cavalos são seus, Sir Simon — disse o conde, lamentando a decisão mas reconhecendo que era justa. — Quanto ao garoto, eu determino que ele pode decidir para quem irá a sua vassalagem. — Ele olhou para os escrivães, para certificar-se de que eles estavam anotando suas decisões. — O senhor me disse que quer instalar-se na casa da viúva? — perguntou ele a Sir Simon.

— Eu a ocupei — disse Sir Simon, brusco.

— E a depenou, pelo que ouvi dizer — observou friamente o conde. — A condessa alega que o senhor roubou dinheiro dela.

— Ela está mentindo. — Sir Simon parecia indignado. — Mentindo, senhor, mentindo!

O conde duvidou, mas dificilmente poderia acusar um cavalheiro de perjúrio sem provocar um duelo e, embora William Bohun não temesse homem algum, exceto o seu rei, não queria brigar por um motivo tão insignificante. Ele deixou passar.

— No entanto — prosseguiu ele — eu prometi à senhora uma proteção contra o assédio. — Ele encarava Sir Simon enquanto falava, e depois olhou para Will Skeat e mudou para a língua inglesa. — Você gostaria de manter seus homens juntos, Will?

— Gostaria, senhor.

— Neste caso, vai ficar com a casa da viúva. E ela deverá ser tratada com respeito, está me ouvindo? Com respeito! Diga isso aos seus homens, Will!

Skeat balançou a cabeça.

— Eu corto as orelhas deles se tocarem nela, senhor.

— As orelhas, não, Will. Corte algo mais adequado. Sir Simon irá lhe mostrar a casa, e o senhor, Sir Simon — o conde voltou a falar francês —, vá procurar um leito em outro lugar qualquer.

Sir Simon abriu a boca para protestar, mas um olhar do conde o fez ficar quieto. Outro suplicante se adiantou, querendo indenização por um porão cheio de vinho que tinha sido roubado, mas o conde transferiu-o para um escrivão que iria registrar as reclamações do homem num pergaminho que o conde duvidava que algum dia acharia tempo de ler.

Depois, fez um gesto para Thomas.

— Eu tenho que lhe agradecer, Thomas de Hookton.

— Agradecer, senhor?

O conde sorriu.

— Você encontrou um caminho para entrar na cidade quando todas as outras tentativas que fizemos tinham falhado.

Thomas enrubesceu.

— Foi um prazer, senhor conde.

— Você pode me pedir uma recompensa — disse o conde. — É o costume.

Thomas deu de ombros.

— Eu estou satisfeito, senhor.

— Então, você é um homem de sorte, Thomas. Mas eu me lembrarei da dívida. E muito obrigado, Will.

Will Skeat sorriu.

— Se esse sujeito tolo não quer recompensa, senhor, eu a aceito.

O conde gostou daquilo.

— Minha recompensa para você, Will, é deixá-lo aqui. Estou lhe dando toda uma nova área de interior para devastar. Pelos dentes de Deus, em breve você vai estar mais rico do que eu. — Ele se levantou. — Sir Simon irá guiá-lo até seus aposentos.

Sir Simon poderia ter reagido contra a ordem ríspida para ser um mero guia, mas surpreendentemente obedeceu sem demonstrar qualquer ressentimento, talvez porque desejasse outra oportunidade de encontrar-se com Jeanette. E assim, ao meio-dia, ele levou Will Skeat e seus homens pelas ruas até a grande casa à margem do rio. Sir Simon tinha vestido a nova armadura e usava-a sem qualquer sobretudo, de modo que a couraça polida e os ornamentos de ouro brilhavam com intensidade ao fraco sol de inverno. Ele encolheu a cabeça coberta pelo elmo ao passar por baixo do arco da entrada para o pátio e no mesmo instante Jeanette saiu correndo da porta da cozinha, que ficava logo à esquerda da porta.

— Saiam daqui! — gritou ela em francês. — Saiam daqui!

Thomas, cavalgando logo atrás de Sir Simon, olhou fixo para ela. Ela era realmente Blackbird, e tão bonita de perto quanto parecera quando ele a vira de relance no alto dos muros.

— Saiam daqui, vocês todos! — Ela ficou parada, as mãos nas cadeiras, cabeça descoberta, gritando.

Sir Simon ergueu o visor do elmo.

— Esta casa está requisitada para fins militares, minha senhora — disse ele, contente. — Ordens do conde.

— O conde prometeu que iam me deixar em paz! — protestou, inflamada, Jeanette.

— Pois então sua senhoria mudou de idéia — disse Sir Simon.

Ela cuspiu na direção dele.

— Você já roubou tudo o que era meu, e agora quer me tirar a casa também?

— Sim, madame — disse Sir Simon, e esporeou o cavalo para avançar, de modo que o animal a empurrou. — Sim, madame — repetiu ele, e então deu um puxão nas rédeas a ponto de fazer com que o cavalo girasse e avançasse contra Jeanette, jogando-a ao chão. — E vou tirar sua casa — disse Sir Simon — e tudo o mais que eu quiser, madame.

Os arqueiros, que assistiam, ovacionaram a visão das longas pernas desnudas de Jeanette. Ela puxou as saias para baixo e tentou se levantar, mas Sir Simon fez o cavalo avançar, para obrigá-la a atravessar o pátio cambaleando, numa corrida que nada tinha de digna.

— Deixe a moça se levantar! — gritou Will Skeat, irritado.

— Ela e eu somos velhos amigos, mestre Skeat — respondeu Sir Simon, ainda ameaçando Jeanette com as pesadas patas do cavalo.

— Eu disse para deixar que ela se levante e para deixá-la em paz! — vociferou Skeat.

Sir Simon, ofendido por receber ordens de um homem do povo e diante dos arqueiros, voltou-se irritado, mas havia em Will Skeat um ar de competência que fez com que o cavaleiro se detivesse. Skeat tinha o dobro da idade de Sir Simon, e todos aqueles anos tinham sido passados lutando, e Sir Simon tinha bom senso suficiente para não provocar um confronto.

— A casa é sua, mestre Skeat — disse ele, condescendente —, mas tome conta de sua dona. Eu tenho planos para ela.

Ele fez o cavalo recuar, afastando-se de Jeanette, que estava em lágrimas de vergonha, e depois esporeou o animal, saindo do pátio.

Jeanette não entendia inglês, mas reconheceu que Will Skeat havia intercedido em seu favor e por isso pôs-se de pé e fez um apelo a ele.

— Ele roubou tudo o que era meu! — disse ela, apontando para o cavaleiro que se retirava. — Tudo!

— Você sabe o que a moça está dizendo, Tom? — perguntou Skeat.

— Ela não gosta de Sir Simon — disse Thomas, lacônico. Ele estava inclinado sobre a arção da sela, olhando para Jeanette.

— Acalme a garota, pelo amor de Deus — pediu Skeat, e depois girou o corpo na sela. — Jake? Providencie para que haja água e feno para os cavalos. Peter, mate duas daquelas novilhas, para que possamos jantar antes que a luz acabe. Os outros? Parem de olhar para a garota de boca aberta e vão se instalar!

— Ladrão! — gritou Jeanette para Sir Simon que se afastava, e depois voltou-se para Thomas.

— Quem é você?

— Meu nome é Thomas, madame. — Ele deixou o corpo escorregar para o chão e atirou as rédeas para o Sam. — O conde mandou que viéssemos morar aqui — prosseguiu Thomas — e proteger a senhora.

— Me proteger! — disse Jeanette, indignada. — Vocês são todos uns ladrões! Como poderão me proteger? Há um lugar no inferno para ladrões como vocês, e ele é igualzinho à Inglaterra. Vocês são ladrões, todos vocês! Agora, vão embora! Vão!

— Nós não vamos — disse Thomas, decidido.

— Como podem ficar aqui? — perguntou Jeanette. — Eu sou viúva! Não fica bem ter vocês aqui.

— Nós estamos aqui, madame — disse Thomas —, e a senhora e nós teremos que aproveitar ao máximo essa situação. Nós não vamos nos intrometer. É só me mostrar onde ficam seus aposentos privados, e eu vou providenciar para que nenhum homem os invada.

— Você? Impedir? Ha! — Jeanette voltou-se para se afastar e imediatamente tornou a girar. — Você quer que eu lhe mostre meus aposentos, não é? Para que fique sabendo onde estão meus bens de valor? É isso? Quer que eu lhe mostre onde pode me roubar? Por que eu não lhe dou logo tudo?

Thomas sorriu.

— Eu pensei que a senhora tivesse dito que Sir Simon já tinha roubado tudo.

— Ele tirou tudo, tudo! Ele não é cavalheiro coisa nenhuma. Ele é um porco. Ele é — Jeanette fez uma pausa, querendo pensar num insulto esmagador — ele é inglês! — Jeanette cuspiu nos pés de Thomas e empurrou a porta da cozinha, abrindo-a. — Está vendo esta porta, inglês? Tudo além desta porta é privado. Tudo! — Ela entrou, bateu com a porta e imediatamente tornou a abri-la. — E o duque está vindo. O duque certo, não o seu hipócrita menino fantoche, então vocês todos vão morrer. Ótimo! — A porta tornou a bater.

Will Skeat fez um muxoxo.

— Ela também não gosta de você, Tom. O que é que a moça estava dizendo?

— Que nós todos vamos morrer.

— Ah, mas isso é verdade. Mas na nossa cama, com a graça de Deus.

— E ela disse que nós não devemos passar daquela porta.

— Tem muito espaço aqui fora — disse Skeat placidamente, observando um de seus homens brandir um machado para matar uma novilha. O sangue escorreu pelo pátio, atraindo um grupo de cachorros para lambê-lo enquanto dois arqueiros começavam a abater o animal que ainda estrebuchava.

— Escutem! — Skeat havia subido num bloco que servia para ajudar a montar num cavalo ao lado dos estábulos e agora gritava para todos os seus comandados. — O conde deu ordens para que a moça que estava cuspindo no Tom não seja molestada. Estão entendendo, seus bastardos? Mantenham seus calções amarrados quando ela estiver por perto, e se não fizerem isso, eu castro vocês! Tratem-na com educação, e não passem daquela porta. Vocês já se divertiram, e por isso agora podem voltar a agir realmente como soldados.

O conde de Northampton partiu uma semana depois, levando a maior parte de seu exército de volta para as fortalezas em Finisterre, que era o coração dos adeptos do duque John. Ele deixou Richard Totesham como comandante da nova guarnição, mas também deixou Sir Simon Jekyll como substituto de Totesham.

— O duque não quer o bastardo — disse Will Skeat a Thomas — e por isso empurrou-o para cima de nós.

Como Skeat e Totesham eram capitães independentes, poderia ter havido ciúme entre eles, mas os dois se respeitavam e, enquanto Totesham e seus homens ficaram em La Roche-Derrien e fortaleciam as defesas da cidade, Skeat seguiu para o interior a fim de punir as pessoas que pagavam as rendas e deviam vassalagem ao duque Charles. Os *hellequins* ficaram, assim, liberados para se constituírem numa maldição no norte da Bretanha.

Era uma tarefa simples, arruinar uma região. As casas e os celeiros podiam ser feitos de pedra, mas os telhados pegavam fogo. O gado era capturado e, se houvesse cabeças demais para levar para casa, os animais eram abatidos e as carcaças atiradas em poços, para envenenar a água. Os homens de Skeat incendiavam o que pegasse fogo, quebravam o que era quebrável e roubavam o que podia ser vendido. Matavam, estupravam e saqueavam. O medo levava os homens a abandonar suas fazendas, deixando a terra devastada. Eles eram os cavaleiros do diabo, e faziam a vontade do rei Eduardo, arrasando a terra do inimigo.

Destruíram uma aldeia atrás da outra — Kervec e Lanvellec, St. Laurent e Les Sept Saints, Tonquedec e Berhet, e umas duas dezenas de outros lugares cujos nomes nunca aprenderam. Era a época do Natal, e na pátria deles as achas com que se acendiam as fogueiras estavam sendo arrastadas por campos endurecidos pela geada até salões de pé-direito alto, nos quais trovadores cantavam sobre Artur e seus cavaleiros, guerreiros galantes que aliavam compaixão a força, mas na Bretanha os *hellequins* lutavam a guerra verdadeira. Soldados não eram modelos de virtude; eram homens com cicatrizes, maus, que sentiam prazer na destruição. Atiravam tochas acesas no sapé e derrubavam o que gerações tinham levado para construir. Lugares pequenos demais para terem nomes morriam, e só as fazendas na larga península entre os dois rios ao norte de La Roche-Derrien foram poupadas, porque eram necessárias para alimentar a guarnição. Alguns dos servos feudais que eram arrancados de suas terras foram obrigados a trabalhar para aumentar a altura dos muros de La Roche-Derrien, ampliar o campo de combate diante das defesas e construir novas barreiras à margem do rio. Para os bretões, foi um inverno de extrema miséria. Chuvas frias, vindas do Atlântico selvagem, açoitavam, e os ingleses devastavam as terras agrícolas.

De vez em quando, havia alguma resistência. Um bravo disparava uma besta da beira de uma floresta, mas os homens de Skeat eram peritos em encurralar e matar inimigos assim. Doze arqueiros desmontavam e se aproximavam silenciosamente do inimigo pela frente, enquanto vinte outros galopavam pela retaguarda dele, e em pouco tempo ouvia-se um grito e mais uma besta era acrescentada ao espólio. O dono da besta era despido, mutilado e enforcado numa árvore como aviso a outros homens para que deixassem os *hellequins* em paz, e as lições davam resultado, porque aquele tipo de emboscada foi diminuindo. Era a fase de destruição, e os homens de Skeat ficaram ricos. Havia dias de sofrimento, dias de caminhadas com dificuldade sob chuva fria, com as mãos rachadas e a roupa encharcada, e Thomas sempre tinha horror quando seus homens recebiam a incumbência de guiar os cavalos de reserva e depois conduzir de volta o gado capturado. Os gansos eram fáceis — os pescoços eram torcidos e os pássaros mortos pendiam das selas — mas as vacas eram lentas, os cabritos indóceis, os carneiros eram burros e os porcos teimosos. Mas havia nas fileiras um número suficiente de rapazes criados em fazendas para garantir que os animais chegassem a La Roche-Derrien em segurança. Uma vez lá, eles eram levados para uma pequena praça que se tornara um campo de abate e fedia a sangue. Will Skeat também mandava carroças cheias de produtos de saque de volta para a cidade, e a maior parte era despachada para a Inglaterra.

Em geral, tratava-se de artigos baratos: vasos, facas, lâminas de arado, pontas de ancinho, tamboretes, baldes, fusos, qualquer coisa que pudesse ser vendida, até que se disse que não havia uma só casa no sul da Inglaterra que não possuísse pelo menos um objeto saqueado da Bretanha.

Na Inglaterra, cantava-se sobre Artur e Lancelot, Gawain e Perceval, mas na Bretanha os *hellequins* estavam à solta.

E Thomas era um homem feliz.

Jeanette relutava em admitir, mas a presença dos homens de Will Skeat era uma vantagem para ela. Enquanto eles estivessem no pátio, ela se sentia segura na casa e começou a temer os longos períodos que eles passavam fora da cidade, porque era quando Sir Simon Jekyll a perseguia. Ela começara a pensar que ele fosse o diabo, um diabo idiota, é claro, mas ainda assim um homem grosseiro, sem remorsos e sem sentimentos que convencera a si mesmo de que não havia nada que Jeanette não quisesse tanto quanto ser sua esposa. Às vezes, ele se esforçava para fazer uma mesura desajeitada, embora de forma geral fosse arrogante e rude e sempre olhasse para ela como um cachorro olha para uma anca de carne. Ia à missa na igreja de S. Renan para que pudesse cortejá-la, e a Jeanette parecia que não podia andar pela cidade sem se encontrar com ele. Certa vez, encontrando-se com Jeanette no beco ao lado da igreja da Virgem, ele a imprensara contra a parede e correra os fortes dedos pelos seios dela.

— Eu acho, madame, que a senhora e eu fomos feitos um para o outro — disse ele, com todo o seu entusiasmo.

— O senhor precisa de uma mulher com dinheiro — disse ela, porque soubera por terceiros, na cidade, da situação das finanças de Sir Simon.

— Eu tenho o seu dinheiro — salientou ele — e isso liquidou metade de minhas dívidas, e o dinheiro pela captura dos navios irá pagar a maior parte do restante. Mas não é o seu dinheiro que eu quero, minha doçura, mas você. — Jeanette tentou livrar-se, mas ele a tinha presa contra a parede. — Você precisa de um protetor, minha cara — disse ele, e beijou-a ternamente na testa. Ele tinha uma boca curiosamente polpuda, lábios grossos e sempre molhados, como se a língua fosse grande demais, e o beijo foi úmido e fedia a vinho azedo. Ele forçou uma das mãos ventre abaixo e ela lutou com mais força, mas ele se limitou a apertar o corpo contra o dela e agarrou-lhe os cabelos sob a touca. — Você iria gostar de Berkshire, minha cara.

— Prefiro viver no inferno.

Ele se atrapalhou com os laços do corpete dela e Jeanette tentou, em vão, empurrá-lo para longe, mas só foi salva quando uma tropa de homens entrou no beco e o chefe fez uma saudação a Sir Simon, que teve que se virar, afastando-se, para responder, e isso permitiu que Jeanette se livrasse. Ela deixou a touca nas mãos dele ao correr para casa, onde trancou as portas e depois sentou-se soluçando, irritada e impotente. Sentia ódio dele.

Odiava todos os ingleses, e no entanto, à medida que as semanas passavam, foi vendo os habitantes da cidade aprovando os ocupantes, que gastavam um bom dinheiro em La Roche-Derrien. A prata inglesa era de confiança, ao contrário da francesa, enfraquecida com chumbo ou estanho. A presença dos ingleses isolara a cidade de seu comércio costumeiro com Rennes e Guingamp, mas os armadores tinham, agora, liberdade de negociar com a Gasconha e a Inglaterra, e por isso os lucros aumentaram. Navios locais eram fretados para importar flechas para as tropas inglesas, e alguns dos capitães dos navios traziam na volta fardos de lã inglesa que revendiam em outros portos bretões que ainda eram leais ao duque Charles. Poucas pessoas sentiam-se dispostas a viajar por terra para longe de La Roche-Derrien, porque tinham de obter um passe de Richard Totesham, o comandante da guarnição, e embora o pedaço de pergaminho os protegesse dos *hellequins*, não era defesa contra os bandidos que viviam nas fazendas esvaziadas pelos homens de Skeat. Mas navios procedentes de La Roche-Derrien e Tréguier ainda podiam navegar para o leste, até Paimpol, ou para o oeste, até Lannion e, com isso, negociar com inimigos da Inglaterra. Era assim que se enviavam cartas para fora de La Roche-Derrien, e Jeanette escrevia quase toda semana para o duque Charles com notícias das mudanças que os ingleses estavam fazendo nas defesas da cidade. Ela nunca recebeu resposta, mas se convenceu de que suas cartas eram úteis.

La Roche-Derrien prosperava, mas Jeanette sofria. A empresa de seu pai ainda existia, mas os lucros desapareciam de forma misteriosa. Os navios maiores sempre tinham partido dos molhes de Tréguier, que ficavam uma hora rio acima, e embora Jeanette os mandasse para a Gasconha a fim de levar vinho para o mercado inglês, eles nunca voltavam. Ou eram capturados por navios franceses ou, o mais provável, seus capitães passavam a trabalhar por conta própria. As fazendas da família ficavam ao sul de La Roche-Derrien, no interior arrasado pelos homens de Will Skeat, e com isso aquelas rendas desapareceram. Plabennec, a propriedade de seu marido, ficava em Finisterre, ocupada pelos ingleses, e Jeanette não vira um único tostão daquela terra em três anos, de modo que nas primeiras semanas de 1346 sentia-se desesperada e por isso mandou chamar o advogado Belas para que fosse à sua casa.

Belas sentiu um prazer perverso ao dizer-lhe que ela ignorara seus conselhos, e que nunca deveria ter equipado os dois navios para a guerra. Jeanette suportou a pomposidade dele e depois pediu-lhe que redigisse uma petição de indenização que ela pudesse enviar à corte inglesa. A petição pedia as rendas de Plabennec, que os invasores vinham recolhendo em benefício próprio. Jeanette sentia-se aborrecida com o fato de ter que pedir dinheiro ao rei Eduardo III da Inglaterra, mas que opção tinha? Sir Simon Jekyll a deixara pobre.

Belas sentou-se à mesa e tomou notas num pedaço de pergaminho.
— Quantos moinhos em Plabennec? — perguntou ele.
— Havia dois.
— Dois — disse ele, anotando o número. — A senhora sabe — acrescentou ele, cauteloso — que o duque requereu o direito a essas rendas?
— O duque? — perguntou Jeanette, perplexa. — De Plabennec?
— O duque Charles alega que Plabennec é feudo dele — disse Belas.
— Pode ser, mas o meu filho é o conde.
— O duque se considera o guardião do menino — observou Belas.
— Como é que o senhor sabe dessas coisas? — perguntou Jeanette.
Belas deu de ombros.
— Eu tenho me correspondido com empresários do duque em Paris.

— Sobre que assunto?

— Sobre outro assunto — disse Belas, para desviar a conversa —, um assunto totalmente diferente. Eu imagino que as rendas de Plabennec eram arrecadadas em parcelas trimestrais?

Jeanette olhou para Belas com desconfiança.

— Por que os empresários do duque iriam falar de Plabennec com o senhor?

— Eles me perguntaram se eu conhecia a família. É claro que eu não revelei nada.

Ele estava mentindo, pensou Jeanette. Ela devia dinheiro a Belas. Na verdade, estava devendo a metade dos comerciantes de La Roche-Derrien. Sem dúvida, Belas achava que a conta dele não deveria ser paga por ela e, por isso, estava contatando o duque Charles para uma eventual liquidação.

— Monsieur Belas — disse ela, com frieza —, o senhor vai me contar exatamente o que tem contado ao duque, e por quê.

Belas deu de ombros.

— Eu não tenho nada a dizer!

— Como vai a sua mulher? — perguntou Jeanette, delicada.

— As dores estão passando à medida que o inverno termina, graças a Deus. Ela está bem, madame.

— Neste caso, ela não ficará bem — disse Jeanette, mordaz — quando souber o que o senhor faz com a filha do seu escriturário? Que idade ela tem, Belas? Doze?

— Madame!

— Não me venha com "madame"! — Jeanette deu um murro na mesa, quase derrubando o tinteiro. — Então, o que tem se passado entre você e os empresários do duque?

Belas suspirou. Colocou a tampa no frasco de tinta, largou a pena e esfregou as magras faces.

— Eu sempre cuidei dos assuntos legais desta família. É meu dever, madame, e às vezes eu tenho que fazer coisas que preferiria não fazer, mas essas coisas também fazem parte do meu dever. — Ele deu um leve sorriso. — A senhora está devendo, madame. Poderia sanar suas finanças com facilidade, casando-se com um homem de substância, mas parece relutante em seguir esse caminho e, por isso, eu não vejo outra coisa que não a ruína em seu futuro. Ruína. Quer algum conselho? Venda esta casa e terá dinheiro suficiente para viver dois ou três anos, e nesse prazo não há dúvida de que o duque irá expulsar os ingleses da Bretanha e a senhora e seu filho terão Plabennec de volta.

Jeanette retraiu-se.

— O senhor acha que os demônios serão derrotados com tanta facilidade assim?

Ela ouviu o tropel de patas na rua e viu que os homens de Skeat estavam de volta ao seu pátio. Enquanto cavalgavam, eles riam. Não pareciam homens que seriam derrotados dentro em breve; na verdade, ela achava que eles eram imbatíveis, porque tinham uma confiança jovial que a irritava.

— Eu acho, madame — disse Belas —, que a senhora tem que decidir quem a senhora é. A senhora é filha de Louis Halevy? Ou a viúva de Henri Chenier? É uma comerciante, ou uma aristocrata? Se for uma comerciante, madame, case-se aqui e dê-se por satisfeita. Se for uma aristocrata, levante o dinheiro que puder e procure o duque e arranje um novo marido com um título.

Jeanette considerou o conselho impertinente, mas não demonstrou. Em vez disso, perguntou:

— Quanto conseguiríamos com esta casa?

— Vou pesquisar, madame — disse Belas.

Ele já sabia a resposta, e sabia que Jeanette iria detestá-la, porque uma casa numa cidade ocupada pelo inimigo conseguiria apenas uma fração do seu valor normal. Por isso, aquele não era o momento de dar aquela notícia a Jeanette. O advogado achou que era melhor esperar até que ela ficasse desesperada de verdade, e então ele poderia comprar a casa e suas fazendas arruinadas por uma ninharia.

— Em Plabennec existe uma ponte sobre o rio? — perguntou ele, puxando o pergaminho para perto dele.

— Esqueça a petição — disse Jeanette.

— Como quiser, madame.

— Eu vou pensar no seu conselho, Belas.

— A senhora não irá se arrepender — disse ele, animado.

Ela estava perdida, pensou ele, perdida e derrotada. Ele iria tomar a casa e as fazendas dela, o duque reivindicaria o direito sobre Plabennec, e ela ficaria sem coisa alguma. O que era o que ela merecia, por ser uma criatura teimosa e orgulhosa que subira muito acima de seu nível adequado.

— Eu estou sempre ao seu serviço — disse Belas, com humildade.

Da adversidade, pensou ele, sempre era possível tirar proveito, e Jeanette estava madura, no ponto de ser arrancada. Coloque um gato para vigiar as ovelhas, e os lobos comerão à vontade.

Jeanette não sabia o que fazer. Era contrária à venda da casa, porque temia que o imóvel conseguisse um preço baixo, mas também não sabia de que outra maneira poderia levantar dinheiro. Será que o duque Charles iria recebê-la? Ele nunca mostrara sinal algum de que o faria, desde que se opusera ao seu casamento com o sobrinho dele, mas talvez tivesse ficado mais tolerante de lá para cá? Talvez ele a protegesse? Ela decidiu que iria rezar pedindo uma orientação; por isso, enrolou um xale nos ombros, atravessou o pátio, ignorando os soldados que tinham acabado de voltar, e entrou na igreja de S. Renan. Lá, havia uma imagem da Virgem, lamentavelmente sem o halo dourado, que fora arrancado pelos ingleses, e Jeanette rezava com freqüência para a imagem da mãe de Cristo, que ela acreditava ter um cuidado especial para com todas as mulheres em dificuldades.

A princípio, pensara que a igreja fracamente iluminada estivesse vazia. Então, viu um arco inglês apoiado num pilar e um arqueiro ajoelhado junto ao altar. Era o homem bonito, aquele que usava os cabelos em um longo rabo-de-cavalo preso com corda de arco. Aquilo, achava ela, era um irritante sinal de vaidade. A maioria dos ingleses usava os cabelos cortados, mas alguns deixavam que eles ficassem extravagantemente compridos, e eram eles que mais aparentavam uma confiança exagerada. Ela queria que ele saísse da igreja; depois, ficou intrigada com o arco abandonado que pertencia a ele, e por isso pegou-o e ficou impressionada com o peso da arma. A corda pendia solta e ela ficou imaginando que força seria necessária para curvar o arco e prender o laço livre da corda na ponta vazia. Ela pressionou uma das pontas do arco contra o chão de pedra, tentando curvá-lo, e naquele exato momento uma flecha correu pelas pedras do chão para alojar-se contra um dos pés de Jeanette.

— Se a senhora puder colocar a corda no arco — disse Thomas, ainda de joelhos junto ao altar — poderá atirar uma vez, de graça.

Jeanette era orgulhosa demais para ser vista fracassando e estava irritada demais para não tentar, embora tentasse disfarçar o esforço que mal curvou a haste preta de teixo. Ela deu um pontapé na flecha.

— Meu marido foi morto por uma dessas flechas — disse ela, com amargor.

— Muitas vezes eu me pergunto — disse Thomas — por que vocês, bretões, ou os franceses, não aprendem a atirá-las. Comece a ensinar a seu filho aos sete ou oito anos de idade, madame, e em dez anos ele será letal.

— Ele vai lutar como um cavaleiro, como o pai.

Thomas soltou uma gargalhada.

— Nós matamos cavaleiros. Ainda não fizeram uma armadura forte o bastante para resistir a uma flecha inglesa.

Jeanette estremeceu.

— Para que você está rezando, inglês? — disse ela. — Pedindo perdão?

Thomas sorriu.

— Eu estou dando graças, madame, pelo fato de termos cavalgado seis dias em território inimigo e não termos perdido um só homem.

Ele se levantou de sua posição ajoelhada e apontou para uma bela caixa de prata que estava sobre o altar. Era um relicário e tinha uma pequena janela de cristal emoldurada com gotas de vidro colorido. Thomas havia olhado pela janela e visto nada mais do que uma pequena massa informe, preta, mais ou menos do tamanho de um polegar de um homem.

— O que é aquilo? — perguntou ele.

— A língua de São Renan — disse Jeanette, desafiadora. — Foi roubada quando vocês chegaram à nossa cidade, mas Deus foi bom e o ladrão morreu no dia seguinte e a relíquia foi recuperada.

— Deus é bom, mesmo — disse Thomas secamente. — E quem foi São Renan?

— Foi um grande pregador — disse ela — que baniu os *nains* e os *gorics* de nossas propriedades agrícolas. Eles ainda vivem nas áreas selvagens, mas uma oração para São Renan os espanta.

— *Nains* e *gorics*? — perguntou Thomas.

— São espíritos — disse ela —, espíritos malignos. Certa vez, eles assombraram o país inteiro, e eu rezo todos os dias para o santo, para que ele acabe com os *hellequins* como expulsou os *nains*. Você sabe o que os *hellequins* são?

— Somos nós — disse Thomas, orgulhoso.

Ela fez uma careta diante do tom de voz dele.

— Os *hellequins* — disse ela, com frieza — são os mortos que não têm alma. Os mortos que foram tão maus em vida, que o diabo gosta tanto deles que não os castiga no inferno, e por isso dá a eles seus cavalos e os solta sobre os vivos. — Ela ergueu o arco preto dele e apontou para o placa de prata presa ao centro dele. — Você até tem o retrato do diabo no seu arco.

— Isso é um *yale* — disse Thomas.

— É um diabo — insistiu ela, e jogou o arco contra ele. Thomas o agarrou e, por ser jovem demais para resistir a se exibir, colocou a corda nele, como se fosse um ato normal. Fez com que aquilo não exigisse esforço algum.

— A senhora reza para São Renan — disse ele — e eu, para Guinefort. Vamos ver qual é o mais forte.

— Guinefort? Nunca ouvi falar nela.

— Nele — corrigiu-a Thomas — e ele vivia na região de Lyon.

— Você reza para um santo francês? — perguntou Jeanette, intrigada.

— O tempo todo — disse Thomas, tocando a pata de cachorro dessecada que estava pendurada em seu pescoço. Ele não contou mais nada a Jeanette sobre o santo, que tinha sido o favorito de seu pai — que, em seus melhores momentos, ria da história. Guinefort tinha sido um cachorro e, até onde o pai de Thomas sabia, o único animal que já fora canonizado. O animal tinha salvado uma criança de um lobo, e depois fora martirizado pelo dono, que pensava que o cachorro tinha comido a criança quando, na verdade, ele a havia escondido embaixo do berço. "Reze pelo bendito Guinefort!" tinha sido a reação do padre Ralph a toda crise doméstica, e Thomas adotara o santo. Às vezes, ele se perguntava se o santo era um intercessor eficiente no céu, embora talvez os ganidos e os latidos de Guinefort fossem tão eficientes quanto as súplicas de qualquer outro santo, mas Thomas estava certo de que poucas outras pessoas usavam o cachorro como seu representante junto a Deus, e talvez isso significasse que ele recebia uma proteção especial. O padre Hobbe ficara chocado ao ouvir falar de um cachorro santo, mas Thomas, embora se divertisse tanto quanto seu pai, agora considerava com toda sinceridade o animal seu guardião.

Jeanette quis saber mais sobre o abençoado São Guinefort, mas não queria estimular uma intimidade com qualquer um dos homens de Skeat, e por isso esqueceu a curiosidade e voltou a fazer com que sua voz expressasse frieza.

— Eu estava querendo falar com você — disse ela — para dizer-lhe que seus homens e as mulheres deles não devem usar o pátio como uma latrina. Eu os vejo da janela. É nojento! Talvez vocês se comportem dessa maneira na Inglaterra, mas isso aqui é a Bretanha. Vocês podem usar o rio.

Thomas sacudiu a cabeça, mas não disse nada. Em vez disso, levou o arco pela nave, que tinha um de seus compridos lados obscurecidos por redes de pesca penduradas para serem remendadas. Foi para a extremidade oeste da igreja, que estava sombriamente decorada com uma pintura do juízo final. Os corretos desapareciam vigas adentro, enquanto os pecadores condenados despencavam num inferno de fogo, animados por anjos e santos. Thomas parou em frente à pintura.

— Já percebeu — disse ele — que as mulheres mais bonitas estão sempre caindo para o inferno e as feias estão subindo aos céus?

Jeanette quase sorriu, porque muitas vezes ficara pensando naquela mesma pergunta, mas mordeu a língua e não disse coisa alguma enquanto Thomas voltou pela nave ao lado de um quadro de Cristo caminhando num mar que era cinza e de cristas brancas como o oceano ao largo da Bretanha. Um cardume de cavalas erguia a cabeça acima da água para observar o milagre.

— O que a senhora tem que entender, madame — disse Thomas, erguendo os olhos para as cavalas curiosas —, é que nossos homens não gostam de ser mal recebidos. A senhora não deixa nem mesmo que eles usem a cozinha. Por quê? Ela é bem grande, e eles teriam prazer em ter um lugar para secar as botas depois da cavalgada de uma noite chuvosa.

— Por que eu deveria ter vocês, ingleses, na minha cozinha? Para que também possam usá-la como latrina?

Thomas voltou-se e olhou para ela.

— A senhora não tem respeito por nós, madame, e por que deveríamos ter respeito pela sua casa?

— Respeito! — Ela zombou ao dizer a palavra. — Como posso respeitá-los? Tudo o que é valioso para mim foi roubado. Roubado por vocês!

— Por Sir Simon Jekyll — disse Thomas.

— Vocês ou Sir Simon — perguntou Jeanette —, qual é a diferença?

Thomas apanhou a flecha e colocou-a na sacola.

— A diferença, madame, é que de vez em quando eu falo com Deus, enquanto Sir Simon pensa que é Deus. Vou pedir aos rapazes que usem o rio, mas duvido que eles queiram agradar muito à senhora.

Ele sorriu para ela e foi embora.

A primavera estava esverdeando a terra, dando uma imprecisão às árvores e enchendo os serpenteantes caminhos de flores vistosas. Um novo musgo verde crescia no sapé, havia murugens brancas nas fileiras de cercas vivas, e pica-peixes pescavam entre as novas folhas amarelas dos salgueiros à margem do rio. Os homens de Skeat tinham de se afastar mais de La Roche-Derrien para encontrar novos espólios, e suas longas cavalgadas os levavam perigosamente perto de Guingamp, o quartel-general do duque Charles, embora fosse raro a guarnição da cidade desafiar os atacantes. Guingamp ficava ao sul, enquanto a oeste ficava Lannion, uma cidade muito menor com uma guarnição muito mais beligerante inspirada por Sir Geoffrey de

Pont Blanc, um cavaleiro que havia jurado que levaria os atacantes de Skeat de volta a Lannion presos em correntes. Ele anunciou que os ingleses seriam queimados no mercado de Lannion porque eram hereges, homens do diabo.

Will Skeat não estava preocupado com aquela ameaça.

— Eu poderia perder uma fração de sono se o idiota bastardo tivesse arqueiros adequados — disse ele a Tom —, mas não tem, e por isso pode falar de forma irrefletida o quanto quiser. O nome dele é esse mesmo?

— Geoffrey da Ponte Branca.

— Que bastardo maluco. Ele é bretão, ou francês?

— Me disseram que é francês.

— Neste caso, temos que lhe dar uma lição, não temos?

Sir Geoffrey mostrou-se um aluno relutante. Will Skeat estendeu seu manto cada vez mais perto de Lannion, incendiando casas que podiam ser vistas de seus muros, numa tentativa de atrair Sir Geoffrey para uma emboscada de arqueiros, mas Sir Geoffrey tinha visto o que as flechas inglesas podiam fazer com cavaleiros montados, e por isso recusava-se a liderar seus homens numa carga alucinada que inevitavelmente acabaria com uma pilha de cavalos berrando e homens sangrando. Em vez disso, ele se aproximava sorrateiro de Skeat, procurando um lugar em que pudesse emboscar os ingleses, mas Skeat não era mais tolo do que Sir Geoffrey, e por três semanas os dois bandos guerreiros rodearam e circundaram um ao outro. As duas forças se entrechocaram duas vezes, e em ambas Sir Geoffrey despachou seus besteiros a pé, na esperança de que pudessem liquidar os arqueiros de Skeat, mas em ambas as ocasiões as flechas mais longas venceram e Sir Geoffrey retirou-se sem forçar uma luta que ele sabia que iria perder. Depois do segundo embate inconclusivo, ele até tentou apelar para a honra de Will Skeat. Avançou a cavalo, sozinho, vestindo uma armadura tão bonita quanto a de Sir Simon Jekyll, embora o elmo de Sir Geoffrey fosse um vaso antiquado, com buracos perfurados para os olhos. Seu casaco e a capa protetora de seu cavalo eram de cor azul-marinho, nos quais pontes brancas estavam bordadas, e o mesmo tema aparecia em seu escudo. Ele levava uma lança pintada de azul, na qual pendurara um lenço branco para mostrar que ia em paz. Skeat avançou, a cavalo, para ir ao encontro dele, com Thomas servindo como intérprete. Sir Geoffrey tirou o elmo e passou uma das mãos pelos cabelos achatados pelo suor. Era jovem, de cabelos dourados e olhos azuis, com um rosto largo e bem-humorado, e Thomas achou que talvez gostasse dele se ele não fosse seu inimigo. Sir Geoffrey sorriu quando os dois ingleses detiveram os cavalos.

— É enfadonho — disse ele — atirar flechas contra as sombras uns dos outros. Eu sugiro que vocês tragam seus soldados para o centro do campo e nos enfrentem lá em condições idênticas.

Thomas nem se preocupou em traduzir, porque sabia qual seria a resposta de Skeat.

— Eu tenho uma idéia melhor — disse ele. — Vocês tragam seus soldados e nós traremos nossos arqueiros.

Sir Geoffrey ficou surpreso.

— Você está no comando? — perguntou ele a Thomas. Ele pensara que o mais velho e grisalho Skeat fosse o capitão, mas Skeat ficou calado.

— Ele perdeu a língua lutando contra os escoceses — disse Thomas — e por isso eu falo por ele.

— Então diga a ele que eu quero uma luta honrosa — disse Sir Geoffrey, animado. — Deixe que eu oponha meus soldados aos seus.

Ele sorriu como que para indicar que sua sugestão era tão razoável quanto cavalheiresca e ridícula.

Thomas traduziu para Skeat, que se retorceu na sela e cuspiu no trevo.

— Ele está dizendo — disse Thomas — que os nossos arqueiros irão enfrentar os seus homens. Uma dúzia de nossos arqueiros contra vinte de seus soldados.

Sir Geoffrey balançou a cabeça, triste.

— Vocês, ingleses, não têm espírito esportivo — disse ele, e depois tornou a colocar na cabeça o elmo forrado de couro e afastou-se. Thomas disse a Skeat o que se passara entre os dois.

— Que bastardo imbecil — disse Skeat. — O que é que ele queria? Um torneio? Quem ele pensa que nós somos? Os cavaleiros da maluca da távola redonda? Eu não sei o que acontece com algumas pessoas. Eles colocam um "sir" diante do nome e os cérebros ficam perturbados. Lutar de maneira limpa! Quem já ouviu falar numa coisa tão maluca? Se você luta limpo, você perde. Imbecil.

Sir Geoffrey da Ponte Branca continuou a perseguir os *hellequins*, mas Skeat não lhe deu chance de um combate. Havia sempre um grande bando de arqueiros vigiando as forças do francês, e sempre que homens de Lannion ficavam ousados demais, o mais provável era que vissem as flechas com penas de ganso penetrando em seus cavalos. Assim, Sir Geoffrey ficou reduzido a uma sombra, mas era uma sombra irritante e insistente, seguindo os homens de Skeat quase até de volta às portas de La Roche-Derrien.

O problema surgiu na terceira vez em que ele foi atrás de Skeat e, por isso, chegou perto da cidade. Sir Simon Jekyll tinha ouvido falar em Sir Geoffrey e, avisado por uma sentinela que estava na mais alta torre de igreja de que homens de Skeat haviam sido avistados, dirigiu uns vinte soldados da guarnição para receber os *hellequins*. Skeat estava a pouco mais de um quilômetro e meio da cidade e Sir Geoffrey, com cinqüenta soldados e outros tantos besteiros montados, seguia a apenas uns outros quinhentos metros atrás. O francês não tinha criado nenhum problema sério para Skeat, e se Sir Geoffrey queria voltar para Lannion e alegar que tinha perseguido os *hellequins* de volta à cova deles, Skeat teria o maior prazer em proporcionar ao francês aquela satisfação.

Então Sir Simon chegou e de repente tudo virou exibição e arrogância. As lanças inglesas ergueram-se, os visores dos elmos fecharam-se com o estalo característico, e os cavalos empinaram-se. Sir Simon cavalgou em direção aos cavalarianos franceses e bretões, gritando um desafio. Will Skeat foi atrás de Sir Simon e aconselhou-o a deixar os bastardos em paz, mas o homem de Yorkshire estava gastando saliva à toa.

Os soldados de Skeat estavam na frente da coluna, escoltando o gado capturado e três carroças cheias de espólio, enquanto a retaguarda era formada por sessenta arqueiros montados. Estes sessenta homens tinham acabado de chegar ao grande bosque onde o exército acampara durante o cerco a La Roche-Derrien e, a um sinal de Skeat, dividiram-se em dois grupos e meteram-se por entre as árvores de ambos os lados da estrada. Desmontaram no bosque, amarraram as rédeas dos cavalos em galhos, e depois levaram seus arcos para a beira do bosque. A estrada passava entre os dois grupos, margeada por largas bordas cobertas de grama.

Sir Simon manobrou seu cavalo para ficar de frente para Will Skeat.

— Eu quero trinta de seus soldados, Skeat — exigiu ele, peremptório.

— Pode querer — disse Will Skeat — mas não vai levar.

— Meu Deus, homem, eu sou mais graduado que você! — Sir Simon estava incrédulo diante da recusa de Skeat. — Eu sou mais graduado que você, Skeat! Seu maluco, eu não estou pedindo, eu estou mandando.

Skeat ergueu os olhos para o céu.

— Parece que vai chover, o senhor não acha? E umas gotas bem que seriam bem-vindas. Os campos estão secos e os rios estão baixos.

Sir Simon estendeu o braço e agarrou o braço de Skeat, obrigando o homem mais velho a voltar-se para ele.

— Ele tem cinqüenta cavaleiros — Sir Simon falava de Sir Geoffrey de Pont Blanc — e eu tenho vinte. Dê-me trinta homens e eu o farei prisioneiro. Basta me dar vinte!

Ele estava implorando, toda a arrogância posta de lado, porque aquela era uma chance para Sir Simon ter uma escaramuça de fato, cavaleiro contra cavaleiro, e o vencedor teria fama e o prêmio de homens e cavalos capturados.

Mas Will Skeat sabia tudo a respeito de homens, cavalos e fama.

— Eu não estou aqui para disputar jogos — disse ele, sacudindo o braço para livrá-lo — e o senhor pode ficar me dando ordens até as vacas criarem asas, mas não vai ter um homem meu.

Sir Simon pareceu angustiado, mas foi então que Sir Geoffrey de Pont Blanc resolveu o caso. Ele viu que seus soldados estavam em vantagem numérica sobre os cavaleiros ingleses, e por isso mandou que trinta de seus seguidores recuassem e se juntassem aos besteiros. Agora, as duas tropas de cavalarianos estavam em igualdade numérica e Sir Geoffrey avançou em seu grande garanhão preto envolto em seus arreios azuis e brancos e tinha uma máscara de couro fervido a título de armadura para o rosto, uma testeira. Sir Simon o enfrentou vestindo sua armadura nova, mas seu cavalo não tinha arreios forrados nem testeira, e ele queria as duas coisas, tal como queria aquela luta. O inverno todo ele suportara a miséria de uma guerra de camponeses, só lama e assassinato, e agora o inimigo estava oferecendo honra, glória e a chance de capturar uns belos cavalos, armaduras e boas armas. Os dois homens saudaram-se abaixando as lanças, e depois trocaram nomes e cumprimentos.

Will Skeat havia se juntado a Thomas no bosque.

— Você pode ser doido de pedra, Tom — disse Skeat —, mas tem gente muito mais maluca do que você. Olhe só os bastardos! Não há um pingo de inteligência entre os dois. A gente poderia sacudi-los pelos calcanhares e não cairia nada das orelhas deles, a não ser lama seca. — Ele cuspiu.

Sir Geoffrey e Sir Simon entraram num acordo sobre as regras do combate. Na verdade, regras de torneios, só que com a morte para dar tempero ao esporte. Um homem derrubado do cavalo estaria fora da luta, concordaram eles, e teria a vida poupada, embora pudesse ser feito prisioneiro. Os dois se desejaram felicidades e giraram e voltaram para perto de seus homens.

Skeat amarrou seu cavalo numa árvore e colocou a corda no arco.

— Há um lugar em York — disse ele — onde se pode ver os loucos. Eles são mantidos em jaulas e a gente paga um quarto de pêni para rir deles. Deviam colocar esses dois malucos bastardos junto deles.

— Meu pai ficou louco durante um certo tempo — disse Thomas.

— Isso não me surpreende, rapaz, de forma alguma — disse Skeat. Ele prendeu a corda do arco numa haste que tinha sido esculpida com cruzes.

Seus arqueiros vigiavam os soldados da margem do bosque. Como espetáculo, era maravilhoso, tal qual um torneio, só que naquele prado de primavera não havia um mestre-de-cerimônias para salvar a vida de um homem. Os dois grupos de cavaleiros se prepararam. Escudeiros apertaram barrigueiras, homens ergueram lanças e certificaram-se de que as tiras dos escudos estavam apertadas. Visores fecharam-se com estalidos, transformando o mundo dos cavaleiros em um lugar escuro cortado pela luz do dia que entrava por uma fresta. Largaram as rédeas, porque dali em diante os corcéis, treinados, seriam guiados pelo toque da espora e pela pressão dos joelhos; os cavaleiros precisavam das duas mãos para os escudos e as armas. Alguns homens usavam duas espadas, uma pesada para cortar e uma lâmina mais fina para perfurar, e certificaram-se de que as armas saíam com facilidade das bainhas. Alguns deram suas lanças a escudeiros para deixar uma das mãos livre para fazer o sinal-da-cruz, e depois tornaram a pegar as lanças. Os cavalos bateram as patas no pasto, e Sir Geoffrey abaixou a lança num sinal de que estava pronto, e Sir Simon fez o mesmo, e os quarenta homens esporearam seus grandes cavalos para avançar. Estes não eram as éguas e capões de ossos leves que os arqueiros montavam, mas os cavalos de combate, todos garanhões, e grandes o suficiente para levar um homem e sua armadura. Os animais resfolegaram, sacudiam a cabeça e entraram num trote enquanto os cavaleiros abaixaram suas compridas lanças. Um dos homens de Sir Geoffrey cometeu o erro dos inexperientes de abaixar muito a lança, de modo que a ponta atingiu a grama seca e ele teve sorte em não ser desmontado. Ele largou a lança e sacou a espada. Os cavaleiros esporearam os cavalos para um meio galope e um dos homens de Sir Simon desviou-se para a esquerda, provavelmente porque seu cavalo não estava bem treinado, e o animal esbarrou no cavalo seguinte e a marola de cavalos que colidiam percorreu a fila enquanto as esporas voltaram a agir para exigir o galope. E então eles atacaram.

O barulho das lanças de madeira atingindo escudos e cotas de malha era como o de esmagar ossos que se partiam. Dois cavaleiros foram empurrados para trás e arrancados de suas selas, mas a maioria dos golpes de lança foi aparada por escudos e agora os cavaleiros baixavam as armas quebradas enquanto passavam a galope por seus oponentes. Usavam as rédeas com movimentos que davam a ilusão de uma serra e desembainharam as espadas, mas ficou evidente, para os arqueiros que observavam, que o inimigo obtivera vantagem. Os dois cavaleiros que tinham sido atirados dos cavalos eram ingleses, e os homens de Sir Geoffrey estavam alinhados muito mais próximos uns dos outros, de modo que quando se voltaram para levar suas espadas para o corpo-a-corpo, chegaram como um grupo disciplinado que atingiu os homens de Sir Simon num clangor de espada contra espada. Um inglês saiu cambaleando da escaramuça sem uma das mãos. Poeira e grama eram cuspidas pelas patas. Um cavalo sem cavaleiro afastou-se mancando. As espadas chocavam-se como martelos em bigornas. Homens grunhiam enquanto golpeavam. Um enorme bretão, sem marca alguma em seu escudo liso, brandia um alfanje, uma arma que era metade espada e metade machado, e usava a lâmina larga com uma perícia terrível. Um soldado inglês teve seu elmo aberto em dois, e o crânio com ele, e se afastou oscilante da luta, o sangue escorrendo pela cota de malha. Seu cavalo parou a uns poucos passos do torvelinho e o soldado curvou-se lentamente, muito lentamente, para a frente e depois despencou da sela. Um dos pés ficou preso num estribo quando ele morreu, mas o cavalo pareceu não perceber. Continuou a mordiscar a grama.

Dois dos homens de Sir Simon renderam-se e foram mandados de volta a fim de serem levados como prisioneiros pelos escudeiros franceses e bretões. Sir Simon lutava com selvageria, fazendo seu cavalo girar para derrubar dois adversários. Mandou um deles para fora da luta com um braço inútil, e depois derrubou o outro com cortes rápidos de sua espada roubada. Os franceses tinham 15 homens ainda lutando, mas os ingleses estavam reduzidos a dez quando o grande bruto com o alfanje decidiu liquidar Sir Simon. Ele rugiu enquanto atacava, e Sir Simon aparou o alfanje no escudo e mergulhou a espada na cota de malha abaixo da axila do bretão. Retirou a espada com um golpe e viu-se sangue escorrendo do corte na malha e na túnica de couro do inimigo. O grandalhão torceu-se na sela e Sir Simon bateu com a espada na parte de trás da cabeça e voltou o cavalo para defender-se de outro atacante, antes de voltar à posição anterior para impelir sua pesada arma em um golpe esmagador contra o pomo-de-adão do grande bretão. O homem largou o alfanje e agarrou a garganta enquanto se afastava.

— Ele é bom, não é? — disse Skeat, num tom sem expressão. — Tem sebo no lugar do cérebro, mas sabe lutar.

Mas, apesar da destreza de Sir Simon, o inimigo estava ganhando e Thomas queria avançar os arqueiros. Eles só precisariam correr uns trinta passos e ficariam a uma distância fácil dos violentos cavaleiros inimigos, mas Will Skeat abanou a cabeça.

— Nunca mate dois franceses quando pode matar doze, Tom — disse ele, em tom de reprovação.

— Nossos homens estão sendo derrotados — protestou Thomas.

— Neste caso, isso irá ensiná-los a não bancarem os tolos, não? — disse Skeat. Ele sorriu. — Espere, rapaz, espere, e nós iremos pegar a caça como deve ser feito.

Os soldados ingleses estavam sendo derrotados e só Sir Simon lutava com ânimo. Ele era bom, mesmo. Tinha tirado o grande bretão da luta e agora enfrentava quatro inimigos, e fazia-o com uma perícia feroz, mas o restante de seus homens, vendo que a batalha estava perdida e que não poderiam chegar até Sir Simon porque havia muitos cavaleiros inimigos a seu redor, fizeram meia-volta e fugiram.

— Sam! — gritou Will do outro lado da estrada. — Quando eu mandar, pegue doze homens e fuja! Está me ouvindo, Sam?

— Eu vou fugir! — gritou Sam em resposta.

Os soldados ingleses, alguns sangrando e um quase caindo da sela, num barulho trovejante, fugiram pela estrada em direção a La Roche-Derrien. Os franceses e bretões tinham cercado Sir Simon, mas Sir Geoffrey da Ponte Branca era um homem romântico e recusou-se a tirar a vida de um bravo adversário, e por isso ordenou a seus homens que poupassem a vida do cavaleiro inglês.

Sir Simon, suando como um porco sob o couro e placa de ferro, ergueu o visor de seu elmo.

— Eu não me rendo — disse ele a Sir Geoffrey. Sua armadura nova estava arranhada, e a lâmina da espada lascada, mas a qualidade de ambas o havia ajudado na luta. — Eu não me rendo — tornou ele a dizer —, por isso, continuem a luta!

Sir Geoffrey inclinou-se em sua sela.

— Eu saúdo a sua bravura, Sir Simon — disse ele, magnânimo — e o senhor tem liberdade de partir com todas as honras.

Ele abanou o braço para que seus soldados se afastassem e Sir Simon, milagrosamente vivo e livre, afastou-se de cabeça erguida. Havia levado seus homens ao desastre e à morte, mas saíra com honra.

Sir Geoffrey podia ver, além de Sir Simon, a longa estrada lotada de soldados que fugiam e, mais além, o gado capturado e as carroças cheias de espólio que estavam sendo escoltadas pelos homens de Skeat. Então, Will Skeat berrou para Sam e de repente Sir Geoffrey viu um bando de arqueiros em pânico cavalgando em direção ao norte com a velocidade possível.

— Ele vai cair nessa — disse Skeat, experiente. — Olhem só se não vai.

Sir Geoffrey, nas últimas semanas, provara que não era tolo, mas naquele dia perdeu o juízo. Viu uma chance de aniquilar os odiados arqueiros *hellequins* e recapturar três carroças de espólio, e por isso mandou que seus trinta soldados que restavam se juntassem a ele e, deixando seus quatro prisioneiros e nove cavalos capturados aos cuidados dos besteiros, fez o sinal para que seus cavaleiros avançassem. Havia semanas que Will Skeat esperava por isso.

Sir Simon voltou-se, alarmado, ao ouvir o som de patas. Quase cinqüenta homens de armadura, em grandes corcéis, avançavam contra ele e, por um instante, ele pensou que estivessem tentando capturá-lo e por isso esporeou o cavalo em direção ao bosque, só para ver os cavaleiros franceses e bretões passarem por ele a pleno galope. Sir Simon agachou-se sob galhos e xingou Will Skeat, que o ignorou. Ele estava de olho no inimigo.

Sir Geoffrey de Pont Blanc chefiava a carga e só via a glória. Ele se esquecera dos arqueiros no bosque, ou acreditara que todos tinham fugido depois da derrota dos homens de Sir Simon. Sir Geoffrey estava no vértice de uma grande vitória. Iria pegar o espólio de volta e, o que era ainda melhor, levar o temível *hellequin* a um destino de fogo na praça do mercado de Lannion.

— Agora! — gritou Skeat por entre mãos em forma de concha. — Agora!

Havia arqueiros em ambos os lados da estrada, e eles saíram da nova folhagem primaveril e soltaram as cordas de seus arcos. A segunda flecha de Thomas estava no ar antes que a primeira atingisse o alvo. Olhe e solte, pensou ele, não pense, e não era necessário mirar, porque o inimigo era um grupo compacto e tudo o que os arqueiros fizeram foi despejar as longas flechas sobre os cavaleiros, e assim, num piscar de olhos, a carga foi reduzida a uma massa confusa de garanhões empinando, homens derrubados, cavalos berrando e sangue espirrando. O inimigo não teve chance. Uns poucos que estavam na retaguarda conseguiram dar meia-volta e fugir a galope, mas a maioria ficou presa em um anel, que se fechava, de arqueiros que faziam suas flechas penetrarem em cotas de malha e couro. Qualquer homem que simplesmente se mexesse atraía três ou quatro flechas. A pilha de ferro e carne estava espetada de penas, e ainda assim as flechas chegavam, atravessando cotas de malha e penetrando fundo em carne de cavalo. Só os poucos homens da retaguarda e um único homem na frente da carga sobreviveram.

O homem era o próprio Sir Geoffrey. Ele estivera dez passos à frente de seus homens e talvez tenha sido por isso que fora poupado, ou talvez os arqueiros tivessem ficado impressionados pela maneira pela qual ele tratara Sir Simon, mas seja lá por que razão, ele cavalgou à frente da carnificina como um ser encantado. Nem uma única flecha passou por perto, mas ele ouviu os gritos e o barulho atrás dele e reduziu a velocidade de seu cavalo, voltando-se para ver o horror. Por um instante, olhou sem acreditar, e depois voltou com o cavalo a passo lento para a pilha espetada de flechas que tinha sido a sua tropa. Skeat gritou para alguns de seus arqueiros para que se voltassem e enfrentassem os besteiros do inimigo, mas estes, vendo o destino de seus soldados, não estavam nada dispostos a enfrentar as flechas inglesas. Recuaram para o sul.

Houve, então, uma curiosa quietude. Cavalos caídos contorciam-se e alguns batiam na estrada com as patas. Um homem gemia, outro implorava a Deus e alguns simplesmente choravam. Thomas, uma flecha ainda na corda do arco, ouvia cotovias, o canto dos tarambolas e o sussurro do vento nas folhas. Caiu um pingo dágua, levantando a poeira que estava na estrada, mas foi um batedor solitário de uma chuva que foi para o oeste. Sir Geoffrey deteve seu cavalo ao lado de seus homens mortos e moribundos, como que convidando os arqueiros a acrescentarem o seu corpo à pilha rajada de sangue e salpicada de penas de ganso.

— Entende o que eu quero dizer, Tom? — disse Skeat. — Espere o suficiente e os imbecis sempre farão o que você quer. Está bem, rapazes! Acabem com os bastardos!

Homens largaram seus arcos, sacaram as facas e correram para a pilha que tremia, mas Skeat deteve Thomas.

— Vá dizer àquele idiota da ponte branca para dar o fora daqui.

Thomas caminhou até o francês, que deve ter pensado que esperavam que ele se rendesse, porque arrancou o elmo e estendeu a espada com o punho para a frente.

— Minha família não pode pagar um grande resgate — disse ele, como que pedindo desculpas.

— O senhor não está preso — disse Thomas.

Sir Geoffrey pareceu surpreso ao ouvir aquelas palavras.

— O senhor me liberta?

— Nós não queremos o senhor — disse Thomas. — O senhor poderia pensar em ir para a Espanha — sugeriu ele — ou para a Terra Santa. Em nenhum dos dois lugares há muitos *hellequins*.

Sir Geoffrey embainhou a espada.

— Eu tenho que lutar contra os inimigos de meu rei, e por isso lutarei aqui. Mas eu lhe agradeço.

Ele pegou as rédeas e naquele exato momento Sir Simon Jekyll surgiu das árvores, a cavalo, apontando sua espada desembainhada para Sir Geoffrey.

— Ele é meu prisioneiro! — gritou para Thomas. — Meu prisioneiro!

— Ele não é prisioneiro de ninguém — disse Thomas. — Nós o estamos libertando.

— Vocês o estão libertando? — disse Sir Simon com desprezo. — Você sabe quem comanda aqui?

— O que eu sei — disse Thomas — é que esse homem não é prisioneiro coisa nenhuma. — Ele deu um tapa na anca coberta de manto protetor do cavalo de Sir Geoffrey, para mandá-lo embora. — Espanha ou Terra Santa! — gritou ele enquanto Sir Geoffrey se afastava.

Sir Simon voltou o cavalo para ir atrás de Sir Geoffrey, e então viu que Will Skeat estava pronto para intervir e impedir qualquer perseguição, de modo que tornou a se voltar para Thomas.

— Você não tinha o direito de soltá-lo! Nenhum direito!

— Ele soltou o senhor — disse Thomas.

— Pois então foi um idiota. E porque ele é um idiota, eu tenho que ser?

Sir Simon tremia de raiva. Sir Geoffrey podia ter se declarado um homem pobre, dificilmente capaz de levantar um resgate, mas só o cavalo dele valia pelo menos cinqüenta libras, e Skeat e Thomas acabavam de mandar aquele dinheiro trotando em direção ao Sul. Sir Simon ficou vendo ele se afastar e depois abaixou a lâmina da espada para que ela ameaçasse a garganta de Thomas.

— Desde que eu vi você pela primeira vez — disse ele — você tem sido insolente. Eu sou o homem de berço mais nobre neste campo, e sou eu que decido o destino dos prisioneiros. Está entendendo?

— Ele se rendeu a mim, não ao senhor — disse Thomas. — Por isso, não importa em que berço o senhor nasceu.

— Você é um filhote de cadela! — disse Sir Simon enfurecido. — Skeat! Eu quero uma recompensa por aquele prisioneiro. Está me ouvindo?

Skeat ignorou Sir Simon, mas Thomas não teve juízo suficiente para fazer o mesmo.

— Jesus — disse ele, enojado —, aquele homem poupou a sua vida, e o senhor não retribui o favor? O senhor não é cavaleiro coisa nenhuma, o senhor não passa de um brigão. Vá fritar o seu traseiro!

A espada se ergueu, e o mesmo aconteceu com o arco de Thomas. Sir Simon olhou para a brilhante ponta da flecha, as beiradas embranquecidas pelo ato de apontar, e teve juízo bastante para não atacar com sua espada.

Em vez disso, ele a embainhou, enfiando com força a lâmina na bainha, e depois fez seu corcel dar meia-volta e esporeou-o para ir embora.

O que deixou os homens de Skeat para separar os mortos do inimigo. Havia 18 deles, e outros 23 gravemente feridos. Havia, também, 17 cavalos que sangravam e 24 cavalos de combate mortos, e isso, comentou Will Skeat, era uma perda terrível de bons cavalos.

E Sir Geoffrey aprendera sua lição.

hAVIA UMA CONFUSÃO em La Roche-Derrien. Sir Simon Jekyll reclamara com Richard Totesham que Will Skeat deixara de apoiá-lo em combate, e depois também alegara ter sido responsável pela morte ou ferimento de 41 soldados inimigos. Jactava-se de que vencera a escaramuça, e depois voltara ao seu tema da perfídia de Skeat, mas Richard Totesham não estava disposto a suportar as queixas de Sir Simon.

— Vocês ganharam o combate, ou não?

— Claro que ganhamos! — Sir Simon piscou, indignado. — Eles estão mortos, não estão?

— Então por que você precisava dos soldados de Will? — perguntou Totesham.

Sir Simon procurou uma resposta e não encontrou.

— Ele foi impertinente — reclamou.

— Isso cabe a você e ele decidirem, não eu — disse Totesham num abrupto gesto de dispensa, mas ficou pensando na conversa e naquela noite procurou Skeat.

— Quarenta e um mortos ou feridos? — raciocinou ele em voz alta. — Isso deve ser um terço dos soldados de Lannion.

— É bem provável, sim.

Os aposentos de Totesham ficavam perto do rio, e de sua janela ele via a água deslizar sob os arcos da ponte. Morcegos adejavam em torno da torre de fortificação que protegia o lado mais distante da ponte, enquanto os chalés que ficavam além do rio eram iluminados por uma lua com contornos bem definidos.

— Eles vão ficar desfalcados, Will — disse Totesham.

— Uma coisa é certa: eles não vão ficar satisfeitos.

— E a cidade deve estar lotada de bens valiosos.

— É bem provável — concordou Skeat.

Muita gente, temendo os *hellequins*, tinha levado seus pertences para as fortalezas próximas, e Lannion deveria estar cheia dos bens deles. E o que era mais importante, Totesham iria encontrar alimentos por lá. Sua guarnição recebia uma certa quantidade de alimentos das fazendas ao norte de La Roche-Derrien, e mais era levada da Inglaterra cruzando o Canal, mas a devastação do interior pelos *hellequins* havia feito com que a fome ficasse perigosamente próxima.

— Deixar cinqüenta homens aqui? — Totesham ainda estava pensando em voz alta, mas não precisava explicar seus pensamentos a um velho soldado como Skeat.

— Nós vamos precisar de novas escadas — disse Skeat.

— O que houve com as velhas?

— Lenha para fogueira. O inverno foi muito frio.

— Um ataque noturno? — sugeriu Totesham.

— Lua cheia daqui a cinco ou seis dias.

— Daqui a cinco dias, então — decidiu Totesham. — E eu vou querer os seus homens, Will.

— Se eles estiverem sóbrios até lá.

— Eles merecem a bebida depois do que fizeram hoje — disse Totesham, entusiasmado, e depois dirigiu um sorriso a Skeat. — Sir Simon estava reclamando de você. Disse que você foi impertinente.

— Não fui eu, Dick, foi o meu rapaz, o Tom. Ele mandou o safado fritar o traseiro.

— Eu acho que Sir Simon nunca foi homem de aceitar um bom conselho — disse Totesham, sério.

Os homens de Skeat também não eram. Ele os soltara na cidade, mas avisara que se sentiriam péssimos pela manhã se bebessem demais, e eles ignoraram aquele conselho para celebrar nas tabernas de La Roche-Derrien. Thomas tinha ido, com uns vinte amigos e suas mulheres, a uma estalagem, onde cantaram, dançaram e tentaram provocar uma briga com um grupo de ratos brancos do duque John, que foram sensatos demais para não aceitar a provocação e saíram de mansinho noite adentro. Um instante depois, dois soldados entraram, ambos vestindo casacos com o escudo de leões e estrelas do conde de Northampton. Sua chegada foi vaiada, mas eles suportaram os apupos com paciência e perguntaram se Thomas estava presente.

— Ele é aquele safado muito feio, lá — disse Jake, apontando para Thomas, que estava dançando ao som de uma flauta e um tambor. Os soldados esperaram até ele acabar a dança e explicaram que Will Skeat estava com o comandante da guarnição e queria falar com ele.

Thomas acabou sua cerveja.

— O negócio — disse ele aos outros arqueiros — é que eles não sabem tomar uma decisão sem a minha presença. Indispensável, é o que eu sou.

Os arqueiros zombaram dele, mas saudaram animados quando Thomas saiu com os dois soldados.

Um deles era de Dorset e tinha ouvido falar em Hookton.

— Os franceses não desembarcaram lá? — perguntou ele.

— Os bastardos a destruíram. Duvido que tenha sobrado alguma coisa — disse Thomas. — E por que é que o Will quer falar comigo?

— Deus é quem sabe, e Ele não diz — disse um dos homens. Tinha guiado Thomas para os aposentos de Richard Totesham, mas agora apontou para um beco escuro. — Eles estão numa taberna ali no fim. É a casa com a âncora pendurada na porta.

— Que ótimo — disse Thomas. Se não estivesse meio bêbado, poderia ter percebido que Totesham e Skeat não iriam convocá-lo a uma taberna, ainda mais a menor da cidade, na extremidade do beco mais escuro que dava para o rio, mas Thomas não desconfiou de nada até chegar à metade da estreita passagem e dois homens saírem de uma porta. A primeira vez que ele os percebeu foi quando um golpe atingiu sua nuca. Ele caiu de joelhos, e o segundo homem deu-lhe um pontapé no rosto, e depois ambos dispararam pontapés e socos até Thomas não oferecer mais resistência, permitindo-lhes agarrar seus braços e arrastá-lo pela porta para dentro de uma pequena ferraria. Havia sangue na boca de Thomas, o nariz fora quebrado outra vez, uma costela estava partida e a barriga se agitava de tanta cerveja.

Uma lareira estava acesa na ferraria. Thomas, com os olhos semicerrados, viu uma bigorna. Em seguida, mais homens o cercaram e lhe deram uma segunda surra de pontapés, de modo que ele encolheu o corpo como uma bola, numa vã tentativa de se proteger.

— Já chega — disse uma voz, e Thomas abriu os olhos para ver Sir Simon Jekyll. Os dois homens que o tinham ido buscar na taberna e que tinham parecido tão amáveis agora entraram pela porta da ferraria e despiram as túnicas tomadas por empréstimo que mostravam a insígnia do conde de Northampton. — Bom trabalho — disse Sir Simon a eles, e depois olhou para Thomas. — Reles arqueiros — disse Sir Simon — não mandam cavaleiros fritar o traseiro.

Um homem alto, um brutamontes com longos cabelos amarelos e dentes enegrecidos, estava em pé ao lado de Thomas, pronto para chutá-lo se ele desse uma resposta insolente, e Thomas ficou de boca fechada. Em vez disso, fez uma oração silenciosa para São Sebastião, o santo padroeiro dos arqueiros. Aquela situação, concluiu ele, era grave demais para ser deixada por conta de um cachorro.

— Arriem o calção dele — ordenou Sir Simon, e voltou-se para a lareira. Thomas viu que havia um grande pote de cerca de um metro colocado sobre o carvão em brasa. — Você vai receber uma aula de cortesia — disse ele a Thomas, que choramingou quando o brutamontes de cabelos amarelos cortou-lhe o cinto e arrastou o calção para baixo. Os outros homens revistaram os bolsos de Thomas, tirando as moedas que encontraram e uma boa faca, e depois o viraram de bruços para que seu traseiro desnudo ficassem pronto para a água fervente.

Sir Simon viu os primeiros traços de vapor subirem do pote.

— Levem o pote até ele — ordenou a seus homens.

Três dos soldados de Sir Simon mantinham Thomas deitado, e ele estava ferido e fraco demais para enfrentá-los, então fez a única coisa que podia fazer. Gritou "assassinato". Encheu os pulmões e berrou o mais alto que podia. Sabia que se achava numa cidade pequena que estava lotada de homens, e alguém deveria ouvir, então gritou, dando o alarma. "Assassinato! Assassinato!" Um homem chutou-lhe a barriga, mas Thomas continuou gritando.

— Pelo amor de Deus, façam-no se calar — vociferou Sir Simon, e Colley, o homem de cabelos amarelos, ajoelhou-se ao lado de Thomas e tentou enfiar-lhe palha na boca, mas Thomas conseguiu cuspi-la.

— Assassinato! — gritou ele. — Assassinato!

Colley soltou um palavrão, encheu a mão com uma lama imunda e com um golpe meteu-a na boca de Thomas, abafando o barulho que ele fazia.

— Bastardo — disse Colley, e golpeou o crânio de Thomas. — Bastardo!

Thomas engasgou com a lama, mas não conseguiu cuspi-la.

Agora Sir Simon estava em pé junto dele.

— Você vai aprender bons modos — disse ele, e ficou olhando enquanto o pote de água fervendo era transportado do outro lado do pátio da ferraria.

Naquele momento, o portão se abriu e um recém-chegado entrou no pátio.

— Em nome de Deus, o que é que está acontecendo aqui? — perguntou o homem, e Thomas poderia ter cantado um *Te Deum* em louvor a São Sebastião se sua boca não estivesse cheia demais de lama, porque o seu salvador era o padre Hobbe, que devia ter ouvido os gritos aflitos e corrido pelo beco para investigar. — O que os senhores estão fazendo? — perguntou o padre a Sir Simon.

— Isso não é de sua conta, padre — disse Sir Simon.

— Thomas, é você? — Ele se voltou para o cavaleiro. — Por Deus, isso é da minha conta! — O padre Hobbe era genioso e agora perdera o controle. — Quem diabos o senhor pensa que é?

135
BRETANHA

— Tome cuidado, padre — vociferou Sir Simon.

— Tomar cuidado! Eu? Eu vou mandar a sua alma para o inferno, se o senhor não for embora. — O pequeno padre apanhou o enorme atiçador do ferreiro e brandiu-o como uma espada. — Vou mandar todas as suas almas para o inferno! Vão embora! Todos vocês! Fora daqui! Fora! Em nome de Deus, vão embora! Vão embora!

Sir Simon recuou. Uma coisa era torturar um arqueiro, outra totalmente diferente era meter-se numa briga com um padre cuja voz era alta o bastante para atrair ainda mais atenção. Sir Simon vociferou que o padre Hobbe era um bastardo intrometido, mas mesmo assim bateu em retirada.

O padre Hobbe ajoelhou-se ao lado de Thomas e tirou um pouco da lama de sua boca, juntamente com tiras de sangue espesso e um dente quebrado.

— Pobre rapaz — disse o padre Hobbe, e então ajudou Thomas a ficar em pé. — Eu vou levar você para casa, Tom, vou levá-lo para casa e limpá-lo.

Thomas teve que vomitar primeiro, mas depois, segurando o calção para que não caísse, cambaleou de volta para a casa de Jeanette, apoiado o tempo todo pelo padre. Uma dezena de arqueiros o recebeu, querendo saber o que tinha acontecido, mas o padre Hobbe os afastou.

— Onde fica a cozinha? — perguntou ele.

— Ela não vai deixar a gente entrar lá — disse Thomas, a voz indistinta devido à boca inchada e às gengivas que sangravam.

— Onde fica? — insistiu o padre Hobbe.

Um dos arqueiros fez com a cabeça um gesto em direção à porta e o padre simplesmente abriu-a e como que carregou Thomas para dentro. Sentou-o numa cadeira e puxou as velas fracas para a beirada da mesa, para ver o rosto de Thomas.

— Meu Deus — disse ele. — O que foi que fizeram com você?

Ele deu um tapinha na mão de Thomas e foi procurar água.

Jeanette entrou na cozinha, furiosa.

— Vocês não devem estar aqui! Vão embora!

Então, ela viu o rosto de Thomas e sua voz falhou. Se alguém tivesse dito que ela iria ver um arqueiro inglês gravemente agredido, ela teria dado vivas, mas para sua surpresa sentiu uma pontada de compaixão.

— O que houve?

— Sir Simon fez isso. — Thomas conseguiu dizer.

— Sir Simon?

— Ele é um homem mau. — O padre Hobbe tinha ouvido o nome e veio da área de serviço com uma grande bacia com água. — É uma coisa ruim, miserável.

Ele falava em inglês.

— A senhora tem uns panos? — perguntou ele a Jeanette.

— Ela não fala inglês — disse Thomas. Sangue escorria-lhe pelo rosto.

— Sir Simon atacou você? — perguntou Jeanette. — Por quê?

— Porque eu mandei ele fritar o traseiro — disse Thomas, e foi recompensado com um sorriso.

— Ótimo — disse Jeanette.

Ela não convidou Thomas a ficar na cozinha, mas também não o mandou embora. Em vez disso, ficou olhando enquanto o padre lavava seu rosto e tirava sua camisa para prender a costela rachada.

— Diga que ela poderia me ajudar — disse o padre Hobbe.

— Ela é orgulhosa demais para ajudar — disse Thomas.

— Este mundo é pecador e triste — declarou o padre Hobbe, e se ajoelhou. — Fique quieto, Tom — disse ele —, porque isso vai doer como o diabo em pessoa.

Ele agarrou o nariz quebrado e ouviu-se o som de cartilagem arranhando antes de Thomas gritar de dor. O padre Hobbe colocou um pano molhado frio sobre o nariz.

— Segure isso aí, Tom, e a dor irá embora. Bem, na verdade, não vai, mas você vai se acostumar com ela.

Ele se sentou num barril de sal vazio, abanando a cabeça.

— Meu Deus, Tom, o que é que nós vamos fazer com você?

— O senhor já fez — disse Thomas — e eu lhe sou grato. Um dia ou dois, e eu estarei saltando por aí como um carneiro primaveril.

— Você vem fazendo isso há um tempo longo demais, Tom — disse o padre Hobbe, enfático. Jeanette, sem compreender uma só palavra, apenas observava os dois. — Deus lhe deu uma boa cabeça — continuou o padre —, mas você desperdiça sua inteligência, Tom, você a desperdiça.

— O senhor quer que eu seja padre?

O padre Hobbe sorriu.

— Duvido que você fosse de muito mérito para a Igreja, Tom. É bem provável que você acabasse sendo um arcebispo, porque é inteligente e manhoso o bastante, mas acho que você seria mais feliz como soldado. Mas você tem dívidas para com Deus, Tom. Lembre-se da promessa que fez a seu pai! Você a fez numa igreja, e seria bom para a sua alma cumprir aquela promessa, Tom.

Thomas soltou uma gargalhada, e no mesmo instante desejou não ter feito aquilo, porque a dor lancinante tomou conta das costelas. Ele soltou um palavrão, pediu desculpas a Jeanette, e tornou a olhar para o padre.

— E como, em nome de Deus, padre, eu deverei cumprir aquela promessa? E nem sequer sei qual foi o bastardo que roubou a lança.

— Que bastardo? — perguntou Jeanette, porque ela entendera aquele termo. — Sir Simon?

— Ele é um bastardo — disse Thomas —, mas não é o único.

E ele contou a ela sobre a lança, sobre o dia em que a sua aldeia tinha sido assassinada, sobre o pai morrendo, e sobre o homem que levava um estandarte mostrando três falcões amarelos num campo azul. Ele contou a história devagar, através de lábios que sangravam, e quando terminou Jeanette deu de ombros.

— Então você quer matar esse homem, não quer?

— Um dia.

— Ele merece ser morto — disse Jeanette.

Thomas olhou para ela através de olhos semicerrados, perplexo diante daquelas palavras.

— Você o conhece?

— Ele se chama Sir Guillaume d'Evecque — disse Jeanette.

— O que é que ela está dizendo? — perguntou o padre Hobbe.

— Eu o conheço — disse Jeanette, séria. — Em Caen, onde ele nasceu, às vezes ele é chamado de senhor de terra e mar.

— Porque ele luta nos dois? — tentou adivinhar Thomas.

— Ele é um cavaleiro — disse Jeanette —, mas também é um assaltante de mar. Um pirata. Meu pai tinha 16 navios e Guillaume d'Evecque roubou três.

— Ele lutou contra vocês? — Thomas parecia surpreso.

Jeanette deu de ombros.

— Ele acha que todo navio que não é francês é inimigo. Nós somos bretões.

Thomas olhou para o padre Hobbe.

— Aí está, padre — disse ele, jocoso —, para cumprir a minha promessa, tudo o que tenho de fazer é combater o cavaleiro de terra e mar.

O padre Hobbe não tinha entendido o francês, mas abanou a cabeça, triste.

— A maneira de cumprir a promessa, Thomas, é problema seu. Mas Deus sabe que você a fez, e eu sei que você não está fazendo coisa alguma a esse respeito. — Ele tocou com os dedos a cruz de madeira que usava presa a uma tira de couro pendurada no pescoço. — E o que é que eu vou fazer com relação a Sir Simon?

— Nada — disse Thomas.

— Pelo menos, eu tenho que contar ao Totesham! — insistiu o padre.

— Nada, padre. — Thomas foi tão insistente quanto ele. — Prometa.

O padre Hobbe olhou desconfiado para Thomas.

— Você não está pensando em se vingar, está?

Thomas se benzeu e sibilou com a dor na costela.

— A nossa Mãe Igreja não nos manda virar a outra face? — perguntou ele.

— Manda — disse o padre Hobbe em tom dúbio —, mas não desculpa o que Sir Simon fez hoje à noite.

— Nós vamos afastar a ira dele com uma resposta delicada — disse Thomas, e o padre Hobbe, impressionado com aquela demonstração de cristianismo autêntico, balançou a cabeça em sinal de que aceitava a decisão de Thomas.

Jeanette estivera acompanhando a conversa da melhor maneira possível, e pelo menos percebera o sentido das palavras que eles trocavam.

— Vocês estão discutindo o que fazer com Sir Simon? — perguntou ela a Thomas.

— Eu vou matar o bastardo — disse Thomas em francês.

Ela fez uma careta para ele.

— É uma idéia muito inteligente, inglês. Você será um assassino e eles irão enforcá-lo. Então, graças a Deus, haverá dois ingleses mortos.

— O que é que ela está dizendo, Thomas? — perguntou o padre Hobbe.

— Ela está concordando que eu devo perdoar meus inimigos, padre.

— Mulher de bem, mulher de bem — disse o padre Hobbe.

— Você quer mesmo matá-lo? — perguntou Jeanette com frieza.

Thomas tremeu de dor, mas não estava tão ferido assim a ponto de não ficar contente com a proximidade de Jeanette. Ela era uma mulher decidida, ele reconhecia, mas ainda encantadora como a primavera e, como os demais homens de Will Skeat, ele alimentara sonhos impossíveis de conhecê-la melhor. A pergunta dela deu-lhe aquela chance.

— Eu vou matá-lo — garantiu ele — e ao matá-lo, minha senhora, eu lhe trarei a armadura e a espada de seu marido.

Jeanette olhou para ele de cenho franzido.

— Você pode fazer isso?

— Se a senhora me ajudar.

Ela fez uma careta.

— Como?

E Thomas explicou a ela e, para surpresa dele, ela não afastou a idéia horrorizada, mas balançou a cabeça num gesto de concordância relutante.

— Pode dar resultado, mesmo — disse ela, depois de um certo tempo —, pode dar, mesmo.

O que significava que Sir Simon tinha unido seus inimigos e Thomas encontrara uma aliada.

A vida de Jeanette era rodeada de inimigos. Ela tinha o filho, mas todas as outras pessoas que amava estavam mortas, e as que sobraram, ela odiava. Havia os ingleses, é claro, ocupando a sua cidade, mas também havia Belas, o advogado, e os capitães de navio que a tinham tapeado, e os inquilinos que usavam a presença dos ingleses para deixarem de pagar o aluguel, e os comerciantes da cidade que cobravam a ela um dinheiro que ela não tinha. Ela era uma condessa, mas o seu título de nada valia. À noite, refletindo sobre a sua sina, ela sonhava encontrar um grande defensor, um duque talvez, que fosse a La Roche-Derrien e castigasse os inimigos dela, um a um. Ela os via choramingando de terror, implorando clemência, sem receber clemência alguma. Mas a cada amanhecer não havia duque nenhum, e seu inimigos não encolhiam de medo, e os problemas de Jeanette ficaram sem solução até que Thomas prometeu ajudá-la a matar o único inimigo que ela odiava acima dos demais.

Finalidade com a qual, cedo na manhã depois de sua conversa com Thomas, Jeanette foi ao quartel-general de Richard Totesham. Ela foi cedo, porque esperava que Sir Simon ainda estivesse dormindo, e embora fosse essencial que ele soubesse qual era a finalidade de sua visita, ela não queria encontrar-se com ele. Que ele soubesse por terceiros o que ela planejava.

O quartel-general, como a casa dela, ficava de frente para o rio Jaudy, e o pátio à beira do rio, apesar de cedo, já contava com uns vinte peticionários à procura de favores dos ingleses. Jeanette foi instruída a esperar com os outros peticionários.

— Eu sou a condessa de Armórica — disse ela ao escrevente.

— A senhora tem que esperar, como os demais — respondeu o funcionário num francês sofrível, e depois fez um novo entalhe numa talha na qual contava feixes de flechas que estavam sendo descarregados de uma barcaça que subira o rio vinda do porto de águas profundas em Tréguier. Uma segunda barcaça continha barris de arenque defumado, e o fedor do peixe fez Jeanette estremecer. Comida inglesa! Eles nem mesmo destripavam os arenques antes de defumá-los, e os peixes vermelhos saíam dos barris cobertos de um mofo verde amarelado, e no entanto os arqueiros os comiam com prazer. Ela tentou fugir do peixe fedorento atravessando o pátio para onde uma dúzia de homens da cidade aplainava grandes peças de madeira apoiadas em cavaletes. Um dos carpinteiros era um homem que algumas vezes trabalhara para o pai de Jeanette, embora em geral estivesse bêbado demais para manter um emprego por mais de alguns dias. Ele estava descalço, maltrapilho, era corcunda e tinha lábio leporino, embora quando estava sóbrio fosse um trabalhador tão bom quanto qualquer outro na cidade.

— Jacques! — chamou Jeanette. — O que é que você está fazendo? — Ela falava em bretão.

Jacquet endireitou o topete e fez uma mesura.

— A senhora está bem disposta. — Só poucas pessoas entendiam o que ele dizia, porque o lábio rachado mutilava os sons. — Seu pai sempre disse que a senhora era o anjo dele.

— Eu perguntei o que você está fazendo.

— Escadas, senhora, escadas.

Jacques limpou, com o punho, uma corrente de mucos do nariz. Havia uma úlcera exsudativa em seu pescoço e o fedor era tão forte quanto o dos arenques defumados.

— Eles querem escadas muito compridas.

— Por quê?

Jacques olhou para a esquerda e a direita para certificar-se de que ninguém mais poderia escutá-lo.

— O que ele diz — ele fez um sinal com a cabeça para o inglês que parecia estar supervisionando o serviço —, o que ele diz é que eles vão levar elas para Lannion. E elas têm um comprimento suficiente para aquele grande muro, não têm?

— Lannion?

— Ele gosta de uma cerveja, isso gosta — disse Jacques, explicando a indiscrição do inglês.

— Ei! Bonitão! — gritou o supervisor para Jacques. — Vá trabalhar!

Jacques, com um sorriso para Jeanette, apanhou suas ferramentas.

— Faça os degraus frouxos! — aconselhou Jeanette a Jacques em bretão, e fez meia-volta porque seu nome tinha sido chamado na casa. Sir Simon Jekyll, de olhos pesados e sonolento, estava em pé à porta e o coração de Jeanette afundou ao vê-lo.

— Minha senhora — Sir Simon dirigiu uma mesura a Jeanette —, a senhora não devia estar esperando com a gente do povo.

— Diga isso ao escriturário — disse Jeanette com frieza.

O escriturário que contava os molhes de flechas gritou quando Sir Simon o pegou pela orelha.

— Este escriturário? — perguntou ele.

— Ele me mandou esperar aqui fora.

Sir Simon esbofeteou o homem.

— Ela é uma dama, seu bastardo! Deve tratá-la como uma dama.

Ele afastou o homem com um pontapé e depois empurrou a porta, abrindo-a por inteiro.

— Entre, minha senhora — convidou ele.

Jeanette foi até a porta e ficou aliviada ao ver mais quatro escriturários ocupados, sentados a mesas dentro da casa.

— O exército — disse Sir Simon enquanto ela passava roçando nele — tem quase tantos escriturários quanto arqueiros. Escriturários, ferreiros, pedreiros, cozinheiros, pastores de gado, açougueiros, tudo o mais que tenha duas pernas e que possa receber o dinheiro do rei. — Ele sorriu para ela, e passou uma das mãos pelo surrado robe de lã que tinha bordas de pele. — Se eu tivesse sido avisado de que a senhora nos iria agraciar com uma visita, senhora, eu teria me vestido.

Sir Simon, percebeu Jeanette satisfeita, estava com o espírito de um pelintra naquela manhã. Ele sempre era enfadonho ou desajeitadamente delicado, e ela o odiava em qualquer das duas situações, mas pelo menos ficava mais fácil lidar com ele quando ele tentava impressioná-la com suas boas maneiras.

— Eu vim — disse ela — requerer um passe de Monsieur Totesham.

Os escriturários a observavam sorrateiros, as penas arranhando e respingando no pergaminho raspado.

— Eu posso lhe dar um passe — disse Sir Simon, galante —, embora espere que a senhora não esteja deixando La Roche-Derrien para sempre.

— Eu só quero visitar Louannec — disse Jeanette.

— E onde, cara senhora, fica Louannec?

— Fica na costa, ao norte de Lannion — disse Jeanette.

— Lannion, hein? — Ele se sentou à beira de uma das mesas, as pernas nuas balançando. — Não posso deixá-la perambulando perto de Lannion. Esta semana, não. Na próxima, talvez, mas só se a senhora puder me convencer de que tem uma boa razão para viajar. — Ele alisou o bigode louro. — E eu posso ser muito fácil de ser persuadido.

— Eu quero rezar no santuário de lá — disse Jeanette.

— Eu não a impediria de fazer suas preces — disse Sir Simon. Ele estava pensando que deveria tê-la convidado para a sua sala de estar, mas na verdade, naquela manhã, era quase nenhum o seu apetite para jogos amorosos. Ele se consolara pelo fracasso em ferver o traseiro de Thomas de Hookton bebendo muito, e sua barriga parecia líquida, a garganta estava seca e a cabeça batia como um tambor. — Que santo irá ter o prazer de ouvir sua voz? — perguntou ele.

— O santuário é dedicado a Yves, que protege os doentes. Meu filho tem febre.

— Pobre garoto —- disse Sir Simon, fingindo pena, e em seguida, de forma peremptória, ordenou que um escriturário escrevesse o passe para sua senhoria.

— A senhora vai viajar sozinha? — perguntou ele.

— Vou levar criados.

— A senhora estaria melhor com soldados. Há bandidos por toda parte.

— Eu não tenho medo de meus conterrâneos, Sir Simon.

— Pois devia ter — disse ele, mordaz. — Quantos criados?

— Dois.

Sir Simon disse ao escriturário para anotar dois acompanhantes no passe, e voltou a olhar para Jeanette.

— A senhora estaria realmente muito mais segura com soldados como escolta.

— Deus irá me preservar — disse Jeanette.

Sir Simon ficou olhando enquanto a tinta do passe recebia areia para secar e uma gota de cera quente era deixada cair no pergaminho. Ele apertou um sinete sobre a cera e depois estendeu o documento para Jeanette.

— Talvez eu devesse ir com a senhora?

— Eu preferiria não viajar — disse Jeanette, recusando-se a receber o passe.

— Neste caso, eu transfiro meus deveres para Deus — disse Sir Simon.

Jeanette apanhou o passe, fez um esforço e agradeceu a ele, e saiu correndo. Esperava que Sir Simon fosse segui-la, mas ele a deixou afastar-se sem ser molestada. Ela se sentia suja, mas também triunfante, porque agora a armadilha estava armada. Bem e verdadeiramente armada.

Ela não seguiu direto para casa, mas foi para a casa do advogado, Belas, que ainda estava tomando o seu café da manhã de chouriço e pão. O aroma do chouriço apertou a fome de Jeanette, mas ela recusou a oferta que ele fez de um prato. Ela era uma condessa, e ele era um mero advogado, e não iria se rebaixar ao comer com ele.

Belas endireitou o robe, pediu desculpas pelo fato de a sala estar fria, mas perguntou se ela finalmente decidira vender a casa.

— É a coisa sensata a fazer, madame. Suas dívidas estão crescendo.

— Eu lhe direi minha decisão — disse ela —, mas eu vim aqui por causa de outro negócio.

Belas abriu os postigos da sala de estar.

— Negócios custam dinheiro, madame, e suas dívidas, me desculpe, estão aumentando.

— É do interesse do duque Charles — disse Jeanette. — O senhor ainda escreve para os empresários dele?

— De vez em quando — disse Belas, na defensiva.

— Como é que chega até eles? — perguntou Jeanette.

Belas ficou desconfiado com a pergunta, mas por fim não viu mal algum em dar uma resposta.

— As mensagens vão de navio até Paimpol — disse ele — e depois, por terra até Guingamp.

— Pois então escreva ao duque — disse Jeanette — e diga a ele que eu mandei dizer que os ingleses irão atacar Lannion no fim desta semana. Eles estão fazendo escadas para escalar o muro.

Ela decidira mandar a mensagem através de Belas porque os mensageiros dela eram dois pescadores que iam vender suas mercadorias em La Roche-Derrien às quintas-feiras, e qualquer mensagem enviada por intermédio deles chegaria tarde demais. Os mensageiros de Belas, por outro lado, podiam chegar a Guingamp a tempo de frustrar os planos ingleses.

Belas passou a mão para tirar vestígios de ovo na barba escassa.

— Tem certeza, madame?

— Claro que tenho!

Ela falou com ele sobre Jacques, as escadas e sobre o indiscreto supervisor inglês, e disse que Sir Simon a obrigara a esperar uma semana antes de arriscar-se a chegar perto de Lannion em sua expedição ao santuário de Louannec.

— O duque ficará grato — disse Belas enquanto acompanhava Jeanette até a porta da casa.

Belas mandou a mensagem naquele mesmo dia, embora não dissesse que era da parte da condessa, mas, ao contrário, alegara todo o crédito para ele mesmo. Entregou a carta a um capitão que partiu naquela mesma tarde, e na manhã seguinte um cavaleiro saiu de Paimpol rumo ao sul. Não havia *hellequin* algum no interior arrasado entre o porto e a capital do duque, e assim a mensagem chegou em segurança. E em Guingamp, o quartel-general do duque Charles, ferreiros inspecionaram ferraduras de corcéis, besteiros lubrificaram suas armas, escudeiros escovaram cotas de malha até que brilhassem e mil espadas foram amoladas.

O ataque inglês a Lannion fora denunciado.

A inverossímil aliança de Jeanette com Thomas atenuara a hostilidade na casa dela. Agora, os homens de Skeat usavam o rio como lavatório, em vez do pátio, e Jeanette deixava que eles entrassem na cozinha, o que acabou sendo útil, porque eles levavam suas rações e, assim, os moradores da casa comiam melhor do que vinham comendo desde que a cidade caíra, embora ela ainda não tivesse se convencido a provar os arenques defumados com suas peles vermelhas brilhantes, cobertas de mofo. O melhor de tudo era o tratamento dado a dois comerciantes insistentes que chegaram exigindo pagamento por parte de Jeanette e foram tão gravemente agredidos, por uns vinte arqueiros, que ambos foram embora sem chapéu, mancando, sem receber, e ensangüentados.

— Eu pagarei a eles quando puder — disse ela a Thomas.

— É provável que Sir Simon ande com dinheiro no bolso — disse ele.

— Anda?

— Só um tolo deixa dinheiro num lugar em que um criado pode encontrar — disse ele.

Quatro dias depois da surra, o rosto dele ainda estava inchado e os lábios estavam pretos de coágulos de sangue. A costela doía e o corpo era uma massa de escoriações, mas ele insistira com Skeat que estava em condições de cavalgar até Lannion. Eles iriam partir na tarde daquele dia. Ao meio-dia, Jeanette encontrou-o na igreja de São Renan.

— Por que você está rezando? — perguntou ela.

— Eu sempre rezo antes de um combate.

— Vai haver combate hoje? Pensei que vocês só fossem partir amanhã.

— Eu adoro um segredo bem guardado — disse Thomas, divertido. — Nós vamos um dia antes. Está tudo pronto. Por que esperar?

— Vão para onde? — perguntou Jeanette, embora já soubesse.

— Para onde nos levarem — disse Thomas.

Jeanette fez uma careta e rezou em silêncio para que sua mensagem tivesse chegado ao duque Charles.

— Tenha cuidado — disse ela a Thomas, não porque gostasse dele, mas porque ele era o agente dela para vingar-se de Sir Simon Jekyll. — Quem sabe Sir Simon vá ser morto? — sugeriu ela.

— Que Deus o proteja de mim — disse Thomas.

BRETANHA

— Será que ele vai me seguir até Louannec?

— Ele seguirá você como um cachorro — disse Thomas —, mas isso será perigoso para a senhora.

— Vou recuperar a armadura — disse Jeanette — e isso é tudo o que importa. Você está rezando para São Renan?

— Para São Sebastião — disse Thomas — e para São Guinefort.

— Eu perguntei ao padre sobre Guinefort — disse Jeanette, em tom acusador — e ele disse que nunca ouviu falar nele.

— Provavelmente ele também não ouviu falar em Wilgefortis — disse Thomas.

— Wilgefortis? — Jeanette teve dificuldade em pronunciar o nome desconhecido. — Quem é ele?

— Ela — disse Thomas — e foi uma virgem muito piedosa que viveu em Flandres e deixou crescer uma longa barba. Ela rezava todos os dias para que Deus a mantivesse feia, para que pudesse continuar casta.

Jeanette não conseguiu reprimir uma gargalhada.

— Isso não é verdade!

— É verdade, senhora — garantiu Thomas. — Certa vez, ofereceram a meu pai um fio da santa barba, mas ele se recusou a comprá-lo.

— Então, eu vou rezar para a santa barbada para que você escape com vida em seu ataque — disse Jeanette —, mas só para que você me ajude contra Sir Simon. Fora disso, eu espero que vocês todos morram.

A guarnição em Guingamp tinha o mesmo desejo, e para fazê-lo tornar-se uma realidade, reuniu uma poderosa força de besteiros e soldados para emboscar os ingleses a caminho de Lannion, mas eles, tal como Jeanette, estavam convencidos de que a guarnição de La Roche-Derrien faria a sua surtida na sexta-feira, e por isso só partiram tarde na quinta-feira, quando a força de Totesham já estava a menos de oito quilômetros de Lannion. A guarnição reduzida não sabia que os ingleses estavam chegando, porque os capitães de guerra do duque Charles, que comandavam suas forças em Guingamp enquanto o duque estava em Paris, decidiram não avisar à cidade. Se um número grande demais de pessoas soubesse que os ingleses tinham sido traídos, os próprios ingleses poderiam ficar sabendo, abandonar os planos e, com isso, negar aos homens do duque a chance de uma rara e completa vitória.

Os ingleses esperavam a vitória. Era uma noite seca e, perto da meia-noite, uma lua cheia deslizou por trás de uma nuvem de contornos de prata, colocando os muros de Lannion em nítido relevo. Os atacantes estavam escondidos nos bosques, de onde observavam as poucas sentinelas nas defesas. As sentinelas ficaram com sono e, depois de um certo tempo, foram para os bastiões, onde fogueiras estavam acesas, e assim não puderam ver os seis grupos portando escadas atravessando sorrateiramente os campos noturnos, nem as centenas de arqueiros seguindo atrás das escadas. E ainda estavam dormindo quando os arqueiros subiram os degraus e a força principal de Totesham surgiu dos bosques, pronta para invadir pela porta leste que os arqueiros iriam abrir.

As sentinelas morreram. Os primeiros cães acordaram na cidade, depois um sino de igreja começou a tocar e a guarnição de Lannion despertou, mas tarde demais, porque a porta estava aberta e os soldados de Totesham, vestindo cotas de malha, estavam dando o sinal para começarem a violência nos becos escuros enquanto ainda mais soldados e arqueiros penetravam pela porta estreita.

Os homens de Skeat eram a retaguarda e, por isso, esperavam do lado de fora da cidade quando o saque começou. Sinos de igrejas tocavam alucinadamente à medida que as paróquias da cidade acordavam para o pesadelo, mas aos poucos o repique cessou.

Will Skeat olhou para os campos iluminados pela lua ao sul de Lannion.

— Soube que foi Sir Simon que melhorou sua aparência — disse ele para Thomas.

— Foi.

— Porque você o mandou fritar o traseiro? — Skeat sorriu. — Você não pode culpá-lo por agredir você, mas primeiro ele devia ter falado comigo.

— O que é que você teria feito?

— Teria garantido que ele não bateria muito em você, é claro — disse Skeat, o olhar deslocando-se com firmeza pela paisagem. Thomas havia adquirido o mesmo hábito de vigilância, mas toda a terra para além da cidade estava calma. Uma névoa surgiu do terreno baixo. — Então, o que é que você pretende fazer quanto a isso?

— Falar com você.

— Eu não compro suas malditas brigas, rapaz — rosnou Skeat. — O que é que você está planejando fazer?

— Pedir que me empreste o Jake e o Sam no sábado. E eu quero três bestas.

— Bestas, hein? — perguntou Skeat, sem expressão. Ele viu que o resto da força de Totesham já entrara na cidade, e por isso levou dois dedos à boca e soltou um penetrante assobio para dar o sinal de que seus homens poderiam seguir. — Para os muros! — gritou ele enquanto os *hellequins* avançavam a cavalo. — Para os muros! — Aquele era o serviço da retaguarda: controlar as defesas da cidade vencida. — Metade dos bastardos ainda vão se embebedar — grunhiu ele —, por isso, você fica comigo, Tom.

A maioria dos homens de Skeat cumpriu seu dever e subiu pelos degraus de pedra para as defesas da cidade, mas uns poucos escapuliram em busca de despojos e bebidas, de modo que Skeat, Thomas e seis arqueiros vasculharam a cidade para encontrar aqueles vadios e levá-los de volta para os muros. Vinte soldados de Totesham estavam fazendo praticamente o mesmo — arrastando homens para fora de tabernas e mandando-os carregar as várias carroças que tinham sido guardadas na cidade para evitar que caíssem nas mãos dos *hellequins*. Totesham, em particular, queria alimentos para sua guarnição, e seus soldados mais confiáveis faziam o possível para manter os ingleses longe de bebidas, mulheres ou qualquer outra coisa que reduzisse o ritmo do saque.

A guarnição da cidade, desperta e surpresa, tinha feito o máximo para revidar a ataque, mas seus componentes haviam reagido tarde demais, e seus corpos agora jaziam nas ruas iluminadas pelo luar. Mas na parte ocidental da cidade, perto do cais que dava para o rio Léguer, a batalha continuava, e Skeat foi atraído pelo som. A maioria dos homens a estava ignorando, interessados demais em derrubar portas de casas e saquear armazéns, mas Skeat reconheceu que ninguém na cidade estaria a salvo enquanto todos os defensores não estivessem mortos.

Thomas seguiu atrás dele. Encontraram um grupo de soldados de Totesham que acabavam de recuar de uma rua estreita.

— Tem um bastardo louco lá — disse um deles a Skeat — e ele tem doze besteiros.

O louco bastardo e seus besteiros já haviam matado sua quota de ingleses, porque os corpos com a cruz vermelha jaziam no ponto em que a rua fazia uma curva bem acentuada em direção ao rio.

— Toquem fogo, para obrigá-los a sair — sugeriu um dos soldados.

— Não antes de revistarmos os prédios — disse Skeat, e mandou dois de seus arqueiros apanharem uma das escadas que tinham sido usadas para escalar os muros. Uma vez apanhada a escada, ele a colocou contra a casa mais próxima e olhou para Thomas, que sorriu, trepou pelos degraus e depois, usando pés e mãos, escalou o íngreme telhado de sapé. A costela quebrada doía, mas ele chegou ao topo e, lá, tirou o arco do ombro e encaixou uma flecha na corda. Caminhou ao longo do telhado, sua sombra projetada pela lua aparecendo longa na palha íngreme. O telhado terminava bem acima do local em que o inimigo aguardava e, por isso, antes de chegar ao topo, ele retesou o arco ao máximo e deu dois passos à frente.

O inimigo o viu e doze bestas ergueram-se, mas o mesmo aconteceu com o rosto desprotegido pelo elmo de um homem louro que segurava uma longa espada. Thomas o reconheceu. Era Sir Geoffrey de Pont Blanc, e Thomas hesitou porque admirava o homem. Mas então a primeira seta passou tão perto que ele sentiu o ar deslocado passar-lhe pelo rosto e por isso soltou a corda, e sabia que a flecha iria entrar direto na boca aberta do rosto de Sir Geoffrey, voltado para cima. Mas Thomas não viu a flecha acertar o alvo, porque dera um passo atrás quando as outras bestas vibraram e suas setas subiram em direção à lua.

— Ele está morto! — gritou Thomas.

Houve um barulho de passos quando os soldados atacaram antes que os besteiros pudessem recarregar as complicadas armas. Thomas tornou a ir para o fim da borda e viu as espadas e os machados subindo e descendo. Viu o sangue espirrar contra as frentes de reboco das casas. Viu os homens golpeando o corpo de Sir Geoffrey só para se certificarem de que ele estava mesmo morto. Uma mulher gritou na casa que Sir Geoffrey estivera defendendo.

Thomas deslizou pelo sapé e saltou para a rua onde Sir Geoffrey morrera, e lá apanhou três bestas e um saco de setas, que levou para Will Skeat.

O homem de Yorkshire sorriu.

— Bestas, hein? Isso significa que você vai fingir ser o inimigo, e não pode fazer isso em La Roche-Derrien, e assim estará tocaiando Sir Simon em algum ponto fora da cidade. Estou certo?

— É mais ou menos isso.

— Eu poderia ler você como uma droga de livro, rapaz, se eu soubesse ler, que não sei porque tenho juízo demais.

Skeat caminhou em direção ao rio, onde três navios estavam sendo saqueados e outros dois, os cascos já vazios, eram consumidos por um violento incêndio.

— Mas como é que você tira o bastardo da cidade? — perguntou Skeat. — Ele não é de todo bobo.

— Ele é, quando se trata da condessa.

— Ah! — Skeat sorriu. — E a condessa, de repente, está sendo boa para todos nós. Com que então é você e ela, não é?

— Não é isso, não.

— Mas em breve vai ser, não vai? — disse Skeat.

— Duvido.

— Por quê? Porque ela é uma condessa? Ainda assim é uma mulher, rapaz. Mas eu tomaria cuidado com ela.

— Cuidado?

— Aquela ali é uma safada dura. Parece bonita por fora, mas por dentro é só pedra. Ela vai te deixar de coração partido, rapaz.

Skeat havia parado nos largos cais de pedra onde homens esvaziavam armazéns de couro, grãos, peixe defumado, vinho e peças de tecido. Sir Simon estava entre eles, gritando com seus homens para que pedissem mais carroças. A cidade estava rendendo uma imensa fortuna. Ela era muito maior do que La Roche-Derrien e, por ter conseguido romper o cerco que o conde de Northampton fizera no inverno, tinha sido reconhecida como um lugar seguro para os bretões depositarem seus bens de valor. Agora estava sendo destripada. Um homem passou cambaleando por Thomas levando uma grande quantidade de objetos banhados em prata, outro arrastava uma mulher seminua pelos trapos da camisola. Um grupo de arqueiros tinha arrombado um tonel e mergulhava o rosto para beber o vinho.

— Foi bem fácil entrar aqui — disse Skeat —, mas vai ser um trabalho dos diabos tirar esses bastardos embriagados daqui.

Sir Simon bateu com a espada nas costas de dois bêbados que estavam atrapalhando seus homens que esvaziavam um armazém de suas peças de tecido. Ele avistou Thomas e ficou surpreso, mas estava muito precavido com relação a Will Skeat para dizer alguma coisa. Simplesmente afastou-se.

— A esta altura, o bastardo deve ter liquidado suas dívidas — disse Skeat, ainda olhando para as costas de Sir Simon. — A guerra é uma boa maneira de ficar rico, desde que não se seja feito prisioneiro e queiram um resgate por você. Não que eles fossem pedir resgate por você ou por mim, rapaz. O mais provável é que nos cortem a barriga e furem os olhos. Alguma vez você já disparou uma besta?

— Não.

— Não é assim tão fácil quanto parece. Não é tão difícil quanto disparar uma flecha de verdade, é claro, mas ainda assim é preciso treino. Essas malditas coisas podem atirar um pouco alto, se você não estiver acostumado com elas. O Jake e o Sam querem ajudar você?

— Eles dizem que querem.

— Claro que querem, são uns safados. — Skeat ainda olhava fixo para Sir Simon, que usava a nova e brilhante armadura. — Eu imagino que o bastardo leve o dinheiro dele com ele.

— Eu acho que leva, sim.

— Metade para mim, Tom, e no sábado eu não farei perguntas.

— Obrigado, Will.

— Mas faça a coisa bem-feita, Tom — disse Skeat, com ar selvagem —, faça a coisa bem-feita. Eu não quero ver você enforcado. Não me importo de ver a maioria dos idiotas fazendo a dança da corda, com a urina escorrendo pelas pernas, mas seria uma pena ver você se retorcendo a caminho do inferno.

Eles voltaram para os muros. Nenhum dos dois pegou espólio algum, mas já haviam apanhado mais do que o suficiente em seus ataques às fazendas bretãs do norte, e agora era a vez dos homens de Totesham fartarem-se com uma cidade capturada.

Uma a uma, as casas foram revistadas e os tonéis das tabernas esvaziados. Richard Totesham queria que sua força deixasse Lannion ao amanhecer, mas havia um número demasiado de carroças capturadas esperando para passar pela estreita porta leste, e não havia cavalos em número suficiente para puxar as carroças, e por isso os homens estavam puxando pessoalmente, em vez de abandonarem o produto do furto. Outros homens estavam bêbados e desmaiados, e os soldados de Totesham rebuscaram a cidade para encontrá-los, mas foi o fogo que fez com que a maioria dos bêbados saísse de seus refúgios. Os habitantes da cidade fugiram para o sul enquanto os ingleses punham fogo nos telhados de sapé.

A fumaça engrossou, tornando-se um imenso pilar sujo que foi levado para o sul pelo fraco vento que vinha do mar. Em seu lado inferior, o pilar tinha um lúgubre brilho vermelho, e deve ter sido aquela visão que alertou a força que se aproximava, vinda de Guingamp, de que chegara tarde demais para salvar a cidade. Marcharam a noite toda, esperando encontrar algum lugar em que pudessem armar uma emboscada para os homens de Totesham, mas o dano já estava feito. Lannion estava em chamas e sua riqueza empilhada em carroças que ainda passavam pela porta, puxadas por homens. Mas se os odiados ingleses não podiam ser emboscados a caminho da cidade, poderiam ser surpreendidos ao saírem, e assim os comandantes inimigos desviaram suas forças para o leste, em direção à estrada que levava de volta a La Roche-Derrien.

O vesgo Jake foi o primeiro a ver o inimigo. Estava olhando para o sul através da neblina perolada que pairava sobre a terra plana e viu as sombras no vapor. A princípio, pensou que se tratava de gado bovino, depois concluiu que deviam ser refugiados saídos da cidade. Mas então viu um estandarte, uma lança e o cinza opaco de uma cota de malha, e gritou para Skeat que havia cavaleiros à vista.

Skeat olhou por cima das defesas.

— Está vendo alguma coisa, Tom?

Era logo depois do amanhecer e o campo estava completamente cinzento e coberto de neblina. Thomas olhou. Viu um bosque fechado a quase dois quilômetros de distância, para o sul, e uma cadeia de morros aparecendo escura acima da neblina. Depois, viu os estandartes e a malha cinza à luz cinzenta, e uma verdadeira moita de lanças.

— Soldados — disse ele. — Aos montes.

Skeat soltou palavrões. Os homens de Totesham estavam ou na cidade ou ainda seguindo em fila pela estrada para La Roche-Derrien, e numa fila tão extensa que não poderia haver esperança de fazê-los voltar para trás dos muros de Lannion — embora, mesmo que fosse possível não teria sido prático, porque toda a parte ocidental da cidade ardia em um incêndio furioso e as chamas se espalhavam com rapidez. Recuar para trás dos muros era arriscar ser torrado vivo, mas os homens de Totesham praticamente não estavam em condições de lutar: muitos estavam embriagados e todos carregavam espólios.

— Cerca viva — disse Skeat, conciso, apontando para uma linha irregular de abrunheiros e sabugueiros que corria paralela à estrada por onde os carroças seguiam, fazendo um barulho surdo com as rodas. — Arqueiros para a cerca, Tom. Nós cuidaremos de seus cavalos. Deus sabe como nós iremos deter os bastardos — ele fez um sinal-da-cruz —, mas não temos muita escolha.

Thomas forçou passagem na porta lotada e dirigiu quarenta arqueiros através de um pasto encharcado até a cerca viva, que parecia uma tênue barreira contra o inimigo que se reunia em massa na neblina prateada. Havia ali no mínimo trezentos cavaleiros. Eles ainda não estavam avançando, mas agrupando-se para uma carga, e Thomas contava com apenas quarenta homens para detê-los.

— Espalhem-se! — gritou ele. — Espalhem-se!

Num gesto rápido, ajoelhou-se sobre um dos joelhos e fez o sinal-da-cruz. São Sebastião, rezou ele, esteja conosco neste momento. São Guinefort, me proteja. Tocou a pata dessecada do cachorro e depois tornou a fazer o sinal-da-cruz.

Mais 12 arqueiros juntaram-se à sua força, mas ainda era muito pequena. Vinte pajens, montados em pôneis e armados com espadas de brinquedo, poderiam ter massacrado os homens que estavam na estrada, porque a cerca viva de Thomas não proporcionava um isolamento completo, e era praticamente nada a cerca de oitocentos metros da cidade. Os cavaleiros tinham apenas que rodear aquela ponta aberta e ali não haveria coisa alguma para detê-los. Thomas poderia levar seus arqueiros para o terreno aberto, mas cinqüenta homens não podiam deter trezentos. Os arqueiros atingiam o máximo de eficiência quando ficavam num grupo compacto, de modo que suas flechas formavam uma forte chuva de ponta de aço. Cinqüenta homens poderiam fazer uma pancada de chuva, mas ainda seriam sobrepujados e massacrados pelos cavaleiros.

— Besteiros — grunhiu Jake, e Thomas viu os homens de blusão verde e vermelho surgindo do bosque atrás dos soldados. A luz do novo amanhecer refletia-se friamente em cotas de malha, espadas e elmos. — Os bastardos estão aguardando o momento oportuno — disse Jake, nervoso. Colocara 12 flechas na base da cerca, que era espessa o bastante para deter os cavaleiros, mas não densa o suficiente para reduzir a velocidade da seta de uma besta.

Will Skeat reunira sessenta de seus soldados ao lado da estrada, prontos para contra-atacar o inimigo, cujo número aumentava de minuto em minuto. Os homens do duque Charles e seus aliados franceses agora seguiam a cavalo para o leste, visando avançar em torno da parte aberta da cerca, onde havia uma convidativa faixa de terra verde e aberta indo até a estrada. Thomas se perguntava por que diabos eles estavam esperando. Ele se perguntava se iria morrer ali. Querido Deus, pensou ele, não havia, nem de longe, homens em número suficiente para deter aquele inimigo. Os incêndios continuavam em Lannion, despejando fumaça para o céu pálido.

Ele correu para a esquerda da linha, onde encontrou o padre Hobbe segurando um arco.

— O senhor não devia estar aqui, padre — disse ele.

— Deus vai me perdoar — disse o padre.

Ele havia prendido a bata no cinto e tinha um pequeno suporte para flechas enfiado na margem da cerca. Thomas olhou para a terra aberta, imaginando quanto tempo seus homens durariam naquela imensidão de grama. Era exatamente o que o inimigo queria, pensou ele, uma faixa de terra plana e desnuda na qual seus cavalos pudessem correr muito e em linha reta. Só que a terra não era de todo plana, porque estava pontilhada por elevações cobertas de grama, através das quais duas garças cinzentas caminhavam de pernas duras enquanto caçavam rãs ou patos novos. Rãs, pensou Thomas, e filhotes de pato. Meu Deus, aquilo era um pântano! A primavera fora extraordinariamente seca, e no entanto as botas dele estavam encharcadas devido ao campo úmido que ele atravessara para chegar à cerca viva. A percepção invadiu Thomas como um sol nascente. A terra aberta era um pântano! Não era de admirar que o inimigo estivesse esperando. Eles viam os homens de Totesham alinhados para o abate, mas não conseguiam encontrar uma forma de passar pelo terreno pantanoso.

— Por aqui! — gritou Thomas para os arqueiros. — Por aqui! Depressa! Depressa! Andem, seus flhos da puta!

Ele os conduziu em torno do fim da cerca viva e para o charco, onde saltaram e espadanaram através de um labirinto de pântano, moitas de capim e córregos. Seguiram para o sul, em direção ao inimigo, e uma vez dentro do raio de alcance, Thomas espalhou os homens e disse-lhes que se dedicassem à prática do tiro ao alvo. Seu temor desaparecera, substituído pelo regozijo. O inimigo estava impedido pelo pântano. Seus cavalos não podiam avançar, mas os leves arqueiros de Thomas podiam saltar pelas elevações como demônios. Como *hellequins*.

— Matem os bastardos! — gritou ele.

A flechas de penas brancas assobiaram ao atravessar a terra encharcada para atingir cavalos e homens. Alguns dos inimigos tentaram avançar contra os arqueiros, mas os cavalos patinharam no terreno macio e tornaram-se alvos para saraivadas de flechas. Os besteiros desmontaram e avançaram, mas os arqueiros transferiram o alvo para eles, e agora mais arqueiros chegavam, despachados por Skeat e Totesham, de modo que de repente o pântano ficou fervilhando de arqueiros ingleses e galeses despejando um inferno de pontas de aço sobre o inimigo confuso. Aquilo tornou-se um jogo. Homens apostavam se conseguiriam, ou não, atingir um alvo determinado. O sol ergueu-se mais, projetando as sombras dos cavalos mortos. O inimigo recuava para as árvores. Um grupo valente tentou uma última carga, na esperança de contornar o pântano, mas seus cavalos tropeçaram no terreno macio e as flechas os espetavam e cortavam, e assim homens e animais gritavam enquanto caíam. Um cavaleiro avançou com dificuldade, batendo no cavalo com a parte lateral da espada. Thomas colocou uma flecha no pescoço do cavalo e Jake espetou a anca do animal, que emitiu um grito comovente enquanto se agitava de dor e desabava no pântano. O homem deu um jeito de soltar os pés dos estribos e cambaleou, soltando palavrões, em direção aos arqueiros, com a espada baixa e o escudo elevado, mas Sam enterrou uma flecha em seu baixo-ventre, e depois mais uma dezena de arqueiros acrescentaram suas flechas antes de se lançarem em peso sobre o inimigo caído. Facas foram sacadas, gargantas cortadas, e a tarefa de saque podia começar. Os cadáveres foram despidos de suas cotas de malha e armas, e os cavalos de seus arreios e selas, e depois o padre Hobbe rezou pelos mortos enquanto os arqueiros contavam seus espólios.

Quando a manhã ia ao meio, o inimigo já havia partido. Deixaram quarenta homens mortos, e o dobro desse número tinha sido ferido, mas nem um único arqueiro galês ou inglês morrera.

Os homens do duque Charles retiraram-se, envergonhados, de volta para Guingamp. Lannion tinha sido destruída, eles foram humilhados e os homens de Will Skeat celebravam em La Roche-Derrien. Eles eram os *hellequins*, eram os melhores e não podiam ser derrotados.

Na manhã seguinte, Thomas, Sam e Jake saíram de La Roche-Derrien antes do amanhecer. Cavalgaram para o oeste, para Lannion, mas assim que chegaram ao bosque deixaram a estrada e amarraram os cavalos bem para dentro, em meio às árvores. Depois, movendo-se como invasores de propriedade alheia, voltaram para a beira do bosque. Cada um levava seu arco pendurado ao ombro e também uma besta, e treinaram com as armas que não lhes eram familiares enquanto esperavam numa onda de campainhas à margem do bosque, de onde podiam ver a porta oeste de La Roche-Derrien. Thomas só tinha levado uma dúzia de setas, curtas e com cotocos de penas, e por isso cada um deles só disparou duas vezes. Will Skeat tinha razão: as armas davam realmente um coice para cima quando os arqueiros disparavam, de modo que as primeiras setas acertaram num ponto alto do tronco que lhes servia de alvo. O segundo disparo de Thomas foi mais preciso, mas nada tão perfeito quanto uma flecha disparada de um arco adequado. O fato de quase ter errado deixou-o apreensivo quanto aos riscos da manhã, mas Jake e Sam estavam diante da perspectiva de roubo e assassinato.

— Não vou errar — disse Sam depois que seu segundo disparo também saíra alto. — Pode não acertar o bastardo na barriga, mas nós vamos acertar em algum ponto dele.

Ele puxou a corda, gemendo com o esforço. Não havia homem que pudesse puxar uma corda de besta só com a força de um braço, e por isso era preciso empregar um mecanismo. As bestas mais caras, aquelas de alcance maior, usavam um macaco de rosca. O arqueiro colocava um punho em forma de manivela na ponta do parafuso e enrolava a corda, centímetro a centímetro, que rangia, até que a lingüeta acima do gatilho prendesse a corda. Alguns besteiros usavam o próprio corpo como alavanca. Usavam grossos cintos de couro, aos quais era preso um gancho, e ao se abaixarem, prenderem o gancho na corda e depois endireitarem o corpo, podiam puxar as cordas trançadas para trás, mas as bestas que Thomas trouxera de

Lannion usavam uma alavanca, com a forma da pata traseira de uma cabra, que forçava a corda e curvava a haste da seta, um objeto feito de camadas de chifre, madeira e cola. Talvez a alavanca fosse a maneira mais rápida de engatilhar a arma, embora não oferecesse a força de um arco engatilhado com parafuso e ainda fosse lenta em comparação com uma haste de teixo. Na verdade, não havia nada que se comparasse com o arco inglês, e os homens de Skeat envolviam-se numa discussão interminável do motivo pelo qual o inimigo não adotava aquela arma.

— Porque eles são burros — foi o curto julgamento de Sam, embora a verdade, como Thomas sabia, era que outras nações simplesmente não iniciavam seus filhos bem cedo na vida. Ser um arqueiro significava começar quando garoto, depois treinar e treinar até que o peito se alargasse, os músculos dos braços ficassem enormes e a flecha parecesse voar sem que o arqueiro se preocupasse nem um pouco com a mira.

Jake disparou a segunda seta no carvalho e soltou palavrões terríveis quando ela errou o alvo. Ele olhou para a seta.

— Merda — disse ele. — A que distância nós vamos ficar?

— O mais perto que pudermos — disse Thomas.

Jake fungou.

— Se eu puder meter a porcaria da seta na barriga do bastardo, não deverei errar.

— Dez, treze metros devem servir — calculou Sam.

— Mirem na virilha dele — encorajou-os Thomas — e a gente destripa ele.

— Vai sair tudo bem — disse Jake. — Nós três? Um de nós tem que prender o bastardo no espeto.

— Nas sombras, rapazes — disse Thomas, fazendo um gesto para que eles se metessem ainda mais no bosque. Ele tinha visto Jeanette vindo da porta onde os guardas haviam inspecionado o passe dela e feito sinal para que ela seguisse em frente. Ela estava sentada de lado num cavalo pequeno que Will Skeat lhe emprestara e era acompanhada por dois criados de cabelos grisalhos, um homem e uma mulher, que tinham envelhecido trabalhando para o pai dela e agora caminhavam ao lado do cavalo da patroa. Se Jeanette tivesse realmente planejado seguir para Louannec, uma escolta fraca e idosa como aquela teria sido um convite a problemas, mas problema, é claro, era o que ela pretendia, e assim que alcançou o bosque o problema surgiu quando Sir Simon Jekyll saiu da sombra do arco, cavalgando com dois outros homens.

— E se aqueles dois bastardos ficarem perto dele? — perguntou Sam.

— Não vão ficar — disse Thomas. Ele tinha certeza disso, tal como Jeanette e ele tinham estado certos de que Sir Simon iria segui-la e de que ele estaria usando a dispendiosa armadura que roubara dela.

— Ela é uma mulher valente — grunhiu Jake.

— Ela tem alma — disse Thomas —, sabe odiar alguém.

Jake testou a questão central.

— Você e ela? — perguntou ele a Thomas. — Vocês estão mandando brasa?

— Não.

— Mas você gostaria. Eu gostaria.

— Eu não sei — disse Thomas. Ele achava Jeanette bonita, mas Skeat estava certo, havia uma dureza nela que o repelia. — Eu acho que sim — admitiu ele.

— Claro que gostaria — disse Jake. — Você seria um maluco se não gostasse.

Logo que Jeanette entrou no bosque, Thomas e seus companheiros seguiram atrás dela, mantendo-se escondidos e sempre cientes de que Sir Simon e seus dois capangas se aproximavam com rapidez. Os três cavaleiros trotaram assim que chegaram ao bosque e conseguiram alcançar Jeanette num lugar que era quase perfeito para a emboscada de Thomas. A estrada seguia a poucos metros de uma clareira, onde um córrego que serpenteava minara as raízes de um salgueiro. O tronco caído estava podre e coberto por uma camada grossa de fungos semelhantes a discos. Jeanette, fingindo dar passagem para os três cavaleiros de armadura, voltou-se para a clareira e esperou ao lado da árvore morta. O melhor de tudo é que havia um grupo de amieiros jovens perto do tronco do salgueiro que oferecia proteção para Thomas.

Sir Simon saiu da estrada, abaixou-se sob os galhos e deteve seu cavalo perto de Jeanette. Um de seus acompanhantes era Henry Colley, o brutal homem de cabelos amarelos que tanto agredira Thomas, enquanto o outro era o escudeiro desbocado de Sir Simon, que sorria na expectativa da diversão que estava por vir. Sir Simon tirou o elmo bicudo e pendurou-o na maçaneta da sela, e depois sorriu, triunfante.

— Madame, não é seguro viajar sem uma escolta armada — disse ele.

— Eu estou perfeitamente segura — declarou Jeanette. Os dois criados encolheram-se ao lado de seu cavalo quando Colley e o escudeiro cercaram Jeanette com seus cavalos.

Sir Simon desmontou com um tilintar de armadura.

— Eu tinha a esperança, minha cara senhora — disse ele, aproximando-se dela —, de que nós pudéssemos conversar a caminho de Louannec.

— O senhor quer rezar para São Yves? — perguntou Jeanette. — O que vai pedir a ele? Que ele lhe conceda cortesia?

— Eu iria apenas conversar com a senhora, madame — disse Sir Simon.

— Conversar sobre o quê?

— Sobre a reclamação que a senhora apresentou ao conde de Northampton. A senhora manchou a minha honra.

— Sua honra? — Jeanette riu. — Que honra o senhor tem que possa ser manchada? O senhor ao menos sabe o significado da palavra?

Thomas, escondido atrás do grupo irregular de amieiros, sussurrava uma tradução para Jake e Sam. Todas as três bestas estavam engatilhadas e tinham suas perversas setas apoiadas nas calhas.

— Se a senhora não quer conversar comigo enquanto segue pela estrada, madame, nós teremos que ter a conversa aqui — declarou Sir Simon.

— Eu não tenho nada a lhe dizer.

— Neste caso, a senhora achará bem fácil ouvir — disse ele, e estendeu os braços para tirá-la da sela.

Ela bateu nas manoplas de aço, mas nenhuma resistência de sua parte pôde evitar que ele a puxasse para o chão. Os dois criados gritaram protestos, mas Colley e o escudeiro os calaram agarrando-lhes os cabelos e puxando-os para fora da clareira a fim de deixarem Jeanette e Sir Simon a sós.

Jeanette arrastou-se para trás e agora estava em pé do lado da árvore caída. Thomas havia levantado sua besta, mas Jake empurrou-a para baixo, porque a escolta de Sir Simon ainda estava perto demais.

Sir Simon empurrou Jeanette com força, e por isso ela sentou-se no tronco que apodrecia, e depois tirou uma adaga comprida do cinto de espada e enfiou a lâmina estreita com força nas saias de Jeanette, prendendo-a no salgueiro tombado. Ele martelou o cabo da adaga com o pé calçado de aço para certificar-se de que ela penetrara fundo no tronco. Colley e o escudeiro tinham desaparecido, àquela altura, e o ruído das patas dos cavalos sumiram por entre a folhagem.

Sir Simon sorriu, e deu um passo à frente, tirando a capa dos ombros de Jeanette.

— Na primeira vez em que eu a vi, senhora — disse ele —, confesso que pensei em casamento. Mas a senhora tem sido perversa, e por isso mudei de idéia.

Ele colocou as mãos no decote do corpete dela e rasgou-o, arrancando os laços de seus ilhoses bordados. Jeanette gritou enquanto tentava cobrir-se, e uma vez mais Jake manteve o braço de Thomas abaixado.

— Espere até ele tirar a armadura — sussurrou Jake. Eles sabiam que as setas podiam furar cotas de malha, mas nenhum dos três sabia até que ponto a armadura se mostraria resistente.

Sir Simon afastou as mãos de Jeanette com um tapa.

— Pronto, madame — disse ele, olhando para os seios dela —, agora podemos conversar.

Sir Simon deu um passo para trás e começou a tirar a armadura. Tirou primeiro as manoplas blindadas, desafivelou o cinto da espada, e depois ergueu sobre a cabeça as partes que cobriam os ombros, com os forros de couro. Embaraçou-se com as fivelas laterais das placas do peito e das costas que estavam presas a um casaco de couro que também sustentava as partes que protegiam o braço e o antebraço. A cota possuía uma saia de correntes que, devido ao peso da placa e da cota de anéis, fez com que Sir Simon tivesse de fazer um esforço muito grande para arrastá-la por cima da cabeça. Ele cambaleou enquanto puxava a armadura pesada e Thomas tornou a erguer a besta, mas Sir Simon estava dando passos para trás e para a frente enquanto tentava se firmar, e Thomas não tinha segurança quanto à mira e, por isso, mantinha o dedo fora do gatilho.

O casaco carregado de placas de aço caiu ao chão com um barulho surdo, deixando Sir Simon descabelado e de peito nu, e Thomas, uma vez mais, levou ao ombro a besta, mas agora Sir Simon sentou-se para despir os coxotes, as grevas, as polainas e as botas, e estava sentado de tal maneira que as pernas protegidas pela armadura ficaram na direção da emboscada e o tempo todo atrapalhavam a mira de Thomas. Jeanette lutava com a faca, alucinada de medo pelo fato de Thomas não ter ficado perto, mas por mais que ela puxasse a adaga não se mexia.

Sir Simon tirou os escarpes que cobriam-lhe os pés, e se sacudiu para tirar os calções de couro aos quais eram presas as placas protetoras das pernas.

— Agora, madame — disse ele, em pé, alvamente nu —, podemos ter uma boa conversa.

Jeanette deu um último puxão na adaga, na esperança de mergulhá-la na pálida barriga de Sir Simon, e naquele exato momento Thomas puxou o gatilho.

A seta raspou o peito de Sir Simon. Thomas mirara na virilha do cavaleiro, esperando que a flecha curta penetrasse fundo na barriga dele, mas a seta roçara em um dos galhos de amieiro, que pareciam um chicote, e fora desviada. Sangue riscou a pele de Sir Simon e ele caiu ao chão tão depressa que a seta de Jake zuniu por sobre a sua cabeça. Sir Simon afastou-se cambaleando, indo primeiro para a armadura que tirara. Depois percebeu que não tinha tempo de salvar a armadura, e por isso correu para o cavalo, e foi então que a seta de Sam acertou-o na coxa direita e ele soltou um grito, ficou meio caído e chegou à conclusão de que também não havia tempo de salvar o cavalo, limitando-se penetrar no bosque mancando, nu e sangrando. Thomas disparou uma segunda seta que passou por

Sir Simon para chocar-se com uma árvore, penetrando-a, e então o homem nu desapareceu. Thomas soltou um palavrão. Tinha a intenção de matar, mas Sir Simon estava bem vivo.

— Eu pensei que você não estivesse aqui! — disse Jeanette quando Thomas apareceu. Ela apertava a roupa rasgada contra os seios.

— Nós erramos o bastardo — disse Thomas, com raiva. Ele puxou a faca que prendia as saias dela, enquanto Jake e Sam jogavam a armadura em dois sacos. Thomas jogou a besta ao chão e tirou seu arco preto do ombro. O que ele devia fazer agora, pensou, era perseguir Sir Simon por entre as árvores e matar o bastardo. Poderia tirar a flecha de penas brancas e colocar uma seta de besta no ferimento, para que quem quer que o encontrasse pensasse que bandidos ou o inimigo tinham matado o cavaleiro.

— Revistem as bolsas da sela do bastardo — disse ele a Jake e Sam. Jeanette amarrara a capa em torno do pescoço, e seus olhos arregalaram quando ela viu o ouro escorrer das bolsas. — Você vai ficar aqui com Jake e Sam — disse Thomas a ela.

— Aonde você vai? — perguntou ela.

— Acabar o serviço — disse Thomas, sério. Ele afrouxou os laços do seu saco de flechas e jogou uma seta entre as flechas mais compridas. — Esperem aqui — disse ele a Jake e Sam.

— Eu vou te ajudar — disse Sam.

— Não — insistiu Thomas —, espere aqui e tome conta da condessa.

Ele estava com raiva de si mesmo. Devia ter usado o seu arco desde o início e simplesmente retirado a flecha delatora e disparado uma seta no cadáver de Sir Simon, mas fora um desastrado na execução da emboscada. Mas pelo menos Sir Simon tinha fugido para o oeste, para longe de seus dois soldados, e estava nu, sangrando e desarmado. Presa fácil, disse Thomas a si mesmo enquanto seguia as gotas de sangue por entre as árvores. A trilha seguia para o oeste e depois, quando o sangue diminuía, para o sul. Era evidente que Sir Simon estava seguindo um caminho de volta para seus companheiros e Thomas pôs a cautela de lado e correu, na esperança de cortar o avanço do fugitivo. Então, rompendo por entre algumas aveleiras, ele viu Sir Simon, mancando e curvado. Thomas puxou o arco para trás, e naquele exato momento Colley e o escudeiro apareceram, ambos com espadas desembainhadas e ambos esporeando os cavalos em direção a Thomas. Este alterou a mira para o que estava mais perto e soltou sem pensar. Soltou como um bom arqueiro deveria soltar, e a flecha saiu na mira e rápida, penetrando no peito do escudeiro coberto com a cota de malha, que foi atirado para trás em sua sela. A espada caiu ao chão quando o cavalo deu uma guinada para a esquerda, ficando na frente de Sir Simon.

Colley puxou as rédeas do seu cavalo e estendeu o braço para Sir Simon, que agarrou-se à sua mão estendida e depois correu e foi meio levado para dentro do bosque. Thomas havia tirado uma segunda flecha da sacola, mas quando a soltou os dois homens estavam meio escondidos pelas árvores e a flecha raspou num galho, perdendo-se por entre as folhas.

Thomas soltou um palavrão. Colley tinha olhado firme para Thomas por um instante. Sir Simon também o tinha visto e Thomas, uma terceira flecha na corda, limitou-se a olhar fixo para as árvores, enquanto percebia que tudo desmoronara. Num instante. Tudo.

Voltou correndo para a clareira perto do riacho.

— Vocês vão levar a condessa para a cidade — disse ele a Jake e Sam —, mas pelo amor de Deus vão com cuidado. Dentro em pouco eles estarão à nossa procura. Vocês vão ter que voltar às escondidas.

Os dois olharam fixos para ele, sem compreender, e Thomas contou o que acontecera. Que ele tinha matado o escudeiro de Sir Simon e que isso fizera dele um assassino e um fugitivo. Ele tinha sido visto por Sir Simon e pelo homem de cabelos amarelos, Colley, e os dois seriam testemunhas em seu julgamento e celebrantes de sua execução.

Ele contou a mesma coisa a Jeanette, em francês.

— Pode confiar no Jake e no Sam — disse ele a ela —, mas vocês não podem ser apanhados voltando para casa. Vocês têm que ter cuidado!

Jake e Sam argumentaram, mas Thomas sabia muito bem quais eram as conseqüências da flecha mortal.

— Contem a Will o que aconteceu — disse a eles. — Ponham a culpa de tudo em mim e digam que eu vou esperar por ele em Quatre Vents.

— Era uma aldeia que os *hellequins* tinham arrasado ao sul de La Roche-Derrien. — Digam a ele que eu gostaria de um conselho dele.

Jeanette tentou persuadi-lo de que o pânico em que ele se encontrava era desnecessário.

— Talvez eles não o tenham reconhecido — sugeriu ela.

— Eles me reconheceram, senhora — disse Thomas, sério. Ele teve um sorriso triste. — Sinto muito, mas pelo menos a senhora está com a sua armadura e sua espada. Esconda-as bem.

Ele montou na sela de Sir Simon.

— Quatre Vents — disse ele a Jake e a Sam, e esporeou o cavalo no sentido sul, por entre as árvores.

Ele era um assassino, um homem procurado e um fugitivo, e isso significava que era a presa de qualquer pessoa, sozinho na região desolada criada pelo *hellequin*. Não fazia idéia alguma do que devia fazer ou para onde podia ir, só que, se quisesse sobreviver, deveria cavalgar como o cavaleiro do diabo que era.

E cavalgou.

Q UATRE VENTS tinha sido uma aldeia pequena, pouquíssimo maior do que Hookton, com uma igreja sombria que parecia um celeiro, um aglomerado de choupanas onde vacas e pessoas tinham compartilhado os mesmos telhados de sapé, um moinho de água, e algumas fazendas curvando-se servilmente em vales protegidos. Agora só restavam as paredes de pedra da igreja e do moinho; o resto era apenas cinza, poeira e ervas daninhas. As flores brotavam dos pomares abandonados quando Thomas chegou num cavalo que estava branco de suor pela longa viagem que fizera. Ele soltou o garanhão para pastar num local bem protegido por cercas vivas e com capim acima do normal, e depois meteu-se no bosque acima da igreja. Estava abalado, nervoso e amedrontado, porque aquilo que parecera um jogo transformara sua vida e a lançara na escuridão. Até poucas horas atrás ele era um arqueiro do exército da Inglaterra e, embora seu futuro pudesse não ter atraído os rapazes com os quais ele provocara arruaças em Oxford, Thomas tinha certeza de que pelo menos iria subir tanto quanto Will Skeat. Ele se imaginara chefiando um bando de soldados, enriquecendo, seguindo com seu arco preto para a fortuna e até mesmo algum título, mas agora era um homem caçado. Seu pânico era tamanho que ele começou a duvidar da reação de Will Skeat, temendo que ele fosse prender Thomas e levá-lo de volta para terminar seus dias dançando pendurado numa corda na praça do mercado de La Roche-Derrien. Ele se preocupava com a possibilidade de Jeanette ter sido apanhada voltando para a cidade. Será que também iriam acusá-la de assassinato? Ele tremia quando a noite chegou. Tinha 22 anos de idade, fracassara por completo, estava sozinho e perdido.

Acordou num amanhecer frio e garoento. Lebres corriam pelo pasto no qual o cavalo de combate de Sir Simon aparava a grama. Thomas abriu a bolsa que mantinha sob a sua cota de malha e contou as moedas. Havia o ouro da bolsa da sela de Sir Simon e as poucas moedas que lhe pertenciam, de modo que ele não estava pobre mas, como a maioria dos *hellequins*, ele deixava o grosso do dinheiro sob a guarda de Will Skeat; até mesmo quando eles estavam fora, fazendo uma incursão de surpresa, sempre ficavam alguns homens em La Roche-Derrien para ficar de olho no mealheiro. O que devia ele fazer? Tinha um arco e algumas flechas, e talvez pudesse ir a pé até a Gasconha, embora não fizesse idéia da distância, mas pelo menos sabia que lá havia guarnições inglesas que sem dúvida alguma receberiam de bom grado mais um arqueiro experiente. Ou talvez pudesse achar um jeito de atravessar o Canal. Ir para casa, mudar de nome, recomeçar — só que ele não tinha casa. O que nunca deveria fazer era ficar a uma distância de Sir Simon Jekyll que estivesse ao alcance de uma corda de forca.

Os *hellequins* chegaram pouco depois do meio-dia. Os arqueiros foram os primeiros a entrar na aldeia, seguidos pelos soldados, que escoltavam uma carroça puxada por um só cavalo com arcos de madeira sustentando uma coberta de tecido marrom, cujas pontas se agitavam. O padre Hobbe e Will Skeat cavalgavam ao lado da carroça, o que deixou Thomas intrigado, porque ele nunca soubera que os *hellequins* tivessem usado um veículo daquele antes. Mas então Skeat e o padre afastaram-se dos soldados e esporearam seus cavalos em direção ao campo em que o garanhão pastava.

Os dois homens pararam junto à cerca viva, e Skeat levou as mãos à boca e gritou em direção ao bosque:

— Saia daí, seu bastardo!

Thomas apareceu muito humildemente, para ser saudado com uma ovação sardônica por parte dos arqueiros. Skeat olhou para ele, carrancudo.

— Pelos ossos de Deus, Tom — disse ele —, o diabo fez um serviço ruim quando trepou com sua mãe.

O padre Hobbe fez um muxoxo diante da blasfêmia de Will e depois ergueu a mão numa bênção.

— Você perdeu uma bela visão, Tom — disse ele, animado. — Sir Simon voltando para La Roche, seminu e sangrando como um porco espetado. Vou ouvir sua confissão antes de partirmos.

— Não sorria, seu bastardo estúpido — vociferou Skeat. — Meu Deus, Tom, quando fizer um serviço, faça-o direito. Direito! Por que deixou o bastardo vivo?

— Eu errei o alvo.

— E aí, em vez de matá-lo, você mata um pobre de um bastardo escudeiro. Meu Deus, você é um idiota completo!

— Imagino que eles queiram me enforcar — disse Thomas.

— Ah, não — disse Skeat numa surpresa fingida —, claro que não! Eles querem homenageá-lo, pendurar guirlandas no seu pescoço e lhe dar uma dúzia de virgens para aquecer a sua cama. O que diabos você pensa que eles querem fazer com você? Claro que o querem morto, e eu jurei pela vida da minha mãe que levaria você de volta, se o achasse vivo. O senhor acha que ele parece estar vivo, padre?

O padre Hobbe examinou Thomas.

— Para mim, ele parece bem morto, mestre Skeat.

— Pois o bastardo bem que merece estar morto.

— A condessa chegou em casa sã e salva? — perguntou Thomas.

— Ela chegou em casa, se é a isso que você se refere — disse Skeat —, mas o que é que você acha que Sir Simon queria no momento em que cobriu o pau encolhido dele? Mandar revistar a casa dela, Tom, à procura de uma armadura e de uma espada que pertenciam legitimamente a ele. Ele não é tão tolo assim; ele sabe que você e ela estavam juntos. — Thomas soltou um palavrão e Skeat repetiu a sua blasfêmia. — Por isso, pressionaram os dois criados dela e eles admitiram que a condessa planejou tudo.

— Eles fizeram o quê? — perguntou Thomas.

— Eles os pressionaram — repetiu Skeat, o que significava que o velho casal tinha sido deitado no chão e pedras tinham sido empilhadas sobre os peitos. — A velha contou tudo aos gritos depois da primeira pedra, de modo que os dois praticamente não foram feridos — prosseguiu Skeat —, e agora Sir Simon quer acusar a condessa de assassinato. E naturalmente mandou revistar a casa dela à procura da espada e da armadura, mas não encontraram nada, porque eu tinha escondido as duas e a condesa bem longe, mas ela ainda está tão mergulhada na merda quanto você. Você não pode sair por aí espetando setas de bestas em cavaleiros e abatendo escudeiros, Tom! Isso perturba a ordem das coisas!

— Desculpe, Will — disse Thomas.

— Pois o resumo da história — disse Skeat — é que a condessa está procurando a proteção do tio do marido dela. — Ele agitou um dedo em direção à carroça. — Ela está ali, junto com a criança, dois criados com escoriações, uma armadura e uma espada.

— Meu Deus — disse Thomas, olhando fixo para a carroça.

— Foi você que a colocou ali — resmungou Skeat — e não Ele. E eu tive um trabalho dos diabos mantendo-a escondida de Sir Simon. Dick Totesham desconfia que eu estou aprontando alguma e ele não aprova, embora acabasse aceitando a minha palavra, mas ainda assim eu tive que prometer arrastar você de volta seguro pelo miserável do seu cangote. Mas eu não vi você, Tom.

— Eu lamento, Will — tornou a dizer Thomas.

— Você devia lamentar bastante — disse Skeat, embora demonstrasse uma tranqüila satisfação por ter desfeito com tanta eficiência a confusão causada por Thomas. Jake e Sam não tinham sido vistos por Sir Simon ou pelo soldado dele que sobrevivera, então estavam a salvo, Thomas era um fugitivo e Jeanette tinha sido levada às escondidas para fora de La Roche-Derrien antes que Sir Simon pudesse transformar a vida dela numa infelicidade extrema.

— Ela está indo para Guingamp — continuou Skeat — e eu estou mandando 12 homens para escoltá-la e só Deus sabe se o inimigo vai respeitar a bandeira de trégua. Se eu tivesse uma gota de senso, esfolaria você vivo e faria uma capa de arco com a sua pele.

— Sim, Will — disse Thomas, humilde.

— Não me venha com "sim, Will" — disse Skeat. — O que é que você vai fazer com os poucos dias que lhe restam para viver?

— Eu não sei.

Skeat fungou.

— Para início de conversa, você poderia amadurecer, embora talvez seja mínima a chance de que isso aconteça. Está bem, rapaz. — Ele se conteve, assumindo o controle. — Eu tirei o seu dinheiro do baú, e aqui está ele. — Entregou a Thomas uma bolsa de couro. — E coloquei três feixes de flechas na carroça da dona, e isso irá manter você por alguns dias. Se você tiver algum senso, o que você não tem, deve ir para o sul ou para o norte. Poderia ir para a Gasconha, mas é uma caminhada danada de longa. Flandres está mais perto e tem muitos soldados ingleses que provavelmente irão acolhê-lo se estiverem desesperados. Este é o meu conselho, rapaz. Vá para o norte e mantenha a esperança de que Sir Simon nunca vá a Flandres.

— Obrigado — disse Thomas.

— E como é que se vai a Flandres? — perguntou Skeat.

— A pé? — sugeriu Thomas.

— Pelo amor de Deus — disse Will —, você está uma imprestável carcaça comida pelos vermes. Caminhe vestido desse jeito e levando um arco, e seria como você mesmo cortar a sua garganta. Será mais rápido do que deixar que os franceses façam isso.

— Isto aqui poderá lhe ser útil — interveio o padre Hobbe, e ofereceu a Thomas uma trouxa de pano preto que, ao ser desenrolada, revelou-se uma batina de frade dominicano. — Você fala latim, Tom — disse o padre —, e por isso poderia passar por um pregador itinerante. Se alguém o interpelar, diga que está viajando de Avignon para Aachen.

Thomas agradeceu.

— Há muitos dominicanos que viajam com um arco? — perguntou ele.

— Rapaz — disse o padre Hobbe, com tristeza —, eu posso desabotoar o seu calção e apontar você na direção a favor do vento, mas nem com a ajuda do Bom Deus eu posso urinar por você.

— Em outras palavras — disse Skeat — resolva você mesmo o problema. Você se meteu nessa confusão danada, Tom, e trate de sair dela sozinho. Foi um prazer ter você como companheiro, rapaz. Da primeira vez em que o vi, achei que não serviria para nada, e você serviu, mas agora não serve mais. Mas que a sorte o proteja, rapaz. — Ele estendeu a mão e Thomas apertou-a. — Você também poderia ira para Guingamp com a condessa — encerrou Skeat — e depois encontrar o seu caminho, mas o padre Hobbe quer salvar a sua alma primeiro. Deus sabe por quê.

O padre Hobbe desmontou e levou Thomas para dentro da igreja destelhada, onde capim e ervas daninhas cresciam, agora, entre as lajes. Ele insistiu em ouvir uma confissão e Thomas sentia-se abjeto o bastante para parecer arrependido.

O padre Hobbe deu um suspiro quando a confissão terminou.

— Você matou um homem, Tom — disse ele, abatido —, e isso é um grande pecado.

— Padre... — começou Thomas.

— Não, não, Tom, nada de desculpas. A Igreja diz que matar em combate é um dever que um homem deve ao seu senhor, mas você matou ilegalmente. Aquele pobre escudeiro, que ofensa ele lhe fez? E ele tinha mãe, Tom; pense nela. Não, você cometeu um pecado grave, e eu tenho que lhe dar uma penitência grave.

Thomas, de joelhos, ergueu os olhos e viu um bútio deslizando entre as nuvens que se tornavam mais tênues, acima das paredes queimadas da igreja. E o padre Hobbe chegou mais perto de Thomas, sua figura pairando acima dele.

— Não vou querer você balbuciando Padre-nosso, Tom — disse o padre —, mas algo difícil. Algo muito difícil. — Ele encostou a mão nos cabelos de Thomas. — Sua penitência é cumprir a promessa que você fez a seu pai.

Ele fez uma pausa para ouvir a resposta de Thomas, mas o rapaz ficou calado.

— Está me ouvindo? — perguntou o padre Hobbe, ríspido.
— Estou, padre.
— Você vai encontrar a lança de São Jorge, Thomas, e devolvê-la à Inglaterra. Esta é a sua penitência. E agora — ele mudou para um latim execrável — em nome do Pai, do Filho e do Espírito Santo, eu te absolvo.
— E fez o sinal-da-cruz. — Não desperdice a sua vida, Tom.
— Eu acho que já desperdicei, padre.
— Você é jovem. A coisa parece assim, quando se é jovem. A vida nada mais é do que alegria ou infelicidade quando se é jovem. — Ajudou Thomas a se levantar. — Você não está pendurado numa forca, está? Você está vivo, Tom, e ainda existe uma certa vida em você. — Ele sorriu. — Eu tenho a sensação de que nós voltaremos a nos encontrar.

Thomas fez suas despedidas e depois ficou olhando enquanto Will Skeat recolhia o cavalo de Sir Simon Jekyll e liderava os *hellequins* para o leste, deixando a carroça coberta e sua pequena escolta na aldeia em ruínas.

O chefe da escolta chamava-se Hugh Boltby, um dos melhores soldados de Skeat, e calculava que era provável que eles encontrassem o inimigo no dia seguinte, em algum ponto próximo a Guingamp. Ele iria entregar a condessa e depois voltar para juntar-se a Skeat.

— E é melhor você não se vestir como um arqueiro, Tom — acrescentou ele.

Thomas caminhou ao lado da carroça, que era dirigida por Pierre, o velho que tinha sido pressionado por Sir Simon. Jeanette não convidou Thomas para dentro da carroça; na verdade, fingiu que ele não existia, embora na manhã seguinte, depois de terem acampado numa fazenda abandonada, ela tivesse soltado uma gargalhada ao vê-lo vestido com a batina de frade.

— Sinto muito pelo que aconteceu — disse Thomas.

Jeanette deu de ombros.

— É possível que tenha sido para o bem. Talvez eu devesse ter ido procurar o duque Charles no inverno passado.

— Por que não foi, senhora?

— Ele nem sempre foi delicado comigo — disse ela, pensativa —, mas eu acho que, a esta altura, isso pode ter mudado.

Ela convencera a si mesma de que a atitude do duque poderia ter se alterado devido às cartas que ela mandara, cartas que iriam ajudá-lo quando ele chefiasse suas tropas contra a guarnição em La Roche-Derrien. Ela também precisava acreditar que o duque iria recebê-la de bom grado, porque ela precisava desesperadamente de um lar seguro para o filho, Charles, que estava gostando da aventura de viajar numa carroça que balançava e rangia. Juntos, os dois iriam começar vida nova em Guingamp, e Jeanette acordara otimista com aquela nova vida. Fora obrigada a deixar La Roche-Derrien numa pressa desabalada, colocando na carroça apenas a armadura recuperada, a espada e algumas roupas, embora tivesse algum dinheiro que Thomas desconfiava que Will lhe dera, mas suas verdadeiras esperanças estavam no duque Charles que, disse ela a Thomas, sem dúvida iria arranjar-lhe uma casa e emprestar-lhe dinheiro como adiantamento nas rendas de Plabennec que faltavam.

— Com toda certeza, ele vai gostar do Charles, você não acha? — perguntou ela a Thomas.

— Estou certo que sim — disse Thomas, olhando para o filho de Jeanette, que sacudia as rédeas da carroça e estalava a língua em um vão esforço de fazer com que o cavalo andasse mais depressa.

— Mas o que é que você vai fazer? — perguntou Jeanette.

— Eu vou sobreviver — disse Thomas, sem querer admitir que não sabia o que iria fazer. Ir para Flandres, talvez, se pudesse chegar até lá. Unir-se a outra tropa de arqueiros e rezar todas as noites para que Sir Simon Jekyll nunca fosse para onde ele estava. Quanto à penitência, a lança, ele não fazia idéia de como iria encontrá-la ou, depois de encontrá-la, recuperá-la.

Jeanete, naquele segundo dia de viagem, chegou à conclusão de que, no final das contas, Thomas era um amigo.

— Quando chegarmos a Guingamp — disse ela a ele — encontre algum lugar para ficar e eu vou convencer o duque a lhe dar um passe. Mesmo um frade itinerante será ajudado por um passe fornecido pelo duque da Bretanha.

Mas nenhum frade portava um arco, muito menos um longo arco inglês de guerra, e Thomas não sabia o que fazer com a arma. Ele relutava em abandoná-la, mas a visão de algumas madeiras carbonizadas na grande casa da fazenda abandonada deu-lhe uma idéia. Ele destacou um pedaço de madeira enegrecida e amarrou-o na haste do arco no sentido cruzado, fazendo com que parecesse uma cruz usada por peregrinos como apoio. Thomas lembrou-se de um dominicano em visita a Hookton com uma cruz exatamente igual àquela. O frade, os cabelos cortados tão rente que parecia careca, fizera um inflamado sermão do lado de fora da igreja até que o pai de Thomas se cansara de sua linguagem bombástica e o mandara seguir viagem, e Thomas agora admitia que teria de se fazer passar por um homem igual àquele. Jeanette sugeriu que ele amarrasse flores à cruz para disfarçá-la ainda mais, e por isso ele envolveu-a com trevos que cresciam altos e imperfeitos nos campos abandonados.

A carroça, puxada por um cavalo ossudo que tinha sido roubado de Lannion, balançava e se arrastava para o sul. Os soldados ficaram ainda mais cautelosos à medida que se aproximavam de Guingamp, temendo uma emboscada de setas de besta vindas dos bosques que chegavam perto da estrada deserta. Um dos homens tinha uma trompa de caça que ele tocava constantemente para avisar o inimigo da chegada deles e para assinalar que eles vinham em paz, enquanto Boltby trazia um pedaço de pano branco pendurado na ponta de sua lança. Não houve emboscada, mas a poucos quilômetros de Guingamp eles chegaram a um vau onde um bando de soldados inimigos esperava. Dois soldados e 12 besteiros avançaram correndo, as armas engatilhadas, e Boltby chamou Thomas, que estava na carroça.

— Fale com eles — ordenou Boltby.

Thomas estava nervoso.

— O que é que eu digo?

— Dê a eles uma porcaria de bênção, pelo amor de Deus — disse Boltby, aborrecido — e diga que estamos aqui em paz.

E assim, com o coração batendo e a boca seca, Thomas caminhou pela estrada. A batina preta se agitava desajeitada em volta dos tornozelos enquanto ele agitava as mãos para os besteiros.

— Abaixem as armas — gritou ele em francês —, abaixem as armas. Os ingleses vêm em paz.

Um dos cavalarianos adiantou-se. Seu escudo levava o mesmo emblema de arminho branco que os homens do duque John portavam, embora aqueles partidários do duque Charles tivessem cercado o arminho com uma coroa azul, na qual tinham sido pintadas flores-de-lis.

— Quem é o senhor, padre? — perguntou o cavalariano.

Thomas abriu a boca para responder, mas nenhuma palavra saiu. Ele olhou boquiaberto para o cavaleiro, que tinha um bigode avermelhado e olhos estranhamente amarelos. Um bastardo de aparência vigorosa, pensou Thomas, e ergueu uma das mãos para tocar a pata de São Guinefort. Talvez o santo o inspirasse, porque de repente ele se viu possuído de diabruras e começou a gostar de fazer o papel de padre.

— Eu sou apenas um dos servos mais humildes de Deus, meu filho — respondeu, com fervor.

— O senhor é inglês? — perguntou o soldado, desconfiado. O francês de Thomas era quase perfeito, mas era o francês falado pelos governantes ingleses, e não a língua da França propriamente dita.

Thomas tornou a sentir o pânico agitando-se no peito, mas ganhou tempo fazendo o sinal-da-cruz, e enquanto sua mão se mexia, a inspiração chegou.

— Eu sou escocês, meu filho — disse ele, e aquilo atenuou as suspeitas do homem de olhos amarelos; os escoceses sempre tinham sido aliados da França. Thomas não sabia nada sobre a Escócia, mas duvidava que muitos franceses ou bretões soubessem, porque ela ficava muito longe e, sob todos os aspectos, era um lugar muitíssimo desprovido de atrativos. Skeat sempre dizia que era um país de pântanos, rochas e bastardos bárbaros que eram duas vez mais difíceis de matar do que qualquer francês.

— Sou escocês — repetiu Thomas — e trago uma parenta do duque para longe das mãos dos ingleses.

O soldado olhou para a carroça.

— Uma parenta do duque Charles?

— Existe outro duque? — perguntou Thomas, com inocência. — Ela é a condessa de Armórica — prosseguiu ele — e o filho dela, que está com ela, é sobrinho-neto do duque, e conde também. Os ingleses os mantiveram prisioneiros nos últimos seis meses, mas pelas boas graças de Deus apiedaram-se e a libertaram. O duque, pelo que sei, vai querer recebê-la.

Thomas grudou na classe e no parentesco de Jeanette com o duque como creme recém-desnatado, e o inimigo engoliu a história toda. Deixaram a carroça continuar viagem, e Thomas ficou observando Hugh Boltby liderar seus homens num trote rápido, ansioso por colocar a maior distância possível entre eles e os besteiros. O chefe dos soldados inimigos conversou com Jeanette e pareceu impressionado com a altivez dela. Ele disse que se sentiria honrado em escoltar a condessa até Guingamp, embora a avisasse de que o duque não estava lá, mas ainda estava voltando de Paris. Dizia-se que naquele momento ele estava em Rennes, cidade que ficava a um longo dia de viagem para o leste.

— Você me leva até Rennes? — perguntou Jeanette a Thomas.

— A senhora quer que eu a leve?

— Um jovem é útil — disse ela. — Pierre está velho — ela fez um gesto em direção ao criado — e perdeu as forças. Além do mais, se você for para Flandres, vai precisar atravessar o rio em Rennes.

E assim Thomas fez companhia a ela durante os três dias necessários para que a carroça dolorosamente lenta fizesse a viagem. Eles não precisaram de escolta depois de Guingamp, porque era pequeno o perigo de que assaltantes ingleses chegassem tão longe assim a leste da Bretanha, e a estrada estava bem patrulhada pelas forças do duque. O terreno era estranho para Thomas, porque ele se acostumara com campos férteis, pomares sem tratamento e aldeias desertas, mas ali as fazendas estavam movimentadas e eram prósperas. As igrejas eram maiores e tinham vitrais, e um número cada vez menor de gente do povo falava bretão. Aquilo ainda era a Bretanha, mas a língua era o francês.

Eles ficavam em tabernas no interior, que tinham pulgas na palha. Jeanette e seu filho receberam o que era considerado o melhor quarto, enquanto Thomas compartilhava os estábulos com os dois criados.

Encontraram dois padres no caminho, mas nenhum deles desconfiou de que Thomas fosse um impostor. Ele os saudou em latim, que ele falava melhor do que eles, e ambos lhe desejaram um bom dia e fizeram um fervoroso voto de que Deus o acompanhasse. Thomas quase sentiu o alívio deles quando não prolongou a conversa. Os dominicanos não eram populares junto aos padres das paróquias. Os frades também eram padres, mas eram encarregados da supressão da heresia, de modo que uma visita de dominicanos dava a entender que um padre de paróquia não estivesse cumprindo com o seu dever, e até mesmo um frade jovem, inexperiente e agitado como Thomas não era bem-vindo.

Eles chegaram a Rennes à tarde. Havia nuvens escuras a leste, contra as quais a cidade erguia-se maior do que qualquer lugar que Thomas já vira. Os muros tinham o dobro da altura dos de Lannion ou La Roche-Derrien, e tinham torres com tetos pontudos de poucos em poucos metros, para servirem de botaréus, de onde os besteiros podiam despejar setas sobre qualquer força atacante. Acima dos muros, mais alto, até, do que as torres de igrejas ou da catedral, ficava a cidadela, uma fortaleza de pedra pálida cheia de estandartes pendurados. O cheiro da cidade era levado para oeste por um vento frio, um fedor de esgoto, curtumes e fumaça.

Os guardas da porta oeste ficaram agitados quando descobriram as flechas na carroça, mas Jeanette convenceu-os de que eram troféus que ela estava levando para o duque. Depois, quiseram cobrar uma taxa alfandegária sobre a bela armadura e Jeanette voltou a arengar com eles, usando o seu título e o nome do duque com liberalidade. Os soldados acabaram cedendo e deixaram a carroça entrar nas ruas estreitas em que as mercadorias das lojas avançavam sobre o pavimento. Mendigos corriam ao lado da carroça e soldados empurravam Thomas, que conduzia o cavalo. A cidade estava lotada de soldados. A maioria dos soldados usava a insígnia do arminho branco com coroa, mas muitos levavam o Graal verde de Gênova nas túnicas, e a presença de tantos soldados confirmava que o duque estava, mesmo, na cidade e se preparando para a campanha que iria expulsar os ingleses da Bretanha.

Eles encontraram uma taberna embaixo das enormes torres gêmeas da catedral. Jeanette queria preparar-se para a audiência com o duque e pediu um quarto privado, embora tudo o que conseguisse em troca do dinheiro que deu fosse um espaço cheio de aranhas sob o beiral do telhado da taberna. O estalajadeiro, um sujeito de aspecto doentio e com cacoete, sugeriu que Thomas ficaria mais satisfeito no mosteiro dominicano que ficava ao lado da igreja de St. Germain, ao norte da catedral, mas Thomas declarou que sua missão era ficar em meio aos pecadores, não aos santos, e por isso o estalajadeiro, de má vontade, disse que ele podia dormir na carroça de Jeanette que estava estacionada no pátio da estalagem.

— Mas nada de sermões, padre — acrescentou o homem —, nada de sermões. Já existe isso em quantidade suficiente, na cidade, sem estragar as Três Chaves.

A criada de Jeanette escovou os cabelos da patroa, depois enrolou-os e prendeu as tranças negras em chifres de carneiro que lhe cobriam as orelhas. Jeanette vestiu um vestido de veludo vermelho que escapara do saque de sua casa, com uma saia que caía da base dos seios ao chão, enquanto o corpete, intricadamente bordado com espigas de milho e margaridas, subia justo até o pescoço. As mangas eram cheias, adornadas com pele de raposa, e caíam até os sapatos vermelhos, que tinham fivelas de chifre. O chapéu combinava com o vestido e era adornado com a mesma pele e um véu de renda de um azul quase preto. Ela cuspiu no rosto do filho e tirou a sujeira, e depois levou-o para baixo, para o pátio da taberna.

— Você acha que o véu está certo? — perguntou ela a Thomas, ansiosa.

Thomas deu de ombros.

— Eu acho que está.

— Não, a cor! Ela combina com o vermelho?

Ele balançou a cabeça, disfarçando a perplexidade. Ele nunca a vira vestida com tanta elegância. Ela agora parecia uma condessa, enquanto o filho vestia uma bata limpa e estava com os cabelos molhados e alisados.

— Você vai conhecer o seu tio-avô! — disse Jeanette a Charles, lambendo um dedo e esfregando um pouco mais de sujeira da bochecha dele. — E ele é sobrinho do rei da França. O que significa que você é parente do rei! É, sim! Não é um menino de sorte?

Charles encolheu-se para fugir dos exageros de sua mãe, mas ela não percebeu, porque estava ocupada em instruir Pierre, seu criado, a enfiar a armadura e a espada num grande saco. Ela queria que o duque visse a armadura.

— Eu quero que ele saiba — disse ela a Thomas — que quando meu filho atingir a maioridade irá lutar em favor dele.

Pierre, que alegava ter setenta anos de idade, ergueu o saco e quase caiu ao chão com o peso. Thomas ofereceu-se para carregar o saco até a cidadela, mas Jeanette não admitiu uma coisa daquelas.

— Você pode passar por escocês entre a gente do povo, mas o séquito do duque terá homens que podem ter visitado aquele país. — Ela alisou pregas da saia de veludo vermelho. — Espere aqui — disse ela a Thomas — e eu mandarei Pierre de volta com um recado, talvez até mesmo algum dinheiro. Tenho certeza de que o duque será generoso. Vou pedir um passe para você. Que nome eu devo usar? Um nome escocês? Apenas Thomas, o frade? Assim que ele vir você — ela agora estava falando com o filho — ele vai abrir a bolsa, não vai? Claro que vai.

Pierre conseguiu erguer a armadura e levá-la ao ombro sem cair, e Jeanette pegou a mão do filho.

— Eu vou lhe mandar um recado — prometeu ela a Thomas.

— Deus a abençoe, minha jovem — disse Thomas —, e que o bendito São Guinefort zele por você.

Jeanette franziu o nariz diante da menção de São Guinefort que, segundo soubera por Thomas, na verdade era um cachorro.

— Vou confiar em São Renan — disse ela, em tom de reprovação, e com essas palavras, retirou-se. Pierre e sua mulher a seguiram, e Thomas esperou no pátio, dando bênçãos a rapazes da estrebaria, gatos vadios e criados de tabernas. Seja bem maluco, dissera seu pai certa vez, e eles o irão internar ou transformá-lo num santo.

A noite caiu, úmida e fria, com rajadas de vento suspirando nas torres da catedral e agitando o sapé do telhado da taberna. Thomas pensou na penitência que o padre Hobbe exigira.

Será que a lança era autêntica? Teria ela atravessado, mesmo, as escamas de um dragão, perfurado as costelas e rasgado um coração no qual corria um sangue frio? Thomas achava que ela era verdadeira. Seu pai acreditara nisso, e seu pai, embora pudesse ter sido um louco, nada tinha de tolo. E a lança parecera antiga, muitíssimo antiga. Thomas costumava rezar para São Jorge, mas já não o fazia mais, e aquilo o fez sentir-se culpado, e assim caiu de joelhos ao lado da carroça e pediu ao santo que o perdoasse por seus pecados, que o perdoasse pelo assassinato do escudeiro e por fazer-se passar por um frade. Eu não pretendo ser um mau sujeito, disse ele ao matador de dragões, mas é muito fácil esquecer o céu e os santos. E se o senhor quiser, rezou ele, eu encontrarei a lança, mas o senhor tem que me dizer o que fazer com ela. Será que ele deveria devolvê-la a Hookton que, até onde Thomas sabia, já não existia? Ou será que deveria devolvê-la a quem quer que a tivesse possuído antes que seu avô a roubasse? E quem era o seu avô? E por que seu pai se escondera da família? E por que a família tinha ido atrás dele para pegar a lança de volta? Thomas não sabia e, nos últimos três anos, não se importara, mas de repente, no pátio da taberna, viu-se consumido pela curiosidade. Ele tinha uma família em algum lugar. Seu avô fora soldado e ladrão, mas quem era ele? Thomas acrescentou uma oração a São Jorge, para que lhe permitisse descobri-los.

— Rezando para que chova, padre? — sugeriu um dos rapazes de estrebaria. — Eu acho que vamos ter chuva. Nós precisamos dela.

Thomas poderia ter comido na taberna, mas ficou subitamente nervoso com o salão cheio em que os soldados do duque e suas mulheres cantavam, contavam vantagens e brigavam. Tampouco podia enfrentar as suspeitas ardilosas do proprietário. O homem estava curioso por saber por que Thomas não ia para o mosteiro, e ainda mais curioso por saber por que um frade iria viajar com uma mulher bonita.

— Ela é minha prima — dissera Thomas ao homem, que fingira acreditar na mentira, mas Thomas não queria enfrentar mais perguntas e, por isso, ficou no pátio e fez uma refeição pobre com o pão seco, cebolas rançosas e queijo duro, que eram os únicos alimentos que restavam na carroça.

Começou a chover e ele se retirou para dentro da carroça e ficou ouvindo os pingos baterem na coberta de lona. Pensou em Jeanette e seu filhinho sendo alimentados com iguarias açucaradas servidas em pratos de prata antes de dormirem entre lençóis de linho limpos em algum quarto com tapeçarias penduradas nas paredes, e então começou a sentir pena de si mesmo. Ele era um fugitivo, Jeanette era sua única aliada e ela era muito nobre e poderosa para ele.

Sinos anunciaram o fechamento das portas da cidade. Vigias caminhavam pelas ruas, à procura de fogueiras que podiam destruir uma cidade em poucas horas. Sentinelas tremiam de frio em cima dos muros e os estandartes do duque Charles pendiam do topo da cidadela. Thomas estava entre seus inimigos, protegido por nada mais do que pela inteligência e por uma batina de dominicano. E estava sozinho.

Jeanette foi ficando cada vez mais nervosa à medida que se aproximava da cidadela, mas ela se convencera de que Charles de Blois iria aceitá-la como dependente assim que conhecesse seu filho, que recebera o nome em homenagem a ele, e o marido de Jeanette sempre dissera que o duque iria gostar de Jeanette se ao menos pudesse conhecê-la melhor. Era verdade que o duque tinha sido frio no passado, mas as cartas dela deviam tê-lo convencido de sua fidelidade e, quando nada, ela estava certa de que ele teria o cavalheirismo de cuidar de uma mulher em apuros.

Para sua surpresa, foi mais fácil entrar na cidadela do que tinha sido passar pela porta da cidade. As sentinelas acenaram para que ela passasse pela ponte levadiça, embaixo do arco e, assim, entrasse num grande pátio cercado de estábulos, cavalariças e armazéns. Vinte soldados treinavam com suas espadas que, na penumbra do final da tarde, geravam faíscas brilhantes. Mais faíscas saíam de uma ferraria, onde um cavalo estava sendo ferrado, e Jeanette sentiu o cheiro de pata queimando misturado ao fedor de um monte de esterco e o fedor de um corpo em decomposição, que se achava pendurado com correntes no alto do muro do pátio. Um cartaz lacônico e com erro ortográfico declarava que o homem tinha sido um ladrão.

Um camareiro guiou-a por um segundo arco e, com isso, para dentro de uma grande câmara fria, onde uns vinte peticionários aguardavam para falar com o duque. Um funcionário anotou o nome dela, erguendo uma sobrancelha em silenciosa surpresa quando ela se anunciou.

— Sua graça será informado de sua presença — disse o homem com um tom de enfado na voz, e depois liberou Jeanette para um banco de pedra que corria ao longo de uma das paredes altas do salão.

Pierre arriou a armadura no chão e agachou-se ao lado dela enquanto Jeanette ficava sentada. Alguns dos peticionários andavam de um lado para o outro, segurando pergaminhos e formando com a boca, em silêncio, as palavras que iriam usar quando falassem com o duque, enquanto outros reclamavam com os criados que já estavam esperando há três, quatro ou mesmo cinco dias. Quanto tempo mais iria demorar? Um cachorro ergueu a pata contra um pilar, e depois dois meninos, de seis ou sete anos de idade, entraram correndo no salão com espadas de madeira, de brinquedo. Olharam para os peticionários por um instante, e depois subiram correndo uma escada vigiada por soldados. Seriam os filhos do duque?, perguntou-se Jeanette, e imaginou Charles fazendo amizade com os meninos.

— Você vai ser feliz aqui — disse ela a ele.

— Eu estou com fome, mamãe.

— Daqui a pouco nós vamos comer.

Ela esperou. Pela galeria no topo da escada e usando vestidos claros feitos de linho caro, passaram duas mulheres que pareciam flutuar enquanto andavam, e de repente Jeanette sentiu-se maltrapilha no seu amassado veludo vermelho.

— Você tem que ser delicado com o duque — disse ela a Charles, que estava ficando agitado de fome. — Você se ajoelha para ele. Sabe fazer isso? Me mostre como é que você se ajoelha.

— Eu quero ir para casa — disse Charles.

— Só para a mamãe, mostre como você se ajoelha. Isso!

A título de elogio, Jeanette agitou os cabelos do filho e depois, imediatamente, tentou recolocá-los no lugar. Do andar de cima veio o som de uma doce harpa e de uma flauta sussurrante, e Jeanette pensou, ansiosa, na vida que desejava. Uma vida à altura de uma condessa, cercada de música e homens bonitos, elegância e poder. Ela reconstruiria Plabennec, apesar de não saber com o quê, mas aumentaria o tamanho da torre e teria uma escada como a daquele salão. Uma hora se passou, e depois outra. Já estava escuro, e o salão era fracamente iluminado por dois archotes que mandavam fumaça para o ornato do teto alto que funcionava como ventilador. Charles ia ficando cada vez mais petulante, e Jeanette pegou-o no colo, e tentou balançá-lo para dormir. Dois padres, de braços dados, desceram lentamente as escadas, rindo, e depois um criado usando a libré do duque desceu correndo e todos os peticionários empertigaram-se e olharam para o homem, esperançosos. Ele atravessou o salão até a mesa do escrevente, falou por um instante, e depois voltou-se e fez uma mesura para Jeanette.

Ela ficou de pé.

— Vocês esperem aqui — disse ela aos dois criados.

Os outros peticionários olharam para ela, ressentidos. Ela fora a última a entrar no salão, e no entanto era a primeira a ser chamada. Charles arrastou os pés e Jeanette deu-lhe um tapinha na cabeça para lembrá-lo do comportamento. O criado caminhou em silêncio ao lado dela.

— Sua alteza está bem de saúde? — perguntou Jeanette, nervosa.

O criado não respondeu, mas apenas conduziu-a escada acima, depois virou à direita, seguindo pela galeria onde a chuva penetrava por janelas abertas. Eles passaram sob um arco e subiram mais um lance de escada, em cujo topo o criado abriu uma porta alta.

— O conde de Armórica — anunciou ele — e sua mãe.

O aposento se achava, evidentemente, em uma das pequenas torres da cidadela, porque era circular. Uma grande lareira estava embutida em um dos lados, enquanto frestas em formato de cruz abriam-se para a cinzenta escuridão úmida do outro lado dos muros. O aposento circular estava brilhantemente iluminado por quarenta ou cinqüenta velas que lançavam sua luz sobre tapeçarias penduradas, uma grande mesa polida, uma cadeira, um genuflexório esculpido com cenas da paixão de Cristo e um sofá coberto de peles. O piso era macio devido às peles de veado. Dois escreventes trabalhavam a uma mesa menor, enquanto o duque, deslumbrante num robe azul escuro ornado de arminho e com um gorro no mesmo padrão, sentava-se à mesa grande. Um padre de meia-idade, magro, de cabelos brancos e rosto fino, estava de pé ao lado do genuflexório e observava Jeanette com uma expressão de desagrado.

Jeanette fez uma mesura para o duque e cutucou Charles.

— Ajoelhe — sussurrou ela.

Charles começou a chorar e escondeu o rosto nas saias da mãe.

O duque se encolheu diante do barulho feito pela criança, mas não disse nada. Ele ainda era jovem, embora estivesse mais próximo dos trinta do que dos vinte, e tinha um rosto pálido, alerta. Era magro, tinha barba e bigode claros, e longas e ossudas mãos que estavam entrelaçadas diante de sua boca voltada para baixo. Sua reputação era de um homem culto e piedoso, mas havia uma petulância em sua expressão que deixou Jeanette atenta. Ela gostaria que ele falasse, mas todos os quatro homens que se achavam no aposento limitavam-se a observá-la em silêncio.

— Eu tenho a honra de apresentar o sobrinho-neto de vossa alteza — disse Jeanette, empurrando para a frente o filho que chorava —, o conde de Armórica.

O duque olhou para o menino. Sua fisionomia nada revelou.

— Ele se chama Charles — disse Jeanette, mas se tivesse ficado calada teria dado no mesmo, porque o duque continuou sem dizer palavra. O silêncio era quebrado apenas pelo choramingar da criança e pelo estalar das chamas na grande lareira. — Eu espero que vossa alteza tenha recebido minhas cartas — disse Jeanette, nervosa.

O padre falou de repente, fazendo Jeanette dar um pulo de surpresa.

— A senhora chegou aqui — disse ele, num tom agudo de voz — com um criado carregando um volume. O que há dentro dele?

Jeanette percebeu que eles deveriam ter pensado que ela havia levado um presente para o duque, e ruborizou-se porque não tinha pensado nisso. Até mesmo uma pequena lembrança teria sido um gesto diplomático, mas ela simplesmente não se lembrara daquele tipo de cortesia.

— Ele contém a armadura e a espada de meu falecido marido — disse ela — que eu recuperei dos ingleses que, caso contrário, não teriam me deixado com coisa alguma. Nada. Eu estou guardando a armadura e a espada para o meu filho, para que um dia ele possa usá-los para lutar pelo seu senhor feudal. — Ela curvou a cabeça para o duque.

— Sua alteza gostaria de ver a armadura — anunciou o padre, embora o duque não tivesse demonstrado sinal de querer alguma coisa. O padre estalou os dedos e um dos escreventes deixou a sala. O segundo escrevente, armado com uma pequena tesoura, rodeou o grande aposento cortando os pavios de muitas velas que se achavam em seus altos castiçais de ferro. O duque e o padre o ignoraram.

— A senhora disse — tornou a falar o padre — que escreveu cartas a sua alteza. Qual era o assunto?

— Eu escrevi sobre as novas defesas em La Roche-Derrien, padre, e avisei sua alteza do ataque inglês a Lannion.

— É o que a senhora diz — disse o padre —, é o que a senhora diz.

Charles ainda estava chorando e Jeanette sacudiu a mão dele com força, na esperança de fazê-lo parar, mas ele apenas chorou mais. O escrevente, a cabeça voltada de modo a não olhar para o duque, ia de vela em vela. As tesouras cortavam, uma baforada de fumaça se retorcia por um instante e depois a chama brilhava e se firmava. Charles começou a chorar mais alto.

— Sua alteza não gosta de crianças choronas — disse o padre.

— Ele está com fome, padre — explicou Jeanette, nervosa.

— A senhora veio com dois criados?

— Vim, padre — disse Jeanette.

— Eles podem comer com o menino nas cozinhas — disse o padre, e estalou os dedos para o escrevente que, abandonando a tesoura sobre um tapete, pegou o amedrontado Charles pela mão. O menino não queria afastar-se da mãe, mas foi levado arrastado e Jeanette encolheu-se enquanto o som do choro dele se afastava escada abaixo.

O duque, a não ser o estalar dos dedos, não se mexera. Limitava-se a observar Jeanette com uma expressão indecifrável.

— A senhora está dizendo — o padre retomou o interrogatório — que os ingleses a deixaram sem nada?

— Eles roubaram tudo o que eu tinha!

O padre encolheu-se diante da paixão que havia na voz dela.

— Se eles a deixaram na miséria, madame, por que não veio pedir a nossa ajuda antes?

— Eu não queria ser um peso morto, padre.

— Mas agora a senhora quer ser um peso morto?

Jeanette franziu o cenho.

— Eu trouxe o sobrinho de sua alteza, o senhor de Plabennec. Ou será que o senhor preferiria que ele crescesse entre os ingleses?

— Não seja impertinente, menina — disse o padre, sereno.

O primeiro escrevente tornou a entrar na sala carregando o saco, que esvaziou sobre as peles de veado em frente à mesa do duque. O duque olhou para a armadura durante alguns segundos, e depois recostou-se na cadeira esculpida, de espaldar alto.

— Ela é muito bonita — declarou o padre.

— É de grande estimação — concordou Jeanette.

O duque tornou a olhar para a armadura. Nenhum músculo de seu rosto se mexeu.

— Sua alteza aprova — disse o padre, e depois fez um gesto com uma longa mão branca para o escrevente, que pareceu compreender o que se queria sem palavras, pegou a espada e a armadura e levou-as para fora da sala.

— Que bom vossa alteza aprovar — disse Jeanette, e fez outra mesura. Ela estava com a idéia confusa de que o duque, apesar do que ela dissera antes, presumira que a armadura e a espada eram um presente, mas Jeanette não queria apurar. Tudo aquilo poderia ser esclarecido mais tarde. Uma lufada de vento frio entrou pelas frestas e levou pontos de chuva e fez tremeluzirem as velas em violentos arrepios.

— E então — perguntou o padre — o que a senhora quer de nós?

— Meu filho precisa de abrigo, padre — disse Jeanette, nervosa.

— Precisa de uma casa, um lugar onde crescer e aprender a ser um guerreiro.

— Sua alteza tem o prazer de atender a esse pedido — disse o padre.

Jeanette sentiu uma grande onda de alívio. A atmosfera na sala era tão inamistosa que ela temera ser atirada para fora, tão miserável quanto chegara, mas as palavras do padre, embora ditas com frieza, disseram-lhe que ela não precisava ter se preocupado. O duque estava assumindo a sua responsabilidade e ela fez uma mesura pela terceira vez.

— Eu fico grata a vossa alteza.

O padre estava prestes a responder, mas, para surpresa de Jeanette, o duque ergueu uma comprida mão branca e o padre curvou-se.

— O prazer é nosso — disse o duque numa voz estranhamente esganiçada — porque seu filho nos é caro e é nosso desejo que ele cresça para tornar-se um guerreiro, como o pai.

Ele se voltou para o padre e inclinou a cabeça, e o padre fez outra mesura cerimoniosa e se retirou da sala.

O duque se levantou e caminhou até a lareira, onde manteve as mãos perto das pequenas chamas.

— Chegou ao nosso conhecimento — disse ele, distante — que as rendas de Plabennec não foram pagas nos últimos 12 trimestres.

— Os ingleses estão de posse da propriedade, alteza.

— E a senhora está me devendo dinheiro — disse o duque, franzindo o cenho para as chamas.

— Se vossa alteza proteger meu filho, serei sua devedora para sempre — disse Jeanette, com humildade.

O duque tirou o chapéu e passou a mão nos cabelos louros. Jeanette achou que ele parecia mais jovem e mais delicado sem o chapéu, mas as palavras que se seguiram a deixaram gelada.

— Eu não queria que Henri se casasse com a senhora. — Ele parou abruptamente.

Por um segundo, Jeanette ficou pasma pela franqueza dele.

— Meu marido lamentava a desaprovação de vossa alteza — disse ela, afinal, com voz fraca.

O duque ignorou as palavras de Jeanette.

— Ele devia ter se casado com Lisette de Picard. Ela possuía dinheiro, terras, arrendatários. Teria trazido à nossa família uma grande fortuna. Em época de dificuldades, a riqueza é um... — ele fez uma pausa, tentando encontrar a palavra certa — é um amortecedor. A senhora, madame, não tem amortecedor.

— Só a bondade de vossa alteza — disse Jeanette.

— O seu filho está sob a minha proteção — disse o duque. — Ele será criado na minha casa e treinado nas artes da guerra e da civilização, como convém à classe dele.

— Eu estou agradecida.

Jeanette estava cansada de humilhar-se. Queria algum sinal de afeto por parte do duque, mas desde o momento em que caminhara até a lareira ele não a encarara.

Agora, de repente, ele se voltou para ela.

— Existe um advogado chamado Belas, em La Roche-Derrien?

— Existe, alteza.

— Ele me disse que sua mãe era judia. — Ele cuspiu a última palavra.

Jeanette olhou para ele boquiaberta. Durante alguns segundos, ela não conseguiu falar. Sua mente ficou tonta com a descrença de que Belas dissesse uma coisa daquelas, mas pelo menos conseguiu abanar a cabeça.

— Não era! — protestou ela.

— Ele também nos disse — continuou o duque — que a senhora requereu a Eduardo, da Inglaterra, as rendas de Plabennec?

— Que escolha eu tinha?

— E que seu filho foi nomeado pupilo de Eduardo? — perguntou o duque, de propósito.

Jeanette abriu e fechou a boca. As acusações estavam sendo feitas em tanta abundância, que ela não sabia como se defender. Era verdade que seu filho tinha sido nomeado pupilo do rei Eduardo, mas a iniciativa não partira de Jeanette; na verdade, ela nem mesmo estivera presente quando o conde de Northampton tomara aquela decisão, mas antes que ela pudesse protestar ou explicar, o duque tornou a falar.

— Belas nos disse — disse ele — que muita gente, na cidade de La Roche-Derrien, tem expressado satisfação para com os ocupantes ingleses.

— Algumas pessoas, sim — admitiu Jeanette.

— E que a senhora, madame, tem soldados ingleses em sua casa, protegendo-a.

— Eles entraram em minha casa à força! — disse ela, indignada. — Vossa alteza tem que acreditar em mim! Eu não os queria lá!

O duque abanou a cabeça.

— Parece-nos, madame, que a senhora recebeu nossos inimigos de bom grado. Seu pai era um negociante de vinhos, não era?

Jeanette estava perplexa demais para dizer alguma coisa. Aos poucos, ia percebendo que Belas cometera uma traição completa para com ela, mas mesmo assim ela se agarrou à esperança de que o duque fosse convencido de sua inocência.

— Eu não dei as boas vindas a eles — insistiu ela. — Eu lutei contra eles!

— Os comerciantes — disse o duque — não têm fidelidade outra que não ao dinheiro. Eles não têm honra. A honra não se aprende, madame. Ela é adquirida mediante treinamento. Assim como se cria um cavalo para atos de bravura ou velocidade, ou um cão de caça para que tenha agilidade e ferocidade, treina-se um nobre para a honra. Não se pode transformar um cavalo de arado num cavalo de combate, nem um comerciante num cavalheiro. Isso é contra a natureza e as leis de Deus. — Ele fez o sinal-da-cruz. — Seu filho é o conde de Armórica, e nós iremos criá-lo na honra, mas a senhora, madame, é filha de um comerciante e de uma judia.

— Não é verdade! — protestou Jeanette.

— Não grite comigo, madame — disse o duque, com frieza. — A senhora representa um fardo para mim. Tem a ousadia de vir até aqui, enfeitada com pele de raposa, esperando que eu lhe dê abrigo? E o que mais? Dinheiro? Eu darei ao seu filho um lar, mas à senhora, madame, eu darei um marido. — Ele caminhou para ela, os pés silenciosos nos tapetes de pele de corça. — A senhora não tem condições de ser a mãe do conde de Armórica. A senhora ofereceu conforto ao inimigo, a senhora não tem honra.

— Eu... — Jeanette começou a protestar outra vez, mas o duque esbofeteou-a com força.

— A senhora fique calada, madame — ordenou ele —, calada!

Ele puxou os laços do corpinho dela e, quando ela ousou resistir, tornou a esbofeteá-la.

— A senhora é uma puta, madame — disse o duque, e então perdeu a paciência com os complicados laços, apanhou a tesoura que tinha sido atirada sobre o tapete e usou-a para cortar os laços a fim de expor os seios de Jeanette. Ela ficou tão perplexa, confusa e horrorizada, que não fez tentativa alguma de se proteger. Aquele não era Sir Simon Jekyll, mas o seu senhor feudal, sobrinho do rei e tio de seu marido.

— A senhora é uma puta bonita, madame — disse o duque, com expressão de desprezo. — Como foi que encantou o Henri? Foi feitiçaria judaica?

— Não — soluçou Jeanette —, por favor, não!

O duque desprendeu o robe, e Jeanette viu que ele estava nu por baixo dele.

— Não — tornou ela a dizer —, por favor, não.

O duque empurrou-a com tanta força, que ela caiu sobre a cama. O rosto dele não mostrava emoção alguma — nada de luxúria, nada de prazer, nada de raiva. Ele ergueu as saias dela, ajoelhou-se na cama e estuprou-a sem sinal algum de prazer. Se aparentava alguma coisa, era raiva, e depois que acabou despencou sobre ela, e então estremeceu. Jeanette soluçava. Ele se enxugou na saia de veludo dela.

— Vou aceitar essa experiência — disse ele — como pagamento das rendas de Plabennec que faltam.

Ele saiu de cima dela de quatro, ficou de pé e amarrou as beiras de arminho do robe.

— A senhora será colocada num quarto aqui, madame, e amanhã eu a darei em matrimônio a um dos meus soldados. Seu filho vai ficar aqui, mas a senhora irá para onde quer que seu marido seja mandado.

Jeanette choramingava na cama. O duque fez uma careta de desgosto, depois atravessou o aposento e ajoelhou-se no genuflexório.

— Ajeite o seu vestido, madame — disse ele, com frieza —, e componha-se.

Jeanette recuperou um número suficiente de laços cortados para amarrar o corpete no lugar e depois olhou para o duque através das chamas das velas.

— O senhor não tem honra — disse ela, entre dentes. — O senhor não tem honra.

O duque a ignorou. Tocou uma pequena sineta e depois entrelaçou as mãos e fechou os olhos, em oração. Ainda rezava quando o padre e um criado entraram e, sem uma só palavra, pegaram Jeanette pelos braços e levaram-na para um pequeno quarto no piso que ficava abaixo do quarto do duque. Empurraram-na para dentro, fecharam a porta e ela ouviu um fecho deslizar para encaixar-se do outro lado. Na cela improvisada havia um colchão forrado de palha e uma pilha de vassouras, mas nenhum outro móvel.

Ela permaneceu deitada no colchão e soluçou até que seu coração partido ficou em carne viva.

O vento uivava na janela e a chuva batia nos postigos, e Jeanette desejou estar morta.

O S GALOS DA CIDADE acordaram Thomas para um vento forte e uma chuva que batia aos borbotões sobre a coberta da carroça, que vazava. Ele abriu a aba e ficou olhando as poças espalhadas pelas pedras do piso do pátio interno. Não chegara recado algum de Jeanette e, pensou ele, não haveria recado. Will Skeat tinha razão. Ela era resistente como uma cota de malha e, agora que estava no seu devido lugar — que, naquela madrugada fria e chuvosa, provavelmente era um macio leito em um quarto aquecido por uma lareira sob os cuidados dos criados do duque — deve ter se esquecido de Thomas.

E que mensagem, perguntou Thomas a si mesmo, ele estivera esperando? Uma declaração de afeto? Sabia que era isso o que desejava, mas convenceu a si mesmo de que estava apenas esperando que Jeanette lhe mandasse o passe assinado pelo duque. No entanto, ele sabia que não precisava de passe. Ele tinha apenas que caminhar para o leste e o norte e confiar em que a batina de dominicano o protegesse. Não fazia idéia de como chegar a Flandres, mas calculava que Paris ficava perto daquela região, de modo que imaginava que iria começar por seguir o rio Sena, o que o levaria de Rennes a Paris. Sua maior preocupação era encontrar algum dominicano de verdade na estrada, que rapidamente iria descobrir que Thomas tinha a mais imprecisa idéia das regras da irmandade e não sabia coisa alguma sobre a hierarquia deles, mas consolou-se com o fato de que dominicanos escoceses talvez estivessem tão afastados da civilização que tal ignorância seria esperada por parte deles. Thomas disse a si mesmo que iria sobreviver.

Olhou para a chuva caindo nas poças. Não espere coisa alguma de Jeanette, disse ele a si mesmo, e para provar que acreditava naquela sombria profecia, preparou sua pequena bagagem. Ficava aborrecido por deixar a cota de malha para trás, mas ela pesava demais, então ele a guardou na carroça, e depois colocou os três molhes de flechas num saco. As 72 flechas eram pesadas, e as pontas ameaçavam rasgar o saco, mas ele relutava em viajar sem os molhes que estavam envoltos em cordas de arco de cânhamo, e usou uma das cordas para amarrar a faca à sua perna esquerda onde, tal como a carteira de dinheiro, ficou escondida pela batina preta.

Ele estava pronto para partir, mas a chuva agora martelava a cidade como uma tempestade de flechas. Trovões estouravam no oeste, a chuva batia no telhado de sapé, vazava pelos telhados e fazia transbordar as tinas coletoras de água para lavar para fora do pátio os dejetos da estalagem. Chegou o meio-dia, anunciado pelos sinos da cidade abafados pela chuva, e a cidade continuava inundada. Nuvens escuras, levadas pelo vento, coroavam as torres da catedral e Thomas disse a si mesmo que iria partir no momento em que a chuva acalmasse, mas a tempestade apenas ficava mais violenta. Relâmpagos faiscavam acima da catedral e um estalar de trovoada sacudiu a cidade. Thomas teve um arrepio, impressionado com a fúria do céu. Viu o relâmpago refletido na grande janela no lado oeste da catedral, e ficou perplexo com a visão que teve. Quanto vidro! Ainda chovia, e ele começou a temer ficar preso na carroça até o dia seguinte. E então, logo depois de um soar de trovão parecer assustar a cidade toda com a sua violência, ele viu Jeanette.

A princípio, não a identificou. Viu apenas uma mulher em pé na entrada em arco do pátio da estalagem, com a água correndo em torno dos pés. Todos os demais habitantes de Rennes acotovelavam-se para se protegerem, mas aquela mulher aparecera de repente, ensopada e desesperada. Os cabelos, que tinham sido enrolados com tanto cuidado sobre as orelhas, caíam finos e pretos pelo vestido de veludo vermelho encharcado, e foi aquele vestido que Thomas reconheceu, e depois viu o sofrimento no rosto dela. Ele saltou da carroça.

— Jeanette!

Ela soluçava, a boca torcida pelo sofrimento. Parecia impossibilitada de falar, mas limitava-se a ficar parada e chorar.

— Condessa! — disse Thomas. — Jeanette!

— Nós precisamos ir embora — ela conseguiu dizer —, nós precisamos ir embora.

Ela usara fuligem como cosmético em torno dos olhos, e a fuligem escorrera, fazendo traços cinzentos em seu rosto.

— Nós não podemos ir nessa carroça! — disse Thomas.

— Temos que ir! — gritou ela, irritada. — Temos que ir!

— Eu vou buscar o cavalo — disse Thomas.

— Não há tempo! Não há tempo! — Ela puxava a batina dele. — Nós temos que ir. Agora! — Ela tentou arrastá-lo pelo arco, para a rua.

Thomas livrou-se dela e correu para a carroça, onde apanhou o arco disfarçado e o pesado saco. Lá também havia uma capa de Jeanette, e ele a pegou também e colocou-a nos ombros da mulher, embora ela parecesse não perceber.

— O que está acontecendo? — perguntou Thomas.

— Eles vão me achar aqui, eles vão me achar! — declarou Jeanette em pânico, e puxou-o cegamente para fora do arco da taberna. Thomas virou-a para o leste, entrando numa rua curva que levava a uma bela ponte de pedra que atravessava o Sena, e depois a uma porta da cidade. As grandes portas estavam trancadas, mas uma pequena porta estava aberta e os guardas que estavam na torre não se importaram se um frade louco e encharcado queria levar para fora da cidade uma mulher que soluçava. Jeanette estava sempre olhando para trás, temendo uma perseguição, mas ainda não explicara a Thomas o motivo do pânico ou das lágrimas. Simplesmente seguia às pressas para o leste, insensível à chuva, ao vento e à trovoada.

A tempestade parou ao se aproximar o crepúsculo, quando eles se achavam perto de uma aldeia que não justificava a existência de uma taberna. Thomas encolheu-se para passar pela porta baixa e pediu abrigo. Colocou moedas sobre uma mesa.

— Eu preciso de abrigo para minha irmã — disse ele, calculando que qualquer pessoa ficaria desconfiada de um frade que viajasse com uma mulher. — Abrigo, alimento e fogo — disse ele, acrescentando mais uma moeda.

— Sua irmã? — O dono da taberna, um homem baixo com um rosto marcado pela varíola e bulboso de tantos cistos, olhou para Jeanette, que estava agachada no alpendre da taberna.

Thomas tocou a cabeça, para indicar que ela era louca.

— Eu a estou levando para o santuário de São Guinefort — explicou ele.

O dono da taberna olhou para as moedas, tornou a olhar para Jeanette, e decidiu que o estranho par poderia usar o estábulo de vacas, que estava vazio.

— Pode acender uma fogueira lá — disse ele, com má vontade —, mas não ponha fogo no sapé do teto.

Thomas acendeu uma pequena fogueira com brasas tiradas da cozinha da taberna, levou comida e cerveja. Obrigou Jeanette a tomar um pouco da sopa e comer um pouco do pão, e depois fez com que ela se aproximasse do fogo. Foram necessárias mais de duas horas de insistência até que ela lhe contasse a história, e o ato de contá-la só fez com que ela chorasse outra vez. Thomas ouviu, perplexo.

— E como foi que você escapou? — perguntou, quando ela terminou.

Jeanette disse que uma mulher destrancara a porta para apanhar uma vassoura. A mulher ficara pasma ao ver Jeanette ali, e ainda mais pasma quando Jeanette passou por ela correndo. Jeanette fugira da cidadela, temendo que os soldados fossem detê-la, mas ninguém prestara atenção a ela e agora ela estava fugindo. Tal como Thomas, ela era uma fugitiva, mas perdera muito mais do que ele. Perdera o filho, a honra e o futuro.

— Eu odeio os homens — disse ela. Teve um arrepio, por que o miserável fogo feito com palha úmida e madeira podre mal dera para secar-lhe a roupa.

— Eu odeio os homens — tornou a dizer, e olhou para Thomas.

— O que vamos fazer?

— Você tem que dormir — disse ele — e amanhã nós iremos para o norte.

Ela fez um gesto afirmativo com cabeça, mas ele não achou que ela tivesse compreendido suas palavras. Estava desesperada. A roda da fortuna, que certa vez a elevara tanto, lançara-a na mais absoluta profundeza.

Ela dormiu durante algum tempo, mas quando Thomas acordou na cinzenta madrugada, viu que ela chorava baixinho e não soube o que fazer ou dizer, de modo que limitou-se a ficar deitado na palha até que ouviu a porta da taberna ranger ao ser aberta, e foi apanhar um pouco de comida e água. A mulher do dono da taberna cortou um pouco de pão e queijo enquanto o marido perguntava a Thomas o quanto ele tinha que caminhar.

— O santuário de São Guinefort fica em Flandres — disse Thomas.

— Flandres! — disse o homem, como se a cidade ficasse do outro lado da lua.

— A família não sabe mais o que fazer com ela — explicou Thomas —, e eu não sei como chegar a Flandres. Eu pensei em ir até Paris, primeiro.

— Paris, não — disse a mulher do dono da taberna, com desprezo —, vocês têm que ir para Fougères.

A mulher disse que seu pai muitas vezes fizera negócios com as regiões do norte, e ela estava certa de que a rota de Thomas passava por Fougères e Rouen. Ela não conhecia as estradas além de Rouen, mas estava certa de que ele deveria ir até lá, embora para começar, disse ela, ele devesse seguir uma pequena estrada que passava ao norte da aldeia. Ela passava por florestas, acrescentou o marido, e ele deveria tomar cuidado, porque as árvores serviam de esconderijo para homens terríveis que fugiam da justiça, mas depois de alguns quilômetros ele chegaria à estrada para Fougères, que era patrulhada por homens do duque.

Thomas agradeceu a ela, abençoou a casa, e levou a comida para Jeanette, que se recusou a comer. Parecia que sua fonte de lágrimas havia secado, a vida quase se secara também, mas ela seguiu Thomas com disposição enquanto ele caminhava para o norte. A estrada, com sulcos profundos provocados por carroças e escorregadia devido à lama criada pela chuva do dia anterior, serpenteava em bosques espessos, encharcados, dos quais a água pingava. Jeanette andou aos tropeços por alguns quilômetros, e então começou a chorar.

— Eu tenho que voltar para Rennes — insistia ela. — Eu quero voltar para o meu filho.

Thomas argumentava, mas ela não se deixava convencer. Ele acabou desistindo, mas quando se voltou para seguir para o sul, ela começou a chorar ainda mais forte. O duque dissera que ela não era uma mãe adequada! Ela estava sempre repetindo as palavras "Não sou adequada! Não sou adequada!". Ela gritou aos céus:

— Ele me tratou como uma prostituta!

E caiu de joelhos ao lado da estrada e soluçou, num choro incontrolável. Estava tremendo outra vez, e Thomas achou que se ela não morresse de uma febre intermitente, não havia dúvida de que a tristeza iria matá-la.

— Nós vamos voltar para Rennes — disse Thomas, tentando animá-la.

— Eu não posso! — gritou ela. — Ele vai me tratar como uma prostituta! Me tratar como uma prostituta!

Ela berrou as palavras e depois começou a sacudir-se para a frente e para trás, gritando numa horrível voz alta. Thomas tentou levantá-la, tentou fazê-la andar, mas ela reagiu. Queria morrer, disse ela, só queria morrer.

— Uma prostituta — berrou ela, e arrancou o debrum de pele do vestido vermelho —, uma prostituta! Ele disse que eu não devia usar peles. Ele me tratou como uma prostituta.

Ela atirou a pele despedaçada na vegetação rasteira.

Tinha sido uma manhã seca, mas as nuvens de chuva estavam se acumulando no leste outra vez, e Thomas obervava, nervoso, enquanto a alma de Jeanette se revelava diante de seus olhos. Ela se recusava a andar, e por isso ele a pegou no colo e carregou-a até que viu uma trilha bem usada que se metia por entre as árvores. Seguiu a trilha e encontrou uma choupana tão baixa, e com o telhado de sapé tão coberto de musgo, que a princípio pensou se tratar apenas de um montículo em meio às árvores, até que viu fumaça cinza-azulada de madeira saindo de um buraco no cimo do telhado. Thomas estava preocupado com os bandidos que se dizia freqüentar aqueles bosques, mas estava começando a chover outra vez e a choupana era o único refúgio à vista, e assim depôs Jeanette no chão e gritou através da entrada, que parecia uma toca. Um velho, de cabelos brancos, olhos vermelhos e uma pele escurecida pela fumaça, olhou para Thomas. O homem falava um francês tão carregado de palavras e sotaque locais, que Thomas mal conseguia entendê-lo, mas percebeu que o homem era um guarda-florestal e morava ali com a mulher, e o guarda-florestal olhou gananciosamente para as moedas que Thomas lhe oferecia e disse que Thomas e sua mulher podiam usar um abrigo para porcos, que estava vazio. O local fedia a palha podre e fezes, mas o telhado de sapé era quase à prova de água, e Jeanette parecia não se importar. Com um ancinho, Thomas tirou a palha velha e cortou samambaias, fazendo uma cama para Jeanette. O guarda florestal, assim que teve o dinheiro nas mãos, pareceu pouco interessado pelos hóspedes, mas pelo meio da tarde, depois que a chuva parou, Thomas ouviu a mulher do guarda-florestal sussurrando para ele e, poucos instantes depois, o velho saiu e caminhou em direção à estrada, mas sem qualquer uma das ferramentas de seu ofício; nem machado, nem podão, nem serra.

Jeanette dormia, exausta, e por isso Thomas tirou as plantas de trevo mortas que cobriam o seu arco preto, enfiou meia dúzia de flechas na cintura e seguiu o velho até a estrada e, ali, esperou num arbusto.

O guarda-florestal voltou ao entardecer, com dois jovens que Thomas presumiu serem os bandidos sobre os quais ele tinha sido avisado. O velho devia ter calculado que Thomas e sua mulher eram fugitivos, porque embora carregassem sacolas e dinheiro, tinham procurado um local para esconder-se, e aquilo era o bastante para levantar as suspeitas de qualquer pessoa. Um frade não precisava esconder-se na floresta, e mulheres que usavam vestidos adornados com restos rasgados de peles não procuravam a hospitalidade de um guarda-florestal. Por isso, sem dúvida os dois jovens tinham sido chamados para ajudar a cortar a garganta de Thomas e dividir as moedas que fossem encontradas com o corpo. O destino de Jeanette seria semelhante, mas demorado.

Thomas encaixou a primeira flecha no chão entre os pés do velho, e a segunda numa árvore próxima.

— A próxima flecha mata — disse ele, embora eles não pudessem vê-lo, porque ele se achava à sombra do arbusto. Eles se limitaram a olhar de olhos arregalados para os arbustos onde ele se escondia, e Thomas falou com voz grave e devagar. — Vocês vêm com o assassinato na alma — disse ele —, mas eu posso levantar o *hellequin* das profundezas do inferno. Posso fazer com que as garras do diabo penetrem seus corações e mandar os mortos assombrarem vocês à luz do dia. Vocês vão deixar o frade e sua irmã em paz.

O velho caiu de joelhos. Suas superstições eram tão antigas quanto o tempo e praticamente não tinham sido tocadas pelo cristianismo. Ele acreditava que havia anões na floresta e gigantes na neblina. Sabia que dragões existiam. Tinha ouvido falar em homens de pele preta que viviam na Lua e pulavam para a Terra quando o mundo deles encolhia para ficar do tamanho de uma foice. Sabia que havia fantasmas que caçavam por entre as árvores. Tudo isso ele sabia, assim como conhecia cinza e lariço, carvalho e faia, e não duvidava de que tinha sido um demônio que cuspira do arbusto a flecha estranhamente longa.

— Vocês devem ir embora — disse ele aos companheiros —, têm que ir!

Os dois fugiram e o velho encostou a cabeça no chão coberto de folhas.

— Eu não queria fazer mal nenhum!

— Vá para casa — disse Thomas.

Ele esperou até o homem ir embora, depois arrancou a flecha da árvore e naquela noite foi à choupana do guarda-florestal, arrastou-se para passar pelo portal baixo e sentou-se no chão de terra de frente para o velho casal.

— Eu vou ficar aqui — disse ele — até que o juízo de minha irmã se recupere. Nós queremos esconder a vergonha dela do mundo, só isso. Quando formos embora, nós iremos recompensá-los, mas se vocês tentarem nos matar outra vez, vou chamar demônios para atormentá-los e deixarei seus corpos como um banquete para as criaturas selvagens que espreitam entre as árvores. — Ele colocou outra moeda no chão. — Você vai nos levar comida todas as noites — disse ele à mulher — e vocês vão agradecer a Deus o fato de que, embora eu possa ler o que vai nos seus corações, eu ainda os perdôo.

Depois disso, eles não tiveram mais problemas. Todos os dias, o velho saía para o bosque com o podão e o machado, e todas as noites a mulher dele levava mingau ou pão para os visitantes. Thomas tirava leite da vaca deles, matou um cervo e achava que Jeanette ia morrer. Durante dias ela se recusou a comer, e às vezes ele a encontrava oscilando para trás e para a frente no galpão insalubre e emitindo um som que lembrava uma lamúria. Thomas temia que ela tivesse enlouquecido para sempre. Às vezes, o pai dele lhe dizia como os loucos eram tratados, como ele mesmo tinha sido tratado, e que a fome e uma surra eram as únicas curas.

— O diabo entra na alma — dissera o padre Ralph — e pode ser expulso fazendo-se com que passe fome ou dando-lhe uma surra, mas não há uma maneira de fazer com que ele seja atraído para sair. Bater e não dar comida, rapaz, bater e não dar comida, é o único tratamento que o diabo compreende.

Mas Thomas não podia fazer Jeanette passar fome ou dar uma surra nela, e fez o possível para cuidar dela. Ele a mantinha seca, convencia-a a tomar um pouco de leite quente recém-tirado da vaca, conversava com ela durante a noite toda, penteava-lhe os cabelos e lavava o rosto dela, e às vezes, quando ela dormia e ele estava sentado ao lado do galpão e olhava as estrelas através das árvores emaranhadas, ficava imaginando se ele e os *hellequins* tinham deixado outras mulheres tão dominadas pela tristeza quanto Jeanette. Ele rezava pedindo perdão. Naquela fase, ele rezava muito, e não para São Guinefort, mas para a Virgem e para São Jorge.

As orações deviam ter funcionado, porque ele acordou certa madrugada e viu Jeanette sentada à porta do galpão, o corpo magro transformado numa silhueta pelo brilhante novo dia. Ela se voltou para ele e ele viu que em seu rosto já não havia loucura, apenas uma profunda tristeza. Ela olhou para ele por muito tempo antes de falar.

— Será que Deus me enviou você, Thomas?

— Se enviou, Ele me prestou um grande favor — respondeu Thomas.

Ela sorriu ao ouvir aquilo, o primeiro sorriso que ele tinha visto em seu rosto desde Rennes.

— Eu tenho que estar satisfeita — disse ela, com muita ênfase —, porque meu filho está vivo e será bem tratado, e um dia eu o encontrarei.

— Nós dois o encontraremos — disse Thomas.

— Nós dois?

Ele fez uma careta.

— Eu não tenho cumprido nenhuma de minhas promessas — disse ele. — A lança ainda está na Normandia, Sir Simon está vivo, e como eu vou achar o seu filho para a senhora, eu não sei. Eu acho que minhas promessas não valem nada, mas vou fazer o possível.

Ela estendeu a mão para que ele a tomasse e deixou que a mão ficasse segura por ele.

— Você e eu fomos punidos — disse ela —, talvez pelo pecado do orgulho. O duque tinha razão. Eu não sou uma aristocrata. Sou filha de um comerciante, mas achei que era de um nível mais elevado. Olhe só para mim.

— Mais magra — disse Thomas —, mas bonita.

Ela teve um arrepio diante daquele elogio.

— Onde nós estamos?

— Só a um dia de Rennes.

— Só isso?

— Num galpão para porcos — disse Thomas — a um dia de viagem de Rennes.

— Há quatro anos, eu morava num castelo — disse ela, saudosa. — Plabennec não era grande, mas era lindo. Tinha uma torre e um pátio e dois moinhos e um córrego e um pomar que dava maçãs muito vermelhas.

— A senhora tornará a vê-los — disse Thomas. — A senhora e seu filho.

Ele lamentou ter mencionado o filho dela, porque surgiram lágrimas no olhos dela, mas ela as afastou com o punho da blusa.

— Foi o advogado — disse ela.

— Advogado?

— Belas. Ele mentiu para o duque. — Na voz dela havia um tom de perplexidade pelo fato de Belas ter-se mostrado tão traiçoeiro. — Ele disse ao duque que eu estava apoiando o duque Jean. Pois então eu vou, Thomas, eu vou. Vou apoiar o seu duque. Se for esta a única maneira de recuperar Plabennec e encontrar o meu filho, eu apoiarei o duque Jean. — Ela apertou a mão de Thomas. — Estou com fome.

Eles passaram mais uma semana na floresta enquanto Jeanette recuperava as forças. Por algum tempo, como um animal que luta para escapar de uma armadilha, ela fazia planos que lhe proporcionassem uma vingança imediata contra o duque Charles e recuperassem seu filho, mas os planos eram exagerados e impossíveis e, à medida que os dias passavam, ela aceitou o destino.

— Eu não tenho amigos — disse ela a Thomas certa noite.

— A senhora tem a mim, condessa.

— Eles morreram — disse ela, ignorando-o. — Minha família morreu. Meu marido morreu. Você acha que eu sou uma maldição para aqueles que eu amo?

— Eu acho que nós temos que seguir para o norte — disse Thomas.

Ela ficou irritada com o senso prático dele.

— Eu não estou certa de que quero ir para o norte.

— Eu quero — disse Thomas, teimoso.

Jeanette sabia que quanto mais para o norte ela fosse, mais se afastaria do filho, mas não sabia que outra coisa fazer, e naquela noite, como que aceitando o fato de que agora seria guiada por Thomas, ela foi para a cama de samambaia dele e os dois se tornaram amantes. Ela chorou de-

205

BRETANHA

pois, mas então tornou a fazer amor com ele, dessa vez com violência, como se pudesse abrandar o seu sofrimento nos consolos da carne.

Na manhã seguinte eles partiram, seguindo para o norte. O verão chegara, vestindo o campo de um verde vivo. Thomas tornara a disfarçar o arco, prendendo a travessa à aduela e pendurando-a com trepadeira e salgueirinha, em vez de trevo. A batina preta ficara em frangalhos, e ninguém teria achado que ele era um frade, enquanto Jeanette arrancara os restos de pele de raposa do veludo vermelho, que estava sujo, amarrotado e surrado. Eles pareciam vagabundos, o que eram, e deslocavam-se como fugitivos, passando ao largo das cidades e aldeias maiores para evitar problemas. Banhavam-se em rios, dormiam sob as árvores e só se arriscavam a entrar em aldeias pequenas quando a fome exigia que comprassem uma refeição e cidra em alguma taberna desleixada. Se eram interpelados, diziam ser bretões, irmão e irmã, indo juntar-se ao tio, que era açougueiro em Flandres, e se alguém não acreditava na história, esse alguém não estava disposto a irritar Thomas, que era alto e forte e sempre mantinha sua faca visível. Mas por preferência eles evitavam aldeias e ficavam nos bosques, onde Thomas ensinou Jeanette a tirar, com um golpe, truta dos rios. Eles acendiam fogueiras, cozinhavam os peixes e cortavam samambaias para fazer a cama.

Mantinham-se junto às estradas, embora fossem obrigados a um longo desvio para evitar a fortaleza de St-Aubin-du-Cornier, que se assemelhava a um tambor, e outro para contornar a cidade de Fougères, e a certa altura, ao norte daquela cidade, entraram na Normandia. Ordenharam vacas nos pastos, roubaram um grande queijo de uma carroça estacionada em frente a uma igreja e dormiram sob as estrelas. Não faziam idéia do dia da semana em que estavam, nem mesmo em que mês estavam. Os dois estavam morenos, queimados do sol, e maltrapilhos devido à viagem. O sofrimento de Jeanette se dissolvia numa nova felicidade, e em lugar algum mais do que quando descobriram uma choupana abandonada — só paredes de uma mistura de barro e palha que se decompunham, sem telhado, num matagal de aveleiras. Limparam as urtigas e os arbustos espinhosos e viveram na choupana por mais de uma semana, sem ver ninguém, sem querer ver ninguém, retardando o futuro porque o presente era delicioso demais. Jeanette ainda chorava pelo filho e passava horas a imaginar vinganças requintadas a serem aplicadas contra o duque, contra Belas e contra Sir Simon Jekyll, mas também se deliciava com a liberdade naquele verão. Thomas tornara a armar o arco, para que pudesse caçar, e Jeanette, ficando ainda mais forte, aprendera a puxar a corda do arco até quase junto ao queixo.

Nenhum dos dois sabia onde estavam, e não ligavam muito para isso. A mãe de Thomas contava-lhe uma história de crianças que fugiam para a floresta e eram criadas pelos animais. "Elas criam cabelos pelo corpo todo", dizia ela, "e têm garras, chifres e dentes", e agora às vezes Thomas examinava as mãos para ver se as garras estavam nascendo. Não via garra alguma. No entanto, mesmo que estivesse virando um animal, ele se sentia feliz. Raramente se sentira mais feliz, mas sabia que o inverno, muito embora ainda estivesse distante, estava chegando e por isso, talvez uma semana depois do solstício de verão, eles tornaram a se deslocar para o norte, devagar, em busca de algo que nenhum dos dois podia imaginar muito bem.

Thomas sabia que tinha prometido recuperar a lança e pegar o filho de Jeanette de volta, mas não sabia como iria fazer nenhuma daquelas coisas. Sabia, apenas, que tinha de ir a um lugar onde um homem como Will Skeat o empregasse, embora não pudesse falar com Jeanette sobre um futuro daqueles. Ela não queria ouvir falar em arqueiros ou exércitos, ou em homens e cotas de malha, mas, tal como ele, ela sabia que os dois não poderiam ficar para sempre no refúgio.

— Eu irei à Inglaterra — disse ela — e vou fazer um apelo ao seu rei.

Dos planos com que ela sonhara, aquele era o único que fazia sentido. O conde de Northampton colocara o filho dela sob a proteção do rei da Inglaterra, de modo que ela deveria apelar para Eduardo e esperar que ele a apoiasse.

Eles caminharam para o norte, ainda mantendo em vista a estrada para Rouen. Vadearam um rio e subiram para uma região irregular de pequenos campos, bosques espessos e morros abruptos, e em algum ponto daquela terra verde, sem ser ouvida por nenhum dos dois, a roda da fortuna tornou a ranger. Thomas sabia que a grande roda governava a humanidade, girava no escuro para determinar o bem ou o mal, o alto ou o baixo, a doença ou a saúde, a felicidade ou a miséria. Thomas supunha que Deus devia ter feito a roda para ser o mecanismo através do qual Ele governava o mundo enquanto ficava ocupado no céu, e naquele solstício de verão, quando a safra era debulhada nos pisos apropriados, os andorinhões se reuniam nas árvores altas, as sorveiras estavam cobertas de bagas escarlates e os pastos brancos de margaridas-dos-campos, a roda dera uma guinada para Thomas e Jeanette.

Um dia, eles caminharam até a margem do bosque, para verificar se a estrada continuava à vista. Em geral, viam pouco mais do que um homem levando algumas vacas para o mercado, um grupo de mulheres vindo em seguida com ovos e legumes para vender. Um padre poderia passar num cavalo magro, e certa vez eles viram um cavaleiro com sua comitiva de criados e soldados, mas na maioria dos dias a estrada estava branca, empoeirada e deserta sob o sol de verão. Naquele dia, porém, estava lotada. Pessoas caminhavam para o sul, levando vacas, porcos, ovelhas, cabritos e gansos. Algumas empurravam carrinhos-de-mão, outros tinham carroças puxadas por bois ou cavalos, e todas as carroças estavam carregadas com tamboretes, mesas, bancos e camas. Thomas sabia que estava vendo fugitivos.

Os dois esperaram até escurecer, e então Thomas bateu na batina de dominicano para tirar a poeira mais grossa e, deixando Jeanette entre as árvores, caminhou até a estrada, onde alguns viajantes acampavam ao lado de fogueiras pequenas que lançavam muita fumaça.

— Que a paz de Deus esteja com vocês — disse Thomas a um dos grupos.

— Nós não temos comida sobrando, padre — respondeu um homem, olhando desconfiado para o estranho.

— Eu estou alimentado, meu filho — disse Thomas, e acocorou-se ao lado da fogueira deles.

— É um padre, ou um vagabundo? — perguntou o homem. Ele tinha um machado, e puxou-o para perto dele, a título de proteção, porque os cabelos emaranhados de Thomas estavam de um comprimento absurdo, e seu rosto estava tão queimado quanto o de qualquer bandido.

— Eu sou as duas coisas — disse Thomas com o sorriso. — Vim a pé de Avignon — explicou ele — para fazer penitência no santuário de São Guinefort.

Nenhum dos refugiados tinha ouvido falar no abençoado Guinefort, mas as palavras de Thomas os convenceram, porque a idéia de peregrinação explicava suas lamentáveis condições, enquanto a triste situação deles, segundo deixaram claro, era provocada pela guerra. Eles tinham vindo da costa da Normandia, que ficava a apenas um dia de viagem, e de manhã deveriam acordar cedo e tornar a viajar, para fugir do inimigo.

Thomas fez o sinal-da-cruz.

— Que inimigo? — perguntou ele, esperando ouvir que dois senhores normandos tinham tido uma desavença e estavam destruindo as propriedades um do outro.

Mas a pesada roda da fortuna fizera uma volta inesperada. O rei Eduardo III da Inglaterra atravessara o Canal da Mancha. Há muito se esperava uma expedição daquelas, mas o rei não tinha ido para suas terras da Gasconha, como muitos pensavam que fosse, nem para Flandres, onde outros ingleses lutavam, mas para a Normandia. Seu exército estava a apenas um dia de distância e, ao ouvir a novidade, a boca de Thomas se abriu.

— O senhor deve fugir deles, padre — aconselhou uma das mulheres. — Eles não têm piedade, nem mesmo de frades.

Thomas garantiu a eles que fugiria, agradeceu a notícia, e caminhou de volta morro acima, para onde Jeanette esperava. Tudo mudara.

Seu rei chegara à Normandia.

Naquela noite, eles discutiram. Jeanette se convencera, de repente, de que eles deviam voltar para a Bretanha, e Thomas só conseguia olhar para ela, perplexo.

— Bretanha? — perguntou ele, fracamente.

Ela não quis encará-lo, mas olhava fixo e com teimosia para as fogueiras dos acampamentos que queimavam ao longo de toda a estrada, enquanto mais para o norte, no horizonte da noite, grandes brilhos vermelhos mostravam onde fogueiras maiores queimavam, e Thomas sabia que soldados ingleses deviam estar arrasando os campos da Normandia tal como os *hellequins* tinham atormentado a Bretanha.

— Eu poderei ficar perto de Charles se estiver na Bretanha — disse Jeanette.

Thomas abanou a cabeça. Tinha alguma consciência de que a visão da destruição do exército os obrigara a cair numa realidade da qual vinham fugindo naquelas últimas três semanas de liberdade, mas não conseguia ligar aquilo ao repentino desejo dela de voltar para a Bretanha.

— Você pode estar perto de Charles — disse ele, com cuidado —, mas será que poderá vê-lo? Será que o duque vai deixar que você se aproxime dele?

— Talvez ele mude de idéia — disse Jeanette, sem muita convicção.

— E talvez ele a estupre outra vez — disse Thomas, com brutalidade.

— E se eu não for — disse ela, com veemência —, talvez nunca mais torne a ver o Charles. Nunca!

— Neste caso, por que vir tão longe assim?

— Eu não sei, eu não sei. — Ela estava tão zangada quanto costumava estar quando Thomas a vira pela primeira vez em La Roche-Derrien. — Porque eu estava alucinada — disse ela, mal-humorada.

— Você disse que quer fazer um apelo ao rei — disse Thomas — e ele está aqui! — Ele fez um gesto brusco com a mão em direção ao brilho lívido das fogueiras. — Pois apele a ele aqui.

— Talvez ele não acredite em mim — disse Jeanette, teimosa.

— E o que é que nós vamos fazer na Bretanha? — perguntou Thomas, mas Jeanette não respondeu. Parecia amuada e ainda evitava olhá-lo nos olhos. — Você pode se casar com um dos soldados do duque — prosseguiu Thomas — e era isso que ele queria, não era? Uma esposa maleável de um seguidor maleável, para que, quando ele sentir vontade de se aproveitar, possa fazê-lo.

— Não é isso que você faz? — desafiou-o ela, encarando-o finalmente.

— Eu te amo — disse Thomas.

Jeanette não disse nada.

— Eu te amo, mesmo — disse Thomas, e sentiu-se um tolo, porque ela nunca dissera a mesma coisa a ele.

Jeanette olhou para o horizonte brilhante que estava confundido pelas folhas da floresta.

— Será que o seu rei vai acreditar em mim? — perguntou ela.

— Como poderá não acreditar?

— Eu pareço uma condessa?

Ela estava maltrapilha, pobre e bela.

— Você fala como uma condessa — disse Thomas — e os funcionários do rei vão fazer perguntas ao duque de Northampton.

Ele não sabia se aquilo era verdade, mas queria estimulá-la.

Jeanette sentou-se com a cabeça baixa.

— Sabe o que o duque me disse? Que minha mãe era judia! — Ela ergueu os olhos para ele, esperando que ele compartilhasse de sua indignação.

Thomas franziu o cenho.

— Eu nunca conheci um judeu — disse ele.

Jeanette quase explodiu.

— Você acha que eu já? É preciso conhecer o diabo para saber que ele é mau? Um porco, para descobrir que ele fede? — Ela começou a chorar. — Eu não sei o que fazer.

— Nós iremos falar com o rei — disse Thomas, e na manhã seguinte caminhou em direção ao norte e, depois de alguns segundos, Jeanette o seguiu. Ela tentara limpar o vestido, embora ele estivesse tão sujo que tudo o que ela conseguira fora raspar os gravetos e o mofo das folhas do veludo. Ela enrolou os cabelos e prendeu-os com lascas de madeira.

— Que tipo de homem é o seu rei? — perguntou ela a Thomas.

— Dizem que é um homem bom.
— Quem diz?
— Todo mundo. Ele é honesto.
— Ainda assim, é inglês — disse Jeanette baixinho, e Thomas fingiu não ter ouvido. — Ele é delicado? — perguntou ela.
— Ninguém diz que ele é cruel — disse Thomas, e ergueu uma das mãos para fazer Jeanette calar-se.

Tinha avistado cavaleiros usando cotas de malha.

Muitas vezes, Thomas achava estranho que quando monges e escrivães faziam seus livros, pintavam a guerra como uma coisa pomposa. Os pincéis de pêlo de esquilo mostravam homens em casacos ou mantos de cores brilhantes, e seus cavalos em arreios ricamente enfeitados. No entanto, na maioria das vezes a guerra era cinzenta até as flechas atingirem o alvo, quando se tornava matizada de vermelho. Cinza era a cor de uma cota de malha, e Thomas estava vendo cinza entre as folhas verdes. Não sabia se eram franceses ou ingleses, mas tinha medo dos dois. Os franceses eram o inimigo, mas os ingleses também o eram até que se convencessem de que ele também era inglês e, além do mais, de que ele não era um desertor do exército deles.

Mais cavaleiros vinham das árvores distantes, e aqueles homens levavam arcos, então tinham que ser ingleses. Ainda assim Thomas hesitou, relutante em enfrentar os problemas de convencer seu próprio lado de que não era um desertor. Atrás dos cavaleiros, escondido pelas árvores, um prédio devia ter sido incendiado, porque a fumaça começou a ficar espessa acima das folhas de verão. Os cavaleiros olhavam na direção de Thomas e Jeanette, mas o casal estava escondido por uma encosta de tojo e, depois de um certo tempo, convencidos de que nenhum inimigo os ameaçava, os soldados fizeram meia-volta e seguiram para o oeste.

Thomas esperou até eles desaparecerem e conduziu Jeanette na travessia do campo aberto, entrando no bosque, seguindo para onde uma fazenda pegava fogo. As chamas eram pálidas ao sol brilhante. Ninguém à vista. Havia apenas uma fazenda pegando fogo e um cachorro deitado ao lado de um lago de patos que estava cercado por penas. O cão gemia, e

Jeanette soltou um grito, porque ele fora esfaqueado na barriga. Thomas curvou-se ao lado do animal, acariciou-lhe a cabeça e tocou-lhe as orelhas, e o cachorro moribundo lambeu-lhe a mão e tentou abanar o rabo, e Thomas enfiou-lhe a faca bem fundo, no coração, de modo que o cachorro morreu rápido.

— Gostaria que ele tivesse vivido — disse ele a Jeanette. Ela nada disse, apenas ficou olhando para o telhado de sapé e as vigas. Thomas retirou a faca e fez um afago na cabeça do cachorro. — Vá para São Guinefort — disse ele, limpando a lâmina. — Eu sempre quis um cachorro quando era criança — disse ele a Jeanette —, mas meu pai não os aturava.

— Por quê?

— Porque ele era estranho.

Ele embainhou a faca e levantou-se. Uma trilha, com marcas de patas de cavalo, levava para o norte da fazenda, e os dois a seguiram com cuidado entre cercas vivas, espessas, de centáureas, margarida-dos-campos e cornisos. Eles estavam numa região de campos pequenos, altas encostas, bosques que apareciam de repente e montes cheios de protuberâncias, uma região para emboscadas, mas não viram ninguém até que, do alto de um morro baixo, vislumbraram uma torre de igreja quadrada, de pedra, num vale, e depois os telhados de uma aldeia que não tinham sido queimados, e depois deles, soldados. Havia centenas deles estacionados nos campos além das choupanas, e mais na própria aldeia. Algumas tendas grandes tinham sido erguidas perto da igreja e portavam os estandartes de nobres fincados na entrada.

Thomas ainda hesitou, relutante de encerrar aquela boa fase com Jeanette, mas sabia que não havia opção e, por isso, arco ao ombro, desceu com ela em direção à aldeia. Homens os viram chegar e uma dúzia de arqueiros, liderados por um homem troncudo vestindo uma cota de malha, foram ao encontro deles.

— Quem diabos é você? — foi a primeira pergunta do homem corpulento. Seus arqueiros deram um sorriso voraz ao verem o vestido rasgado de Jeanette. — Ou você é um padre ferido que roubou um arco — prosseguiu o homem —, ou um arqueiro que surrupiou uma batina de padre.

— Eu sou inglês — disse Thomas.

O grandalhão não pareceu impressionado.

— Servindo a quem?

— Eu estava com Will Skeat na Bretanha — disse Thomas.

— Bretanha! — O grandalhão franziu o cenho, na dúvida se acreditava ou não em Thomas.

— Diga a eles que eu sou uma condessa — insistiu Jeanette, em francês.

— O que foi que ela disse?

— Nada — disse Thomas.

— Então, o que é que você está fazendo aqui? — perguntou o grandalhão.

— Fui isolado da minha tropa na Bretanha — disse Thomas, em voz baixa. Ele praticamente não podia dizer a verdade, a de que era um fugitivo da justiça, mas não tinha outra história preparada. — Eu simplesmente vim a pé.

Era uma explicação esfarrapada, e o grandalhão tratou-a com o desprezo que ela merecia.

— O que você quer dizer, rapaz — disse ele —, é que você é um danado de um desertor.

— Se fosse, dificilmente eu viria para cá, não é? — perguntou Thomas, desafiador.

— Dificilmente você viria da Bretanha até aqui se apenas tivesse se perdido! — salientou o homem. Ele deu uma cuspida. — Você vai ter que falar com o Scoresby. Ele que decida o que você é.

— Scoresby? — perguntou Thomas.

— Já ouviu falar nele? — perguntou o grandalhão com ar beligerante.

Thomas ouvira falar em Walter Scoresby que, como Skeat, era um homem que liderava um bando próprio de soldados e arqueiros, mas Scoresby não tinha a boa reputação de Skeat. Dizia-se que era um homem sinistro, mas era evidente que iria decidir o destino de Thomas, porque os arqueiros cercaram-no e encaminharam o casal em direção à aldeia.

— Ela é sua mulher? — perguntou um deles a Thomas.

— Ela é a condessa de Armórica — disse Thomas.

— E eu sou o danado do duque de Londres — retorquiu o arqueiro.

Jeanette agarrou-se ao braço de Thomas, aterrorizada com as caras inamistosas. Thomas sentia-se igualmente infeliz. Quando a situação na Bretanha estivera no ponto mais negativo, quando os *hellequins* resmungavam e fazia frio, chovia e era uma infelicidade só, Skeat gostava de dizer: "Fiquem felizes por não estarem com o Scoresby." E agora, parecia que Thomas estava.

— Nós enforcamos os desertores — disse o grandalhão com prazer.

Thomas percebeu que os arqueiros, como todos os soldados que ele via na aldeia, usavam a cruz vermelha de São Jorge nas túnicas. Uma grande quantidade deles estava reunida numa pastagem que ficava entre a pequena igreja da aldeia e um mosteiro ou convento cisterciense que de algum modo escapara da destruição, porque os monges de trajes brancos assistiam a um padre que rezava uma missa para os soldados.

— Hoje é domingo? — perguntou Thomas a um dos arqueiros.

— Terça-feira — disse o homem, tirando o chapéu em homenagem aos sacramentos —, dia de São Tiago.

Eles esperaram à margem do pasto, perto da igreja da aldeia, onde uma fila de novas sepulturas indicava que alguns aldeões tinham morrido quando o exército chegou, mas a maioria talvez tivesse fugido para o sul ou para o oeste. Um ou dois tinham ficado. Um homem idoso, com o corpo dobrado pelo trabalho e com uma barba branca que quase chegava ao chão, balbuciava junto com o padre distante enquanto um menino, talvez com seis ou sete anos, tentava armar um arco inglês, o que o dono achava engraçado.

A missa terminou e os homens vestindo cotas de malha, que estavam ajoelhados, levantaram-se e caminharam em direção às tendas e casas. Um dos arqueiros da escolta de Thomas tinha se metido entre a multidão que se dispersava e agora reaparecia com um grupo de homens. Um deles se destacava, porque era mais alto do que os outros e tinha uma nova cota de malha que fora polida, e parecia brilhar. Vestia botas de cano longo, uma capa verde e uma espada com punho de ouro e uma bainha envolta em tecido vermelho. A elegância parecia contrastar com o rosto do homem, que mostrava que ele estava atormentado e preocupado. Era careca, mas usava uma barba em duas pontas, que torcera em duas tranças.

— Este é o Scoresby — sussurrou um dos arqueiros e Thomas não precisou adivinhar a qual dos soldados que se aproximavam ele se referia.

Scoresby parou a alguns passos de distância e o arqueiro corpulento que tinha prendido Thomas sorriu com malícia.

— Um desertor — anunciou ele, com orgulho — e diz que veio a pé da Bretanha até aqui.

Scoresby dirigiu a Thomas um olhar ríspido e, a Jeanette, um olhar muito mais demorado. O vestido em trapos revelava um pedaço de coxa e um decote rasgado, e estava claro que Scoresby queria ver mais. Tal como Will Skeat, ele começara a vida militar como arqueiro e progredira à custa de esperteza, e Thomas calculou que não havia muita misericórdia na composição de sua alma.

Scoresby deu de ombros.

— Se ele for um desertor — disse ele — enforquem o bastardo. — Ele sorriu. — Mas nós vamos ficar com a mulher.

— Eu não sou desertor — disse Thomas — e a mulher é a condessa de Armórica, que é parenta do conde de Blois, sobrinho do rei da França.

A maioria dos arqueiros vaiou aquela alegação absurda, mas Scoresby era um homem cauteloso e estava cônscio de uma pequena multidão que havia se formado à beira do cemitério. Dois padres e alguns soldados usando brasões de nobres estavam entre os espectadores, e a segurança de Thomas colocara uma dúvida suficiente na mente de Scoresby. Ele olhou para Jeanette de cenho franzido, vendo uma jovem que à primeira vista parecia uma camponesa, mas apesar do rosto moreno de sol, não havia dúvida de que era bonita e o que restava de seu vestido indicava que outrora ela conhecera a elegância.

— Ela é quem? — perguntou Scoresby.

— Eu lhe disse quem ela é — disse Thomas, agressivo — e não vou lhe dizer mais nada. O filho foi roubado dela, e o filho está sob a tutela do nosso rei. Ela veio em busca da ajuda de Sua Majestade.

Thomas disse em rápidas palavras a Jeanette o que havia dito e, para alívio dele, ela fez um gesto de concordância com a cabeça.

Scoresby olhou para Jeanette e algo a respeito dela aumentou em sua mente.

— Por que você está com ela? — perguntou ele a Thomas.

— Eu a salvei — disse Thomas.

— Ele diz — uma voz, vinda da multidão, falou em francês e Thomas não conseguiu ver a pessoa que falava, que evidentemente estava cercada por soldados, todos usando uma libré verde e branca. — Ele diz que a salvou, madame, é verdade?

— É — disse Jeanette. Ela franziu o cenho, incapaz de ver quem a interrogava.

— Diga-nos quem é a senhora — ordenou o homem que eles não conseguiam ver.

— Eu sou Jeanette, condessa viúva de Armórica.

— Quem era o seu marido? — A voz indicava tratar-se de um homem jovem, mas um jovem muito confiante.

Jeanette reprimiu-se diante do tom da pergunta, mas respondeu.

— Henri Chenier, conde da Armórica.

— E por que a senhora está aqui, madame?

— Porque Charles de Blois raptou meu filho! — respondeu Jeanette, com raiva. — Uma criança que foi colocada sob a proteção do rei da Inglaterra.

O jovem não disse coisa alguma durante um certo tempo. Algumas pessoas da multidão afastavam-se nervosas dos soldados de libré que o cercavam, e Scoresby parecia apreensivo.

— Quem o colocou sob essa proteção? — perguntou ele, por fim.

— William Bohun — disse Jeanette —, conde de Northampton.

— Eu acredito nela — disse a voz, e os soldados afastaram-se, de modo que Thomas e Jeanette puderam ver quem falava, que mostrou ser pouco mais do que um menino. Na verdade, Thomas duvidava que ele começara a se barbear, embora estivesse plenamente desenvolvido, porque era alto — até mesmo mais alto do que Thomas — e só tinha ficado escondido porque seus soldados usavam plumas verdes e brancas nos elmos. O jovem era louro, tinha um rosto ligeiramente queimado do sol, vestia uma capa verde, calções lisos e uma camisa de linho, e nada, exceto a altura, explicava o motivo pelo qual de repente homens se ajoelhavam na grama.

— Ajoelhe — sussurrou Scoresby para Thomas que, perplexo, dobrou um dos joelhos. Agora, só Jeanette, o rapaz e sua escolta de oito soldados altos estavam em pé.

O rapaz olhou para Thomas.

— Você veio, mesmo, a pé da Bretanha até aqui? — perguntou ele em inglês, embora, como acontecia com muitos nobres, o seu inglês tivesse um leve sotaque francês.

— Nós dois, senhor — disse Thomas, em francês.

— Por quê? — perguntou ele, ríspido.

— Para procurar a proteção do rei da Inglaterra — disse Thomas —, que é o guardião do filho da senhora condessa, que foi traiçoeiramente preso por inimigos da Inglaterra.

O rapaz olhou para Jeanette com o mesmo ar de conquistador que Scoresby demonstrara. Ele podia não fazer a barba, mas sabia identificar uma mulher bonita. Ele sorriu.

— É um enorme prazer recebê-la, madame — disse ele. — Eu tinha conhecimento da reputação de seu marido, eu o admirava, e lamento que jamais terei a oportunidade de enfrentá-lo em combate.

Ele fez uma mesura para Jeanette, desamarrou a capa e caminhou até ela. Colocou a capa verde nos ombros de Jeanette, para cobrir o vestido rasgado.

— Vou garantir, madame — disse ele —, que a senhora seja tratada com a cortesia que sua classe exige e juro cumprir quaisquer que tenham sido as promessas que a Inglaterra fez para com o seu filho.

Ele tornou a fazer uma mesura.

Jeanette, perplexa e grata pelos modos do jovem, fez a pergunta que Thomas andava querendo que fosse respondida.

— Quem é o senhor? — perguntou ela, fazendo uma mesura.

— Eu sou Eduardo de Woodstock, madame — disse ele, oferecendo-lhe o braço.

Aquilo nada significava para Jeanette, mas deixou Thomas impressionado.

— Ele é o filho mais velho do rei — sussurrou ele para ela.

Ela caiu sobre um dos joelhos, mas o rapaz de faces lisas ergueu-a e conduziu-a em direção ao convento. Ele era Eduardo de Woodstock, duque da Cornualha e príncipe de Gales. E a roda da fortuna, uma vez mais, colocara Jeanette no alto.

A roda parecia diferente para Thomas. Ele foi deixado sozinho, abandonado. Jeanette afastou-se apoiada no braço do príncipe e nem sequer voltou-se para olhar para Thomas. Ele a ouviu rir. Ficou observando-a. Ele cuidara dela, ele a alimentara, levara-a no colo e a amara, e agora, sem consideração, ela o descartara. Ninguém mais estava interessado nele. Scoresby e seus homens, que tiveram seu possível enforcamento frustrado, foram para a aldeia, e Thomas se perguntava o que devia fazer.

— Que diabo! — disse ele, em voz alta. Sentia-se imensamente tolo na batina em farrapos. — Que diabo! — repetiu. Uma raiva, do tamanho do humor negro que podia deixar um homem enjoado, surgiu nele, mas o que é que podia fazer? Era um tolo numa batina esfarrapada, e o príncipe era o filho de um rei.

O príncipe tinha levado Jeanette para o cimo baixo, coberto de grama, onde ficavam as grandes tendas numa fila colorida. Cada tenda tinha um mastro, e a mais alta desfraldava a bandeira dividida em quatro partes iguais, do príncipe de Gales, que mostrava os leões de ouro da Inglaterra nos dois quartos vermelhos e flores-de-lis douradas sobre os dois azuis. As flores-de-lis estavam ali para mostrar a reivindicação do trono francês por parte do rei, enquanto a bandeira toda, que era a do rei da Inglaterra, era cruzada por uma faixa dentada de branco, para mostrar que se tratava da bandeira do filho mais velho do rei. Thomas ficou tentado a seguir Jeanette, a pedir a ajuda do príncipe, mas então uma das bandeiras mais baixas, a que ficava mais distante dele, captou o leve vento quente e, preguiçosamente, ergueu suas dobras. Thomas ficou olhando para ela.

A bandeira tinha um campo azul e estava cortada na diagonal por uma faixa branca. Três agressivos leões amarelos estavam blasonados nos dois lados da faixa, decorada com três estrelas vermelhas com centros verdes. Era uma bandeira que Thomas conhecia bem, porque as armas eram as de William Bohun, conde de Northampton. Northampton era o representante do rei na Bretanha, mas sua bandeira era inconfundível e Thomas caminhou em direção a ela, temendo que a bandeira ondulada pelo vento se revelasse um brasão diferente, idêntico ao do conde, mas não o mesmo.

Mas era a bandeira do conde, e a tenda do conde, em contraste com os outros pomposos pavilhões na pequena elevação, ainda era o abrigo imundo feito com duas velas de navio gastas. Uns seis soldados, usando a libré do conde, barraram o caminho de Thomas quando ele se aproximou da tenda.

— Você veio ouvir o conde em confissão, ou meter uma flecha na barriga dele? — perguntou um deles.

— Eu quero falar com o senhor conde — disse Thomas, mal abafando a raiva provocada por seu abandono por parte de Jeanette.

— Mas será que ele vai falar com você? — perguntou o homem, achando graça nas pretensões do arqueiro maltrapilho.

— Vai — disse Thomas com uma confiança que não sentia de todo. — Diga a ele que o homem que deu La Roche-Derrien a ele está aqui — acrescentou.

O soldado pareceu perplexo. Franziu o cenho, mas naquele justo momento a aba da tenda foi puxada para trás e o conde em pessoa apareceu, nu da cintura para cima, revelando um peito musculoso coberto de pêlos ruivos encaracolados. Ele estava mordendo um osso de ganso e olhou para o céu como se estivesse com medo de chuva. O soldado voltou-se para ele, indicou Thomas, e então deu de ombros como que para dizer que não era responsável pelo fato de um louco aparecer sem ser anunciado.

O conde olhou fixamente para Thomas.

— Meu Deus — disse ele, depois de um certo tempo —, você entrou para um convento?

— Não, senhor conde.

O conde tirou um pedaço de carne do osso com os dentes.

— Thomas, não é mesmo?

— Sim, senhor.

— Eu nunca me esqueço de um rosto — disse o conde — e tenho motivo para me lembrar do seu, embora dificilmente esperasse que você fosse aparecer por aqui. Veio a pé?

Thomas sacudiu a cabeça.

— Vim, senhor conde.

Havia algo de intrigante nos modos do conde, quase como se ele não estivesse realmente surpreso ao ver Thomas na Normandia.

— Will me contou a seu respeito — disse o conde. — Contou tudo a seu respeito. Com que então, Thomas, o meu modesto herói de La Roche-Derrien, é um assassino, hem? — O tom de voz dele era sombrio.

— É, senhor conde — disse Thomas, humilde.

O conde jogou fora o osso descarnado, estalou os dedos e um criado, de dentro da tenda, jogou-lhe uma camisa. Ele a vestiu e enfiou-a no calção.

— Pelo amor de Deus, rapaz, você espera que eu o salve da vingança de Sir Simon? Sabe que ele está aqui?

Thomas olhou boquiaberto para o conde. Não disse nada. Sir Simon Jekyll estava lá? E Thomas acabara de levar Jeanette para a Normandia. Sir Simon praticamente não poderia fazer mal a ela enquanto ela estivesse sob a proteção do príncipe, mas Sir Simon podia perfeitamente atingir Thomas. E sentir prazer nisso.

O conde viu Thomas empalidecer e sacudiu a cabeça.

— Ele está com os homens do rei, porque eu não o queria, mas ele insistiu em viajar porque imagina que há mais espólio a conseguir na Normandia do que na Bretanha, e eu devo afirmar que ele tem razão, mas o que realmente vai fazê-lo sorrir é ver você. Já foi enforcado alguma vez, Thomas?

— Enforcado, senhor conde? — perguntou Thomas distraído. Ele ainda estava sob o efeito da notícia de que Sir Simon viajara para a Normandia de navio. Thomas andara a pé aquela distância toda, para achar o inimigo à sua espera?

— Sir Simon vai enforcar você — disse o conde com um prazer indecente. — Vai deixar você ser estrangulado por uma corda, e não haverá nenhuma alma bondosa puxando seus tornozelos para tornar a coisa rápida. Você poderá durar uma hora, duas horas, em extrema agonia. Poderá sufocar por um período ainda maior! Um sujeito que eu enforquei durou das matinas até a prima, e ainda conseguiu me amaldiçoar. Por isso, eu acho que você quer a minha ajuda, não é?

Com atraso, Thomas ajoelhou-se sobre um dos joelhos.

— O senhor me ofereceu uma recompensa depois de La Roche-Derrien. Posso pedi-la agora?

O criado levou um banco da tenda e o conde sentou-se, as pernas bem abertas.

— Assassinato é assassinato — disse ele, palitando os dentes com uma farpa de madeira.

— Metade dos homens de Will Skeat é de assassinos, senhor conde — salientou Thomas.

O conde pensou naquilo, e então, relutante, sacudiu a cabeça.

— Mas eles são assassinos que foram perdoados — respondeu ele. Soltou um suspiro. — Quem dera Will estivesse aqui — disse ele, evitando o pedido de Thomas. — Eu queria que ele viesse, mas ele não pode vir enquanto Charles de Blois não for colocado de volta na sua jaula. — Ele fez uma careta para Thomas. — Seu eu lhe der o perdão — prosseguiu o conde — farei de Sir Simon um inimigo. Não que ele agora seja amigo, mas ainda assim, por que poupar a sua vida?

— Por La Roche-Derrien — disse Thomas.

— Que é uma grande dívida — concordou o conde —, uma dívida muito grande. Nós teríamos feito papel de tolos se não tivéssemos tomado aquela cidade, apesar de ser um maldito lugar miserável. Pelo amor de Deus, rapaz, por que você simplesmente não seguiu para o sul? Tem bastardos em quantidade para matar na Gasconha.

Ele ficou olhando para Thomas durante um certo tempo, visivelmente irritado pela inegável dívida que tinha para com o arqueiro e pelo aborrecimento de ter de pagá-la. Por fim, deu de ombros.

— Eu vou falar com Sir Simon, vou oferecer dinheiro a ele, e se isso for suficiente, ele vai fingir que você não está aqui. Quanto a você — ele fez uma pausa, franzindo o cenho enquanto se recordava dos encontros anteriores com Thomas —, você é aquele que não queria me dizer quem era seu pai, não é verdade?

— Eu não disse, senhor conde, porque ele era um padre.

O conde achou que aquilo era uma boa piada.

— Pelos dentes de Deus! Um padre? Então você é filho do diabo, não é? É isso que se diz na Guiana, que os filhos de padres são filhos do diabo. — Ele olhou Thomas de alto a baixo, achando engraçada, outra vez, a batina em frangalhos. — Dizem que os filhos do diabo dão bons soldados — disse ele —, bons soldados e melhores prostitutas. Eu presumo que você tenha perdido o seu cavalo?

— Perdi, senhor conde.

— Todos os meus arqueiros são montados — disse o conde, e voltou-se para um de seus soldados. — Arranje um cavalo enselado para esse bastardo, até que ele possa roubar algo melhor, e depois dê-lhe uma túnica e entregue-o a John Armstrong.

Ele voltou a olhar para Thomas.

— Você está entrando para o meu grupo de arqueiros, o que significa que vai usar minha insígnia. Você trabalha para mim, filho do diabo, e talvez isso o proteja se Sir Simon quiser dinheiro demais pela sua alma miserável.

— Vou tentar recompensar o senhor — disse Thomas.

— Pague-me, meu rapaz, fazendo com que entremos em Caen. Você nos meteu em La Roche-Derrien, mas aquela cidadezinha não é nada comparada a Caen. Caen é uma cidade de verdade. Nós vamos para lá amanhã, mas eu duvido que vejamos o lado de dentro de seus muros antes de um mês ou mais, se é que vamos ver. Coloque-nos dentro de Caen, Thomas, e eu lhe perdoarei vinte assassinatos.

Ele se levantou, fez um gesto de dispensa com a cabeça e voltou para dentro da tenda.

Thomas não se mexeu. Caen, pensou ele, Caen. Caen era a cidade onde Sir Guillaume d'Evecque morava, e ele fez o sinal-da-cruz, porque sabia que o destino providenciara aquilo tudo. O destino decidira que a seta de sua besta não iria acertar Sir Simon Jekyll e o trouxera às proximidades de Caen. Porque o destino queria que ele cumprisse a penitência que o padre Hobbe ordenara. Deus, concluiu Thomas, tirara Jeanette dele porque ele demorara em cumprir a promessa.

Mas agora o momento de cumprir promessas chegara, porque Deus levara Thomas até Caen.

Segunda Parte
NORMANDIA

O CONDE DE NORTHAMPTON tinha sido chamado da Bretanha para ser um dos conselheiros do príncipe de Gales. O príncipe tinha apenas 16 anos, embora John Armstrong reconhecesse que o rapaz era tão bom quanto qualquer homem adulto.

— Não há nada de errado com o jovem Eduardo — disse ele a Thomas. — Ele conhece as armas. Cabeçudo, talvez, mas valente.

Aquilo, no mundo de John Armstrong, era um grande elogio. Ele era um soldado de quarenta anos que chefiava os arqueiros pessoais do conde e era um daqueles homens duros, simples, de que o conde tanto gostava. Armstrong, como Skeat, vinha do norte e dizia-se que lutava contra os escoceses desde que fora desmamado. Sua arma pessoal era uma cimitarra, uma espada curva com uma lâmina pesada tão larga quanto um machado, embora ele soubesse disparar um arco como os melhores de sua tropa. Ele também comandava sessenta *hobelars*, cavaleiros ligeiros montando pôneis peludos e levando lanças.

— Eles não parecem grande coisa — disse ele a Thomas, que olhava para os pequenos cavaleiros, todos com os cabelos compridos e as pernas arqueadas —, mas são excelentes como batedores. Nós mandamos centenas daqueles bastardos para os montes escoceses, para procurar o inimigo. Não fosse isso, estaríamos mortos.

Armstrong estivera em La Roche-Derrien e lembrava-se do feito de Thomas ao contornar o flanco da cidade que dava para o rio e, por causa disso, aceitou Thomas na mesma hora. Deu a ele um *hacqueton* — uma jaqueta forrada que deveria aparar um corte fraco feito por uma espada — cheio de pioihos e um casaco curto, um hábito, que tinha as estrelas e os leões do conde no peito e exibia a cruz de São Jorge na manga direita. A jaqueta e o hábito, como os calções e o saco de arco que completavam o equipamento de Thomas, tinham pertencido a um arqueiro que morrera de febre logo depois de chegar à Normandia.

— Você poderá arranjar material melhor em Caen — disse Armstrong —, se algum dia chegarmos a Caen.

Deram a Thomas uma égua cinza enselada que era dura de boca e tinha um andar desajeitado. Ele deu água ao animal, esfregou-a com palha, e depois comeu arenque defumado e vagem seca com os homens de Armstrong. Achou um córrego e lavou os cabelos, e com a corda do arco amarrou o rabo-de-cavalo molhado. Tomou emprestada uma navalha e raspou a barba, atirando os pêlos duros no rio, para que ninguém pudesse fazer um feitiço com eles. Parecia estranho passar a noite em um acampamento de soldados e dormir sem Jeanette. Ele ainda estava amargurado por causa dela, e aquela amargura era como uma lasca de ferro em sua alma quando ele foi acordado na escuridão profunda da noite. Sentiu-se solitário, com frio e indesejado quando os arqueiros iniciaram a marcha. Pensou em Jeanette na tenda do príncipe e lembrou-se do ciúme que sentira em Rennes quando ela foi até a cidadela encontrar-se com o duque Charles. Ela parecia uma mariposa, pensou ele, voando para a vela mais brilhante da sala. Suas asas já tinham sido chamuscadas uma vez, mas a chama ainda a atraía.

O exército avançou contra Caen em três batalhões, cada um com cerca de quatro mil homens. O rei comandava um, o príncipe de Gales o segundo, enquanto o terceiro estava sob as ordens do bispo de Durham, que preferia muito mais o massacre à santidade. O príncipe deixara o acampamento cedo, para colocar seu cavalo à beira da estrada, onde pudesse ver seus homens passarem na madrugada de verão. Vestia uma armadura preta, com uma juba de leão no elmo, e era escoltado por 12 padres e cinqüenta cavaleiros. Quando Thomas se aproximou, viu que Jeanette estava entre aqueles cavaleiros adornados em verde e branco. Ela usava as mesmas cores, um vestido de tecido verde bem claro com punhos, bainhas e corpete brancos, e montava um palafrém com barbelas de prata, fitas verdes e brancas pregueadas na crina e um teliz branco bordado com os leões da Inglaterra. Os cabelos tinham sido lavados, escovados e trançados, e depois decorados com centáureas azuis e, ao se aproximar, Thomas a achou encantadora. No rosto dela havia uma felicidade radiante e os olhos brilhavam. Estava a um dos lados do príncipe e mais ou menos um passo atrás dele, e Thomas percebeu a freqüência com que o rapaz se voltava para falar com ela. Os homens que iam à frente de Thomas estavam tirando o elmo ou chapéus para saudar o príncipe, que olhava de Jeanette para eles, às vezes balançando a cabeça ou dirigindo-se em voz alta para um cavaleiro que reconhecesse.

Thomas, montado em seu cavalo emprestado tão pequeno que suas longas pernas quase tocavam o chão, ergueu a mão para saudar Jeanette. Ela olhou para o rosto sorridente dele e depois desviou o olhar, sem mostrar qualquer expressão. Falou com um padre que, evidentemente, era o capelão do príncipe. Thomas deixou a mão cair.

— Se você é um danado de um príncipe — disse o homem que estava ao lado de Thomas —, você pega o melhor, não é? Nós pegamos piolhos, e ele pega aquilo.

Thomas não disse nada. A rejeição por parte de Jeanette o deixara embaraçado. Teriam as últimas semanas sido um sonho? Ele se torceu na sela para olhar para ela e viu que ela ria de algum comentário do príncipe. Você é um idiota, disse Thomas a si mesmo, um idiota, e perguntou-se por que se sentia tão magoado. Jeanette jamais declarara qualquer amor por ele, mas o abandono mordia-lhe o coração como uma cobra. A estrada entrou num vale onde sicômoros e freixos cresciam em abundância e Thomas, virando-se outra vez, não viu Jeanette.

— Vai haver um bocado de mulher em Caen — disse um arqueiro com satisfação.

— Se é que vamos entrar lá — comentou outro, usando as seis palavras que eram ditas sempre que a cidade era citada.

Na noite anterior, Thomas ouvira a conversa ao pé da fogueira, que girara toda em torno de Caen. Pelo que percebera, era uma cidade enorme, uma das maiores da França, e protegida por um castelo maciço e uma grande muralha. Os franceses, ao que parecia, tinham adotado uma estratégia de retirar-se para dentro de tais cidadelas em vez de enfrentar os arqueiros da Inglaterra em campo aberto, e os arqueiros temiam que pudessem ficar parados em frente a Caen durante semanas. A cidade não podia ser ignorada, porque se fosse deixada incólume, sua enorme guarnição ameaçaria as linhas de abastecimento inglesas. Por isso, Caen tinha de cair e ninguém acreditava que seria fácil, embora alguns homens calculassem que os novos canhões que o rei levara para a França derrubariam as defesas da cidade com a mesma facilidade com que as trombetas de Josué derrubaram as muralhas de Jericó.

O próprio rei devia estar cético quanto ao poderio dos canhões, porque resolveu assustar a cidade, a ponto de fazê-la render-se, com o tamanho de seu exército. Os três batalhões ingleses deslocaram-se para o leste em todas as estradas, trilhas ou trecho de campina que oferecesse uma trilha, mas uma ou duas horas depois do amanhecer os soldados que serviam como marechais começaram a fazer parar os diversos contingentes. Cavaleiros suarentos galopavam de um lado para o outro das massas de homens, gritando para que fizessem uma fila imperfeita. Thomas, lutando com a teimosa égua, percebeu que todo o exército estava sendo disposto de modo a formar um imenso crescente. Um pequeno monte ficava em frente e uma mancha imprecisa do outro lado do monte denunciava as milhares de fogueiras para fazer comida em Caen. Quando se desse o sinal, todo o crescente malfeito de homens com cotas de malha avançaria para o alto do morro, a fim de que os defensores, em vez de verem uns poucos batedores ingleses surgir do bosque, fossem apresentados a um convidado avassalador e, para fazer com que o exército parecesse ter o dobro do tamanho verdadeiro, os marechais empurravam e gritavam com os seguidores de acampamentos para que fizessem uma curva. Cozinheiros, escriturários, mulheres, pedreiros, ferreiros, carpinteiros, ajudantes de cozinha, qualquer pessoa que pudesse andar, rastejar, cavalgar ou ficar em pé estava sendo acrescentada ao crescente, e uma quantidade enorme de bandeiras vistosas foi erguida sobre aquela massa confusa. Era uma manhã quente, e o couro e a malha faziam com que homens e cavalos suassem. Poeira era soprada pelo vento. O conde de Warwick, marechal do Exército, galopava de um lado para o outro do crescente, ruborizado e xingando, mas devagar a linha desajeitada formou-se tal como ele queria.

— Quando os clarins soarem — gritou um cavaleiro para os homens de Armstrong —, avancem para o alto do morro. Quando os clarins soarem! Antes, não!

O exército da Inglaterra aparentava ter vinte mil homens quando os clarins rasgaram o céu de verão com o seu desafio. Para os defensores de Caen, foi um pesadelo. Num momento, o horizonte estava vazio, muito embora o céu lá adiante há muito estivesse empalidecido pela poeira levantada por patas e botas. De repente surgiu uma multidão, uma horda, um enxame de homens reluzindo como ferro à luz do sol, encimados por uma floresta de lanças e bandeiras erguidas. Todo o norte e o leste da cidade estavam cercados por homens que, quando viram Caen, soltaram um grande rugido de incoerente desdém. O saque estava à frente deles, toda uma cidade rica esperando ser tomada.

Era uma cidade bonita e famosa, maior até do que Londres, a maior cidade da Inglaterra. Na verdade, Caen era uma das grandes cidades da França. O Conquistador a dotara da riqueza que roubara da Ingaterra, e isso ainda se via na cidade. Dentro dos muros da cidade, as pontas das torres e as torres das igrejas erguiam-se tão perto umas das outras quanto as lanças e as bandeiras do exército de Eduardo, enquanto de cada lado da cidade havia duas imensas abadias. O castelo ficava ao norte e seus muros, como a pedra pálida dos altos muros da cidade, traziam bandeiras de guerra. O rugido inglês foi respondido por um grito desafiador dos defensores, que formavam um bloco compacto sobre os muros. Tantas bestas, pensou Thomas, lembrando-se das pesadas setas partindo com um barulho surdo das seteiras de La Roche-Derrien.

A cidade espalhara-se além dos muros, mas em vez de colocar as novas casas ao lado dos muros, como fazia a maioria das cidades, ali elas foram construídas numa ilha que crescia muito e ficava ao sul da cidade antiga. Formada por um entrelaçar, como um labirinto, de afluentes que alimentavam os dois rios principais que passavam por Caen, a ilha não tinha muros, porque estava protegida pelos cursos de água. Ela precisava daquela proteção, porque mesmo do alto do morro Thomas pôde ver que era na ilha que estava a riqueza de Caen. A cidade velha, dentro dos altos muros, seria um labirinto de becos estreitos e casas apertadas, mas a ilha estava cheia de grandes mansões, grandes igrejas e amplos jardins. Mas mesmo que parecesse ser a parte mais rica de Caen, aparentemente não estava protegida. Não se viam tropas por lá. Em vez disso, elas estavam todas nas defesas da cidade velha. Os barcos da cidade tinham sido ancorados na margem da ilha, em frente ao muro da cidade, e Thomas se perguntou se algum deles pertencia a Sir Guillaume d'Evecque.

O conde de Northampton, liberado da comitiva do príncipe, juntou-se a John Armstrong à frente dos arqueiros e fez com a cabeça um gesto para os muros da cidade.

— Cidade enorme, John! — disse o conde, animado.

— Descomunal, senhor conde — grunhiu Armstrong.

— A ilha foi batizada em sua homenagem — disse o conde, lisonjeiro.

— Em minha homenagem? — o tom de voz de Armstrong indicava desconfiança.

— É a Île St. Jean — disse o conde, e apontou para a mais próxima das duas abadias, unidas pelos muros mais altos da cidade. — A Abbaye aux Hommes — disse o conde. — Sabe o que aconteceu quando enterraram o Conquistador aqui? Eles o deixaram na abadia por tempo demais, e quando chegou a hora de colocá-lo na cripta, ele estava podre e inchado. O corpo explodiu e eles acham que o mau cheiro fez com que a congregação abandonasse a abadia.

— Vingança de Deus, senhor conde — disse Armstrong, imperturbável.

O conde dirigiu-lhe um olhar zombeteiro.

— Talvez — disse ele, na dúvida.

— No norte do país não existe amor por Guilherme — disse Armstrong.

— Isso foi há muito tempo, John.

— Não tanto que não me faça cuspir em sua tumba — declarou Armstrong, e depois explicou-se. — Ele pode ter sido o nosso rei, senhor conde, mas não era inglês.

— Eu acho que não era — admitiu o conde.

— Hora da vingança — disse Armstrong em voz alta o suficiente para que os arqueiros mais próximos ouvissem. — Nós o tomaremos, nós tomaremos a cidade dele e vamos tomar as malditas mulheres dele!

Os arqueiros ovacionaram, embora Thomas não visse como o exército poderia tomar Caen. Os muros eram imensos e bem fortalecidos com torres, e as defesas estavam apinhadas de defensores, que pareciam tão confiantes quanto os atacantes. Thomas procurava entre as bandeiras a que mostrasse três falcões amarelos num campo azul, mas eram tantas as bandeiras e o vento as agitava com tal velocidade que ele não conseguia localizar os três falcões de Sir Guillaume d'Evecque em meio às outras ondulações berrantes que redemoinhavam abaixo das seteiras.

— E o que você é, Thomas? — O conde deixara-se ficar para trás a fim de cavalgar ao lado dele. Seu cavalo era um grande corcel, de modo que o conde, apesar de ser muito mais baixo do que Thomas, ficava muito acima dele. Falava em francês. — Inglês ou normando?

Thomas fez uma careta.

— Inglês, senhor conde. Até o meu traseiro dolorido. — Cavalgava há tanto tempo que suas coxas estavam em carne viva.

— Todos nós somos ingleses agora, não somos? — O conde pareceu ligeiramente surpreso.

— O senhor iria querer ser outra coisa? — perguntou Thomas, e correu os olhos pelos arqueiros. — Deus sabe, senhor conde, que eu não gostaria de lutar contra eles.

— Nem eu — grunhiu o conde — e eu poupei você de uma briga com Sir Simon. Ou melhor, eu salvei a sua vida miserável. Falei com ele ontem à noite. Não posso dizer que ele estivesse muito disposto a poupá-lo de um estrangulamento, e não posso culpá-lo por isso. — O conde deu um tapa numa mutuca. — Mas no fim, a ganância sobrepujou o ódio que ele sente por você. Você me custou a minha parte do dinheiro apurado com os dois navios da condessa, meu jovem Thomas. Um navio pelo escudeiro dele que morreu, e o outro pelo buraco que você fez na perna de Sir Simon.

— Muito obrigado, senhor conde — disse Thomas, efusivo. Sentiu o alívio tomar conta dele. — Muito obrigado — repetiu.

— E assim, você é um homem livre — disse o conde. — Sir Simon apertou a minha mão, um escriturário anotou tudo e um padre o testemunhou. Agora, pelo amor de Deus, não vá matar outro dos homens dele.

— Não vou, senhor conde — prometeu Thomas.

— E você agora tem uma dívida para comigo — disse o conde.

— Eu a reconheço, senhor conde.

O conde fez um ruído que dava a entender não ser provável que algum dia Thomas pudesse pagar uma dívida daquelas, e então lançou ao arqueiro um olhar desconfiado.

— E por falar na condessa — continuou ele —, você nunca mencionou o fato de que a trouxe para o norte.

— Isso não pareceu importante, senhor.

— E ontem à noite — continuou o conde —, depois de ter pressionado Jekyll em seu favor, encontrei a condessa nos aposentos do príncipe. Ela disse que você a tratou com um cavalheirismo perfeito. Parece que você se portou com discrição e respeito. É verdade, mesmo?

Thomas enrubesceu.

— Se ela disse isso, senhor conde, deve ser verdade.

O conde soltou uma gargalhada e esporeou seu cavalo de combate.

— Eu comprei a sua alma — disse ele, animado —, e por isso, lute bem por mim!

Ele fez uma curva, afastando-se para voltar para junto de seus soldados.

— O nosso Billy é um bom sujeito — disse um arqueiro, fazendo com a cabeça um gesto na direção do conde —, um bom sujeito.

— Se ao menos todos fossem iguais a ele — concordou Thomas.

— Como é que você sabe falar francês? — perguntou o arqueiro, desconfiado.

— Aprendi na Bretanha — disse Thomas, distraído.

A vanguarda do exército, agora, chegara ao espaço aberto em frente aos muros e uma seta de besta penetrou no gramado como um aviso. Os seguidores de acampamentos, que tinham ajudado a dar a ilusão de uma força avassaladora, erguiam tendas nos morros que ficavam ao norte, enquanto os combatentes espalhavam-se pela planície que cercava a cidade. Marechais galopavam entre as unidades, gritando que os homens do príncipe deviam contornar os muros e ir para a Abbaye aux Dames, do outro lado da cidade. Ainda era cedo, a manhã ia ao meio, e o vento levou o cheiro das cozinhas de Caen quando os homens do conde passaram marchando por fazendas desertas. O castelo erguia-se assustador diante deles.

Eles se dirigiram para o lado oeste da cidade. O príncipe de Gales, montando um grande cavalo preto e seguido por um porta-bandeira e uma tropa de soldados, galopou até o convento que, por ficar bem fora dos muros da cidade, fora abandonado. O príncipe o transformaria em sua residência durante o cerco e Thomas, desmontando onde os homens de Armstrong iriam acampar, viu Jeanette seguindo o príncipe. Seguindo-o como um filhote de cachorro, pensou ele com amargura, e depois repreendeu a si mesmo por sentir ciúmes. Por que ter ciúmes de um príncipe? Era como guardar ressentimento do sol ou amaldiçoar o oceano. Há outras mulheres, disse ele para consigo enquanto conduzia seu cavalo em um dos pastos da abadia.

Um grupo de arqueiros explorava os prédios vazios que ficavam perto do convento. A maioria era de choupanas, mas um deles fora uma carpintaria e tinha pilhas de raspas de madeira e serragem, enquanto mais além ficava um curtume, ainda com o fedor de urina, da cal e do esterco que curavam o couro. Depois do curtume não havia coisa alguma a não ser um terreno baldio de cardos-santos e urtiga que ia até o grande muro da cidade, e Thomas viu que dezenas de arqueiros arriscavam-se por entre as ervas daninhas para olhar as plataformas. O dia estava quente, e o ar em frente aos muros parecia tremer. Um fraco vento norte deslocava algumas nuvens altas e balançava o capim comprido que crescia no fosso na base dos muros ameados. Cerca de cem arqueiros estavam no terreno baldio agora, e alguns no raio de alcance das bestas, apesar de nenhum francês atirar contra eles. Uns vinte arqueiros curiosos levavam machados para cortar lenha, mas a curiosidade mórbida os conduzira para as plataformas, em vez de para fora, para os bosques, e Thomas foi atrás deles, querendo avaliar por si mesmo os horrores que os sitiantes enfrentavam. O som estridente de eixos sem graxa fez com que ele se voltasse para ver duas carroças de fazenda sendo arrastadas em direção ao convento. As duas levavam canhões, grandes objetos cilíndricos com barrigas de metal inchadas e bocas abertas. Ele se perguntou se a magia dos canhões podia fazer um furo nas muralhas da cidade, mas mesmo que fizesse, ainda assim seria preciso lutar para passar pela brecha. Fez o sinal-da-cruz. Talvez encontrasse uma mulher dentro da cidade. Tinha quase tudo de que um homem precisava. Tinha um cavalo, tinha um *hacqueton*, era dono de um arco e do saco de flechas. Só precisava de uma mulher.

Mas não entendia como um exército com o dobro do tamanho poderia atravessar as grandes muralhas de Caen. Elas se erguiam de sua fossa alagadiça como rochedos, e de cinqüenta em cinqüenta passos havia um bastião de telhado cônico que daria aos besteiros da guarnição a oportunidade de desferir seus quadrelos nos flancos do atacantes. Seria uma carnificina, pensou Thomas, muito pior do que os massacres que ocorreram a cada vez que os homens do conde de Northampton atacaram o muro norte de La Roche-Derrien.

Um número cada vez maior de arqueiros entrava no terreno baldio para olhar a cidade. A maioria estava dentro do limite do alcance das bestas, mas ainda assim os franceses os ignoravam. Em vez disso, os defensores começaram a recolher as vistosas bandeiras que pendiam das canhoneiras. Thomas procurou pelos três falcões de Sir Guillaume, mas não os viu. A maioria das bandeiras era decorada com cruzes ou figuras de santos. Uma delas mostrava um anjo com asas ceifando soldados ingleses com uma espada flamejante. Aquela bandeira desapareceu.

— Que diabo aqueles bastardos estão fazendo? — perguntou um arqueiro.

— Os bastardos estão fugindo! — disse outro homem. Estava olhando fixamente para a ponte de pedra que ligava a cidade velha à Île St. Jean.

Aquela ponte estava apinhada de soldados, alguns montados, a maioria a pé, e todos estavam saindo em massa da cidade murada e entrando na ilha de casas, igrejas e grandes jardins. Thomas deu alguns passos para o sul, a fim de ter uma visão melhor, e viu besteiros e soldados aparecer nos becos entre as casas da ilha.

— Eles estão indo defender a ilha — disse ele para quem pudesse ouvir.

Mas agora carroças estavam sendo empurradas pela ponte e ele viu mulheres e crianças sendo acossadas por soldados para que seguissem em frente.

Mais defensores atravessaram a ponte e ainda mais bandeiras desapareciam dos muros, até restarem apenas umas poucas. As grandes bandeiras dos grandes senhores ainda tremulavam nas torres mais altas do castelo, e estandartes piedosos pendiam dos longos muros da torre de menagem, mas as plataformas da cidade estavam quase vazias, e agora devia haver mil arqueiros do exército do príncipe de Gales observando aqueles muros. Eles deveriam estar cortando lenha, construindo abrigos ou cavando latrinas, mas estavam tomados de uma desconfiança de que os franceses não planejavam defender a cidade e a ilha, mas apenas a ilha. O que significava que a cidade fora abandonada. Aquilo pareceu tão inverossímil, que ninguém sequer ousava falar no assunto. Eles apenas observaram os habitantes e os defensores da cidade atravessarem em massa a ponte de pedra e depois, quando o último estandarte foi recolhido das plataformas, alguém começou a andar em direção à porta mais próxima.

Ninguém deu ordem alguma. Nenhum príncipe, conde, condestável ou cavaleiro ordenou que os arqueiros avançassem. Eles simplesmente decidiram, por vontade própria, aproximar-se da cidade. A maioria vestia o uniforme verde e branco do príncipe de Gales, mas um número muito grande, tal como Thomas, usava as estrelas e os leões do conde de

Northampton. Thomas esperava, até certo ponto, que besteiros aparecessem e recebessem o titubeante avanço com uma terrível rajada de quadrelos, mas as canhoneiras continuaram vazias e isso deixou mais ousados os arqueiros, que viram pássaros pousando nas fortificações com ameias, um sinal claro de que os defensores tinham abandonado o muro. Os homens que levavam machados correram para a porta e começaram a golpear a madeira, e nenhuma seta disparada de bestas voou dos baluartes que a flanqueavam. A grande cidade murada de Guilherme, o Conquistador, fora deixada desprotegida.

Os que manejavam os machados arrebentaram as pranchas presas com tachões de ferro, ergueram a barra e empurraram as grandes portas, abrindo-as, revelando uma rua vazia. Uma carrocinha puxada à mão, com uma roda quebrada, estava abandonada sobre as pedras do pavimento, mas não se via francês algum. Houve uma pausa enquanto os arqueiros olhavam sem acreditar, e depois começou a gritaria. "Pilhar! Pilhar!" O primeiro pensamento foi a pilhagem, e homens ansiosos arrombaram as casas, mas acharam pouca coisa além de cadeiras, mesas e guarda-louças. Tudo o que era de valor, mesmo, tal como todas as pessoas da cidade, tinha ido para a ilha.

Mais arqueiros estavam entrando na cidade. Alguns subiram para a área aberta que cercava o castelo, onde dois morreram atingidos por setas de besta disparadas das altas plataformas, mas os demais espalharam-se pela cidade e a encontraram vazia, e por isso um número cada vez maior de homens foi atraído em direção à ponte que cruzava o rio Odon e levava à Île St. Jean. Na extremidade sul da ponte, onde chegava à ilha, havia uma barbacã lotada de bestas, mas os franceses não queriam que os ingleses chegassem perto da barbacã, motivo pelo qual tinham levantado às pressas uma barricada no lado norte de ponte, com uma grande pilha de carroças e móveis, e guarnecido a barreira com vinte soldados reforçados por outros tantos besteiros. Havia outra ponte no lado da ilha que ficava mais além, mas os arqueiros não sabiam de sua existência e, além do mais, ela ficava muito distante e a ponte obstruída era o caminho mais rápido para a riqueza do inimigo.

As primeiras flechas com penas brancas começaram a voar. Em seguida ouviram-se os sons mais duros das bestas do inimigo disparando e o estalar de setas atingindo as pedras da igreja ao lado da ponte. Morreram os primeiros homens.

Ainda não havia ordens. Por enquanto, nenhum superior estava dentro da cidade, apenas uma massa de arqueiros tão irracionais quanto lobos sentindo o cheiro de sangue. Despejavam flechas contra a barricada, obrigando os defensores a se agachar por trás das carroças viradas, e então o primeiro grupo de ingleses soltou um grito e fez uma carga contra a barricada com espadas, machados e lanças. Mais homens vieram em seguida enquanto os primeiros tentavam subir pela desajeitada pilha. As bestas estalavam da barbacã e homens eram jogados para trás pelas setas pesadas. Os soldados franceses levantaram-se para repelir os sobreviventes e espadas chocaram-se com machados. O sangue tornou escorregadio o acesso à ponte, e um arqueiro escorregou e foi pisoteado pelos colegas que iam para a luta. Os ingleses grunhiam, os franceses gritavam, uma trombeta tocava na barbacã, e todos os sinos de igreja da Île St. Jean soavam o alarme.

Thomas, por não ter espada, estava em pé no alpendre de uma igreja que se erguia ao lado da ponte, de onde disparava flechas para a barbacã, mas a sua mira era perturbada porque um telhado de sapé na cidade velha estava em chamas e a fumaça enrolava-se sobre o rio como uma nuvem baixa.

Os franceses detinham todas as vantagens. Seus besteiros podiam atirar da barbacã e do abrigo da barricada, e para atacá-los os ingleses tinham de afunilar-se no estreito acesso à ponte, que estava coberto de corpos, sangue e setas. Ainda mais besteiros inimigos estavam posicionados na fila de navios ancorados ao longo da costa da ilha, encalhados ali pela maré que baixava, e os defensores daquelas embarcações, protegidos pelas sólidas amuradas, podiam atirar em qualquer arqueiro que fosse tolo o bastante para aparecer nas partes do muro da cidade que não estavam cobertas pela fumaça. Mais e mais besteiros chegavam à ponte, até que parecia que o ar acima do rio estava tão tomado de tantas penas dos quadrelos quanto um bando de estorninhos.

Outra onda de arqueiros atacou, vinda dos becos, enchendo a rua estreita que levava à barricada. Berravam enquanto atacavam. Não estavam lutando com seus arcos, mas com machados, espadas, podões e lanças. As lanças eram, em sua maioria, levadas pelos *hobelars*, muitos dos quais eram galeses que lançavam um uivo agudo enquanto corriam com os arqueiros. Doze dos novos atacantes devem ter caído devido a setas de bestas, mas os sobreviventes pularam os corpos e chegaram bem perto da barricada, que agora era defendida por pelo menos trinta soldados e outros tantos besteiros. Thomas correu e pegou o saco de flechas de um morto. Os atacantes estavam socados contra a barricada espetada com flechas, com pouco espaço para brandir os machados, espadas e lanças. Os soldados franceses golpeavam com lanças, cortavam com espadas e malhavam com maças, e à medida que a linha de frente de arqueiros morria, a fila seguinte era empurrada contra as armas do inimigo, e o tempo todo as setas das bestas caíam com um barulho surdo da torre ameada da barbacã e voavam dos navios encalhados no rio. Thomas viu um homem sair cambaleando da ponte com uma seta de besta enterrada no elmo. O sangue escorria-lhe pelo rosto enquanto ele soltava um estranho e incoerente miado antes de cair de joelhos e depois, lentamente, desabar na estrada, onde foi pisoteado por outra onda de atacantes. Alguns arqueiros ingleses conseguiram subir no telhado da igreja e mataram meia dúzia de defensores da barricada antes que os besteiros da barbacã os dizimassem com rajadas certeiras. O acesso à ponte estava, agora, coberto de corpos, tantos corpos que obstruíam os ingleses que atacavam, e uns seis homens começaram a jogar os mortos por cima do parapeito. Um arqueiro alto, armado com um machado de cabo longo, conseguiu atingir o ponto mais alto da barricada, onde golpeou seguidas vezes com a lâmina, batendo num francês que tinha fitas no elmo, mas foi atingido por duas setas de bestas e seu corpo dobrou-se no meio, deixando o machado cair e agarrando a barriga. Os franceses o puxaram para o lado deles da barricada, onde três homens atacaram-no com espadas e usaram o machado do próprio arqueiro para decepar-lhe a cabeça. Espetaram o sangrento troféu numa lança e sacudiram-na acima da barricada, para escarnecer dos atacantes.

Um soldado montado, usando o emblema do conde de Warwick com um urso e galho nodoso, gritou para os arqueiros, mandando que recuassem. O conde, agora, estava na cidade, enviado pelo rei para retirar seus arqueiros daquela luta desigual, mas os arqueiros não estavam dispostos a lhe dar atenção. Os franceses zombavam deles, matavam-nos, mas ainda assim os arqueiros queriam romper as defesas da ponte e saciar-se com as riquezas de Caen. E por isso mais homens ensandecidos atacavam a barricada — tantos, que enchiam a estrada enquanto as setas fustigavam, vindas do céu enfumaçado. Os atacantes que estavam na parte de trás lançavam-se para a frente e os homens na frente morriam em lanças e espadas francesas.

Os franceses estavam ganhando. Suas setas disparadas pelas bestas penetravam no amontoado de homens, e aqueles que estavam na frente começaram a empurrar para trás, a fim de escapar da matança, enquanto os que se achavam atrás ainda empurravam para a frente, e quem estava no meio, ameaçado de uma morte por esmagamento, rompeu uma alta cerca de madeira que os deixou esparramar-se para fora do acesso à ponte, caindo numa estreita faixa de terreno que ficava entre o rio e os muros da cidade. Mais homens seguiram-se a eles.

Thomas ainda estava agachado no alpendre da igreja. De vez em quando, mandava uma flecha em direção à barbacã, mas a fumaça que aumentava pendia como um nevoeiro e ele mal podia ver seus alvos. Ficou observando os homens escorrendo da ponte para a estreita margem do rio, mas não os seguiu, porque aquilo parecia apenas outra forma de suicídio. Eles ficaram encurralados lá, com o alto muro da cidade pelas costas e o rio que passava em torvelinho pela frente, e a margem distante do rio estava com uma fila de barcos dos quais besteiros despejavam setas contra aqueles novos e convidativos alvos.

O transbordar de homens da ponte abriu de novo a estrada para a barricada, e homens recém-chegados, que não tinham passado pela experiência da carnificina dos primeiros ataques, assumiram a luta. Um *hobelar* conseguiu subir numa carroça virada e desferiu golpes com a sua lança curta. Havia setas de bestas espetadas em seu peito, mas ele ainda assim grunhia e golpeava, tentando continuar a luta mesmo quando um soldado francês o estripou. Suas tripas saltaram para fora, mas de algum modo ele encontrou forças para erguer a lança e dar um último golpe antes de cair sobre os defensores. Meia dúzia de arqueiros tentavam desmantelar a barricada, enquanto outros atiravam os mortos para fora da ponte, a fim de desimpedir a estrada. Pelo menos um homem vivo, ferido, foi jogado no rio. Gritava enquanto caía.

— Voltem, seus cachorros, voltem!

O conde de Warwick chegara ao caos e agitava os braços para os homens com o bastão de marechal. Mandou um trompetista tocar a seqüência de quatro notas decrescentes da retirada, enquanto o trompetista francês soprava a todo pulmão o toque de atacar, rápidas parelhas de notas ascendentes que agitavam o sangue, e os ingleses e os galeses obedeciam ao trompete francês, em vez de ao inglês. Mais homens — centenas deles — entravam na cidade velha, esquivando-se dos condestáveis do conde de Warwick e avançando para a ponte onde, impossibilitados de transpor a barricada, seguiam os homens pela margem do rio, de onde disparavam suas flechas contra os besteiros que estavam nas barcaças. Os homens do conde de Warwick começaram a puxar arqueiros para fora da rua que levava à ponte, mas para cada um que retiravam, outros dois conseguiam passar.

Uma multidão de moradores em Caen, alguns armados com nada mais do que varas, aguardava do outro lado da barbacã, prometendo mais luta se a barricada viesse a ser vencida. Uma loucura tomara conta do exército inglês, uma loucura de atacar uma ponte que estava muitíssimo bem defendida. Homens seguiam aos berros ao encontro da morte, e um número ainda maior os seguia. O conde de Warwick gritava para que voltassem, mas eles estavam surdos para o que ele dizia. Então, um enorme rugido de desafio veio da margem do rio e Thomas saiu do alpendre e viu que grupos de homens tentavam, agora, vadear o rio Odon. E estavam conseguindo. Tinha sido um verão seco, o rio estava baixo, e a maré que recuava deixava-o ainda mais baixo, a ponto de, ao nível mais fundo, a água chegar só até o peito de um homem. Dezenas de homens mergulhavam, agora, no rio. Thomas, esquivando-se de dois dos condestáveis do conde, pulou os remanescentes da cerca e deslizou pelo barranco cravejado de setas de bestas. O local fedia a esterco, porque era ali que a cidade despejava as fezes retiradas à noite das fossas sanitárias. Uns doze *hobelars* galeses vadearam o rio e Thomas juntou-se a eles, mantendo o arco bem acima da cabeça, para manter a corda seca. Os besteiros tinham de se levantar de sua proteção atrás da amurada das barcaças para disparar para baixo, contra os atacantes que estavam no rio, e uma vez em pé, transformavam-se em alvos fáceis para os arqueiros que tinham ficado na margem do lado da cidade.

A corrente era forte e Thomas só conseguia dar passos curtos. Setas batiam na água à sua volta. Um homem que estava bem à sua frente foi atingido na garganta e afundou com o peso da cota de malha, deixando apenas um redemoinho de água tinta de sangue. As amuradas dos navios estavam espetadas de flechas de penas brancas. Um francês se achava caído, debruçado na borda de um dos navios, e seu corpo se contorcia sempre que uma flecha atingia o cadáver. Sangue escorria de um embornal.

— Matem os bastardos, matem os bastardos — resmungava um homem ao lado de Thomas, que viu tratar-se de um dos condestáveis do conde de Warwick; descobrindo que não podia deter o ataque, ele decidira participar dele. O homem levava uma cimitarra curva, metade espada e metade cutelo de açougueiro.

O vento achatava a fumaça das casas em chamas, mergulhando-a para perto do rio e enchendo o ar de fragmentos de palha incandescentes. Alguns fragmentos tinham se alojado nas velas ferradas de dois dos navios que, agora, queimavam com violência. Seus defensores fugiram, desajeitados, para terra. Outros besteiros inimigos fugiam dos primeiros soldados ingleses e galeses cobertos de lama que subiam pelo barranco entre os navios encalhados. O ar estava cheio do chiado de oscilações rápidas das flechas que voavam por cima da cabeça deles. Os sinos da ilha ainda bradavam. Um francês berrava da torre da barbacã, ordenando que os homens se espalhassem ao longo do rio e atacassem os grupos de galeses e ingleses que avançavam com dificuldade e escorregavam na lama do rio.

Thomas continuou vadeando. A água chegou-lhe ao peito e depois começou a baixar. Ele lutou contra o lodo do leito do rio, que o agarrava, e ignorou as setas de bestas que caíam na água ao seu redor. Um besteiro ergueu-se de trás da amurada de um navio e mirou direto no peito de Thomas, mas duas flechas o atingiram, e ele caiu para trás. Thomas continuou avançando, subindo, agora. De repente ele havia saído do rio e estava subindo, cambaleando pelo lodo escorregadio e se colocando ao abrigo da popa da barcaça mais próxima, que se projetava para fora. Viu que homens ainda lutavam na barricada, mas viu também que agora o rio estava coalhado de arqueiros e *hobelars* que, enlameados e encharcados, começaram a lançar-se para dentro dos navios. Os defensores que restavam tinham poucas armas além das bestas, enquanto a maioria dos arqueiros tinha espadas e machados. A luta nos navios ancorados foi desigual, a matança breve, e depois a massa de atacantes desorganizada e sem comando lançou-se das cobertas ensopadas de sangue e subiu do rio para a ilha.

O soldado do conde de Warwick ia à frente de Thomas. Subiu com dificuldade o íngreme barranco gramado e no mesmo instante foi atingido no rosto por uma seta de besta, o que o fez saltar para trás com uma nuvem fina de sangue rodeando-lhe o elmo. A seta entrara direto pela ponte do nariz, matando-o instantaneamente e deixando-o com uma expressão ofendida. Sua cimitarra caiu na lama aos pés de Thomas, que passou o arco pelo ombro e apanhou a arma. Era surpreendentemente pesada. Uma cimitarra nada tinha de sofisticada; era simplesmente um instrumento para matar, com um fio projetado para cortar fundo graças ao peso da lâmina larga. Era uma boa arma para uma refrega. Certa vez, Will Skeat dissera a Thomas ter visto um cavalo escocês ser decapitado com um único golpe de cimitarra, e ver uma das brutais lâminas era sentir o terror dominar as entranhas.

Os *hobelars* galeses estavam na barcaça, eliminando os defensores. Soltaram um grito na sua estranha língua e saltaram para terra e Thomas foi atrás, para acabar em meio a uma formação indefinida de atacantes alucinados que corriam em direção a uma fila de casas altas e ricas defendidas pelos homens que tinham fugido das barcaças e pelos cidadãos de

Caen. Os besteiros tiveram tempo para disparar uma seta cada um, mas estavam nervosos e a maioria errou o alvo, e então os atacantes avançaram sobre eles como cães sobre uma corça ferida.

Thomas brandiu a cimitarra com as duas mãos. Um besteiro tentou defender-se com a sua besta, mas a pesada lâmina cortou o cabo da arma como se fosse de marfim, e enterrou-se no pescoço do francês. Um jato de sangue projetou-se sobre a cabeça de Thomas enquanto ele dava um safanão na pesada arma para soltá-la e um pontapé no besteiro entre as pernas. Um galês girava a ponta de uma lança para enfiá-la nas costelas de um francês. Thomas tropeçou no homem que ele havia derrubado, recuperou o equilíbrio e soltou o grito de guerra inglês: "São Jorge!" Brandiu a lâmina outra vez, decepando o braço de um homem que empunhava um porrete. Estava perto o bastante para sentir o hálito do homem e o fedor de suas roupas. Um francês oscilava uma espada enquanto outro batia no galês com uma clava cheia de pontas de ferro. Aquilo era briga de taberna, briga fora-da-lei, e Thomas berrava como um fanático. Malditos sejam todos eles. Ficou salpicado de sangue ao avançar pelo beco dando pontapés, agarrando e golpeando. O ar parecia de uma espessura fora do comum, úmido e quente; fedia a sangue. A clava com pontas de ferro errou a cabeça dele por uns dois centímetros e atingiu o muro, e Thomas deu um golpe de baixo para cima com a cimitarra, que penetrou na virilha do homem. O homem soltou um berro e Thomas deu um pontapé na parte posterior da lâmina, para enterrá-la.

— Filho da puta — disse ele, tornando a chutar a lâmina —, filho da puta.

Um galês enfiou a lança no homem e dois outros pularam o corpo dele e, com os longos cabelos e a barba manchados de sangue, arremeteram com suas lanças contra a fila seguinte de defensores.

Devia haver vinte ou mais inimigos no beco, e Thomas e seus companheiros somavam menos de uma dúzia, mas os franceses estavam nervosos e os atacantes sentiam-se confiantes, e por isso penetraram no meio deles com lança, espada e cimitarra; retalhando e golpeando, cortando e amaldiçoando-os, matando num tumulto de ódio de verão. Cada vez mais ingleses e galeses subiam do rio como formigas, e o som que faziam era um barulho fogoso, um uivo por sangue e um lamento de escárnio por um inimigo rico. Eram os cães da guerra que tinham fugido dos canis e estavam tomando aquela grande cidade que os senhores do exército imaginaram que deteria durante um mês o avanço dos ingleses.

Os defensores do beco dispersaram-se e fugiram. Thomas retalhou um homem pelas costas e retirou a lâmina com um puxão violento, provocando um ruído de aço arranhando osso. Os *hobelars* arrombaram uma porta com os pés, proclamando a casa a que ela dava acesso como propriedade deles. Uma onda de arqueiros com a jaqueta verde e branca do príncipe de Gales despejou-se pelo beco, seguindo Thomas para um longo e belo jardim onde pereiras cresciam em torno de canteiros perfeitos de ervas. Thomas ficou impressionado com a incongruência de um local assim tão bonito sob um céu cheio de fumaça e tomado de gritos horrendos. O jardim tinha uma borda de rúcula doce, goivos e peônias, bancos sob uma treliça de videira e por um instante parecia um pedaço do céu, mas os arqueiros pisaram as ervas, derrubaram a treliça e correram por cima das flores.

Um grupo de franceses tentou expulsar os invasores do jardim. Aproximaram-se pelo leste, saídos da massa de homens que esperavam atrás da barbacã da ponte. Eram chefiados por três soldados montados, que usavam, todos, casacos azuis decorados com estrelas amarelas. Fizeram seus cavalos saltarem as cercas baixas e gritavam enquanto erguiam as longas espadas, prontos para atacar.

As flechas penetraram nos cavalos. Thomas não havia tirado o arco do ombro, mas alguns dos arqueiros do príncipe tinham flechas encaixadas nas cordas e miraram nos cavalos, em vez de nos cavaleiros. As flechas entraram fundo, os cavalos relincharam, empinaram e caíram, e os arqueiros avançaram como formigas sobre os homens caídos, com machados e espadas. Thomas foi para a direita, afastando os franceses a pé, a maioria dos quais parecia tratar-se de habitantes da cidade empunhando todo tipo de arma, de machadinhas e ganchos de prender telhados de sapé a espadas de punho duplo. Com a cimitarra, ele cortou um casaco de couro, deu um pontapé na lâmina para soltá-la, agitou-a de modo que o sangue escorreu em gotas da lâmina, e depois tornou a golpear. Os franceses recuaram, viram mais arqueiros vindo do beco e fugiram de volta para a barbacã.

Os arqueiros golpeavam os cavaleiros que tinham sido derrubados das selas. Um dos homens caídos gritou quando as lâminas penetraram em seus braços e seu tronco. Os casacos azuis e amarelos estavam banhados em sangue. Foi quando Thomas viu que não eram estrelas amarelas sobre um campo azul, mas falcões. Falcões com as asas erguidas e as garras estendidas. Homens de Sir Guillaume d'Evecque! Talvez Sir Guillaume em pessoa! Mas quando olhou para os rostos salpicados de sangue e de fisionomia retorcida, Thomas viu que os três eram jovens. Mas Sir Guillaume estava ali em Caen e a lança, raciocinou Thomas, devia estar perto. Abriu uma passagem na cerca e seguiu por uma outra ruela. Atrás dele, na casa que os *hobelars* tinham tomado para eles, uma mulher chorava, a primeira dentre muitas. Os sinos das igrejas estavam se calando.

Eduardo III, rei da Inglaterra pela graça de Deus, liderava perto de 12 mil combatentes e, àquela altura, um quinto deles estava na ilha e mais outros chegavam. Ninguém os liderara até lá. As únicas ordens que tinham recebido eram para baterem em retirada. Mas tinham desobedecido e por isso capturaram Caen, embora o inimigo ainda mantivesse a barbacã da ponte, de onde disparava setas de bestas.

Thomas saiu da ruela para a rua principal, onde juntou-se a um grupo de arqueiros que inundaram a torre ameada de flechas e, sob a proteção deles, uma turba uivante de galeses e ingleses dominou os franceses que se agachavam sob o arco da barbacã antes de atacarem os defensores da barricada da ponte, que agora eram atacados de ambos os lados. Os franceses, vendo a sua ruína, depuseram as armas e gritaram sua rendição, mas os arqueiros não estavam dispostos a dar quartel. Apenas grunhiram e atacaram. Franceses foram atirados no rio, e depois dezenas de homens desmontaram a barricada, jogando os móveis e as carroças por cima do parapeito.

A grande massa de franceses que esperava atrás da barbacã espalhou-se para o interior da ilha, a maioria, presumiu Thomas, para salvar as mulheres e as filhas. Foram perseguidos pelos vingativos arqueiros que tinham ficado esperando na outra extremidade da ponte, e a impiedosa turba passou por Thomas, dirigindo-se ao centro da Île St. Jean, onde os gritos eram, agora, constantes. A ordem de pilhagem estava em todo canto. A torre da barbacã ainda estava em poder dos franceses, embora estes não estivessem mais usando suas bestas, por medo da retaliação das flechas inglesas. Ninguém tentou tomar a torre, apesar de um pequeno grupo de arqueiros ficar no centro da ponte e erguer os olhos para os estandartes pendurados nas defesas.

Thomas estava prestes a ir para o centro da ilha quando ouviu o bater de patas nas pedras. Olhou para trás e viu uma dezena de cavaleiros franceses que deviam ter estado escondidos atrás da barbacã. Aqueles homens surgiram, agora, de um portão e, com visores arriados e lanças assestadas, esporearam seus cavalos em direção à ponte. Era evidente que queriam atravessar, na sua carga, a cidade velha para chegar à maior segurança do castelo.

Thomas deu alguns passos em direção aos franceses, e depois mudou de idéia. Ninguém iria querer resistir a uma dezena de cavaleiros vestindo armaduras. Mas ele viu o casaco azul e amarelo, viu os falcões no escudo de um cavaleiro. Tirou o arco do ombro e apanhou uma flecha na sacola. Puxou a corda. Os franceses estavam entrando na ponte e Thomas gritou:

— Evecque! Evecque!

Ele queria que Sir Guillaume, se fosse ele mesmo, visse o seu assassino, e o homem de casaco azul e amarelo voltou-se na sela, embora Thomas não pudesse ver o rosto do inimigo porque o visor estava arriado. Ele disparou, mas no mesmo instante em que deixou a corda estalar viu que a flecha estava empenada. Ela voou baixo, penetrando na perna esquerda do homem, em vez de nos rins, onde Thomas mirara. Ele tirou uma segunda flecha, mas agora havia 12 cavaleiros na ponte, as patas de seus cavalos tirando faíscas das pedras do pavimento, e os homens que iam na frente abaixaram as lanças para tirar os poucos arqueiros do caminho, e depois concluíram a travessia e galoparam pelas ruas mais distantes em direção ao castelo. A flecha de penas brancas ainda se projetava da coxa do cavaleiro no ponto em que penetrara fundo, e Thomas enviou uma segunda flecha atrás dela, mas a outra desapareceu na fumaça quando os fugitivos franceses sumiam nas estreitas ruas da cidade velha. O castelo não tinha caído, mas a cidade e a ilha pertenciam aos ingleses. Elas ainda não pertenciam ao rei, porque os grandes senhores — os condes e os barões — não tinham capturado nenhum dos dois lugares. Pertenciam aos arqueiros e aos *hobelars*, e eles agora se dedicavam a saquear a riqueza de Caen.

A Île St. Jean era, depois de Paris, a mais bonita, mais rica e mais elegante cidade do norte da França. Suas casas eram bonitas, seus jardins perfumados, suas ruas largas, suas igrejas ricas e seus cidadãos, como não podiam deixar de ser, civilizados. Naquele lugar agradável entrou uma horda selvagem de homens sujos de lama, sangrentos, que encontraram riquezas acima do que sonhavam. Aquilo que os *hellequins* tinham feito com inúmeras aldeias bretãs era, agora, feito com uma cidade grande. Era um momento para matar, para o estupro e para uma crueldade desumana. Qualquer francês era um inimigo, e todo inimigo era trucidado. Os líderes da guarnição da cidade, magnatas da França, estavam a salvo nos pavimentos superiores da torre da barbacã e ficaram por lá até que reconheceram alguns senhores ingleses aos quais puderam render-se em segurança, enquanto 12 cavaleiros tinham fugido para o castelo. Alguns outros senhores e cavaleiros conseguiram galopar mais do que os ingleses invasores e fugir pela ponte sul da ilha, mas pelo menos 12 homens com título de nobreza, cujos resgates poderiam ter deixado cem arqueiros tão ricos quanto principetes, foram abatidos como cães e reduzidos a carne retalhada e sangue para chafurdar. Cavaleiros e soldados, que poderiam ter pagado cem ou duzentas libras por sua liberdade, eram mortos com flechadas ou porretes no ódio alucinado que possuía o exército. Quanto aos homens mais humildes, os cidadãos armados com longos pedaços de madeira, picaretas ou simples facas, eram simplesmente abatidos. Caen, a cidade do Conquistador que ficara rica à custa de saques ingleses, foi morta naquele dia e sua riqueza foi devolvida a ingleses.

E não apenas a riqueza; as mulheres, também. Ser mulher em Caen naquele dia era ter uma amostra do inferno. Houve poucos incêndios, porque os homens queriam que as casas fossem saqueadas, não queimadas, mas havia gente má em quantidade. Homens imploravam pela honra de suas mulheres e filhas, e depois eram obrigados a assistir àquela honra ser pisoteada. Muitas mulheres se escondiam, mas eram achadas em pouco tempo por homens acostumados a descobrir esconderijos em sótãos ou debaixo de escadas. As mulheres eram levadas para as ruas, despidas por completo e desfiladas como troféus. A mulher de um comerciante, monstruosamente gorda, teve uma pequena carroça atrelada a ela e, nua, foi chicoteada e obrigada a andar de um lado para o outro pela rua principal, que se estendia ao longo de todo o comprimento da ilha. Durante uma hora ou mais os arqueiros a fizeram correr, alguns homens chorando de rir ao verem as grossas camadas de gordura, e quando se enjoaram dela atiraram-na no rio, onde ela ficou agachada, chorando e chamando pelos filhos até que um arqueiro, que estivera experimentando uma besta que ele capturara atirando contra um casal de cisnes, acertou uma seta que atravessou a garganta dela. Homens carregados de objetos folheados em prata cambaleavam pela ponte, outros ainda procuravam objetos de valor e, em vez disso, encontravam cerveja, cidra ou vinho, e por isso os excessos se agravaram. Um padre foi enforcado num cartaz de uma taberna depois de tentar interromper um estupro. Alguns soldados, muito poucos, tentavam reduzir o horror, mas estavam em tremenda desvantagem numérica e foram forçados a voltar para a ponte. A igreja de St. Jean, que se dizia conter os ossos dos dedos da mão de São João, o Divino, uma pata do cavalo que São Paulo montava ao seguir para Damasco e um dos cestos que contiveram os pães e peixes milagrosos, foi transformada num bordel no qual as mulheres que tinham fugido para a igreja à procura de abrigo eram vendidas a sorridentes soldados. Homens desfilavam vestidos de seda e rendas e jogavam dados para disputar as mulheres das quais tinham roubado os adereços.

Thomas não tomou parte. O que acontecia não podia ser impedido, nem por um só homem ou mesmo por cem. Outro exército poderia ter abafado o estupro em massa, mas no fim Thomas sabia que seria o estupor da embriaguez que acabaria com ele. Em vez de participar, ele procurou pela casa de seu inimigo, vagueando de rua em rua até que encontrou um francês moribundo e deu a ele um pouco de água antes de perguntar onde morava Sir Guillaume d'Evecque. O homem girou os olhos, fez esforço para respirar e, gaguejando, disse que a casa ficava na área sul da ilha.

— Você não tem como errar — disse o homem —, ela é de pedra, toda de pedra, e tem três falcões entalhados acima da porta.

Thomas caminhou para o sul. Bandos de soldados do conde de Warwick chegavam em grande número à ilha para restaurar a ordem, mas ainda lutavam com os arqueiros que estavam perto da ponte, e Thomas seguia para a zona sul da ilha, que não sofrera tanto quanto as ruas e ruelas mais próximas da ponte. Viu a casa de pedra acima dos telhados de algumas lojas saqueadas. A maioria dos outros prédios era de construção de alvenaria com vigas de madeira visíveis e telhados de palha, mas a mansão de dois andares de Sir Guillaume d'Evecque era quase uma fortaleza. As paredes eram de pedra, o telhado era de telhas e as janelas pequenas, mas ainda assim alguns arqueiros tinham entrado nela, porque Thomas ouvia gritos. Ele atravessou uma pequena praça onde um enorme carvalho crescera varando as pedras da pavimentação, subiu os degraus da casa e passou por um arco que tinha, acima dele, três falcões esculpidos. Thomas ficou surpreso com a profundidade da raiva que a visão do brasão lhe causara. Aquilo, disse ele a si mesmo, era uma vingança pelo que acontecera em Hookton.

Passou pelo arco e encontrou um grupo de arqueiros e *hobelars* disputando as panelas da cozinha. Dois criados jaziam mortos na lareira, onde o fogo ainda ardia. Um dos arqueiros dirigiu-se a Thomas com rispidez e disse que eles tinham chegado na casa primeiro e que aquilo que continha era deles, mas, antes que pudesse responder, Thomas ouviu um grito vindo do andar superior e voltou-se e subiu correndo a grande escada de madeira. Dois aposentos davam para o saguão superior e Thomas abriu uma das portas e viu um arqueiro com o uniforme do príncipe de Gales lutando com uma jovem. O homem já arrancara metade do vestido azul claro dela, mas ela reagia como uma víbora, arranhando-lhe o rosto com as unhas e chutando-lhe as canelas. No momento em que Thomas entrou no quarto, o homem conseguiu dominá-la com um forte golpe na cabeça. A garota arquejou e caiu para trás, para dentro da larga e vazia lareira, enquanto o arqueiro se voltava para Thomas.

— Ela é minha — disse ele, ríspido. — Vá procurar a sua.

Thomas olhou para a jovem. Ela era loura, magra, e estava chorando. Ele se lembrou da angústia de Jeanette depois que o duque a estuprara e não podia suportar ver um sofrimento daqueles sendo provocado em outra garota, nem mesmo em uma garota da mansão de Sir Guillaume d'Evecque.

— Eu acho que você já a machucou o suficiente — disse ele. Benzeu-se, lembrando-se de seus pecados na Bretanha. — Deixe-a em paz — acrescentou.

O arqueiro, um homem barbado 12 anos mais velho do que Thomas, sacou a espada. Era uma arma antiga, da lâmina larga e grossa, e o homem a ergueu com confiança.

— Escute aqui, garoto — disse ele —, eu vou ver você passar por aquela porta, e se não passar, vou pendurar suas tripas de uma parede à outra.

Thomas ergueu a cimitarra.

— Eu fiz um juramento a São Guinefort — disse ele ao homem — de que iria proteger todas as mulheres.

— Seu maldito idiota.

O homem saltou em direção a Thomas, deu uma estocada, e Thomas recuou e aparou o golpe, com as lâminas soltando faíscas ao se tocarem. O barbudo recuperou-se depressa, tornou a arremeter, e Thomas deu outro passo para trás, desviando a lâmina com a cimitarra. A jovem assistia a tudo de dentro da lareira, os olhos azuis arregalados. Thomas brandiu sua lâmina larga, errou e quase foi espetado pela espada, mas saiu da frente bem na hora, e deu um pontapé no joelho do barbudo, que chiou de dor, e Thomas desferiu com a cimitarra um golpe que penetrou no pescoço do barbudo. Sangue jorrou em arco enquanto o homem, sem um som sequer, caiu ao chão. A cimitarra quase lhe decepara a cabeça e o sangue ainda pulsava do ferimento aberto quando Thomas se ajoelhou ao lado de sua vítima.

— Se alguém perguntar — disse ele à jovem em francês —, foi seu pai quem fez isso e depois fugiu.

Ele tinha se metido em muita encrenca depois de matar um escudeiro na Bretanha e não queria aumentar a gravidade do crime com a morte de um arqueiro. Tirou quatro moedas de pequeno valor da bolsa do arqueiro e sorriu para a garota, que permanecera com uma calma notável enquanto um homem quase era decapitado diante de seus olhos.

— Eu não vou lhe fazer mal — disse Thomas. — Prometo.

Da lareira, ela olhou para ele.

— Não vai?

— Hoje, não — disse ele, delicado.

Ela se levantou, sacudindo a cabeça para se livrar da tontura. Fechou o vestido à altura do pescoço e amarrou as partes rasgadas com fios soltos.

— Você pode não me fazer mal — disse ela —, mas outros farão.

— Se você ficar comigo, não — disse Thomas. — Tome — ele tirou o grande arco preto do ombro, soltou a corda e jogou-o para ela. — Leve isso — disse ele — e todo mundo vai ver que você é mulher de um arqueiro. Ninguém tocará em você.

Ela franziu o cenho diante do peso do arco.

— Ninguém vai me fazer mal?

— Se você carregar isso, não — tornou a prometer Thomas. — Esta casa é sua?

— Eu trabalho aqui — disse ela.

— Para Sir Guillaume d'Evecque? — perguntou ele, e ela confirmou com um gesto da cabeça. — Ele está aqui?

Ela abanou a cabeça.

— Eu não sei onde ele está.

Thomas concluiu que seu inimigo estava no castelo, onde estaria tentando tirar uma flecha da coxa.

— Ele guardava uma lança aqui? — perguntou ele. — Uma grande lança preta, com lâmina de prata?

Ela abanou a cabeça, rápida. Thomas franziu o cenho. A garota, pelo que ele via, estava tremendo. Ela mostrara bravura, mas talvez o sangue que saía do pescoço do morto a estivesse perturbando. Ele percebeu, também, que ela era uma jovem bonita, apesar dos arranhões no rosto e da sujeira no emaranhado de cabelos louros. Tinha um rosto longo, tornado solene por olhos grandes.

— Você tem família aqui? — perguntou Thomas.

— Minha mãe morreu. Eu não tenho ninguém, exceto Sir Guillaume.

— E ele deixou você aqui, sozinha? — perguntou Thomas, em tom de zombaria.

— Não! — protestou ela. — Ele pensou que nós estaríamos a salvo na cidade, mas depois, quando o seu exército chegou, os homens preferiram defender a ilha. Eles abandonaram a cidade! Porque todas as casas boas estão aqui. — O tom de voz dela mostrava indignação.

— E o que é que você faz para Sir Guillaume? — perguntou Thomas.

— Eu limpo — disse ela — e ordenho as vacas do outro lado do rio.

Ela se encolheu quando homens gritaram, com raiva, da praça lá fora.

Thomas sorriu.

— Está tudo bem, ninguém vai lhe fazer mal. Não largue o arco. Se alguém olhar para você, diga: "Eu sou mulher de um arqueiro."

Ele repetiu a frase devagar e depois fez com que ela a dissesse várias vezes, até dar-se por satisfeito.

— Ótimo! — Ele sorriu para ela. — Qual é o seu nome?

— Eleanor.

Thomas duvidou de que adiantaria grande coisa revistar a casa, embora o tenha feito sem encontrar a lança de São Jorge escondida em nenhum dos cômodos. Não havia mobília, tapeçarias, nada de qualquer valor exceto os espetos, as panelas e os pratos da cozinha. Tudo o que era de valor, disse Eleanor, tinha ido para o castelo uma semana antes. Thomas olhou para os pratos quebrados no piso de pedra da cozinha.

— Há quanto tempo você trabalha para ele? — perguntou ele.

— A vida toda — disse Eleanor, e depois acrescentou, tímida: — Eu tenho 15 anos.

— E você nunca viu uma grande lança que ele trouxe da Inglaterra?

— Não — disse ela, os olhos arregalados, mas algo em sua expressão fez com que Thomas achasse que ela estava mentindo, embora ele não a contestasse. Decidiu que iria interrogá-la mais tarde, quando ela aprendesse a confiar nele.

— É melhor ficar comigo — disse ele a Eleanor. — Assim, não irá se machucar. Eu vou levar você para o acampamento, e quando o nosso exército for embora, você poderá voltar para cá.

O que ele queria mesmo dizer era que ela podia ficar com ele e tornar-se uma mulher de arqueiro de verdade, mas isso, tal como a lança, podia esperar um ou dois dias.

Ela balançou a cabeça, aceitando aquele destino com tranqüilidade. Devia ter rezado para ser poupada do estupro que torturava Caen, e Thomas era a resposta à sua oração. Ele lhe deu a sacola de flechas, para que ela parecesse ainda mais a mulher de um arqueiro.

— Vamos ter que atravessar a cidade — disse ele a Eleanor enquanto a levava para o andar térreo. — Por isso, fique perto de mim.

Ele desceu os degraus externos da casa. A pequena praça estava, agora, cheia de soldados montados usando o emblema do urso e do galho nodoso. Tinham sido mandados pelo conde de Warwick para acabar com a matança e a roubalheira, e eles olharam sério para Thomas, mas ele ergueu as mãos para mostrar que não levava coisa alguma e depois passou entre os cavalos. Dera talvez 12 passos quando percebeu que Eleanor não estava com ele. Ela ficara aterrorizada com os cavaleiros de cotas de malha sujas, as fisionomias sérias emolduradas em aço, e por isso hesitara na porta da casa.

Thomas abriu a boca para chamá-la, e naquele exato momento um cavaleiro esporeou o cavalo em direção a ele, vindo de sob os galhos do carvalho. Thomas ergueu os olhos, e o lado de uma espada atingiu a lateral de sua cabeça e ele foi lançado para a frente, a orelha sangrando, caindo sobre as pedras do pavimento. A cimitarra caiu-lhe da mão, e então o cavalo do homem pisou-lhe a testa e a visão de Thomas foi cortada por um relâmpago.

O homem desceu da sela e pisou na cabeça de Thomas com o pé protegido pela armadura. Thomas sentiu a dor, ouviu os protestos dos outros soldados, e depois não sentiu nada quando foi chutado uma segunda vez. Mas nas poucas batidas do coração antes de perder a consciência, ele reconheceu o assaltante.

Sir Simon Jekyll, apesar do acordo que fizera com o conde, queria vingança.

*T*ALVEZ THOMAS TIVESSE sorte. Talvez seu anjo protetor, fosse ele cachorro ou homem, velasse por ele, porque se tivesse ficado consciente teria sofrido uma tortura. Sir Simon podia ter aposto sua assinatura no acordo com o conde na noite anterior, mas a visão de Thomas afastara qualquer grau de misericórdia de sua mente. Ele se lembrou da humilhação de ser caçado nu pela floresta e recordou-se da dor da seta de besta na perna, um ferimento que ainda o deixava manco, e aquelas recordações nada provocavam a não ser um desejo de dar a Thomas um sofrimento demorado, lento, que deixasse o arqueiro gritando. Mas Thomas ficara atordoado pelo golpe da espada e os pontapés na cabeça, e não percebeu coisa alguma quando dois soldados o arrastaram para perto do carvalho. A princípio, os homens do conde de Warwick tinham tentado proteger Thomas de Sir Simon, mas quando este lhes assegurou que o homem era um desertor, um ladrão e um assassino, mudaram de idéia. Iriam enforcá-lo.

E Sir Simon deixaria que eles o fizessem. Se aqueles homens enforcassem Thomas como desertor, ninguém poderia acusar Sir Simon de executar o arqueiro. Ele teria mantido a palavra e o conde de Northampton ainda teria de confiscar a sua quota do dinheiro do prêmio. Thomas estaria morto e Sir Simon ficaria mais rico e mais feliz.

Os soldados ficaram solícitos assim que souberam que Thomas era um ladrão assassino. Tinham ordens de enforcar desordeiros, ladrões e estupradores em número suficiente para arrefecer o ardor do exército, mas aquele bairro da ilha, por ser o mais distante da cidade velha, não passara pelas mesmas atrocidades que a metade ao norte, e por isso aqueles soldados tinham tido frustrada a oportunidade de usar as cordas que o conde fornecera. Agora tinham uma vítima, e por isso um dos homens atirou a corda por cima de um galho do carvalho.

Thomas pouco estava ciente de tudo aquilo. Não sentiu coisa alguma enquanto Sir Simon o revistava e cortava a bolsa de dinheiro que estava sob a sua túnica; não percebeu nada quando a corda foi atada em torno de seu pescoço, mas sentiu levemente o fedor de urina de cavalo e de repente houve um aperto na garganta e sua visão, que se recuperava devagar, foi coberta de vermelho. Sentiu-se lançado no ar e depois tentou arfar com a terrível dor que lhe envolvia a garganta, mas não conseguiu, e mal podia respirar; sentia apenas uma ardência e um sufocamento quando o ar fumacento arranhou a traquéia. Quis gritar de medo, mas os pulmões nada podiam fazer, exceto provocar-lhe agonia. Teve um instante de lucidez ao perceber que estava pendurado, sacudindo-se e contorcendo-se, e embora escarafunchasse no pescoço com os dedos encurvados, não conseguia afrouxar a estranguladora pressão da corda. Então, aterrorizado, ele se mijou.

— Bastardo covarde — zombou Sir Simon, e cutucou o corpo de Thomas com a espada, embora o golpe fizesse pouco mais do que cortar a carne da cintura de Thomas e balançar seu corpo na corda.

— Deixe-o em paz — disse um dos soldados. — Ele está morto.

E eles ficaram olhando até que os movimentos de Thomas tornaram-se espasmódicos. Depois montaram e seguiram em frente. Um grupo de arqueiros também ficara olhando de uma das casas da praça, e a presença deles alarmou Sir Simon, que temia que fossem amigos de Thomas e, por isso, quando os homens do conde deixaram a praça, ele foi com eles. Seus seguidores estavam revistando a igreja de São Miguel, que ficava perto, e Sir Simon só tinha ido até a praça porque vira a alta casa de pedra e imaginou que talvez ela contivesse bens a serem saqueados. Em vez disso, encontrara Thomas e agora Thomas estava enforcado. Não foi com vingança que Sir Simon tinha sonhado, mas houve prazer nela e aquilo foi uma compensação.

Thomas, agora, não sentia coisa alguma. Era tudo escuridão, sem dor. Ele estava dançando na corda a caminho do inferno, a cabeça para um lado, o corpo ainda balançando levemente, as pernas contraindo-se, mãos encrispando-se e pés gotejando.

O exército ficou cinco dias em Caen. Cerca de trezentos franceses de destaque, todos os quais poderiam render resgates, tinham sido presos e escoltados para o norte, onde poderiam ser embarcados para a Inglaterra. Os soldados ingleses e galeses que estavam feridos foram levados para a Abbaye aux Dames, onde jaziam nas clausuras, os ferimentos fedendo tanto que o príncipe e sua comitiva mudaram-se para a Abbaye aux Hommes, onde o rei mantinha seus aposentos. Os corpos dos cidadãos massacrados foram retirados das ruas. Um padre da casa do rei tentou enterrar os mortos com decência, como condizia aos cristãos, mas quando uma cova comum foi aberta no átrio de St. Jean, só pôde conter quinhentos corpos, e ninguém tinha tempo ou pás suficientes para enterrar o resto, de modo que quatro mil e quinhentos cadáveres foram jogados no rio. Os sobreviventes da cidade, arrastando-se para fora de seus esconderijos quando a loucura do saque acabou, perambulavam pelas margens do rio em busca de parentes entre os corpos que encalhavam com a maré baixa. A busca perturbava os cães selvagens e os bandos de corvos e gaivotas que guinchavam e se banqueteavam com os corpos inchados.

O castelo ainda estava em mãos francesas. Seus muros eram altos e grossos, e nenhuma escada poderia escalá-los. O rei mandou um arauto para exigir a rendição da guarnição, mas os senhores franceses na grande torre recusaram e depois convidaram os ingleses a fazer papel de tolos, confiantes em que nenhuma manganela ou catapulta podia atirar uma pedra a uma altura suficiente pera vencer seus elevados muros. O rei achou que eles tinham razão e, como alternativa, ordenou que seus artilheiros quebrassem as pedras do castelo, e os cinco maiores canhões do exército foram levados através da cidade velha em suas carretas. Três deles eram longos cilindros de tiras de ferro batido presas por braçadeiras de aço, enquanto dois tinham sido fundidos em metal por fundidores de sinos e pareciam jarros bulbosos com barrigas ovais inchadas, gargalos estreitos e bocas de sino. Todos tinham cerca de um metro e meio de comprimento e precisaram de cabrilhas para serem transferidos das carretas para berços de madeira.

Os berços estavam armados sobre pranchas de madeira. O terreno sob os reparos dos canhões tinha sido graduado, a fim de que os canhões pudessem apontar para cima, em direção à porta do castelo. Derrubem a porta, ordenara o rei, e ele poderia mandar seus arqueiros e soldados num assalto. Por isso os artilheiros, a maioria dos quais homens de Flandres ou da Itália que eram peritos em seu trabalho, misturaram a pólvora. Era feita de salitre, enxofre e carvão, mas o salitre era mais pesado do que os demais ingredientes e sempre assentava no fundo dos barris, enquanto o carvão subia para a superfície, de modo que os artilheiros tinham de misturar por completo antes de transferir o pó mortal com conchas para o bojo dos jarros. Colocaram uma pá de marga, feita de água e de solo de argila, na parte mais estreita do gargalo de cada canhão antes de carregarem as balas de pedra, esculpidas de forma bruta, que eram os mísseis. A marga vedava a câmara de disparo, a fim de que a força da explosão não vazasse e se perdesse antes que toda a pólvora pegasse fogo. Mais marga foi colocada em volta das bolas de pedra, para encher o espaço entre os mísseis e os canos, e os artilheiros tiveram de esperar a marga endurecer formando uma vedação mais firme.

Os outros três canhões eram carregados mais depressa. Cada tubo de ferro foi preso a um maciço berço de madeira com o comprimento do canhão, dobrando-se depois em ângulo reto para que a culatra do canhão ficasse apoiada numa viga de carvalho maciço. Aquela culatra, que representava um quarto do comprimento do canhão, era separada do cano e era erguida para fora do berço e colocada em pé no chão, onde era cheia com a preciosa pólvora negra. Assim que as três câmaras de culatra se enchiam, eram vedadas com pinos de salgueiro para conter a explosão, e depois encaixadas de novo nos berços. Os três canos já tinham sido carregados, dois com balas de madeira e o terceiro com uma garrocha de um metro, uma flecha gigante de ferro.

As três câmaras de culatra tinham de ser encaixadas com firmeza nos canos, para que a força da explosão não escapasse pela junção entre as duas partes do canhão. Os artilheiros usavam cunhas de madeira, que encaixavam a marteladas entre a culatra e o carvalho na parte posterior do berço, e cada golpe das marretas vedava imperceptivelmente mais as juntas. Outros artilheiros colocavam, com conchas, pólvora nas câmaras de culatra sobressalentes que iriam disparar os tiros seguintes. Tudo aquilo levava tempo — muito mais de uma hora para que a marga nos dois canhões bulbosos secasse com firmeza suficiente — e o trabalho atraiu uma enorme multidão de curiosos que ficavam a uma distância prudente, a fim de ficarem a salvo dos fragmentos no caso de qualquer uma das máquinas estranhas explodir. Os franceses, tão curiosos quanto eles, olhavam dos muros do castelo. De vez em quando, um defensor disparava uma seta de besta, mas a distância era demasiada. Uma das setas chegou a menos de 12 metros dos canhões, mas o resto caiu bem longe, e cada fracasso provocava uma ovação por parte dos arqueiros, que a tudo assistiam. Os franceses acabaram por abandonar a provocação e limitaram-se a olhar.

Os três canhões de cano podiam ter sido disparados primeiro, porque não tinham marga para endurecer, mas o rei queria que a primeira salva fosse simultânea. Ele imaginava um golpe poderoso no qual os cinco mísseis estraçalhassem a porta do castelo e, uma vez derrubada a porta, mandaria seus artilheiros morderem o arco da porta. O mestre artilheiro, um italiano alto e soturno, acabou declarando que as armas estavam prontas e então foram trazidos os pavios. Estes consistiam em curtos pedaços de palha oca cheios de pólvora, as extremidades vedadas com barro, e foram enfiados pelos ouvidos estreitos. O mestre artilheiro tirou o selo de barro da parte superior do pavio e fez o sinal-da-cruz. Um padre já benzera os canhões, salpicando-os com água benta, e agora o mestre artilheiro ajoelhouse e olhou para o rei, que estava montado num alto garanhão cinza.

O rei, de barba loura e olhos azuis, olhou para o castelo. Um novo estandarte fora pendurado nas defesas, mostrando Deus erguendo uma das mãos no ato de bênção sobre uma flor-de-lis. Estava na hora, pensou ele, de mostrar aos franceses de que lado Deus realmente estava.

— Podem disparar — disse ele, solene.

Cinco artilheiros armaram-se com bota-fogos — longas varas, cada uma das quais com um pedaço de tecido em chamas. Colocaram-se bem para o lado dos canhões e, a um sinal do italiano, encostaram o fogo nos pavios expostos. Houve um breve chiado, um jato de fumaça saiu dos ouvidos dos canhões, e as cinco bocas desapareceram numa nuvem de fumaça cinza-esbranquiçada na qual cinco chamas monstruosas penetraram e agitaram-se enquanto os próprios canhões, agarrados firmes pelos berços, recuaram com violência pela base de madeira, chocando-se contra os montes de terra erguidos atrás de cada culatra. O barulho das armas soou mais forte do que o mais alto dos trovões. Foi um barulho que martelou fisicamente os tímpanos e ecoou nos descorados muros do castelo, e quando o som finalmente desapareceu, a fumaça ainda pairava numa cortina em frente dos canhões, que agora estavam enviesados em suas carretas, com bocas que soltavam fumaça lentamente.

O barulho assustara mil pássaros, que deixaram seus ninhos nos telhados da cidade velha e nas torrinhas mais altas do castelo, mas a porta parecia incólume. As balas de pedra tinham-se estilhaçado ao baterem nos muros, enquanto que a garrocha nada fizera, a não ser um sulco na estrada de acesso. Os franceses, que tinham se agachado atrás das ameias quando o barulho e a fumaça foram expelidos, agora estavam de pé e gritavam insultos, enquanto os artilheiros começavam estoicamente a realinhar os canhões.

O rei, com 34 anos de idade e não tão confiante quanto seu porte sugeria, franziu o cenho quando a fumaça desapareceu.

— Será que usamos pólvora suficiente? — perguntou ele ao mestre artilheiro. A pergunta teve de ser traduzida para o italiano por um padre.

— Use mais pólvora, majestade — disse o italiano — e os canhões serão feitos em pedaços.

Ele falava com pesar. Os homens sempre esperavam que suas máquinas fizessem milagres, e ele estava cansado de explicar que até mesmo a pólvora negra precisava de tempo e paciência para fazer o seu serviço.

— Você é quem sabe — disse o rei, indeciso. — Estou certo de que você é quem sabe.

Ele escondia sua decepção, porque tivera uma certa esperança de que o castelo inteiro se estilhaçasse como vidro quando os mísseis atingissem o alvo. Sua comitiva, a maioria formada por homens mais velhos, demonstrava desprezo, porque pouco acreditavam em canhões e muito menos em artilheiros italianos.

— Quem é aquela mulher que está com o meu filho? — perguntou o rei a um companheiro.

— A condessa de Armórica, majestade. Ela fugiu da Bretanha.

O rei estremeceu, não por causa de Jeanette, mas porque o fedor da fumaça de pólvora era penetrante.

— Ele cresce depressa — disse ele, com um pequeno toque de ciúmes na voz. Estava se deitando com uma jovem camponesa, que era bem agradável e sabia fazer as coisas, mas não era tão bonita quanto a condessa de cabelos pretos que acompanhava seu filho.

Jeanette, sem perceber que o rei a observava, olhou para o castelo em busca de qualquer sinal de que tivesse sido atingido pelos tiros de canhão.

— O que foi que aconteceu? — perguntou ela ao príncipe.

— Isso demora — disse o príncipe, escondendo sua surpresa pelo fato de a porta do castelo não ter desaparecido como num passe de mágica, numa erupção de lascas. — Mas dizem — prosseguiu ele — que no futuro iremos lutar apenas com canhões. Eu nem faço idéia de como vai ser isso.

— Eles são divertidos — disse Jeanette enquanto um artilheiro levava um balde de marga até o canhão mais próximo. O capim em frente aos canhões queimava em dezenas de lugares e o ar estava impregnado de um fedor de ovo podre, ainda mais repugnante do que o odor dos corpos no rio.

— Se isso a diverte, minha cara, eu fico feliz por termos as armas — disse o príncipe, e depois franziu o cenho porque um grupo de seus arqueiros, trajando branco e verde, zombava dos artilheiros. — O que houve com o homem que a trouxe da Normandia? — perguntou ele. — Eu devia ter agradecido a ele pelos serviços que ele lhe prestou.

Jeanette teve medo de que estivesse ruborizada, mas fez com que o tom de sua voz denotasse despreocupação.

— Eu não o vejo desde que chegamos aqui.

O príncipe virou-se na sela.

— Bohun! — gritou ele para o conde de Northampton. — O arqueiro pessoal da senhora condessa não se juntou aos seus rapazes?

— Juntou-se, alteza.

— Pois então, onde está ele?

O conde encolheu os ombros.

— Desapareceu. Nós achamos que ele deve ter morrido atravessando o rio.

— Pobre rapaz — disse o príncipe —, pobre rapaz.

E Jeanette, para surpresa dela mesma, sentiu uma fisgada de tristeza. E depois pensou que talvez fosse melhor assim. Ela era viúva de um conde e agora amante de um príncipe, e Thomas, se estivesse no fundo do rio, jamais poderia contar a verdade.

— Pobre homem — disse ela, sem emoção —, e ele se portou com muita nobreza para comigo.

Ela estava olhando para o lado oposto ao do príncipe, para evitar que ele visse suas faces afogueadas e, para sua extrema perplexidade, viu-se olhando para Sir Simon Jekyll que, com outro grupo de cavaleiros, fora assistir ao espetáculo dos canhões. Sir Simon ria, evidentemente achando engraçado que tanto barulho e tanta fumaça tivessem produzido tão pouco efeito. Jeanette, sem acreditar no que via, limitou-se a olhar fixamente para ele. Ela empalidecera. A visão de Sir Simon trouxera de volta as recordações de seus piores dias em La Roche-Derrien, os dias de medo, pobreza, humilhação e da incerteza de saber a quem poderia se dirigir para pedir ajuda.

— Eu lamento que nós nunca tenhamos recompensado o rapaz — disse o príncipe, ainda falando de Thomas, e então viu que Jeanette não estava prestando atenção. — Querida? — chamou o príncipe, mas ela ainda não olhava para ele. — Condessa? — O príncipe falou mais alto, tocando-lhe o braço.

Sir Simon notara que havia uma mulher com o príncipe, mas não percebera que se tratava de Jeanette. Viu apenas uma mulher esguia num vestido dourado claro, sentada num silhão num palafrém caro, ornamentado com fitas verdes e brancas. A mulher usava um chapéu alto, do qual um véu oscilava ao vento. O véu escondera seu perfil, mas agora ela olhava diretamente para ele, na verdade estava apontando para ele e, horrorizado, ele reconheceu a condessa. Reconheceu, também, o estandarte do jovem na lateral dela, embora no início não pudesse acreditar que ela estava com o príncipe. Então viu a séria comitiva de homens em cotas de malha atrás do rapaz louro e teve um impulso de sair correndo mas, em vez disso, abatido, caiu de joelhos. Quando o príncipe, Jeanette e os cavaleiros se aproximavam dele, deitou-se por inteiro no chão. Seu coração batia agitado, a mente era um redemoinho de pânico.

— Seu nome? — perguntou o príncipe, com rispidez.

— Seu nome — disse Jeanette vingativamente — é Sir Simon Jekyll. Ele tentou me despir, alteza, e depois teria me estuprado se eu não tivesse sido salva. Roubou meu dinheiro, minha armadura, meus cavalos, meus barcos e teria levado minha honra com a delicadeza de um lobo furtando uma ovelha.

— É verdade? — perguntou o príncipe.

Sir Simon ainda não conseguia falar, mas o conde de Northampton berland interveio.

— Os navios, a armadura e os cavalos, alteza, eram espólios de guerra. Eu os concedi a ele.

— O resto, Bohun?

— O resto, alteza? — O conde deu de ombros. — O resto, Sir Simon tem que explicar pessoalmente.

— Mas parece que ele perdeu a fala — disse o príncipe. — Perdeu a língua, Jekyll?

Sir Simon ergueu a cabeça e encontrou o olhar fixo de Jeanette, um olhar tão triunfante que tornou a baixar a cabeça. Sabia que devia dizer alguma coisa, qualquer coisa, sua língua parecia grande demais para a boca e ele teve medo de que fosse apenas gaguejar coisas absurdas, e por isso ficou calado.

— Você tentou manchar a honra de uma dama — acusou o príncipe a Sir Simon.

Eduardo de Woodstock tinha idéias elevadas de cavalaria, porque seus tutores sempre tinham lido para ele trechos de romances. Ele reconhecia que a guerra não era tão delicada quanto os livros manuscritos gostavam de dar a entender, mas acreditava que aqueles que estivessem em postos de honra deveriam exibi-la, fosse lá o que fosse que o homem comum fizesse. O príncipe também estava apaixonado, outro ideal estimulado pelos romances. Jeanette o cativara, e ele estava decidido a fazer com que a honra dela fosse preservada. Falou outra vez, mas as palavras foram abafadas pelo barulho de um canhão sendo disparado. Todos se voltaram para olhar para o castelo, mas a bala de pedra apenas estilhaçou-se contra a torre da porta, sem causar dano.

— Quer me enfrentar num duelo pela honra desta senhora? — perguntou o príncipe a Sir Simon.

Sir Simon teria tido prazer em enfrentar o príncipe, desde que pudessem lhe garantir que sua vitória não iria provocar represálias. Ele sabia que o rapaz tinha fama de guerreiro, mas o príncipe ainda não se desenvolvera por completo e não era, nem de perto, tão forte ou experiente quanto Sir Simon, mas só um louco lutava contra um príncipe e esperava vencer. O rei, era verdade, participava de torneios, mas fazia isso disfarçado numa armadura simples, sem casaco, para que os adversários não tivessem idéia alguma de sua identidade, mas se Sir Simon lutasse com o príncipe não teria a ousadia de usar toda a sua força, porque qualquer ferimento provocado seria retribuído, multiplicado por mil, pelos adeptos do príncipe, e realmente, mesmo enquanto Sir Simon hesitava, os homens de fisionomia fechada que estavam atrás do príncipe esporearam seus cavalos para que avançassem, como que se oferecendo como defensores para o duelo. Sir Simon, sobrepujado pela realidade, abanou a cabeça.

— Se você não quer lutar — disse o príncipe com sua voz alta e clara — temos que admitir a sua culpa e exigir compensação. Você deve à senhora uma armadura e uma espada.

— A armadura foi tirada com justiça, alteza — salientou o conde de Northampton.

— Nenhum homem pode tirar armadura e armas de uma mulher de forma justa — vociferou o príncipe. — Onde está a armadura agora, Jekyll?

— Perdida, alteza — falou Sir Simon pela primeira vez.

Queria contar a história toda ao príncipe, que Jeanette preparara uma emboscada, mas aquela história terminara com a sua humilhação e ele teve o bom senso de ficar calado.

— Neste caso, aquela cota de malha terá que ser suficiente — declarou o príncipe. — Tire-a. E a espada, também.

Sir Simon olhou boquiaberto para o príncipe, mas viu que ele estava falando sério. Desafivelou o cinto da espada e deixou-o cair, e depois tirou a cota de malha pela cabeça, ficando de camisa e calções.

— O que há na bolsa? — perguntou o príncipe, apontando para uma pesada bolsa de couro pendurada no pescoço de Sir Simon.

Sir Simon procurou uma resposta e não encontrou nada a não ser a verdade, que era de que a bolsa era a pesada bolsa de dinheiro que ele havia tirado de Thomas.

— É dinheiro, alteza.

— Então, entregue-a à senhora condessa.

Sir Simon ergueu a bolsa por cima da cabeça e estendeu-a a Jeanette, que deu um sorriso encantador.

— Obrigada, Sir Simon — disse ela.

— Seu cavalo também está confiscado — decretou o príncipe — e você terá de deixar este acampamento até o meio-dia, porque não é bem-vindo em nossa companhia. Pode ir para casa, Jekyll, mas na Inglaterra não terá a nossa benevolência.

Sir Simon olhou o príncipe nos olhos pela primeira vez. Seu maldito moleque miserável pensou ele, com o leite de sua mãe ainda amargo em seus lábios sem barba, e então teve um estremecimento ao ser atingido pela frieza dos olhos do príncipe. Curvou-se, sabendo que estava sendo banido, e sabia que aquilo era uma injustiça, mas não havia nada que ele pudesse fazer, exceto apelar para o rei, e no entanto o rei não lhe devia favor algum e nenhum dos grandes homens do reino falaria com ele, e por isso ele era, efetivamente, um proscrito. Podia voltar para a Inglaterra, mas lá, em pouco tempo, ficariam sabendo que ele caíra em desgraça real e sua vida seria uma infelicidade sem fim. Curvou-se, girou sobre os calcanhares e saiu andando, em sua camisa suja, enquanto homens calados abriam caminho para ele.

Os canhões continuavam atirando. Dispararam quatro vezes naquele dia e oito no dia seguinte, e ao fim dos dois dias havia uma fenda rasgada na porta do castelo que poderia ter permitido a entrada de um pardal que estivesse morrendo de fome. Os canhões não tinham feito coisa alguma a não ser machucar os ouvidos dos artilheiros e estilhaçar balas de pedra contra as muralhas do castelo. Nenhum francês morrera, embora um artilheiro e um arqueiro tivessem morrido quando um dos canhões de metal explodiu numa miríade de pedaços de metal em brasa. O rei, achando que a tentativa era ridícula, ordenou que os canhões fossem levados embora e que o cerco ao castelo fosse abandonado.

E, no dia seguinte, o exército inteiro deixou Caen. Marchou para o oeste, em direção a Paris, e atrás dele arrastavam-se as carroças e os criados de acampamento e suas cabeças de gado bovino, e por muito tempo depois disso o céu ao leste aparecia branco no ponto em que a poeira levantada pela marcha enevoava o ar. Mas por fim a poeira assentou e a cidade, devastada e saqueada, foi deixada em paz. As pessoas que tinham conseguido fugir da ilha voltaram aos poucos para seus lares. A lascada porta do castelo foi aberta e a guarnição desceu para ver o que restava de Caen. Durante uma semana, os padres carregaram uma imagem de St. Jean pelas ruas cobertas de destroços e espargiram água benta para livrar-se do fedor do inimigo que ainda pairava no ar. Rezaram missas pela alma dos mortos e rezaram com fervor para que os malditos ingleses enfrentassem o rei da França e sofressem a própria ruína.

Mas pelo menos os ingleses tinham ido embora e a cidade violada, arruinada, podia voltar a se mexer.

A luz chegou primeiro. Uma luz difusa, borrada, na qual Thomas pensou poder ver uma janela ampla, mas uma sombra moveu-se contra a janela e a luz se apagou. Ele ouviu vozes, e depois elas desapareceram. *In pascuis herbarum adclinavit me.* As palavras estavam em sua cabeça. Ele me faz deitar em pastagens frondosas. Um salmo, o mesmo salmo do qual seu pai citara as últimas palavras ao morrer. *Calix meus inebrians.* Minha taça me embriaga. Só que ele não estava bêbado. Respirar doía, e o peito dava a impressão que ele estava sendo apertado pela tortura das pedras. E então, uma vez mais houve escuridão e esquecimento.

A luz tornou a voltar. Oscilou. A sombra lá estava, a sombra deslocou-se em direção a ele e uma mão fria foi encostada à sua testa.

— Eu acredito, mesmo, que você vai viver — disse uma voz de homem em tom de surpresa.

Thomas tentou falar, mas só conseguiu um som estrangulado, desagradável.

— Eu fico impressionado — continuou a voz — com o que os rapazes podem suportar. Os bebês, também. A vida é de uma força maravilhosa. É muito lamentável nós a desperdiçarmos.

— Ele tem abundância suficiente — disse outro homem.

— A voz dos privilegiados — retrucou o primeiro homem, cuja mão ainda estava sobre a testa de Thomas. — Você tira a vida — disse ele — e por isso a avalia como um ladrão avalia suas vítimas.

— E você é uma vítima?

— Claro. Uma vítima culta, uma vítima sábia, até uma vítima valiosa, mas ainda assim, uma vítima. E este jovem, o que é ele?

— Um arqueiro inglês — disse a segunda voz, áspera — e se tivéssemos qualquer dose de bom senso, nós o mataríamos aqui e agora.

— Eu acho que, em vez disso, tentaremos alimentá-lo. Ajude-me a levantá-lo.

Mãos puxaram Thomas para sentá-lo na cama, e uma colher de sopa quente foi-lhe metida na boca, mas ele não conseguiu engolir e, por isso, cuspiu a sopa sobre os cobertores. A dor queimou-o por dentro e a escuridão voltou.

A luz voltou uma terceira vez ou, talvez, uma quarta, isso ele não sabia dizer. Talvez sonhasse com ela, mas dessa vez um homem idoso apareceu em silhueta contra a janela clara. O homem vestia uma comprida túnica preta, mas não era padre ou monge, porque a túnica não estava presa à cintura e ele usava um pequeno chapéu quadrado sobre os longos cabelos brancos.

— Deus — tentou dizer Thomas, embora a palavra saísse como um grunhido gutural.

O velho voltou-se. Ele tinha uma barba longa e bipartida e segurava um frasco de urina. O frasco tinha um gargalo estreito e um bojo redondo, e a garrafa estava cheia de um líquido amarelo claro que o homem ergueu contra a luz. Olhou para o líquido, agitou-o antes de cheirar a boca do frasco.

— Você está acordado?

— Estou.

— E consegue falar! Que médico eu sou! Meu brilhantismo me deixa estupefato; se ao menos eu pudesse convencer meus pacientes a me pagarem. Mas a maioria acredita que eu deveria ser grato por eles não cuspirem em mim. Você diria que esta urina está clara?

Thomas confirmou com um gesto da cabeça e desejou não tê-lo feito, porque a dor penetrou-lhe no pescoço e desceu pela espinha.

— Você não a considera túrgida? Não é escura? Não, nada disso. E também o cheiro e o sabor designam saúde. Um bom frasco de clara urina amarela, e não existe melhor sinal de boa saúde. Infelizmente, não é sua. — O médico empurrou a janela, abrindo-a, e despejou a urina. — Engula — instruiu ele a Thomas.

A boca de Thomas estava seca mas, obediente, ele tentou engolir e no mesmo instante ficou ofegante de dor.

— Eu acho — disse o médico — que é melhor tentarmos um mingau fino. Muito fino, com um pouco de óleo, creio eu, ou melhor ainda, manteiga. Essa coisa amarrada em torno do seu pescoço é uma tira de pano que foi encharcada de água benta. Não fui eu que fiz, mas não proibi. Vocês, cristãos, acreditam em magia... Na verdade, não poderiam ter fé alguma sem uma confiança em magia... E por isso eu tenho que ser indulgente com as suas crenças. Isso aí, pendurado no seu pescoço, é uma pata de cachorro? Não me diga, eu certamente não quero saber. No entanto, quando você se recuperar, eu espero que compreenda que não foram patas de cachorro nem panos molhados que o curaram, mas a minha perícia. Eu fiz uma sangria em você, apliquei cataplasmas de esterco, musgo e cravo da Índia, e ministrei-lhe um suadouro. Eleanor, porém, vai insistir que foram as orações dela e essa pretensiosa tira de pano molhada que o reanimaram.

— Eleanor?

— Ela cortou a corda, meu rapaz. Você estava praticamente morto. Quando eu cheguei, você estava mais morto do que vivo e eu aconselhei a ela que o deixasse expirar em paz. Eu disse a ela que você estava a meio caminho do que vocês insistem que é o inferno e que eu estava muito velho para fazer um cabo-de-guerra com o diabo, mas Eleanor insistiu e eu sempre achei difícil resistir a suas súplicas. Mingau com manteiga rançosa, acho eu. Você está fraco, meu rapaz, muito fraco. Você tem um nome?

— Thomas.

— O meu é Mordecai, mas você pode me chamar de doutor. Não vai chamar, é claro. Vai me chamar de judeu maldito, assassino de Cristo, adorador secreto de porcos e raptor de crianças cristãs. — Tudo isso foi dito com humor. — Que absurdo! Quem iria querer raptar crianças, cristãs ou outras quaisquer? Coisas abomináveis. O único favor que as crianças fazem é que elas crescem, como fez o meu filho, mas então, tragicamente, elas geram mais crianças. Nós não aprendemos as lições da vida.

— Doutor? — grasnou Thomas.

— Thomas?

— Obrigado.

— Um inglês bem educado! As maravilhas do mundo não têm fim.

Espere aí, Thomas, e não cometa a indelicadeza de morrer enquanto eu estiver ausente. Vou buscar mingau.

— Doutor?

— Ainda estou aqui.

— Onde é que eu estou?

— Na casa do meu amigo, e perfeitamente a salvo.

— Seu amigo?

— Sir Guillaume d'Evecque, cavaleiro de terra e mar, e um tolo como não conheço outro igual, mas um tolo de bom coração. Pelo menos, ele me paga.

Thomas fechou os olhos. Ele não entendera o que o médico dissera, ou talvez não acreditasse. Sua cabeça doía. A dor estava em todo o corpo, da cabeça que doía aos pés que pulsavam. Ele pensou na mãe, porque aquilo era reconfortante, e então se lembrou de ter sido pendurado na árvore e teve um tremor. Queria poder dormir outra vez, porque no sono não existia dor, mas o fizeram se sentar e o médico enfiou-lhe pela boca um mingau picante, oleoso e ele conseguiu não cuspi-lo ou vomitá-lo. Devia ter cogumelos no mingau, ou então o mingau tinha sido posto em infusão com as folhas que pareciam de cânhamo que os aldeões de Hookton chamavam de salada dos anjos, porque depois de comê-lo ele teve sonhos animados, mas sentiu menos dores. Quando acordou estava escuro e ele estava sozinho, mas conseguiu se sentar e até mesmo ficar em pé, embora cambaleasse e tivesse de se sentar outra vez.

Na manhã seguinte, quando os passarinhos cantavam dos galhos do carvalho onde ele quase morrera, um homem alto entrou no quarto. O homem estava de muletas, e a coxa esquerda envolta em ataduras. Voltou-se para olhar para Thomas e mostrou um rosto horrivelmente marcado por cicatrizes. Uma lâmina o cortara da testa ao queixo, levando o olho esquerdo do homem em seu golpe selvagem. Tinha longos cabelos louros, muito desgrenhados e cheios, e Thomas calculou que outrora o homem tinha sido bonito, apesar de agora parecer uma criatura de pesadelo.

— Modercai me disse que você vai viver — disse ele, num resmungo.

— Com a ajuda de Deus — disse Thomas.

— Eu duvido que Deus esteja interessado em você — disse o homem, com amargura.

Ele parecia estar na casa dos trinta, tinha as pernas arqueadas de um cavaleiro e o tórax largo de um homem que se exercita bastante com as armas. Balançou nas muletas em direção à janela, onde se sentou no parapeito. A barba era riscada de branco onde a lâmina cortara o queixo e a voz era de uma gravidade e aspereza fora do comum.

— Mas você poderá viver com a ajuda de Mordecai. Não há um médico que se iguale a ele em toda a Normandia, embora só Cristo saiba como ele consegue isso. Já faz uma semana que ele se mete com a minha urina. Eu estou aleijado, seu maluco judeu, eu digo a ele, não ferido na bexiga, mas ele me manda calar a boca e me esforçar para soltar mais gotas. Ele vai começar a fazer isso com você dentro em breve.

O homem, que não vestia outra coisa a não ser uma longa camisa branca, contemplou Thomas carrancudo.

— Eu tenho uma teoria — murmurou ele — de que você é o bastardo miserável que meteu uma flecha na minha coxa. Eu me lembro de ter visto um bastardo de cabelos compridos como os seus, e depois fui atingido.

— O senhor é Sir Guillaume?

— Sou.

— Eu queria matá-lo — disse Thomas.

— Pois então, por que eu não devo matar você? — perguntou Sir Guillaume. — Você se deita na minha cama, toma o meu mingau e respira o meu ar. Inglês maldito. Pior, você é um Vexille.

Thomas girou a cabeça para olhar para o desagradável Sir Guillaume. Não disse nada, porque as três últimas palavras o tinham deixado aturdido.

— Mas eu decidi não te matar — disse Sir Guillaume — porque você salvou minha filha de um estupro.

— Sua filha?

273

NORMANDIA

— Eleanor, seu idiota. Ela é uma filha bastarda, é claro — disse Sir Guillaume. — A mãe era criada de meu pai, mas Eleanor é tudo o que me resta e eu gosto dela. Ela disse que você foi delicado com ela, e por isso ela cortou a corda e você está deitado na minha cama. Ela sempre foi exageradamente sentimental. — Ele franziu o cenho. — Mas eu ainda penso em cortar a sua maldita garganta.

— Durante quatro anos — disse Thomas — eu sonhei em cortar a sua.

O único olho de Sir Guillaume olhou para ele com uma expressão malévola.

— Claro que sonhou. Você é um Vexille.

— Eu nunca ouvi falar nos Vexille — disse Thomas. — Meu nome é Thomas de Hookton.

Thomas tinha alguma esperança de que Sir Guillaume franzisse o cenho ao tentar se lembrar de Hookton, mas o reconhecimento do nome foi instantâneo.

— Hookton — disse ele —, Hookton. Meu bom e doce Cristo, Hookton. — Ele ficou calado por alguns instantes. — E é claro que você é um maldito Vexille. Você tem a insígnia deles no seu arco.

— Meu arco?

— Você o deu para Eleanor carregar! Ela o guardou.

Thomas fechou os olhos. Sentia dor no pescoço, pelas costas e na cabeça.

— Eu acho que é a insígnia de meu pai — disse ele —, mas na verdade eu não sei, porque ele nunca falou na família dele. Eu sei que ele odiava o pai. Eu não gostava muito do meu, mas os seus homens o mataram e eu jurei vingá-lo.

Sir Guillaume voltou-se para olhar para fora da janela.

— Você realmente nunca ouviu falar nos Vexille?

— Nunca.

— Pois então, é um homem de sorte. — Ele se pôs de pé. — Eles são filhos do diabo e você, pelo que eu desconfio, é um dos filhotes. Eu o mataria, rapaz, com a mesma falta de consciência com que pisaria numa aranha, mas você foi bom para a minha filha bastarda e por isso eu lhe sou grato.

Ele se retirou do quarto, mancando.

Deixou Thomas com dores e extremamente confuso.

Thomas se recuperava no jardim de Sir Guillaume, protegido do sol por dois marmeleiros sob os quais aguardava ansioso o veredicto diário do dr. Mordecai sobre a cor, a consistência, o sabor e o cheiro de sua urina. Para o médico parecia não importar se o pescoço grotescamente inchado de Thomas estava desinchando, nem que ele voltara a poder engolir pão e carne. Tudo o que importava era o estado da urina. Não havia, declarava o médico, melhor método de diagnóstico.

— A urina revela tudo. Se ela tiver um cheiro azedo, ou se estiver escura, se tiver sabor de vinagre ou se estiver turva, está na hora de uma medicação vigorosa. Mas uma urina boa, clara, de cheiro doce como esta é a pior notícia de todas.

— A pior? — perguntou Thomas, alarmado.

— Significa menos honorários para o médico, meu caro rapaz.

O médico sobrevivera ao saque de Caen escondendo-se num chiqueiro de um vizinho.

— Eles mataram os porcos, mas não acertaram o judeu. Veja bem, eles quebraram todos os meus instrumentos, espalharam meus remédios, estilhaçaram todas as minhas garrafas, exceto três, e incendiaram minha casa. E assim fui obrigado a morar aqui.

Ele teve um estremecimento, como se morar na mansão de Sir Guillaume fosse um sacrifício. Cheirou a urina de Thomas e então, na dúvida quanto ao diagnóstico, pingou uma gota num dedo e provou-a.

— Muito boa — disse ele —, lamentavelmente boa. — Derramou o conteúdo da jarra num canteiro de alfazema, onde abelhas trabalhavam. — E assim eu perdi tudo — disse ele — e isso depois de os grandes senhores nos garantirem que a cidade estaria segura!

No início, dissera o médico a Thomas, os líderes da guarnição tinham insistido em defender apenas a cidade murada e o castelo, mas precisavam da ajuda dos moradores da cidade para tomar conta dos muros e aqueles cidadãos tinham insistido para que a Île St. Jean fosse defendida, porque era lá que estavam as riquezas da cidade, e assim, no último minuto, a guarnição toda atravessara a ponte para o desastre.

— Loucos — disse Mordecai com desprezo —, loucos em aço e glória. Loucos.

Thomas e Mordecai estavam sozinhos na casa enquanto Sir Guillaume visitava sua propriedade em Evecque, cerca de 48 quilômetros ao sul de Caen, onde fora convocar mais homens.

— Ele vai continuar a lutar — disse o médico —, perna ferida ou não.

— O que é que ele vai fazer comigo?

— Nada — disse o médico, confiante. — Ele gosta de você, apesar de todos esses rompantes. Você salvou a Eleanor, não salvou? Ele sempre gostou dela. A mulher dele não gostava, mas ele gosta.

— O que houve com a mulher dele?

— Morreu — disse Mordecai —, simplesmente morreu.

Thomas podia comer com normalidade, agora, e as forças voltavam depressa, de modo que ele podia caminhar pela Île St. Jean com Eleanor. A ilha parecia ter sido atacada pela peste, porque mais de metade das casas estavam vazias, e mesmo aquelas que estavam ocupadas ainda sofriam os resultados do saque. Faltavam postigos, portas estavam lascadas e as lojas não tinham produtos. Algumas pessoas do interior vendiam feijão, ervilhas e queijos em carroças, e garotinhos ofereciam percas frescas tiradas dos rios, mas ainda eram dias de fome. Eram também dias nervosos, porque os sobreviventes da cidade temiam que os odiados ingleses pudessem voltar e a ilha ainda estava assediada pelo repugnante cheiro dos cadáveres nos dois rios onde as gaivotas, os ratos e os cães engordavam.

Eleanor odiava passear pela cidade, preferindo ir para o sul, para o interior, onde libélulas azuis voavam sobre nenúfares nos cursos d'água que se contorciam entre campos de centeio, cevada e trigo maduros demais.

— Eu adoro a época da colheita — disse ela a Thomas. — Nós íamos para os campos, ajudar.

Naquele ano, a safra seria pequena, porque não havia gente para ceifar o grão, e por isso os trigueirões descascavam as espigas e os pombos disputavam os restos.

— Devia haver uma festa ao final da colheita — disse Eleanor, pensativa.

— Nós também tínhamos uma festa — disse Thomas — e costumávamos pendurar bonecas de milho na igreja.

— Bonecas de milho?

Ele fez para ela uma bonequinha de palha.

— Nós pendurávamos treze dessas bonecas acima do altar — explicou ele —, uma pelo Cristo e uma para cada apóstolo.

Ele apanhou algumas centáureas azuis e deu-as a Eleanor, que enfiou-as nos cabelos. Eram cabelos muito claros, como ouro banhado pelo sol.

Eles conversavam sem parar, e um dia Thomas tornou a perguntar sobre a lança e, dessa vez, Eleanor fez um gesto afirmativo com a cabeça.

— Eu menti para você — disse ele — porque ele estava com ela, realmente, mas ela foi roubada.

— Quem a roubou?

Ela levou uma das mãos ao rosto.

— O homem que tirou o olho dele.

— Um homem chamado Vexille?

Ela confirmou, solene.

— Eu acho que sim. Mas não foi aqui, foi em Evecque. Lá é que é o verdadeiro lar dele. Ele ganhou a casa de Caen quando se casou.

— Me fale dos Vexille — instigou-a Thomas.

— Eu não sei nada sobre eles — disse Eleanor, e ele acreditou.

Eles estavam sentados à beira de um arroio onde dois cisnes flutuavam e uma garça tocaiava rãs num leito de junco. Thomas falara, antes, de ir embora de Caen a pé, para encontrar o exército inglês, e suas palavras deviam estar pesando na mente de Eleanor, porque ela olhou para ele de cenho franzido.

— Você vai mesmo embora?

— Eu não sei.

Ele queria estar com o exército, porque ali é que era o seu ambiente, embora não soubesse como iria encontrá-lo, nem como iria sobreviver numa região em que os ingleses tornaram-se odiados, mas também queria ficar. Queria aprender mais sobre os Vexille, e só Sir Guillaume poderia satisfazer aquela fome. E, dia após dia, queria estar com Eleanor. Havia nela uma delicadeza calma, que Jeanette jamais possuíra, uma delicadeza que o fazia tratá-la com ternura, por ter medo de que, se agisse de outra maneira, pudesse parti-la. Nunca se cansava de observar o longo rosto com as faces ligeiramente covadas, nariz ossudo e olhos grandes. Ela ficava encabulada diante do exame dele, mas não o mandava parar.

— Sir Guillaume — disse ela — diz que eu me pareço com a minha mãe, mas eu não me lembro muito bem dela.

Sir Guillaume voltou para Caen com uma dúzia de soldados que contratara em Alençon, que ficava ao norte. Disse que iria chefiá-los na guerra, juntamente com a meia dúzia de seus homens que tinham sobrevivido à queda de Caen. A perna ainda doía, mas ele podia andar sem as muletas, e no dia de seu retorno ordenou sumariamente que Thomas fosse com ele à igreja de St. Jean. Eleanor, trabalhando na cozinha, juntou-se a eles quando saíram da casa e Sir Guillaume não a proibiu de ir.

As pessoas curvavam-se quando Sir Guillaume passava e muitas procuravam sua garantia de que os ingleses tinham ido embora de verdade.

— Eles estão marchando para Paris — respondia ele — e o nosso rei lhes preparará uma armadilha e os matará.

— O senhor acha isso? — perguntou Thomas depois de uma afirmação daquelas.

— Eu rezo para isso — murmurou Sir Guillaume. — É para isso que serve o rei, não é? Para proteger o seu povo? E Deus sabe que precisamos de proteção. Disseram-me que se você subir naquela torre — ele fez um gesto com a cabeça em direção à igreja de St. Jean, que era o destino deles —, poderá ver a fumaça das cidades que o seu exército queimou. Eles estão realizando uma *chevauchée*.

— *Chevauchée?* — perguntou Eleanor.

O pai dela suspirou.

— Uma *chevauchée*, menina, é quando você marcha numa longa fila pelo território do inimigo e queima, destrói e quebra tudo que está no caminho. O objetivo dessa barbaridade é obrigar o inimigo a sair de suas fortalezas e lutar, e eu acho que o nosso rei vai fazer o que os ingleses querem.

— E os arcos ingleses — disse Thomas — vão abater o exército dele como se fosse feno.

Sir Guillaume pareceu zangar-se com aquilo, mas depois deu de ombros.

— Um exército em marcha fica esgotado — disse ele. — Os cavalos ficam mancos, as botas se gastam e as flechas acabam. E você não viu o poder da França, rapaz. Para cada cavaleiro de vocês, nós temos seis. Vocês podem disparar suas flechas até que os arcos se partam, mas ainda teremos homens de sobra para matá-los.

Ele meteu a mão numa bolsa presa ao cinto e deu moedas de pequeno valor aos pedintes à porta do átrio da igreja, que ficava perto da recente cova onde os quinhentos cadáveres tinham sido enterrados. Agora era um monte de terra nova, pontilhado de dentes-de-leão, e fedia, porque quando os ingleses cavaram a sepultura tinham encontrado água não muito abaixo da superfície, e por isso a cova era muito rasa e a camada de terra que a cobria era fina demais para deter a corrupção que escondia.

Eleanor tapou a boca com uma das mãos e subiu depressa os degraus para entrar na igreja onde os arqueiros tinham leiloado as esposas e filhas da cidade. Os padres, por três vezes, exorcizaram a igreja com orações e água benta, mas o templo ainda mostrava um aspecto triste, porque as estátuas estavam quebradas e as janelas, estilhaçadas. Sir Guillaume fez uma genuflexão em direção ao altar principal e depois conduziu Thomas e Eleanor por uma nave lateral, na qual uma pintura na parede caiada mostrava São João fugindo do caldeirão de óleo fervente que o imperador Domiciano preparara para ele. O santo era mostrado como uma forma etérea, meio fumaça e meio homem, afastando-se, flutuando no ar, enquanto os soldados romanos olhavam, perplexos.

Sir Guillaume aproximou-se de um altar lateral, onde caiu de joelhos ao lado de uma imponente laje preta e Thomas, para sua surpresa, viu que o francês vertia lágrimas pelo único olho.

— Eu o trouxe aqui — disse Sir Guillaume — para ensinar-lhe uma lição sobre a sua família.

Thomas não o contradisse. Ele não sabia que era um Vexille, mas o *yale* no distintivo de prata sugeria que era.

— Embaixo desta pedra — disse Sir Guillaume — jazem minha mulher e meus dois filhos. Um menino e uma menina. Ele tinha seis anos, ela oito, e a mãe deles estava com 25. A casa, aqui, pertencia ao pai dela. Ele me deu a filha como resgate por um navio que eu capturei. Foi pura pirataria, não uma guerra, mas com ela eu ganhei uma boa esposa.

As lágrimas corriam agora, e ele fechou o olho. Eleanor ficou ao lado dele, a mão sobre seu ombro, enquanto Thomas esperava.

— Sabe — perguntou Sir Guillaume depois de um certo tempo — por que nós fomos a Hookton?

— Nós achávamos que foi porque a maré os desviou de Poole.

— Não, nós fomos a Hookton de propósito. Eu fui pago para ir até lá por um homem que se dizia chamar Arlequim.

— Como *hellequin*? — perguntou Thomas.

— É a mesma palavra, só que ele usou a forma italiana. Uma alma do diabo, zombando de Deus, e ele até se parecia com você. — Sir Guillaume benzeu-se e depois esticou o braço para correr um dedo pela borda da pedra. — Fomos tirar uma relíquia da igreja. Por certo você já sabia disso?

Thomas confirmou com a cabeça.

— E eu jurei que a levaria de volta.

Sir Guillaume pareceu zombar daquela ambição.

— Eu pensei que era tudo uma bobagem, mas naquela época eu achava que a vida era uma bobagem. Por que uma igreja tão miserável, numa insignificante aldeia inglesa, teria uma relíquia preciosa? Mas o Arlequim insistiu que estava certo, e quando tomamos a aldeia encontramos a relíquia.

— A lança de São Jorge — disse Thomas, categórico.

— A lança de São Jorge — concordou Sir Guillaume. — Eu tinha um contrato com o Arlequim. Ele me pagou uma pequena quantia, e o saldo ficou guardado por um monge na abadia, aqui. Era um monge em quem todos confiavam, um erudito, um homem impetuoso que as pessoas diziam que iria tornar-se um santo, mas quando eu voltei descobri que o irmão Martin tinha fugido e levara o dinheiro com ele. Por isso, recusei-me a entregar a lança ao Arlequim. Traga-me novecentas libras em prata boa, disse-lhe eu, e a lança será sua, mas ele não quis pagar. Por isso, eu fiquei com a lança. Guardei-a em Evecque, os meses se passaram e eu não tive notícia alguma, e achei que a lança fora esquecida. Então, há dois anos, na primavera, o Arlequim voltou. Veio com soldados e capturou a mansão. Matou todo mundo... todo mundo... e levou a lança.

Thomas olhou para a laje preta.

— Você sobreviveu?

— Mal posso dizer isso — disse Sir Guillaume. Ele ergueu o casaco preto e mostrou uma horrível cicatriz na barriga. — Eles me causaram três ferimentos — continuou. — Um na cabeça, um na barriga e um na perna. Disseram que o da cabeça era porque eu era um tolo sem inteligência, no ventre era uma recompensa por minha ganância, e o da perna era para que eu fosse mancando para o inferno. E me deixaram para ficar olhando os corpos de minha mulher e meus filhos enquanto eu morria. Mas eu sobrevivi, graças a Mordecai. — Ele se pôs de pé, fazendo uma pequena careta ao apoiar seu peso na perna esquerda. — Eu sobrevivi — disse ele, carrancudo — e jurei que iria achar o homem que fez isto — ele apontou para a laje — e mandar sua alma gritando para o fosso. Levei um ano para descobrir quem era ele, e sabe como consegui? Quando veio a Evecque, ele mandou cobrir com um pano preto os escudos de seus homens, mas eu rasguei o pano de um deles com a minha espada e vi o *yale*. Por isso, perguntei a várias pessoas sobre o *yale*. Indaguei em Paris e Anjou, na Borgonha e na Dauphiné, e por fim achei a minha resposta. E onde foi que eu a encontrei? Depois de perguntar por toda a França, eu a achei aqui, em Caen. Um homem aqui conhecia a insígnia. O Arlequim é um homem chamado Vexille. Eu não sei o primeiro nome dele, não sei qual é a sua posição social, só sei que ele é um demônio chamado Vexille.

— Então os Vexille estão com a lança?

— Estão. E o homem que matou a minha família matou o seu pai.

Sir Guillaume pareceu envergonhado por um curto instante.

— Eu matei sua mãe. Seja como for, eu acho que matei, mas ela me atacou e eu estava irritado. — Ele deu de ombros. — Mas não matei seu pai, e ao matar sua mãe eu não fiz mais do que você fez na Bretanha.

— É verdade — admitiu Thomas. Ele olhou no olho de Sir Guillaume e não sentiu ódio algum pela morte da mãe.

— Então, nós temos um inimigo em comum — disse Thomas.

— E esse inimigo — disse Sir Guillaume — é o diabo.

Ele disse aquilo com amargura, e depois benzeu-se. Thomas sentiu um frio repentino, porque encontrara o inimigo, e seu inimigo era Lúcifer.

Na noite daquele dia, Mordecai esfregou um ungüento no pescoço de Thomas.

— Eu acho que está quase curado — disse ele — e que a dor vai passar, embora talvez fique um pouco para lembrá-lo de como você chegou perto da morte. — Ele inspirou os perfumes do jardim. — Então Sir Guillaume lhe contou a história da vida dele?

— Contou.

— E você é parente do homem que matou a mulher dele?

— Não sei — disse Thomas —, na verdade não sei, mas o *yale* indica que sou.

— E é provável que Sir Guillaume tenha matado sua mãe, e o homem que matou a mulher dele matou o seu pai, e Sir Simon Jekyll tentou matar você. — Mordecai abanou a cabeça. — Todas as noites, eu lamento não ter nascido cristão. Eu poderia portar uma arma e entrar na disputa. — Ele deu um frasco a Thomas. — Tome — ordenou —, e por falar nisso, o que é um *yale*?

— É um animal heráldico — explicou Thomas.

O médico cheirou.

— Deus, em Sua infinita sabedoria, fez os peixes e as baleias no quinto dia, e no sexto fez os animais da Terra, olhou para o que tinha feito e viu que era bom. Mas não o suficiente para os arautos, que têm que acrescentar asas, chifres, presas e garras ao Seu trabalho inadequado. Isso é tudo o que você pode fazer?

— Por enquanto.

— Eu conseguiria mais suco se espremesse uma noz — resmungou ele, e retirou-se arrastando os pés.

Eleanor devia estar esperando a partida dele, porque apareceu de sob as pereiras que cresciam no fundo do jardim e fez um gesto em direção à porta que dava para o rio. Thomas seguiu-a na descida até a margem do rio Orne, onde eles ficaram vendo um agitado trio de meninos tentando fisgar um lúcio com flechas inglesas abandonadas depois da captura da cidade.

— Você vai ajudar o meu pai? — perguntou Eleanor.

— Ajudá-lo?

— Você disse que o inimigo dele era seu inimigo.

Thomas sentou-se na grama e ela se sentou a seu lado.

— Não sei — disse ele.

Ele ainda não acreditava em nada daquilo. Havia uma lança, disso ele sabia, e um mistério sobre a sua família, mas ele relutava em admitir que a lança e o mistério teriam que governar toda a sua vida.

— Isso quer dizer que você vai voltar para o exército inglês? — perguntou Eleanor com voz fraca.

— Eu quero ficar aqui — disse Thomas depois de uma pausa —, ficar com você.

Ela devia ter sabido que ele iria dizer algo parecido, mas ainda enrubesceu e olhou para a água que remoinhava, onde peixes saltavam para atacar ondas de insetos e três meninos chapinhavam em vão.

— Você deve ter uma mulher — disse ela, baixinho.

— Eu tive — disse Thomas, e contou a ela sobre Jeanette, que encontrara o príncipe de Gales e por isso o abandonara sem olhar para trás. — Eu jamais vou entendê-la — admitiu ele.

— Mas você a ama? — perguntou Eleanor, direta.

— Não — disse Thomas.

— Você diz isso porque está comigo — declarou Eleanor.

Ele abanou a cabeça.

— Meu pai tinha um livro de citações de Santo Agostinho e havia uma que sempre me intrigou. — Ele franziu o cenho, na tentativa de lembrar-se do latim. — *Nondum amabam, et amare amabam.* Eu não amava, mas ansiava por amar.

Eleanor dirigiu-lhe um olhar cético.

— Uma maneira muito rebuscada de dizer que você se sente solitário.

— É — concordou Thomas.

— E então, o que é que você vai fazer? — perguntou ela.

Por algum tempo, Thomas não falou. Ele pensava na penitência que recebera do padre Hobbe.

— Eu acho que um dia terei que achar o homem que matou meu pai — disse ele após algum tempo.

— Mas, e se ele for o diabo? — perguntou ela, séria.

— Nesse caso, usarei alho — disse ele, em tom de brincadeira — e rezarei para São Guinefort.

Ela olhou para a água que escurecia.

— Santo Agostinho disse mesmo aquilo?

— *Nondum amabam, et amare amabam*? — disse Thomas. — Disse, sim.

— Eu sei como ele se sentia — disse Eleanor, e apoiou a cabeça no ombro dele.

Thomas não se mexeu. Tinha de escolher. Ir atrás da lança ou levar o seu arco preto de volta para o exército. Na verdade, não sabia o que fazer. Mas o corpo de Eleanor estava quente junto ao seu e era reconfortante. Este lugar, por enquanto, era o bastante, e por isso, por enquanto, ele iria ficar.

NA MANHÃ SEGUINTE, Sir Guillaume, escoltado agora por meia dúzia de soldados, levou Thomas à Abbaye aux Hommes. Uma multidão de suplicantes estava nas portas, querendo comida e roupa que os monges não tinham, embora a abadia tivesse escapado da pior parte do saque porque fora a moradia do rei e do príncipe de Gales. Os próprios monges tinham fugido diante da aproximação do exército inglês. Alguns morreram na Île St. Jean, mas a maioria foi para o sul, para uma casa irmã, e entre eles estava o irmão Germain que, quando Sir Guillaume chegou, acabara de chegar do curto exílio.

O irmão Germain era pequenino, velho e curvado, um sopro de homem com cabelos brancos, olhos míopes e mãos delicadas, com as quais aparava uma pena de ganso.

— Os ingleses usam essas penas para suas flechas — disse o velho.
— Nós as usamos para a palavra de Deus.

O irmão Germain, segundo disseram a Thomas, estivera encarregado do escritório do mosteiro por mais de trinta anos.

— Durante a cópia de livros — explicou o monge — a pessoa adquire conhecimento, quer queira, quer não. A maior parte é inteiramente inútil, é claro. Como vai o Mordecai? Está vivo?

— Está vivo — disse Sir Guillaume — e lhe mandou isto.

Ele colocou um vaso de barro, selado com cera, na superfície inclinada da escrivaninha. O vaso escorregou até que o irmão Germain o segurou e enfiou-o numa bolsa.

— Um ungüento — explicou Sir Guillaume a Thomas — para as juntas do irmão Germain.

— Que doem — disse o monge — e só o Mordecai pode aliviá-las. Pena que ele vai arder no inferno, mas no céu, estou certo, eu não vou precisar de ungüentos. Quem é este? — Ele olhou para Thomas.

— Um amigo — disse Sir Guillaume — que me trouxe isto.

Ele estava com o arco de Thomas, que agora colocou sobre a mesa e deu um toque na placa de prata. O irmão Germain curvou-se para inspecionar a insígnia e Thomas ouviu uma acentuada inspiração.

— O *yale* — disse o irmão Germain. Empurrou o arco para longe, e depois soprou da mesa as lascas da pena em que fizera ponta. — O animal foi introduzido pelos heraldistas no século passado. Naquela época, é claro, havia erudição de verdade no mundo. Não era como hoje. Eu recebo jovens de Paris cujas cabeças estão entupidas de lã, e no entanto eles alegam ter título de doutor.

Ele tirou da prateleira uma folha de fragmento de pergaminho, colocou-a em cima da mesa e mergulhou a ponta da pena num pote de tinta escarlate. Deixou que uma brilhante gota caísse no pergaminho e então, com a habilidade adquirida ao longo da vida, tirou a tinta da gota a golpes rápidos. Mal parecia ver o que fazia, mas Thomas, impressionado, viu um *yale* tomando forma no pergaminho.

— Dizem que o animal é mítico — disse o irmão Germain, agitando a pena para fazer uma presa — e talvez seja. A maioria dos animais heráldicos parece invenção. Quem já viu um unicórnio? — Ele pôs mais uma gota de tinta no pergaminho, fez uma rápida pausa, e começou a desenhar as patas erguidas do animal. — Existe, porém, a teoria de que o *yale* existe na Etiópia. Eu não saberia dizer, por não ter viajado para o leste de Rouen nem ter conhecido qualquer viajante que tenha estado lá, se é que a Etiópia existe, mesmo. — Ele franziu o cenho. — No entanto, o *yale* é mencionado por Plínio, o que indica que ele era conhecido dos romanos, embora Deus sabe que eles eram uma raça de crédulos. Dizem que o animal possui tanto chifres como presas, o que parece extravagante, e em geral é retratado como sendo de prata com pintas amarelas. Infelizmente, nossos pigmentos foram roubados pelos ingleses, mas eles nos deixaram o escarlate o que, acho eu, foi delicadeza da parte deles. Me disseram que ele vem do cinabre. É uma planta? O padre Jacques, que descanse em paz, sempre disse que ela nasce na Terra Santa, e talvez nasça. Estarei notando que o senhor está mancando, Sir Guillaume?

— Um canalha de um arqueiro inglês acertou uma flecha na minha perna — disse Sir Guillaume — e todas as noites eu rezo para que a alma dele torre no inferno.

— Em vez disso, o senhor devia dar graças por ele ter errado. Por que o senhor me trouxe um arco de guerra inglês decorado com um *yale*?

— Porque achei que ia interessar ao senhor — disse Sir Guillaume — e porque o meu jovem amigo aqui — ele tocou o ombro de Thomas — quer saber sobre os Vexille.

— Seria melhor esquecê-los — resmungou o irmão Germain.

Ele estava empoleirado numa cadeira alta e agora correu os olhos pela sala, onde 12 monges arrumavam a confusão deixada pelos ingleses ocupantes do mosteiro. Alguns tagarelavam enquanto trabalhavam, provocando um franzir de cenho por parte do irmão Germain.

— Isto não é o mercado de Caen! — vociferou ele. — Se vocês querem mexericar, vão para os lavatórios. Quem dera eu pudesse. Pergunte ao Mordecai se ele tem um ungüento para os intestinos, sim?

Carrancudo, ele passou os olhos pelo aposento por um instante e depois esforçou-se para apanhar o arco que havia encostado na mesa. Olhou atentamente para o *yale* por um instante, e depois pôs o arco no chão.

— Sempre houve um rumor de que um ramo da família Vexille foi para a Inglaterra. Isso parece confirmar a história.

— Quem são eles? — perguntou Thomas.

O irmão Germain pareceu ficar irritado com a pergunta direta, ou talvez todo o assunto dos Vexille não o deixasse à vontade.

— Eram os governantes de Astarc — disse ele —, um condado nas fronteiras de Languedoc e Agenais. Isso, é claro, deverá dizer-lhe tudo o que você precisa saber a respeito deles.

— Isso não me diz coisa alguma — confessou Thomas.

— Neste caso, é provável que você tenha obtido um doutorado em Paris! — O velho fez um muxoxo como reação à própria piada. — Os condes de Astarac, meu rapaz, eram cátaros. O sul da França estava infestado daquela maldita heresia, e Astarac era o centro do mal.

Ele fez o sinal-da-cruz com dedos sujos de pigmentos.

— *Habere non potest* — disse ele, solene — *Deum patrem qui ecclesiam non habet matrem.*

— São Cipriano — disse Thomas. — "Não pode ter Deus como pai quem não tiver a Igreja como mãe."

— Afinal, eu vejo que você não é de Paris — disse o irmão Germain. — Os cátaros rejeitavam a Igreja, procurando a salvação em suas almas tenebrosas. O que seria da Igreja se todos nós fizéssemos isso? Se todos seguíssemos os próprios caprichos? Se Deus está dentro de nós, nós não precisamos de Igreja nenhuma e de Santo Padre nenhum para conduzir-nos à Sua mercê, e essa teoria é a mais perniciosa das heresias, e aonde ela levou os cátaros? A uma vida de desregramento, de desejo carnal, de orgulho e perversão. Eles negavam a divindade de Cristo! — O irmão Germain tornou a fazer o sinal-da-cruz.

— E os Vexille eram cátaros? — perguntou Sir Guillaume ao velho.

— Desconfio de que eram adoradores do diabo — retorquiu o irmão Germain —, mas é certo que os condes de Astarac protegeram os cátaros, eles e uma dezena de outros senhores. Eles eram chamados de senhores negros, e muito poucos deles eram perfeitos. Os perfeitos eram os líderes da seita, os heresiarcas, e se abstinham de vinho, relações sexuais e carne, e nenhum Vexille abandonaria de bom grado esses três prazeres. Mas os cátaros permitiam que aqueles pecadores entrassem para suas fileiras e prometiam os prazeres do céu se eles se retratassem antes de morrer. Os senhores negros gostavam dessa promessa e, quando a heresia foi atacada pela Igreja, lutaram ferozmente. — Ele sacudiu a cabeça. — Isso foi há cem anos! O Santo Padre e o rei da França destruíram os cátaros, e Astarac foi uma das últimas fortalezas a cair. A luta foi terrível, os mortos inumeráveis, mas os heresiarcas e os senhores negros acabaram eliminados.

— No entanto, alguns escaparam? — sugeriu delicadamente Sir Guillaume.

O irmão Germain ficou calado por uns instantes, olhando para a tinta escarlate que secava.

— Houve uma história — disse ele — de que alguns dos senhores cátaros realmente sobreviveram, e que levaram suas riquezas para países por toda a Europa. Há até um rumor de que a heresia ainda vive, escondida nas terras onde a Borgonha e os estados italianos se encontram. — Ele fez o sinal-da-cruz. — Eu acho que uma parte da família Vexille foi para a Inglaterra, para esconder-se por lá, porque foi na Inglaterra, Sir Guillaume, que o senhor encontrou a lança de São Jorge. Vexille... — Ele disse o nome, pensativo. — Ele deriva, é claro, de *vexillaire*, um porta-estandarte, e dizem que um dos primeiros Vexille descobriu a lança enquanto estava nas cruzadas e depois levava-a como estandarte. Sem dúvida, isso era um símbolo de poder antigamente. Quanto a mim? Eu sou cético no que se refere a essas relíquias. O abade me garante que já viu três prepúcios do menino Jesus e até eu, que O acho bendito acima de todas as coisas, duvido que Ele fosse tão bem dotado assim, mas andei fazendo algumas perguntas sobre essa lança. Havia uma lenda ligada a ela. Dizia ela que o homem que levar a lança em combate não pode ser derrotado. Pura lenda, é claro, mas a crença em tais absurdos inspira o ignorante, e existe pouca gente mais ignorante do que os soldados. Mas o que mais me perturba é o propósito deles.

— O propósito de quem? — perguntou Thomas.

— Há uma história — disse o irmão Germain, ignorando a pergunta — de que, antes da queda da última fortaleza herege, os senhores negros que restavam vivos fizeram um juramento. Eles sabiam que a guerra estava perdida, sabiam que suas cidadelas tinham de cair e que a Inquisição e as forças de Deus destruiriam seu povo, e por isso fizeram o juramento de se vingarem dos inimigos. Um dia, juraram eles, derrubariam o trono da França e a Santa Madre Igreja, e para fazer isso usavam o poder de suas relíquias mais sagradas.

— A lança de São Jorge? — perguntou Thomas.

— Ela também — disse o irmão Germain.

— Ela também? — Sir Guillaume repetiu as palavras num tom de quem dava tratos à imaginação.

O irmão Germain molhou a pena e colocou outro brilhante pingo de tinta sobre o pergaminho. Depois, com agilidade, terminou a cópia da insígnia que havia no arco de Thomas.

— O *yale* — disse ele — eu já vi antes, mas a insígnia que você me mostrou é diferente. O animal está segurando um cálice. Mas não um cálice qualquer, Sir Guillaume. O senhor tem razão, o arco me interessa, e me causa medo, porque o *yale* está segurando o Graal. O santo, abençoado e preciosíssimo Graal. Sempre correu o rumor de que os cátaros possuíam o Graal. Há um pedaço de vidro verde, de mau gosto, na catedral de Gênova que, segundo dizem, é o Graal, mas eu duvido que o nosso querido Senhor tenha bebido de uma quinquilharia daquelas. Não, o verdadeiro Graal existe, e quem quer que o tenha possui o poder sobre todos os homens da Terra. — Ele largou a pena. — Eu temo, Sir Guillaume, que os senhores negros queiram a sua vingança. Eles concentram as forças. Mas ainda se escondem, e a Igreja não percebeu. Nem perceberá, até o perigo ficar evidente, e aí será tarde demais.

O irmão Germain baixou a cabeça a ponto de Thomas poder ver a falha careca rosada entre os cabelos brancos.

— Está tudo previsto — disse o monge. — Está tudo nos livros.

— Que livros? — perguntou Sir Guillaume.

— *Et confortabitur rex austri et de principibus eius praevalebit super eum* — disse o irmão Germain em voz baixa.

Sir Guillaume dirigiu um olhar inquisidor a Thomas.

— E o rei do sul será poderoso — traduziu Thomas, relutante —, mas um dos príncipes será mais forte do que ele.

— Os cátaros são do sul — disse o irmão Germain — e o profeta Daniel previu tudo isso. — Ele ergueu as mãos sujas de pigmentos. — A luta será terrível, porque a alma do mundo estará em jogo, e eles usarão qualquer arma, até mesmo uma mulher. *Filiaque regis austri veniet ad regem aquilonis facere amicitiam.*

— A filha do rei do sul — disse Thomas — virá ao rei do norte e fará um acordo.

O irmão Germain ouviu o tom de desagrado na voz de Thomas.

— Você não acredita? — ele sibilou. — Por que acha que nós mantemos as escrituras longe dos ignorantes? Elas contêm todo tipo de profecias, rapaz, e cada uma delas transmitida diretamente a nós por Deus, mas esse conhecimento é confuso para os iletrados. Os homens enlouquecem quando sabem demais. — Ele fez o sinal-da-cruz. — Eu agradeço a Deus por morrer em breve e ser levado para a beatitude lá em cima, enquanto vocês terão de lutar com essa escuridão.

Thomas foi até a janela e viu duas carroças de grãos sendo descarregadas por noviços. Os soldados de Sir Guillaume jogavam dados na clausura. Aquilo era verdade, refletiu ele, não era um profeta tagarela. Seu pai sempre o prevenira contra profecias. Isso faz com que a mente dos homens cometa erros, dissera ele, e seria por isso que a cabeça dele se perturbara?

— A lança — disse Thomas, tentando agarrar-se ao fato e não à fantasia — foi levada para a Inglatera pela família Vexille. Meu pai era um deles, mas se desentendeu com a família e roubou a lança e escondeu-a em sua igreja. Ele foi morto lá, e ao morrer me disse que tinha sido o filho de seu irmão que o matara. Eu acho que é esse homem, meu primo, que se chamava Arlequim. — Voltou-se para olhar para o irmão Germain. — Meu pai era um Vexille, mas não era um herege. Era um pecador, sim, mas lutava contra o seu pecado, odiava o próprio pai, e era um filho leal da Igreja.

— Ele era padre — explicou Sir Guillaume ao monge.

— E você é filho dele? — perguntou o irmão Germain em tom de desaprovação. Os outros monges tinham abandonado a arrumação que faziam e ouviam avidamente.

— Eu sou filho de padre — disse Thomas — e um bom cristão.

— E então a família descobriu onde a lança estava escondida — Sir Guillaume retomou a história — e contratou-me para recuperá-la. Mas se esqueceu de me pagar.

O irmão Germain pareceu não ter ouvido. Ele estava olhando fixo para Thomas.

— Você é inglês?

— O arco é meu — admitiu Thomas.

— Então você é um Vexille?

Thomas deu de ombros.

— É o que parece.

— Então, você é um dos senhores negros — disse o irmão Germain.

Thomas abanou a cabeça.

— Eu sou cristão — disse ele, com firmeza.

— Neste caso, você tem um dever dado por Deus — disse o pequeno homem com uma força surpreendente —, que é acabar o serviço que foi deixado por terminar há cem anos. Mate todos eles! Mate-os! E mate a mulher. Está me ouvindo, rapaz? Mate a filha do rei do sul antes que ela seduza a França para a heresia e a maldade.

— Se ao menos pudermos encontrar os Vexille — disse Sir Guillaume em tom de dúvida, e Thomas notou o verbo no plural. — Eles não exibem a insígnia. Eu duvido que usem o nome Vexille. Eles se escondem.

— Mas agora estão com a lança — disse o irmão Germain — e irão usá-la para a primeira de suas vinganças. Vão destruir a França, e no caos que se seguirá vão atacar a Igreja. — Ele soltou um gemido, como se sentisse uma dor física. — Você tem de tirar o poder deles, e o poder deles está no Graal.

Com que então não era apenas a lança que Thomas devia salvar. À missão dada pelo padre Hobbe tinha sido acrescentada toda a Cristandade. Ele teve vontade de rir. O catarismo morrera cem anos antes, flagelado, queimado e desencavado da terra como grama do campo arrancada de um campo! Senhores negros, filhas de reis e príncipes da escuridão eram invenções dos trovadores, não tarefa de arqueiros. Só que, quando olhou para Sir Guillaume, viu que o francês não zombava da missão. Ele olhava para o crucifixo pendurado na parede do escritório e movia os lábios numa oração silenciosa. Deus me ajude, pensou Thomas, Deus me ajude, mas estou sendo solicitado a fazer o que todos os grandes cavaleiros da távola redonda de Artur não conseguiram fazer: encontrar o Graal.

Filipe de Valois, rei da França, ordenou que todos os franceses em idade militar se reunissem em Rouen. Ordens foram enviadas a seus vassalos e apelos foram levados a seus aliados. Ele esperara que os muros de Caen contivessem os ingleses durante semanas, mas a cidade caíra em um dia e os sobreviventes, em pânico, espalhavam-se pelo norte da França com histórias horríveis de demônios à solta.

Rouen, aninhada num grande arco do Sena, encheu-se de guerreiros. Milhares de besteiros genoveses chegaram em galeras, apontando seus navios para a margem do rio e lotando as tabernas da cidade, enquanto cavaleiros e soldados chegavam de Anjou e da Picardia, de Alençon e Champagne, de Maine, Touraine e Berry. Toda loja de ferreiro tornou-se uma armaria, toda casa um alojamento, toda taberna um bordel. Mais homens chegavam, até que a cidade mal podia contê-los, e tendas tiveram de ser armadas nos campos ao sul da cidade. Carroças atravessavam a ponte, carregadas de feno e grãos recém-colhidos das ricas terras agrícolas ao norte do rio, enquanto da margem sul do Sena vinham os rumores. Os ingleses tinham tomado Evreux, ou talvez tivesse sido Bernay? Avistara-se fumaça em Lisieux, e arqueiros atravessavam em massa a floresta de Brotonne. Uma freira de Louviers teve um sonho no qual o dragão matara São Jorge. O rei Filipe ordenou que a mulher fosse levada a Rouen, mas a freira tinha lábio leporino, era corcunda e gaguejava, e quando foi apresentada ao rei mostrou-se incapaz de tornar a contar o sonho, quanto mais revelar a Sua Majestade a estratégia de Deus. Limitou-se a tremer e chorar e o rei dispensou-a, irritado, mas consolou-se com o astrólogo do bispo, que disse que Marte estava em ascendente e que isso significava que a vitória era certa.

Um rumor dizia que os ingleses estavam em marcha sobre Paris, depois outro rumor alegava que eles estavam indo para o sul, a fim de proteger seus territórios da Gasconha. Dizia-se que todas as pessoas de Caen tinham morrido, que o castelo estava em ruínas; então circulou uma história de que os ingleses morriam de uma doença. O rei Filipe, sempre um homem nervoso, tornou-se petulante, exigindo notícias, mas seus conselheiros convenceram seu irritadiço senhor de que, onde quer que os ingleses estivessem, acabariam por morrer de fome se fossem mantidos ao sul do grande rio Sena que coleava como uma cobra de Paris até o mar. Os homens de Eduardo estavam arrasando a terra, e por isso precisavam continuar se deslocando se quisessem encontrar alimentos, e se o Sena fosse bloqueado eles não poderiam ir para o norte, em direção aos portos na costa do Canal, onde poderiam esperar suprimentos vindos da Inglaterra.

— Eles usam flechas como uma mulher usa dinheiro — Charles, o conde de Alençon e irmão mais moço do rei, assessorou Filipe —, mas não podem mandar buscar as flechas na França. Elas são trazidas para eles por mar, e quanto mais longe do mar eles forem, maiores os problemas.

Assim, se os ingleses fossem mantidos ao sul do Sena, acabariam tendo de lutar ou fazer uma desonrosa retirada para a Normandia.

— E Paris? Paris? E Paris? — perguntou o rei.

— Paris não vai cair — garantiu o conde ao irmão.

A cidade ficava ao norte do Sena, por isso os ingleses precisariam atravessar o rio e assaltar as maiores defesas da cristandade, e o tempo todo a guarnição os estaria cobrindo com uma chuva de setas de bestas e com os mísseis das centenas de pequenos canhões de ferro que tinham sido instalados sobre os muros da cidade.

— Talvez eles sigam para o sul? — disse Filipe, preocupado. — Para a Gasconha?

— Se marcharem para a Gasconha — disse o conde —, quando chegarem lá já não terão botas, e o estoque de flechas terá acabado. Vamos rezar para que eles se dirijam para a Gasconha, mas acima de tudo rezar para que não atinjam a margem norte do Sena.

Porque se os ingleses atravessassem o Sena, iriam para o porto do Canal mais próximo, para receber reforços e suprimentos e, àquela altura, sabia o conde, os ingleses estariam precisando de suprimentos. Um exército em marcha se cansava, seus homens adoeciam e seus cavalos ficavam mancos. Um exército que marchasse demais acabaria se desgastando como uma besta cansada.

Assim, os franceses reforçaram as grandes fortalezas que protegiam as travessias do Sena e, onde uma ponte não pudesse ser vigiada, como a de 16 vãos que ficava em Poissy, ela era demolida. Cem homens com marretas derrubaram os parapeitos e, a marretadas, jogaram no rio as peças de pedra dos vãos, deixando os 15 tocos de pilotis quebrados juncando o Sena como as alpondras de um gigante, enquanto Poissy, que ficava ao sul do Sena e era considerava indefensável, foi abandonada e seus habitantes evacuados para Paris. O largo rio estava sendo transformado numa barreira intransponível para pegar os ingleses numa armadilha, em uma área em que seus alimentos teriam de acabar. Depois, quando os demônios estivessem enfraquecidos, os franceses os puniriam pelos terríveis danos que causaram à França. Os ingleses ainda estavam incendiando cidades e destruindo fazendas, e assim, naqueles longos dias de verão, os horizontes a oeste e ao sul estavam tão manchados de nuvens de fumaça que estas pareciam permanentes na linha do horizonte. À noite, a beira do mundo brilhava e pessoas que fugiam dos incêndios iam para Rouen onde, pelo fato de não haver abrigo e alimento para tanta gente, recebiam ordens de atravessar o rio e seguir para onde quer que pudessem encontrar abrigo.

Sir Simon Jekyll e Henry Colley, seu soldado, estavam entre os fugitivos e a admissão não lhes foi negada, porque os dois montavam corcéis e vestiam cotas de malha. Colley vestia uma cota sua e era dono do cavalo que montava, mas a montaria e a roupagem de Sir Simon tinham sido roubadas de um de seus outros soldados antes de ele fugir de Caen. Os dois levavam escudos, mas tinham tirado as capas de couro das tábuas de salgueiro, de modo que os escudos não portavam emblema algum, declarando-se, assim, homens sem um senhor que estavam à procura de quem os contratasse. Dezenas iguais a eles chegavam à cidade, em busca de um senhor que pudesse oferecer comida e salário, mas ninguém chegou com a raiva que dominava Sir Simon.

Era a injustiça que o atormentava. Queimava-lhe a alma, dando-lhe uma sede de vingança. Ele estivera muito perto de pagar suas dívidas

— na verdade, quando o dinheiro da venda dos navios de Jeanette fora enviado da Inglaterra, ele esperara ficar livre de todos os encargos — mas agora era um fugitivo. Sabia que poderia ter voltado furtivamente para a Inglaterra, mas qualquer homem caído em desgraça perante o rei ou o filho mais velho do rei podia esperar ser tratado como um rebelde, e ele seria um homem de sorte se ficasse com um acre de terra, quanto mais com a liberdade. Por isso, preferira fugir, confiando em que sua espada recuperasse os privilégios que ele perdera para a prostituta bretã e seu namoradinho, e Henry Colley cavalgara com ele por acreditar que qualquer homem tão experiente com armas quanto Sir Simon não poderia falhar.

Ninguém questionou a presença deles em Rouen. O francês de Sir Simon tinha vestígios do sotaque da pequena nobreza da Inglaterra, mas o mesmo acontecia com o francês de dezenas de outros homens vindos da Normandia. O que Sir Simon precisava, agora, era de um protetor, um homem que o alimentasse e lhe desse a chance de lutar contra seus perseguidores, e havia uma quantidade enorme de grandes homens à procura de seguidores. Nos campos ao sul de Rouen, onde o rio que serpenteava estreitava a terra, uma pastagem tinha sido separada como campo de torneios onde, em frente a uma multidão de soldados conhecedores do assunto, qualquer pessoa podia entrar nas liças para mostrar sua perícia. Não se tratava de um torneio de verdade — as espadas eram cegas e as lanças tinham, na ponta, blocos de madeira — mas de uma oportunidade para homens sem um senhor mostrarem sua maestria com armas, e vinte cavaleiros, defensores de duques, condes, viscondes e simples lordes, eram os juízes. Dezenas de homens esperançosos entravam nas liças, e o cavaleiro que durasse mais de alguns minutos contra os bem montados e soberbamente armados paladinos encontraria, sem dúvida, um lugar no séquito de um grande nobre.

Sir Simon, em seu cavalo roubado e com a velha espada amassada, foi um dos homens que menos impressão causou ao entrar no pasto. Não tinha lança, de modo que um dos paladinos sacou de uma espada e cavalgou para derrubá-lo. A princípio, ninguém prestou muita atenção nos dois homens, porque outros combates aconteciam, mas quando o defensor ficou estatelado na grama e Sir Simon, incólume, seguiu em frente, a multidão prestou atenção.

Um segundo paladino desafiou Sir Simon e ficou estarrecido com a fúria que o enfrentou. Gritou que o combate não era até a morte, mas apenas uma demonstração do manejo da espada, mas Sir Simon cerrou os dentes e golpeou com tal selvageria que o paladino esporeou e virou o cavalo para longe, em vez de se arriscar a um ferimento. Sir Simon voltou o cavalo para o centro do pasto, desafiando outro homem a enfrentá-lo, mas em vez disso um escudeiro trotou numa mula até o centro do campo e, sem dizer palavra, entregou uma lança ao inglês.

— Quem a mandou? — perguntou Sir Simon.

— O meu senhor.

— Quem é ele?

— Lá — disse o escudeiro, apontando para a extremidade do pasto onde um homem alto, com uma armadura preta e montado num cavalo preto esperava com uma lança.

Sir Simon embainhou a espada e pegou a lança. Era pesada e não estava bem equilibrada, e ele não tinha, em sua armadura, nenhum apoio para lança que a acomodaria para ajudar a manter a ponta erguida, mas ele era um homem forte e um homem zangado, e achava que poderia sustentar a pesada arma por tempo suficiente para acabar com a confiança do estranho.

Naquele momento, ninguém mais lutava no campo. Todos olhavam. Apostas estavam sendo feitas e todas eram a favor do homem de preto. A maioria dos espectadores já o vira lutar antes, e seu cavalo, sua armadura e suas armas eram, todos, visivelmente superiores. Ele usava cota de placas e o cavalo era pelo menos um palmo mais alto do que a triste montaria de Sir Simon. A viseira estava arriada, de modo que Sir Simon não podia ver o rosto do homem, enquanto Sir Simon não tinha protetor para o rosto, apenas um elmo velho e barato como os usados pelos arqueiros da Inglaterra. Só Henry Colley apostou em Sir Simon, apesar da dificuldade em fazê-lo, porque o seu francês era rudimentar, mas afinal o dinheiro foi aceito.

O escudo do estranho era preto e decorado com uma simples cruz branca, um símbolo desconhecido para Sir Simon, enquanto seu cavalo tinha uma capa que varreu o pasto quando o animal começou a andar. Aquele foi o único sinal que o estranho deu e Sir Simon respondeu baixando a lança e cutucando o cavalo para avançar. Eles estavam a uma distância de cem passos e os dois passaram rapidamente para o meio galope. Sir Simon observava a lança do adversário, calculando o grau de firmeza com que era segura. O homem era bom, porque a ponta da lança praticamente não oscilava, apesar do movimento desigual do cavalo. O escudo cobria-lhe o tronco, como tinha que ser.

Se aquilo tivesse sido um combate, se o homem com o escudo estranho não tivesse dado a Sir Simon uma chance de melhoria, ele poderia ter baixado a sua lança para atingir o cavalo do adversário. Ou, o que era um golpe mais difícil, enfiado a ponta da arma no arção anterior da sela. Sir Simon tinha visto uma lança atravessar por completo a madeira e o couro de uma sela para penetrar na virilha de um homem, e isso sempre fora um golpe mortal. Mas naquele dia esperava-se que ele mostrasse a perícia de um cavaleiro, atacasse direto e firme, e ao mesmo tempo se defendesse da lança que vinha em sua direção. A perícia daquilo estava em desviar o golpe que, por ter o peso de um cavalo por trás, poderia quebrar a coluna vertebral de um homem ao atirá-lo contra a patilha alta. O choque de dois cavaleiros pesados se encontrando, e com todo o peso concentrado na ponta das lanças, era como ser atingido por uma bala de canhão.

Sir Simon não pensava em nada disso. Observava a lança que vinha na sua direção, olhava para a cruz branca no escudo para o qual a sua lança estava apontada, e guiava o cavalo com a pressão dos joelhos. Ele treinara para aquilo desde que conseguira montar pela primeira vez num pônei. Passara horas enristando com um quintana no terreno de seu pai, e mais horas ensinando garanhões a suportar o barulho e o caos da batalha. Ele deslocou o cavalo ligeiramente para a esquerda, como quem quisesse ampliar o ângulo em que as lanças iriam se chocar e, com isso, desviar um pouco da força, e observou que o estranho não acompanhou o movimento para acertar a linha, mas parecia ter prazer em aceitar o risco menor. Então, os dois homens bateram as esporas e os corcéis passaram a galopar. Sir Simon tocou o lado direito do cavalo e endireitou a linha, atacando com força o estranho agora e inclinando-se levemente para a frente, para preparar-se para o golpe. O adversário estava tentando voltear em direção a ele, mas era tarde demais. A lança de Sir Simon estalou contra o escudo preto e branco com um choque que lançou Sir Simon para trás, mas a lança do estranho não estava centrada e bateu contra o escudo liso de Sir Simon e resvalou nele.

A lança de Sir Simon partiu-se em três e ele a deixou cair enquanto pressionava com o joelho para fazer seu cavalo girar. A lança do adversário estava atravessada rente ao seu corpo e perturbava o cavaleiro de armadura preta. Sir Simon sacou da espada e, enquanto o outro homem ainda tentava livrar-se da lança, aplicou um golpe de revés que atingiu o adversário como uma martelada.

O campo ficou em silêncio. Henry Colley estendeu a mão para receber o dinheiro que ganhara. O homem fingiu não compreender o seu francês imperfeito, mas entendeu a faca que o inglês de olhos amarelos mostrou de repente e as moedas, com a mesma rapidez, apareceram.

O cavaleiro de armadura preta não continuou a luta, mas em vez disso fez seu cavalo parar e ergueu a viseira.

— Quem é você?

— Meu nome é Sir Simon Jekyll.

— Inglês?

— Eu era.

Os dois cavalos estavam lado a lado. O estranho jogou a lança no chão e pendurou o escudo no arção anterior da cela. Tinha um rosto pálido com um fino bigode preto, olhos vivos e nariz quebrado. Era jovem, não um rapaz, mas um ou dois anos mais velho do que Sir Simon.

— O que deseja? — perguntou ele a Sir Simon.

— Uma chance de matar o príncipe de Gales.

O homem sorriu.

— Só isso?

— Dinheiro, comida, terra, mulheres — disse Sir Simon.

O homem fez um gesto para o lado da pastagem.

— Há grandes senhores aqui, Sir Simon, que lhe oferecerão salário, comida e mulheres. Eu também posso pagar-lhe, mas não tão bem; posso alimentá-lo, embora seja o trivial; e as mulheres, o senhor terá de procurá-las. O que eu lhe prometo é que irei equipá-lo com um cavalo, uma armadura e armas melhores. Eu comando os melhores cavaleiros deste exército, e nós juramos capturar prisioneiros que venham a nos tornar ricos. E nenhum, acho eu, tão rico quanto o rei da Inglaterra e seu filhote. Não matar, veja bem, mas capturar.

Sir Simon deu de ombros.

— Eu aceito capturar o bastardo — disse ele.

— E o pai — disse o homem. — Eu também quero o pai dele.

Havia algo de vingativo na voz do homem que deixou Sir Simon intrigado.

— Por quê? — perguntou ele.

— Minha família vivia na Inglaterra — disse o homem —, mas quando esse rei assumiu o poder nós apoiamos a mãe dele.

— E então perderam suas terras? — perguntou Sir Simon.

Ele era moço demais para se lembrar dos tumultos daquela época — quando a mãe do rei tentara manter o poder para ela mesma e seu amante, e o jovem Eduardo lutara para se liberar. O jovem Eduardo vencera e alguns de seus velhos inimigos não tinham esquecido.

— Nós perdemos tudo — disse o homem —, mas vamos recuperá-lo. O senhor quer nos ajudar?

Sir Simon hesitou, pensando se não se sairia melhor com um senhor mais rico, mas estava intrigado com a calma do homem e com sua determinação de arrancar o coração da Inglaterra.

— Quem é o senhor? — perguntou ele.

— Às vezes me chamam de o Arlequim — disse o homem.

O nome nada significava para Sir Simon.

— E o senhor emprega apenas os melhores? — perguntou.

— Foi o que eu lhe disse.

— Neste caso, é melhor me contratar — disse Sir Simon — com o meu auxiliar. — Ele fez um gesto com a cabeça em direção a Henry Colley.

— Muito bem — disse o Arlequim.

E assim Sir Simon estava com um novo senhor e o rei da França reunira um exército. Os grandes senhores, Alençon, John de Hainault, Aumale, o conde de Blois, que era irmão do ambicioso duque de Bretanha, o duque de Lorena, o conde de Sancerre, todos estavam em Rouen com seus imensos séquitos de homens fortemente armados. O número de componentes do exército ficou tão grande que não se conseguia contar as fileiras, mas escreventes calcularam que havia pelo menos oito mil soldados e cinco mil besteiros em Rouen, e isso significava que o exército de Filipe de Valois já estava em superioridade numérica em relação às forças de Eduardo da Inglaterra, e ainda chegavam mais homens. John, conde de Luxemburgo e rei da Boêmia, amigo de Filipe da França, ia levando seus respeitáveis cavaleiros. O rei de Majorca chegou com suas famosas lanças, e o duque da Normandia recebeu ordens para abandonar o cerco a uma fortaleza inglesa no sul e levar seus homens para o norte. Os padres abençoavam os soldados e prometiam-lhes que Deus iria reconhecer a virtude da causa da França e esmagaria os ingleses de forma implacável.

O exército não podia ser alimentado em Rouen, e por isso acabou atravessando a ponte para a margem norte do Sena, deixando uma temível guarnição atrás, para proteger a travessia do rio. Uma vez fora da cidade e nas longas estradas que se estendiam pelos campos onde a colheitas eram recentes, os homens podiam ter uma pequena idéia do tamanho de seu exército. Ele se estendia por quilômetros em longas colunas de homens armados, tropas de cavaleiros, batalhões de besteiros e, lá atrás, a inumerável quantidade de homens de infantaria armados de machados, podões e lanças. Aquele era o poderio da França, e os amigos da França tinham aderido à causa. Havia uma tropa de cavaleiros da Escócia — homens grandes, de aparência selvagem, que nutriam um ódio raro aos ingleses. Havia mercenários da Alemanha e da Itália, e cavaleiros cujos nomes tinham se tornado famosos em torneios da cristandade, os assassinos elegantes que enriqueceram no esporte da guerra. Os cavaleiros franceses falavam não só em derrotar Eduardo da Inglaterra, mas em levar a guerra ao reino dele, prevendo condados em Essex e ducados em Devonshire. O bispo de Meaux animou seu cozinheiro a pensar numa receita para dedos de arqueiros, um *daube*, talvez, temperado com tomilho? O bispo insistia que enfiaria o prato pela garganta de Eduardo da Inglaterra.

Sir Simon montava, agora, um corcel de sete anos, um belo cinza que devia ter custado ao Arlequim quase cem libras. Usava um casacão de malha de elos compactos, coberto por um casaco que exibia a cruz branca. Seu cavalo tinha uma testeira de couro cozido e uma capa preta, enquanto da cintura de Sir Simon pendia uma espada feita em Poitiers. Henry Colley estava quase tão bem equipado quanto ele, embora no lugar de uma espada levasse uma haste de carvalho de um metro e vinte, que tinha numa das extremidades uma bola de metal cheia de pontas.

— Eles são uma cambada muito séria — reclamou ele a Sir Simon sobre os outros homens que seguiam o Arlequim. — Como uns porcarias de padres.

— Eles sabem lutar — disse Sir Simon, embora ele mesmo também estivesse amedrontado pela carrancuda dedicação dos homens do Arlequim.

Os homens estavam todos confiantes, mas nenhum fazia tão pouco caso dos ingleses quanto o resto do exército, que se convencera de que qualquer combate seria vencido apenas pela superioridade numérica. O Arlequim submeteu Sir Simon e Henry Colley a uma série de perguntas sobre o modo inglês de lutar, e as perguntas eram argutas o bastante para obrigar os dois a abandonarem o estilo bombástico e raciocinarem.

— Eles vão lutar a pé — concluiu Sir Simon. Ele, como todos os cavaleiros, sonhava com uma batalha travada a cavalo, de homens se esquivando e lanças enristadas, mas os ingleses tinham aprendido a lutar nas guerras contra os escoceses e sabiam que homens a pé defendiam um território com muito mais eficiência do que cavaleiros.

— Até mesmo os cavaleiros lutarão a pé — previu Sir Simon — e para cada soldado eles terão dois ou três arqueiros. São eles os bastardos a serem vigiados.

O Arlequim fez um gesto afirmativo com cabeça.

— Mas como derrotamos os arqueiros?

— Deixe que eles fiquem sem flechas — disse Sir Simon. — Eles acabarão ficando sem elas. Assim, deixe que todo membro impetuoso do exército ataque, e depois espere até que os sacos de flechas se esvaziem. Aí, o senhor terá a sua vingança.

— O que eu quero é mais do que vingança — disse o Arlequim com tranqüilidade.

— O quê?

O Arlequim, um homem bem apessoado, sorriu para Sir Simon, embora não houvesse calor no sorriso.

— Poder — respondeu ele, muito calmo. — Com poder, Sir Simon, vem o privilégio, e com o privilégio, a riqueza. O que são os reis — perguntou ele — a não ser homens que subiram bastante? Por isso, nós também vamos subir e usar a derrota de reis como os degraus da nossa escada.

Aquela conversa impressionou Sir Simon, embora ele não a compreendesse por inteiro. A ele, pareceu que o Arlequim era um homem de grandes sonhos, mas isso não importava, porque também estava inabalavelmente dedicado à derrota de homens que eram inimigos de Sir Simon. Sir Simon sonhava acordado com a batalha; via a expressão amedrontada no rosto do príncipe inglês, ouvia o grito dele e deleitava-se ao pensar em capturar o filhote insolente. Jeanette, também. O Arlequim podia ser tão reservado e sutil quanto quisesse, desde que levasse Sir Simon àqueles desejos simples.

E assim o exército francês marchou, e continuava a crescer, à medida que homens chegavam de pontos distantes do reino e dos estados vassalos além das fronteiras da França. Marchava para isolar o Sena e, com isso, prender os ingleses na armadilha, e sua confiança foi aos píncaros quando se soube que o rei fizera sua peregrinação à abadia de St. Denis para pegar a auriflama. Era o símbolo mais sagrado da França, um estandarte escarlate guardado pelos beneditinos na abadia onde os reis da França estavam enterrados, e todo mundo sabia que quando a auriflama fosse desfraldada, não se daria quartel, de forma alguma. Dizia-se que ela fora carregada pelo próprio Carlos Magno, e sua seda era vermelha cor de sangue, prometendo carnificina aos inimigos da França. Os ingleses tinham ido lá para lutar, a auriflama fora liberada e a dança dos exércitos começara.

Sir Guillaume deu a Thomas uma camisa de linho, uma boa cota de malha, um elmo forrado de couro e uma espada.

— Ela é velha, mas é boa — disse ele referindo-se à espada —, mais para cortar do que para perfurar.

Ele forneceu a Thomas um cavalo, uma sela, um bridão, e deu-lhe dinheiro. Thomas tentou recusar este último presente, mas Sir Guillaume repeliu o seu protesto.

— Você tirou o que quis de mim, e por isso é melhor eu lhe dar o resto.

— Tirei? — Thomas estava intrigado, até mesmo magoado, com a acusação.

— Eleanor.

— Eu não a tirei — protestou Thomas.

O rosto arruinado de Sir Guillaume rompeu-se num sorriso.

— Vai tirar, rapaz — disse ele —, vai tirar.

Eles partiram no dia seguinte, seguindo para o leste na esteira do exército inglês, que agora estava bem longe. Tinham chegado a Caen notícias de cidades incendiadas, mas ninguém sabia para onde fora o inimigo, e por isso Sir Guillaume planejou liderar seus 12 soldados, seu escudeiro e seu criado para Paris.

— Alguém vai saber onde está o rei — disse ele. — E você, Thomas, o que é que vai fazer?

Thomas estivera pensando a mesma coisa desde que acordara para ver a luz na casa de Sir Guillaume, mas agora tinha de tomar uma decisão e, para sua surpresa, não havia conflito algum.

— Eu vou para o meu rei — disse ele.

— E quanto a esse Sir Simon? E se ele enforcar você outra vez?

— Eu tenho a proteção do conde de Northampton — disse Thomas, embora refletisse que ela não funcionara antes.

— E quanto a Eleanor?

Sir Guillaume voltou-se para olhar para a filha que, para surpresa de Thomas, os acompanhara. O pai lhe dera um pequeno palafrém e, sem estar habituada a montar, ela sentava-se na sela de forma desajeitada, agarrando o alto castão. Não sabia por que o pai a deixara ir junto, sugerindo a Thomas que talvez ele a quisesse como cozinheira.

A pergunta fez Thomas enrubescer. Ele sabia que não podia lutar contra seus amigos, mas também não queria deixar Eleanor.

— Eu virei para buscá-la — disse ele a Sir Guillaume.

— Se ainda estiver vivo — resmungou o francês. — Por que você não luta para mim?

— Porque eu sou inglês.

Sir Guillaume falou em tom de escárnio.

— Você é um cátaro, você é francês, você é de Languedoc, quem sabe o que você é? Você é filho de padre, um bastardo mestiço de estirpe herege.

— Eu sou inglês.

— Você é cristão — retorquiu Sir Guillaume — e Deus atribuiu a você e a mim um dever. Como é que você vai cumprir esse dever entrando para o exército de Eduardo?

Thomas não respondeu de imediato. Será que Deus lhe dera um dever? Se dera, ele não queria aceitá-lo, porque aceitar significaria acreditar nas lendas dos Vexille. Thomas, na noite depois de ter conhecido o irmão Germain, conversara com Mordecai no jardim de Sir Guillaume, perguntando ao velho se ele alguma vez já lera o livro de Daniel.

Mordecai suspirara, como se achasse a pergunta enfadonha.

— Faz anos — dissera ele —, faz muitos anos. Ele faz parte do Ketuvim, os escritos que todos os jovens judeus têm de ler. Por quê?

— Ele é um profeta, não é? Ele prevê o futuro.

— Minha nossa! — dissera Mordecai, sentado no banco e arrastando os magros dedos pela barba de duas pontas. — Vocês, cristãos, insistem que os profetas prevêem o futuro, mas não foi isso que eles fizeram, na verdade. Eles preveniram Israel. Eles nos disseram que seríamos visitados pela morte, pela destruição e pelo horror, se não corrigíssemos nossa maneira de ser. Eles eram pregadores, Thomas, apenas pregadores, embora, Deus sabe, tivessem razão quanto a morte, destruição e horror. Quanto a Daniel... Ele era muito estranho, muito estranho. Tinha uma cabeça cheia de sonhos e visões. Aquele estava embriagado de Deus.

— Mas o senhor acha — perguntou Thomas — que Daniel pode ter previsto o que está acontecendo agora?

Mordecai franzira o cenho.

— Se Deus quisesse que ele previsse, sim, mas por que Deus iria querer isso? E eu imagino, Thomas, que você pense que Daniel poderia ter previsto o que acontece aqui e agora na França, e qual o interesse que isso poderia vir a ter para o Deus de Israel? Os Ketuvim estão cheios de fantasia, visão e mistério, e vocês, cristãos, vêem mais neles do que nós já vimos. Mas será que eu tomaria uma decisão porque Daniel comeu uma ostra estragada e teve um sonho vívido há tanto tempo? Não, não, não. — Ele se levantara e erguera um urinol bem alto. — Confie no que está diante de seus olhos, Thomas, no que você pode cheirar, ouvir, saborear, tocar e ver. O resto é perigoso.

Thomas olhou para Sir Guillaume. Ele passara a gostar do francês cujo exterior endurecido pelas batalhas escondia uma imensa bondade, e Thomas sabia que estava apaixonado pela filha do francês mas, mesmo assim, tinha uma lealdade maior.

— Eu não posso lutar contra a Inglaterra — disse ele —, tanto quanto o senhor não poderia empunhar uma lança contra o rei Filipe.

Sir Guillaume deu de ombros, num sinal de abandono da idéia.

— Pois então, lute contra os Vexille.

Mas Thomas não podia cheirar, ouvir, saborerar, tocar ou ver os Vexille. Ele não acreditava que o rei do sul pudesse enviar a filha para o norte. Não acreditava que o Santo Graal estivesse escondido em algum reduto herege. Acreditava na força de um arco de teixo, na tensão de uma corda de cânhamo e no poder de uma flecha de penas brancas para matar os inimigos do rei. Pensar em senhores negros e em heresiarcas era brincar com a loucura que martirizara seu pai.

— Se eu achar o homem que matou meu pai — ele fugiu à pergunta de Sir Guillaume —, eu o matarei.

— Mas não vai procurar por ele?

— Onde é que eu procuro? Onde é que eu procuro? — perguntou Thomas, e depois deu sua resposta. — Se os Vexille ainda existirem mesmo, se eles querem realmente destruir a França, por onde iriam começar? Pelo exército da Inglaterra. Por isso, vou procurar por eles lá.

Aquela resposta era um subterfúgio, mas até certo ponto ela convenceu Sir Guillaume que, embora relutante, admitiu que os Vexille poderiam realmente levar suas forças para Eduardo da Inglaterra.

Naquela noite, eles se abrigaram nos restos calcinados de uma fazenda, onde se reuniram em torno de uma pequena fogueira, na qual assaram as patas traseiras de um javali que Thomas havia matado. Os soldados tratavam Thomas com desconfiança. Afinal, ele era um dos odiados arqueiros ingleses cujas flechas podiam furar até mesmo cotas de malha. Se ele não fosse amigo de Sir Guillaume, eles teriam desejado decepar os dedos usados para puxar a corda, como vingança pelo sofrimento que as flechas com penas brancas tinham causado nos cavaleiros da França, mas em vez disso tratavam-no com uma distante curiosidade. Depois da refeição, Sir Guillaume fez um gesto para Eleanor e Thomas, indicando que os dois deveriam acompanhá-lo até lá fora. O escudeiro dele mantinha a guarda, e Sir Guillaume guiou-os para longe do rapaz, indo para a margem de um rio onde, com estranha formalidade, olhou para Thomas.

— Com que então, você irá nos deixar — disse ele — e lutar por Eduardo da Inglaterra.

— Isso.

— Mas se você vir o meu inimigo, se você vir a lança, o que é que vai fazer?

— Matá-lo — disse Thomas. Eleanor estava ligeiramente afastada, observando e ouvindo.

— Ele não estará sozinho — avisou Sir Guillaume —, mas você me garante que ele é seu inimigo?

— Eu juro — disse Thomas, intrigado com o fato de que a pergunta precisasse ser feita.

Sir Guillaume segurou a mão direita de Thomas.

— Já ouviu falar de uma irmandade de armas?

Thomas confirmou com um gesto da cabeça. Homens de alto nível freqüentemente faziam aquele tipo de pacto, jurando ajudar um ao outro e partilhar dos espólios um do outro.

— Então eu juro uma irmandade com você — disse Sir Guillaume —, mesmo que lutemos em lados opostos.

— Eu juro a mesma coisa — disse Thomas, sem jeito.

Sir Guillaume soltou a mão de Thomas.

— Pronto — disse ele a Eleanor — eu estou livre de um maldito arqueiro. — Ele fez uma pausa, ainda olhando para Eleanor. — Eu vou me casar novamente — disse ele, abruptamente — e ter filhos outra vez, e eles serão meus herdeiros. Você sabe o que estou dizendo, não sabe?

A cabeça de Eleanor estava baixa, mas ela ergueu o olhar para o pai por um curto espaço de tempo, e depois tornou a baixar o olhar. Não disse nada.

— E se eu tiver mais filhos, se Deus quiser — disse Sir Guillaume —, como é que você fica, Eleanor?

Ela encolheu muito de leve os ombros, como que a indicar que a pergunta não a interessava muito.

— Eu nunca pedi nada ao senhor.

— Mas o que é que você teria pedido?

Ela olhou para as marolas do rio.

— Aquilo que o senhor me deu — disse ela, depois de um intervalo —, bondade.

— Nada mais?

Ela fez uma pausa.

— Eu teria gostado de chamá-lo de pai.

Sir Guillaume pareceu constrangido com aquela resposta. Olhou para o norte.

— Vocês dois são bastardos — disse ele, pouco depois — e eu invejo isso.

— Inveja? — perguntou Thomas.

— Uma família serve como as margens de um rio. Elas o mantêm em seus lugares, mas os bastardos fazem seu próprio caminho. Não recebem nada e podem ir a qualquer lugar. — Ele franziu o cenho, e então atirou um seixo na água. — Eu sempre pensei, Eleanor, que iria casá-la com um de meus soldados. O Benoit me pediu a sua mão, e o Fossat, também. E já está mais do que na hora de você se casar. Que idade você tem? Quinze?

— Quinze — concordou ela.

— Menina, você vai apodrecer se esperar mais — disse Sir Guillaume, rude. — Por isso, quem vai ser? Benoit? Fossat? — Ele fez uma pausa. — Ou você preferiria o Thomas?

Eleanor não disse nada e Thomas, embaraçado, ficou calado.

— Você a quer? — perguntou Sir Guillaume a ele, em tom rude.

— Quero.

— Eleanor?

Ela olhou para Thomas, e depois de novo para o rio.

— Quero — disse ela, com simplicidade.

— O cavalo, a cota de malha, a espada e o dinheiro — disse Sir Guillaume para Thomas — são o dote de minha filha bastarda. Tome conta dela, ou então torne-se meu inimigo outra vez.

Ele se voltou e afastou-se.

— Sir Guillaume? — perguntou Thomas. O francês voltou-se. — Quando o senhor foi a Hookton — continuou Thomas, perguntando-se por que fazia aquela pergunta naquele momento —, o senhor aprisionou uma jovem de cabelos pretos. Ela estava grávida. O nome dela era Jane.

Sir Guillaume sacudiu a cabeça.

— Ela se casou com um de meus homens. E depois morreu de parto. A criança também. Por quê? — Ele franziu o cenho. — O filho era seu?

— Ela era amiga minha — Thomas fugiu à pergunta.

— Ela era uma amiga bonita — disse Sir Guillaume. — Eu me lembro disso. E quando ela morreu, nós mandamos rezar 12 missas por sua alma inglesa.

— Muito obrigado.

Sir Guillaume olhou de Thomas para Eleanor e depois de novo para Thomas.

— Uma boa noite para dormir à luz das estrelas — disse ele — e nós vamos partir ao amanhecer.

Ele se afastou.

Thomas e Eleanor ficaram sentados à beira do rio. O céu ainda não estava de todo escuro, mas tinha uma qualidade luminosa, como o brilho de uma vela por trás de uma lâmina de chifre. Uma lontra deslizou pela outra extremidade do rio, a pele brilhando no ponto em que aparecia acima da água. Ela ergueu a cabeça, olhou para Thomas e mergulhou, desaparecendo, para deixar um fio de bolhas prateadas rompendo a superfície escura.

Eleanor quebrou o silêncio, falando as únicas palavras inglesas que sabia.

— Eu sou mulher de arqueiro — disse ela.

Thomas sorriu.

— É — disse ele.

E, de manhã, eles seguiram caminho. Na noite seguinte viram a mancha de fumaça no horizonte norte e entenderam que era um sinal de que o exército inglês estava em ação. Separaram-se na madrugada seguinte.

— Como você vai chegar até os bastardos, eu não sei — disse Sir Guillaume —, mas, quando tudo terminar, procure por mim.

Ele abraçou Thomas, beijou Eleanor, e subiu para a sela. Seu cavalo tinha uma longa capa azul decorada com falcões amarelos. Encaixou o pé direito no estribo, agarrou as rédeas e aplicou as esporas.

Uma trilha levava ao norte através de uma charneca que exalava o perfume de tomilho e oscilava com borboletas azuis. Thomas, o elmo pendurado no arção e a espada batendo a seu lado, cavalgou em direção à fumaça, e Eleanor, que insistia em carregar o arco dele porque ela era mulher de arqueiro, seguiu com ele. Da crista baixa da charneca, eles olharam para trás, mas Sir Guillaume já estava a uns oitocentos metros de distância, seguindo para o oeste sem olhar para trás, indo depressa em direção à auriflama. Assim, Thomas e Eleanor seguiram em frente.

Os ingleses marchavam para o leste, sempre se afastando mais do mar, à procura de um lugar para atravessar o Sena, mas toda ponte estava destruída ou protegida por uma fortaleza. Eles ainda destruíam tudo em que tocavam. A *chevauchée* deles era uma linha de 32 quilômetros de largura, e atrás dela havia uma trilha carbonizada de 160 quilômetros de comprimento. Toda casa era queimada e todo moinho destruído. O povo da França fugia do exército, levando consigo o gado e a safra recém-colhida, para que os homens de Eduardo tivessem de avançar sempre mais para encontrar alimento. Atrás deles havia a devastação, enquanto à frente ficavam os formidáveis muros de Paris. Alguns pensavam que o rei iria atacar Paris, outros achavam que ele não desperdiçaria suas tropas naqueles grandes muros mas, em vez disso, atacaria uma das pontes muitíssimo bem fortificadas que pudessem levá-lo ao norte do rio. De fato, o exército tentou capturar a ponte em Meulan, mas a fortaleza que protegia sua extremidade sul era maciça demais e seus besteiros eram numerosos demais, e o assalto fracassou. Os franceses subiram nas defesas e desnudaram os traseiros para insultar os ingleses derrotados. Dizia-se que o rei, confiante em atravessar o rio, ordenara que suprimentos fossem mandados para o porto de Le Crotoy, que ficava muito ao norte, distante tanto do Sena como do rio Somme, mas se os suprimentos estavam esperando, eram inatingíveis, porque o Sena era uma muralha atrás da qual os ingleses estavam encurralados numa terra que eles mesmos tinham esvaziado de alimentos. Os primeiros cavalos começaram a mancar e homens, as botas feitas em tiras pela marcha, ficaram descalços.

Os ingleses chegaram mais perto de Paris, entrando nas amplas terras que eram as áreas de caça dos reis franceses. Ocuparam os pavilhões de caça de Filipe e esvaziaram-nos de tapeçarias e pratarias, e foi enquanto eles caçavam sua corça real que o rei francês enviou a Eduardo uma oferta formal de combate. Era a coisa cavalheiresca a fazer, e iria, pela graça de Deus, acabar com a devastação de suas áreas agrícolas. Assim, Filipe de Valois enviou um bispo para falar com os ingleses, sugerindo cortesmente que ele esperasse com o seu exército ao sul de Paris, e o rei inglês aceitou graciosamente o convite e, assim, os franceses marcharam com seu exército através da cidade e o dispuseram em ordem de batalha por entre os vinhedos numa crista de um monte perto de Bourg-la-Seine. Fariam com que os ingleses os atacassem ali, obrigando os arqueiros e soldados a subirem com dificuldade para o raio de ação das maciças bestas genovesas, e os nobres franceses já estimavam o valor dos resgates que iriam conseguir em troca dos prisioneiros.

A linha de batalha francesa esperava, mas assim que o exército de Filipe instalou-se em suas posições, os ingleses, traiçoeiramente, deram meia-volta e marcharam na outra direção, indo para a cidade de Poissy, onde a ponte sobre o Sena tinha sido destruída e a cidade evacuada. Uns poucos elementos da infantaria francesa, pobres soldados armados com lanças e machados, tinham sido deixados para proteger a margem norte, mas nada puderam fazer para deter o enxame de arqueiros, carpinteiros e pedreiros que usaram madeiras arrancadas dos telhados de Poissy para fazer uma nova ponte sobre os 15 pilotis quebrados da antiga. O reparo da ponte levou dois dias, e os franceses ainda esperavam pela batalha combinada entre as uvas que amadureciam em Bourg-la-Seine, enquanto os ingleses atravessavam o Sena e começavam a marchar para o norte. Os demônios tinham escapado da armadilha e estavam soltos outra vez.

Foi em Poissy que Thomas, com Eleanor a seu lado, reincorporou-se ao exército.

E foi lá, pela graça de Deus, que começaram os tempos difíceis.

ELEANOR ESTIVERA apreensiva quanto a entrar para o exército inglês.

— Eles não vão gostar de mim porque eu sou francesa — disse ela.

— O exército está cheio de franceses — dissera-lhe Thomas. — Há gascões, bretões, até alguns normandos, e metade das mulheres é francesa.

— As mulheres de arqueiros? — perguntou ela, dirigindo-lhe um sorriso irônico. — Mas elas não são mulheres boas?

— Algumas são boas, outras são más — disse Thomas vagamente —, mas de você eu vou fazer uma esposa, e todo mundo vai saber que você é especial.

Se Eleanor ficou satisfeita, não deu sinal, mas eles agora estavam nas ruas destruídas de Poissy, onde uma retaguarda de arqueiros ingleses gritou para que se apressassem. A ponte improvisada estava prestes a ser destruída e os retardatários do exército eram perseguidos para que passassem depressa pelas pranchas. A ponte não tinha parapeitos e fora feita às pressas com as madeiras que o exército conseguira encontrar na cidade abandonada, e as pranchas desiguais oscilavam, estalavam e envergavam enquanto Thomas e Eleanor conduziam seus cavalos para o caminho. O palafrém de Eleanor ficou com tanto medo da firmeza incerta que se recusou a se mexer até que Thomas colocou uma venda em seus olhos e então, ainda tremendo, seguiu lenta e constantemente sobre as pranchas, que tinham frestas entre as quais Thomas via o rio passando. Eles estavam entre os últimos a atravessar. Algumas das carroças do exército foram abandonadas em Poissy, as cargas distribuídas entre as centenas de cavalos que foram capturados ao sul do Sena.

Depois dos últimos retardatários atravessarem a ponte, os arqueiros começaram a atirar as pranchas no rio, quebrando o frágil elo que deixara os ingleses escaparem do outro lado do rio. Agora, esperava o rei Eduardo, eles encontrariam novas terras para destruir nas largas planícies que ficavam entre o Sena e o Somme. Os três batalhões espalharam-se, formando a linha de 32 quilômetros de largura da *chevauchée* e avançaram para o norte, acampando naquela noite a apenas uma marcha curta do rio.

Thomas procurou pelas tropas do príncipe de Gales enquanto Eleanor tentava ignorar os arqueiros sujos, esfarrapados e queimados do sol, que pareciam mais bandidos do que soldados. Eles deviam estar construindo os abrigos para a noite que se aproximava, mas preferiram ficar olhando as mulheres e gritar convites obscenos.

— O que é que estão dizendo? — porguntou Eleanor a Thomas.

— Que você é a criatura mais bonita em toda a França — disse ele.

— Você está mentindo — disse ela, e encolheu-se quando um homem gritou para ela. — Eles nunca viram uma mulher antes?

— Como você, não. É provável que pensem que você é uma princesa.

Ela zombou daquilo, mas não ficou contrariada. Viu que havia mulheres por toda parte. Elas recolhiam lenha enquanto seus homens faziam os abrigos, e a maioria, pelo que Eleanor percebeu, falava francês.

— Haverá muitas crianças nascendo no ano que vem — disse ela.

— É verdade.

— Eles vão voltar para a Inglaterra? — perguntou ela.

— Alguns, talvez. — Thomas não estava muito certo. — Ou então, irão para suas guarnições na Gasconha.

— Se eu me casar com você — perguntou ela —, eu me torno inglesa?

— Isso — disse Thomas.

Estava ficando tarde e as fogueiras para o preparo da comida fumegavam pelos restolhais, embora houvesse muito pouco a cozinhar. Toda pastagem continha dezenas e dezenas de animais, e Thomas sabia que eles precisavam proporcionar descanso a seus animais, alimentá-los e dar-lhes de beber. Ele perguntara a muitos soldados onde se podia encontrar os homens do príncipe de Gales, mas um homem dissera no oeste, outro dissera no leste, de modo que ao crepúsculo Thomas simplesmente virou os cansados cavalos em direção à aldeia mais próxima, porque não sabia de outro lugar para onde ir. A aldeia estava apinhada de soldados, mas Thomas e Eleanor encontraram um ponto bem tranqüilo no canto de um campo. Thomas fez uma fogueira, e Eleanor, o arco preto destacando-se em seu ombro para demonstrar que ela pertencia ao exército, dava de beber aos cavalos num córrego. Eles cozinharam o que lhes restava de alimentos e, depois, sentaram-se sob a cerca viva e ficaram vendo as estrelas adquirirem brilho acima de um bosque escuro. Vozes chegaram da aldeia, onde algumas mulheres cantavam uma canção francesa e Eleanor cantou baixinho a letra.

— Eu me lembro de minha mãe cantando isso para mim — disse ela, arrancando fios de capim que entrelaçou, transformando-os num bracelete. — Não fui a única bastarda dele — disse ela, pesarosa. — Houve dois outros, que eu saiba. Uma morreu quando era muito pequena, e o outro agora é um soldado.

— Ele é seu irmão.

— Meio-irmão. — Ela deu de ombros. — Eu não o conheço. Ele saiu de casa. — Ela colocou o bracelete em seu pulso fino. — Por que você usa uma pata de cachorro? — perguntou.

— Porque eu sou um tolo — disse ele — e zombo de Deus.

Era verdade, pensou ele, com pesar, e deu um puxão na pata seca para romper o cordão e atirou-a no gramado. Ele não acreditava mesmo em São Guinefort; aquilo era fingimento. Um cachorro não o ajudaria a recuperar a lança, e aquele dever o fez contorcer as feições numa careta, porque a penitência lhe pesava na consciência e na alma.

— Você zomba, mesmo, de Deus? — perguntou Eleanor, preocupada.

— Não. Mas nós pilheriamos com as coisas que tememos.

— E você teme a Deus?

— Claro — disse Thomas, e depois enrijeceu o corpo, porque houvera um farfalhar na cerca-viva atrás dele e uma lâmina fria foi subitamente pressionada contra a sua nuca. O metal parecia muito afiado.

— O que nós devíamos fazer — disse uma voz — é enforcar o bastardo direitinho e levar a mulher dele. Ela é bonita.

— Seus bastardos! — disse Thomas, voltando-se para olhar para dois rostos sorridentes. Eram Jake e Sam. A princípio, ele não acreditou, limitando-se a olhar por algum tempo. — São vocês! O que é que estão fazendo aqui?

Jake golpeou a cerca viva com o podão, forçou a passagem e dirigiu a Eleanor o que ele imaginou que fosse um sorriso tranqüilizador, apesar de seu rosto cheio de cicatrizes e os olhos vesgos darem a impressão de algo saído de um pesadelo.

— Charlie Blois apanhou na cara — disse Jake — e por isso o Will nos trouxe aqui para tirar sangue do nariz do rei da França. Ela é sua mulher?

— Ela é a rainha da maldita Sabá — disse Thomas.

— E a condessa está corcoveando o príncipe, segundo ouvi dizer — Jake sorriu. — O Will viu você antes, só que você não viu a gente. Estava de nariz empinado. Soubemos que você tinha morrido.

— Quase morri.

— O Will quer falar com você.

A idéia de Will Skeat, de Jake e Sam, veio como um imenso alívio para Thomas, porque homens como eles viviam em um mundo muito distante de profecias calamitosas, lanças roubadas e senhores negros. Ele disse a Eleanor que aqueles homens eram seus amigos, seus melhores amigos, e que ela podia confiar neles, embora ela ficasse alarmada com a irônica saudação que Thomas recebeu quando eles se meteram rapidamente na taberna da aldeia. Os arqueiros puseram as mãos na garganta e retorceram o rosto para imitar um enforcado, enquanto Will Skeat abanava a cabeça num desespero fingido.

— Que coisa — disse ele —, eles nem conseguem enforcar você direito. — Ele olhou para Eleanor. — Outra condessa?

— Filha de Sir Guillaume d'Evecque, cavaleiro de terra e mar — disse Thomas —, e se chama Eleanor.

— Sua? — perguntou Skeat.

— Nós vamos nos casar.

— Que diabo — disse Skeat —, você ainda está doido de pedra! A gente não se casa com elas, Tom, não é para isso que elas servem. Ainda assim, ela não é nada má, não é? — Cortês, deu lugar a ela no banco. — Não tinha muita cerveja — continuou ele — e por isso nós bebemos tudo.

Ele correu os olhos pela taberna. Estava tão desabastecida que não havia nem mesmo um feixe de ervas pendurado dos caibros do telhado.

— Os bastardos esvaziaram tudo antes de irem embora — disse ele, rabugento — e houve tanta coisa para saquear, aqui, quanto cabelo na cabeça de um careca.

— O que aconteceu na Bretanha? — perguntou Thomas.

Will deu de ombros.

— Não foi nada ligado a nós. O duque Charles, à frente de seus homens, entrou no nosso território e cercou Tommy Dougdale no alto de um morro. Três mil deles e trezentos com o Tommy, e no fim do dia o duque Charles corria como uma lebre escaldada. Flechas, rapaz, flechas.

Thomas Dougdale havia assumido as responsabilidades do conde de Northampton na Bretanha e estava viajando entre as fortalezas inglesas quando o exército do duque o pegou, mas seus arqueiros e soldados, escondidos por trás da espessa cerca viva de uma pastagem no alto do morro, cortaram o inimigo em tiras.

— Eles lutaram o dia inteiro — disse Skeat —, da manhã à noite, e os bastardos não aprendiam a lição e continuavam a mandar homens para subir o morro. Eles imaginavam que a qualquer momento Tommy iria ficar sem flechas, mas ele estava levando carroças de flechas para as fortalezas, entende, então tinha o suficiente para durar até o dia do Juízo Final. E assim o duque Charles perdeu seus melhores homens, as fortalezas estão salvas até que ele arranje mais, e nós estamos aqui. O conde mandou nos chamar. Traga-me cinqüenta arqueiros, disse-me ele, e foi o que eu fiz. E o padre Hobbe, é claro. Fomos de navio até Caen e nos juntamos ao exército justo quando eles saíam marchando. Mas que diabo aconteceu com você?

Thomas contou sua história. Skeat abanou a cabeça quando soube do enforcamento.

— Sir Simon foi embora — disse ele. — É provável que tenha se juntado aos franceses.

— Ele fez o quê?

— Desapareceu. A sua condessa o encontrou e deu-lhe uma mijada, pelo que ouvi dizer. — Skeat sorriu. — Você teve uma sorte dos diabos. Deus sabe por que eu guardei isso para você.

Ele colocou uma jarra de barro cheia de cerveja em cima da mesa, e então fez com cabeça um gesto em direção ao arco de Thomas que Eleanor levava.

— Você ainda sabe atirar com isso? Está metido com a aristocracia há tanto tempo, que pode ter se esquecido do motivo pelo qual Deus o pôs na Terra?

— Eu ainda sei usá-lo.

— Neste caso, é melhor ficar conosco — disse Skeat, mas confessou que pouco sabia sobre o que o exército estava fazendo. — Ninguém me diz — disse ele, com desprezo —, mas dizem que existe outro rio ao norte e que nós temos que atravessá-lo. Quanto mais cedo, melhor, eu reconheço, já que os franceses rasparam bem essa terra. Aqui, não daria para alimentar um gatinho.

Era mesmo uma terra arrasada. Thomas viu isso no dia seguinte, enquanto os homens de Will Skeat se deslocavam devagar para o norte, por campos em que a colheita fora feita, mas os grãos, em vez de estarem nos celeiros, já tinham sido levados para o exército francês, tal como o gado fora todo levado embora. Ao sul do Sena, os ingleses tinham cortado grãos de campos abandonados, e seus guardas avançados se deslocaram com rapidez suficiente para capturar milhares de cabeças de gado, porcos e cabras, mas ali a terra fora raspada por um exército ainda maior, e por isso o rei ordenou que se apressassem. Ele queria que seus homens atravessassem o próximo rio, o Somme, para onde o exército poderia não ter arrasado a terra e onde, em Le Crotoy, ele tinha a esperança de que uma frota estaria esperando com suprimentos mas, apesar das ordens reais, o exército seguiu dolorosamente devagar. Havia cidades fortificadas que prometiam comida, e os homens insistiam em tentar assaltar seus muros. Capturaram algumas, foram rechaçados em outras, mas tudo aquilo tomava um tempo de que o rei não dispunha, e enquanto ele tentava disciplinar um exército mais interessado em saquear do que avançar, o rei da França conduziu seu exército de volta para o outro lado do Sena, atravessando Paris e indo para o norte, para o Somme.

Uma nova armadilha foi armada, e muito mais mortífera, porque agora os ingleses estavam encurralados numa área da qual tinham sido retirados todos os gêneros alimentícios. O exército de Eduardo chegou, afinal, ao Somme, mas descobriu que estava bloqueado, tal como o Sena fora obstruído. Pontes estavam destruídas ou protegidas por fortes ameaçadores, com guarnições numerosas que, para desalojá-las, seriam necessárias semanas, e os ingleses não dispunham de tanto tempo. Eles enfraqueciam a cada dia que passava. Tinham marchado da Normandia às imediações de Paris, depois atravessado o Sena e deixado uma trilha de destruição até a margem sul do Somme, e a longa jornada desgastara o exército. Centenas de homens estavam, agora, descalços, enquanto outros mancavam com sapatos que se desintegravam. Eles tinham cavalos em número suficiente, mas poucas ferraduras ou pregos sobressalentes, e por isso homens conduziam seus cavalos para poupar os cascos.

Havia capim para alimentar os cavalos, mas poucos grãos para os homens, de modo que grupos de pilhagem tinham de viajar longas distâncias para encontrar aldeias onde os camponeses pudessem ter escondido alguma parte da safra. Os franceses estavam ficando mais ousados, agora, e havia freqüentes escaramuças nas extremidades do exército, já que os franceses percebiam a vulnerabilidade dos ingleses. Homens comiam frutas verdes que lhes fermentavam o estômago e soltavam o intestino. Alguns calculavam que não tinham outra opção a não ser marchar de volta para a Normandia, mas outros sabiam que o exército cairia aos pedaços muito antes de eles chegarem à segurança dos portos normandos. O único caminho era atravessar o Somme e marchar para os fortes ingleses em Flandres, mas as pontes já não existiam ou eram protegidas por guarnições, e quando o exército atravessava terras pantanosas e ermas para procurar vaus, descobria o inimigo sempre esperando na outra margem. Por duas vezes, eles tentaram forçar a passagem, mas nas duas ocasiões os franceses, seguros na terra seca mais elevada, conseguiram derrubar os arqueiros no rio, ao encher a margem de bestas genovesas. E assim os ingleses recuaram e marcharam para o oeste, chegando cada vez mais perto da foz do rio, e cada passo reduzia o número de possíveis locais de travessia, à medida que o rio ficava mais largo e mais fundo. Marcharam oito dias entre os rios, oito dias de fome e frustração crescentes.

— Poupem suas flechas — aconselhou um Will Skeat preocupado aos seus homens, numa tarde que já ia avançada. Eles estavam armando o acampamento perto de uma aldeia pequena e deserta que se achava tão vazia de mantimentos quanto todos os outros locais que tinham encontrado depois de atravessarem o Sena.

— Nós vamos precisar de toda flecha que tivermos para uma batalha — prosseguiu Skeat — e Cristo sabe que não podemos desperdiçar nenhuma.

Uma hora depois, quando Thomas procurava amoras silvestres numa sebe, uma voz chamou lá do alto.

— Thomas! Mexa seus ossos até aqui!

Thomas voltou-se para ver Will Skeat na pequena torre da igreja da aldeia. Correu até a igreja, subiu a escada, passando por uma viga onde um sino estivera pendurado até que os aldeões o levaram para evitar que os ingleses o roubassem, ergueu o corpo para passar pelo alçapão e chegar ao telhado reto da torre, onde meia dúzia de arqueiros se apertavam, entre eles o conde de Northampton, que dirigiu a Thomas um olhar muito irônico.

— Ouvi dizer que você tinha sido enforcado!

— Eu sobrevivi, senhor conde — disse Thomas, sério.

O conde hesitou, na dúvida de se devia, ou não, perguntar se Sir Simon tinha sido o carrasco, mas de nada adiantava prosseguir aquela disputa. Sir Simon fugira, e o acordo do conde com ele estava nulo. Em vez de perguntar, ele fez uma careta.

— Ninguém consegue matar um filhote do demônio, consegue? — disse ele, e depois apontou para o leste, e Thomas olhou através do crepúsculo e viu um exército em marcha.

Estava bem longe dali, na margem norte do rio que, naquele ponto, corria entre imensos juncais, mas Thomas ainda pôde ver as filas de cavaleiros, carroças, infantaria e besteiros enchendo todas as pistas e trilhas daquela margem distante. O exército se aproximava de uma cidade murada, Abbeville, disse o conde, onde uma ponte atravessava o rio, e Thomas, olhando as filas escuras serpenteando em direção à ponte, sentiu como se as portas do inferno tivessem se aberto e cuspido uma imensa multidão de lanças, espadas e bestas. Então, lembrou-se de que Sir Guillaume estava lá e fez o sinal-da-cruz, mexendo os lábios numa oração silenciosa para que o pai de Eleanor escapasse com vida.

— Meu doce Cristo — disse Will Skeat, confundindo o gesto de Thomas com um sinal de medo —, mas eles estão loucos pela nossa alma.

"Eles sabem que estamos cansados — disse o conde — e sabem que as flechas vão acabar uma hora, e sabem que eles têm mais homens do que nós. Muito mais.

Ele se voltou para o oeste.

— E nós não podemos fugir para muito mais longe. — Ele apontou outra vez e Thomas viu o brilho plano do mar.

— Eles nos pegaram — disse o conde. — Vão atravessar em Abbeville e atacar amanhã.

— Então, nós lutamos — grunhiu Will Skeat.

— Neste terreno, Will? — perguntou o conde.

O terreno era plano, ideal para a cavalaria, e com poucas sebes ou bosques para proteger arqueiros.

— E contra tantos? — acrescentou ele. Olhou para o inimigo ao longe. — Eles têm superioridade numérica. Will, eles têm superioridade numérica. Meu Deus, eles têm superioridade numérica. — Ele deu de ombros. — É hora de seguirmos em frente.

— Seguirmos em frente, para onde? — perguntou Skeat. — Por que não encontrar um terreno nosso e resistir?

— No sul? — O conde parecia não ter certeza. — Talvez possamos atravessar o Sena outra vez e pegar navios para o nosso país a partir da Normandia. Deus sabe que não podemos atravessar o Somme. — Ele fez sombra para os olhos enquanto olhava para o rio. — Cristo — blasfemou ele —, mas por que diabos não existe um vau? Nós podíamos ter fugido dos canalhas, voltando para nossas fortalezas em Flandres, e deixado Filipe sem saída, como o bobalhão que ele é.

— Sem o enfrentar? — perguntou Thomas, mostrando-se chocado.

O conde sacudiu a cabeça.

— Nós o ferimos. Nós tiramos tudo dele. Marchamos através de seu reino e deixamos a região em fogo lento. Por isso, por que enfrentá-lo? Ele gastou uma fortuna ao contratar cavaleiros e besteiros; por isso, por que não deixar que ele desperdice esse dinheiro? Aí, nós voltamos no ano que vem e fazemos tudo de novo. — Ele deu de ombros. — A menos que não possamos fugir dele.

Com aquelas sombrias palavras, ele recuou para descer pelo alçapão e sua comitiva foi atrás, deixando Skeat e Thomas sozinhos.

— O verdadeiro motivo pelo qual eles não querem lutar — disse Skeat, mal-humorado, quando o conde já não podia ouvi-lo — é que eles têm medo de serem feitos prisioneiros. Um resgate pode acabar com a fortuna de uma família num piscar de olhos.

Ele cuspiu por cima do parapeito da torre e levou Thomas para a beirada que dava para o norte.

— Mas o verdadeiro motivo de eu ter trazido você até aqui em cima, Tom, é porque seus olhos são melhores do que os meus. Você consegue ver uma aldeia lá longe? — Ele apontou para o norte.

Thomas demorou um pouco, mas acabou localizando um grupo de telhados baixos entre o junco.

— Uma aldeia danada de pobre — disse ele, com azedume na voz.

— Mas, ainda assim, é um lugar em que nós não procuramos comida — disse Skeat — e por estar à margem de um pântano, eles podem ter um pouco de enguias defumadas. Eu gosto de enguia defumada. Gosto. É melhor do que maçãs azedas e sopa de urtiga. Você pode ir dar uma olhada.

— Esta noite?

— Por que não na semana que vem? — disse Skeat, dirigindo-se ao alçapão do telhado —, ou no ano que vem? É claro que é esta noite, sua égua. Anda logo.

Thomas levou vinte arqueiros. Nenhum deles queria ir, porque era tarde e eles tinham medo de que patrulhas francesas pudessem estar esperando na trilha que serpenteava infinitamente pelas dunas e juncais que se estendiam em direção ao Somme. Era uma área desolada. Pássaros saíram voando dos juncos enquanto os cavalos seguiam por uma trilha tão baixa que em certos lugares havia tábuas de olmo para dar apoio, e em toda a volta deles a água borbulhava e sugava entre margens de lama escumada de verde.

— A maré está recuando — comentou Jake.

Thomas sentia o cheiro de água salgada. Eles estavam perto bastante do mar para as marés subirem e baixarem através daquele emaranhado de juncos e capim de brejo, embora em certos pontos a estrada encontrasse um piso mais firme em grandes bancos de areia levados pelo vento, onde capins duros cresciam. No inverno, pensou Thomas, isso seria um lugar abandonado por Deus, com os ventos frios levando a escuma pelo pântano congelado.

Estava muito próximo do anoitecer quando chegaram à aldeia, que mostrou ser um assentamento miserável de apenas uma dúzia de choupanas com telhados de colmos, abandonados. Os moradores deviam ter ido embora pouco antes de os arqueiros de Thomas chegarem, porque ainda havia fogo nas pequenas lareiras de pedra.

— Procurem comida — disse Thomas —, especialmente enguias defumadas.

— Seria mais rápido pegar as malditas enguias e defumar nós mesmos — disse Jake.

— Andem logo — disse Thomas, e dirigiu-se ao outro extremo da aldeia, onde havia uma pequena igreja de madeira que fora empurrada pelo vento para uma permanente posição virada de lado. A igreja era pouco mais do que um galpão — talvez fosse um santuário de algum santo daquele pantanal miserável —, mas Thomas calculou que a estrutura de madeira daria para sustentar o seu peso e por isso desceu desajeitado do cavalo para o telhado coberto de musgo, subindo de gatinhas em seguida até a borda, onde se agarrou à cruz presa com pregos que decorava uma das águas.

Ele não viu movimento algum nos pântanos, embora visse a mancha de fumaça vinda dos acampamentos franceses que agia como um nevoeiro na luz mortiça ao norte de Abbeville. Amanhã, pensou ele, os franceses vão atravessar a ponte e passar pelas portas da cidade em fila para enfrentar o exército inglês, cujas fogueiras ardiam ao sul, e o tamanho das nuvens de fumaça comprovava o quanto o exército francês era maior do que o inglês.

Jake surgiu de uma choupana próxima dali com um saco na mão.

— O que é isso? — gritou Thomas.

— Cereais! — Jake ergueu o saco. — Úmidos pra danar. Brotando.

— Nada de enguias?

— É claro que não tem enguias — resmungou Jake. — As porcarias das enguias têm juízo demais para viver numa choça como esta.

Thomas sorriu e olhou para o mar, que parecia uma lâmina de espada vermelha de sangue, a oeste. Havia uma vela distante, um ponto branco, no horizonte nublado. Gaivotas giravam e voavam acima do rio que, ali, era um grande canal largo, interrompido por juncos e margens, deslizando para o mar. Era difícil distinguir entre rio e pântano, tão complicada era a paisagem. Então, Thomas se perguntou por que as gaivotas gritavam e mergulhavam. Olhou fixamente para elas e viu o que a princípio pareceu uma dúzia de cabeças de gado na margem do rio. Abriu a boca para gritar aquela notícia para Jake, e então viu que havia homens com o gado.

Homens e mulheres, talvez dezenas deles? Ele franziu o cenho, olhando, imaginando que aquelas pessoas deviam ter saído daquela aldeia. Era de se presumir que tivessem visto os arqueiros ingleses se aproximando e fugido com o gado, mas para onde? O pântano? Aquilo fazia sentido, porque as terras alagadiças talvez tivessem umas vinte trilhas secretas nas quais as pessoas podiam esconder-se, mas por que teriam eles se arriscado a ir para a crista de areia, onde Thomas pudesse vê-los? Então ele percebeu que eles não estavam tentando se esconder, mas fugir, porque os aldeãos agora vadeavam pela corrente larga em direção à margem norte.

Meu Jesus, pensou ele, havia um vau! Ele olhou fixamente, sem coragem de acreditar em seus próprios olhos. As pessoas avançavam a duras penas, mas de forma inabalável, para o outro lado do rio, arrastando o gado com elas. Era um vau profundo, e ele calculou que só poderia ser atravessado com a maré baixa, mas lá estava ele.

— Jake! — gritou ele. — Jake!

Jake correu para a igreja e Thomas inclinou-se bastante e puxou-o para o telhado que apodrecia. O prédio balançou perigosamente sob o peso dos dois quando Jake engatinhava para o alto, agarrava a cruz de madeira descorada pelo sol e olhava para onde Thomas apontava.

— Diabo — disse ele —, lá está um vau!

— E lá estão uns franceses — disse Thomas, porque na margem oposta do rio, onde uma terra mais firme se erguia do emaranhado de pântano e água havia, agora, homens com cotas de malha cinzentas. Tinham acabado de chegar, caso contrário Thomas os teria visto antes, e as primeiras fogueiras para o preparo de comida espoucavam na área coberta de árvores onde eles acampavam. Sua presença mostrava que eles sabiam da existência do baixio e queriam impedir a travessia inglesa, mas isso não interessava a Thomas. Seu único dever era comunicar ao exército que havia um vau; uma possibilidade de sair da armadilha.

Thomas deslizou pelo telhado da igreja e saltou para o chão.

— Volte para onde está o Will — disse ele a Jake — e diga a ele que há um vau. E diga que eu vou pôr fogo nas choupanas, uma de cada vez, para servir de farol.

Em pouco tempo estaria escuro, e sem uma luz para guiá-los ninguém conseguiria achar a aldeia.

Jake escolheu seis homens e cavalgou de volta para o sul. Thomas esperou. De vez em quando, subia de volta para o telhado da igreja e olhava para a outra extremidade do vau, e a cada vez via mais fogueiras por entre as árvores. Os franceses, segundo seus cálculos, tinham colocado uma força respeitável lá, e não era de admirar, porque ali era a última rota de fuga e eles a estavam bloqueando. Mas Thomas ainda incendiava as choupanas uma a uma, para mostrar aos ingleses onde poderia estar aquela fuga.

As chamas erguiam-se na noite, espalhando faíscas pelos pântanos. Os arqueiros tinham encontrado um pouco de peixe frito escondido na parede de uma cabana e aquilo, juntamente com água salobra, foi o jantar deles. Estavam desconsolados, o que não era de admirar.

— Nós devíamos ter ficado na Bretanha — disse um dos homens.

— Eles vão nos encurralar — sugeriu um outro. Ele fizera uma flauta de um junco seco e tocava uma canção triste.

— Nós temos flechas — disse um terceiro.

— Suficientes para matar todos aqueles bastardos?

— Têm que ser suficientes.

O flautista soprou algumas notas fracas e depois, chateado, jogou o instrumento na fogueira mais próxima. Thomas, com a noite provocando demais a sua paciência, caminhou de volta para a igreja, mas em vez de subir no telhado empurrou a porta desengonçada, abrindo-a, e depois abriu os postigos da única janela, para deixar entrar a luz do incêndio. Viu que não se tratava de uma igreja propriamente dita, mas um santuário de pescadores. Havia um altar feito de pranchas embranquecidas pelo mar equilibradas em dois barris quebrados, e sobre o altar havia uma figura rústica parecida com uma boneca vestida com tiras de tecido branco e coroada com uma faixa de alga marinha seca. Os pescadores de Hookton às vezes faziam locais como aquele, especialmente se um barco estivesse perdido no mar, e o pai de Thomas sempre tivera raiva deles. Ele tocara fogo em um deles, queimando-o por inteiro, chamando-o de lugar de ídolos, mas Thomas reconhecia que os pescadores precisavam dos santuários. O mar era um lugar cruel e a boneca, ele achava que era uma boneca, e não um boneco, talvez representasse um santo ou uma santa da região. Mulheres cujos maridos tinham saído há muito tempo para o mar podiam rezar para o santo, implorando que o barco voltasse.

O telhado do santuário era baixo e era mais confortável ajoelhar-se. Thomas fez uma oração. Deixe-me viver, rezou ele, deixe-me viver, e viu-se pensando na lança, pensando no irmão Germain e em Sir Guillaume e nos temores deles de que um novo mal, nascido dos senhores negros, estava sendo maquinado no sul. Isso não é de sua conta, disse ele a si mesmo. É superstição. Os cátaros estão mortos, queimados nas fogueiras da Igreja e foram para o inferno. Tenha cuidado com os loucos, dissera-lhe seu pai, e quem melhor do que seu pai para saber aquela verdade? Mas será que ele era um Vexille? Ele curvou a cabeça e rezou para que Deus o mantivesse longe da loucura.

— E para que você está rezando agora? — perguntou uma voz de repente, assustando Thomas, que se voltou para ver o padre Hobbe sorrindo do baixo vão da porta. Ele conversara com o padre nos últimos dias, mas não estivera a sós com ele. Thomas nem estava certo de que queria estar, mas a presença do padre Hobbe era um lembrete de sua consciência.

— Estou rezando por mais flechas, padre.

— Queira Deus que a reza seja atendida — disse o padre Hobbe, e depois sentou-se no chão de terra da igreja. — Eu tive uma dificuldade dos diabos para atravessar o pântano, mas estava decidido a falar com você. Tenho a impressão de que você tem me evitado.

— Padre! — disse Thomas, em tom de censura.

— Então você está aqui, e também com uma bela garota. Eu lhe digo, Thomas, se lhe obrigassem a lamber o traseiro de um leproso, você só sentiria um gosto doce. Você é um ser encantado. Eles nem mesmo conseguem enforcá-lo!

— Conseguem — disse Thomas —, mas não da maneira correta.

— Graças a Deus — disse o padre, e depois sorriu. — Então, como vai a penitência?

— Eu não achei a lança — respondeu Thomas, lacônico.

— Mas chegou a procurar por ela? — perguntou o padre Hobbe, e tirou um pedaço de pão de sua bolsa. Partiu o pequeno pão e atirou metade para Thomas. — Não pergunte onde eu consegui o pão, mas não roubei. Lembre-se, Thomas, você pode não cumprir uma penitência e ainda assim receber a absolvição se se esforçou com sinceridade.

Thomas fez uma careta, não diante das palavras do padre Hobbe, mas porque mordera uma lasca de grão de mó que fora misturada ao pão. Ele a cuspiu.

— Minha alma não é tão negra quanto o senhor faz parecer, padre.

— Como é que você iria saber? Todas as nossas almas são negras.

— Eu me esforcei — disse Thomas, e depois viu-se contando a história toda sobre como ele tinha ido para Caen e procurado a casa de Sir Guillaume, e que tinha sido um hóspede lá, e sobre o irmão Germain e os cátaros Vexille, e sobre a profecia de Daniel e o conselho de Mordecai.

O padre Hobbe fez o sinal-da-cruz quando Thomas falou de Mordecai.

— Você não pode aceitar a palavra de um homem desses — disse o padre, enfático. — Ele pode ser, ou não, um bom médico, mas os judeus sempre foram inimigos de Cristo. Se ele estiver do lado de alguém, deve ser do diabo.

— Ele é um homem bom — insistiu Thomas.

— Thomas! Thomas! — disse o padre Hobbe com tristeza, e depois franziu o cenho por alguns instantes. — Eu ouvi dizer — disse ele, depois de um certo tempo — que a heresia cátara ainda vive.

— Mas não pode desafiar a França e a Igreja!

— Como se você não soubesse — disse o padre Hobbe. — Ela atravessou o mar para roubar a lança de seu pai, e você está dizendo que ela atravessou a França para matar a mulher de Sir Guillaume. O diabo age nas sombras, Thomas.

— Tem mais — disse Thomas, e contou ao padre a história segundo a qual os cátaros tinham o Graal. A luz das choupanas em chamas refletia-se nas paredes, conferindo um ar sinistro à imagem coroada com alga marinha sobre o altar. — Eu acho que não acredito em nada disso — concluiu Thomas.

— E por que não?

— Porque se a história for verdadeira — disse Thomas —, eu não sou Thomas de Hookton, mas Thomas Vexille. Eu não sou inglês, mas um francês mestiço. Não sou um arqueiro, mas de berço nobre.

— A coisa fica pior — disse o padre Hobbe com um sorriso. — Significa que você foi incumbido de uma tarefa.

— É tudo história — disse Thomas, com desprezo. — Me dê outra penitência, padre. Eu faço uma peregrinação para o senhor, vou a Canterbury de joelhos, se é isso que o senhor quer.

— Eu não quero nada de você, Thomas, mas Deus quer muito.

— Pois diga a Deus que escolha outra pessoa.

— Eu não tenho por hábito dar conselhos ao Todo-Poderoso — disse o padre Hobbe —, embora ouça os conselhos que Ele dá. Você acha que não existe um Graal?

— Há mil anos os homens vêm procurando por ele — disse Thomas — e ninguém o encontrou. A menos que a coisa em Gênova seja verdadeira.

O padre Hobbe encostou a cabeça na parede de varas trançadas.

— Eu ouvi dizer — disse ele, calmo — que o verdadeiro Graal é feito de barro. Um simples prato de camponês como o que minha mãe venerava, que Deus a guarde, porque ela só tinha recursos para um só prato bom e então, desajeitado que eu sou, um dia eu o quebrei. Mas o Graal, segundo me disseram, não pode ser quebrado. Pode-se colocá-lo num daqueles canhões que distraíram todo mundo em Caen e ele não quebra, mesmo que seja atirado contra um muro de castelo. E quando se coloca o pão e o vinho, o sangue e a carne da missa naquele simples objeto de barro, Thomas, ele se transforma em ouro. Ouro puro, brilhante. Aquele é o Graal e, eu juro, ele existe, sim.

— Então o senhor quer que eu perambule pela Terra à procura de um prato de camponês? — perguntou Thomas.

— Deus quer — disse o padre Hobbe — e por um bom motivo. — Ele pareceu triste. — Existe heresia em toda parte, Thomas. A Igreja está cercada. Os bispos, os cardeais e os abades são corrompidos pela riqueza, os padres das aldeias são fritos na ignorância e o diabo fermenta o seu mal.

No entanto, há alguns de nós, uns poucos, que acreditam que a Igreja pode ser revigorada, que ela pode tornar a brilhar com a glória de Deus. Acho que o Graal poderia fazer isso. Acho que Deus escolheu você.

— Padre!

— E talvez a mim — disse o padre Hobbe, ignorando o protesto de Thomas. — Quando isso tiver acabado — ele fez um gesto com a mão para incluir o exército e sua situação — Talvez eu possa me juntar a você. Nós vamos procurar sua família juntos.

— O senhor? — perguntou Thomas. — Por quê?

— Porque Deus chama — disse simplesmente o padre Hobbe, e depois fez um gesto com a cabeça. — Você precisa ir, Thomas, você precisa ir. Eu vou rezar por você.

Thomas precisava ir porque a noite fora perturbada pelo som de patas de cavalos e pelas vozes estridentes de homens. Thomas pegou o arco, saiu da igreja agachado e viu que vinte soldados estavam, agora, na aldeia. Seus escudos exibiam os leões e as estrelas do conde de Northampton, e o comandante deles queria saber quem era o responsável pelos arqueiros.

— Eu — disse Thomas.

— Onde fica esse vau?

Thomas fez uma tocha de um feixe de palha preso a uma vara e, enquanto a chama durou, guiou-os pelo pântano em direção ao baixio distante. As chamas se apagaram depois de um certo tempo, mas ele estava próximo o bastante para achar o caminho onde havia visto o gado. A maré tornara a subir e a água negra penetrava e alagava tudo à volta dos cavaleiros, que se apertavam numa crista de areia que ia diminuindo de tamanho.

— Vocês podem ver onde fica o outro lado — disse Thomas aos soldados, apontando para as fogueiras dos franceses, que pareciam estar a cerca de um quilômetro e meio de distância.

— Os canalhas estão esperando por nós?

— Eles são muitos, também.

— Seja como for, nós vamos atravessar — disse o soldado que liderava o grupo. — O rei decidiu, e nós vamos atravessar quando a maré baixar.

Ele se voltou para seus homens.

— Desçam dos cavalos. Encontrem a trilha. Marquem a trilha. — Ele apontou para uns salgueiros descabeçados. — Cortem varas deles, e usem como marcadores.

Thomas voltou tateando para a aldeia, às vezes vadeando por água até a cintura. Um fino nevoeiro filtrava-se da maré enchente, e não fossem as cabanas em chamas na aldeia, ele poderia ter-se perdido com facilidade.

A aldeia, construída na parte mais alta de todo o pântano, tinha atraído um número muito grande de cavaleiros quando Thomas voltou. Arqueiros e soldados reuniam-se lá e alguns já tinham derrubado o santuário para fazer fogueiras com a madeira.

Will Skeat chegara com o restante de seus arqueiros.

— As mulheres estão com a bagagem — disse ele a Thomas. — Está um caos terrível lá. Eles esperam atravessar todo mundo de manhã.

— Vai haver luta, primeiro — disse Thomas.

— Ou isso, ou enfrentar o exército inteiro mais tarde, e no mesmo dia. Acharam enguias?

— Nós as comemos.

Skeat sorriu e voltou-se quando uma voz gritou seu nome. Era o conde de Northampton, a capa de seu cavalo salpicada de lama quase até a sela.

— Bom trabalho, Will!

— Não fui eu, senhor conde, foi este bastardo inteligente. — Skeat agitou um polegar em direção a Thomas.

— O enforcamento te fez bem, hein? — disse o conde, e depois ficou olhando enquanto uma fila de soldados subia para a crista de areia da aldeia. — Esteja pronto para avançar ao amanhecer, Will, e nós estaremos atravessando quando a maré baixar. Eu quero os seus rapazes na frente. Deixem seus cavalos aqui; vou mandar bons homens tomarem conta deles.

Dormiu-se pouco aquela noite, embora Thomas tivesse cochilado enquanto estava deitado na areia e esperava pelo amanhecer, que trouxe uma luz pálida, enevoada. Salgueiros eram vultos enormes no nevoeiro, enquanto soldados agachavam-se à margem da água e olhavam fixo para o norte, para onde a névoa era engrossada pela fumaça que vinha das fogueiras do inimigo. O rio corria enganosamente rápido, apressado pela maré vazante, mas ainda estava alto demais para ser atravessado.

O banco de areia ao lado do vau continha cinqüenta arqueiros de Skeat e outros cinqüenta sob o comando de John Armstrong. Havia o mesmo número de soldados, todos a pé, liderados pelo conde de Northampton, que recebera a incumbência de chefiar a travessia. O príncipe de Gales quisera liderar o combate, mas seu pai proibira. O conde, muito mais experiente, tinha a responsabilidade, e não se sentia satisfeito. Ele teria gostado de ter muito mais homens, mas o banco de areia não teria lugar para mais, e as trilhas pelo pântano eram estreitas e traiçoeiras, tornando difícil levar reforços.

— Vocês sabem o que fazer — disse o conde a Skeat e Armstrong.
— Sabemos.
— Talvez mais duas horas?

O conde avaliava a baixa da maré. As duas horas se arrastavam e os ingleses podiam apenas olhar através da névoa, que ia ficando mais fina, para o inimigo, que formara a linha de batalha no outro extremo do vau. A água que refluía permitiu que mais homens fossem para o banco de areia, mas a força do conde ainda era deploravelmente pequena — talvez duzentos homens, no máximo — enquanto os franceses tinham o dobro daquela quantidade só em soldados. Thomas os contou da melhor maneira possível, usando o método que Will Skeat lhe ensinara: dividir o inimigo em dois, tornar a dividir, e depois contar a unidade pequena e multiplicá-la por quatro, e ele desejou não ter feito aquilo, porque eram muitos, e quanto aos soldados devia haver quinhentos ou seiscentos da infantaria, provavelmente elementos recrutados na região ao norte de Abbeville. Eles não representavam uma ameaça séria porque, como a maioria dos soldados de infantaria, estariam mal treinados e pessimamente equipados com armas antigas e implementos agrícolas, mas ainda assim poderiam dar trabalho se os homens do conde ficassem em situação crítica. O único ponto positivo que Thomas encontrou no amanhecer nevoento foi que os franceses pareciam ter muito poucos besteiros, mas por que iriam precisar deles quando dispunham de tantos soldados? A enorme força que agora se reunia na margem norte do rio estaria lutando ciente de que, se eles repelissem o ataque inglês, teria o inimigo preso pelo mar no ponto em que o exército francês poderia esmagá-lo.

Dois cavalos de carga trouxeram feixes das preciosas flechas, que foram distribuídas entre os arqueiros.

— Ignorem os malditos camponeses — disse Skeat a seus comandados. — Matem os soldados. Eu quero os bastardos gritando pelas cabras que eles chamam de mãe.

— Tem comida lá do outro lado — disse John Armstrong a seus homens famintos. — Aqueles malditos bastardos vão ter carne, pão e cerveja, e será tudo de vocês, se vocês passarem por eles.

— E não desperdicem as flechas — grunhiu Skeat. — Atirem bem! Mirem, rapazes, mirem. Eu quero ver os bastardos sangrando.

— Cuidado com o vento! — berrou John Armstrong. — Vai levar flechas para a direita.

Duzentos soldados franceses estavam a pé à beira do rio, enquanto os outros duzentos estavam montados e aguardando cem passos atrás. A ralé da infantaria estava dividida em duas partes enormes, uma em cada flanco. Os soldados desmontados estavam ali para deter os ingleses à beira da água, e os montados atacariam se qualquer inglês passasse, enquanto a infantaria estava presente para dar a aparência de quantidade e ajudar no massacre que se seguiria à vitória francesa. Os franceses deviam estar confiantes, porque tinham detido todas as outras tentativas de vadear o Somme.

Só que nos outros vaus o inimigo tinha besteiros que mantiveram os arqueiros em águas profundas, onde não podiam usar seus arcos como deviam, pelo medo de encharcar as cordas, e ali não havia bestas.

O conde de Northampton, a pé como seus homens, cuspiu em direção ao rio.

— Ele devia ter deixado a infantaria atrás e trazido mil genoveses — observou ele para Will Skeat. — Aí, nós estaríamos encrencados.

— Eles devem ter algumas bestas — disse Skeat.

— Não serão suficientes, Will, não serão suficientes.

O conde usava um velho elmo, sem qualquer proteção para o rosto. Estava acompanhado de um soldado de barba grisalha com um rosto profundamente enrugado, que usava uma cota de malha muito remendada.

— Você conhece Reginald Cobham, Will? — perguntou o conde.

— Já ouvi falar no senhor, mestre Cobham — disse Will, respeitoso.

— E eu do senhor, mestre Skeat — respondeu Cobham.

Entre os arqueiros de Skeat circulou o sussurro de que Reginald Cobham estava no vau e homens voltavam-se para olhar o homem de barba grisalha cujo nome era exaltado no exército. Um homem comum, como eles, mas veterano de guerra e temido pelos inimigos da Inglaterra.

O conde olhou para a vara que marcava uma margem do vau.

— Acho que a água baixou o suficiente — disse ele, e deu um tapinha no ombro de Skeat. — Vá matar alguns deles, Will.

Thomas deu uma olhada para trás e viu que todo ponto seco do pântano estava, agora, lotado de soldados, cavalos e mulheres. O exército inglês entrara nas terras baixas, e dependia do conde forçar a travessia.

A leste, embora ninguém no vau soubesse, o principal exército francês atravessava em fila a ponte em Abbeville, pronto para cair sobre a retaguarda inglesa.

Houve um vento forte vindo do mar, trazendo um frio matutino e o cheiro de sal. Gaivotas cantavam desoladas acima das estacas de junco. O principal canal do rio tinha oitocentos metros de largura e os cem arqueiros pareciam uma força pequenina enquanto se espalhavam para formar uma fila e vadeavam o rio. Os homens de Armstrong estavam à esquerda, os de Skeat à direita, enquanto atrás deles seguiam os primeiros soldados do conde. Todos os soldados estavam a pé, e sua tarefa era esperar até que as flechas tivessem enfraquecido o inimigo, e então atacar os francesess com espadas, machados e cimitarras. O inimigo tinha dois tocadores de tambor, que começaram a bater em suas peles de cabra, e depois um corneteiro assustou os pássaros, fazendo-os fugir das árvores onde os franceses tinham acampado.

— Observem o vento — gritou Skeat para seus homens. — Está soprando forte, soprando forte.

O vento soprava contra a maré vazante, obrigando o rio a se transformar em pequenas ondas que exibiam branco nas cristas. A infantaria francesa gritava. Nuvens cinzentas deslizavam sobre a terra verde. Os tocadores de tambor mantinham um ritmo ameaçador. Estandartes tremulavam acima dos soldados que esperavam, e Thomas ficou aliviado com o fato de nenhum deles mostrar falcões amarelos sobre um campo azul. A água estava fria e chegava-lhe às coxas. Ele mantinha o arco no alto, observando o inimigo, esperando pelas primeiras setas de bestas fustigando, vindas do outro lado do rio.

Não houve setas. Os arqueiros estavam, agora, dentro do raio de ação dos longos disparos de arcos, mas Will Skeat queria que eles chegassem mais perto. Um cavaleiro francês, num cavalo preto ajaezado com um manto verde e azul, foi até onde seus companheiros estavam a pé, e depois virou para o lado e entrou no rio.

— O bobo do bastardo quer fazer nome — disse Skeat. — Jake! Dan! Peter! Derrubem o bastardo para mim.

Os três arcos foram puxados e três flechas voaram.

O cavaleiro francês foi jogado para trás em sua sela e sua queda deixou os franceses furiosos. Eles soltaram o seu grito de guerra, *"Montjoie St. Denis!"* e os soldados entraram no rio espadanando, prontos para enfrentar os arqueiros, que puxaram seus arcos.

— Agüentem firme! — gritou Skeat. — Agüentem firme! Mais perto, cheguem mais perto!

As batidas de tambor estavam mais fortes. O cavaleiro morto estava sendo levado pelo seu cavalo, enquanto os outros franceses recuavam para terra seca. A água, agora, só chegava aos joelhos de Thomas, e o raio de alcance diminuía. Cem passos, nada mais, e Will Skeat finalmente deu-se por satisfeito.

— Comecem a derrubar eles! — gritou ele.

As cordas dos arcos foram puxadas até perto da orelha dos homens e depois soltas. As flechas voaram, e enquanto a primeira salva ainda sussurrava por cima da água picada pelo vento, a segunda foi disparada, e enquanto os homens colocavam a terceira flecha nas cordas, as primeiras atingiram o alvo. O som foi de metal batendo em metal, como uma centena de martelos leves golpeando, e de repente as fileiras francesas se ajoelhavam com escudos erguidos.

— Escolham seus homens! — berrou Skeat. — Escolham seus homens!

Ele estava usando o arco que lhe pertencia, disparando-o de vez em quando, sempre esperando que um inimigo abaixasse um escudo antes de disparar uma flecha. Thomas vigiava a turba da infantaria à sua direita. Eles pareciam prontos para fazer uma carga maluca e ele queria enfiar algumas flechas na barriga deles antes que chegassem à água. Uns vinte soldados franceses estavam mortos ou feridos, e o chefe gritava para os outros, mandando que unissem os escudos. Uma dúzia dos soldados da retaguarda tinha desmontado e adiantava-se rápido para reforçar a margem do rio.

— Calma, rapazes, calma — gritou John Amrstrong. — Façam com que as flechas acertem.

Os escudos inimigos ficaram cheios de flechas. Os franceses se apoiavam naqueles escudos, com espessura suficiente para amortecer uma flecha, e estavam se mantendo abaixados, esperando que as flechas acabassem ou que os soldados ingleses se aproximassem. Thomas calculava que algumas das flechas deviam ter atravessado os escudos para provocar ferimentos, mas a maioria fora desperdiçada. Ele olhou para trás, para a infantaria, e viu que ela ainda não estava se deslocando. Os arcos ingleses disparavam com uma freqüência menor, esperando pelos alvos, e o conde de Northampton devia ter se cansado da demora, ou então temia a mudança da maré, porque gritou para que seus homens avançassem.

— São Jorge! São Jorge!

— Espalhem-se bastante! — berrou Will Skeat, querendo que seus homens ficassem nos flancos do ataque do conde, para que pudessem usar os arcos quando os franceses se levantassem para receber a carga, mas a água foi ficando rapidamente mais profunda à medida que Thomas se deslocava rio acima, e ele não conseguiu chegar até onde queria.

— Matem eles! Matem eles! — O conde, agora, vadeava para subir para a margem.

— Mantenham as fileiras! — gritou Reginald Cobham.

Os soldados franceses ovacionaram, porque a proximidade da carga inglesa significava que a mira dos arqueiros ficaria bloqueada, embora Thomas conseguisse disparar duas flechas quando os defensores se levantaram e antes que os dois grupos de soldados se encontrassem à beira do rio com um choque de aço e escudo. Homens berravam seus gritos de guerra, São Denis lutando com São Jorge.

— Vigiem a direita! Vigiem a direita! — berrava Will Skeat, porque a infantaria composta de camponeses começara a avançar e ele mandou duas flechas assobiando contra eles. Ele apanhava flechas na sacola com a rapidez possível.

— Peguem os cavaleiros! — berrava Will Skeat, e Thomas mudou a mira para disparar uma flecha por cima da cabeça dos homens que combatiam, na direção dos cavaleiros franceses que desciam a margem do rio para ajudar seus companheiros. Alguns cavaleiros ingleses tinham entrado no vau agora, mas não podiam ir bater-se com seus semelhantes franceses porque a saída norte do vau estava bloqueada pelo alucinado entrevero dos soldados.

Homens davam cutiladas e cortavam. Espadas encontravam machados, cimitarras partiam elmos e crânios. O barulho era como o da ferraria do diabo, e sangue escorria pela corrente nos baixios. Um inglês gritou ao ser abatido e cair dentro da água, e tornou a gritar quando dois franceses golpearam com machados suas pernas e seu tronco. O conde usava a espada em curtas estocadas, ignorando os golpes de martelo em seu escudo.

— Cerrem fileira! Cerrem fileira! — gritou Reginald Cobham.

Um homem tropeçou num corpo, abrindo uma brecha na linha inglesa, e três franceses, soltando grunhidos, tentaram explorá-la, mas foram enfrentados por um homem com um machado de dois gumes, que golpeou com tanta força que a pesada lâmina rachou um elmo e um crânio da nuca ao pescoço.

— Pelos flancos! Pelos flancos! — gritou Skeat, e seus arqueiros vadearam mais para perto da margem a fim de meter as flechas lateralmente na formação francesa. Duzentos cavaleiros franceses enfrentavam oitenta ou noventa soldados ingleses, uma disputa ruidosa de espadas e escudos e um clangor monstruoso. Homens grunhiam enquanto golpeavam. As duas fileiras da frente estavam, agora, entrelaçadas, escudos contra escudos, e eram os homens que estavam atrás que realizavam a matança, brandindo suas espadas por cima da fila da frente para matar os homens do outro lado. A maioria dos arqueiros despejava flechas nos flancos franceses, enquanto uns poucos, liderados por John Armstrong, tinham se aproximado por trás dos soldados para disparar no rosto do inimigo.

A infantaria francesa, pensando que a carga inglesa tivesse perdido força, soltou um brado e começou a avançar.

— Matem eles! Matem eles! — gritou Thomas. Ele tinha usado um feixe inteiro de flechas, 24, e só tinha mais um feixe. Puxava a corda do arco, soltava, tornava a puxar. Alguns membros da infantaria francesa vestiam casacos forrados, mas não eram proteção contra as flechas. A melhor defesa deles estava na superioridade numérica, e eles lançavam um selvagem grito de guerra enquanto desciam pela margem. Mas então vinte cavaleiros ingleses saíram por trás dos arqueiros, forçando a passagem por eles para enfrentar a carga alucinada. Os cavaleiros com cotas de malha entraram com violência nas filas dianteiras da infantaria, espadas malhando à esquerda e à direita, enquanto os camponeses revidavam. Os cavalos mordiam o inimigo e continuavam sempre avançando, a fim de que ninguém pudesse cortar-lhes os jarretes. Um soldado foi retirado da sela e lançou gritos horríveis enquanto era retalhado até morrer no baixio. Thomas e seus arqueiros dirigiam suas flechas para a horda, mais cavaleiros chegaram para ajudar a matá-los, mas ainda assim a turba selvagem lotava a margem e de repente Thomas ficou sem flechas, pendurando o arco no pescoço, sacando a espada e correndo para a beira do rio.

Um francês investiu contra Thomas com uma lança. Thomas desviou-a com um golpe e fez com que a ponta da espada cortasse a garganta do homem. Sangue correu, brilhante como o amanhecer, desaparecendo no rio. Ele golpeou um segundo homem. Sam, o Sam de cara de criança, estava ao seu lado com um podão, que enfiou num crânio. O podão ficou preso ali e Sam chutou o homem, de tanta frustração, e depois tirou um machado do inimigo moribundo e, deixando o podão na vítima, brandiu a nova arma num grande arco para fazer o inimigo recuar. Jake ainda tinha flechas e as disparava com rapidez.

Um espadanar e uma ovação anunciaram a chegada de mais soldados montados, que se meteram pela infantaria com lanças pesadas. Os cavalos grandes, treinados para uma carnificina daquelas, passaram por cima de vivos e mortos enquanto os soldados abandonaram as lanças e começaram a golpear com espadas. Mais arqueiros tinham chegado com flechas novas e disparavam do centro do rio.

Thomas, agora, estava na margem. A frente de sua cota de malha estava vermelha de sangue, nenhuma gota sua, e a infantaria recuava. Então, Will Skeat berrou bem alto para anunciar que mais flechas tinham chegado, e Thomas e seus arqueiros voltaram correndo para o rio, para encontrar o padre Hobbe com uma mula de carga levando dois cestos de feixes de flechas.

— Façam o trabalho do Senhor — disse o padre Hobbe, jogando um feixe para Thomas, que desfez os laços que o prendia e despejou as flechas na sua sacola. Da margem norte veio o som de uma corneta e ele girou sobre os calcanhares, vendo que os cavaleiros inimigos estavam chegando para se juntar à luta.

— Derrubem eles! — gritou Skeat. — Derrubem esses bastardos!

Flechas açoitavam e cortavam cavalos. Mais soldados ingleses vadeavam o rio para engrossar a força do conde e, centímetro a centímetro, metro a metro, eles estavam avançando margem acima, mas os cavalareiros inimigos entraram na refrega com lanças e espadas. Thomas enfiou uma flecha pela malha que cobria a garganta de um francês, meteu outra numa testeira de couro, o que fez o cavalo empinar e gritar, derrubando o cavaleiro.

— Matem! Matem! Matem!

O conde de Northampton, ensangüentado do elmo às botas de cota de malha, goipeava com a espada repetidas vezes. Estava morto de cansaço e ficara surdo com o estalar do aço, mas subia o barranco e seus homens se comprimiam à sua volta. Cobham matava com uma certeza calma, anos de experiência por trás de cada golpe. Cavaleiros ingleses estavam, agora, na refrega, usando as lanças por cima da cabeça de seus compatriotas para fazer recuarem os cavalos inimigos, mas também bloqueavam a mira dos arqueiros e Thomas voltou a pendurar seu arco no pescoço, sacando a espada.

— São Jorge! São Jorge!

O conde, agora, estava pisando em grama, fora dos juncos, acima da marca de maré alta. Atrás dele a margem do rio era uma capela mortuária de homens mortos, homens feridos, sangue e gritos.

O padre Hobbe, as saias da túnica erguidas à altura da cintura, lutava com um varapau, metendo a vara em caras francesas.

— Em nome do Pai — gritou ele, e um francês caiu para trás com um olho reduzido a polpa —, do Filho — com voz ríspida, enquanto quebrava o nariz de um homem — e do Espírito Santo!

Um cavaleiro francês rompeu as fileiras inglesas, mas uma dezena de arqueiros lançaram-se como um enxame sobre o seu cavalo, cortaram-lhe os jarretes e lançaram o homem na lama, onde o atacaram com machado, podão e espada.

— Arqueiros! — gritou o conde. — Arqueiros!

Os últimos soldados montados franceses tinham-se formado para uma carga que ameaçava varrer toda aquela confusão de homens brigando, tanto ingleses como franceses, para o rio, mas uns vinte arqueiros, os únicos que ainda tinham flechas, dirigiram seus mísseis barranco acima, para derrubar a primeira fila de cavaleiros numa confusão de pernas de cavalos e armas em queda.

Outra corneta soou, esta do lado inglês, e de repente reforços derramaram-se pelo vau e subiam para a área mais elevada.

— Eles estão cedendo! Eles estão cedendo!

Thomas não soube quem gritou a novidade, mas era verdade. Os franceses estavam recuando em desordem. A infantaria, com o estômago para o combate mitigado pelas mortes que tinha sofrido, já se retirara, mas agora os cavaleiros, os soldados franceses, fugiam da fúria do assalto inglês.

— Matem eles! Matem! Nada de prisioneiros! Nada de prisioneiros! — gritava o conde de Northampton em francês, e seus soldados, ensangüentados, molhados, cansados e com raiva, avançaram barranco acima e voltaram a atacar os franceses, que deram mais um passo atrás.

E então o inimigo realmente parou. Foi de repente. Em um momento as duas forças estavam entrelaçadas numa batalha de grunhidos, empurrões e estocadas, e no outro os franceses corriam e o vau estava cheio de soldados montados que atravessaram da margem sul para perseguir o inimigo derrotado.

— Jesus — disse Will Skeat, e caiu de joelhos e fez o sinal-da-cruz. Um francês moribundo gemeu perto dali, mas Skeat ignorou-o. — Jesus — disse ele outra vez. — Você tem alguma flecha, Tom?

— Só restam duas.

— Jesus. — Skeat ergueu os olhos. Havia sangue em suas faces. — Que bastardos — disse ele, vingativo. Ele se referia aos soldados ingleses recém-chegados que tinham rompido o que restava da batalha para perseguir o inimigo em fuga. — Que bastardos! Vão chegar primeiro ao acampamento deles, não vão? Vão comer toda a porcaria da comida!

Mas o baixio fora tomado, a armadilha fora rompida e os ingleses estavam do outro lado do Somme.

Terceira Parte
CRÉCY

*T*ODO O EXÉRCITO INGLÊS tinha atravessado antes que a maré voltasse a subir. Cavalos, carroças, homens e mulheres — todos atravessaram sãos e salvos, de modo que o exército francês, marchando de Abbeville para encurralá-los, encontrou vazio o canto de terra entre o rio e o mar.

Durante todo o dia seguinte os exércitos ficaram um de frente para o outro de cada lado do baixio. Os ingleses estavam formados para combate com seus quatro mil arqueiros ao longo da margem do rio e, atrás deles, três grandes blocos de soldados no terreno mais alto, mas os franceses, espalhados pelas trilhas do vau, não se viam tentados a forçar a travessia. Um punhado de cavaleiros entrava na água e gritava desafios e insultos, mas o rei não deixou que nenhum cavaleiro inglês reagisse e os arqueiros, sabendo que tinham de economizar flechas, suportavam os insultos sem reagir.

— Deixem os bastardos gritarem — grunhiu Will Skeat —, porque gritar nunca prejudicou ninguém até agora. — Ele sorriu para Thomas. — Depende da pessoa, é claro. Perturbou Sir Simon, não perturbou?

— Ele não passava de um bastardo.

— Não, Tom — corrigiu Skeat —, você é o bastardo, e ele era um cavalheiro.

Skeat olhou para os franceses lá do outro lado, que não mostravam sinal algum de disputar o vau.

— A maioria deles é gente boa — continuou ele, evidentemente referindo-se a cavaleiros e nobres. — Assim que eles lutam algum tempo junto com os arqueiros, aprendem a cuidar da gente porque nós somos os filhos da puta sujos que os mantêm vivos, mas sempre há alguns malditos idiotas. Mas não o nosso Billy. — Ele se voltou e olhou para o conde de Northampton, que andava de um lado para o outro à margem dos baixios, torcendo para que os franceses partissem para a luta. — Ele é um cavalheiro. Sabe como matar um maldito francês.

Na manhã seguinte, os franceses tinham ido embora, e o único sinal era a nuvem branca de poeira pairando sobre a estrada que levava seu imenso exército de volta para Abbeville. Os ingleses foram para o norte, o ritmo reduzido pela fome e pelos cavalos mancos que os homens relutavam em abandonar. O exército subiu os pântanos do Somme para uma zona fortemente arborizada que não rendeu grãos, cabeças de gado ou espólio algum, enquanto o tempo, que estivera seco e quente, ficou frio e chuvoso durante a manhã. A chuva caía do leste e pingava sem cessar das árvores, para aumentar o sofrimento dos homens, a ponto de que aquilo que parecera uma campanha vitoriosa ao sul do Sena dava, agora, a sensação de ignominiosa retirada. Que era isso mesmo, porque os ingleses estavam fugindo dos franceses e todos os homens sabiam disso, assim como sabiam que, a menos que encontrassem comida logo, sua fraqueza os tornaria presas fáceis para o inimigo.

O rei enviara uma força de peso para a foz do Somme onde, no pequeno porto de Le Crotoy, tinha a esperança de que reforços e suprimentos estivessem à sua espera, mas em vez disso o pequenino porto estava em poder de uma guarnição de besteiros genoveses. Os muros estavam em mau estado de conservação, os atacantes tinham fome e por isso os genoveses morreram sob uma chuva de flechas e um ataque em massa de soldados. Os ingleses esvaziaram os armazéns do porto de alimentos e encontraram um rebanho de gado para abate reunido para uso do exército francês, mas quando subiram na torre da igreja não viram navios fundeados na foz do rio nem qualquer frota esperando no mar. As flechas, os arqueiros e os grãos que deveriam ter reabastecido o exército ainda estavam na Inglaterra.

A chuva ficou mais forte na primeira noite em que o exército acampou na floresta. Boatos diziam que o rei e seus grandes homens estavam numa aldeia à beira da floresta, mas a maioria dos homens foi obrigada a abrigar-se sob as árvores gotejantes e comer o pouco que pudessem raspar do lixo.

— Ensopado de bolota — resmungou Jake.

— Você já comeu coisa pior — disse Thomas.

— E um mês atrás nós estávamos comendo em pratos de prata. — Jake cuspiu uma massa cheia de areia. — Por que, então, a gente não enfrenta os bastardos?

— Porque eles são muitos — disse Thomas, cansado —, porque nós só temos poucas flechas. Porque nós estamos exaustos.

O exército marchara até tocar literalmente o chão. Jake, como uma dúzia de outros dos arqueiros de Will Skeat, já não tinha botas. Os feridos mancavam porque não havia carroças em número suficiente e os doentes eram deixados para trás se não podiam andar ou arrastar-se. Os vivos fediam.

Thomas fizera para ele e Eleanor um abrigo com galhos de árvore e turfa. Estava seco no interior da cabaninha, onde uma pequena fogueira expelia uma fumaça espessa.

— O que vai acontecer comigo se vocês perderem? — perguntou Eleanor.

— Nós não vamos perder — disse Thomas, embora houvesse pouca convicção em sua voz.

— O que vai acontecer comigo? — tornou ela a perguntar.

— Você agradece aos franceses que a encontrarem — disse ele — e diz a eles que foi obrigada a marchar conosco contra a sua vontade. Depois, mande chamar seu pai.

Eleanor refletiu sobre aquelas respostas por certo tempo, mas não pareceu ter ficado tranqüila. Ela aprendera, em Caen, que depois da vitória os homens não ficam sensíveis à razão, mas escravos de seus apetites. Ela deu de ombros.

— O que vai acontecer com você?

— Se eu sobreviver? — Thomas abanou a cabeça. — Vou ser preso. Segundo ouvi dizer, eles nos mandam para as galés, no sul. Se nos deixarem viver.

— Por que não iriam deixar?

— Eles não gostam de arqueiros. Eles odeiam arqueiros.

Ele empurrou uma pilha de samambaia molhada mais para perto do fogo, tentando secar as folhas antes que elas se tornassem a cama deles.

— Talvez não haja uma batalha — disse ele — porque nós estamos com a vantagem de um dia de marcha sobre eles.

Dizia-se que os franceses tinham voltado para Abbeville e estavam atravessando o rio lá, o que significava que os caçadores iam chegando, mas os ingleses ainda estavam um dia na frente e talvez pudessem chegar a suas fortalezas em Flandres. Talvez.

Eleanor piscou com a fumaça.

— Você viu algum cavaleiro levando a lança?

Thomas abanou a cabeça.

— Eu nem olhei — confessou ele.

A última coisa em sua mente naquela noite eram os misteriosos Vexille. Na verdade, ele nem esperava ver a lança. Aquilo era a fantasia de Sir Guillaume e agora era o entusiasmo do padre Hobbe, mas não era a obsessão de Thomas. Manter-se vivo e encontrar o bastante para comer era o que o preocupava.

— Thomas! — chamou Will Skeat do lado de fora.

Thomas meteu a cabeça pela abertura da cabana e viu uma figura coberta por uma capa em pé, ao lado de Skeat.

— Estou aqui — disse ele.

A figura de capa curvou-se para entrar na cabana e, para surpresa de Thomas, era Jeanette.

— Eu não devia estar aqui — saudou-o ela, forçando a entrada no fumacento interior onde, tirando o capuz da cabeça, olhou para Eleanor.

— Quem é essa?

— Minha mulher — Thomas falou em inglês.

— Mande-a embora — disse Jeanette em francês.

— Fique aqui — disse Thomas a Eleanor. — Esta é a condessa de Armórica.

Jeanette empertigou-se quando Thomas a contradisse, mas não insistiu para que Eleanor se retirasse. Em vez disso, empurrou um saco para Thomas contendo um pernil de porco, um pão de forma e uma garrafa de barro vidrado com vinho. O pão, Thomas observou, era o fino pão branco que só os ricos tinham recursos para comprar, enquanto o pernil estava salpicado de cravo e pegajoso de tanto mel.

Ele passou o saco para Eleanor.

— Comida digna de um príncipe — disse a ela.

— Devo levar isso a Will? — perguntou Eleanor, porque os arqueiros tinham combinado dividir a comida.

— Deve, mas isso pode esperar — disse Thomas.

— Vou levar agora — disse Eleanor, e colocou uma capa sobre a cabeça antes de desaparecer na escuridão chuvosa.

— Ela é bem bonita — disse Jeanette em francês.

— Todas as minhas mulheres são bonitas — disse Thomas. — São dignas de príncipes.

Jeanette pareceu zangada, ou talvez fosse apenas a fumaça da pequena fogueira irritando-a. Ela cutucou o lado da cabana.

— Isso me lembra da nossa viagem.

— Ela não foi fria ou chuvosa — disse Thomas. E você estava alucinada, quis acrescentar, e eu cuidei de você e você me abandonou sem olhar para trás.

Jeanette ouviu a hostilidade na voz dele.

— Ele pensa — disse ela — que eu estou me confessando.

— Pois então, conte-me seus pecados — respondeu Thomas — e não terá de mentir para sua alteza.

Jeanette ignorou aquilo.

— Você sabe o que vai acontecer agora?

— Nós vamos fugir, eles vão nos perseguir, e ou eles nos alcançam ou não. — Ele falou de modo brusco. — E se nos alcançarem, vai haver derramamento de sangue.

— Eles vão nos alcançar — disse Jeanette, confiante — e vai haver uma batalha.

— Você sabe disso?

— Eu ouço o que é informado ao príncipe — disse ela — e os franceses estão em estradas boas. Nós, não.

Aquilo fazia sentido. O vau por onde o exército inglês atravessara o Somma levava apenas a pântanos e floresta. Era um elo entre aldeias, não ficava em nenhuma grande rota comercial, e por isso de suas margens não saíam estradas boas, mas os franceses tinham atravessado o rio em Abbeville, uma cidade de mercadores, e por isso o exército inimigo teria estradas largas para tornar mais rápida a marcha para a Picardia. Eles estavam bem alimentados, revigorados, e agora tinham as boas estradas para favorecê-los.

— Então vai haver batalha — disse Thomas, tocando seu arco preto.

— Vai haver uma batalha — confirmou Jeanette. — Está decidido. Provavelmente amanhã ou depois de amanhã. O rei diz que há um morro logo depois da floresta onde poderemos lutar. É melhor isso, diz ele, do que deixar os franceses passarem a frente e bloquearem a nossa estrada. Mas seja como for — ela fez uma pausa —, eles vão ganhar.

— Talvez — admitiu Thomas.

— Eles vão ganhar — insistiu Jeanette. — Eu ouço as conversas, Thomas! Eles são muito mais numerosos!

Thomas fez o sinal-da-cruz. Se Jeanette estivesse certa, e ele não tinha motivo para pensar que ela o estivesse enganando, os líderes do exército já tinham perdido a esperança, mas isso não significava que ele tinha de se desesperar.

— Primeiro, eles têm de nos derrotar — disse ele, teimoso.

— Vão nos derrotar — disse Jeanette com brutalidade —, e aí, o que vai acontecer comigo?

— O que vai acontecer com você? — perguntou Thomas, surpreso. Ele se inclinou com cautela na frágil parede de seu abrigo. Percebeu que Eleanor já tinha entregue a comida e voltado depressa para escutar às escondidas. — Por que eu iria me importar — perguntou ele, em voz alta — com o que vai acontecer com você?

Jeanette lançou-lhe um olhar rancoroso.

— Uma vez, você jurou — disse ela — que iria ajudar a recuperar o meu filho para mim.

Thomas tornou a fazer o sinal-da-cruz.

— Jurei, senhora condessa — admitiu ele, refletindo que fazia juramentos com muita facilidade. Um juramento era o bastante para uma vida toda, e ele fizera mais do que conseguia se lembrar ou cumprir.

— Pois então, me ajude a fazer isso — pediu Jeanette.

Thomas sorriu.

— Primeiro, condessa, é preciso vencer uma batalha.

Jeanette franziu o sobrolho com a fumaça que se agitava no pequeno abrigo.

— Se eu for encontrada no acampamento inglês depois da batalha, Thomas, eu nunca mais tornarei a ver o Charles. Nunca.

— Por que não? — perguntou Thomas. — A senhora não correrá perigo, condessa. A senhora não é uma mulher comum. Pode não haver muito cavalheirismo quando exércitos se enfrentam, mas ele penetra as tendas da realeza.

Jeanette abanou a cabeça, impaciente.

— Se os ingleses ganharem — disse ela — eu poderei tornar a ver o Charles, porque o duque vai querer cair nas graças do rei. Mas se eles perderem, ele não precisará fazer qualquer gesto. E se eles perderem, Thomas, eu perco tudo.

Isso, refletiu Thomas, estava mais perto do motivo principal. Se os ingleses perdessem, Jeanette se arriscava a perder a riqueza que tivesse acumulado nas últimas semanas, riqueza que tinha origem nos presentes de um príncipe. Ele estava vendo um colar do que pareciam rubis meio escondido pela capa que a envolvia, e sem dúvida Jeanette tinha dezenas de outras pedras preciosas montadas em peças de ouro.

— Então, o que é que a senhora quer de mim? — perguntou ele.

Ela se inclinou para a frente e baixou a voz.

— Você — disse ela — e um pequeno grupo de homens. Leve-me para o sul. Eu posso fretar um navio em Le Crotoy e ir para a Bretanha. Eu agora tenho dinheiro. Posso pagar minhas dívidas em La Roche-Derrien e cuidar do miserável daquele advogado. Ninguém precisa saber até mesmo que eu estive aqui.

— O príncipe vai saber — disse Thomas.

Ela se empertigou ao ouvir aquilo.

— Você acha que ele vai me querer para sempre?

— O que é que eu sei dele?

— Ele vai se cansar de mim — disse Jeanette. — Ele é um príncipe. Ele pega o que quer e quando se cansa dessa coisa, passa para outra. Mas ele tem sido bom para mim, então não posso reclamar.

Thomas não disse nada por algum tempo. Ela não fora assim tão dura, refletiu ele, naqueles preguiçosos dias de verão quando eles tinham vivido como vagabundos.

— E o seu filho? — perguntou ele. — Como é que a senhora vai consegui-lo de volta? Vai pagar por ele?

— Eu vou encontrar um jeito — disse ela, evasiva.

É provável, pensou Thomas, que ela tente raptar o menino, e por que não? Se ela pudesse contratar alguns homens, seria possível. Talvez ela esperasse que o próprio Thomas o fizesse, e enquanto aquele pensamento lhe ocorria, Jeanette o olhava nos olhos.

— Me ajude — disse ela —, por favor.

— Não — disse Thomas —, agora, não. — Ele ergueu a mão para reprimir os protestos dela. — Um dia, querendo Deus — prosseguiu ele —, eu a ajudarei a encontrar seu filho, mas não vou deixar este exército agora. Se tiver que haver uma batalha, condessa, eu estarei nela junto com os demais.

— Eu estou implorando — disse ela.

— Não.

— Pois então vá para o inferno — vociferou ela, puxou o capuz sobre os cabelos pretos e saiu para a escuridão. Houve uma pequena pausa, e depois Eleanor entrou.

— Então, o que é que você acha? — perguntou Thomas.

— Eu acho que ela é bonita — disse Eleanor, evasiva, e franziu o cenho olhando para ele — e acho que na batalha, amanhã, um homem poderia agarrar você pelos cabelos. Eu acho que você deveria cortá-los.

Thomas pareceu ficar perturbado.

— Você quer ir para o sul? Fugir da batalha?

Eleanor dirigiu a ele um olhar de reprovação.

— Eu sou mulher de arqueiro — disse ela — e você não irá para o sul. Will disse que você é um maldito idiota — ela disse as quatro ultimas palavras num inglês estropiado — por abrir mão de uma comida tão boa, mas mesmo assim ele agradece. E o padre Hobbe manda dizer que vai rezar missa amanhã de manhã e espera que você compareça.

Thomas apanhou a faca e entregou-a a ela, e curvou a cabeça. Ela cortou o rabo-de-cavalo dele, e depois uns punhados de cabelos pretos que atirou na fogueira. Thomas não disse nada enquanto ela cortava, mas só pensava na missa do padre Hobbe. Uma missa pelos mortos, pensou ele, ou por aqueles que estão para morrer.

Porque no escuro chuvoso, do lado de lá da floresta, o poderio da França se aproximava. Os ingleses tinham escapado do inimigo duas vezes, atravessando rios que eram considerados intransponíveis, mas não poderiam escapar uma terceira vez. Finalmente, os franceses os tinham apanhado.

A aldeia ficava a apenas uma curta caminhada ao norte da beira da floresta, da qual ficava separada por um pequeno rio que serpenteava por entre plácidas campinas irrigadas pela água transbordante do rio. A aldeia era um lugar sem nada em particular: um lago com patos, uma pequena igreja e umas vinte choupanas com espessos telhados de sapé, pequenos jardins e altos montes de estrume. A aldeia, tal como a floresta, chamava-se Crécy.

Os campos ao norte da aldeia erguiam-se para um longo morro que corria para o norte e para o sul. Uma estrada rural, sulcada por carroças das fazendas, corria ao longo da crista do morro, indo de Crécy para outra aldeia, tão simples quanto ela, chamada Wadicourt. Se um exército tivesse marchado de Abbeville e contornado a floresta de Crécy, iria rumar para o oeste em busca dos ingleses e, depois de algum tempo, veria o morro entre Crécy e Wadicourt erguendo-se à sua frente. Veria as torres atarracadas das igrejas nas duas pequenas aldeias, e entre as aldeias, mas muito mais perto de Crécy e lá no alto da crista, onde suas velas podiam captar os ventos, um moinho. A encosta em frente aos franceses era longa e lisa, sem ser perturbada por sebes ou valas, uma área de recreio para cavaleiros montados.

O exército foi acordado antes do amanhecer. Era um sábado, 26 de agosto, e homens resmungavam contra o frio fora de época. Fogueiras foram trazidas de volta à vida, refletindo a luz das chamas nas cotas de malha e nas armaduras que estavam à espera. A aldeia de Crécy fora ocupada pelo rei e seus altos lordes, alguns dos quais tinham dormido na igreja, e aqueles homens ainda estavam se armando quando o capelão da comitiva real chegou para rezar a missa. Velas foram acesas, uma sineta de mão tocou e o padre, ignorando o estalar de armaduras que enchia a pequena nave, pediu a ajuda de São Zeferino, São Gelásio e os dois santos chamados Genésio, todos os quais tinham suas festas naquele dia, e o padre também solicitou o auxílio do pequeno Sir Hugh de Lincoln, um menino que tinha sido assassinado pelos judeus naquela mesma data, quase duzentos anos antes. O menino, que se dizia ter mostrado uma piedade fora do comum, fora encontrado morto, e ninguém entendia como Deus podia ter permitido que tamanho exemplo fosse arrancado da Terra tão jovem, mas havia judeus em Lincoln e a presença deles fornecera uma resposta conveniente. O padre rezou para todos eles. São Zeferino, rezou ele, dê-nos a vitória. São Gelásio, implorou ele, esteja com os nossos homens. São Genésio, tome conta de nós, e São Genésio, dê-nos força. Pequeno Sir Hugh, pediu ele, criança nos braços de Deus, interceda por nós. Deus querido, rezou ele, em Sua grande misericórdia, poupai-nos. Os cavaleiros aproximaram-se do altar vestindo suas camisas de linho para receber os sacramentos.

Na floresta, os arqueiros ajoelhavam-se diante de outros padres. Confessaram-se e receberam o pão seco e velho que era o corpo de Cristo. Fizeram o sinal-da-cruz. Ninguém sabia que iria haver uma batalha naquele dia, mas eles pressentiam que a campanha chegara ao fim e que deveriam lutar naquele dia ou no dia seguinte. Dê-nos flechas suficientes, rezaram os arqueiros, e nós deixaremos a terra vermelha, e estenderam as hastes de teixo para os padres, que tocaram os arcos e rezaram sobre eles.

Lanças foram desembrulhadas. Tinham sido carregadas em cavalos de carga ou carroças e praticamente não foram usadas na campanha, mas os cavaleiros sonhavam, todos, com uma batalha tal como devia ser, de cavaleiros girando, pontuada pelo choque de lanças atingindo escudos. Os mais velhos e mais experientes sabiam que iriam lutar a pé e que suas armas seriam, em sua maioria, espadas, machados ou cimitarras, mas ainda assim as lanças pintadas foram retiradas de suas capas de pano ou de couro que as protegiam para que não fossem secas pelo sol ou empenadas pela chuva.

— Nós podemos usá-las como piques — sugeriu o conde de Northampton.

Escudeiros e pajens armavam seus cavaleiros, ajudando-os com os pesados casacos de couro, malha e placas de ferro. Tiras eram afiveladas e apertadas. Cavalos de combate eram escovados com palha enquanto os ferreiros arrastavam pedras de amolar pelas longas lâminas das espadas. O rei, que começara a se armar sozinho às quatro da madrugada, ajoelhou-se e beijou um relicário que continha uma pena da asa do anjo Gabriel e, depois de se benzer, disse ao padre que levasse o relicário para seu filho. Depois, com uma coroa de ouro cercando o seu elmo, foi ajudado a subir em uma égua cinza e seguiu para o norte da aldeia.

Amanhecia e a serra entre as duas aldeias estava vazia. O moinho, as velas de linho perfeitamente enroladas e presas, estalava ao vento que agitava os longos capins, onde lebres pastavam mas agora ergueram as orelhas e saíram correndo enquanto os cavalarianos subiam pela trilha que levava ao moinho.

O rei liderava, montado na égua que estava envolta numa capa vistosa com o brasão real. A bainha da espada era de veludo vermelho com flores-de-lis douradas incrustadas, enquanto o punho era decorado com doze grandes rubis. Levava um longo bastão branco, doze companheiros e vinte cavaleiros como escolta, mas como seus companheiros eram todos grandes senhores, eram devidamente seguidos por suas comitivas, e, assim, perto de trezentos homens subiam pela trilha que serpenteava. Quanto mais alta a posição de um homem, mais perto do rei ele cavalgava, enquanto os escudeiros e os pajens ficavam atrás, onde tentavam ouvir a conversa de seus superiores.

Um soldado desmontou e entrou no moinho. Subiu a escada, abriu uma pequena porta que dava acesso às velas e, lá, montou no eixo enquanto olhava para o leste.

— Está vendo alguma coisa? — perguntou o rei, animado, em voz alta, mas o homem ficou tão emocionado pelo fato de seu rei ter se dirigido a ele que só conseguiu sacudir a cabeça, mudo.

O céu estava meio coberto de nuvens e a região estava escura. Da altura do moinho, o soldado podia ver a longa encosta que dava para os pequenos campos a seus pés, e depois outra inclinação que subia até uma floresta. Uma estrada vazia corria para o leste, depois da floresta. O rio, cheio de cavalos ingleses, bebendo, torcia-se cinzento à direita para marcar o limite da floresta. O rei, a viseira erguida contra o frontal da coroa, olhava para a mesma paisagem. Um habitante local, descoberto escondido na floresta, confirmara que a estrada de Abbeville vinha do leste, o que significava que os franceses teriam de atravessar os pequenos campos na base da encosta se quisessem fazer um ataque frontal contra o morro. Os campos não tinham sebes, apenas fossas rasas que não ofereceriam obstáculo a um cavaleiro montado.

— Se eu fosse o Filipe — sugeriu o conde de Northampton —, contornaria o nosso flanco norte, majestade.

— Você não é o Filipe, e eu agradeço a Deus por isso — disse Eduardo da Inglaterra. — Ele não é inteligente.

— E eu sou? — O conde parecia surpreso.

— Você é inteligente na guerra, William — disse o rei. Ele ficou um longo tempo a olhar de cima da encosta. — Se eu fosse o Filipe — disse ele, por fim —, ficaria muitíssimo tentado por aqueles campos — ele apontou para a base da encosta —, especialmente se visse os nossos homens esperando em cima deste morro.

A longa encosta verde da zona de pastagem aberta era perfeita para uma carga de cavalaria. Era um convite a lanças e glória, um lugar feito por Deus para os senhores da França fazerem um inimigo petulante em pedaços.

— O morro é íngreme, majestade — avisou o conde de Warwick.

— Eu aposto que ele não vai parecer tão íngreme assim visto da base — disse o rei, e então fez a égua girar e seguiu para o norte, pela crista. A égua trotou com facilidade, deliciando-se com o ar matutino.

— Ela é espanhola — disse o rei ao conde —, comprada do Grindley. Você faz negócios com ele?

— Eu não tenho condições de pagar os preços que ele pede.

— Claro que pode, William! Um homem rico como você? Vou usá-la como reprodutora. Ela deve dar belos corcéis.

— Se der, majestade, eu comprarei um de Vossa Majestade.

— Se você não tem como pagar os preços que o Grindley pede — provocou o rei —, como é que vai pagar os meus?

Ele esporeou a égua para fazê-la passar para um meio galope, a armadura retinindo, e a longa fila de homens apressou-se a ir atrás dele pela trilha que levava ao norte no ponto mais alto da crista. Brotos verdes de trigo e centeio, condenados a morrer no inverno, cresciam nos pontos em que os grãos tinham caído das carroças que levavam a safra para o moinho. O rei parou no final da crista, bem acima da aldeia de Wadicourt, e olhou para o norte. Seu primo estava certo, pensou ele. Filipe deveria marchar para aquela área vazia e impedir sua passagem para Flandres. Os franceses, se soubessem mesmo disso, eram os senhores ali. O exército deles era maior, seus homens estavam mais descansados, e poderiam ficar provocando o inimigo exausto até que os ingleses fossem obrigados a um ataque desesperado ou ficassem encurralados num lugar que não lhes proporcionasse vantagem alguma. Mas Eduardo sabia que não podia deixar que todos os temores lhe dominassem a mente. Os franceses também estavam desesperados. Tinham sofrido a humilhação de ver um exército inimigo atravessar seu país causando devastação e não estavam num estado de espírito que lhes permitisse agir com inteligência. Eles queriam vingança. Ofereça-lhes uma chance, calculou ele, e as probabilidades eram de que a pegariam, e por isso o rei afastou seus temores e desceu para a aldeia de Wadicourt. Uns poucos tinham tido a ousadia de permanecer na aldeia, e aquela gente, vendo a coroa de ouro cercando o elmo do rei e as correntes de prata do freio que a égua usava, puseram-se de joelhos.

— Nós não queremos fazer mal algum a vocês — disse o rei airosamente, mas sabia que até o final da manhã as casas teriam sido totalmente saqueadas.

Ele se voltou para o sul de novo, seguindo pelo terreno aos pés da crista. A relva do vale era macia, mas não traiçoeira. Um cavalo não tropeçaria ali, uma carga seria possível e — melhor ainda, tal como ele calculara — o morro não parecia tão íngreme visto daquele ângulo. Era enganador. O longo trecho de capim parecia suave até, embora na verdade fosse sugar os pulmões dos cavalos quando eles alcançassem os soldados ingleses. Se chegassem a alcançá-los.

— Quantas flechas nós temos? — perguntou a cada homem ao alcance de sua voz.

— Mil e duzentos feixes — disse o bispo de Durham.

— Duas carroças cheias — respondeu o conde de Warwick.

— Oitocentos e sessenta feixes — disse o conde de Northampton.

Fez-se silêncio durante um certo intervalo.

— Os homens têm algumas com eles? — perguntou o rei.

— Talvez cada um tenha um feixe — disse o conde de Northampton, melancólico.

— Vai ter que ser o suficiente — disse o rei, desolado.

Ele teria gostado de ter o dobro de flechas, mas também gostaria de ter muitas coisas. Poderia ter desejado o dobro dos homens e um morro duas vezes mais íngreme e um inimigo chefiado por um homem com o dobro do nervosismo de Filipe de Valois que, Deus sabe, já estava bastante nervoso, mas de nada adiantava desejar. Ele tinha de lutar e vencer. Olhou de cenho franzido para a extremidade sul da crista, onde ela descia para a aldeia de Crécy. Aquele seria o lugar mais fácil para os franceses atacarem, e o mais próximo também, o que significava que a luta seria dura ali.

— Canhões, William — disse ele para o conde de Northampton.

— Canhões, majestade?

— Vamos ter os canhões nos flancos. As porcarias têm de ser úteis alguma vez!

— Nós poderíamos empurrar aquelas coisas morro abaixo, majestade, talvez? Talvez esmagar um ou dois homens?

O rei soltou uma gargalhada e seguiu em frente.

— Parece que vai chover.

— Parece que vai demorar um pouco — respondeu o conde de Warwick. — E os franceses também podem demorar, majestade.

— Você acha que eles não virão, William?

O conde abanou a cabeça.

— Eles virão, majestade, mas vão demorar. Muito tempo. Poderemos ver a vanguarda deles ao meio-dia, mas a retaguarda ainda estará atravessando a ponte em Abbeville. Eu seria capaz de apostar que eles vão esperar até amanhã de manhã para provocar uma luta.

— Hoje ou amanhã — disse o rei, indiferente —, dá tudo no mesmo.

— Nós poderíamos seguir em frente — sugeriu o conde de Warwick.

— E procurar um morro melhor? — O rei sorriu. Ele era mais moço e menos experiente do que muitos dos condes, mas também era o rei e, por isso, a decisão tinha de ficar por sua conta. Ele estava, na verdade, cheio de dúvidas, mas sabia que tinha de parecer confiante. Iria lutar ali. Foi o que disse, e com firmeza.

— Nós lutamos aqui — tornou a dizer o rei, olhando encosta acima.

Ele imaginava seu exército lá, vendo-o tal como os franceses iriam vê-lo, e percebeu que era correta a sua suspeita de que a parte mais baixa da crista, perto de Crécy, seria o terreno perigoso. Aquele seria o seu flanco direito, perto do moinho.

— Meu filho vai comandar à direita — disse ele, apontando — e você, William, estará com ele.

— Estarei, majestade — concordou o conde de Northampton.

— E vossa majestade? — perguntou o conde de Warwick.

— Eu estarei no moinho — disse o rei, e impeliu sua égua morro acima. Desmontou a dois terços da subida da encosta e esperou que um escudeiro segurasse as rédeas do animal, e então deu início ao verdadeiro trabalho da manhã. Caminhou ao longo do morro, marcando lugares ao furar a relva com o seu bastão e instruindo os senhores que o acompanhavam de que os homens deles ficariam aqui, ou ali, e aqueles senhores mandaram chamar seus comandantes para que, quando o exército marchasse para a longa encosta verde, eles soubessem para onde ir.

— Tragam os estandartes para cá — ordenou o rei — e coloque-os nos pontos em que os homens deverão reunir-se.

Ele manteve seu exército nos três batalhões que tinham marchado desde a Normandia. Dois, os maiores, iriam formar uma longa e espessa fila de soldados estendendo-se pelos pontos superiores da encosta.

— Eles lutarão a pé — ordenou o rei, confirmando aquilo que todos tinham esperado, embora um ou dois dos senhores mais jovens ainda reclamassem, porque a fama a ser obtida era maior quando se lutava montado. Mas Eduardo se importava mais com vitória do que com fama. Sabia perfeitamente bem que, se seus soldados estivessem montados, os malucos iriam fazer uma carga assim que os franceses atacassem, e sua batalha iria degenerar-se numa rixa no sopé do morro que os franceses deveriam ganhar, porque tinham a vantagem numérica. Mas se seus homens estivessem a pé, não poderiam fazer uma carga alucinada contra cavaleiros, mas esperar por trás dos escudos que fossem atacados.

— Os cavalos deverão ser mantidos atrás, do outro lado da crista — ordenou ele.

Ele próprio comandaria o terceiro e melhor batalhão no topo da crista, onde o batalhão ficaria como reserva.

— O senhor ficará comigo, senhor bispo — disse o rei ao bispo de Durham.

O bispo, com armadura do pescoço aos pés e levando uma maciça clava pontuda, empertigou-se.

— Vossa majestade vai me negar a oportunidade de quebrar cabeças francesas?

— Em vez disso, deixarei que o senhor canse Deus com suas orações — disse o rei, e seus senhores riram. — E nossos arqueiros — continuou o rei — vão ficar aqui, aqui e aqui.

Ele caminhava pela relva e enfiava o bastão branco na terra a intervalos de poucos passos. Protegeria sua linha com arqueiros, e colocaria mais nos dois flancos. Os arqueiros, Eduardo sabia, eram a sua única vantagem. Suas flechas compridas, de penas brancas, iriam matar naquele local que convidava os cavaleiros inimigos a uma carga gloriosa.

— Aqui — ele continuou a andar e tornou a entalhar a relva — e aqui.

— Vossa majestade quer fossos? — perguntou o conde de Northampton.

— Quantos você quiser, William — disse o rei.

Os arqueiros, assim que estivessem reunidos em seus grupos ao longo da face da fila, seriam ordenados a cavar fossos na relva a alguns metros encosta abaixo. Os fossos não precisavam ser grandes, só do tamanho suficiente para quebrar a perna de um cavalo se ele não visse o buraco. Se fizessem fossos suficientes, a carga deveria ser refreada e desbaratada.

— E aqui — o rei havia chegado ao extremo norte da crista — nós estacionaremos algumas carroças vazias. Coloquem metade dos canhões aqui, e a outra metade na outra ponta. E eu quero mais arqueiros aqui.

— Se sobrarem alguns — resmungou o conde de Warwick.

— Carroças? — perguntou o conde de Northampton.

— Não se pode atacar com cavalos contra uma fila de carroças, William — disse o rei, animado, e fez um gesto para que seu cavalo fosse até ele e, pelo fato de sua armadura ser muito pesada, dois pajens tiveram que erguê-lo até certa altura e empurrá-lo para cima da sela. Aquilo significava uma subida desajeitada, nada digna, mas uma vez instalado na sela, ele olhou para trás, correndo os olhos pela crista que já não estava vazia, mas pontilhada com os primeiros estandartes indicando onde os homens estariam se reunindo. Dali a uma ou duas horas, pensou ele, todo o seu exército estaria ali para atrair os franceses para as flechas dos arqueiros. Ele limpou a terra da ponta do bastão e esporeou a égua em direção a Crécy.

— Vamos ver se há alguma coisa para comer — disse ele.

As primeiras bandeiras tremulavam sobre a crista vazia. O céu inculcava um cinza em campos e florestas distantes. Chuva caía ao norte e o vento era frio. A estrada para o leste, pela qual os franceses teriam de vir, ainda estava deserta. Os padres rezavam.

Tende piedade de nós, ó Senhor, em Sua grande misericórdia, tende piedade de nós.

O homem que se intitulava o Arlequim estava nos bosques do morro que ficava a leste da crista que corria entre Crécy e Wadicourt. Ele saíra de Abbeville alta madrugada, obrigando as sentinelas a abrir a porta norte, e liderara seus homens no escuro, com a ajuda de um padre de Abbeville que conhecia as estradas locais. Depois, escondido pelas faias, ficara observando o rei da Inglaterra cavalgar e caminhar pela crista distante. Agora o rei tinha ido embora, mas a relva verde estava salpicada de estandartes e as primeiras tropas inglesas apareciam aqui e ali, vindas da aldeia.

— Eles esperam que lutemos aqui — observou ele.

— É um lugar tão bom quanto qualquer outro — comentou Sir Simon Jekyll, mal-humorado.

Ele não gostava de ser acordado no meio da noite. Sabia que o estranho trajado de preto que se intitulava Arlequim se oferecera para ser um batedor para o exército francês, mas Sir Simon não pensara que se esperava que todos os seguidores do Arlequim fossem deixar de tomar o café da manhã e andar às cegas por um campo escuro como breu e vazio durante seis frias horas.

— É um lugar ridículo para um combate — respondeu o Arlequim. — Eles vão formar os arqueiros em linha naquele morro e nós teremos que cavalgar direto contra as pontas deles. O que devíamos fazer é cercar o flanco deles. — Ele apontou para o norte.

— Diga isso a sua majestade — disse Sir Simon, malévolo.

— Eu duvido que ele me dê ouvidos. — O Arlequim ouvira o sarcasmo, mas não aderiu. — Não por enquanto. Quando tivermos feito o nosso nome, ele ouvirá. — Ele deu uns tapinhas no pescoço do cavalo. — Eu só enfrentei flechas inglesas uma vez, e era apenas um arqueiro, mas vi uma flecha atravessar uma cota de malha.

— Eu vi uma flecha penetrar em cinco centímetros de carvalho — disse Sir Simon.

— Sete e meio — acrescentou Henry Colley.

Ele, tal como Sir Simon, poderia ter de enfrentar aquelas flechas naquele dia, mas ele ainda sentia orgulho do que as armas inglesas podiam fazer.

— Uma arma perigosa — reconheceu o Arlequim, embora num tom de voz sem denotar preocupação.

Estava sempre despreocupado, sempre confiante, perpetuamente calmo, e aquele autocontrole irritava Sir Simon, embora ele ficasse ainda mais perturbado pelos olhos de pálpebras levemente caídas que, pelo que Sir Simon percebia, faziam-no lembrar-se de Thomas de Hookton. Tinha a mesma beleza, mas pelo menos Thomas de Hookton estava morto, e era menos um arqueiro a enfrentar naquele dia.

— Mas arqueiros podem ser derrotados — acrescentou o Arlequim.

Sir Simon raciocinou que o francês enfrentara apenas um arqueiro em toda a vida, e no entanto já imaginara como derrotá-los.

— Como?

— O senhor me explicou — lembrou o Arlequim. — Acaba-se com o estoque de flechas deles, é claro. Mande menos alvos, deixe que eles matem camponeses, malucos e mercenários durante uma ou duas horas, e depois libere a sua força principal. O que vamos fazer — ele fez o cavalo voltar-se, afastando-se — é atacar com a segunda linha. Não importa que ordens recebamos, vamos esperar até que as flechas estejam acabando. Quem quer ser morto por um camponês imundo? Não há glória nisso, Sir Simon.

Isso, reconheceu Sir Simon, era a pura verdade. Ele acompanhou o Arlequim até o lado mais distante da floresta de faias, onde os escudeiros e os criados aguardavam com os cavalos de carga. Dois mensageiros foram mandados de volta com a notícia sobre os preparativos ingleses, enquanto o resto desmontava e desselava os cavalos. Havia tempo para homens e animais descansarem e se alimentarem, tempo para vestir a armadura de combate e tempo para rezar.

O Arlequim rezava com freqüência, o que desconcertava Sir Simon, que se considerava um bom cristão, mas um cristão que não prendia a alma nas cordas de Deus. Ele se confessava uma ou duas vezes por ano, ia à missa e tirava o chapéu quando os sacramentos passavam mas, fora isso, dedicava pouca atenção aos atos piedosos. O Arlequim, por outro lado, confidenciava todos os dias a Deus, embora raramente entrasse numa igreja e não desse importância aos padres. Era como se tivesse um relacionamento particular com o céu, e isso era tanto perturbador quanto confortador para Sir Simon. Perturbava-o porque parecia efeminado, e confortava-o porque se Deus tivesse alguma utilidade para um combatente, era no dia da batalha.

Aquele dia, porém, parecia especial para o Arlequim, porque depois de ajoelhar-se apenas sobre um dos joelhos e rezar em silêncio por algum tempo, ele se levantou e mandou que seu escudeiro lhe trouxesse a lança. Sir Simon, desejando que eles pudessem acabar a bobagem piedosa e comer, imaginou que se esperava que eles se armassem e mandou Colley buscar a sua lança, mas o Arlequim o impediu.

— Espere — ordenou ele.

As lanças, embrulhadas em couro, eram levadas num cavalo de carga, mas o escudeiro do Arlequim apanhou uma lança diferente, uma lança que viajara num cavalo só para ela e estava envolta em linho e em couro. Sir Simon supôs que fosse a arma pessoal do Arlequim, mas em vez disso, quando o linho foi retirado da haste, viu que se tratava de uma lança antiga e empenada, feita de uma madeira tão velha e escura, que com toda certeza iria estilhaçar-se se fosse submetida à menor das tensões. A lâmina parecia de prata, o que era uma tolice, porque o metal era fraco demais para se fazer uma lâmina mortal.

Sir Simon sorriu.

— O senhor não vai lutar com isso!

— Nós todos vamos lutar com isto — disse o Arlequim e, para surpresa de Sir Simon, o homem vestido de preto tornou a se pôr de joelhos.

— Ajoelhe — instruiu ele a Sir Simon.

Sir Simon ajoelhou-se, sentindo-se um tolo.

— O senhor é um bom soldado, Sir Simon — disse o Arlequim. — Eu conheci poucos que sabem usar armas como o senhor usa e eu não consigo pensar em outro homem que eu gostaria de ter lutando ao meu lado, mas combater é mais do que espadas, lanças e flechas. É preciso pensar antes de combater, e deve-se sempre rezar, porque se Deus estiver do seu lado, homem algum poderá derrotá-lo.

Sir Simon, obscuramente cônscio de que estava sendo criticado, fez o sinal-da-cruz.

— Eu rezo — disse ele, na defensiva.

— Então, agradeça a Deus por entrarmos em combate com aquela lança.

— Por quê?

— Porque ela é a lança de São Jorge, e o homem que lutar sob a proteção daquela lança estará aninhado nos braços de Deus.

Sir Simon olhou para a lança, que fora colocada com reverência sobre a relva. Tinham sido poucas as vezes em sua vida, em geral quando ele estava um tanto bêbado, em que ele percebia de relance algo dos mistérios de Deus. Certa vez, fora reduzido às lágrimas por um dominicano arrebatado, embora o efeito não tivesse durado além de sua visita seguinte a uma taberna, e ele se sentira reduzido em tamanho na primeira vez em que entrara numa catedral e vira toda a cúpula fracamente iluminada por velas, mas momentos assim eram poucos, infreqüentes e indesejados. No entanto, naquele momento, de repente, o mistério de Cristo veio do alto para tocar-lhe o coração. Ele olhou fixamente para a lança e não viu uma velha arma de mau gosto adornada com uma lâmina de prata inútil, mas um objeto com o poder dado por Deus. Tinha sido dada pelo Céu para tornar invencíveis homens na terra, e Sir Simon ficou perplexo ao sentir lágrimas formigarem em seus olhos.

— Minha família a trouxe da Terra Santa — disse o Arlequim — e dizia que quem lutasse sob a proteção da lança não poderia ser derrotado, mas isso não era verdade. Eles foram derrotados, mas depois que todos os seus aliados morreram, que as fogueiras do inferno foram acesas para matar seus seguidores, eles viveram. Foram embora da França e levaram a lança, mas meu tio a roubou e escondeu-a de nós. Depois eu a achei, e agora ela dará suas bênçãos à nossa batalha.

Sir Simon não disse nada. Limitou-se a olhar fixo para a arma, com uma expressão que beirava o medo respeitoso.

Henry Colley, insensível ao fervor daquele momento, meteu o dedo no nariz.

— O mundo — disse o Arlequim — está apodrecendo. A Igreja é corrupta e os reis são fracos. Cabe a nós, Sir Simon, fazer um mundo novo, amado por Deus, mas para fazê-lo temos de destruir o velho. Temos de tomar o poder e depois dar o poder a Deus. É por isso que estamos lutando.

Henry Colley pensou que o francês estivesse louco de pedra, mas Sir Simon estava com uma expressão arrebatada.

— Diga-me — o Arlequim olhou para Sir Simon —, qual é a bandeira de campanha do rei inglês?

— O estandarte com o dragão — disse Sir Simon.

O Arlequim deu um de seus raros sorrisos.

— Isso não é um presságio? — perguntou ele, e fez uma pausa. — Eu vou lhe dizer o que vai acontecer hoje — prosseguiu. — O rei da França vai chegar, estará impaciente e atacará. O dia vai ser ruim para nós. Os ingleses vão nos vaiar porque não podemos derrotá-los, mas então nós levaremos a lança para o campo de batalha e o senhor vai ver Deus inverter a luta. Nós vamos arrebatar a vitória do fracasso. O senhor fará o filho do rei inglês prisioneiro e talvez cheguemos até a capturar o próprio Eduardo, e a nossa recompensa serão as graças de Filipe de Valois. É por isso que lutamos, Sir Simon — pelas graças do rei, porque essas graças significam poder, riqueza e terras. O senhor compartilhará dessa riqueza, mas só se compreender que iremos usar o nosso poder para remover a podridão da cristandade. Nós seremos um flagelo contra os maus.

Louco de pedra, pensou Henry Colley. Maluquinho. Ele ficou olhando enquanto o Arlequim se levantava e ia até o alforje do cavalo de carga, do qual tirou um quadrado de pano que, desdobrado, revelou-se um estandarte vermelho com um estranho animal com chifres, presas e garras, erguendo-se sobre as patas traseiras enquanto segurava um cálice com as garras dianteiras.

— Este é o estandarte de minha família — disse o Arlequim, amarrando o estandarte à comprida cabeça de prata da lança com fitas pretas — e por muitos anos, Sir Simon, este estandarte foi proibido na França porque seus donos tinham lutado contra o rei e contra a Igreja. Nossas terras foram arrasadas e o nosso castelo ainda é desprezado, mas hoje nós seremos os heróis e este estandarte voltará a cair nas boas graças. — Ele enrolou o estandarte na ponta da lança, de modo que o *yale* ficou escondido. — Hoje — disse ele, com fervor — minha família vai ressuscitar.

— Qual é a sua família? — perguntou Sir Simon.

— Meu nome é Guy Vexille — admitiu o Arlequim — e eu sou o conde de Astarac.

Sir Simon nunca ouvira falar em Astarac, mas ficou satisfeito por ver que o seu patrão era um nobre e, para indicar sua obediência, dirigiu as mãos em oração para Guy Vexille, em sinal de homenagem.

— Eu não o desapontarei, senhor conde — disse Sir Simon com uma humildade à qual não estava acostumado.

— Deus não irá nos desapontar hoje — disse Guy Vexille. Ele tomou as mãos de Sir Simon nas dele. — Hoje — ergueu a voz para falar a todos os seus cavaleiros — nós destruiremos a Inglaterra.

Porque ele tinha a lança.

E o real exército da França estava chegando.

E os ingleses tinham se oferecido ao massacre.

— Flechas — disse Will Skeat. Ele estava de pé à beira da floresta, ao lado de uma pilha de feixes descarregados de uma carroça, mas de repente fez uma pausa. — Meu Deus. — Ele estava olhando fixo para Thomas. — Parece que um rato comeu o seu cabelo. — Ele franziu o cenho. — Mas em você, fica bem. Finalmente, você parece um adulto. Flechas! — tornou ele a dizer. — Não vão desperdiçá-las. — Ele jogou os feixes, um a um, para os arqueiros. — Parece muito, mas a maioria de vocês, seus leprosos miseráveis, nunca estiveram numa batalha de verdade, e as batalhas engolem flechas como putas engolindo... bom dia, padre Hobbe!

— Vai me dar um feixe, Will?

— Não o desperdice com pecadores, padre — disse Will, jogando um feixe para o sacerdote.

— Mate alguns franceses tementes a Deus.

— Isso não existe, Will. Todos eles vieram de Satã.

Thomas despejou um feixe na sacola e meteu outro no cinto. Tinha um par de cordas de arco no elmo, protegido contra a chuva que ameaçava cair. Um ferreiro tinha ido ao acampamento dos arqueiros e, com um martelo, nivelara os chanfrados das espadas, dos machados, das facas e dos podões, e depois amolara as lâminas com as pedras. O ferreiro, que estivera percorrendo o exército, disse que o rei fora para o norte à procura de um campo de batalha, mas ele, o ferreiro, calculava que os franceses não atacariam naquele dia.

— É muito suor para nada — resmungara ele enquanto passava uma pedra pela espada de Thomas. — Isto é trabalho francês — disse ele, olhando de perto a lâmina longa.

— De Caen.

— Você poderia vender isto por um pêni ou dois — o elogio foi dado de má vontade —, bom aço. Velho, é claro, mas bom.

Agora, reabastecidos de flechas, os arqueiros colocaram seus pertences numa carroça que se juntaria ao restante da bagagem do exército e um homem, que estava passando mal do estômago, iria vigiá-la durante o dia, enquanto um segundo inválido ficaria de sentinela junto aos cavalos dos arqueiros. Will Skeat mandou que a carroça fosse embora, e depois correu os olhos por seus arqueiros reunidos.

— Os canalhas estão vindo — grunhiu ele — se não hoje, então amanhã, e eles são em número maior do que nós, e não estão com fome, e todos estão de botas, e acham que a merda deles tem o perfume de rosas porque eles são franceses, mas morrem como outra pessoa qualquer. Matem os cavalos deles, e vocês viverão para ver o pôr-do-sol. E lembrem-se, eles não têm arqueiros de verdade, e por isso vão perder. Não é difícil compreender. Mantenham a calma, mirem nos cavalos, não desperdicem flechas e fiquem atentos às ordens. Vamos, rapazes.

Eles vadearam o rio raso, um dos muitos bandos de arqueiros que surgiram das árvores para entrar em fila na aldeia de Crécy, onde cavaleiros andavam de um lado para o outro, depois batiam os pés e chamavam escudeiros e pajens para apertar ou afrouxar uma fivela para tornar confortáveis suas armaduras. Grupos de cavalos, amarrados rédeas com rédeas, estavam sendo levados para o outro lado do morro onde, com as mulheres, as crianças e a bagagem do exército, ficariam no interior de um círculo de carroças. O príncipe de Gales, com armadura da cintura para baixo, comia uma maçã verde ao lado da igreja e agitou a cabeça, distraído, quando os homens de Skeat tiraram respeitosamente seus elmos. Não havia sinal de Jeanette, e Thomas ficou imaginando se ela teria fugido sozinha, e depois concluiu que não se importava.

Eleanor caminhava a seu lado. Ela tocou a sacola de flechas.

— Você tem flechas suficientes?

— Depende de quantos franceses vierem — disse Thomas.

— Quantos ingleses há?

Diziam os boatos que o exército tinha oito mil homens agora, metade dos quais arqueiros, e Thomas calculou que provavelmente girasse em torno disso. Ele transmitiu aquele número a Eleanor, que franziu o cenho.

— E quantos franceses? — perguntou ela.

— Só Deus sabe — disse Thomas, mas ele calculava que tinha de ser muito mais de oito mil, muitíssimo mais, mas agora ele não podia fazer nada quanto a isso, e assim tentou esquecer a disparidade numérica enquanto os arqueiros subiam em direção ao moinho de vento.

Eles atravessaram a crista para ver a longa encosta do outro lado, e por um instante Thomas teve a impressão de que uma grande feira estava começando. Bandeiras vistosas pontilhavam o morro e bandos de homens perambulavam entre elas. Tudo de que se precisava eram alguns ursos dançantes e alguns malabaristas, e o cenário teria ficado parecido com a feira de Dorchester.

Will Skeat parara de procurar pelo estandarte do conde de Northampton, e então localizou-o à direita da encosta, na reta do moinho. Liderou seus homens na descida e um soldado mostrou a eles as varas assinalando o ponto onde os arqueiros iriam lutar.

— E o conde quer que cavem fossos contra os cavalos — disse o soldado.

— Vocês ouviram o que ele disse! — gritou Will Skeat. — Comecem a cavar!

Eleanor ajudou Thomas a fazer os fossos. O solo estava duro e eles usaram facas para soltar a terra, que retiraram com as mãos.

— Por que vocês cavam fossos? — perguntou Eleanor.

— Para que os cavalos tropecem — disse Thomas, chutando a terra retirada antes de começar outro buraco. Por toda a face do morro arqueiros faziam pequenos buracos similares a vinte passos em frente de suas posições. Os cavaleiros inimigos poderia atacar a pleno galope, mas os fossos iriam contê-los. Eles poderiam passar, mas só devagar, e o ímpeto da carga estaria quebrado. Enquanto eles tentassem passar pelos traiçoeiros buracos, ficariam sob o ataque dos arqueiros.

— Lá — disse Eleanor, apontando, e Thomas ergueu os olhos e viu um grupo de cavaleiros na crista do morro oposta. Os primeiros franceses tinham chegado e olhavam para aquele lado do vale, onde o exército inglês se reunia lentamente sob os estandartes.

— Ainda vai levar horas — disse Thomas. Aqueles franceses, calculava ele, eram a vanguarda que fora enviada para localizar o inimigo, enquanto o exército principal francês ainda estaria vindo, marchando de Abbeville. Os besteiros, que sem dúvida alguma iriam liderar o ataque, estariam todos a pé.

À direita de Thomas, lá onde a encosta descia para o rio e para a aldeia, uma fortaleza improvisada de carroças vazias estava sendo construída. As carroças estavam estacionadas bem juntas umas das outras, formando uma barreira contra homens a cavalo, e entre elas havia canhões. Não eram os canhões que não tinham conseguido derrotar o castelo de Caen, mas muito menores.

— Desbocados — disse Will Skeat a Thomas.

— Desbocados?

— É assim que eles são chamados, desbocados.

Ele conduziu Thomas e Eleanor pela encosta para ver os canhões, que eram estranhos feixes de tubos de ferro. Artilheiros agitavam a pólvora, enquanto outros desfaziam feixes de garrochas, os compridos mísseis de ferro semelhantes a uma flecha, que eram enfiados nos tubos. Alguns dos desbocados tinham oito canos, alguns sete e uns poucos apenas quatro.

— Porcarias imprestáveis — vociferou Skeat —, mas poderão amedrontar os cavalos.

Ele fez com a cabeça uma saudação aos arqueiros que cavavam fossos antes dos desbocados. Os canhões eram numerosos ali — Thomas contou 34 e outros estavam sendo arrastados para suas posições —, mas ainda precisavam da proteção de arqueiros.

Skeat apoiou-se numa carroça e olhou para o morro distante. Não fazia calor, mas ele estava suando.

— Você está doente? — perguntou Thomas.

— As tripas estão se agitando um pouco — admitiu Skeat —, mas nada para preocupar.

Havia, agora, cerca de quatrocentos cavaleiros franceses lá no morro, e outros estavam aparecendo, saídos da floresta.

— Talvez não aconteça — disse Skeat, tranqüilo.

— A batalha?

— Filipe de França é inconstante — disse Skeat. — Ele tem o cacoete de marchar para a batalha e depois resolver que seria melhor estar em casa, se divertindo. Foi o que eu ouvi dizer. Um bastardo nervoso. — Ele deu de ombros. — Mas se ele pensar que vai ter uma chance hoje, Tom, a coisa vai ser terrível.

Thomas sorriu.

— Os fossos? Os arqueiros?

— Não seja idiota, rapaz — retorquiu Skeat. — Nem todo fosso quebra uma perna e nem toda flecha atinge o alvo. Nós poderíamos deter a primeira carga e talvez a segunda, mas eles continuarão vindo, e no final irão passar. Os bastardos são muito numerosos. Eles vão estar em cima da gente, Tom, e vai ficar por conta dos soldados dar uma surra neles. Mantenha o seu controle, rapaz, e lembre-se de que são os soldados que fazem o serviço a pequena distância. Se os bastardos passarem pelos fossos, pegue de volta o seu arco, espere um alvo e mantenha-se vivo. E se perdermos? — Ele deu de ombros. — Corra para a floresta e esconda-se por lá.

— O que é que ele está dizendo? — perguntou Eleanor.

— Que hoje o trabalho deve ser fácil.

— Você é um péssimo mentiroso, Thomas.

— Eles são muitos — disse Skeat, quase que para si mesmo. — Tommy Dougdale enfrentou desvantagens maiores lá na Bretanha, Tom, mas ele tinha muitas flechas. Nós temos poucas.

— Vai dar tudo certo, Will.

— Muito bem. Talvez. — Skeat impulsionou o corpo, afastando-se da carroça. — Vocês dois vão em frente. Eu preciso de um lugar tranqüilo por um segundo.

Thomas e Eleanor caminharam de volta para o norte. A linha inglesa estava se formando, agora, as bandeiras espalhadas sendo tragadas por soldados que se uniam em blocos. Arqueiros ficavam à frente de cada formação, enquanto marechais, armados de bastões brancos, garantiam a existência de claros na linha através dos quais os arqueiros pudessem escapar se os cavaleiros chegassem perto demais. Feixes de lanças tinham sido levados da aldeia e estavam sendo distribuídos aos soldados da fila da frente porque, se os franceses passassem pelos fossos e pelas flechas, as lanças teriam de ser usadas como piques.

Quando a manhã ia ao meio, o exército inteiro estava reunido no morro. Ele parecia muito maior do que era na realidade, porque muitas mulheres tinham ficado ao lado de seus homens e agora estavam sentadas na relva, ou deitadas e dormindo. Um sol intermitente aparecia e ia embora, fazendo com que sombras corressem pelo vale. Os fossos estavam cavados e os canhões carregados. Talvez mil franceses observassem do morro distante, mas nenhum arriscou-se a descer a encosta.

— Pelo menos, é melhor do que marchar — reconheceu Sam. Ele sacudiu a cabeça em direção ao morro distante. — Os bastardos não são muitos, hã?

— Aquilo é apenas a vanguarda, seu idiota — disse Jake.

— Tem mais vindo? — Sam parecia surpreso de verdade.

— Todo bastardo da França está vindo — disse Jake.

Thomas manteve-se calado. Ele imaginava o exército francês avançando em fila pela estrada de Abbeville. Todos eles deveriam saber que os ingleses tinham parado de fugir, que estavam esperando, e sem dúvida os franceses estavam andando depressa, para não perderem a batalha. Tinham de estar confiantes. Ele fez o sinal-da-cruz e Eleanor, percebendo o seu temor, tocou em seu braço.

— Você vai se sair bem — disse ela.

— Você também, amor.

— Lembra-se de sua promessa ao meu pai? — perguntou ela.

Thomas confirmou com a cabeça, mas não tinha como se convencer de que iria ver a lança de São Jorge naquele dia. Aquele dia era de verdade, enquanto que a lança fazia parte de um mundo misterioso no qual Thomas não queria se envolver. Todos os demais, pensou ele, preocupavam-se apaixonadamente com a relíquia, e só ele, que tinha um motivo tão bom quanto ninguém mais de descobrir a verdade, era indiferente. Ele gostaria de nunca ter visto a lança, quisera que o homem que se dizia chamar o Arlequim nunca tivesse ido a Hookton, mas se os franceses não tivessem desembarcado, pensou ele, ele não estaria levando o arco preto e não estaria naquela encosta verde e não teria conhecido Eleanor. Não se pode dar as costas para Deus, disse ele a si mesmo.

— Se eu vir a lança — prometeu ele a Eleanor —, lutarei por ela.

Aquela era a sua penitência, embora ele ainda tivesse a esperança de que não teria de cumpri-la.

Comeram pão bolorento como sua refeição do meio-dia. Os franceses eram uma massa escura no morro distante, numerosos demais para serem contados, e os primeiros homens da infantaria tinham chegado. Um borrifo de chuva fez com que os arqueiros que tinham suas cordas penduradas numa ponta de arco apressassem-se a enrolá-las e protegê-las sob elmos ou chapéus, mas a chuvinha passou. Um vento agitou a relva.

E ainda chegavam franceses ao morro distante. Eram uma horda, tinham chegado a Crécy e vieram para se vingarem.

OS INGLESES ESPERAVAM. Dois dos arqueiros de Skeat tocavam flauta de bambu, enquanto os *hobelars*, que ajudavam a proteger os canhões nos flancos do exército, cantavam canções de bosques verdes e cursos d'água. Alguns homens dançavam os passos que teriam usado num parque de aldeia em seu país de origem, outros dormiam, muitos jogavam dados, e todos, exceto os dorminhocos, ficavam olhando para o outro lado do vale, para a distante crista do morro que se enchia de homens.

Jake tinha um pedaço de cera de abelha envolto em pano, que ele fazia circular pelos arqueiros, para que eles pudessem cobrir os arcos com ela. Aquilo não era necessário, apenas alguma coisa para fazer.

— Onde foi que você arranjou a cera? — perguntou Thomas.

— Roubei, é claro, de algum soldado idiota. Eu acho que é para polir selas.

Surgiu uma discussão sobre qual a madeira que dava as melhores flechas. Era um debate antigo, mas fazia o tempo passar. Todo mundo sabia que o freixo dava as melhores hastes, mas havia quem gostasse de afirmar que o vidoeiro ou carpa, até mesmo o carvalho, voava com a mesma eficiência. O amieiro, embora pesado, era bom para matar alces, mas precisava de uma ponta pesada e não tinha o alcance para uma batalha.

Sam tirou uma de suas novas flechas da sacola e mostrou a todos como a haste estava empenada.

— Deve ser feita da porcaria do abrunheiro bravo — reclamou ele, amargurado. — Dava para disparar e fazer ela dobrar uma esquina.

— Já não se fazem mais flechas como antigamente — disse Will Skeat, e seus arqueiros zombaram, porque aquilo era uma queixa antiga.

— É verdade — disse Skeat. — Hoje em dia, é tudo na base da pressa e sem que a pessoa entenda do assunto. Quem se importa? Os bastardos são pagos por feixe, e os feixes são mandados para Londres e ninguém olha para eles até que cheguem a nós, e o que é que nós vamos fazer? Olhem só!

Ele tirou a flecha de Sam e torceu-a nos dedos.

— Isso não é pena de ganso! É uma porcaria de pena de pardal. Não serve para coisa alguma, exceto coçar a bunda.

Ele jogou a flecha de volta para Sam.

— Não, um arqueiro de verdade faz suas próprias flechas.

— Eu fazia — disse Thomas.

— Mas agora você é um bastardo preguiçoso, hein, Tom? — Skeat sorriu, mas o sorriso desapareceu quando ele olhou para o lado oposto do vale. — Já chega dos malditos bastardos — resmungou ele, olhando para os franceses que se reuniam, e depois fez uma careta quando um solitário pingo de chuva bateu em suas botas gastas. — Eu queria que chovesse e acabasse com isso. Está ameaçando chover. Se mijar na gente quando os bastardos estiverem atacando, é melhor a gente dar no pé, porque os arcos não vão disparar.

Eleanor estava sentada ao lado de Thomas e observava o morro distante. Havia pelo menos a mesma quantidade de homens que no exército inglês agora, e o principal batalhão francês estava apenas acabando de chegar. Soldados montados espalhavam-se pelo morro, organizando-se em *conrois*. Um *conroi* era a unidade básica de combate para um cavaleiro ou um soldado, e a maioria tinha entre doze e vinte homens, mas aqueles que formavam os guarda-costas dos grandes senhores eram muito maiores. Havia, agora, tantos cavaleiros no alto do morro distante que alguns tinham de descer pela encosta, que estava se transformando numa gama de cores, porque os soldados usavam casacos bordados com as insígnias de seus senhores e os cavalos tinham capas vistosas, enquanto os estandartes franceses acrescentavam mais azul, vermelho, amarelo e verde. No entanto, apesar das cores, o cinza opaco do aço e das malhas ainda predominava. Em frente dos cavaleiros estavam os primeiros blusões verde e vermelho dos besteiros genoveses. Havia apenas uns poucos daqueles besteiros, mas um número cada vez maior afluía por cima do morro para juntar-se aos companheiros.

Uma ovação veio do centro inglês e Thomas inclinou-se para a frente para ver que arqueiros estavam se pondo de pé, desajeitados. O primeiro pensamento foi de que os franceses deviam ter atacado, mas não havia cavaleiro inimigo algum e nenhuma seta voava.

— Levantem-se! — gritou Will Skeat de repente. — Levantem-se!

— O que é? — perguntou Jake.

Então Thomas viu os cavaleiros. Não franceses, mas uma dezena de ingleses que cavalgavam pela face da linha de combate que esperava, com o cuidado de manter seus cavalos longe dos fossos feitos pelos arqueiros. Três dos cavaleiros levavam estandartes, e um deles era enorme, mostrando os lírios e os leopardos emoldurados em ouro.

— É o rei — disse um homem, e os arqueiros de Skeat começaram a ovacionar.

O rei parou e falou com os homens do centro da linha, e depois continuou trotando para a direita inglesa. Sua escolta montava grandes corcéis, mas o rei cavalgava uma égua cinza. Vestia seu vistoso casaco, mas pendurara o elmo coroado no arção anterior da sela e, por isso, estava com a cabeça descoberta. Seu estandarte real, todo vermelho, ouro e azul, liderava as bandeiras, enquanto atrás dele estava a insígnia pessoal do rei, o flamejante sol nascente, e o terceiro, que provocou a ovação mais alta de todas, era um galhardete extravagantemente longo que mostrava o dragão de Wessex cuspindo fogo. Era a bandeira da Inglaterra, dos homens que haviam lutado contra o Conquistador, e o descendente do Conquistador agora a exibia para mostrar que ele era da Inglaterra, tal como os homens que o ovacionavam enquanto ele cavalgava a égua cinza.

Ele parou perto dos homens de Will Skeat e ergueu um bastão branco para silenciar as ovações. Os arqueiros tinham tirado seus elmos e alguns se ajoelharam sobre apenas uma perna. O rei ainda parecia jovem, e os cabelos e a barba eram tão dourados quanto o sol nascente em seu estandarte.

— Eu me sinto grato — começou numa voz tão rouca que ele fez uma pausa e recomeçou. — Eu me sinto grato por vocês estarem aqui.

Aquilo fez com que a ovação reiniciasse e Thomas, que ovacionava com os demais, nem mesmo pensou na opção que lhes fora oferecida. O rei ergueu o bastão branco, para que se fizesse silêncio.

— Os franceses, como vocês estão vendo, decidiram juntar-se a nós! Talvez se sintam solitários.

Não era uma grande piada, mas provocou um rugido de gargalhadas que se transformou em escárnio pelo inimigo. O rei sorriu enquanto esperava que os gritos diminuíssem.

— Nós viemos aqui — disse ele, então, em voz alta — apenas para obter os direitos, as terras e os privilégios que são nossos pelas leis do homem e de Deus. O meu primo da França nos desafia, e ao fazê-lo desafia a Deus.

Os homens estavam calados, agora, ouvindo com atenção. Os cavalos de combate da escolta do rei batiam com as patas no chão, mas nenhum homem se mexia.

— Deus não vai tolerar o atrevimento de Filipe da França — continuou o rei. — Ele castigará a França, e vocês — ele fez um gesto com uma das mãos para indicar os arqueiros — serão o Seu instrumento. Deus está com vocês, e eu lhes prometo, eu juro perante Deus e pela minha vida, que não deixarei este campo até que o último homem de meu exército tenha marchado para fora daqui. Nós ficaremos aqui e lutaremos aqui juntos, e venceremos juntos por Deus, por São Jorge e pela Inglaterra!

As ovações recomeçaram e o rei sorriu e acenou com a cabeça, e depois voltou-se quando o conde de Northampton deixou a linha e se aproximou. O rei inclinou-se na sela e ouviu o que o conde dizia por um instante, e depois endireitou o corpo e sorriu outra vez.

— Há um Mestre Skeat aqui?

Skeat enrubesceu imediatamente, mas não acusou sua presença. O conde sorria, o rei esperava, e então uns vinte arqueiros apontaram para o seu líder.

— Ele está aqui!

— Venha cá! — ordenou o rei, com severidade.

Will Skeat parecia contrafeito enquanto caminhava por entre os arqueiros e se aproximava da égua do rei, onde se ajoelhou apenas sobre um dos joelhos. O rei sacou de sua espada de punho cravejado de rubis e tocou com ela o ombro de Skeat.

— Soubemos que você é um de nossos melhores soldados, de modo que daqui por diante você será Sir William Skeat.

Os arqueiros gritaram ainda mais alto. Will Skeat, agora Sir William, permaneceu de joelhos enquanto o rei esporeava sua égua e ia fazer o mesmo discurso aos últimos homens na linha e para aqueles que guarneciam os canhões no círculo de carroças agrícolas. O conde de Northampton, que evidentemente fora o responsável pela nomeação de Skeat como cavaleiro, ajudou-o a levantar-se e levou-o de volta para seus homens, que ovacionavam, e Skeat ainda estava ruborizado enquanto seus arqueiros lhe davam tapinhas nas costas.

— Que absurdo — disse ele a Thomas.

— Você merece, Will — disse Thomas, e depois sorriu —, Sir William.

— Só que eu tenho que pagar mais a porcaria do imposto, não tenho? — disse Skeat, mas mesmo assim parecia satisfeito. Então, franziu o cenho quando um pingo de chuva caiu-lhe na testa descoberta. — Cordas de arco! — gritou ele.

A maioria dos homens ainda estava protegendo suas cordas, mas alguns tiveram que enrolar as cordas quando a chuva começou a cair mais pesadamente. Um dos soldados do conde aproximou-se dos arqueiros, gritando que as mulheres deveriam recuar para o outro lado da crista.

— Vocês ouviram! — gritou Skeat. — Mulheres para junto da bagagem!

Algumas mulheres choraram, mas Eleanor agarrou-se a Thomas por um instante.

— Fique vivo — disse ela simplesmente, e depois afastou-se na chuva, passando pelo príncipe de Gales que, com seis outros homens montados, seguia para o seu lugar entre os soldados atrás dos arqueiros de Will Skeat. O príncipe decidira lutar montado, para que pudesse ver por cima da cabeça dos homens a pé e, para assinalar sua chegada, seu estandarte, que era maior do que qualquer outro à direita do campo, foi desfraldado para a forte chuva que caía.

Thomas já não conseguia ver o outro lado do vale, porque largas cortinas de forte chuva cinzenta vinham do norte e obscureciam o ar. Não havia outra coisa a fazer a não ser sentar e esperar, enquanto o forro de couro de sua cota de malha ficava frio e pegajoso. Ele se curvou, angustiado, olhando fixo para o cinza, sabendo que nenhum arco poderia ser armado como devia até que aquela chuvarada parasse.

— O que eles deviam fazer — disse o padre Hobbe, que se sentara ao lado de Thomas — era atacar agora.

— Eles não poderiam achar o caminho nesta lama, padre — disse Thomas. Ele viu que o padre estava com um arco e uma sacola de flechas, mas sem nenhum outro equipamento bélico. — O senhor devia arranjar uma cota de malha — disse ele — ou ao menos um casaco forrado.

— Eu estou protegido pela fé, meu filho.

— Onde estão as cordas do arco? — perguntou Thomas, porque o padre não tinha nem elmo nem chapéu.

— Eu as enrolei no meu... ora, pouco importa. Ele tem que servir para alguma coisa que não para mijar, hã? E lá, está seco. — O padre parecia indecentemente alegre. — Eu andei pelas linhas, Tom, procurando por sua lança. Ela não está aqui.

— Isso praticamente não é uma surpresa dos diabos — disse Thomas.

— Eu nunca pensei que estivesse.

O padre Hobbe ignorou a blasfêmia.

— E eu bati um papo com o padre Pryke. Você o conhece?

— Não — disse Thomas, lacônico. A chuva batia na frente de seu elmo e molhava a ponte quebrada de seu nariz. — Como, diabos, eu iria conhecer o padre Pryke?

O padre Hobbe não foi tolhido com a grosseria de Thomas.

— Ele é o confessor do rei e um grande homem. Será bispo dentro em pouco. Eu perguntei a ele sobre os Vexille.

O padre Hobbe fez uma pausa, mas Thomas nada disse.

— Ele se lembra da família — prosseguiu o padre. — Disse que tinha terras em Cheshire, mas apoiava os Mortimer no início do reinado do rei, e por isso foi considerada fora-da-lei. Ele disse mais. Eles sempre foram considerados piedosos, mas o bispo deles desconfiava que tinham idéias estranhas. Um toque de gnosticismo.

— Cátaros — disse Thomas.

— Parece que sim, não parece?

— E se se trata de uma família piedosa — disse Thomas — é provável que eu não pertença a ela. Não é uma boa notícia?

— Você não tem como escapar, Thomas — disse o padre Hobbe baixinho. Os cabelos geralmente despenteados estavam colados na cabeça pela chuva. — Você prometeu a seu pai. Você aceitou a penitência.

Thomas abanou a cabeça, irritado.

— Há uns vinte bastardos aqui, padre — ele indicou os arqueiros agachados sob a chicotada da chuva —, que mataram mais homens do que eu. Vá martirizar a alma deles e deixe a minha em paz.

O padre Hobbe abanou a cabeça.

— Você foi escolhido, Thomas, e eu sou a sua consciência. Ocorreu-me a idéia, entende?, de que se os Vexille apoiaram Mortimer, eles não podem gostar do nosso rei. Se eles estão em algum lugar hoje, é lá do outro lado.

Ele fez com a cabeça um gesto para o lado oposto do vale, que ainda estava encoberto pela chuva pesada.

— Então eles irão viver para ver o amanhã, não vão? — disse Thomas.

O padre Hobbe franziu o cenho.

— Você acha que nós vamos perder? — perguntou ele, ríspido. — Não!

381

CRÉCY

Thomas sentiu um calafrio.

— A tarde deve estar chegando ao fim, padre. Se eles não atacarem agora, vão esperar até amanhecer. Isso lhes dará um dia inteiro para nos massacrar.

— Ah, Thomas! Como Deus te ama!

Thomas nada respondeu. Estava pensando que tudo o que ele queria era ser um arqueiro, tornar-se Sir Thomas de Hookton como Will acabara de se tornar Sir William. Ele se sentia feliz em servir ao rei e não precisava de um senhor celestial para metê-lo em batalhas esquisitas contra senhores negros.

— Deixe que eu lhe dê um conselho, padre — disse ele.

— É sempre um prazer, Tom.

— O primeiro bastardo que cair, pegue o elmo e a cota de malha dele. Cuide bem do senhor mesmo.

O padre Hobbe deu um tapa nas costas de Thomas.

— Deus está do nosso lado. Você ouviu o rei dizer isso.

Ele se levantou e foi conversar com outros homens. Thomas ficou sentado sozinho e viu que a chuva finalmente estava diminuindo. Ele podia ver de novo as árvores ao longe, ver as cores dos estandartes e dos casacos franceses, e agora podia ver uma massa de besteiros em vermelho e verde do outro lado do vale. Eles não iam fazer coisa alguma, reconheceu ele, porque a corda de uma besta era tão sensível à umidade quanto qualquer outra.

— Vai ser amanhã — gritou ele para Jake, que estava mais abaixo. — Nós vamos fazer tudo de novo, amanhã.

— Vamos esperar que o sol brilhe — disse Jake.

O vento trouxe do norte os últimos pingos de chuva. Era tarde. Thomas pôs-se de pé, esticou-se e bateu os pés. Um dia perdido, pensou ele, e uma noite faminta pela frente.

E amanhã, sua primeira batalha de verdade.

Um agitado grupo de homens montados tinha-se agrupado em torno do rei francês, que ainda estava a uns oitocentos metros do morro onde a maior parte de seu exército se reunira. Havia pelo menos dois mil soldados na retaguarda que ainda marchavam, mas aqueles que tinham atingido o vale representavam uma imensa superioridade numérica em relação aos ingleses que esperavam.

— Dois para um, majestade! — disse com veemência Charles, o conde de Alençon e irmão mais moço do rei. Tal como o resto dos cavaleiros, seu casaco estava ensopado e a tinta de sua insígnia escorrera para o linho branco. Seu elmo estava coberto de gotas de água.

— Nós temos de matá-los agora! — insistiu o conde.

Mas o instinto de Filipe de Valois era esperar. Seria mais prudente, pensou ele, deixar todo o seu exército se reunir, fazer um reconhecimento adequado e depois atacar na manhã seguinte, mas ele também estava ciente de que seus companheiros, especialmente seu irmão, o achavam cauteloso. Eles até acreditavam que ele fosse tímido, porque evitara bater-se com os ingleses antes, e mesmo propor esperar um simples dia poderia fazer com que pensassem que ele não tinha tutano para as atividades mais elevadas dos reis. Ainda assim, ele arriscou a proposta, sugerindo que a vitória seria ainda mais completa se fosse apenas adiada um dia.

— E se você esperar — disse Alençon, mordaz —, Eduardo vai fugir durante a noite e amanhã nós estaremos olhando um morro vazio.

— Eles estão com frio, molhados, com fome e prontos para serem abatidos — insistiu o conde de Lorena.

— E se eles não forem embora, majestade — avisou o conde de Flandres —, vão ter mais tempo para cavar trincheiras e buracos.

— E os sinais são bons — acrescentou John de Hainault, íntimo companheiro do rei e lorde de Beaumont.

— Os sinais? — perguntou o rei.

John de Hainault fez um gesto para que um homem numa capa preta se aproximasse. O homem, que tinha uma longa barba branca, fez uma mesura acentuada.

— O sol, majestade — disse ele —, está em conjunção com Mercúrio e em frente a Saturno. E o melhor de tudo, nobre majestade, Marte

383

CRÉCY

está na casa de Virgem. Isso significa vitória, e não poderia ser mais auspicioso.

E quanto, em ouro, perguntou-se Filipe, tinha sido pago ao astrólogo para vir com aquela profecia, e no entanto ele também ficou tentado por ela. Achava imprudente fazer qualquer coisa sem um horóscopo e ficou imaginando onde estaria o seu astrólogo. Talvez ainda na estrada de Abbeville.

— Avance agora! — Alençon instigou o irmão.

Guy de Vexille, o conde de Astarac, forçou a entrada de seu cavalo na multidão que cercava o rei. Viu um besteiro com casaco verde e vermelho, evidentemente o comandante dos genoveses, e falou com ele em italiano.

— A chuva afetou as cordas?

— Muito — admitiu Carlo Grimaldi, o chefe genovês.

As cordas das bestas não podiam ser retiradas como as cordas de arcos comuns, porque a tensão nas cordas era forte demais, e por isso os homens tinham simplesmente tentado proteger as armas sob seus casacos inadequados.

— Nós devíamos esperar até amanhã — insistiu Grimaldi. — Não podemos avançar sem paveses.

— O que é que ele está dizendo? — perguntou Alençon.

O conde de Astarac traduziu para que sua majestade entendesse e o rei, pálido e de fisionomia sombria, franziu o cenho quando soube que os longos escudos dos besteiros que os protegiam das flechas inimigas enquanto recarregavam suas complicadas armas ainda não tinham chegado.

— Quanto tempo eles vão demorar? — perguntou ele em tom de lamento, mas ninguém sabia. — Por que eles não seguiram com os besteiros? — quis ele saber, mas de novo ninguém tinha uma resposta. — Quem é o senhor? — perguntou o rei, por fim, ao conde.

— Astarac, majestade — disse Guy Vexille.

— Ah.

Era evidente que o rei não tinha idéia de quem ou o quê era Astarac, e também não reconheceu o escudo de Vexille que levava o símbolo simples da cruz, mas o cavalo e a armadura do Vexille eram caros e por isso o rei não discutiu o direito daquele homem de dar conselhos.

— E o senhor diz que as bestas não vão armar?

— Claro que vão armar! — interrompeu o conde de Alençon. — Os malditos genoveses não querem lutar. Genoveses bastardos. — Ele foi veemente. — As cordas inglesas vão estar tão molhadas quanto estas — acrescentou.

— As bestas estarão enfraquecidas, majestade — explicou Vexille com cuidado, ignorando a hostilidade do irmão mais moço do rei. — Os arcos vão armar, mas não terão o alcance ou a força plena.

— Seria melhor esperar? — perguntou o rei.

— Seria prudente esperar, majestade — disse Vexille — e seria especialmente prudente esperar pelos paveses.

— O horóscopo para amanhã? — pediu John de Hainault ao astrólogo.

O homem abanou a cabeça.

— Netuno se aproxima das curvaturas amanhã, majestade. Não é uma conjunção promissora.

— Ataque agora! Eles estão molhados, cansados e com fome — insistiu Alençon. — Ataque agora!

O rei ainda pareceu ter dúvidas, mas a maioria dos grandes senhores estava confiante e eles o bombardeavam com seus argumentos. Os ingleses estavam encurralados e uma demora até mesmo de um dia poderia dar a eles uma chance de fugir. Talvez a frota deles fosse para Le Crotoy? Ataque agora, insistiam, muito embora o dia já estivesse avançado. Ataque e mate. Ataque e vença. Mostre à cristandade que Deus está do lado dos franceses. Ataque, ataque agora. E o rei, por ser fraco e por querer parecer forte, rendeu-se aos desejos deles.

Assim, a auriflama foi retirada de seu cilindro de couro e levada a seu lugar de honra à frente dos soldados. Nenhuma outra bandeira teria permissão para seguir à frente do longo estandarte vermelho liso que tremulava de seu mastro em forma de cruz e era protegida por trinta cavaleiros escolhidos que usavam fitas escarlates no braço direito. Os cavaleiros receberam suas lanças compridas, depois os *conrois* aproximaram-se mais um dos outros para que cavaleiros e soldados ficassem tão juntos que seus joelhos se tocavam. Tamboreiros tiraram as capas de chuva de seus instrumentos e Grimaldi, o comandante genovês, recebeu uma ordem peremptória de avançar e matar os arqueiros ingleses. O rei fez o sinal-da-cruz, enquanto uns vinte padres caíram de joelhos na relva molhada e começaram a rezar.

Os senhores da França cavalgaram até a crista do morro onde seus cavaleiros, com cotas de malha, aguardavam. Até o cair da noite, todos eles teriam espadas molhadas e prisioneiros em quantidade suficiente para derrotar a Inglaterra para sempre.

Porque a auriflama estava entrando em combate.

— Pelos dentes de Deus! — Will Skeat parecia perplexo enquanto se levantava desajeitado. — Os bastardos estão vindo!

Sua surpresa se justificava, porque a tarde já ia avançada, era a hora em que os trabalhadores pensavam em deixar os campos e ir para casa.

Os arqueiros levantaram-se e olharam. O inimigo ainda não estava avançando, mas uma horda de besteiros se espalhava pelo fundo do vale, enquanto acima deles os cavaleiros e os soldados franceses armavam-se de lanças.

Thomas pensou que aquilo devia ser uma encenação. Estaria escuro dali a três ou quatro horas, e no entanto talvez os franceses estivessem confiantes em que poderiam fazer o serviço depressa. Os besteiros, finalmente, começavam a avançar. Thomas tirou o elmo para apanhar uma corda de arco, prendeu uma das pontas com um laço numa ponta de osso, depois flexionou o arco para fixar o outro laço no entalhe dele. Atrapalhou-se e teve de fazer três tentativas para encordoar a longa arma preta. Doce Jesus, pensou ele, eles estão avançando mesmo! Fique calmo, disse para si mesmo, fique calmo, mas ele se sentia tão nervoso quanto se sentira quando estivera na encosta acima de Hookton e tivera a ousadia de matar um homem pela primeira vez na vida. Ele puxou os laços da sacola de flechas, abrindo-os.

Os tambores começaram a tocar do lado francês do vale e ouviu-se uma grande ovação. Não havia nada para explicar a ovação; os soldados não estavam se mexendo e os besteiros ainda estavam muito longe. Trombetas inglesas responderam, soando suave e claro do moinho onde o rei e uma reserva de soldados aguardavam. Arqueiros se espreguiçavam e batiam com os pés por todo o morro. Quatro mil arcos ingleses estavam encordoados e prontos, mas havia cinqüenta por cento mais besteiros indo outra vez em direção a eles, e por trás daqueles seis mil genoveses havia milhares de cavaleiros com cotas de malha.

— Sem paveses! — gritou Will Skeat. — E as cordas deles estarão úmidas.

— Eles não terão alcance para nos atingir. — O padre Hobbe aparecera ao lado de Thomas de novo.

Thomas confirmou com a cabeça, mas estava com a boca seca demais para responder. Uma besta em boas mãos, e não havia ninguém melhor do que os genoveses, teria um alcance maior do que um arco reto, mas não se tivesse uma corda úmida. O alcance extra não era grande vantagem, porque levava tanto tempo para se rearmar uma seta, que um arqueiro poderia avançar para o raio de ação e disparar seis ou sete flechas antes que o inimigo ficasse pronto para disparar sua segunda seta. Muito embora Thomas entendesse aquele desequilíbrio, ainda estava nervoso. O inimigo parecia muito numeroso e os tambores franceses eram grandes tímpanos pesados com peles grossas que retumbavam como as batidas do coração do diabo no vale. Os cavaleiros inimigos avançavam pouco a pouco, ansiosos por esporearem suas montarias contra uma linha inglesa que eles esperavam estar profundamente ferida pelo assalto das bestas enquanto os soldados ingleses arrastavam os pés e se juntavam, fechando a linha para formar fileiras sólidas de escudos e aço. As malhas tiniam e tilintavam.

— Deus está com vocês! — gritou um padre.

— Não desperdicem as flechas — bradou Will Skeat. — Mirem bem, rapazes, mirem bem. Eles não vão ficar em pé por muito tempo. — Ele repetia a mensagem enquanto caminhava ao longo de sua linha. — Você parece que viu um fantasma, Tom.

— Dez mil fantasmas — disse Thomas.

— Os bastardos são mais do que isso — disse Will Skeat. Ele se voltou e olhou para o morro. — Talvez doze mil cavaleiros? — Ele sorriu. — Então, isso representa doze mil flechas, rapaz.

Havia seis mil besteiros e o dobro disso de soldados, que estavam sendo reforçados pela infantaria que aparecia nos dois flancos franceses. Thomas duvidava de que aqueles soldados a pé fossem tomar alguma parte na batalha, a menos que esta se tornasse um tumulto, e ele entendia que os besteiros talvez pudessem ser mandados de volta, porque estavam avançando sem paveses e teriam armas enfraquecidas pela chuva, mas para mandar genoveses de volta seria preciso ter flechas, flechas em quantidade, e isso iria significar menos flechas para a massa de cavaleiros cujas lanças pintadas, mantidas erguidas, formavam um bosque cerrado ao longo do topo do morro distante.

— Nós precisamos de mais flechas — disse ele a Skeat.

— Você vai se virar com o que tem — disse Skeat —, todos nós vamos. Não se pode desejar o que não se tem.

Os besteiros fizeram uma pausa no sopé da encosta inglesa e puseram-se em linha antes de encaixarem as setas nas canaletas de suas bestas. Thomas retirou sua primeira flecha e, supersticioso, beijou-lhe a ponta, que era uma cunha de aço ligeiramente enferrujada com uma ponta retorcida e duas farpas alcantiladas. Apoiou a flecha na mão esquerda e encaixou a extremidade entalhada no centro da corda do arco, protegida contra o desgaste por uma camada de cânhamo. Puxou um pouco o arco, ficando satisfeito com a resistência do teixo. A flecha ficou do lado de dentro da haste, à esquerda do punho. Ele desfez a tensão, agarrou a flecha com o polegar esquerdo e flexionou os dedos da mão direita.

Um súbito clangor de trombetas o fez dar um pulo. Cada tamborileiro e trompetista estavam trabalhando agora, fazendo uma cacofonia de barulho que fez com que os genoveses voltassem a avançar. Eles estavam subindo a encosta inglesa, os rostos eram manchas brancas emolduradas pelo cinza dos elmos. Os cavaleiros franceses desciam a encosta, mas devagar, avançando e pensando como se estivessem tentando prever a ordem de atacar.

— Deus está conosco! — bradou o padre Hobbe. Ele estava em sua posição de arqueiro, pé esquerdo bem à frente, e Thomas viu que o padre estava descalço.

— O que houve com as suas botas, padre?

— Um rapaz pobre precisava mais delas do que eu. Eu vou arranjar um par francês.

Thomas alisou as penas de sua primeira flecha.

— Esperem! — gritou Will Skeat. — Esperem!

Um cachorro fugiu da linha de combate inglesa e o dono gritava para que ele voltasse, e em questão de segundos os arqueiros bradavam o nome do cachorro.

— Mordedor! Mordedor! Venha cá, seu safado! Mordedor!

— Silêncio! — vociferou Will Skeat quando o cachorro, extremamente confuso, correu em direção ao inimigo.

À direita de Thomas, ao longe, os canhoneiros estavam agachados junto às carroças, bota-fogos fumegando. Arqueiros estavam em pé nas carroças, as armas meio esticadas. O conde de Northampton fora ficar entre os arqueiros.

— O senhor não devia estar aqui, senhor conde — disse Will Skeat.

— O rei dá a ele o título de cavaleiro — disse o conde — e ele pensa que pode me dar ordens! — Os arqueiros sorriram. — Não mate todos os soldados, Will — prosseguiu o conde. — Deixe alguns para nós, pobres espadachins.

— Os senhores terão a sua chance — disse Will Skeat, sério. — Esperem! — gritou ele para o arqueiros. — Esperem!

Os genoveses gritavam enquanto avançavam, embora suas vozes fossem quase abafadas pelo forte bater de tambores e pelos alucinados toques de trombeta. Mordedor estava correndo de volta para os ingleses e uma ovação soou quando o cachorro finalmente achou abrigo na linha de combate.

— Não desperdicem suas malditas flechas — bradou Will Skeat. — Mirem direito, como suas mães lhes ensinaram.

Os genoveses estavam ao alcance dos arcos agora, mas nenhuma flecha voou, e os besteiros com casacos vermelhos e verdes continuavam chegando, inclinando-se ligeiramente para a frente enquanto se esforçavam para subir o morro. Eles não estavam indo em linha reta para os ingleses, mas numa direção ligeiramente oblíqua, o que significava que a direita da linha inglesa, onde Thomas estava, seria atacada primeiro. Era, também, o lugar em que o declive era mais gradual e Thomas, desanimado, percebeu que deveria ficar no centro da luta. Então os genoveses pararam, arrastando os pés para se colocarem em linha, e começaram a berrar seu grito de guerra.

— Cedo demais — sussurrou o conde.

As bestas ficaram em posição de disparo. Estavam voltadas muito para cima, já que os genoveses esperavam lançar uma espessa chuva de morte sobre a linha inglesa.

— Retesem! — disse Skeat, e Thomas sentiu seu coração bater enquanto ele puxava a grossa corda até o ouvido direito. Escolheu um homem na linha inimiga, colocou a ponta da flecha diretamente entre o tal homem e seu olho direito, voltou o arco para a direita porque aquilo iria compensar a tendência da mira da arma, depois ergueu a mão esquerda e mudou-a de volta para a esquerda, porque o vento estava vindo daquela direção. Não era muito vento. Ele não pensara na mira da flecha, agindo por instinto, mas ainda se sentia nervoso e um músculo se contraía na perna direita. A linha inglesa estava num silêncio completo, os besteiros gritavam e os tambores e as trombetas francesas eram de ensurdecer. A linha genovesa parecia formada por estátuas verdes e vermelhas.

— Soltem, seus bastardos — resmungou um homem, e os genoveses obedeceram. Seis mil setas de bestas ergueram em arco para o céu.

— Agora — disse Will, com uma suavidade surpreendente. E as flechas voaram.

Eleanor agachou-se ao lado da carroça que continha a bagagem dos arqueiros. Trinta ou quarenta outras mulheres estavam lá, muitas com filhos, e todas se encolheram ao ouvir as trombetas, os tambores e os gritos distantes. Quase todas eram francesas ou bretãs, embora nenhuma esperasse uma vitória francesa, porque eram seus homens que estavam no morro verde.

Eleanor rezava por Thomas, por Will Skeat e por seu pai. O estacionamento da bagagem ficava embaixo da crista do morro, de modo que ela não podia ver o que acontecia, mas ouvia a grave e distinta nota das cordas dos arcos ingleses sendo soltas, e depois a passagem do ar pelas penas, que era o som de milhares de flechas em vôo. Ela estremeceu. Um cachorro preso por uma corda à carroça, um dos muitos desgarrados que tinham sido adotados pelos arqueiros, grunhiu. Ela lhe fez um afago.

— Vai ter carne hoje à noite — disse ela ao cachorro.

Tinha sido espalhada a notícia de que o gado capturado em Le Crotoy estaria chegando ao exército naquele dia. Se sobrasse um exército para comê-lo. Os arcos soaram outra vez, mais dissonantes. As trombetas ainda berravam e as batidas de tambores eram constantes. Ela ergueu os olhos para a crista do morro, com uma certa esperança de ver flechas no céu, mas havia apenas uma nuvem cinzenta contra a qual se delineavam dezenas de cavaleiros. Aqueles cavaleiros eram parte da pequena reserva de tropas do rei e Eleanor sabia que se ela os visse avançar era porque a linha principal tinha sido rompida. O estandarte do rei tremulava da vela mais alta do moinho de vento, onde se agitava na leve brisa para mostrar o seu ouro, seu vermelho e seu azul.

O imenso estacionamento de bagagem era guardado por uma simples vintena de soldados doentes ou feridos que não durariam um segundo se os franceses rompessem a linha inglesa. A bagagem do rei, empilhada em três carroças pintadas de branco, tinha uma dezena de soldados para protegerem as jóias reais, mas fora isso havia apenas o grande número de mulheres e crianças, e uns poucos pajens que estavam armados com pequenas espadas. Os milhares de cavalos do exército também estavam lá, amarrados a estacas perto da floresta e vigiados por uns poucos homens aleijados. Eleanor percebeu que a maioria dos cavalos estava selada, como se os soldados e os arqueiros quisessem os animais prontos para o caso de precisarem fugir.

Um padre estivera ao lado da bagagem real, mas quando os arcos soaram ele correra para a crista e Eleanor ficou tentada a fazer o mesmo. Era melhor ver o que está se passando, pensou ela, do que esperar aqui, ao lado da floresta, e temer pelo que poderia estar acontecendo. Ela afagou o cachorro e levantou-se, com a intenção de caminhar até a crista, mas naquele exato momento viu a mulher que fora procurar Thomas na noite chuvosa na floresta de Crécy. A condessa de Armórica, belamente trajada numa túnica vermelha e com os cabelos presos por uma rede prateada, cavalgava uma pequena égua branca de um lado para o outro, junto às carroças do príncipe. Parava de vez em quando para olhar para a crista e depois olhava para a floresta de Crécy-Grange, que ficava a oeste.

Um estrondo assustou Eleanor e fez com que ela se voltasse para a crista. Nada explicava o terrível barulho que parecia absurdamente uma trovoada bem próxima, mas não havia relâmpago ou chuva alguma e o moinho estava intacto. Então, um escapamento de fumaça cinza-esbranquiçado surgiu acima das velas enroladas do moinho e Eleanor percebeu que os canhões tinham disparado. Lembrou-se de que eles eram chamados de desbocados e imaginou as flechas de ferro enferrujadas dando cutiladas encosta abaixo.

Tornou a olhar para a condessa, mas Jeanette tinha ido embora. Ela cavalgara para a floresta, levando suas jóias consigo. Eleanor viu o vestido vermelho mover-se como um relâmpago por entre as árvores e desaparecer. Então a condessa fugira, temendo as conseqüências da derrota, e Eleanor, desconfiando de que a mulher do príncipe devia saber mais das perspectivas inglesas do que as mulheres dos arqueiros, fez o sinal-da-cruz. Depois, porque não suportava mais a espera, caminhou para a crista. Se seu amado morresse, refletiu ela, ela queria estar perto dele.

Outras mulheres a seguiram. Nenhuma falou. Apenas ficaram em cima do morro, olhando.

E rezaram por seus homens.

A segunda flecha de Thomas estava no ar antes que a primeira tivesse alcançado sua altura máxima e começasse a cair. Ele pegou uma terceira e percebeu que disparara a segunda em estado de pânico, e por isso fez uma pausa, olhando para o céu nublado que estava estranhamente coberto por hastes pretas adejando, tão densas quanto estorninhos e mais mortíferas do que falcões. Ele não viu setas de bestas, e então apoiou a terceira flecha na mão esquerda e escolheu um homem na linha genovesa. Ouviu-se um barulho como um tamborilar que o assustou, e ele olhou para ver que era a chuva de setas genovesas atingindo a turfa em torno dos fossos para os cavalos.

E um segundo depois a primeira onda de flechas inglesas atingiu o alvo. Dezenas de besteiros foram lançados para trás, inclusive aquele que Thomas escolhera para a terceira flecha, e por isso ele mudou a mira para outro homem, puxou a corda até a orelha e disparou a flecha.

— Elas não estão atingindo o alvo! — gritou o conde de Northmapton, exultante, e alguns dos arqueiros praguejaram, pensando que ele se referisse às flechas deles, mas eram os arcos genoveses que tinham sido enfraquecidos pela chuva e nenhuma das setas tinha chegado até os arqueiros ingleses que, vendo a chance de uma matança, soltaram uivos de alegria e deram alguns passos encosta abaixo.

— Matem eles! — gritou Will Skeat.

Eles mataram. Os grandes arcos eram puxados repetidas vezes, e as flechas de penas brancas desciam o morro para perfurar cotas de malha e tecido e transformar o morro mais baixo num campo de morte. Alguns besteiros afastaram-se mancando, uns poucos rastejavam, e os ilesos foram recuando, em vez de reduzir a distância de suas armas.

— Mirem bem! — bradou o conde.

— Não desperdicem flechas! — gritou Will Skeat.

Thomas tornou a atirar, apanhou mais uma flecha da sacola e procurou um novo alvo, enquanto a flecha anterior caía para atingir um homem na coxa. O gramado em torno da linha genovesa estava com uma grossa camada de flechas que tinham errado o alvo, mas um número mais do que suficiente acertara. A linha genovesa estava mais fina, muito mais fina, e estava em silêncio, agora, exceto pelos gritos de homens sendo atingidos e os gemidos dos feridos. Os arqueiros avançaram outra vez, até a beira dos fossos que tinham aberto, e uma nova salva de aço desceu a encosta em disparada.

E os besteiros fugiram.

Em dado momento eles tinham formado uma linha irregular, ainda grossa por causa dos homens que estavam atrás dos corpos de seus camaradas, e agora eram uma turba que corria o mais rápido que podia para escapar das flechas.

— Parem de atirar! — berrou Will Skeat. — Parem!

— Alto! — gritou John Armstrong, cujos homens estavam à esquerda do bando de Skeat.

— Belo trabalho! — bradou o conde de Northampton.

— Recuem, rapazes, recuem! — Will Skeat fazia sinais para os arqueiros. — Sam! David! Depressa, vão recolher algumas flechas — ele apontou a encosta abaixo onde, em meio aos genoveses moribundos e mortos, as hastes com penas brancas enfiadas na grama formavam uma camada espessa. — Depressa, rapazes. John! Peter! Vão ajudar. Vão!

Ao longo de toda a linha arqueiros corriam para recuperar flechas da grama, mas então veio um grito de alerta dos homens que tinham permanecido em seus lugares.

— Voltem! Voltem! — berrou Will Skeat.

Os cavaleiros estavam chegando.

Sir Guillaume d'Evecque liderava um *conroi* de doze homens na extrema esquerda da segunda linha francesa de cavaleiros. À frente dele estava uma massa da cavalaria francesa pertencente ao primeiro batalhão, à sua esquerda havia um grupo de infantaria cujos membros estavam sentados na relva, e depois deles o pequeno rio serpenteava pelas campinas que banhava ao lado da floresta. À direita não havia coisa alguma, exceto cavaleiros bem juntos esperando que os besteiros enfraquecessem a linha inimiga.

Aquela linha inglesa parecia deploravelmente pequena, talvez porque seus soldados estivessem a pé e, por isso, ocupassem muito menos espaço do que cavaleiros montados, mas Sir Guillaume, com relutância, reconheceu que o rei inglês escolhera bem a sua posição. Os cavaleiros franceses não podiam atacar nenhum dos dois flancos, porque ambos estavam protegidos por uma aldeia. Não podiam contornar a direita inglesa, porque ela estava protegida pelas terras fofas à margem do rio, enquanto circundar a esquerda de Eduardo significaria uma longa viagem em torno de Wadicourt e, quando os franceses pudessem tornar a avistar os ingleses, os arqueiros, sem dúvida alguma, teriam sido dispostos de modo a enfrentar a força francesa que estaria esgotada pelo longo desvio. O que significava que só um ataque frontal poderia provocar uma vitória rápida e isso, por sua vez, significava arremeter contra as flechas.

— Cabeças baixas, escudos erguidos, e mantenham-se perto uns dos outros — disse ele a seus homens, antes de arriar, com um estalo, o protetor do rosto de seu elmo. Depois, sabendo que ainda faltava algum tempo para atacar, empurrou a viseira para cima de novo. Seus soldados movimentaram os cavalos de modo a ficarem joelho com joelho. O vento, segundo se dizia, não conseguiria passar entre as lanças de um *conroi* em plena carga.

— Ainda falta um pouco — avisou-os Sir Guillaume.

Os besteiros em fuga subiam correndo o morro ocupado pelos franceses. Sir Guillaume os vira avançando e fizera uma oração muda para que Deus estivesse nos ombros do genoveses. Mate alguns daqueles malditos arqueiros, rezara ele, mas poupe o Thomas. Os tambores estavam batendo em seus grandes tímpanos, baixando as baquetas como se pudessem derrotar os ingleses só pelo barulho, e Sir Guillaume, extasiado pelo momento, colocara o punho de sua lança no chão e a usara para erguer-se nos estribos a fim de que pudesse ver por cima da cabeça dos homens que estavam à frente. Ele vira os genoveses disparar suas bestas, vira as setas formando um rápido ofuscamento no céu, e então os ingleses tinham disparado e as flechas deles eram uma mancha escura contra a encosta verde e as nuvens cinzentas, e Sir Guillaume vira os genoveses cambaleando. Olhara para ver os arqueiros ingleses caindo, mas em vez disso estavam avançando, ainda disparando flechas, e então os dois flancos da pequena linha inglesa emitiram uma fumaça escura quando os canhões acrescentaram seus mísseis à saraivada de flechas despejadas pela encosta. Seu cavalo se agitara, inquieto, quando o estouro dos canhões rolou pelo vale e Sir Guillaume sentou-se rápido na sela, estalando a língua. Não podia afagar o cavalo, porque a lança estava na sua mão direita e o braço esquerdo estava preso ao escudo com os três falcões amarelos sobre o campo azul.

Os genoveses tinham fracassado. A princípio, Sir Guillaume não acreditou, achando que talvez seu comandante estivesse tentando enganar os arqueiros ingleses, levando-os a uma perseguição indisciplinada que iria encurralá-los no fundo da encosta, onde as bestas poderiam disparar contra eles. Mas os ingleses não se moveram e os genoveses em fuga não tinham parado. Correram, deixando uma linha espessa de mortos e moribundos, e agora subiam em pânico em direção aos cavaleiros franceses.

Um grunhido saiu dos soldados franceses. Era raiva, e o som aumentou de volume, transformando-se em zombaria.

— Covardes! — gritou um homem perto de Sir Guillaume.

O conde de Alençon teve um acesso de pura raiva.

— Eles foram pagos! — vociferou a um companheiro. — Os bastardos foram subornados!

— Derrubem-nos! — gritou o rei de seu lugar à beira do bosque de teixos. — Derrubem-nos!

Seu irmão ouviu e bastava isso para que obedecesse. O conde estava na segunda linha, não na primeira, mas esporeou seu cavalo para uma brecha entre dois dos *conrois* principais e gritou a seus homens para que o seguissem.

— Derrubem-nos! — gritou ele. — Derrubem os bastardos!

Os genoveses se encontravam entre os cavaleiros e a linha inglesa, e agora estavam condenados, porque ao longo de todo o morro os franceses avançavam. Homens de sangue quente do segundo batalhão estavam se embaralhando com os *conrois* da primeira linha para formar uma massa desordenada de estandartes, lanças e cavalos. Eles deviam ter descido o morro com os cavalos a passo reduzido, para que ainda estivessem em formação cerrada, mas em vez disso enfiaram as esporas e, levados por um ódio pelos próprios aliados, apostaram uma corrida para ver quem chegava primeiro ao golpe fatal.

— Nós ficamos! — gritou Guy Vexille, conde de Astarac, para os seus homens.

— Esperem! — bradou Sir Guillaume. Era melhor deixar a primeira carga desordenada perder o impulso, calculou ele, do que unir-se àquela loucura.

Talvez metade dos cavaleiros franceses tenha ficado no morro. O resto, liderado pelo irmão do rei, perseguiu os genoveses. Os besteiros tentaram escapar. Correram pelo vale numa tentativa de alcançar as extremidades norte e sul, mas a massa de cavaleiros ultrapassou-os e não havia saída. Alguns genoveses, sensatamente, deitaram-se e encolheram-se formando uma bola, outros agacharam-se nos fossos rasos, mas a maioria foi morta ou ficou ferida quando os cavaleiros passaram sobre eles. Os corcéis eram animais grandes, com patas que pareciam martelos. Eram treinados para derrubar homens, e os genoveses gritavam ao ser pisoteados ou receber cutiladas.

Alguns cavaleiros usaram suas lanças nos besteiros, e o peso de um cavalo e de um homem vestindo armadura fazia com que as lanças de madeira perfurassem com facilidade as vítimas de um lado ao outro, mas todas aquelas lanças ficaram perdidas, deixadas nos torsos destroçados dos mortos, e os cavaleiros tiveram de sacar as espadas. Por um instante, houve caos no fundo do vale enquanto os cavaleiros abriam milhares de trilhas em meio aos besteiros espalhados. Depois, apenas os restos estraçalhados dos mercenários genoveses, seus casacos vermelhos e verdes ensopados de sangue e suas armas jazendo quebradas na lama.

Os cavaleiros, uma vitória fácil em sua lista, ovacionaram a si mesmos.

— *Montjoie St Denis!* — gritavam eles. — *Montjoie St Denis!*

Centenas de bandeiras estavam sendo levadas à frente com os cavaleiros, ameaçando ultrapassar a auriflama, mas os cavaleiros com as fitas vermelhas guardando a bandeira sagrada cavalgaram à frente da carga, gritando o seu desafio enquanto subiam a encosta em direção aos ingleses, e assim subiram de um fundo de vale que agora estava cheio de cavaleiros que atacavam. As lanças restantes foram abaixadas, as esporas foram para trás, mas alguns dos homens mais sensatos, que tinham esperado atrás pelo ataque seguinte, perceberam que não havia o som do tropel das patas vindo da enorme carga.

— Virou lama — disse Sir Guillaume para ninguém em especial.

Xairéis e casacos eram salpicados com a lama levantada pelas patas do solo raso amolecido pela chuva. Por um momento a carga parecia ter chafurdado, e depois os cavaleiros que iam à frente libertaram-se do fundo do vale molhado e encontraram um apoio melhor no morro inglês. "*Montjoie St Denis!*" Os tambores batiam mais depressa do que nunca e as trombetas gritavam para os céus, enquanto os cavalos subiam em direção ao moinho.

— Loucos — disse Guy Vexille.

— Pobres sujeitos — disse Sir Guillaume.

— O que está acontecendo? — perguntou o rei, querendo saber por que a sua cuidadosa arrumação das linhas de combate tinha se rompido antes mesmo que a luta de verdade tivesse começado.

Mas ninguém lhe respondeu. Todos limitaram-se a olhar.

— Jesus, Maria e José — disse o padre Hobbe, porque parecia que metade dos cavaleiros da cristandade estava subindo o morro.

— Em linha! — gritou Will Skeat.

— Deus esteja com vocês! — bradou o conde de Northampton, voltando-se para se juntar a seus soldados.

— Mirem nos cavalos! — ordenou John Armstrong a seus homens.

— Os bastardos atropelaram os próprios arqueiros! — disse Jake, impressionado.

— E, por isso, vamos matar os malditos bastardos — disse Thomas, em tom de vingança.

A carga se aproximava da linha daqueles genoveses que tinham morrido na tempestade de flechas. Para Thomas, olhando morro abaixo, o ataque era uma agitação de espalhafatosos xairéis e vistosos escudos, de lanças pintadas e bandeirolas que ondeavam ao vento, e agora, porque os cavalos tinham saído do terreno molhado, todo arqueiro ouvia as patas que ecoavam mais alto até do que nos tímpanos do inimigo. O chão tremia, a ponto de Thomas sentir a vibração através das solas gastas das botas que tinham sido um presente de Sir Guillaume. Ele procurou pelos três falcões, mas não os viu, e depois esqueceu Sir Guillaume quando sua perna foi para a frente e seu braço direito recuou, puxando. As penas da flecha estavam ao lado de sua boca e ele as beijou, depois fixou o olhar num homem que levava um escudo preto e amarelo.

— Agora! — gritou Will Skeat.

As flechas subiram, assobiando enquanto seguiam. Thomas colocou uma segunda na corda, puxou e soltou. Uma terceira, dessa vez escolhendo um homem com um elmo que lembrava um focinho de porco, decorado com fitas vermelhas. A cada vez, ele mirava nos cavalos, na esperança de enfiar as lâminas de fio retorcido nos xairéis forrados e bem fundo no peito dos cavalos. Uma quarta flecha. Ele via torrões de relva e terra sendo lançados para o alto atrás dos cavalos que iam à frente. A primeira flecha ainda voava quando ele puxou a quarta para trás e procurou outro alvo. Fixou-se em um homem sem casaco, numa armadura polida. Disparou, e naquele exato momento o homem de armadura caiu para a frente quando seu cavalo foi atingido por outra flecha, e por toda a encosta havia cavalos que relinchavam, patas se agitando e homens caindo enquanto as flechas inglesas atingiam o alvo. Uma lança rodopiou encosta acima, ouviu-se um grito acima da batida das patas, um cavalo bateu num animal moribundo e quebrou a perna, e cavaleiros agiam com os joelhos, pressionando os cavalos para que eles se desviassem dos animais atingidos. Uma quinta flecha, uma sexta, e para os soldados atrás da linha de arqueiros parecia que o céu estava cheio de um interminável fluxo de flechas, escuras contra as nuvens que escureciam, de pontas brancas, erguendo-se acima da encosta para mergulhar nos soldados que se agitavam.

Dezenas de cavalos tinham caído, seus cavaleiros estavam presos nas selas altas e eram pisoteados enquanto jaziam sem saída, e ainda assim os cavaleiros chegavam e os homens lá atrás podiam ver adiante o suficiente para achar espaço entre as pilhas estrebuchantes de mortos e moribundos. "*Montjoie St Denis! Montjoie St Denis!*" Esporas eram enfiadas, tirando sangue. Para Thomas, a encosta parecia um pesadelo de cavalos arfando com dentes amarelos e olhos brancos, de lanças compridas e escudos com flechas espetadas, de lama voando, estandartes agitados e elmos cinzentos com talhos no lugar de olhos e pontas no lugar de narizes. Os estandartes tremulavam, levados por uma tira vermelha semelhante a uma fita. Ele atirava sem parar, despejando flechas contra a loucura, mas para cada cavalo que caía havia outro para tomar o seu lugar e outro animal atrás dele. Flechas sobressaíam de xairéis, de cavalos, de homens, até de lanças, as penas brancas balançando à medida que a carga se aproximava ribombando.

E então a fila dianteira francesa estava entre os fossos, e o osso da perna de um garanhão estalou. O grito do animal elevou-se acima dos tambores, trombetas, retinir de cotas de malha e da batida de patas. Alguns homens passaram sem problemas pelos fossos, mas outros caíram e levaram com eles os cavalos que vinham atrás. Os franceses tentaram conter os cavalos e desviá-los, mas agora a carga estava empenhada e os homens que vinham atrás pressionavam os da frente para os fossos e o raio de ação das flechas. O arco emitiu um barulho surdo na mão de Thomas e a flecha penetrou na garganta de um cavaleiro, cortando a cota de malha como se fosse pano e jogando o homem para trás, de modo que sua lança subiu aos céus.

— Voltem! — gritava Will Skeat. A carga estava perto demais. Muitíssimo perto. — Voltem! Voltem! Voltem! Agora! Andem!

Os arqueiros correram para os vazios entre os soldados, e os franceses, vendo seus algozes desaparecerem, soltaram um grande grito de alegria. *"Montjoie St Denis!"*

— Escudos! — gritou o conde de Northampton, e os soldados ingleses colaram seus escudos e ergueram as lanças, para fazer uma cerca de pontas.

— São Jorge! — berrou o conde. — São Jorge!

"Montjoie St Denis!" Um grande número de cavaleiros passara pelas flechas e pelos fossos, e ainda havia soldados subindo o morro.

E agora, finalmente, atacavam o alvo.

SE UMA AMEIXA fosse atirada contra um *conroi*, diziam os entendidos, deveria ficar espetada numa lança. Era essa a proximidade que os cavaleiros deveriam manter numa carga, porque assim eles tinham a chance de sobreviver, mas se o *conroi* se espalhasse, cada homem acabaria cercado pelos inimigos. Seu vizinho, numa carga de cavalaria, diziam os experientes para os mais jovens, deve estar mais próximo de você do que sua esposa. Mais perto, ainda, do que a sua prostituta. Mas a primeira carga francesa foi um galope alucinado e os homens se dispersaram da primeira vez quando trucidaram os genoveses, e a confusão ficou maior quando eles subiram a encosta para cerrar contra o inimigo.

A carga não devia ser um galope alucinado, mas um ataque ordenado, temível e disciplinado. Os homens, alinhados joelho a joelho, deviam ter começado devagar e ficado colados até, e só no último minuto, entrar num galope para enfiar as lanças em uníssono. Era assim que os homens eram treinados para atacar, e seus cavalos de combate eram treinados com o mesmo afinco. O instinto de um cavalo, ao enfrentar uma linha compacta de homens ou de cavalaria, era intimidar-se, mas os grandes garanhões eram impiedosamente ensinados a continuar correndo e chocar-se com o inimigo compactado e continuar em frente, pisando, mordendo e empinando. Uma carga de cavaleiros devia ser uma morte trovejante sobre patas, um bater de metal impulsionado pelo poderoso peso de homens, cavalos e armaduras e, quando feita como devia, era um gerador de viúvas em massa.

Mas os homens do exército de Filipe, que sonharam fazer o inimigo em pedaços e matar os tontos sobreviventes, não tinham levado arqueiros e fossos em consideração. Quando a desordenada primeira carga francesa chegou aos soldados ingleses, ela mesma já se rompera em pedaços e tivera a velocidade reduzida a passo, porque a longa, suave e convidativa encosta revelara-se uma pista de obstáculos de cavalos mortos, cavaleiros derrubados das selas, flechas assobiando e fossos escondidos na relva, que quebravam pernas. Só uns poucos homens alcançaram o inimigo.

Aqueles poucos avançaram os últimos metros e miraram suas lanças nos soldados ingleses desmontados, mas os cavaleiros foram recebidos por mais lanças que estavam enfiadas no chão, inclinadas para cima para perfurar o peito de seus cavalos. Os garanhões foram de encontro às lanças, giraram para escapar, e os franceses estavam caindo. Os soldados ingleses avançaram a pé com machados e espadas, para liquidá-los.

— Mantenham-se em linha! — gritou o conde de Northampton.

Mais cavalos estavam passando pelos fossos e agora não havia arqueiros na frente para reduzir-lhes a velocidade. Eram a terceira e quarta filas da carga francesa. Tinham sofrido menos danos causados pelas flechas e vinham ajudar os homens que atacavam a linha inglesa, ainda eriçada com lanças. Homens rugiam seus gritos de guerra, golpeavam com espadas e machados, e os cavalos moribundos derrubavam as lanças inglesas, de modo que finalmente os franceses puderam cerrar o ataque contra os soldados. Aço tilintava em aço e batia seco em madeira, mas cada cavaleiro se via diante de dois ou três soldados, e os franceses estavam sendo arrastados de suas selas e massacrados no chão.

— Nada de prisioneiros! — gritava o conde de Northampton. — Nada de prisioneiros!

Eram ordens do rei. Prender alguém significava a possibilidade de riqueza, mas também exigia um momento de cortesia para perguntar se um inimigo se rendia verdadeiramente, e os ingleses não tinham tempo para atos de civilidade daqueles. Precisavam apenas matar os cavaleiros que continuavam a afluir morro acima.

O rei, observando de sob as velas enroladas do moinho, que estalavam quando o vento torcia as cordas que as prendiam, viu que os franceses tinham rompido a linha de arqueiros apenas à direita, onde seu filho lutava, a linha ficava mais perto dos franceses e a encosta apresentava um declive mais suave do que todos os outros pontos. A grande carga fora detida por flechas, mas um número mais do que suficiente de cavaleiros sobrevivera, e aqueles homens estavam avançando em direção ao local em que as espadas tilintavam. Quando a carga francesa começara, espalhara-se por todo o campo de batalha, mas agora encolhera para uma forma de cunha enquanto os homens que enfrentavam a esquerda inglesa desviavam-se dos arqueiros que lá estavam e acrescentavam seu peso aos cavaleiros e soldados que atacavam o batalhão do príncipe de Gales. Centenas de cavaleiros ainda se deslocavam de maneira confusa no fundo lamacento do vale, sem disposição para enfrentar a tempestade de flechas uma segunda vez, mas os marechais franceses estavam tornando a formar aqueles homens e a enviá-los morro acima, para a crescente escaramuça que se desenvolvia sob os estandartes de Alençon e do príncipe de Gales.

— Permita que eu desça até lá, majestade — apelou para o rei o bispo de Durham, parecendo desajeitado em sua pesada cota de malha e segurando uma maciça clava cheia de espetos.

— Eles não estão cedendo — disse Eduardo, suavemente.

Sua linha de soldados tinha a largura de quatro fileiras, e apenas as duas primeiras estavam lutando, e lutando bem. A maior vantagem de um cavaleiro sobre a infantaria era a velocidade, mas toda a velocidade da carga francesa havia sido perdida. Os cavaleiros eram obrigados a avançar a passo, para contornar os corpos e os fossos, e não havia espaço, depois, para entrar num trote antes de serem recebidos por uma violenta defesa de machados, espadas, clavas e lanças. Os franceses golpeavam para baixo, mas os ingleses mantinham seus escudos erguidos e golpeavam com suas lâminas na barriga dos cavalos ou, então, usavam as espadas para cortar os jarretes. Os corcéis caíam, gritando e escoiceando, quebrando pernas de homens com seus golpes alucinados, mas cada cavalo derrubado era mais um obstáculo e, embora vigoroso, o ataque francês não conseguia romper a linha. Nenhum estandarte inglês tinha caído ainda, embora o rei temesse pela bandeira vistosa de seu filho, que era a que ficava mais perto do violento combate.

— Vocês viram a auriflama? — perguntou ele à sua comitiva.

— Ela caiu, majestade — respondeu um de seus cavaleiros. O homem apontou para o ponto da encosta onde uma pilha de cavalos mortos e homens derrotados era o que restava do primeiro ataque francês. — Por ali, majestade. Flechas.

— Deus abençoe as flechas — disse o rei.

Um *conroi* de 14 franceses conseguiu passar incólume pelos fossos. "*Montjoie St Denis!*", gritavam eles, e abaixavam as lanças enquanto esporeavam os cavalos para investir contra a escaramuça, onde foram recebidos pelo conde de Northampton e uma dúzia de seus homens.

O conde usava uma lança quebrada como um espeto e enfiou a haste partida no peito de um cavalo, sentiu a lança resvalar na armadura escondida pelo xairel, e instintivamente ergueu seu escudo. Uma clava estalou ao bater nele, atravessando com um espeto o couro e o salgueiro, mas o conde tinha sua espada presa por uma tira e largou a lança, agarrou o punho da espada e enfiou-a no cavalo, fazendo com que o animal se afastasse, contorcendo-se. Puxou o escudo para livrá-lo dos espetos da clava, brandiu a espada contra o cavaleiro, teve seu golpe desviado, e depois um soldado agarrou a arma do francês e deu um puxão. O francês recuou, mas o conde ajudou e o francês gritou ao ser derrubado e ficar sob os pés ingleses. Uma espada penetrou na abertura da armadura em sua virilha, ele dobrou o corpo e caiu, e uma clava esmagou-lhe o elmo. Foi deixado, estrebuchando, enquanto o conde e seus homens passavam por cima de seu corpo e atacavam o cavalo e o homem seguintes.

O príncipe de Gales meteu seu cavalo na escaramuça, chamando a atenção para sua pessoa pelo filete de ouro que circundava o elmo preto. Tinha apenas 16 anos, bom físico, era forte, alto e fora excelentemente treinado. Desviou um machado com o escudo e enfiou a espada na cota de malha de outro cavaleiro.

— Saia desse maldito cavalo! — gritou o duque de Northampton para o príncipe. — Saia desse maldito cavalo!

Ele correu para o príncipe, agarrou o freio e puxou o cavalo para fora da luta. Um francês avançou a cavalo, tentando enfiar a lança nas costas do príncipe, mas um soldado vestindo o uniforme verde e branco do príncipe enfiou seu escudo na boca do corcel e o animal afastou-se.

O conde arrastou o príncipe de volta.

— Eles vêem um homem a cavalo, alteza — disse ele, gritando —, e pensam que é francês.

O príncipe sacudiu a cabeça, num gesto afirmativo. Os cavaleiros de sua comitiva tinham se aproximado e ajudaram-no a descer da sela. Ele não disse nada. Se foi ofendido pelo conde, escondeu o fato por trás do protetor do rosto enquanto voltava para a escaramuça.

— São Jorge! São Jorge!

O porta-bandeira do príncipe esforçou-se para ficar com o seu senhor, e a visão da bandeira ricamente bordada atraía ainda mais franceses que gritavam.

— Em linha! — berrou o conde. — Em linha! — Mas os cavalos mortos e homens massacrados formavam obstáculos que nem franceses, nem ingleses conseguiam vencer, e por isso os soldados, liderados pelo príncipe, passavam com dificuldade por cima dos corpos para se aproximarem de mais inimigos. Um cavalo estripado arrastava as tripas em direção aos ingleses, caindo sobre as patas dianteiras para lançar seu cavaleiro na direção do príncipe, que enfiou a espada no elmo do homem, destroçando a viseira e fazendo com que o sangue saísse pelos buracos para os olhos. "São Jorge!" O príncipe exultante e sua armadura preta estava cheia de fios de sangue inimigo. Ele lutava com a viseira erguida, porque de outro modo não enxergaria direito, e estava adorando aquele momento. As horas e horas de treinamento com armas, os dias suarentos quando sargentos o exercitavam, batiam em seu escudo e xingavam-no por não manter a ponta da espada erguida, estavam todos provando seu valor, e ele não podia ter pedido nada mais na vida: uma mulher no acampamento e um inimigo avançando às centenas para ser morto.

A cunha francesa se alargava, à medida que mais homens subiam o morro. Eles não tinham rompido a linha, mas arrastado as duas fileiras inglesas da frente pela linha formada pelos mortos e feridos e, assim, espalhando-os em grupos de homens que se defendiam contra uma onda de cavaleiros. O príncipe estava entre eles. Alguns franceses, derrubados de seus cavalos, mas ilesos, lutavam a pé.

— Avancem! — gritou o conde de Northampton para a terceira fileira. Já não era mais possível manter coesa a muralha de escudos. Agora ele tinha que vadear para o meio do horror para proteger o príncipe, e seus homens o seguiram para dentro da grande confusão de cavalos, lâminas e massacre. Deslocavam-se com dificuldade por cima de animais mortos, tentavam evitar as patas agitadas dos cavalos moribundos, e enfiavam as espadas em cavalos vivos para derrubar os cavaleiros para um lugar em que pudessem ser atacados com ferocidade.

Cada francês tinha dois ou três ingleses a pé para enfrentar, e embora os cavalos batessem os dentes, empinassem e escoiceassem, e apesar de os cavaleiros golpearem à esquerda e à direita com suas espadas, os ingleses desmontados invariavelmente acabavam aleijando os cavalos de batalha, e mais cavaleiros franceses eram atirados na relva marcada pelas patas e eram agredidos ou feridos com arma pontiaguda até a morte. Alguns franceses, reconhecendo a inutilidade, voltavam seus cavalos e se afastavam correndo, atravessando a área dos fossos, para fazer novos *conrois* entre os sobreviventes. Escudeiros lhes levavam lanças sobressalentes, e os cavaleiros, rearmados e querendo vingança, voltavam à luta, e sempre seguiam em direção à vistosa bandeira do príncipe.

O conde de Northampton estava perto da bandeira, agora. Ele meteu o escudo na cara de um cavalo, golpeou-lhe as pernas e furou a coxa do cavaleiro. Outro *conroi* veio da direita, três de seus homens ainda portando lanças e os outros com espadas estendidas para a frente. Golpearam os escudos dos guarda-costas do príncipe, fazendo com que aqueles homens recuassem, mas outros homens vestindo verde e branco saíram em auxílio deles e o príncipe empurrou dois para que saíssem do caminho e ele pudesse golpear o pescoço de um corcel. O *conroi* voltou-se e foi embora, deixando dois de seus cavaleiros mortos.

— Formem a linha! — berrou o conde. — Formem a linha!

Havia uma pausa na luta em torno da bandeira do príncipe, porque os franceses estavam se reagrupando.

E justo naquele momento o segundo batalhão francês, tão grande quanto o primeiro, começou a descer o morro. Eles vinham a passo, joelho encostado em joelho calçado de botas, lanças mantidas tão próximas que uma lufada de vento não poderia passar entre elas.

Estavam mostrando como a coisa devia ser feita.

Os poderosos tambores os impulsionavam. As trombetas cortavam o céu.

E os franceses se aproximavam, para concluir a batalha.

— Oito — disse Jake.

— Três — disse Sam a Will Skeat.

— Sete — disse Thomas.

Eles estavam contando flechas. Nenhum arqueiro havia morrido ainda, não do bando de Will Skeat, mas estavam com um estoque de flechas perigosamente reduzido. Skeat estava sempre olhando por cima da cabeça dos soldados, temeroso de que os franceses rompessem a linha, mas ela resistia. Às vezes, quando nenhum estandarte ou cabeça inglesa estava no caminho, um arqueiro disparava uma das preciosas flechas contra um cavaleiro, mas quando uma flecha era desperdiçada ao resvalar num elmo, Skeat mandava que economizassem o estoque. Um rapaz trouxera do depósito de bagagem uma dúzia de sacos de pele com água e os homens passavam os sacos adiante.

Skeat fez um levantamento das flechas e abanou a cabeça. Ninguém tinha mais de dez, enquanto o padre Hobbe que, segundo ele mesmo alegara, tinha começado com menos do que qualquer outro, não tinha nenhuma.

— Suba o morro, padre — disse Skeat ao sacerdote —, e veja se eles estão guardando alguma flecha. Os arqueiros do rei devem poupar algumas. O capitão deles se chama Hal Crowley e ele me conhece. Seja como for, pergunte a ele. — Skeat não parecia esperançoso. — Muito bem, pessoal, por aqui — disse ele para os demais, liderando-os para a ponta sul da linha inglesa, onde os franceses não tinham se aproximado, e depois à frente dos soldados para reforçar os arqueiros que, com tão poucas flechas quanto o resto do exército, continuavam preocupados com qualquer grupo de cavaleiros que ameaçasse aproximar-se de sua posição. Os canhões ainda disparavam intermitentemente, cuspindo um barulhento fedor de fumaça de pólvora na borda da área de combate, mas Thomas via poucas provas de que os desbocados estivessem matando algum francês, embora o barulho e o assobio de seus mísseis de ferro estivessem mantendo os cavaleiros inimigos bem longe do flanco.

— Vamos esperar aqui — disse Skeat, e então praguejou, porque vira a segunda linha francesa deixar a distante crista do morro. Eles não vinham como a primeira, num caos completo, mas num ritmo constante e de forma adequada. Skeat fez o sinal-da-cruz. — Rezem por flechas — disse ele.

O rei olhava o filho lutar. Ficara preocupado quando o príncipe avançara a cavalo, mas sacudiu a cabeça num gesto de aprovação silenciosa quando vira que o rapaz tivera o bom senso de desmontar. O bispo de Durham insistia para ter permissão para ir em auxílio do príncipe Eduardo, mas o rei abanou a cabeça.

— Ele tem de aprender a vencer lutas. — Ele fez uma pausa. — Eu aprendi.

O rei não tinha intenção alguma de descer para meter-se no horror, não porque temesse uma luta daquelas, mas porque uma vez envolvido com os cavaleiros franceses, não teria como vigiar o resto da linha. Seu trabalho era ficar ao lado do moinho e liberar aos poucos os reforços para as partes mais ameaçadas de seu exército. Homens da sua reserva suplicavam continuamente permissão para participarem da escaramuça, mas o rei, obstinado, recusava-a, mesmo quando reclamavam que a honra ficaria manchada se não participassem da luta. O rei não tinha coragem de liberar homens, porque observava o segundo batalhão francês descer o morro e sabia que deveria reunir todos os homens no caso daquela grande onda de cavaleiros furar a sua linha.

Aquela segunda linha francesa, com cerca de mil e seiscentos metros de largura e três ou quatro fileiras de profundidade, desceu a passo a encosta, onde seus cavalos tinham de pisar nos corpos dos genoveses massacrados.

— Em forma! — gritaram os chefes de *conrois* depois que os corpos dos besteiros ficaram para trás, e os homens, obedientes, voltaram a se deslocar joelho contra joelho quando entraram em terreno mais suave. As patas não faziam praticamente barulho algum no solo molhado, e assim o barulho mais alto da carga era o tilintar de malhas, o bater das bainhas de espadas e o arrastar das capas dos cavalos no capim alto. Os tambores ainda batiam no morro atrás deles, mas nenhuma trombeta soava.

— Está vendo a bandeira do príncipe? — perguntou Guy de Vexille a Sir Simon Jekyll, que cavalgava a seu lado.

— Lá. — Jekyll voltou a ponta da lança para onde a luta desigual era mais acirrada. Todos os membros do *conroi* de Vexille tinham anteparos nas lanças, colocados logo atrás da ponta, para que as lanças de madeira não se enterrassem nos corpos das vítimas. Uma lança com um anteparo poderia ser arrancada de um moribundo e utilizada outra vez. — A bandeira mais alta — acrescentou Sir Simon.

— Sigam-me! — gritou Vexille, e fez um sinal para Henry Colley, que tinha recebido o posto de porta-bandeira. Colley ficou ressentido com a nomeação, achando que devia ter tido permissão para lutar com lança e espada, mas Sir Simon lhe dissera que era um privilégio levar a lança de São Jorge e Colley foi obrigado a aceitar a tarefa. Ele planejava livrar-se da lança inútil e sua bandeira vermelha assim que entrasse na escaramuça, mas por enquanto a levava erguida enquanto se afastava da bem organizada linha. Os homens de Vexille seguiram a bandeira deles, e a partida do *conroi* deixou um claro na formação francesa e alguns homens gritaram, irados, chegando a acusar Vexille de covarde, mas o conde de Astarac ignorou a zombaria enquanto passava em diagonal pela parte de trás da linha, indo para o ponto em que calculava que seus cavaleiros estavam exatamente em frente aos homens do príncipe, e ali encontrou um espaço imprevisto, forçou a entrada de seu cavalo no espaço e deixou seus homens o seguirem da melhor maneira que pudessem.

A trinta passos à esquerda de Vexille, um *conroi* com insígnias mostrando falcões amarelos num campo azul subia a trote o morro inglês. Vexille não viu o estandarte de Sir Guillaume, nem Sir Guillaume viu a insígnia do *yale* de seu inimigo. Os dois estavam observando o morro em frente, perguntando-se quando os arqueiros iriam atirar e admirando a bravura dos sobreviventes da primeira carga, que repetidamente recuavam alguns passos, tornavam a se formar e atacavam de novo a teimosa linha inglesa. Nenhum homem ameaçava quebrar a resistência do inimigo, mas ainda assim eles tentavam, mesmo quando estavam feridos e seus corcéis mancavam. Então, quando a segunda carga francesa se aproximava da linha de besteiros genoveses mortos pelos arqueiros ingleses, mais trombetas soaram no morro francês e os cavalos ergueram as orelhas para trás e tentaram passar para o meio-galope. Homens contiveram os cavalos e torceram-se desajeitados nas selas para espiarem pelas aberturas da viseira, a fim de descobrir o que as trombetas queriam dizer, e viram que os últimos cavaleiros franceses, o rei e os guerreiros de sua comitiva, e o rei cego da Boêmia e seus companheiros, avançavam a trote para acrescentar seu peso e suas armas à matança. O rei da França cavalgava sob sua bandeira azul, exibindo a flor-de-lis dourada, enquanto a bandeira do rei da Boêmia mostrava três penas brancas sobre um campo vermelho-escuro. Agora todos os cavaleiros da França estavam engajados. Os tambores suavam, os padres rezavam e os trombeteiros reais sopraram uma grande fanfarra como presságio da morte do exército inglês.

O conde de Alençon, irmão do rei, iniciara a carga alucinada que deixara tantos franceses mortos na encosta distante, mas o conde também estava morto, a perna quebrada pelo cavalo ao cair e o crânio esmagado por um machado inglês. Os homens que ele comandara, aqueles que ainda viviam, estavam aturdidos, feridos por flechas, cegos pelo suor e cansados, mas continuavam a lutar, girando os cavalos cansados para golpear com espadas, clavas e machados contra soldados, que desviavam os golpes com escudos e metiam suas espadas entre as pernas dos cavalos. Então uma nova trombeta soou muito mais perto da escaramuça. As notas saíam em urgentes tercetos que se seguiam uns aos outros, e alguns cavaleiros reconheceram o toque e entenderam que estavam recebendo ordem de recuar. Não bater em retirada, mas abrir caminho, porque o maior ataque ainda estava por vir.

— Deus salve o rei — disse Will Skeat macambúzio, porque só lhe restavam dez flechas e metade da França avançava contra ele.

Thomas observava o estranho ritmo da batalha, a estranha calmaria na violência e a súbita ressurreição do horror. Homens lutavam como demônios e pareciam invencíveis, e quando os cavaleiros recuavam para se reagrupar, apoiavam-se nos escudos e espadas e pareciam homens próximos da morte. Os cavalos tornavam a se mexer, vozes inglesas gritavam avisos, os soldados endireitavam o corpo e erguiam as espadas já chanfradas. O barulho no morro era avassalador: o ocasional estalar dos canhões que de pouco adiantavam, exceto fazer com que o campo de batalha fedesse com o cheiro negro do inferno, os gritos dos cavalos, o clangor das armas como de ferreiros, homens ofegando, gritando e gemendo. Cavalos moribundos mostravam os dentes e batiam as patas com força na relva. Thomas piscou para tirar o suor dos olhos e observou a longa encosta coberta de cavalos mortos, dezenas deles, talvez centenas, e depois deles, aproximando-se dos corpos dos genoveses que tinham morrido sob o açoite das flechas, ainda mais cavaleiros chegavam sob uma nova camada de bandeiras vistosas. Sir Guillaume? Onde estava ele? Teria sobrevivido? Então Thomas percebeu que a terrível carga inicial, quando as flechas derrubaram tantos cavalos e homens, tinha sido apenas isso, um início. A batalha de verdade começava naquele momento.

— Will! Will! — a voz do padre Hobbe chamava de algum ponto atrás dos soldados. — Sir William!

— Aqui, padre!

Os soldados abriram caminho para o padre, que levava uma grande quantidade de feixes de flechas e conduzia um garoto amedrontado que levava ainda mais.

— Um presente dos arqueiros reais — disse o padre Hobbe, e despejou as flechas na relva.

Thomas viu que as flechas tinham as penas tintas de vermelho dos arqueiros do rei. Sacou a faca, cortou uma fita que prendia as flechas e enfiou as novas na sua sacola.

— Em linha! Em linha! — gritou o conde de Northampton em voz rouca.

Seu elmo estava profundamente chanfrado sobre a têmpora direita e seu casaco manchado com gotas de sangue. O príncipe de Gales berrava insultos aos franceses, que desviavam seus cavalos e se afastavam, voltando pela confusa extensão de mortos e feridos.

— Arqueiros! — bradou o conde, e puxou o príncipe para o meio dos soldados que lentamente entravam em formação. Dois homens apanhavam lanças inimigas que tinham caído, para rearmar a fileira da frente. — Arqueiros! — tornou a bradar o conde.

Will Skeat levou seus homens de volta à antiga posição em frente do conde.

— Estamos aqui, senhor conde.

— Vocês têm flechas?

— Algumas.

— O bastante?

— Algumas — respondeu Skeat, teimoso.

Thomas deu um pontapé numa espada quebrada em que ele pisara. A dois ou três passos à sua frente estava um cavalo morto, as moscas arrastando-se em seus grandes olhos brancos e sobre o sangue que brilhava no focinho preto. A manta era branca e amarela, e o cavaleiro que o montara estava preso sob o corpo. A viseira do homem estava erguida. Muitos soldados franceses e quase todos os soldados ingleses lutavam com viseiras abertas e os olhos daquele homem morto olhavam fixamente para Thomas, e de repente piscaram.

— Meu doce Jesus — praguejou Thomas, como se tivesse visto um fantasma.

— Tenha piedade — sussurrou o homem em francês. — Pelo amor de Deus, tenha piedade.

Thomas não ouviu o que ele disse, porque o ar estava tomado pelo trotar de patas e zurrar de trombetas.

— Deixem-no! Estão derrotados! — berrou Will Skeat, porque alguns de seus homens estavam prestes a disparar seus arcos contra os cavaleiros que tinham sobrevivido à primeira carga e recuado para realinhar suas fileiras bem ao alcance dos arcos.

— Esperem! — gritou Skeat. — Esperem!

Thomas olhou para a esquerda. Havia homens e cavalos mortos por quase dois quilômetros ao longo da encosta, mas parecia que os franceses só tinham conseguido chegar à linha inglesa no ponto em que ele se achava. Agora eles vinham outra vez, e ele piscou para tirar o suor dos olhos e observou a carga subir a encosta. Dessa vez, vinham devagar, mantendo a disciplina. Um dos cavaleiros na fileira da frente usava extravagantes plumas brancas e amarelas em seu elmo, como se estivesse numa justa. Aquele era um homem morto, pensou Thomas, porque nenhum arqueiro poderia resistir a um alvo assim tão vistoso.

Thomas tornou a olhar para a carnificina em frente. Haveria ingleses entre os mortos? Parecia impossível que não, mas ele não via nenhum. Um francês, uma flecha enfiada fundo na coxa, cambaleava formando um círculo entre os corpos, e então desabou de joelhos. Sua cota de malha estava rasgada na cintura e a viseira de seu elmo pendurada num só rebite. Por um instante, com as mãos fechadas sobre o botão do punho da espada, ele pareceu um homem rezando, e depois caiu lentamente para a frente. Um cavalo ferido relinchou. Um homem tentou se levantar e Thomas viu a cruz vermelha de São Jorge em seu braço, e os quartéis vermelho e amarelo do conde de Oxford no seu manto. Então, apesar de tudo, havia baixas inglesas.

— Esperem! — gritou Skeat. Thomas ergueu os olhos e viu que os cavaleiros estavam mais perto, muito mais perto. Puxou o arco preto. Ele havia disparado tantas flechas, que os dois dedos calejados da mão direita que seguravam a corda estavam doloridos, enquanto que o lado da mão esquerda ficara em carne viva pelo atrito das penas de ganso deslocando-se em velocidade contra a pele. Os longos músculos das costas e dos braços doíam. Ele sentia sede.

— Esperem! — tornou a gritar Skeat, e Thomas afrouxou a corda alguns centímetros.

A ordem cerrada da segunda carga fora rompida pelos corpos dos besteiros, mas os cavaleiros voltavam a se formar e estavam bem dentro do raio de ação dos arcos. Mas Will Skeat, sabendo da pouca quantidade de flechas de que dispunha, queria que todas fossem aproveitadas.

— Mirem bem, rapazes — bradou ele. — Nós agora não temos aço para desperdiçar; por isso, mirem bem! Matem os malditos cavalos.

Os arcos esticaram-se na sua extensão máxima e a corda queimava como fogo os dedos doloridos de Thomas.

— Agora!

Skeat gritou e uma nova onda de flechas deslizou pela encosta, dessa vez com penas vermelhas em meio às brancas. A corda do arco de Jake arrebentou e ele praguejou enquanto procurava, afobado, a sobressalente. Uma segunda onda foi lançada, suas penas assobiando no ar, e então as terceiras flechas estavam nas cordas quando a primeira onda atingiu o alvo. Cavalos gritaram e empinaram. Os cavaleiros esquivaram-se e acionaram as esporas como se compreendessem que a maneira mais rápida de escapar das flechas era atropelar os arqueiros. Thomas atirava sem parar, agora sem pensar, apenas procurando um cavalo, seguindo à frente dele com a ponta de aço da flecha e depois disparando. Apanhou uma flecha de penas brancas e viu sangue nos cálamos, percebendo que os dedos que manejavam o arco sangravam pela primeira vez desde que ele era menino. Disparou repetidas vezes, até os dedos ficarem em carne viva e ele quase chorar de dor, mas a segunda carga perdera toda a coesão à medida que as pontas farpadas torturavam os cavalos e os cavaleiros deparavam-se com os cadáveres deixados pelo primeiro ataque. Os franceses estavam paralisados, incapazes de avançar para o açoite das flechas, mas sem querer bater em retirada. Cavalos e homens caíam, os tambores continuavam batendo e os cavaleiros da retaguarda empurravam as fileiras da frente para o campo sangrento, onde os fossos esperavam e as flechas picavam. Thomas disparou outra flecha, observou as penas vermelhas penetrarem no peito de um cavalo, depois revirou a sacola para descobrir que só restava uma flecha. Ele praguejou.

— Flechas? — bradou Sam, mas ninguém tinha flecha para ceder.

Thomas disparou a sua última e depois voltou-se para procurar um espaço nos soldados que lhe permitisse fugir dos cavaleiros que sem dúvida alguma chegariam, agora que as flechas tinham acabado, mas não havia espaço algum.

Sentiu uma batida no coração de terror. Não havia escapatória, e os franceses estavam chegando. Então, quase sem pensar, colocou a mão direita sob a ponta de osso do arco e atirou-o bem para o alto, por cima dos soldados ingleses, para que caísse atrás deles. O arco, agora, era um empecilho, de modo que se livraria dele, e Thomas apanhou um escudo que tinha caído, pedindo a Deus que o escudo exibisse uma insígnia inglesa, e enfiou o braço esquerdo nas alças apertadas. Sacou a espada e recuou entre duas das lanças seguras pelos soldados. Outros arqueiros faziam o mesmo.

— Deixem entrar os arqueiros! — gritou o conde de Northampton. — Deixem-nos entrar!

Mas os soldados estavam amedrontados demais pelos franceses que se aproximavam para abrir suas linhas.

— Prontos! — gritou um homem. — Prontos! — Havia um tom de histeria em sua voz.

Os cavaleiros franceses, agora que as flechas estavam esgotadas, subiam pela encosta por entre os corpos e os fossos. Suas lanças estavam abaixadas e suas esporas cutucavam, exigindo um último esforço dos cavalos antes de chegarem ao inimigo. As capas dos cavalos estavam salpicadas de lama e tinham flechas penduradas. Thomas ficou observando uma lança, manteve erguido o escudo ao qual não estava acostumado e pensou como era monstruosa a aparência dos rostos de aço do inimigo.

— Você vai se sair bem, rapaz — disse uma voz tranqüila atrás dele. — Mantenha o escudo erguido e ataque o cavalo.

Thomas olhou de relance e viu que era Reginald Cobham, de cabelos grisalhos, o velho paladino em pessoa, em pé na fileira da frente.

— Agüentem firme! — gritou Cobham.

Os cavalos estavam em cima deles, vastos e altos, lanças estiradas, o barulho das patas e o tilintar avassalador das malhas. Franceses gritavam vitória enquanto se inclinavam para o golpe.

— Agora, matem-nos! — gritou Cobham.

As lanças atingiram os escudos e Thomas foi jogado para trás. Uma pata pisou-lhe o ombro, mas um homem atrás puxou-o para que ficasse em pé, de modo que ele foi apertado com força contra o cavalo inimigo. Não tinha espaço para usar a espada, e o escudo estava espremido contra o lado de seu corpo. Em suas narinas havia o fedor de suor e sangue de cavalo. Alguma coisa atingiu seu elmo, fazendo com que seu crânio vibrasse e a visão escurecesse, e então milagrosamente a pressão passou e ele viu uma nesga de luz do dia e cambaleou na direção dela, brandindo a espada para o local em que pensava que o inimigo estivesse.

— Escudo para cima! — berrou uma voz e ele obedeceu por instinto, apenas para ter o escudo golpeado, mas a visão enevoada estava ficando mais nítida e ele viu uma capa de cavalo de cores brilhantes e um pé protegido com cota de malha num grande estribo de couro, perto, à esquerda. Enfiou a espada na capa e no ventre do cavalo e o animal contorceu-se para livrar-se dele. Thomas foi arrastado junto com ele pela espada presa, mas conseguiu dar um puxão violento que a liberou, com tamanha força, que o recuo atingiu um escudo inglês.

A carga não rompera a linha, mas rompera-se contra ela, como uma onda do mar ao atingir um rochedo. Os cavalos recuaram e os soldados ingleses avançaram para atacar os cavaleiros que abandonavam as lanças para sacar as espadas. Thomas foi empurrado para o lado pelos soldados. Estava ofegante, tonto e cego pelo suor. A cabeça era uma mancha de dor. Um arqueiro jazia morto à sua frente, a cabeça esmagada por uma pata. Por que o homem não usava elmo? Então os soldados recuavam, enquanto mais cavaleiros passavam por entre os mortos para engrossar o combate, todos forçando a passagem em direção à bandeira do príncipe de Gales, que era a mais elevada. Thomas bateu com força com o escudo na cara de um cavalo, sentiu na espada um golpe para desviá-la e espetou a lâmina no flanco do cavalo. O cavaleiro lutava com um homem do outro lado do cavalo e Thomas viu um pequeno espaço entre o arção da sela e a camisa de malha do homem, enfiando a espada na barriga do francês, ouvindo o rugido de raiva do homem transformar-se num berro, e viu que o cavalo estava caindo em sua direção. Com dificuldade, saiu do caminho, empurrando um homem da frente antes que o cavalo caísse num estrondo de armadura e patas batendo. Soldados ingleses passaram em ondas sobre o cavalo moribundo para enfrentar o inimigo seguinte. Um cavalo com uma garrocha de ferro cravada fundo na anca empinava e atacava com as patas. Outro cavalo tentou morder Thomas e ele o agrediu com o escudo, e depois atacou com a espada o cavaleiro, mas o homem girou o cavalo e se afastou, e Thomas procurou desesperadamente pelo próximo inimigo.

— Nada de prisioneiros! — berrou o conde, vendo um homem tentando conduzir um francês para fora da escaramuça. O conde jogara seu escudo fora e brandia a espada com as duas mãos, usando-a como o machado de um madeireiro e desafiando qualquer francês a enfrentá-lo. Eles aceitaram o desafio. Mais e mais cavaleiros entraram no horror; pareciam não ter fim. O céu estava brilhante de bandeiras e com estrias de aço, a relva goivada pelo ferro e escorregadiça devido ao sangue. Um francês golpeou com a borda inferior do escudo o elmo de um inglês, girou o cavalo, enfiou a espada nas costas de um arqueiro, girou novamente e golpeou com o escudo o homem ainda tonto pela pancada. *"Montjoie St Denis!"* — gritou ele.

— São Jorge! — O conde de Northampton, viseira erguida e rosto com fios de sangue, enfiou a espada por uma fresta numa testeira para tirar o olho de um cavalo. O animal empinou e o cavaleiro caiu, sendo pisoteado por um cavalo que vinha atrás. O conde procurou pelo príncipe e não o viu, e depois não pôde mais procurar, porque um novo *conroi* com cruzes brancas em escudos negros forçava a passagem pela escaramuça, empurrando amigo e inimigo para fora do caminho enquanto carregava suas lanças em direção à bandeira do príncipe.

Thomas viu uma lança com anteparo vindo em sua direção e jogou-se ao chão, onde encolheu-se todo, formando uma bola, e deixou os pesados cavalos passarem.

Sir Guillaume d'Evecque nunca vira nada igual. Esperava nunca tornar a ver. Viu um grande exército rompendo contra uma linha de homens a pé.

Era verdade que a batalha não estava perdida e Sir Guillaume se convencera de que ainda podia ser vencida, mas também estava ciente de uma preguiça fora do comum que tomava conta dele. Ele gostava de guerra. Adorava a liberação da guerra, deliciava-se com a imposição de sua vontade a um inimigo e ele sempre lucrava com o combate, mas de repente sentiu que não queria arremeter morro acima. Havia um mau presságio naquele lugar, e ele afastou aquele pensamento e esporeou o cavalo. *"Montjoie St Denis!"*, gritou ele, mas sabia que estava apenas fingindo o entusiasmo. Ninguém mais na carga parecia atormentado por dúvidas. Os cavaleiros começavam a empurrar uns aos outros ao se esforçarem para mirar as lanças na linha inglesa. Muito poucas flechas voavam agora, e nenhuma vinha do caos lá em frente, onde a bandeira do príncipe de Gales tremulava muito alto. Cavaleiros agora atacavam ao longo de toda a linha, golpeando os ingleses com espadas e machados, mas um número cada vez maior de homens cortava a encosta em diagonal para entrar na fúria na esquerda inglesa. Era lá, disse Sir Guillaume a si mesmo, que a batalha seria vencida e os ingleses, derrotados. Ia ser uma tarefa difícil, é claro, e sangrenta, forçar a passagem pelas tropas inglesas, mas assim que os cavaleiros franceses ficassem atrás da linha inglesa, ela desabaria como madeira podre, e quantidade alguma de reforços vindos do alto do morro poderia deter aquela debandada em pânico. Por isso, lute, disse ele para si mesmo, lute, mas ainda havia o importuno medo de que ele estava cavalgando para o desastre. Nunca sentira nada parecido, e teve raiva disso, amaldiçoando a si mesmo por ser um covarde!

Um cavaleiro francês desmontado, o protetor do rosto do elmo arrancado e sangue pingando da mão que segurava uma espada partida, enquanto a outra mão agarrava os restos de um escudo que tinha sido dividido em dois, desceu o morro cambaleando e depois caiu de joelhos e vomitou. Um cavalo sem cavaleiro, estribos balançando, atravessou a galope, os olhos brancos, a linha que avançava, com a capa rasgada sendo arrastada na relva. O chão, ali, estava salpicado das penas brancas das flechas caídas, parecendo um campo de flores.

— Vamos! Vamos! Vamos! — gritou Sir Guillaume para seus homens, e sabia que estava gritando consigo mesmo. Ele nunca diria aos soldados que fossem para um campo de batalha, mas que viessem, que o seguissem, e amaldiçoou a si mesmo por usar aquela palavra e olhou para a frente, à procura de uma vítima para a sua lança, e tomou cuidado com os fossos, tentando ignorar a escaramuça que ficava logo à sua direita. Planejava ampliar a escaramuça perfurando a linha inglesa no ponto em que ela ainda lutava um pouco. Morra como herói, disse ele a si mesmo, leve a maldita lança até o alto do morro e que ninguém jamais diga que Sir Guillaume d'Evecque era um covarde.

Então ouviu-se uma grande ovação à sua direita e ele teve a coragem de olhar para lá, para longe dos fossos. Viu que a grande bandeira do príncipe de Gales caía em meio aos homens que lutavam. Os franceses ovacionavam e o desânimo de Sir Guillaume passou como que por mágica, porque era uma bandeira francesa que avançava, indo para o ponto em que a bandeira do príncipe tremulara. Sir Guillaume viu o estandarte. Viu e olhou fixo para ele. Viu um *yale* segurando uma taça e apertou os joelhos para fazer o cavalo girar, gritando para que seus homens o seguissem.

— À guerra! — gritou ele. Matar. E não havia mais desânimo nem dúvidas. Porque Sir Guillaume encontrara seu inimigo.

O rei viu os cavaleiros inimigos com os escudos com cruzes brancas romperem o batalhão de seu filho e viu o estandarte do filho cair. Não conseguiu ver a armadura preta do filho. Nada se refletia em seu rosto.

— Deixe-me ir! — pediu o bispo de Durham.

O rei afastou com a mão uma mosca do pescoço de seu cavalo.

— Reze por ele — instruiu ele ao bispo.

— Para que diabos vai servir uma oração? — perguntou o bispo, e ergueu sua temível clava. — Deixe-me ir, majestade!

— Eu preciso do senhor aqui — disse o rei, delicado — e o rapaz precisa aprender como eu aprendi.

Eu tenho outros filhos homens, disse Eduardo da Inglaterra para si mesmo, embora nenhum igual àquele. Aquele filho será um grande rei um dia, um rei guerreiro, um flagelo de nossos inimigos. Se sair vivo. E ele tem de aprender a viver no caos e no terror da batalha.

— O senhor fica — disse ele ao bispo, com firmeza, e fez um gesto para um arauto. — Aquela insígnia — disse ele, apontando para o estandarte vermelho com o *yale* —, de quem é?

O arauto olhou demoradamente para o estandarte e franziu o cenho como se tivesse dúvidas quanto à sua opinião.

— E então? — instigou-o o rei.

— Eu não a vejo há 16 anos — disse o arauto, parecendo, pelo tom de voz, duvidar de seu julgamento —, mas acredito que seja a insígnia da família Vexille, majestade.

— Os Vexille? — perguntou o rei.

— Os Vexille? — urrou o bispo. — Os Vexille! Malditos traidores. Eles fugiram da França no reinado do seu bisavô, majestade, e ele deu terras a eles em Cheshire. E depois eles se aliaram ao Mortimer.

— Ah! — disse o rei, com um meio-sorriso. Então os Vexille tinham apoiado sua mãe e o amante dela, Mortimer, que, juntos, tentaram impedir que ele ocupasse o trono. Não era de admirar que eles lutassem bem. Estavam tentando vingar a perda de suas propriedades em Cheshire.

— O filho mais velho nunca saiu da Inglaterra — disse o bispo, olhando para a luta na encosta, que se ampliava. Ele precisou erguer a voz para ser ouvido acima do barulho de aço. — Era um sujeito estranho. Virou padre! Acredita nisso? Um filho mais velho! Ele não gostava do pai, segundo dizia, mas nós o prendemos, mesmo assim.

— Por ordem minha? — perguntou o rei.

— Vossa majestade era muito jovem, de modo que um dos membros de seu conselho tomou as providências para que o padre Vexille não provocasse encrenca. Isolou-o num mosteiro, depois bateu nele e deixou-o passando fome até que ele se convenceu de que era santo. Depois disso, ficou inofensivo e eles o colocaram numa paróquia do interior, para apodrecer. A esta altura, já deve ter morrido.

O bispo franziu o cenho, porque a linha inglesa estava se curvando para trás, empurrada pelo *conroi* de cavaleiros Vexille.

— Deixe-me descer até lá, majestade — implorou ele —, eu lhe rogo, deixe-me levar meus homens lá para baixo.

— Eu lhe pedi que rogasse a Deus e não a mim.

— Eu tenho vinte padres rezando — disse o bispo — e os franceses, também. Nós estamos deixando Deus surdo com as nossas orações. Por favor, majestade, eu lhe suplico!

O rei cedeu.

— Vá a pé — disse ele ao bispo — e só com um *conroi*.

O bispo soltou um urro de triunfo e deslizou desajeitado das costas de seu corcel.

— Barratt! — gritou ele para um de seus soldados. — Traga seus homens! Vamos!

O bispo ergueu sua clava cheia de pontas ameaçadoras e desceu o morro correndo, gritando para os franceses que chegara a hora da morte deles.

O arauto contou o *conroi* que seguiu o bispo encosta abaixo.

— Será que vinte homens podem fazer diferença, majestade? — perguntou ele ao rei.

— Vai fazer pouca diferença para o meu filho — disse o rei, na esperança de que o filho ainda vivesse —, mas uma grande diferença para o bispo. Acho que ficaria com um inimigo na Igreja para sempre se não o liberasse para realizar sua paixão.

Ficou observando o bispo abrir caminho empurrando as fileiras inglesas de trás e, ainda gritando, meter-se na escaramuça. Ainda não havia sinal da armadura preta do príncipe, nem de seu estandarte.

O arauto fez seu palafrém recuar, afastando-se do rei, que fez o sinal-da-cruz e depois torceu a espada de punho de rubis para se certificar de que a chuva que caíra antes, naquele dia, não tinha enferrujado a lâmina, grudando-a na entrada de metal da bainha. A arma mexeu-se com facilidade e ele sabia que ainda poderia precisar dela, mas por enquanto cruzou sobre o arção da sela as mãos protegidas por malhas e ficou apenas assistindo à batalha.

Decidiu que iria deixar o filho vencê-la. Ou, então, que perderia o filho.

O arauto deu uma olhada rápida em direção a seu rei e viu que os olhos de Eduardo da Inglaterra estavam fechados. O rei estava rezando.

A batalha espalhara-se pelo morro. Todas as partes da linha inglesa estavam envolvidas, agora, embora na maioria dos pontos a luta estivesse fraca. As flechas tinham feito suas baixas, mas não restava nenhuma, e assim os franceses podiam avançar a cavalo até chegarem aos soldados desmontados. Alguns franceses tentavam romper a linha, mas a maioria se contentava em gritar insultos na esperança de atraírem alguns dos ingleses desmontados para que saíssem do muro de escudos. Mas a disciplina inglesa resistia. Eles rebatiam insulto com insulto, convidando os franceses para morrerem em suas espadas.

Só no ponto em que a bandeira do príncipe de Gales tremulara a luta estava feroz, e lá, e por uns cem passos para cada lado, os dois exércitos tinham ficado inextricavelmente emaranhados. A linha inglesa fora rompida, mas não perfurada. As fileiras de trás ainda defendiam o morro enquanto as da frente tinham se espalhado misturadas ao inimigo, onde lutavam contra os cavaleiros que as cercavam. Os condes de Northampton e Warwick tinham tentado manter a linha firme, mas o príncipe de Gales rompera a formação com a sua ânsia de levar a luta ao inimigo e os guarda-costas do príncipe estavam, agora, na encosta perto dos fossos, onde muitos cavalos jaziam com pernas quebradas. Foi lá que Guy Vexille golpeara com a lança o porta-bandeira do príncipe, fazendo com que a grande bandeira, com seus lírios, leopardos e a borda dourada, fosse pisoteada pelas patas ferradas de seu *conroi*.

Thomas estava a vinte metros de distância, encolhido, colado na barriga sangrenta de um cavalo morto e encolhendo-se mais ainda toda vez que outro corcel passava perto dele. O barulho era esmagador, mas em meio aos gritos e às batidas ele ouviu vozes inglesas que ainda gritavam desafios. Ergueu a cabeça e viu Will Skeat com o padre Hobbe, um grupo de arqueiros e dois soldados defendendo-se de cavaleiros franceses. Thomas ficou tentado a permanecer em seu abrigo fedendo a sangue, mas reagiu e, desajeitado, passou por cima do corpo do cavalo e correu para o lado de Skeat. Uma espada francesa resvalou em seu elmo, ele esbarrou na anca de um cavalo e, cambaleando, juntou-se ao pequeno grupo.

— Ainda está vivo, rapaz? — disse Skeat.

— Jesus — blasfemou Thomas.

— Ele não está interessado. Venha, seu bastardo! Vamos! — Skeat gritava para um francês, mas o inimigo preferiu levar sua lança intacta para a batalha que era travada em torno da bandeira caída. — Eles ainda estão vindo — disse Skeat em tom de perplexidade. — Os malditos bastardos não acabam.

Um arqueiro com o uniforme verde e branco do príncipe, sem elmo e sangrando de um profundo ferimento no ombro, correu em direção ao grupo de Skeat. Um francês o viu, girou o cavalo com simplicidade e golpeou com uma alabarda.

— Que bastardo! — disse Sam e, antes que Skeat pudesse detê-lo, saiu do grupo correndo e saltou para a garupa do cavalo do francês. Passou um braço pelo pescoço do cavaleiro e simplesmente caiu para trás, arrastando o homem da sela. Dois soldados inimigos tentaram intervir, mas o cavalo da vítima estava no caminho.

— Protejam-no! — berrou Skeat, e liderou seu grupo para o ponto em que Sam agredia com os punhos a armadura do francês. Skeat empurrou Sam, ergueu o peitoral do francês apenas o suficiente para permitir a entrada de uma espada, e enfiou sua lâmina no peito do homem.

— Bastardo — disse Skeat. — Você não tem o direito de matar arqueiros. Bastardo.

Ele torceu a espada, enfiou-a ainda mais e depois retirou-a com um safanão.

Sam ergueu a alabarda e sorriu.

425

CRÉCY

— Boa arma — disse ele, e então se voltou quando dois pretensos salvadores chegaram a cavalo. — Bastardos, bastardos — gritava Sam enquanto golpeava com a alabarda o cavalo mais próximo. Skeat e um dos soldados brandiam espadas contra o outro animal. Thomas tentou protegê-los com o seu escudo enquanto golpeava o francês, e sentiu a espada desviada por um escudo ou uma armadura, e então os dois cavalos, ambos sangrando, se afastaram.

— Fiquem juntos — disse Skeat —, fiquem juntos. Vigie as nossas costas, Tom.

Thomas não respondeu.

— Tom! — berrou Skeat.

Thomas tinha avistado a lança. Havia milhares de lanças no campo, mas a maioria era pintada em cores espiraladas, e aquela era preta, empenada e fraca. Era a lança de São Jorge que estivera pendurada nas teias de aranha da nave de sua infância e agora estava sendo usada como mastro de uma bandeira, e a bandeira que pendia da lâmina prateada era vermelha como sangue e bordada com um *yale* de prata. Seu coração balançou. A lança estava ali! Todos os mistérios que ele tentara tanto evitar estavam naquele campo de batalha. Os Vexille estavam ali! O assassino de seu pai talvez estivesse ali.

— Tom! — tornou a gritar Skeat.

Thomas apenas apontou para a bandeira.

— Eu tenho que matá-los.

— Não seja tolo, Tom — disse Skeat, e deu um salto para trás quando um cavaleiro surgiu da parte mais baixa da encosta. O homem tentou desviar-se do grupo da infantaria, mas o padre Hobbe, o único homem que ainda levava um arco, anfiou a arma nas pernas dianteiras do cavalo, entrelaçando-as e quebrando o arco. O cavalo caiu com um estrondo ao lado deles e Sam meteu a alabarda na espinha do cavaleiro, que gritava.

— Vexille! — Thomas gritava o mais alto que podia. — Vexille!

— Perdeu a porcaria do juízo — disse Skeat ao padre Hobbe.

— Não perdeu, não — disse o padre. Ele agora estava sem arma nenhuma, mas quando Sam terminara de meter sua nova arma em malha e couro, o padre pegou a cimitarra do francês morto, que brandiu, demonstrando aprovação.

— Vexille! Vexille! — berrava Thomas.

Um dos cavaleiros que estava próximo do estandarte com o *yale* ouviu o grito e girou seu elmo, o protetor para o nariz lembrando o nariz de um porco. A Thomas pareceu que o homem olhou para ele através das aberturas para os olhos no protetor por um longo tempo, embora pudesse ser apenas por um instante ou dois, porque o homem estava sendo atacado por homens a pé. Ele se defendia com habilidade, o cavalo dançando os passos da batalha para evitar que lhe acertassem os jarretes, e o cavaleiro derrubou a espada de um inglês e passou a espora esquerda na cara do outro antes de girar o ágil cavalo e matar o primeiro homem, com um golpe de espada. O segundo se afastou cambaleando e o cavaleiro com o protetor de nariz voltou-se e trotou em direção a Thomas.

— Está provocando encrenca — grunhiu Skeat, mas foi para o lado de Thomas. O cavaleiro deu uma guinada no último momento e golpeou com a espada. Thomas escorou o golpe e ficou chocado com a força do golpe do homem, que deixou dolorido até o ombro o braço que segurava o escudo. O cavalo se afastou, girou, voltou e o cavaleiro tornou a bater em Thomas. Skeat deu uma estocada no cavalo, mas o corcel usava uma cota de malha por baixo da capa e a espada resvalou. Thomas escorou de novo o golpe e a força da pancada o deixou de joelhos, exausto. Então o cavaleiro estava a três passos de distância, o corcel girava depressa e o cavaleiro ergueu a mão que usava a espada para erguer o protetor do nariz, e Thomas viu que ele era Sir Simon Jekyll.

O ódio subiu em Thomas como fel e, ignorando o grito de alerta de Skeat, ele avançou correndo, a espada oscilando. Sir Simon aparou o golpe com uma facilidade desdenhosa, o cavalo treinado afastou-se delicadamente de lado e a espada de Sir Simon estava voltando rápida. Thomas teve de se torcer para o lado e mesmo assim, embora fosse ligeiro, a lâmina bateu contra o seu elmo com uma força estonteante.

— Desta vez, você vai morrer — disse Sir Simon, e investiu com a espada, golpeando com força mortal o peito de Thomas, vestido de cota de malha, mas Thomas tropeçara num cadáver e já estava caindo para trás. O golpe empurrou-o, fazendo com que caísse mais depressa, e ele se estatelou de costas, a cabeça girando com a pancada no elmo. Já não havia ninguém para ajudá-lo, porque ele se afastara correndo do grupo de Skeat, que estava se defendendo de uma nova onda de cavaleiros. Thomas tentou levantar-se, mas uma dor rachou-lhe a cabeça e ele estava sem fôlego por causa do golpe no peito. E então Sir Simon estava se inclinando em sua sela e sua longa espada procurava o rosto desprotegido de Thomas.

— Maldito bastardo — disse Sir Simon, e então escancarou a boca como se estivesse bocejando. Olhou para Thomas e vomitou um jato de sangue que borrifou o rosto de Thomas. Uma lança atravessara o lado de Sir Simon e Thomas, sacudindo o sangue dos olhos, viu que um francês enfiara a lança azul e amarela. Um cavaleiro? Só os franceses estavam montados, mas Thomas vira o cavaleiro largar a lança que estava pendurada no lado de Sir Simon e agora o inglês, olhos girando, balançava em sua sela, sufocando e morrendo. E então Thomas viu as capas dos animais dos cavalareiros que tinham passado por ele em disparada. Exibiam falcões amarelos num campo azul.

Thomas se levantou com dificuldade. Meu doce Cristo, pensou ele, mas tinha de aprender a lutar com uma espada. Um arco não era suficiente. Os homens de Sir Guillaume já tinham passado por ele, penetrando no *conroi* dos Vexille. Will Skeat gritou para que Thomas voltasse, mas ele, teimoso, foi atrás dos homens de Sir Guillaume. Franceses estavam lutando contra franceses! Os Vexille tinham quase rompido a linha inglesa, mas agora tinham de defender suas costas enquanto os soldados ingleses tentavam derrubá-los de suas selas.

— Vexille! Vexille! — gritava Sir Guillaume, sem saber qual dos homens com viseiras abaixadas era o seu inimigo. Bateu repetidas vezes no escudo de um homem, fazendo-o inclinar-se para trás na sela, e depois deu uma cutilada com a espada no pescoço do cavalo e o animal desabou, e um inglês, um padre, golpeava com uma cimitarra a cabeça do cavaleiro caído.

Um lampejo de cor subindo fez com que Sir Guillaume olhasse para a sua direita. O estandarte do príncipe de Gales fora recuperado e hasteado. Ele olhou para trás à procura de Vexille, mas viu apenas meia dúzia de cavaleiros com cruzes brancas em seus escudos negros. Seguiu depressa em direção a eles, ergueu seu escudo para escorar um golpe de machado e enfiou a espada na coxa de um homem, torceu-a para arrancá-la, sentiu uma pancada nas costas, girou o cavalo com uma pressão do joelho e escorou um golpe de espada de baixo para cima. Homens gritavam com ele, querendo saber por que ele combatia o seu próprio lado, e então o porta-bandeira dos Vexille começou a cair quando seu cavalo teve os jarretes cortados. Dois arqueiros golpeavam as pernas do animal e o *yale* de prata caiu no meio da escaramuça quando Henry Colley soltou a velha lança e sacou a espada.

— Bastardos! — gritava ele para os homens que tinham cortado os jarretes de seu cavalo. — Bastardos!

Ele arriou a espada, penetrando no ombro de um homem protegido por uma cota de malha, e um grande rugido fez com que se voltasse para ver um homem corpulento, de armadura, cota de malha e um crucifixo pendurado no pescoço, brandindo uma clava. Colley, ainda montado no cavalo em queda, atacou o bispo, que desviou a espada com o escudo e depois arriou a clava no elmo de Colley.

— Em nome de Deus! — vociferou o bispo enquanto puxava as pontas para libertá-las do elmo amassado. Colley estava morto, o crânio esmagado, e o bispo brandiu a clava ensangüentada contra um cavalo com uma capa amarela e azul, mas o cavaleiro desviou-se no último instante.

Sir Guillaume não viu o bispo com a clava. Em vez disso, viu que um dos membros do *conroi* dos Vexille usava uma armadura mais bonita do que os demais e esporeou forte o seu cavalo para chegar até aquele homem, mas sentiu o cavalo tropeçar e olhou para trás para ver de relance, através das limitadoras aberturas para os olhos de sua viseira, que ingleses golpeavam as pernas traseiras do cavalo. Ele afastou as espadas com golpes, mas o animal estava desabando e uma voz potentíssima gritava:

— Abram caminho! Eu quero matar o bastardo. Em nome de Cristo, saiam da frente!

Sir Guillaume não entendeu as palavras, mas de repente um braço estava em volta de seu pescoço e ele estava sendo puxado da sela. Gritou de raiva, depois perdeu o fôlego quando bateu no chão. Um homem o mantinha deitado e Sir Guillaume tentou atingi-lo com a espada, mas seu cavalo ferido esperneava a seu lado, ameaçando rolar para cima dele e o atacante de Sir Guillaume arrastou-o para longe, torcendo a espada do francês para tirá-la dele.

— Fique aí deitado! — Uma voz berrou para Sir Guillaume.
— O maldito bastardo está morto? — bradou o bispo.
— Ele está morto! — berrou Thomas.
— Louvado seja Deus! Vamos! Vamos! Matem!
— Thomas? — Sir Guillaume se contorceu.
— Não se mexa! — disse Thomas.
— Eu quero o Vexille!
— Eles foram embora! — gritou Thomas. — Eles foram embora! Fique quieto!

Guy Vexille, atacado de dois lados e com o estandarte vermelho caído, tinha feito voltarem seus três homens que restavam, mas apenas para se juntar aos últimos cavaleiros franceses. O próprio rei, com seu amigo, o rei da Boêmia, estava entrando na escaramuça. Embora João da Boêmia fosse cego, insistira em lutar e por isso seus guarda-costas tinham amarrado as rédeas de seus cavalos umas nas outras e colocado o corcel do rei no centro, para que ele não se perdesse deles.

— Praga! — Eles berravam seu grito de guerra. — Praga!

O filho do rei, o príncipe Carlos, também estava amarrado ao grupo.

— Praga! — gritou ele enquanto os cavaleiros boêmios lideravam a última carga, só que não era uma carga, mas um atrapalhado avanço por um emaranhado de cadáveres e de corpos se agitando e cavalos aterrorizados.

O príncipe de Gales ainda estava vivo. O filete de ouro tinha tido a metade cortada de seu elmo e a beira de cima de seu escudo fora rachada em meia dúzia de lugares, mas agora ele liderava o contra-ataque e cem homens seguiam com ele, mostrando os dentes e berrando, sem desejar outra coisa a não ser espancar aquele último inimigo que chegava à luz mortiça no local onde tantos franceses tinham morrido. O conde de Northampton, que estivera reunindo as fileiras da retaguarda do batalhão do príncipe para mantê-las em linha, sentiu que a batalha se invertera. A enorme pressão contra os soldados ingleses perdera as forças, e embora os franceses tentassem de novo, seus melhores homens estavam ensangüentados ou mortos, e os novos chegavam devagar demais, e por isso ele gritou para que seus soldados de infantaria o seguissem.

— Matem-nos! — gritava ele. — Matem-nos!

Arqueiros, soldados e até mesmo *hobelars*, que tinham vindo de seus lugares dentro dos círculos de carroças que protegiam os canhões nos flancos da linha, avançaram em grande quantidade contra os franceses. Para Thomas, agachado ao lado de Sir Guillaume, aquilo era uma repetição da raiva insensata na ponte de Caen. Tratava-se de loucura liberada, uma loucura ávida de sangue, mas os franceses sofreriam com ela. Os ingleses tinham oferecido uma resistência que se estendera muito pelo longo anoitecer de verão, e queriam vingança pelo terror de ver os grandes cavalos avançarem contra eles, e por isso avançavam contra os cavaleiros reais, agarrando-os, batendo, golpeando. O príncipe de Gales os liderava, lutando ao lado de arqueiros e soldados, derrubando cavalos e matando quem os montava num furor de sangue. O rei de Majorca morreu, e o conde de St. Pol, o duque de Lorena e o conde de Flandres. E então a bandeira da Boêmia, com suas três penas brancas, caiu, e o rei cego foi arrastado de cima do cavalo e massacrado por machados, clavas e espadas. O resgate de um rei morreu com ele, e seu filho sangrou até morrer sobre o corpo do pai, enquanto seus guarda-costas, prejudicados pelos cavalos mortos que ainda estavam amarrados aos animais vivos, eram abatidos um atrás do outro por ingleses que já não gritavam seu grito de guerra, mas berravam num furor uivante como almas perdidas. Estavam riscados de sangue, manchados, salpicados e ensopados nele, mas o sangue era francês. O príncipe de Gales amaldiçoou os boêmios que morriam, acusando-os de impedirem sua aproximação do rei francês, cuja bandeira azul e dourada ainda tremulava. Dois soldados ingleses golpeavam o cavalo do rei, a guarda real avançava para matá-los, mais homens em uniforme inglês corriam para derrubar Filipe e o príncipe queria estar lá, ser o homem que capturasse o rei inimigo, mas um dos cavalos boêmios, morrendo, caiu de lado. O príncipe ainda usava suas esporas e uma delas ficou presa na capa do cavalo moribundo. O príncipe deu uma guinada, ficou preso, e foi então que Guy Vexille viu a armadura negra, o casaco real e o filete de ouro rompido e viu, também, que o príncipe estava desequilibrado em meio aos cavalos moribundos.

Por isso, Guy Vexille voltou-se e arremeteu.

Thomas viu Vexille girar. Ele não podia alcançar com a espada o cavaleiro que avançava, porque isso significaria passar por cima dos mesmos cavalos onde o príncipe estava preso, mas sob a sua mão direita estava uma vara de freixo preta com ponta de prata, e ele ergueu a lança, correndo contra o homem que arremetia. Skeat também estava lá, cambaleando por cima dos cavalos boêmios com sua velha espada.

A lança de São Jorge atingiu Guy Vexille no peito. A lâmina de prata amassou e enroscou-se com a bandeira vermelha, mas a velha vara de freixo só teve força suficiente para derrubar o cavaleiro para trás e afastar a espada dele do príncipe, que estava sendo libertado por dois de seus soldados. Vexille golpeou de novo, esticando-se bem para fora da sela e Will Skeat gritou para ele, enfiando a espada com força em direção à cintura de Vexille, mas o escudo negro desviou o golpe e o cavalo treinado de Vexille virou-se instintivamente para o lado de ataque, e o cavaleiro golpeou com força de cima para baixo.

— Não! — gritou Thomas.

Ele tornou a investir com a lança, mas era uma arma fraca e o freixo seco estilhaçou-se contra o escudo de Vexille. Will Skeat estava caindo, sangue aparecendo no talho desigual em seu elmo. Vexille ergueu a espada para golpear Skeat uma segunda vez enquanto Thomas avançava cambaleando. A espada caiu, atingindo a cabeça de Skeat, e a máscara inexpressiva da viseira negra de Vexille voltou-se em direção a Thomas. Will Skeat estava no chão, sem se mexer. O cavalo de Vexille girou para colocar seu senhor no ponto em que pudesse matar com mais eficiência e Thomas viu a morte na brilhante espada do francês, mas então, num desespero em pânico, meteu a ponta quebrada da lança preta na boca aberta do corcel e enfiou a madeira áspera na língua do animal. O garanhão afastou-se, relinchando e empinando, e Vexille foi jogado com força contra a patilha da sela.

O cavalo, olhos brancos por trás da testeira e boca pingando sangue, voltou-se de novo para Thomas, mas o príncipe de Gales tinha sido libertado de sob o cavalo moribundo e levou dois soldados para atacar o outro flanco de Vexille. O cavaleiro escorou o golpe da espada do príncipe e viu que deveria ser dominado por completo, e por isso esporeou o cavalo para que ele atravessasse a escaramuça e fugisse do perigo.

— *Calix meus inebrians!* — gritou Thomas.

Ele não sabia por quê. As palavras simplesmente lhe ocorreram, as palavras pronunciadas por seu pai ao morrer, mas elas fizeram com que Vexille olhasse para trás. Ele olhou fixo pelas aberturas para os olhos, viu o homem de cabelos pretos que segurava a bandeira que lhe pertencia, e uma nova onda de ingleses vingativos espalhou-se encosta abaixo. Ele esporeou o cavalo, atravessando a escamaruça e os homens moribundos e os destroçados sonhos da França.

Uma ovação veio do alto do morro inglês. O rei ordenara que sua reserva montada de cavaleiros atacasse os franceses, e enquanto aqueles homens abaixavam as lanças, outros cavalos estavam sendo levados às pressas do parque das bagagens, para que mais homens pudessem montar e perseguir o inimigo derrotado.

John de Hainault, lorde de Beaumont, pegou as rédeas do rei francês e arrastou Filipe para longe da escaramuça. O cavalo era uma remonta, porque um cavalo real já havia sido morto, enquanto o rei fora ferido no rosto porque insistira em lutar com a viseira erguida, para que seus homens soubessem que ele estava no campo.

— Está na hora de ir, majestade — disse, delicado, o lorde de Beaumont.

— Acabou? — perguntou Filipe. Havia lágrimas em seus olhos e incredulidade em sua voz.

— Acabou, majestade — disse o lorde de Beaumont.

Os ingleses uivavam como cães e os cavaleiros da França se contorciam e sangravam numa encosta de morro. John de Hainault não sabia como aquilo acontecera, só que a batalha, a auriflama e o orgulho da França estavam todos perdidos.

— Venha, majestade — disse ele, e puxou o cavalo do rei para longe. Grupos de cavaleiros franceses, as capas de seus cavalos chocalhando de tantas flechas, atravessavam o vale para os bosques distantes que estavam escuros por causa da noite que chegava.

— Aquele astrólogo, John — disse o rei francês.

— Majestade?

— Mande executá-lo. Com crueldade. Está me ouvindo? Com crueldade!

O rei chorava enquanto, com o que restara de sua guarda, se afastava.

Um número cada vez maior de franceses fugia à procura de segurança na escuridão que se instalava, e sua retirada transformou-se num galope quando os primeiros cavaleiros ingleses do batalhão irromperam pelos remanescentes de sua linha quebrada para iniciar a perseguição.

A encosta inglesa parecia contorcer-se enquanto os soldados perambulavam por entre os feridos e os mortos. A contorção eram as contrações dos homens e cavalos moribundos. O chão do vale estava juncado dos genoveses que tinham sido mortos pelos próprios senhores. De repente, ficou tudo em muito silêncio. Não havia o tilintar de aço, nenhum grito rouco, nenhum tambor. Havia gemidos e choros e, às vezes, um ofegar, mas parecia silencioso. O vento agitava os estandartes caídos e fazia adejar as penas brancas das flechas caídas que tinham feito Sir Guillaume lembrar-se de uma colcha de flores.

E acabou-se.

Sir William Skeat sobreviveu. Não podia falar, não havia vida em seus olhos, e ele parecia surdo. Não podia andar, embora parecesse tentar quando Thomas o ergueu, mas as pernas cederam e ele caiu no chão cheio de sangue.

O padre Hobbe tirou o elmo de Skeat, fazendo-o com uma delicadeza extraordinária. Sangue saía dos cabelos grisalhos de Skeat e Thomas teve ânsias de vômito quando viu o corte de espada no couro cabeludo. Havia pedaços de crânio, fios de cabelo e o cérebro de Skeat exposto ao ar.

— Will? — Thomas ajoelhou-se em frente a ele. — Will?

Skeat olhou para ele, mas não parecia que o estava vendo. Estava com um meio-sorriso e olhos vazios.

— Will! — disse Thomas.

— Ele vai morrer, Thomas — disse o padre Hobbe baixinho.

— Não vai! Diabos, não vai! Está me ouvindo? Ele vai viver. Trate de rezar por ele!

— Vou rezar, Deus sabe que vou rezar — o padre Hobbe tranqüilizou Thomas —, mas primeiro temos que tratar dele.

Eleanor ajudou. Lavou o couro cabeludo de Will Skeat, e depois ela e o padre Hobbe colocaram pedaços de crânio quebrado como se fossem azulejos estilhaçados. Depois, Eleanor rasgou uma tira de pano de seu vestido azul e delicadamente passou-a pelo crânio de Will Skeat, amarrando-a embaixo do queixo, de modo que quando acabou ele parecia uma velha senhora com um lenço na cabeça. Ele não disse coisa alguma enquanto Eleanor e o padre faziam o curativo, e se sentiu alguma dor sua fisionomia não demonstrou.

— Beba, Will — disse Thomas e estendeu uma garrafa de água tirada de um francês morto, mas Skeat ignorou a oferta. Eleanor pegou a garrafa e levou-a aos lábios dele, mas a água escorreu pelo queixo. Àquela altura, já anoitecera. Sam e Jake tinham acendido uma fogueira, usando uma alabarda para cortar lanças francesas para servirem de lenha. Will Skeat ficou sentado ao lado das chamas. Respirava, mas nada mais.

— Eu já vi isso antes — disse Sir Guillaume a Thomas. Ele praticamente não falara desde a batalha, mas agora estava sentado ao lado de Thomas. Ficara observando a filha cuidar de Skeat e aceitara comida e bebida dela, mas não ligara para sua conversa.

— Ele vai se recuperar? — perguntou Thomas.

Sir Guillaume deu de ombros.

— Eu vi um homem com o crânio cortado. Viveu quatro anos, mas só porque as irmãs da abadia cuidaram dele.

— Ele vai viver! — disse Thomas.

Sir Guillaume ergueu uma das mãos de Skeat, segurou-a por alguns segundos, e depois soltou-a.

— Talvez — ele parecia cético. — Você gostava muito dele?

— Ele é como um pai — disse Thomas.

— Os pais morrem — disse Sir Guillaume, triste.

Ele parecia esgotado, como um homem que tivesse voltado sua espada contra o seu rei e fracassara em seu dever.

— Ele vai viver — disse Thomas, teimoso.

— Durma — disse Sir Guillaume. — Eu velo por ele.

Thomas dormiu em meio aos mortos, na linha de batalha onde os feridos gemiam e o vento noturno agitava as penas brancas que sarapintavam o vale. Will Skeat não estava diferente de manhã. Apenas ficava sentado, olhos vagos, olhando para o nada e fedendo porque se sujara.

— Eu vou procurar o conde — disse o padre Hobbe — e dizer que ele deve mandar Will de volta para a Inglaterra.

O exército deslocou-se com morosidade. Quarenta soldados ingleses e outros tantos arqueiros foram enterrados no átrio da igreja de Crécy, mas as centenas de cadáveres franceses, com exceção dos grandes príncipes e dos senhores mais nobres, foram deixados no morro. Os habitantes de Crécy podiam enterrá-los, se quisessem, Eduardo da Inglaterra não se importava.

O padre Hobbe procurou pelo conde de Northampton, mas dois mil homens da infantaria francesa tinham chegado logo depois do amanhecer, para reforçar um exército que já fora derrotado, e à luz enevoada tinham pensado que os homens a cavalo que os receberam eram amigos, e os cavaleiros abaixaram suas viseiras, enristaram as lanças e esporearam os cavalos. O conde os liderava.

A maioria dos cavaleiros ingleses tivera negada uma chance de lutar montados na batalha do dia anterior, mas agora, naquela manhã de domingo, receberam a oportunidade e os grandes corcéis abriram espaços sangrentos nas fileiras em marcha, e depois se voltado para abater os sobreviventes num terror desigual. Os franceses tinham fugido, perseguidos pelos cavaleiros implacáveis, que cortaram e arremeteram até os braços ficarem cansados com a matança.

No morro entre Crécy e Wadicourt, uma pilha de estandartes inimigos fora reunida. As bandeiras estavam rasgadas e algumas ainda se achavam úmidas de sangue. A auriflama foi levada para Eduardo, que a dobrou e mandou que os padres dessem graças. Seu filho estava vivo, a batalha fora vencida e a cristandade toda ficaria sabendo que Deus era a favor da causa inglesa. Eduardo declarou que passaria aquele dia específico no campo, para assinalar a vitória, e depois seguiria em frente. Seu exército ainda estava cansado, mas agora tinha botas e seria alimentado. Cabeças de gado mugiam enquanto os arqueiros as abatiam e mais arqueiros traziam comida do morro, onde o exército francês abandonara seus suprimentos. Outros homens recolhiam flechas do campo e amarravam-nas em feixes, enquanto suas mulheres saqueavam os mortos.

O conde de Northampton voltou para o morro de Crécy urrando e sorrindo.

— Foi como abater ovelhas! — exultava ele, e depois andou de um lado para o outro ao longo da linha para reviver as emoções dos últimos dois dias. Parou ao lado de Thomas e sorriu para os arqueiros e suas mulheres.

— Você está diferente, jovem Thomas! — disse ele, contente, mas então baixou o olhar e viu Will Skeat sentado como uma criança, a cabeça envolta no lenço azul.

— Will? — disse o conde, intrigado. — Sir William?

Skeat continuou sentado.

— Ele recebeu um corte no crânio, senhor conde — disse Thomas.

A linguagem bombástica do conde escapou como ar de uma bexiga perfurada. Ele inclinou-se na sela, abanando a cabeça.

— Não — protestou ele —, não. O Will, não!

Ele ainda estava com uma espada ensangüentada na mão, mas agora limpou a lâmina na crina do cavalo e enfiou-a na bainha.

— Eu ia mandá-lo de volta para a Bretanha — disse ele. — Ele vai viver?

437

CRÉCY

Ninguém respondeu.

— Will? — chamou o conde e, desajeitado, desceu da sela. Agachou-se ao lado do homem de Yorkshire.

— Will? Fale comigo, Will!

— Ele tem de ir para a Inglaterra, senhor conde — disse o padre Hobbe.

— Claro — disse o conde.

— Não — disse Thomas.

O conde olhou para ele de cenho franzido.

— Não?

— Há um médico em Caen, senhor conde — Thomas falava em francês agora —, e eu gostaria de levá-lo para lá. Esse médico faz milagres, senhor.

O conde teve um sorriso triste.

— Caen está em mãos francesas outra vez, Thomas — disse ele —, e eu duvido que eles recebam vocês bem.

— Ele será bem recebido — disse Sir Guillaume, e pela primeira vez ele percebeu o francês e seu traje desconhecido.

— Ele é um prisioneiro, senhor conde — explicou Thomas —, mas também um amigo. Nós servimos ao senhor, de modo que o resgate dele é seu, mas só ele pode levar Will para Caen.

— O resgate é grande? — perguntou o conde.

— Imenso — disse Thomas.

— Neste caso, senhor — o conde falava para Sir Guillaume —, é a vida de Will Skeat.

Ele tirou as rédeas de seu cavalo de um arqueiro e voltou-se de novo para Thomas. O rapaz estava diferente, pensou ele, parecia um homem feito. Tinha cortado o cabelo, era isso. Pelo menos, o picotara. E agora parecia um soldado, um homem que podia liderar arqueiros em combate.

— Eu quero você na primavera, Thomas — disse ele. — Haverá arqueiros para liderar, e se o Will não puder, então você terá de fazê-lo. Cuide dele agora, mas na primavera você voltará a me servir, está ouvindo?

— Estou, senhor conde.

— Espero que o seu médico saiba fazer milagres — disse o conde, e afastou-se a pé.

Sir Guillaume entendera as coisas que tinham sido ditas em francês, mas não o resto, e agora ele olhou para Thomas.

— Nós vamos para Caen? — perguntou ele.

— Vamos levar Will ao doutor Mordecai — disse Thomas.

— E depois?

— Eu procuro o conde — disse Thomas, lacônico.

Sir Guillaume teve um sobressalto.

— E o Vexille? O que vai ser dele?

— O que vai ser dele? — perguntou Thomas, ríspido. — Ele perdeu a maldita lança. — Ele olhou para o padre Hobbe e falou em inglês. — Minha penitência acabou, padre?

O padre Hobbe sacudiu a cabeça, em sinal afirmativo. Ele tirara a lança partida de Thomas e a entregara ao confessor do rei, que prometera que a relíquia seria levada para Westminster.

— Você cumpriu sua penitência — disse o padre.

Sir Guillaume não falava inglês, mas deve ter entendido o tom do padre Hobbe, porque dirigiu a Thomas um olhar magoado.

— O Vexille ainda está vivo — disse ele. — Ele matou seu pai e a minha família. Até Deus o quer morto! — Havia lágrimas nos olhos de Sir Guillaume. — Você me deixaria tão destruído quanto a lança? — perguntou ele a Thomas.

— O que é que o senhor gostaria que eu fizesse? — perguntou Thomas.

— Ache o Vexille. Mate-o. — Ele falava com ênfase, mas Thomas não disse nada. — Ele tem o Graal! — insistiu o francês.

— Isso, nós não sabemos — disse Thomas, irritado.

Deus e Cristo, pensou ele, poupai-me! Eu posso ser um chefe de arqueiros. Posso ir até Caen e deixar o Mordecai fazer o milagre dele e depois chefiar os homens de Skeat em combate. Nós podemos vencer por Will, pelo rei e pela Inglaterra. Voltou-se para o francês.

— Eu sou um arqueiro inglês — disse ele, ríspido —, não um cavaleiro da távola redonda.

Sir Guillaume sorriu.

— Diga-me, Thomas — disse ele, delicado —, seu pai era o filho mais velho, ou um filho mais moço?

Thomas abriu a boca. Estava para dizer que era claro que o padre Ralph tinha sido um filho mais moço, e depois percebeu que não sabia. Seu pai nunca dissera, e isso significava que talvez tivesse escondido a verdade, como escondera tantas coisas.

— Pense bem, senhor — disse Sir Guillaume, de propósito —, pense bem. E lembre-se, o Arlequim aleijou seu amigo e o Arlequim está vivo.

Eu sou um arqueiro inglês, pensou Thomas, e não quero mais nada.

Mas Deus quer mais, pensou, e ele não queria aquele fardo.

Era o bastante o sol brilhar sobre os campos no verão, sobre penas brancas e homens mortos.

E que Hookton fosse vingada.

Nota Histórica

APENAS DUAS AÇÕES no livro são pura invenção: o ataque inicial a Hookton (embora os franceses fizessem, de fato, muitos ataques desse tipo na costa inglesa) e a luta entre os cavaleiros de Sir Simon Jekyll e os soldados sob o comando de Sir Geoffrey de Pont Blanc do lado de fora de La Roche-Derrien. Fora esses dois, todos os cercos, batalhas e escaramuças são retirados da história, como foi a morte de Sir Geoffrey em Lannion. La Roche-Derrien caiu devido a uma escalada, e não por um ataque vindo da margem do rio, mas eu queria dar a Thomas alguma coisa para fazer, e por isso tomei liberdades com o feito do conde de Northampton. O conde fez tudo que lhe é atribuído no romance: a captura de La Roche-Derrien, a bem-sucedida travessia do Somme no baixio de Blanchetaque, bem como suas proezas na batalha de Crécy. A captura e o saque de Caen aconteceram em grande parte tal como descrito no romance, do mesmo modo que a famosa batalha de Crécy. Foi, em resumo, um horrendo e aterrorizante período da história que agora é reconhecido como o começo da Guerra dos Cem Anos.

Quando comecei e ler e a pesquisar para escrever o livro, pensei que ficaria muito preocupado com cavalheirismo, cortesia e bravura dos cavaleiros. Essas coisas podem ter existido, mas não naqueles campos de batalha, que eram brutais, indesculpáveis e odiosos. A epígrafe do livro, do rei João II da França, serve como um corretivo: "muitas batalhas mortais foram travadas, pessoas massacradas, igrejas roubadas, almas destruídas, mulheres jovens e virgens defloradas, respeitáveis esposas e viúvas desonradas; cidades, mansões e prédios incendiados, e assaltos, crueldades e emboscadas cometidos nas estradas principais." Essas palavras, escritas cerca de 14 anos depois da batalha de Crécy, justificaram os motivos pelos quais o rei João estava entregando quase um terço do território francês aos ingleses; a humilhação era preferível a uma continuação daquela guerra tão medonha e horrenda.

Batalhas convencionais como a de Crécy eram relativamente raras nas longas guerras anglo-francesas, talvez por serem de um poder destruidor tão extremo, embora os números de baixas para Crécy mostrem que foram os franceses que sofreram, e não os ingleses. As perdas são mais difíceis de se computar, mas no mínimo os franceses perderam dois mil homens e o número talvez se aproximasse mais de quatro mil, a maioria deles cavaleiros e soldados. As perdas genovesas foram muito altas, e pelo menos metade deles foi morta pelo seu próprio lado. As perdas inglesas foram irrisórias, talvez inferiores a cem. A maior parte do crédito deve ir para os arqueiros ingleses, mas mesmo quando os franceses furaram a cortina de flechas, tiveram perdas pesadas. Um cavaleiro que tivesse perdido o impulso da carga e não contasse com o apoio de outros cavaleiros era uma presa fácil para os soldados a pé, e assim a cavalaria da França foi massacrada na escaramuça. Depois da batalha, quando os franceses buscavam explicações para sua perda, culparam os genoveses, e houve massacres de mercenários genoveses em muitas cidades francesas, mas o verdadeiro erro francês foi atacar às pressas numa tarde de sábado que já ia avançada, em vez de esperar até o domingo, quando poderiam ter disposto o exército com um cuidado maior. E, tendo tomado a decisão de atacar, eles perderam a disciplina e com isso jogaram fora a primeira leva de cavaleiros, e os remanescentes daquela carga obstruíram a segunda leva, mais bem conduzida.

Tem havido muita discussão sobre as disposições inglesas em combate, a maioria concentrando-se no ponto em que os arqueiros eram colocados. A maioria dos historiadores os coloca nas alas inglesas, mas eu aceitei a sugestão de Robert Hardy de que eles eram dispostos ao longo de toda a linha, bem como nas alas. Quando se trata de assuntos relativos a arcos, arqueiros e suas proezas, o sr. Hardy é um bom conselheiro.

As batalhas eram raras, mas a *chevauchée*, uma expedição que partia com o fim deliberado de devastar o território do inimigo, era comum. Era, é claro, uma guerra econômica — o equivalente do século XIV ao bombardeio sistemático de uma área inteira. Contemporâneos, descrevendo o interior francês depois da passagem de uma *chevauchée* inglesa, registraram que a França estava "dominada e pisoteada", que se achava "à beira da ruína completa" ou "atormentada e arrassada pela guerra". Nada de cavalheirismo lá, pouco espírito nobre e menos cortesia. A França acabaria por se recuperar e expulsar os ingleses da França, mas só depois de ter aprendido a lidar com a *chevauchée* e, o mais importante, com os arqueiros ingleses (e galeses).

O termo arco longo não aparece no romance, porque não era usado no século XIV (é pelo mesmo motivo que Eduardo de Woodstock, o príncipe de Gales, não é chamado de Príncipe Negro — termo criado mais tarde). O arco era simplesmente isso, o arco, ou talvez o grande arco ou o arco de guerra. Muita tinta tem sido gasta discutindo as origens do arco longo, se ele é galês ou inglês, uma invenção medieval ou remontando ao neolítico, mas o fato importante é que ele surgiu nos anos que levaram à Guerra dos Cem Anos como uma arma que vencia batalhas. O que o tornava tão eficiente era o número de arqueiros que podiam ser reunidos em um exército. Um ou dois arcos longos poderiam provocar danos, mas milhares destruiriam um exército, e os ingleses, únicos na Europa, eram capazes de reunir uma quantidade daquelas. Por quê? A tecnologia não podia ser mais simples, e no entanto outros países não produziram arqueiros. Parte da resposta está, sem dúvida alguma, na grande dificuldade em se tornar um arqueiro excelente. Eram necessárias horas e anos de treino, e o hábito desse treinamento enraizou-se em apenas algumas regiões inglesas e galesas. É provável que tenham existido peritos desse tipo na Inglaterra desde o período neolítico (arcos de teixo do comprimento dos usados em Crécy foram encontrados em túmulos neolíticos), mas igualmente provável é que houvesse apenas uns poucos peritos, mas que por um motivo ou outro a Idade Média viu um entusiasmo popular pela procura da arte do arco e flecha em partes da Inglaterra e do País de Gales, levando à elevação do arco longo à condição de arma de guerra, e sem dúvida, tão logo aquele entusiasmo diminuiu, o arco desapareceu rapidamente do arsenal inglês. A sabedoria popular diz que o arco longo foi substituído pela arma de fogo, mas é mais verdadeiro dizer que o arco longo desapareceu apesar da arma de fogo. Benjamin Franklin, que não era bobo, calculava que os rebeldes americanos teriam vencido a guerra deles muito mais depressa se tivessem sido arqueiros experimentados e é certíssimo que um batalhão de arqueiros poderia ter superado na pontaria e derrotado, com facilidade, um batalhão de veteranos de Wellington armados de mosquetões sem raia. Mas uma arma (ou uma besta) era muito mais fácil de dominar do que um arco longo. O arco longo, em resumo, era um fenômeno, provavelmente alimentado por uma mania popular pelo arco e flecha que resultou numa arma que vencia batalhas para os reis da Inglaterra. Ele aumentou, também, o nível dos soldados de infantaria, quando até mesmo o mais obtuso nobre inglês chegou à conclusão de que sua vida dependia de arqueiros, e não é de admirar que os arqueiros tivessem vantagem numérica em relação aos soldados nos exércitos ingleses da época.

Devo assinalar uma dívida enorme para com Jonathan Sumption, autor de *Trial by Battle, the Hundred Years War*, Volume 1. É uma extrema ofensa a escritores de tempo integral como eu o fato de um homem que exerce com sucesso a profissão de advogado poder escrever livros excelentes no que, pelo que se presume, sejam suas "horas de folga", mas eu fico grato por ele ter feito isso e recomendo sua história a todo aquele que deseje aprender mais sobre a época. Quaisquer erros que restem são totalmente meus.

Este livro foi composto na tipografia
Stone Serif, em corpo 9,5/16, e impresso
no Sistema Digital Instant Duplex da
Divisão Gráfica da Distribuidora Record.